UNE DOUCE LUEUR DE MALVEILLANCE

DAN CHAON

UNE DOUCE LUEUR DE MALVEILLANCE

roman

Traduit de l'américain
par Hélène Fournier

TERRES D'AMÉRIQUE

ALBIN MICHEL

«Terres d'Amérique»

Collection dirigée par Francis Geffard

Édition originale américaine parue sous le titre :
ILL WILL
Cette traduction est publiée en accord avec Ballantine Books,
une marque de Random House, division de Penguin Random House LLC.

À Paul

« On rencontre sa destinée souvent
par les chemins qu'on prend pour l'éviter. »

Jean de La Fontaine

I

Novembre 2011 – Avril 2012

1

Un jour, au début du mois de novembre, le corps du jeune homme qui avait disparu sombra au fond de la rivière. Face contre terre, butant légèrement contre le lit boueux, il fut sans doute charrié sur plusieurs kilomètres – sourcils froncés marquant une légère surprise, bras un peu écartés, jambes raides. Les plantes aquatiques promenèrent leurs frondes sur la coiffe de plumes que portait le garçon, sur son front, sur ses peintures de guerre et sur ses lèvres, sur la veste à franges en cuir de chevreuil et sur le collier de dents de loup, sur le pagne et les jambières en daim, jusqu'aux pieds dans leurs mocassins. En général, poissons et autres charognards hibernaient pendant cette période. Le corps heurta des pierres et des branches, frotta contre le gravier, mais fut plutôt bien conservé. Quand, en avril, au bord de l'étang gelé transformé depuis longtemps en patinoire, les deux étudiantes de première année découvrirent, au milieu des roseaux, le visage du garçon sous la fine couche de glace, elles crurent d'abord avoir affaire à un mannequin abandonné ou à un masque en plastique d'Halloween.

Venues recueillir des spécimens vivant dans l'eau des étangs pour leur cours de biologie, elles se voulaient plus scientifiques que superstitieuses, et l'une d'elles lui toucha la joue avec la gomme de son crayon.

Au cours de cette même période, de novembre à avril, Dustin Tillman s'était lui aussi laissé porter par le courant. Il avait quarante et un ans, était marié et père de deux adolescents, exerçait le métier de psychologue, et il racontait parfois avoir jadis fait plusieurs incursions dans la criminalistique. Sa vie, songeait-il, se résumait au train-train quotidien : effectuer les trajets en voiture entre la maison et le cabinet, écouter la radio, lire et répondre aux e-mails qui ne cessaient de s'accumuler, faire les courses au supermarché, regarder à la télé des émissions plutôt intellos, lire quelques livres appréciés de la critique et aider les garçons à faire leurs devoirs, des détails qui étaient – il en avait de plus en plus conscience – des unités de mesure à l'aune desquelles il organisait sa vie.

Quand sa cousine Kate lui téléphona, dans la semaine qui suivit la découverte du corps, il ressentait déjà une angoisse forte et diffuse. Son anniversaire qui approchait le travaillait, ce qui était – il l'admettait volontiers – une préoccupation bourgeoise et bien terre à terre. Il avait aussi arrêté de fumer depuis peu, ce qui n'arrangeait rien. Sans nicotine, son cerveau était comme brouillé par un sentiment d'effroi confus qui tournait en boucle, et il avait l'impression que le monde lui-même était plus hostile – qu'il en émanait, ne pouvait-il s'empêcher de penser, une douce lueur de malveillance.

2

Quelques jours après la découverte du corps, le portable de Dustin sonna : c'était sa cousine Kate qui l'appelait de Los Angeles.

« Écoute, dit-elle. J'ai une nouvelle très étrange à t'annoncer. »

Dustin dit : « Kate ? » Ils se parlaient assez régulièrement, environ une fois par trimestre, mais plutôt à l'occasion d'un anniversaire, d'un jour férié ou à l'approche des fêtes de fin d'année.

« C'est à propos de Russell.

– Russell, mon frère Russell ? » Dustin était assis à son bureau, dans son « cabinet de travail », comme il aimait appeler cette pièce située au deuxième étage de la maison. Il cessa de taper sur son clavier et jeta un coup d'œil en direction du cendrier désormais rempli de bonbons sans sucre, petits losanges sous cellophane. « Laisse-moi deviner, dit-il. Je parie qu'il s'est évadé.

– Écoute-moi bien », répondit Kate.

Dustin n'avait pas parlé à Russell, son grand frère adoptif, depuis que celui-ci avait été envoyé en prison. Il ne lui avait pas écrit, n'avait même pas cherché à avoir de ses nouvelles, et s'il pensait parfois à lui, ce n'était que de manière fugace. Par exemple, s'il regardait un film ou une série qui se passait en prison, il se disait : *Je me demande ce que Russell est en train de faire.*

Dustin avait une idée générale de ce que devait être la vie carcérale. Avec, entre autres, les viols et les « surins » fabriqués à partir d'une brosse à dents ou d'une cuillère. Il lui arrivait d'imaginer des prisonniers consultant des manuels de droit dans la bibliothèque, mangeant un ragoût infect au réfectoire, ou allongés tout habillés sur un lit superposé en métal, les yeux rivés au plafond, l'air maussade.

Des images de ce genre lui étaient venues à l'esprit au cours des années.

Mais Dustin se représentait surtout Russell tel qu'il était quand ils vivaient ensemble – Russell, de six ans son aîné, qui lui avait un jour tiré dans le dos avec une carabine à air comprimé alors qu'il s'enfuyait, Russell qui écoutait du death metal et qui s'était tracé un pentagramme sur l'avant-bras avec la pointe d'un compas, Russell qui avait improvisé des mouvements de kung-fu pour détruire un magnifique bonhomme de neige que Dustin avait fait, Russell qu'enchantait la peur du noir de son petit frère, et qui attendait que celui-ci soit seul dans une pièce et s'y sente bien pour éteindre la lumière et fermer la porte, de sorte que Dustin, pris au piège dans l'obscurité, se mette à hurler.

3

La nuit où leurs parents allaient être assassinés, Dustin Tillman et ses cousines, Kate et Wave, étaient assis à la table de la cuisine du camping-car, momentanément garé dans l'allée menant à la maison de la famille de Dustin, dans l'ouest du Nebraska. On était en 1983, au début du mois de juin.

Les deux familles avaient prévu de partir ensemble en vacances le lendemain matin.

Ils traverseraient le Wyoming puis remonteraient jusqu'au parc de Yellowstone et camperaient en chemin.

Mais, ce soir-là, Dustin et ses cousines considéraient le camping-car comme leur propre petit appartement. Ils jouaient aux cartes. Un transistor passait du rock'n'roll depuis une lointaine station de Denver. Un hanneton de la taille d'un gros scarabée battait des ailes et se cognait bruyamment au luminaire fixé au plafond.

Les filles n'avaient que dix-sept ans mais elles se partageaient une bière prise dans le réfrigérateur du camping-car. Elles l'avaient versée – à parts égales – dans deux verres. C'était une chaude soirée et les adolescentes portaient un haut de bikini et un short en jean. Elles avaient utilisé un fer à friser, mais les boucles des longs cheveux blonds qui leur arrivaient à l'épaule avaient perdu en tonus.   C'était des jumelles, pas des vraies mais presque. Dustin avait treize ans, il tenait son jeu de cartes en éventail, et elles lui dirent :

« Dust-Tin ! C'est à toi de jouer ! »

Kate se pencha alors pour gratter machinalement sa cheville nue, là où un moustique l'avait piquée, et Dustin observa furtivement la façon dont l'ongle laissa une marque blanche sur la peau bronzée et rougeâtre,   l'ongle dont le vernis s'écaillait.

4

Rétrospectivement, Dustin ne se rappelait rien de particulièrement marquant qui se serait produit le matin où les étudiantes avaient découvert le corps. C'était une belle journée, froide et ensoleillée, et au réveil il s'était senti plutôt heureux

– jouissant de ce bonheur insipide et quotidien qui ne se reconnaissait même pas comme tel, démarrant une journée qui ne serait qu'une succession d'actions machinales : prendre une douche, verser du café dans une tasse, s'habiller, démarrer la voiture, traverser des rues tellement familières que vous ne vous rappeliez même pas avoir tourné ou vous être arrêté ; et bien que votre cerveau ait dû consciemment suivre la procédure – freiner au coin de la rue, faire tourner le volant sous la paume de vos mains et prendre à gauche pour vous engager sur la route principale –, ces actions ne vous avaient laissé aucun souvenir.

Vous n'étiez même pas présent, n'est-ce pas ?

Rétrospectivement : un autre jour, en fin de matinée, au début du XXIe siècle. Une longue autoroute à quatre voies du Midwest, dans l'Ohio. Elle reliait aux grandes villes toute une série de petites bourgades rurales, même si ces derniers temps on s'était mis à construire sur les terres cultivées, et des rangées de maisons identiques étaient ainsi sorties des champs boueux en lieu et place des récoltes. Leurs jardins étaient ponctués de piscines hors-sol, de balançoires et, pour nombre d'entre eux, de petits étangs artificiels qui, ce printemps-là, ressemblaient à des parkings faits d'eau et non d'asphalte. Une fois aménagés, ils seraient peut-être plus engageants.

Il y avait également beaucoup de bêtes écrasées à cette époque. Les routes principales découpaient désormais la campagne en parcelles étroites, et les animaux des bois se faisaient souvent surprendre en train de passer de l'une à l'autre – ratons laveurs, opossums, cerfs, renards, le corps jeté sur la berme, pareils à des dormeurs agités, bouche ouverte, yeux fermés, l'air presque paisible.

Les hommes aussi semblaient trouver plus souvent la mort sur les routes, et Dustin avait remarqué qu'il était de plus en plus fréquent de voir des gens ériger un petit mémorial sur le bas-côté en souvenir de proches qui avaient péri dans un accident, une croix taillée dans un piquet, souvent entourée d'objets de couleurs vives : généralement des fleurs en plastique – roses roses, jonquilles jaunes, lilas blanc –, mais parfois une couronne de Noël en sapin, du houx en plastique ou des rubans ; très fréquemment, quelques animaux en peluche, lapins, ours et canards ; ainsi que des articles vestimentaires, une chemise ou une casquette de base-ball, qui donnaient presque à la croix un air d'épouvantail. De quoi sans doute écrire un article intéressant, songeait Dustin.

Alors qu'il s'apprêtait à quitter la route principale, il remarqua les gyrophares de plusieurs véhicules de police stationnés non loin les uns des autres, les lumières bleues et rouges tachetant l'obscurité de reflets chatoyants sous la fine pluie printanière. Des cônes de signalisation orange avaient été disposés çà et là et un agent, qui portait un vêtement de pluie avec des bandes réfléchissantes, faisait avancer les voitures à l'aide d'un bâton lumineux.

Dustin ralentit, éteignit la radio et contourna le barrage, comme le lui indiqua l'homme d'un grand geste élégant. Plusieurs policiers s'étaient regroupés à l'extrémité du pont, ils avaient l'air sombre sous le crachin, ils buvaient du café dans un gobelet en polystyrène, et Dustin les observa avec intérêt. Il aimait regarder des séries policières à la télévision et il avait adoré, jadis, être appelé à témoigner comme expert judiciaire. Ce souvenir l'emplit de nostalgie.

Il se dit que ce qui se passait était certainement très grave.

5

Il existait une photo célèbre de Dustin, Kate et Wave – elle avait été publiée dans les journaux et nominée pour le prix Pulitzer ; elle ne l'avait pas remporté mais elle était connue. Une photographie de scène de crime remarquable et mémorable.

On y voit les enfants – les magnifiques jumelles blondes et, entre elles, le garçon maigrichon au visage constellé de taches de rousseur –, ainsi que les policiers qui les entraînent rapidement loin de la maison. Sur la photo, Wave, bouche tordue, pleure sans retenue, peut-être même hurle-t-elle, tandis que Kate, l'air craintif comme si on allait l'agresser, regarde de côté, et Dustin droit devant lui, et l'on remarque son T-shirt ensanglanté, on dirait un Jackson Pollock, il est très éprouvé, ses yeux sont vitreux à cause du flash, il s'éloigne de la scène de crime en titubant et, derrière les enfants et les policiers, on aperçoit le corps de la mère de Dustin, Colleen – on voit son cadavre, parfaitement cadré en arrière-plan, et la position des membres est telle qu'on peut affirmer qu'elle est morte, morte de mort violente, et il y a une immense flaque de sang sous elle.

& des traces de son sang sur le T-shirt de Dustin, là où il a serré sa mère contre lui quand il a découvert son corps, sous l'éclairage de la véranda.

Les autres corps – qui n'apparaissent pas sur la photo – sont ceux de Dave, le père de Dustin, qui se trouve dans le salon, touché au niveau de la poitrine, de sa tante Vicki, sous la table de la cuisine où elle avait tenté de trouver refuge pour échapper au tireur, et de son oncle Lucky, près de l'évier, affaissé contre les placards du bas, la tête rejetée en arrière, les bras ouverts comme s'il allait tomber. Une balle dans la bouche.

Ce n'était pas le genre de corps que l'on pouvait montrer dans les journaux, mais la photo des trois enfants suffisait amplement à se faire une idée du massacre qui avait eu lieu...

6

Quand Dustin arriva à son cabinet, la nouvelle de la découverte avait déjà commencé à circuler. La plupart des gens supposaient – à juste titre, comme cela serait confirmé plus tard – que le corps était celui de Peter Allingham, un étudiant de deuxième année, joueur de l'équipe de lacrosse, qui avait disparu le 1er novembre au petit matin, après avoir passé la nuit à faire la tournée des bars et des fêtes d'Halloween, déguisé en une caricature d'Indien : plumes, cuir de chevreuil, etc. Il avait été vu par bon nombre de gens puis s'était évanoui dans la nature – avait disparu, aussi invraisemblable que cela puisse paraître, sur le chemin des toilettes de la Daily Tavern, disait-on –, et il n'était jamais retourné auprès de ses amis.

Aqil Ozorowski était assis dans la salle d'attente, des écouteurs dans les oreilles, les yeux fixés sur son smartphone, et il tapait énergiquement un texto. Ses cheveux foncés et hirsutes retombaient, telles des œillères, de chaque côté de ses yeux, et Dustin s'immobilisa sur le seuil, sa serviette à la main, en attendant qu'Aqil remarque sa présence. Il était un peu perplexe. Ils n'avaient pas rendez-vous mais Aqil avait pris l'habitude de débarquer au cabinet à l'improviste.

Le jeune homme était un cas étonnant. Il était soi-disant venu consulter pour arrêter de fumer grâce à l'hypnose, mais sa réceptivité à cette technique s'était avérée très faible. Les séances s'étaient alors transformées en conversations à bâtons rompus, vaguement intimes et sans véritable but. Ils parlèrent d'une théorie conspirationniste à propos de laquelle Aqil avait lu des articles sur Internet, de ses insomnies, de son ressentiment à l'encontre du chanteur Kanye West – et au bout de quelques séances, ils n'évoquèrent pratiquement plus le tabac. «Je ne pense pas être prêt, reconnut-il. Mais je pense que vous pouvez m'être d'une grande aide, docteur. Vous savez écouter.»

En réalité, Dustin ne savait pas très bien si Aqil disait la vérité. Il n'avait pas appris grand-chose sur lui au cours des derniers mois. Il devait avoir une trentaine d'années et, d'après son nom, il était peut-être métis, mais Dustin n'en était pas sûr. Il avait les yeux couleur noisette, et ses longs cheveux raides étaient noirs ou châtain foncé suivant la lumière. Son teint pouvait évoquer différentes origines. Aqil ne dit rien de son milieu familial, même quand Dustin lui posa des questions sans détour. «Honnêtement, ça ne m'intéresse pas vraiment. Les psys veulent toujours que vous leur parliez de votre enfance et de votre passé, comme si c'était censé expliquer certaines choses. Ce n'est pas mon truc.»

Dustin savait cependant qu'Aqil avait été policier à Cleveland et qu'il était en arrêt maladie, mais il n'avait pas non plus obtenu d'explication claire à ce sujet. Un problème psychologique, supposa-t-il. Un état de stress post-traumatique? De la paranoïa? Dustin n'avait eu accès à aucun dossier médical, et même quand il avait fait des recherches en douce sur Google, il n'avait obtenu que très peu de résultats. Aqil était sorti diplômé de l'Académie de police de Cleveland. Il y avait une photo grenue de lui, dans l'équipe de football américain du lycée, où il était demi offensif. Sa page LinkedIn était obsolète. La cause de son arrêt maladie pour raison psychologique n'avait pas défrayé la chronique.

Pourtant Aqil semblait en demande. Il finit par lever les yeux et regarda Dustin avec un sourire jusqu'aux oreilles. Il retira poliment ses écouteurs en forme de coquillage, comme si la salle d'attente était un espace privé qui lui appartenait et qu'il était surpris d'être interrompu.

« Bonjour, dit-il.

– Bonjour, répondit Dustin. Je ne pensais pas que nous avions… », et Aqil cligna des paupières.

« Vous avez entendu parler du gamin mort ? » demanda-t-il. Dustin alluma la lumière, posa sa serviette sur une chaise, et Aqil se leva en s'étirant.

« … rendez-vous ? poursuivit Dustin.

– J'ai une théorie, ça vous intéresse ? »

7

« C'est à propos de Russell, annonça Kate.

– Russell, mon frère Russell ? » demanda-t-il, et elle dit : *Écoute-moi bien !*, puis elle se mit à lui lire un article de journal :

… presque vingt-neuf ans après son arrestation, des analyses ADN effectuées par trois laboratoires différents, lut-elle.

Des analyses ADN sur certaines traces biologiques confirment ce que Tillman affirme depuis longtemps, à savoir que ce n'est pas lui qui a tué sa mère, son père, sa tante et son oncle cette nuit de juin

« C'est dans quel journal ? demanda Dustin. C'est incroyable. »

Tillman sera la toute dernière personne en date à être disculpée grâce à l'ADN, selon les représentants d'Innocence Project, un organisme juridique à but non lucratif qui traque les erreurs judiciaires. Le résultat de ces analyses confirme l'innocence que Russell clame depuis le jour de son arrestation, a déclaré Vanessa Zuckerbrot, une avocate au sein d'Innocence Project.

« Je ne comprends pas qu'on ne nous ait pas contactés, dit Dustin. La dernière fois que l'un de nous lui a parlé, c'était quand ? »

Pendant toutes ces années, je savais que ce n'était pas moi, a réagi Tillman lors d'une interview. Je crois qu'il existe une puissance supérieure qui me dépasse et qui m'a aidé, pendant toutes ces années, à tenir le coup

8

Il avait rencontré sa femme alors qu'il était étudiant en deuxième année, six ans après toute cette histoire, les meurtres, le procès, etc.

Il pouvait s'écouler des jours entiers sans qu'il revienne véritablement sur ces événements, ses pensées ne faisant qu'effleurer la surface de son inconscient avant de sombrer dans les flots – il se surprenait à visualiser ses souvenirs de cette façon-là, il voyait certaines images s'enfoncer dans de sombres étangs verts en laissant remonter quelques bulles au moment de disparaître. Il était tellement à l'ouest ces années-là, il avait si peu les pieds sur terre, se dirait-il plus tard…

Sa femme était chargée de TD dans son cours sur l'histoire des États-Unis, de la Révolution à la Convention constitutionnelle, et un jour, alors qu'il quittait la salle de classe, elle marcha un moment à ses côtés et lui tapota légèrement le bras.

« Tu prends quoi ? demanda-t-elle. De l'Ativan ?

– … Hein ? » Ils se regardèrent, et ce qu'elle lut sur son visage lui fit hausser les sourcils, l'œil critique.

« Bon sang, dit-elle. Tu ferais mieux de t'asseoir une minute, non ? – Eh bien, répondit-il. Je suis un… », mais elle le prit par le coude et le guida jusqu'au banc installé sous un tableau qui faisait penser à ceux de John Singer Sargent, et qui représentait un membre du conseil d'administration au début du XXe siècle.

« Assieds-toi, insista-t-elle. J'ai eu un problème avec les benzodiazépines, donc je vois à peu près ce que tu es en train de vivre. » Elle l'examina pensivement. « Ne t'inquiète pas. Je n'ai rien d'une flic ni d'une cul-bénit, c'est juste que je reconnais cette mine-là. »

9

Aqil sortit une carte et la déplia délicatement sur le bureau de Dustin. « Écoutez. N'allez pas croire que je suis encore en plein délire. Cette fois, c'est bien réel. Et vous, docteur Tillman – je pense que vous êtes mieux placé que n'importe qui pour comprendre. C'est votre rayon. »

Perplexe, Dustin se balança d'un pied sur l'autre. « Pourquoi dites-vous ça ? Qu'entendez-vous par “mon rayon” ?

– Attendez une minute. Je vais bien l'étaler. »

Aqil positionna la carte entre Dustin et lui, et Dustin contempla les petits autocollants rouges collés le long des autoroutes à quatre voies et des cours d'eau pour former une courbe, sans doute un motif répétitif – il songea à la façon dont la pollution lumineuse, vue de l'espace, révélait les contours de la côte Est et des Grands Lacs.

« Regardez, dit Aqil. Vous voyez tous ces points ? Eh bien, chacun d'eux représente la mort de quelqu'un, en apparence accidentelle. En apparence… », et il pointa du doigt le nord de l'État. « JONATHON FRISBIE, dit-il. Vingt et un ans, étudiant à Ohio Northern, disparu le 01/01/01, retrouvé le 02/01/01, Maumee River ; cause du décès : noyade. Taux d'alcool dans le sang : 0,23.

« VINCENT ISOLATO, dix-neuf ans, étudiant à Ohio Northern, porté disparu le 20/02/02, retrouvé le 20/04/02, Maumee River ; cause du décès : noyade. MATT POTTS, vingt et un ans, étudiant à Kettering. Disparu le 30/03/03 à East Lansing, Michigan, découvert le 02/04/03, Red Cedar River ; cause du décès : noyade.

– Je vois où vous voulez en venir, dit Dustin. Mais.

– Attendez, attendez », répondit Aqil.

10

Il se trouvait dans son « cabinet de travail » quand Kate téléphona, il vit son nom s'afficher et il se rappela l'attirance qu'il ressentait jadis pour elle – ce n'était pourtant pas franchement original d'être séduit par sa cousine quand on avait treize ans, mais ça l'avait néanmoins gêné, il ne l'avait jamais avoué, même si les filles s'en étaient, bien évidemment, rendu compte.

Elles représentaient alors un certain type d'adolescentes, des filles de la classe ouvrière, songeait Dustin, même si à l'époque on n'aurait jamais utilisé cette expression – les gens les auraient peut-être traitées de racailles ou de traînées; il était pour le moins évident qu'elles avaient de l'expérience. Elles étaient malignes, pragmatiques.

Bustier, mini-short, maquillage outrancier. Rien de virginal.

Plus tard, des années plus tard, il était passé voir Kate chez elle à Los Angeles, et elle s'était apparemment beaucoup amusée – il était intervenu lors d'une conférence à l'université de Californie du Sud –, et Kate lui avait dit : *Parle-moi de ton métier de thérapeute. Ça ressemble à quoi ?* Elle n'avait pas fait d'études supérieures – elle était coiffeuse –, ce genre de chose ne l'intéressait absolument pas, et il s'était rendu compte que la vision qu'elle avait d'un «thérapeute» se fondait uniquement sur ce qu'elle voyait à la télévision ou au cinéma, ce snob en tweed, indécis et distrait, et elle avait souri, le regard en coin, malicieux, et lui avait dit : *De quoi tu parles avec eux, est-ce que tu as eu des fous, je veux dire, vraiment dangereux ? Je n'arrive pas à imaginer…*

Et voilà qu'il avait quarante et un ans et qu'il était installé dans ce qu'il appelait son «cabinet de travail», quelle prétention, à son bureau, devant son ordinateur, à lire ses e-mails et ses «notes», et il décrocha le combiné et voulut agir comme la personne qu'il aurait été si

11

«JESSE HAMBLIN, dit Aqil, vingt et un ans, étudiant à Michigan State, disparu le 04/04/04.

«Jamais retrouvé.

«CLINTON COMBE, dix-neuf ans, étudiant à Brownmeyer

College, disparu le 05/05/05. Retrouvé le 16/05/05, Olentangy River. Cause du décès : noyade. Taux d'alcool dans le sang : 0,34.

« ZACHARY OROZCO, dix-huit ans, étudiant en première année à Ohio University, disparu le 06/06/06 ; ça donne à réfléchir, non ? Retrouvé le 08/06/06, Hocking River, cause du décès : noyade. Taux d'alcool dans le sang : 0,34.

« JEFF WAMSLEY, vingt et un ans, Ohio Northern, disparu le 07/07/07, retrouvé le 24/07/07, Maumee River. C'est intéressant – son père déclare aux journalistes qu'il y aurait, je cite, *selon la rumeur, un noyeur fou parmi nous.*

« Maintenant, écoutez ça. JOSHUA MCGIBONEY. Étudiant en microbiologie, université de Dayton. Disparu... vous avez deviné, docteur, je le vois bien... le 08/08/08 après une soirée rugby, son corps a été retrouvé trois jours plus tard dans la Wolf Creek. Taux d'alcool dans le sang : 0,40. On peine à imaginer comment il a pu marcher, soûl comme il était...

« C'est intéressant, non ? Ça éveille votre curiosité, hein, docteur ?

« LUKE GORRINGE, étudiant à Delta College, dans la ville de Bay City, Michigan, porté – remarquez bien : porté – disparu le 11/09/09 à East Lansing, Michigan. Retrouvé le 15/10/09, Red Cedar River.

« VINCE NORBY, un autre étudiant de Brownmeyer College – disparu le 10/10/10.

« Retrouvé le 11/02/11. Olentangy River.

– Il y en a combien ? » demanda Dustin. Il regarda le dossier qu'Aqil avait à la main, une liasse de feuilles, et Aqil eut un petit sourire ironique.

« Combien ? En comptant Peter Allingham, vous voulez dire ? »

12

C'était le jour où Kate l'avait appelé pour lui parler de Russell, des empreintes génétiques, de sa sortie de prison, quelques jours après que le corps de Peter Allingham avait été repêché dans l'étang, à proximité du campus. Il n'existait aucun lien réel entre ces deux événements, sauf qu'ils restèrent par la suite indissociables dans l'esprit de Dustin.

«Je ne comprends pas très bien la chronologie des faits, dit-il à Kate. Les dates. À quel moment ce groupe – c'est bien Innocence Project ? –, à quel moment ont-ils commencé à travailler sur le dossier de Russell ?   Et je ne comprends pas pourquoi ils ne nous ont pas contactés. Pourquoi ils n'ont pas été contraints par la loi à nous contacter puisque nous sommes les enfants des victimes et que c'est nous qui avons témoigné.

– Écoute, dit Kate. Je suis aussi flippée que toi, mon chou. Crois-moi.

– Mais ça ne tient pas debout. Ça doit faire un bon moment qu'ils ont mis ça en branle, et le fait qu'on en entende parler alors même qu'il est pratiquement sorti de

– Je sais bien. Je suis... en état de choc. Je ne sais même pas quoi penser. Une prise de sang, et subitement toute ta vie est... »

13

... Plutôt contrariant, songea-t-il. Vraiment très contrariant. Un après-midi d'avril frisquet, mais il était dehors et ne portait que cette veste à chevrons en laine qui ressemblait tellement à ce qu'on imaginerait un psychologue porter que c'en était un peu gênant, et il jeta un coup d'œil par-dessus son épaule.

Il était dans le jardin de derrière, une cigarette non allumée entre les doigts, quand il entendit les garçons, de retour de l'école, remonter l'allée ; il était plus tard qu'il ne le pensait, et il s'accroupit pour enfouir la cigarette dans la terre où de la glycine venait d'être plantée…

« Salut », dit Dustin quand ils apparurent. Aaron, Dennis et leur ami Rabbit, ces grandes enjambées, cette démarche gauche mais vaguement prédatrice qu'adoptent les adolescents, et ils le regardèrent.

« Salut, papa, dit Dennis, laconique. Qu'est-ce que tu es en train d'enterrer ?

– Rien, répondit Dustin. Je vérifiais juste que cette, euh… » Il fit un geste.

« Plante ? proposa Dennis.

– Cet arbuste ? » suggéra Aaron.

Ils trouvaient ça hilarant de finir les phrases de leur père, lui qui avait depuis longtemps l'habitude de s'abandonner aux points de suspension, tâtonnant au cours de silences de plus en plus longs pour trouver le bon mot, en vain. Distrait, toujours distrait, au point d'avoir peut-être même un problème au cerveau.

« … Gly, dit-il. Glycine », et les garçons échangèrent un coup d'œil ; un large sourire.

14

Russell et Dustin – Rusty et Dusty, c'était ainsi que les appelaient parfois leurs parents, comme s'ils formaient un duo.

Même si, bien évidemment, ils n'avaient pas choisi le prénom de Russell. Il avait déjà été placé en famille d'accueil avant d'arriver chez eux, fils d'une mère toxicomane et de père inconnu. Il avait vécu plusieurs années dans cette première famille, mais la maison avait brûlé et il s'était, de nouveau, retrouvé orphelin.

Cette tragédie avait bouleversé le père de Dustin.

Russell avait quatorze ans quand ils l'avaient adopté, Dustin huit, et il se rappelle très bien ce jour-là. Ils avaient organisé une fête et, après que les invités se furent dispersés, il avait aperçu Rusty dans le jardin, l'œil rivé sur l'horizon. L'ouest du Nebraska, la frontière avec le Colorado : les champs bordés de poteaux téléphoniques ; les pompes des puits de pétrole, en forme de sauterelle, qui hochaient doucement leur tête endormie. Sur la ligne d'horizon se dressaient des collines. Leur sommet était surmonté de falaises volcaniques et de gros rochers grêlés et dentelés. L'été, suivant la position du soleil, l'ombre des falaises et des rochers pouvait faire penser à un visage ou à la silhouette d'un animal.

Dustin s'assit sur les marches et regarda dans la même direction. Au bout d'un moment, Rusty se retourna.

Il avait l'air grave, fraternel peut-être.

« Qu'est-ce que tu regardes ? » lui demanda-t-il, et Dustin haussa les épaules.

« Approche. » Dustin obéit et Rusty resta un moment silencieux.

Puis il examina le visage de son frère adoptif. « Tu veux que je te raconte un truc ?

– Quoi ? » Et Dustin respira profondément, immobile sous son regard.

« Ma vraie mère est morte. Les gens disent qu'elle s'est pendue, mais moi je pense qu'on l'a tuée.

– Qui ? demanda Dustin. Qui l'a tuée ? »

Rusty se contenta de hausser les épaules. Puis, brusquement, il fit un geste en direction du ciel. Et pointa l'index. « Tu vois, là-bas ? C'est l'étoile du Berger. »

Il posa fermement ses paumes sur les oreilles de Dustin et inclina sa tête, la faisant pivoter comme un télescope. « Tu la vois maintenant ? Elle est juste… là ! »

Et il traça une ligne avec le doigt, du nez de Dustin jusqu'au ciel.

Celui-ci hocha la tête. Il ferma les yeux. Il sentait la moiteur fraîche des mains de son frère, pareille à celle de la glaise. Le bruit qu'il entendait ressemblait à celui que fait un coquillage collé à l'oreille.

« Je la vois », répondit-il d'une voix douce.

15

Le nom de jeune fille de sa femme était Jill Bell et elle le détestait. Elle disait que les gens la croyaient systématiquement plus aimable qu'elle ne l'était, que les professeurs s'attendaient systématiquement à ce qu'elle soit une bonne petite fille bien sage, que c'était le nom d'une fée, d'une laitière ou d'une fleur qui aurait inspiré une chanson au XIXe siècle – « Quand les Jill Bell sont écloses au printemps », déclamait-elle, et elle avait même composé pour cela une mélodie digne de Stephen Foster.

En tout cas, elle préférait s'appeler Jill Tillman : ce nom avait un petit quelque chose de plus percutant, de plus mordant, qui lui allait bien. Elle décrochait le téléphone – pour parler à l'un des professeurs des garçons, à un entrepreneur en bâtiment dont le travail n'était pas tout à fait à la hauteur, ou encore à un rond-de-cuir – et elle trouvait le ton parfait, sec et tranchant, pour s'adresser à eux. « C'est Jill Tillman », disait-elle, et un agréable frisson parcourait les syllabes. « Puis-je parler à votre supérieur, s'il vous plaît ? »

C'était le genre de voix qui leur avait permis de traverser avec succès les premières années de leur vie de couple, alors que lui préparait un doctorat, qu'elle faisait des études de droit et qu'ils avaient eu deux enfants coup sur coup. Ça aurait dû tourner à la catastrophe mais elle aimait ranger, faire des listes, planifier, être efficace et inventive.

Elle connaissait bien évidemment le passé de Dustin, mais elle ne s'intéressait absolument pas à l'aspect psychologique de l'affaire, pas plus qu'elle ne cherchait à s'étendre sur le sujet ni à déterrer ou décortiquer quoi que ce soit.

Ça faisait partie des choses qu'il aimait le plus chez elle.

16

Dustin avança dans le couloir en direction de la chambre où sa femme, étendue sur le lit, en jean et pieds nus, lisait un livre. Il était environ vingt-deux heures.

Il s'immobilisa sur le seuil pour la regarder, et elle continua à lire paisiblement. Elle avait une étrange habitude. Elle prenait le coin d'une page entre le pouce et l'index et commençait à tourner celle-ci avant même d'avoir fini de la lire, ce qui l'obligeait à tendre légèrement le cou pour réussir à déchiffrer les deux ou trois dernières lignes. Il ne comprenait pas cette manie.

Ils étaient mariés depuis vingt ans et n'avaient jamais sérieusement songé à divorcer, même s'ils avaient connu de longues périodes de silence où ils vivaient plus ou moins comme des colocataires. Tout à la fois distants et sociables.

« J'ai du mal à me concentrer quand tu m'observes, dit-elle en levant les yeux alors qu'il s'allongeait à ses côtés.

– Tu lis quoi ? »

Elle lui montra la couverture : ***La Méprise***, *de Vladimir Nabokov.*

« Oh, fit-il. Ça a l'air marrant.

– En fait, c'est hilarant. »

Il posa son menton sur son épaule et jeta un coup d'œil au milieu de la page 87 :

soleil, les vagues de la mer. Une gentille petite vie. Je ne peux pas comprendre pourquoi tu le

Il enfouit son visage au creux du bras de sa femme, dans le doux pli de sa manche de chemise, juste au-dessus de son sein. Il inspira, respira, la poitrine de Jill se souleva lentement et elle posa sa main sur sa nuque.

« J'ai un truc bizarre à te dire », lâcha-t-il.

Il ferma les yeux. Elle passa délicatement ses doigts dans ses cheveux.

« Moi aussi, il faut que je te dise un truc.

– Toi d'abord. »

Il la sentit inspirer profondément puis retenir sa respiration.

« Non, toi d'abord », dit-elle, et il y avait une tension ténue dans sa voix, on aurait presque dit qu'elle grinçait des dents. Était-elle en colère contre lui ? Lui avait-il manqué de respect ?

« Comment s'est passé ton rendez-vous chez le médecin ? » demanda-t-il alors, et, constatant qu'elle ne répondait pas, il leva les yeux vers elle.

17

De : Aqil Ozorowski (Ozorowskiag@yahoo.com)
Envoyé : Ven. 8 avril 2012 01:26
À : DrDTillman@outlook.com
Objet : Fou

Cher docteur Tillman,

J'espère que je n'y suis pas allé trop fort aujourd'hui, que vous n'avez pas eu l'impression que je voulais vous faire rentrer quelque chose dans le crâne. Je sais que j'ai pu, par moments, vous paraître complètement « à l'ouest », mais je pense que notre relation est suffisamment bonne pour que vous puissiez me dire quand je délire et quand je suis dans la réalité.

Là on parle de faits réels.

Pour commencer, laissons de côté l'étrange coïncidence des dates. C'est trop, non ? Ça me fait passer pour un allumé ! Donc on laisse ça de côté.

Songez plutôt une minute aux faits qui relient ces morts. Ce qui attire mon attention, c'est tout ce qui manque. Les preuves que les enquêteurs n'ont pas trouvées. Le seul lien évident est une consommation plus qu'excessive d'alcool chez toutes les victimes et, comme les corps sont toujours retrouvés dans un cours d'eau du coin, on *suppose* systématiquement que la cause du décès est la noyade et on *suppose* que la mort a eu lieu le soir de la disparition.

Donc nous, les flics, on voit ça et on se dit que c'est simple. Noyade accidentelle. « Mort par négligence », voilà ce qu'on indique dans le procès-verbal. Affaire classée. C'est triste, mais aucun complément d'enquête n'est requis. Les bitures express sont endémiques sur les campus universitaires, et quand on est dans un tel état d'ébriété, on a de fortes chances de mourir, non ? C'est juste une question de probabilité.

Mais examinez la situation. Dans bon nombre de cas, le taux d'alcool dans le sang est inimaginable. L'individu a dû boire particulièrement vite. La plupart du temps, il se trouve au milieu de la foule, à une fête ou dans un bar, et puis tout à coup on réalise qu'on ne l'a pas vu depuis un moment. Il est parti. Je ne dirais pas qu'il a « disparu ».

Cet individu est censé être ivre mort mais il réussit quand même à s'approcher d'une rivière sans qu'un seul témoin l'aperçoive.

Et puis « il se trouve » qu'il tombe à l'eau. Il crie : « Au secours ! Au secours ! À l'aide ! » Personne ne l'entend. Ni vu ni entendu.

Ces gamins sont-ils des alcooliques perturbés, particulièrement sujets aux accidents ? Pas vraiment. La plupart d'entre eux sont de bons ou de brillants élèves, beaucoup sont des sportifs qui jouissent d'une excellente santé, qui ont plein d'amis et des liens familiaux solides. Ce qui ne veut pas dire qu'ils ne peuvent pas mourir. Mais avec ce genre de décès, on s'attend à ce qu'il y ait des signes annonciateurs. Pas un seul n'a été qualifié de suicide. Il n'y a pas de preuves.

Et pourquoi ne retrouve-t-on pas leur corps immédiatement ? Il faut attendre des jours, des semaines, des mois, en aval du lieu de l'« accident ». Rien n'indique qu'il y a eu ACTE CRIMINEL, mais rien n'indique non plus qu'il y a eu ACCIDENT. Il n'y a ni témoin ni preuves. Jamais.

C'est l'une des raisons qui m'incitent à croire qu'il y a peut-être là quelque chose de réfléchi. Comme si ces décès avaient été planifiés.

Suis-je fou ? Dès que je parle au psy que m'a attribué le tribunal, il m'objecte un « délire égocentrique ». Il cherche chez moi des signes de manie, de paranoïa, un diagnostic qu'il pourrait me mettre sur le dos.

Et peut-être pensez-vous la même chose. Mais j'ai davantage confiance en vous, docteur. Dès que je vous ai rencontré, j'ai su que vous étiez une âme sœur.

Accepteriez-vous d'être une seconde paire d'yeux et d'oreilles sur cette affaire ? Je vous donnerai tous les dossiers que j'ai ; je vous exposerai les moindres détails. Ensuite, si vous n'êtes pas d'accord, expliquez-moi pourquoi. Dites-moi que j'exagère. Que je me « projette » trop. Si vous affirmez que je délire, je vous croirai.

Je me rappelle votre petit dicton, docteur. « Parfois, un oiseau mort n'est qu'un oiseau mort. » Cette histoire que vous racontez. Mais ici, il ne s'agit pas d'oiseaux, docteur. Il s'agit de jeunes hommes. J'ai juste besoin que quelqu'un réfléchisse à tout ça avec moi.

Aidez-moi.

Je vous salue très humblement,
Votre patient,
Aqil Ozorowski

18

« C'est à peu près de la taille d'un pamplemousse, lui dit Jill. Le Dr Watanabe pouvait littéralement la sentir en appuyant sur mon ventre. Je n'arrive pas à y croire. Je me trimballe avec ça sans le savoir depuis… des années ? Des années, sans doute. Et je n'ai rien remarqué.

– Donc ce n'est peut-être rien », conclut Dustin. Ils étaient assis en tailleur sur le lit, l'un en face de l'autre, les mains jointes, et on aurait dit deux enfants récitant un poème, songea-t-il. « Avant de paniquer, envisageons le scénario le plus optimiste, poursuivit-il. Ça peut être complètement bénin. »

Il imaginait la tumeur comme un véritable pamplemousse. Jaune avec une peau épaisse et grêlée, et composée de nombreux compartiments roses en forme de quartiers de lune.

« Je t'aime, dit-il.

– Je sais. »

Ils levèrent la tête et tendirent l'oreille. Ils perçurent la musique de la console de jeux de leurs fils à l'autre bout du couloir. Les deux garçons assis côte à côte sur le lit d'Aaron, le pouce et l'index se contractant au-dessus de la manette, le regard fixe, les yeux brillants.

« Tu veux bien aller leur dire de se coucher ? demanda Jill.

– OK. »

Il détacha ses mains des siennes. Leurs paumes étaient moites.

« Je veux attendre d'être prête pour leur en parler. D'accord ? »

Il réalisa alors qu'il ne lui avait pas rapporté le coup de fil de Kate à propos de Rusty. Et puis, curieusement, il repensa au garçon mort dans son déguisement d'Halloween, sous la glace.

Ça éveille votre curiosité, hein, docteur ?

« D'accord », dit-il.

19

Parfois, un oiseau mort n'est qu'un oiseau mort.

Jill lui avait dit ça quand ils étaient sortis ensemble pour la première fois. Ils marchaient dans le centre-ville, main dans la main – c'était la première fois qu'ils se tenaient par la main, et quand leurs doigts s'étaient entrelacés, elle l'avait regardé, avait levé les sourcils et arboré un large sourire.

Puis un merle d'Amérique avait atterri à leurs pieds sur le trottoir.

Il était apparemment tombé du ciel. Un oiseau de proie l'avait sans doute laissé échapper, trancheraient-ils plus tard. Mais sur le coup, ils furent stupéfaits. Ils fixèrent le corps mou et leurs mains se désolidarisèrent.

« Merde », dit Jill. Puis, sans ajouter un mot, elle reprit la main de Dustin et la serra dans la sienne.

« Écoute, dit-elle avec force. Ce n'est rien du tout. Parfois, un oiseau mort n'est qu'un oiseau mort. »

Ce dont il s'était toujours souvenu. C'était le genre d'expression complice que les gens mariés adoptent et répètent ; c'était devenu un mantra pour lui, mais Jill ignorait que c'était aussi une anecdote qu'il racontait parfois à ses patients – une de ces histoires personnelles pleines d'humour mais poignantes dont on se sert pour instaurer la confiance, etc.

« Parfois, un oiseau mort n'est qu'un oiseau mort, rapportait-il. Quand Jill m'a dit ça, j'ai eu l'impression que quelque chose se... libérait en moi. »

Et puis il regardait son patient. L'air pensif. Perplexe, l'espace d'un instant.

« J'ai compris, poursuivait-il. J'ai compris que j'avais bel et bien le choix. Je pouvais donner une signification à ce moment, ou décider de ne pas en tenir compte. Ça dépendait uniquement du genre d'histoire que je voulais me raconter. »

Il se sentait sourire avec sincérité, comme s'il n'avait encore jamais pensé à ça.

« Nous n'arrêtons pas de nous raconter des histoires sur

nous-mêmes », disait-il. Il ébauchait parfois un geste qui ressemblait presque à un frôlement, alors qu'il évitait le plus souvent tout contact physique.

« Mais nous pouvons maîtriser ces histoires, concluait-il. J'en suis convaincu ! Les événements de notre vie ont une signification parce que nous choisissons de leur en donner une. »

II

Été 1978

Rusty Bickers partait marcher à travers champs à la tombée de la nuit, Rusty Bickers et sa tristesse et sa noblesse que seul Dustin était capable de percevoir. Il rêvait de Rusty Bickers en train de manger des céréales Cap'n Crunch à la table de la cuisine avant d'aller se coucher, la tête basse, perdu dans ses pensées ; de Rusty Bickers, silencieux mais éveillé sous les draps de son lit de camp, et dont les mains formaient lentement des cercles au-dessus de son corps tandis qu'il murmurait : *Chut... chut... tais-toi maintenant* ; de Rusty Bickers debout dans l'embrasure de la porte de la cuisine, qui regardait la famille de Dustin prendre son petit-déjeuner, ses cheveux hirsutes et ternes encadrant son visage, ses longs bras ballants, ses épaules tombantes, et les yeux de celui qu'on a fait marcher longtemps avant d'arriver à l'endroit où il sera fusillé.

Dustin entendit retentir la voix claire de sa mère : « Il est l'heure de te lever, Rusty ! »

Dustin avait huit ans et Rusty, un orphelin placé en famille d'accueil, en avait quatorze. Cet été-là, Rusty dormit sur un lit pliant dans la chambre de Dustin, si bien que celui-ci le connaissait mieux que quiconque.

Rusty commençait à avoir un corps d'homme. Il avait de longues jambes musclées, des pieds trop grands ; des poils lui poussaient sous les bras et à l'entrejambe. Il possédait ses propres cassettes qu'il écoutait dans son coin, un énorme casque posé sur les oreilles. Il possédait un cendrier-souvenir du Grand Canyon. Il possédait aussi des livres, des photos de sa famille morte, et des coupures de journaux. Rusty mouillait parfois son lit, c'était un terrible secret, et seuls Dustin et sa mère étaient au courant. Elle lui avait dit qu'il était absolument interdit d'en parler.

Parfois, tard dans la soirée, quand Rusty croyait Dustin endormi, il se glissait dans son lit parce qu'il avait fait pipi dans le sien. Il blottissait son long corps contre celui, plus petit, de Dustin, qui ne bougeait plus. Rusty passait son bras autour de lui comme s'il était une peluche. Dustin le sentait frissonner – Rusty pleurait et ses larmes tombaient, comme des piquants, sur son dos nu. Et son bras se contractait, resserrant l'étreinte.

Sa dernière famille d'accueil – la mère, le père et deux jeunes garçons – avait péri dans un incendie. Certaines personnes – dont Kate et Wave, les cousines de Dustin – murmuraient que Rusty aurait lui-même allumé le feu. En tout cas, affirmaient-elles, il était bizarre. *Taré*. Elles gardaient leurs distances.

Avant l'arrivée de Rusty dans la famille, le père de Dustin avait eu un grave accident. Il travaillait comme électricien sur un chantier quand un toit s'était effondré. Son meilleur ami et lui étaient tombés du troisième étage. Billy Merritt était mort sur le coup. Dave avait eu les deux jambes cassées et le bras droit sectionné. Le corps de son ami avait amorti sa chute.

Il portait désormais une prothèse dont il apprenait à se servir. La main ressemblait à une pince. Il apprenait, par exemple, à s'emparer d'une fourchette et à la porter à sa bouche. Un jour, il serait capable de tourner les pages d'un livre ou de ramasser une épingle.

Dave toucha des indemnités, une grosse somme d'argent. Il alla aussitôt voir les services sociaux du comté. Il voulait accueillir un enfant, leur dit-il. Il en rêvait, en avait toujours eu envie. Adolescent, le père de Dustin avait été envoyé dans un foyer pour jeunes délinquants. Au bout d'un moment, il s'était enfui puis s'était engagé dans l'armée. Mais cette terrible période de sa vie était restée gravée dans sa mémoire.

Dave aimait Rusty Bickers. Son histoire était tellement triste que ça le réconfortait peut-être. Il pensait pouvoir l'aider d'une façon ou d'une autre. Il voulait faire régner une atmosphère empreinte d'Amour et de Bonheur.

Il y avait tellement d'argent ! Dustin ne savait pas combien, mais on aurait dit une mine inépuisable. Son père acheta une voiture neuve, une table de billard et une énorme chaîne stéréo ; sa mère se fit soigner les dents ; et ils envisagèrent de construire une annexe à la maison, avec un salon et une chambre pour Rusty.

Quand ils allaient en ville, dans le grand magasin du centre commercial, Dustin et Rusty avaient le droit de choisir un jouet de leur choix. Pendant que Dave traînait dans le rayon des outils et des appareils électroniques, Rusty suivait Dustin dans l'allée rose et scintillante des filles ; dans celle tout à la fois mystérieuse et sérieuse des jeux de société et des puzzles ; dans celle des figurines, des armes en plastique et des petites voitures ; dans celle des trucs pour bébés – hochets, jeux éducatifs à bords lisses pareils à des tableaux de bord, machins qui parlaient ou gloussaient quand vous tiriez une ficelle. Rusty restait longtemps dans le rayon des articles de sport, des armes à air comprimé, des vrais arcs et flèches. Il effleurait de son pouce la pointe des flèches, tranchante comme une lame de rasoir.

« Nul ne sait vraiment ce qu'il veut », disait parfois Rusty quand ils étaient couchés. Dustin ignorait s'il avait inventé cette phrase ou si elle était tirée d'un film ou d'une chanson. Rusty l'employait quand il parlait de l'avenir. Il songeait à devenir batteur dans un groupe de rock, mais il était inquiet à l'idée que ce soit vain puisqu'il vivait dans l'ouest du Nebraska. Peut-être devrait-il s'installer à New York ou à Los Angeles, mais il craignait que là-bas, les gamins noirs cherchent constamment à le tabasser.

« Ils détestent les Blancs, dit-il à Dustin. Ils ne cherchent qu'une chose : la bagarre. »

Rusty avait rencontré des Noirs. Il avait vécu avec de jeunes Noirs dans un foyer, et il avait eu un enseignant noir.

Dustin n'en avait encore jamais vu, bien qu'il en eût envie. Il regardait à la télé *T'as le bonjour d'Albert*, un dessin animé sur un groupe d'enfants noirs qui vivent sur une décharge. C'était son programme préféré, et il rêvait d'avoir un ami noir.

« On ne peut pas se lier d'amitié avec eux, s'écria Rusty. La seule chose qu'ils veulent, c'est te botter le cul. » Dustin désapprouva mais se tut. Ils n'avaient pas le droit de dire « cul ».

Rusty ne sembla même pas s'en apercevoir. Il réfléchissait à l'endroit où il aimerait aller, si tant est qu'il puisse aller quelque part. Il ferma les yeux, s'allongea et fit semblant de jouer de la batterie, les bras tendus au-dessus de sa tête.

Cet été-là, leurs parents organisèrent pas mal de fêtes. C'était le bon temps, se disait Dustin. Le vendredi. Le samedi. Les gens commençaient à arriver vers dix-huit heures avec des glacières pleines de canettes de bière et de soda et ils parlaient fort – l'oncle, la tante et les cousines de Dustin, les anciens collègues de son père, leurs épouses et leurs enfants, les amis de lycée de sa mère –, ils pouvaient être une trentaine ou une quarantaine. Il y avait de la viande cuite au barbecue, des épis de maïs, des bols de chips et d'arachides rôties au miel, des tranches de fromage et de salami, des œufs et des piments au vinaigre. De la musique de Waylon Jennings, Willie Nelson, Crystal Gayle. Certains dansaient.

Ils habitaient à plus d'un kilomètre de la ville. Les enfants jouaient dehors, dans le jardin et le grand champ de chaume à l'arrière de la maison. Le crépuscule semblait durer des heures et, quand la nuit finissait par tomber, ils s'installaient sous la lampe de la véranda et attrapaient des hannetons qui bourdonnaient sourdement, des papillons de nuit et même, de temps à autre, un crapaud qui avait sauté dans le cercle lumineux, attiré par le halo d'insectes flottant autour de l'ampoule orange et nue, près de la porte d'entrée.

Rusty ne venait que rarement partager leurs jeux. Il préférait s'approprier un coin du jardin, ou même une chaise à l'intérieur de la maison et rester là, à observer en silence.

Allez savoir ce que faisaient les adultes. Ils jouaient aux cartes et bavardaient. Il y avait des éclats de rire, le gloussement aigu de tante Vicki, digne d'une fête foraine, qui s'élevait au-dessus du brouhaha de voix ; ils reprenaient les chansons diffusées par la chaîne stéréo. Une fois ivre, le père de Dustin circulait parmi les convives et il effleurait la nuque des femmes avec sa prothèse, ce qui les faisait sursauter et pousser des petits cris. Il lui arrivait aussi de retirer son bras et de danser avec. Ou de pleurer en pensant à Billy Merritt.

La nuit avançait. Des canettes de bière vides finissaient par remplir les poubelles ou par s'aligner sur les plans de travail. Les plus jeunes s'endormaient sur les lits. S'il était encore éveillé, Dustin regardait parfois par la fenêtre, les derniers adultes formaient un cercle dans le jardin, ils chuchotaient, pouffaient et faisaient circuler une petite cigarette. Il avait huit ans et n'était pas censé savoir ce qui se passait.

Mais Rusty le lui expliqua. Au début, Dustin refusa de le croire. Il avait entendu dire des choses horribles sur la drogue – que des méchants mettaient parfois du LSD dans les bonbons d'Halloween pour que les enfants deviennent fous ; que prendre de la poussière d'ange vous incitait à tuer la première personne venue ; que certains dealers s'approchaient des aires de jeux pour tenter de donner des pilules aux enfants et qu'il fallait alors s'enfuir en courant et prévenir au plus vite un adulte.

Rusty avait fumé du shit ; et même pris accidentellement du LSD en mangeant une barre chocolatée qu'on lui avait donnée.

Là encore, Dustin n'était pas sûr de le croire. L'étendue de l'expérience de Rusty et la profondeur de sa dépravation relevaient presque de l'impossible.

Plus tard, alors que les parents de Dustin étaient sortis, ils fouillèrent les tiroirs de leur commode. Ils trouvèrent des revues pornos tout au fond du tiroir de son père ; et un petit sachet en plastique plein de ce que Rusty dit être de la marijuana dans le tiroir à sous-vêtements de sa mère.

Rusty en prit un peu pour lui et Dustin faillit se mettre à pleurer.

« Ne dis rien à personne, lui ordonna Rusty. C'est compris ? Tu sais que ta mère et ton père pourraient avoir des ennuis avec la police s'ils se faisaient prendre.

– Je ne dirai rien », murmura Dustin.

Dave avait l'air d'être un père normal, si on ne tenait pas compte de son bras. Il arrivait que le samedi, après le petit-déjeuner, il emmène les garçons en voiture jusque dans les collines en emportant ses fusils calibre 10. Il alignait alors des canettes de bière et des bocaux en verre sur une palissade et Dustin et Rusty tiraient dessus. Lui n'était pas capable de tenir suffisamment bien le fusil pour viser mais il leur montrait comment faire.

La première fois que Rusty prit l'arme, ses mains tremblèrent. « Tu n'as encore jamais manié un fusil, fiston ? » lui demanda le père de Dustin, et il secoua lentement la tête.

Dave lui indiqua où mettre les mains et lui apprit à caler la crosse au creux de son épaule. « OK, OK », dit-il. Puis, debout derrière Rusty, il se baissa et colla son menton contre son oreille. « Regarde dans le viseur. Tu vois là où les lignes se croisent ? »

Dustin les observa, ils visèrent prudemment, leurs corps en équilibre. Quand le bocal vola en éclats, il sauta en l'air. « Tu as réussi ! » cria-t-il, et Rusty se tourna vers lui, calme et émerveillé, les yeux écarquillés, la bouche entrouverte.

À leur retour, Colleen les attendait pour déjeuner. Elle avait préparé des hamburgers et des épis de maïs.

Aux yeux de Dustin, c'était l'archétype de la mère. Elle avait quelques kilos en trop, était toujours affairée, et le plus souvent de bonne humeur. Au début, elle serrait parfois Rusty dans ses bras mais, gêné, il se raidissait. Par la suite, Colleen se contenta de poser sa main sur son épaule ou sur son bras. Dans ces moments-là, Rusty ne la regardait pas mais ne s'écartait pas non plus.

Dustin pensa à ce qu'il apprenait sur les plantes à l'école. Elles se nourrissaient des rayons du soleil ; elles respiraient, même si ça ne se voyait pas. Il y songea en regardant Rusty qui était attablé, la main de Colleen posée sur son épaule. Elle lui massa brièvement le cou et Dustin vit le visage impassible de son frère tressaillir et son regard devenir fixe, comme absent.

Un jour, Dustin aperçut Rusty à la lisière du jardin, et sa silhouette était tellement immobile qu'on aurait pu le prendre pour un poteau. Il l'observa en silence alors qu'il regardait au loin. À des kilomètres de là, les feux arrière rouges des semi-remorques balayaient la route, et Dustin réalisa soudain qu'il y avait du monde à l'intérieur, des gens qui se rendaient dans des régions lointaines et qui ne sauraient jamais que son frère et lui les observaient. Il en ressentit d'étranges picotements douloureux.

« Qu'est-ce que tu regardes ? » finit par lui demander Rusty, et Dustin sursauta, comme si on l'arrachait à un rêve. Son frère ne se retourna pas. C'était son ombre qui parlait. « Qu'est-ce que tu veux ?

– Rien.

– Viens par ici. » Dustin s'avança d'un pas hésitant. Il devint soudain méfiant. Il craignait de se faire avoir. Ses cousines, Kate et Wave, le menaient souvent en bateau en lui parlant comme ça, d'une voix douce.

Mais Rusty ne baissa même pas les yeux quand Dustin se glissa à ses côtés. Il continua de fixer la route. « Mon Dieu ! s'exclama-t-il. Qu'est-ce que tu peux être bête, mon pauvre Dustin !

– Je ne suis pas bête », répliqua-t-il, et Rusty finit par le regarder. Un large sourire aux lèvres.

« Haha ! On dirait le Petit Chaperon rouge qui sautille dans la forêt. » Rusty examina le visage de Dustin. « Tu sais ce qui arriverait si un gamin comme toi était envoyé dans une famille d'accueil ?

– Non. » Rusty le fixait sans cligner des yeux.

« Ils sont vraiment méchants avec les petits enfants. Et si tu essaies de crier, ils t'enfoncent ton slip sale dans la bouche pour te bâillonner. » Il regarda Dustin tristement, comme s'il se représentait la scène.

Puis il pointa l'index en direction du ciel. « Tu vois là-bas ? demanda-t-il. C'est la Grande Ourse. » Il se plaça derrière Dustin et posa ses mains sur ses oreilles, le bout de ses doigts faisant pression sur son cuir chevelu. Puis il renversa sa tête en arrière.

« Tu la vois ? » murmura-t-il, et Dustin fit signe que oui. Il se laissa aller dans les mains de son frère, et il imagina que sa tête était un globe et que lui flottait dans l'espace et voyait des galaxies. Mais il garda les yeux fermés.

« Oui, dit-il. Je la vois. »

Parfois, ils semblaient tous très heureux. Quand ils regardaient la télé le soir, Colleen assise sur les genoux de Dave dans le grand fauteuil capitonné, tous deux riant d'une blague qu'eux seuls pouvaient comprendre, et sa mère qui rougissait. Quand ils campaient au bord du lac et faisaient griller des marshmallows piqués à l'extrémité d'une branche taillée en pointe ; quand Dustin grimpait sur les épaules de son père, loin de la rive, qu'il se mettait debout, oscillait, trouvait son équilibre et tendait les bras comme un nageur.

Puis sautait dans l'eau en se servant de son père comme d'un plongeoir.

Le soir, Dustin et Rusty longeaient le lac munis d'une torche pour attraper des écrevisses. Rusty n'avait pas peur de leurs pinces. Un rictus aux lèvres, il les faisait osciller, tels des bijoux suspendus aux lobes de ses oreilles.

Dustin ne savait pas quel sentiment l'emplissait dans ces moments-là. Ça avait à voir avec la façon dont le faisceau de la torche dessinait un bol brillant de lumière sous l'eau ; avec la façon dont, sous ce faisceau lumineux, tout était clair et distinct – les morceaux d'algues qui flottaient et les minuscules créatures aquatiques, les pierres polies et les vairons endormis aux reflets argent et bleu métallisé, les écrevisses qui reculaient furtivement en soulevant leurs pinces avec circonspection. C'était la voix de ses parents assis autour du feu, celle tremblotante et retentissante de son père quand il commençait à chanter. La silhouette de Rusty se détachait sur le lac lisse d'un bleu noir, et Dustin voyait bien que le ciel ne ressemblait pas à un plafond. Mais à une étendue d'eau d'une profondeur insoupçonnée, d'une superficie démesurée. Et il trouvait ça beau. Et il aimait sa jeune mère et son jeune père, sa tante et son oncle qui riaient au loin, ses cousines dans leur tente qui rêvaient déjà, et Rusty lui-même, silencieux dans l'obscurité. Dustin était empli d'un certain contentement mêlé d'émerveillement qu'il prenait pour du bonheur.

Plus tard, du fond de son sac de couchage, sous la tente, Dustin entendit ses parents discuter. Ils parlaient à voix basse mais il s'aperçut qu'en tendant l'oreille, il pouvait comprendre ce qu'ils disaient.

« Je ne sais pas, murmura Colleen. Il faut combien de temps pour se remettre d'un truc pareil ?

– Il va bien, affirma Dave. C'est un bon gamin. Il faut juste le laisser tranquille. Je ne pense pas qu'il souhaite en parler.

– Oh, fit sa mère, et elle respira bruyamment. C'est au-delà de ce que je peux imaginer. Et si je vous perdais tous comme ça ? Je ne sais pas comment je pourrais continuer. Je me suiciderais, Dave. Je t'assure.

– Mais non. Ne dis pas une chose pareille. »

Puis ils se turent. Dustin se tourna vers Rusty et constata que lui non plus ne dormait pas. Les parois de la tente miroitaient à la lumière du feu, et cette lueur dansait dans les yeux de son frère. Il écoutait en grinçant des dents.

Dustin se réveilla en pleine nuit ; il sentit un poids contre lui et, lorsqu'il ouvrit les yeux, la fine toile de la tente était presque phosphorescente au clair de lune. Le sac de couchage de Rusty était serré contre le sien et il le sentait bouger à l'intérieur. Tous deux ressemblaient à d'étranges créatures surnaturelles – grosses chenilles dans leur cocon. Rusty se balançait contre lui en marmonnant, mais les mots confus sortaient à un rythme régulier, dans un mouvement ondulatoire, jusqu'à ce que Dustin parvienne presque à les deviner, comme s'ils étaient portés par le vent : « Attends… j'ai… quand vas-tu… Oh j'attends… et tu n'as jamais… », puis le balancement s'accéléra et Dustin crut que son frère pleurait. Mais il n'osa pas ouvrir les yeux. Il resta parfaitement immobile et respira lentement comme s'il dormait. Rusty émit alors un son, un ronron aigu peu mélodieux, et, au bout d'un moment, Dustin comprit qu'il s'agissait du mot *maman* se déroulant à l'infini. Et il sut qu'il ne pourrait jamais en parler à personne.

Pourtant, malgré le silence et l'ambiance flippante, ce moment n'avait pas été dépourvu de bonheur : il y avait quelque chose de merveilleux dans les mots murmurés de Rusty, dans l'impérieuse pression de son corps, comme un secret entrevu. Qu'était-ce ? Qu'était-ce ?

Dustin ne pouvait pas lui poser la question, d'autant que son frère se montra particulièrement silencieux et maussade au cours de la semaine qui suivit ces vacances. Il lui arrivait de disparaître pendant des heures, laissant dans son sillage un silence écrasant, et quand Dustin réussissait à le trouver – allongé sur le dos dans un fossé envahi par de hautes fleurs d'amarante et de tournesol, ou accroupi près du tas de bois, derrière le garage –, Rusty lui jetait un regard tellement menaçant que Dustin comprenait qu'il ne devait pas l'approcher.

Quand Rusty était arrivé dans sa famille, Dustin avait demandé : « Suis-je censé le considérer comme mon frère ? »

Ils étaient en train de dîner et ses parents s'arrêtèrent net de manger et levèrent les yeux. « Eh bien, dit prudemment Dave. Je sais que nous serions ravis si Rusty nous considérait comme sa famille. Mais je pense que c'est à lui de te dire ce qu'il souhaite. »

Dustin se sentit coupable quand il vit Rusty se tasser au moment où tous trois le regardèrent. Rusty se figea et toute une série d'expressions indéfinissables parut se lire sur son visage. Puis il sourit : « Bien sûr, Dustin, dit-il. Soyons frères. » Et il lui apprit à faire un « high five » un peu particulier en appuyant son pouce contre le sien après avoir tapé dans sa main, paume ouverte. Ensuite il fallait agiter les quatre autres doigts. De sorte qu'on obtenait la forme d'un oiseau, sans doute un aigle ou un faucon.

Naturellement, ça n'en faisait pas vraiment des frères. Dustin savait que Rusty avait dit quelque chose de gentil uniquement pour faire plaisir à ses parents, et que c'était pour la même raison qu'il les appelait « papa » et « maman ». Mais ce n'était pas grave. Car il s'était passé quelque chose. Quelque chose d'étrange et d'inexplicable avait traversé la pulpe de leurs pouces quand ils s'étaient touchés.

Ce souvenir lui revint en mémoire tandis qu'il observait Rusty. Les épaules rentrées, l'air songeur, celui-ci se trouvait près d'une maison abandonnée, non loin de l'endroit où ils habitaient. Dustin l'avait suivi jusque-là mais il gardait ses distances. À l'aide des jumelles de son père, il le vit ramasser une vieille bouteille de bière et la briser contre une pierre en balançant son bras en arrière avec emphase, tel un lanceur. Les vitres de la maison étaient déjà cassées mais, pendant un temps, Rusty tapa sur les châssis avec un bâton. Puis il leva la tête et, méfiant, regarda autour de lui. Il ne repéra pas Dustin, qui était caché au milieu des mauvaises herbes, et, au bout d'un moment, quelque peu satisfait, Rusty s'accroupit et fuma une partie de la marijuana qu'il avait prise dans la commode de ses parents.

Dustin l'étudia : la façon qu'il avait de fermer les yeux en tirant sur le joint et de retenir la fumée dans ses poumons avant d'expirer longuement. Puis, tel un détective privé dans un film, il laissait la cigarette roulée à la main pendre à ses lèvres. Avant de tirer à nouveau dessus.

Rusty paraissait plus détendu lorsqu'il finit par rentrer à l'heure du dîner. Il daigna même jouer au rami avec Dustin, ce qui n'arrivait pratiquement jamais. Ils s'assirent côte à côte sur le sol du salon et quand Dustin cria « Gin ! » et abattit toutes ses cartes, Rusty ne s'énerva même pas. Il lui tapa dans la main. L'aigle ou le faucon vola. Et il sourit à Dustin avec bienveillance. « Bravo, continue comme ça ! » dit-il.

Mais ce soir-là, alors qu'ils étaient couchés, Rusty ne parlait que de partir. À New York. Los Angeles. Nashville. D'apprendre à jouer de la guitare électrique. Il songeait à écrire une lettre au groupe de rock Black Sabbath pour leur demander s'il pouvait travailler pour eux.

« Je t'emmènerai avec moi, dit-il. Quand on partira. Les Black Sabbath sont vraiment cool. Je pourrais leur dire que tu es mon petit frère. Et qu'on est à la rue ou un truc du genre. Ils nous apprendraient sans doute à jouer des instruments. Si bien que lorsqu'ils seront vieux, on pourrait prendre le relais. Être les Black Sabbath, Acte Deux.

– Je serais quoi ? » demanda Dustin. Il voulait avoir une vision nette de sa place dans ce nouvel univers, pouvoir l'imaginer dans son ensemble, comme Rusty l'avait fait.

« Sans doute batteur. Tu aimes la batterie, non ?

– Oui », répondit Dustin. Il attendit, il voulait en savoir plus sur lui en tant que batteur, mais Rusty se contenta de passer ses mains derrière sa tête.

« Tu sais, il faudra probablement qu'on les tue, dit-il.

– Qui ça ? Les Black Sabbath ?

– Mais non, espèce d'idiot, répliqua Rusty avec irritation. Dave et Colleen. Tes parents. On pourrait aller chercher le fusil pendant leur sommeil et ça ne leur fera même pas mal. Ce sera comme s'ils dormaient. Et puis on pourrait prendre la voiture de ton père. Je conduirais. »

Dustin songea à la Jeep Wrangler de son père, garée dans l'allée, encore flambant neuve. Il s'imagina assis sur le siège passager, avec Rusty au volant. Il resta silencieux un court instant. Il ne savait pas si son frère blaguait, et il était tout à la fois terrorisé et euphorique.

Il le regarda sortir un pied nu de sous les draps et se gratter un orteil noueux. « Tu pourrais les tuer pendant leur sommeil. Ça ne leur ferait pas mal. Ce ne serait pas un problème », insista Rusty.

Il marqua une pause et regarda Dustin, l'air songeur. « Et si tu mettais ensuite le feu à la maison, personne ne saurait jamais ce qui est arrivé. Toutes les preuves seraient détruites. »

Rusty prononça ces mots posément mais son regard parut s'assombrir au fur et à mesure qu'il parlait, et Dustin en eut des picotements à la nuque. Il vit son frère se pincer les lèvres pour éviter qu'elles ne tremblent, et une légère hésitation se peindre sur son visage. « Ils penseraient que nous aussi, on serait morts. Ils ne nous rechercheraient pas car, murmura-t-il, *ils ne sauraient pas que nous serions encore en vie.* »

Il regarda Dustin fixement, le visage argenté au clair de lune, et Dustin sentit monter en lui une panique sourde et figée, comme dans un rêve. Une partie de lui voulut appeler sa mère à grands cris, mais il s'abstint. Il préféra poser lentement ses pieds sur le linoléum. « Il faut que j'aille aux toilettes », dit-il, et il se leva timidement. L'espace d'un instant, il songea à s'enfuir en courant.

Mais au même moment, Rusty l'attrapa par le bras. L'odeur douceâtre et cuivreuse de ses pieds se dégagea de sa peau nue quand il attira Dustin à lui.

« Chut ! » Rusty l'empoigna si fort qu'il lui pinça les bras. « Ne crie pas ! » murmura-t-il avec insistance. On aurait dit qu'ils s'étreignaient, et Rusty posa sa bouche fermée près de l'oreille de Dustin pour que celui-ci sente ses lèvres effleurer la peau douce de son lobe. Il ne libéra pas Dustin mais relâcha son étreinte. « Chut, dit-il. Ne pleure pas, Dustin. N'aie pas peur. » Rusty avait commencé à se balancer un peu d'avant en arrière, tout en continuant à serrer Dustin dans ses bras et à lui demander de se taire. « On est frères, non ? Et des frères, ça s'aime. Il ne va rien t'arriver de mal parce que je suis ton frère, mon pote, et que j'y veillerai. N'aie pas peur. »

Dustin leva alors les yeux vers lui. Il ignorait si Rusty disait la vérité mais il hocha la tête. Rusty ne le quittait pas du regard tandis qu'ils se balançaient, et Dustin avala larmes et glaires, lèvres serrées. Effectivement. Ils s'aimaient.

Les jours suivants, ou peut-être les semaines suivantes, Rusty fut plein d'attentions pour Dustin. Il arrivait à ce dernier de se rappeler cette nuit où Rusty avait parlé de tuer, d'incendier, et il lui arrivait même de sentir que ça arriverait tôt ou tard. Mais quand il se réveillait d'un cauchemar, Rusty n'était jamais en train de dormir et il s'asseyait sur le bord du lit en disant : « Tout va bien, ne crains rien », et il lui caressait lentement le visage, et faisait glisser ses doigts sur ses paupières jusqu'à ce qu'elles se ferment. Pendant la journée, les deux frères se promenaient en silence à travers champs. Il arrivait qu'un lièvre jaillisse des mauvaises herbes puis se sauve, laissant des petits nuages de poussière derrière ses grandes pattes ébranlées. Ils retournaient des pierres et trouvaient des cloportes, des mille-pattes et des scarabées à la carapace métallisée. Rusty découvrait parfois des fossiles que Dustin et lui rapportaient chez eux pour les examiner à la loupe.

Au bout d'un moment, les inquiétudes de Dustin s'évanouirent; il n'envisagea plus de raconter à ses parents ce que Rusty avait dit cette nuit-là. Rusty lui-même n'y fit plus jamais allusion. Quand ils examinaient les fossiles – empreintes d'arêtes de poisson, de fougères et de coquilles –, il arrivait que Rusty se penche au-dessus de son frère, son visage effleurant ses cheveux. Il paraît que la mer avait jadis recouvert la terre à l'endroit même où ils vivaient. Ce qui expliquait la présence de ces fossiles.

Par moments, au cours de ce dernier mois d'été, Dustin avait l'impression que seuls Rusty et lui étaient vivants. Les autres membres de sa famille semblaient être dans un état second, des somnambules au milieu desquels tous deux évoluaient. Dustin les imaginait se réveiller en sursaut en clignant des yeux. *Où sommes-nous ?* diraient-ils. *Que nous est-il arrivé ?*

Mais ils ne sortirent pas de cet état de transe. Colleen et Dave ressemblaient souvent à des statues dans un lointain jardin, à des gens, figés, à qui on aurait jeté un mauvais sort. De l'autre côté du champ de chaume, Dustin et Rusty ramassaient du bois et allumaient un petit feu dans la vieille maison abandonnée, au centre de ce qui avait dû être le salon. Ils jouaient à être les deux seuls survivants d'un désastre nucléaire. La fumée s'élevait en une colonne filandreuse et glissait le long du plafond en direction des vitres cassées. Les deux garçons prenaient des légumes du jardin, les mettaient dans une boîte à café avec de l'eau, faisaient bouillir le tout et obtenaient une soupe délicieuse. Un jour, ils mirent une Barbie appartenant à une cousine de Dustin dans la boîte avec un G.I. Joe. Ils regardèrent les membres fondre, s'avachir, se liquéfier. Puis ils mélangèrent les deux loin du feu pour en faire un seul bloc.

S'embrasser : sur le sol de la vieille maison, torse nu, Rusty sur lui, leurs mains jointes, la peau moite de Rusty contre la sienne, leurs bouches ouvertes. Quand Dustin ferma les yeux, il eut l'impression qu'un petit animal impatient fouillait l'intérieur de sa bouche. C'était bizarre ; ça lui plut.

Ça ne voulait pas dire qu'il était pédé, lui dit Rusty, et Dustin avait hoché la tête. Certains enfants de son école se faisaient traiter de pédés. Ils étaient trop maigres ou trop gros ; c'était des faibles, des mauviettes, ou bien ils portaient des lunettes.

« Tu ne dois jamais rien dire à personne », lui intima Rusty. Il promena son doigt sur les lèvres de Dustin puis le long de son cou, de sa poitrine et jusqu'à son nombril.

« Je sais », répondit Dustin, et il fit glisser sa langue sur le torse de son frère. *Ils ne sauraient pas que nous serions encore en vie*, songea-t-il, et il ferma les yeux. L'espace d'un instant, cela devint réel : sa famille était morte, et tous deux étaient en route pour quelque part, et c'était bien. Il n'avait plus peur. Ses lèvres effleurèrent le mamelon de Rusty et ce contact étrange et grumeleux lui plut. Il fit glisser sa langue dessus et la façon dont le corps de Rusty tressaillit le surprit.

Rusty s'écarta alors de lui, le repoussa, et les yeux de Dustin s'ouvrirent. Il regarda son frère s'agenouiller dans un coin de la vieille maison et baisser la fermeture éclair de son jean.

« Qu'est-ce que tu fais ? » demanda-t-il, et Rusty se replia farouchement sur lui-même.

« Je me branle, espèce d'abruti, répondit-il d'une voix rauque. Tu préférerais que je te baise ? »

Dustin avança d'un pas pour essayer de voir ce que son frère faisait avec son pénis, mais Rusty serra les dents, lui jeta un regard noir, si bien qu'il garda ses distances.

« Ça me ferait mal ? » demanda-t-il, et Rusty se pencha encore plus en avant, les muscles du dos contractés.

« Oui, siffla-t-il. Ça te ferait mal. » Il se tut un instant. Puis : « Barre-toi, Dustin. Va te faire voir ! Je ne plaisante pas ! »

Perplexe, Dustin recula lentement. Il attendit près de la porte de la maison, au milieu des herbes hautes. Il y avait le chant estival des cigales ; des sauterelles quittaient les fleurs d'amarante et de tournesol pour se poser sur ses cheveux, et il secouait la tête pour s'en débarrasser.

« Rusty ? Rusty ? » cria-t-il. Au bout d'un moment, il retourna à pas prudents à l'intérieur de la maison mais Rusty n'était pas là. Et bien que Dustin ait regardé partout, Rusty ne réapparut pas avant l'heure du dîner.

Et puis soudain tout s'arrêta. La rentrée des classes eut lieu une semaine plus tard. Ils ne retournèrent pas dans la vieille maison, et même s'ils attendaient ensemble le bus scolaire, Rusty se montrait distant. Tout ce qui s'était passé entre eux avait disparu. *Pourquoi ?* se demandait Dustin. *Qu'est-ce que j'ai fait ?* Mais Rusty refusait de parler. Quand Dustin essayait de discuter avec lui le soir, il faisait semblant de dormir. Et une fois, alors qu'il avait tenté de se glisser dans son lit, Rusty lui avait donné un coup de pied suffisamment violent pour l'envoyer à l'autre bout de la pièce, et le bruit avait fait accourir sa mère.

«Dustin est tombé du lit», avait dit Rusty avec gravité, et Dustin, en larmes, était resté par terre tandis que sa mère avait les yeux braqués sur eux.

«Qu'est-ce qui se passe ?» avait-elle demandé.

Rusty avait haussé les épaules.

«Rien», avait-il répondu, et Dustin avait péniblement regagné son lit. «Rien», avait-il confirmé.

Dustin resta un long moment au lit sans dire un mot, les yeux ouverts dans l'obscurité. Il entendait Rusty respirer. Il entendait les yodlées lointaines des coyotes dans les collines, et le mot «rien» lui trottait dans la tête. *Rien*, avait dit Rusty. *Rien*, avait dit Dustin. Rien : cette notion s'ancra en lui.

Je l'aurais fait, songea-t-il. Il leur aurait préféré Rusty.

Peut-être n'aurait-il pas tué lui-même ses parents mais il savait qu'il aurait laissé Rusty s'en charger. Il aurait regardé la maison brûler et puis il se serait installé sur le siège passager de la Jeep, et Rusty et lui seraient partis en Californie pour y rencontrer les Black Sabbath. Ils auraient vu le Grand Canyon ; ils auraient vu les cactus saguaros, le désert et puis l'océan Pacifique. Il aurait éprouvé du chagrin – il aurait pleuré ses parents, qui lui auraient terriblement manqué –, mais il aurait accepté cette nouvelle vie qui lui était offerte.

Il constatait maintenant que ce n'était pas la réalité. Que ça n'avait jamais été la réalité. Il sentit cette autre vie rétrécir et son éventualité s'évanouir, et il sut qu'il ne lui faudrait plus jamais y penser.

III

Automne 2013

III

[illegible]

1

Ça faisait bientôt un an que ma mère était morte et mon père perdait la tête. Il traînait avec un certain Aqil Ozorowski, sans doute un ancien patient. Ils se donnaient rendez-vous au Parnell's, un bar qui se trouvait au bout de la rue, et ils avaient des discussions paranoïaques autour de pintes de bière et de shots de whisky, et puis mon père rentrait à pied en passant par les espaces verts de Cleveland Heights, avec un pack de bières acheté chez CVS et un paquet de Marlboro, les rues étaient complètement désertes, des gouttes de pluie tombaient des arbres car il y avait eu un orage, et il avançait en titubant dans l'obscurité, il mettait ses pieds dans les flaques et les vieilles maisons le fixaient, pas de lumière aux fenêtres, et il était veuf, à quarante et quelques années, il était triste, chancelant, rougeaud et ivre, et un sac en plastique se balançait au bout de ses doigts. Un jour il avait vu un cerf ; un autre jour, il avait cru voir un ours descendre Briarwood Road.

« Ce n'est pas totalement improbable, me dit-il. Il y a entre soixante-dix et quatre-vingt-dix ours noirs sauvages dans l'Ohio. »

Était-ce vrai ? Quel était son degré de folie ? Il était peut-être complètement fou mais je n'en étais pas sûr.

J'avais dix-huit ans, j'étais censé entrer à l'université et vivre seul avec lui. Mon frère Dennis était hors du coup : étudiant en deuxième année à Cornell, très très très occupé. Ça ne l'intéressait pas de savoir comment ça se passait à la maison entre son fou de père et son loser de frère.

Je me rappelle m'être réveillé et avoir entendu mon père entrer dans ma chambre, avoir vu sa silhouette se balancer légèrement d'avant en arrière dans l'encadrement de la porte, il s'était dit qu'il fallait me réveiller pour me parler d'un tueur en série. Un type qui supprimait des étudiants, me dit-il. Qui les noyait.

On se croirait dans les années quatre-vingt-dix, ai-je pensé.

Il menait l'enquête, ajouta-t-il. Songeait à écrire un livre sur le sujet.

« Super », ai-je dit. Et je me suis tourné vers le mur.

2

« J'en ai entendu parler, me dit mon ami Rabbit le lendemain. C'est comme une légende urbaine qui se répand parmi les étudiants. Ce tueur en série kidnapperait des mecs ivres, les torturerait, et les balancerait dans une rivière pour faire croire à une noyade. Ils le surnomment Jack Daniels, ce que je trouve hilarant. D'autres pensent que c'est peut-être une sorte de rituel initiatique. »

Il avait sorti son matériel hypodermique et faisait chauffer de l'héroïne dans une cuillère avec son briquet. Il me regarda avec un sourire jusqu'aux oreilles. «Comment ton père a pu s'embarquer dans un truc pareil? Il ne serait pas en train de péter un câble?»

Rabbit préférait se piquer plutôt que de sniffer ou de fumer, mais quand il a entendu sa mère ouvrir la porte qui menait au sous-sol, quand il l'a entendue descendre lentement l'escalier de son pas lourd, il a bondi pour fourrer la seringue sous le coussin du canapé.

Il a mis le petit sachet d'héroïne dans sa poche, la cuillère dans une tasse à café. Et a laissé la pipe à eau sur la table basse devant nous.

«Bruce?» cria-t-elle. C'était le prénom de Rabbit. «Mon chéri? J'ai besoin de ton aide.»

Rabbit me regarda du coin de l'œil. L'une des premières choses un peu intimes qu'il m'avait dites le concernant, c'est que personne, absolument personne, ne l'appelait Bruce. Dès que quelqu'un prononçait ce prénom démodé, qu'on associait à un homme d'un certain âge plutôt efféminé, ses yeux me foudroyaient.

«Qu'est-ce que tu veux? demanda-t-il en me fixant. Maman, je suis occupé.

– Je n'arrive pas à atteindre le placard au-dessus du frigidaire. Et avec ma jambe, je ne veux pas me risquer à monter sur une chaise.

– Qu'est-ce qui peut bien te manquer autant à une heure du matin? Pourquoi tu ne vas pas tout bonnement te coucher?

– Hum», ai-je murmuré. J'ai fait un geste bizarre de la main. «Rabb. Je pourrais l'aider si…»

Mais le regard de Rabbit me cloua sur place.

«Va te coucher, maman», dit-il, mais ça ne servit à rien. Comme dans un film d'horreur, sa mère continua de descendre pesamment l'escalier, puis son corps apparut. Elle devait avoir une quarantaine d'années. Pas vraiment moche pour son âge. Pieds nus. Un pantalon de jogging. Un T-shirt qui lui arrivait au-dessus du nombril.

« OK, j'avoue. J'ai rangé une bouteille de vodka dans ce placard et j'en ai besoin. Putain, Rabbit, j'ai trop mal. »

C'était sans doute vrai. La mère de Rabbit avait un cancer. Un cancer des ovaires.

« Un cancer de la chatte », me dit-il, car il prenait plaisir à se montrer vraiment obscène dans le but de me voir grimacer. C'est le jeu qui fait l'unanimité chez les ados : à qui sera le plus repoussant, le plus insensible, le plus indifférent.

Tu ne trouves pas ça foutrement merdique ? poursuivit-il, et ses lèvres se contractèrent, tic rabbitesque en diable.

Et pourtant : ce qui était encore plus merdique – indicible –, c'est que ma propre mère était morte de ce cancer-là. À mes yeux, c'était le genre de coïncidence qui pouvait brusquement vous faire croire que quelque Puissance Supérieure, plutôt inamicale, vous surveillait.

Je ne pouvais bien sûr pas dire ça à Rabbit. Il avait évidemment appris comment ma mère était morte mais l'avait soigneusement *désappris*, et ça n'avait jamais été un sujet de conversation entre nous.

3

Quand j'ai découvert que ma mère allait mourir, j'ai pleuré pendant cinq bonnes minutes. Dix, grand max.

Mais c'est le genre de pleurs que vous n'oublierez jamais.

Appelons ça des *sanglots*. Vous ne pourrez pas faire la différence tant que vous ne l'aurez pas vécu – votre corps devient soudain un organisme ; toutes les molécules s'évaporent et vous vous remplissez d'une matière plus chaude, plus lourde. Jusque-là, vous pensiez que les émotions prenaient naissance dans le cerveau, mais voilà que vous réalisez qu'elles prennent en fait naissance dans le corps, qu'elles sont des diverticules de vos muscles, de vos poumons et de vos os.

Ma mère se trouvait dans un centre de soins palliatifs et, à l'époque, je ne savais pas ce que ça voulait dire. Mon père m'a emmené dans le patio de l'établissement, avec sa promenade en planches bordée de treillages, histoire de nous faire croire qu'on passait sous une tonnelle de vigne.

« Je ne suis pas sûr que ta mère s'en sorte », m'a-t-il dit. Puis il s'est éclairci la voix. « En fait, je suis pratiquement sûr. Qu'elle ne s'en sortira pas. »

Et voilà que dix mois plus tard, il était inquiet parce que je n'avais pas suffisamment pleuré. L'absence de larmes était un symptôme.

J'étais allé voir un de ses confrères qui m'avait prescrit du Zoloft. Que, soit dit en passant, je revendais. J'étais allé en voir un autre qui pensait que j'avais besoin de prendre du lithium. Que personne ne cherchait à acheter.

4

J'étais censé aller à la fac. Je ne m'étais pas lancé dans toute la procédure de candidature pour-entrer-dans-uneuniversité-hors-de-prix-et-attendre-en-retenant-mon-souffle-de-savoir-si-l'Ivy-League-m'acceptait. Ce dont mon frère avait fait tout un drame. J'avais préféré rester vivre à la maison et étudier en ville, à Cleveland State University, et j'étais allé jusqu'à m'inscrire en anglais, en maths et en sciences politiques, même si les cours avaient commencé deux semaines plus tôt et que je n'en avais pas encore suivi un seul.

Mon père l'ignorait, bien évidemment. Il me donnait de l'argent pour mes « livres » et mes « dépenses » sans même sourciller – j'imagine qu'il avait touché l'assurance-vie de ma mère –, et, pour être tout à fait honnête, je dois dire que la plupart de nos échanges l'amenaient à ouvrir son portefeuille et à me tendre quelques billets. Parfois il débarquait et tentait, avec amateurisme, de jouer son rôle de père en se lançant dans des digressions – m'affirmant que les constellations n'existaient pas, que le chou frisé était très bon pour la santé, ou qu'il regrettait amèrement de ne pas m'avoir emmené plus souvent camper quand j'étais petit. Est-ce que j'avais envie d'aller camper ? Il lui arrivait aussi de vouloir me transmettre une certaine forme de sagesse, *la sagesse soufie*, précisait-il, qui me paraissait totalement arbitraire et impénétrable. Puis il s'éloignait en traînant ses fines volutes de positivité dans toute la maison. Nous réussissions, la plupart du temps, à nous éviter.

Je le voyais parfois fumer une cigarette dans le jardin ; l'odeur entrait par la fenêtre et, depuis ma chambre à l'étage, je contemplais les rubans de fumée qui sortaient de sa bouche et de son nez tandis qu'il regardait avec inquiétude autour de lui et, d'une certaine manière, je trouvais ça triste qu'il ne sache pas que je l'observais. J'espérais qu'il lèverait les yeux et m'apercevrait pour vivre un de ces moments de vérité dignes d'une comédie sentimentale à l'eau de rose. Les yeux dans les yeux : Révélation ! Contact ! Envoyez une jolie petite chanson de rock alternatif. Et pourtant, l'espace d'un instant, je ne pouvais pas m'empêcher de souhaiter que ça se passe. *Lève les yeux, papa !*

Mais ne restait de cette séquence qu'un tas de mégots dans une plante en pot. Comme le diorama d'une scène de crime, avec les bouts de cigarette recroquevillés tels des corps exécutés.

On était en septembre et les feuilles des arbres étaient encore vertes. Les vieux ormes imposants formaient une voûte qui était deux fois plus haute que la maison, et j'aimais l'obscurité dans laquelle ils nous plongeaient le soir. J'aimais l'enfilade de petites rues quand on se baladait, le parfum d'herbe coupée, le feu rouge d'un carrefour qui clignotait, l'odeur de mouffette qui persistait sur une centaine de mètres, le *zzz* des insectes, le coassement des crapauds, et les papillons de nuit avec leur éclat doré à la lumière crue des hauts lampadaires.

J'ai débouché sur Lee Road, une rue commerçante ; il y a quelque temps, des caméras de surveillance avaient été installées parce que des adolescents y traînaient, et un peu plus tard une loi avait été votée pour y décréter le couvre-feu – à cause des « flash mobs » organisés par des jeunes, affirmait-on –, si bien que, jusqu'à cette année, il m'était interdit de m'y promener et, instinctivement, j'ai remonté la capuche de mon sweat-shirt et je me suis glissé dans une épicerie ouverte la nuit pour m'acheter des chips, des Skittles et une grosse canette de boisson énergisante.

Une fois dehors, je me suis adossé au mur en face du parking et j'ai mangé. Il était 3 h 23 et je ne savais pas ce que j'attendais. J'ai fourré un bonbon dans ma bouche et j'ai bu. J'ai regardé les ombres derrière les bennes à ordures rangées le long de la clôture.

J'espère pour toi que tu ne rencontreras pas d'ours en rentrant, me dis-je.

5

Mon oncle Rusty m'appelait tard le soir. Et généralement, quand il appelait, j'étais déchiré.

Imaginez-moi étendu sur mon lit, en sous-vêtements, bras et jambes écartés. Ça devait faire deux heures que j'avais perdu l'usage de la parole, les yeux fixés sur la texture du plafond qui m'évoquait des feuilles d'arbre en état de décomposition, des mille-pattes avançant en file indienne, ou encore des Cthulhu. Imaginez mon portable qui se mettait à vibrer, quelque part sous mon corps, me traversant d'un lent tentacule de conscience, alors je finissais par coller le téléphone à mon oreille, les yeux toujours rivés sur ce putain de plafond démentiellement vivant.

Rusty me disait : « Salut, mon pote. »

Sa voix grave et éraillée m'évoquait le stoner rock et le heavy metal des années quatre-vingt. L'intonation et l'inflexion, etc. La première fois que je l'avais entendue, je m'étais dit qu'il y avait certaines façons de parler, peut-être même certaines façons de bouger la langue et le larynx, que seule une génération particulière d'êtres humains apprenait à reproduire. Il m'arrivait de penser que mon oncle avait une façon de parler conservée dans l'ambre depuis 1983, et la première fois qu'il s'était adressé à moi, j'avais trouvé ça stupéfiant.

« Salut », je répondais. Après un silence excessivement long. Je me l'imaginais barbu. Portant peut-être un foulard à motif cachemire. Dentition merdique mais sourire plutôt avenant.

« Merde alors, disait-il. Tu es encore défoncé ?

– Si on veut. Des champis. »

Il ne réagissait pas. Puis : « Ça me désole. Tu n'avais pas dit que tu allais…

– C'est ce que je fais. Je t'assure, je t'assure, je t'assure. »

6

La mère de Rabbit et moi avons fumé un peu d'herbe, et puis je l'ai accompagnée en voiture à sa séance de chimiothérapie. Qui avait lieu dans la salle de perfusion.

Il était environ neuf heures du matin, Rabbit dormait encore profondément, et Terri m'a dit que j'étais vraiment quelqu'un de bien. « Tu es adorable. Pourquoi tu n'as pas de petite copine ? »

Mais elle n'a pas attendu ma réponse. Elle m'a décrit les femmes qu'elle retrouvait dans cette salle. Avec qui elle n'avait rien en commun, me précisa-t-elle.

Il y avait une vieille veuve, une Blanche dont les cheveux étaient tellement permanentés qu'on aurait dit du duvet de pissenlit, et qui était très fière de ne pas les avoir encore perdus.

Il y avait une « mystique », une hippie avec un grand foulard aux couleurs vives sur son crâne chauve, qui apportait des plantes et des petites statues du dieu hindou Ganesh. *Celui qui supprime les obstacles*, avait-elle expliqué à Terri.

Il y avait une femme très maigre – elle pesait sans doute moins de quarante kilos –, une Noire distante ou timide ; elle adorait la série télévisée *New York, police judiciaire*, c'est la seule chose que savait Terri la concernant. Elle réglait toujours la télé sur la chaîne qui la diffusait, mettait le volume à fond et regardait avidement l'écran avec ses yeux de squelette.

Quand je me suis garé devant le centre hospitalier, je n'avais pas encore ouvert la bouche – Terri avait parlé pendant tout le trajet – et je lui ai demandé : «Voulez-vous que je vous attende ?»

Elle a alors posé sa main sur mon genou et m'a jeté un de ces regards impossibles à interpréter. Une partie de mon cerveau me disait qu'une grande tristesse se lisait sur son visage, comme elle se serait lue sur celui de ma mère si elle avait bien voulu me dire qu'elle allait mourir.

Une autre partie me disait que Terri était en train de flirter avec moi et que c'était bizarre et flippant.

Enfin, une dernière partie me disait : *Attends, et si elle voulait juste être ton amie ? Et si ça n'avait aucune importance qu'elle soit la mère de Rabbit, qu'elle soit mourante, qu'elle ait passé vingt-cinq ans de plus que toi sur terre ? Vous vous êtes bien défoncés ensemble il y a une heure. Tu lui as rendu service. Vous êtes copains, voilà tout.*

«File, m'a-t-elle répondu. Je ne sais pas combien de temps ça va durer.

– Je peux traîner dans le coin. Si vous avez besoin de moi.

– Aaron. Tu ne me dois rien. Tu le sais, non ?

– Oui», ai-je dit, et elle a souri.

Ce sourire, j'espérais ne jamais le revoir, car ce n'était pas un sourire : c'était un trou noir, un champ magnétique. Une course folle, comme si vous vous trouviez dans un vaisseau spatial, type jeu vidéo, et que vous traversiez indéfiniment l'espace interstellaire.

7

J'ai commencé à discuter avec mon oncle Rusty il y a environ six mois.

C'était après sa sortie de prison, après que la plupart des trucs que mon père avait déclarés lors du procès se furent révélés mensongers.

Et six mois environ après la mort de ma mère. Oncle Rusty a gardé ses distances pendant un moment. *Je ne voulais pas déranger*, m'a-t-il dit. *Ça vous fait beaucoup à gérer. Je voulais vous laisser respirer.*

De toute façon, personne ne souhaitait lui parler. Ni mon père. Ni ma tante Kate.

Il était seul au monde. On l'a juste libéré, et les autorités ne lui ont rien donné en réparation de ce qu'on lui avait fait. Il n'eut même pas droit à des excuses.

Il n'y a pas de mots pour dire à quel point il s'est fait baiser. Son procès s'était tenu pendant les années quatre-vingt, alors que la notion de « sévices sexuels sataniques » était très répandue. Ce sont les propres mots d'oncle Rusty : « La notion de sévices sexuels sataniques était très répandue », et ça m'a fait penser à une horde de fans exaltés se ruant vers une scène, comme si les « Sévices Sexuels Sataniques » étaient un groupe de rock.

« Satanique ». Je n'avais jamais entendu ce mot. Et je l'ai trouvé tellement ringard que j'ai pouffé de rire jusqu'à ce qu'oncle Rusty m'en explique le sens, ce qui m'a donné envie d'entreprendre des recherches sur le sujet.

D'après Internet, les sévices sexuels sataniques étaient, en gros, une légende urbaine (une « panique morale », selon

Wikipédia) devenue réalité aux yeux de ceux qui vivaient dans les années quatre-vingt.

Apparemment, nombre de personnes étaient convaincues qu'il existait, dans tout le pays, des sectes sataniques secrètes qui pratiquaient des sacrifices humains, torturaient des enfants et invoquaient Satan dans les cimetières. D'ailleurs, il y eut à l'époque une émission spéciale à la télévision – *Exposing Satan's Underground* – qu'on peut regarder sur YouTube. Si vous voyiez la coupe de cheveux de ces gens ! Et leur bêtise ! Avec le recul, leur superstition et leur naïveté mettent plutôt mal à l'aise. Au cours de l'émission, le célèbre journaliste Geraldo Rivera dit : « On estime qu'il y a plus d'un million de satanistes dans ce pays. La majorité d'entre eux font partie d'un réseau extrêmement bien organisé et très secret. Qu'ils se passent dans une petite bourgade ou dans une grande ville, leurs rituels de sévices sexuels sur enfants, leur pédopornographie et leurs meurtres macabres ont attiré l'attention du FBI. Il y a de fortes chances pour que de tels crimes se produisent en ce moment même là où vous habitez ! »

Alors on se dit, d'accord, il y a vraiment de quoi se bidonner, et puis, en poursuivant ses recherches, on apprend que le pays tout entier était ensorcelé par ces bêtises. Certains services de police locaux créèrent leur propre « force d'intervention anti-sectes », il y eut des arrestations, des procès en sorcellerie où des enfants de maternelle déclarèrent avoir vu leur instituteur éventrer des bébés et boire leur sang, où des gamins affirmèrent avoir été contraints à participer à des orgies auxquelles assistaient des silhouettes encapuchonnées. Les cabinets des psychiatres furent envahis de gens qui avaient « retrouvé » des souvenirs refoulés de sévices sexuels sataniques.

On passe de lien en lien avec fascination et comme hypnotisé, et ces histoires semblent de plus en plus absurdes et invraisemblables. On apprend que le père James LeBar, nommé exorciste en chef de l'archidiocèse de New York par le cardinal O'Connor, évoqua une conférence internationale de satanistes qui se serait tenue au Mexique, et au cours de laquelle ceux-ci auraient discuté de leur intention de dominer le monde. On disait qu'il existait un réseau mondial d'ultra-riches qui disposaient de laquais au sein des forces de police, de sbires qui étaient directeurs d'école, agents de la CIA ou membres du Congrès, que les femmes et les enfants étaient victimes de sacrifices rituels ou esclaves sexuels, qu'on se baignait dans le sang de nourrissons, que des enfants étaient ébouillantés vivants et leurs organes distribués pour être mangés.

Apparemment, les gens crurent vraiment à ces conneries car ces sévices constituèrent un élément très important du procès d'oncle Rusty. On a dit qu'il aimait beaucoup le death metal, qu'il avait dessiné des pentagrammes sur ses cahiers, et son procès tourna autour du satanisme pour masquer le manque de preuves des autorités.

En tant que témoin, mon père affirma avoir vu Rusty sacrifier des lapereaux à Satan. Ce que mon oncle reconnut. Il en avait effectivement tué. À l'aide d'une brique. Au centre d'un pentagramme qu'il avait dessiné sur le sol d'une vieille maison abandonnée. À l'époque, il trouvait ça hilarant. Il adorait faire flipper mon père.

« Ce genre de connerie est sans doute impardonnable », me dit-il. Puis il est resté silencieux pendant si longtemps que j'ai vérifié que nous n'avions pas été coupés. Je me suis raclé la gorge.

« Je devais avoir quatorze ou quinze ans. Et ton père devait en avoir huit. Il me suivait partout comme un petit chien et je voulais juste lui faire peur pour qu'il s'en aille. » Il a alors poussé un profond soupir, une expiration longue et douce mais pleine d'émotion. « Putain. J'ai tellement merdé quand j'avais ton âge. J'étais vraiment odieux.

– Je vois. »

Oncle Rusty savait qu'il devait se faire pardonner beaucoup de choses parce qu'il s'était très mal comporté avec mon père. Et comme celui-ci refusait de lui parler, peut-être pourrait-il réparer ses torts en essayant de m'aider ? « Je veux être un oncle pour toi. Un vrai de vrai. Quelqu'un à qui tu peux faire confiance et sur qui tu peux compter. » Puis il ajouta : « Je ne te jugerai pas. J'ai été au fond du trou, j'ai touché à toutes les drogues, je sais ce que c'est, mon pote. Et moi aussi, j'ai perdu ma mère. »

8

Quand vous avez dix-huit ans, il est difficile de tenter de comprendre votre père. Quelle que soit la situation.

Ses quintes de toux sévères, par exemple, peuvent vous réveiller. Il est sous la douche, et ce râle muqueux et limoneux s'éternise jusqu'à ce qu'il ait un haut-le-cœur et vomisse. Vous savez qu'il fume comme un pompier depuis la mort de votre mère, sans doute deux ou trois paquets de Marlboro par jour, et vous vous dites : *S'il meurt*

Et puis il se pointe dans votre chambre et se tient sur le pas de la porte tandis que vous enfouissez votre tête sous l'oreiller comme *l'ado rebelle type*, et il rouspète parce que vous avez oublié de sortir la poubelle la veille au soir comme vous l'aviez promis. *Est-ce que tu as fait changer l'huile de la voiture de ta mère*, veut-il savoir ; il dit encore « la voiture de ta mère » alors que ça fait presque un an que vous la conduisez.

La voiture de ta mère. Réfléchissez un peu. Essayez de concevoir la menace que représente l'implication flippante et mystique de ces quelques mots. *La voiture de ta mère*, mains tendues, doigts repliés, un zombie qui cherche à vous serrer le cou.

Et pourtant vous éprouvez encore cet étrange zeste de tendresse à son égard. C'était son rêve d'avoir des fils qui l'adorent, d'être ce « bon père » légendaire, gentil, bienveillant et sage, d'être votre pote dans les moments durs, et vous éprouvez un peu de compassion, mais s'y mêle une forte envie de fuir pour mettre autant de distance que possible entre vous.

Vous partirez bientôt pour Austin, Boulder ou Seattle. Ou peut-être pour Portland, dans l'Oregon ? Ou pour le comté de Humboldt en Californie ?

Vous entrez dans la pièce et il est en train de regarder la télé sur le canapé, en sous-vêtements. Il a une vieille couverture afghane posée comme un châle sur ses épaules, il fume une cigarette – il ne prend plus la peine de se cacher désormais – et boit un verre de whisky. Il regarde cette série humoristique avec des filles branchouilles et paumées qui essaient de réussir à New York, mais son visage reste impassible jusqu'à ce que vous tapotiez sur la porte, il lève alors la tête et son regard vous traverse sans vous voir.

Salut, dites-vous *Salut, répond-il*

Vous ne vous êtes jamais vraiment demandé comment il gagnait sa vie. Ce qui fait peut-être de vous un vrai con, un mauvais fils, etc. Il subvient à vos besoins mais vous ne savez absolument pas comment. Gîte, couvert, argent de poche, impôts, factures d'électricité, et tout et tout. Il est psychologue, il a ce que l'on appelle un «cabinet» et des «patients» qui viennent lui confier leurs problèmes, leur tristesse, leurs addictions et ainsi de suite, mais il n'en parle pas beaucoup, pour des raisons de confidentialité, et honnêtement, ça ne vous intéresse pas suffisamment pour que vous lui posiez des questions.

Imaginez-le à huit ans. Naïf comme on peut l'être à cet âge.

«À cet âge-là, les enfants ne font pas la différence entre vérité et fantasme, déclara oncle Rusty. C'est tellement facile de se foutre de leur gueule.

– Oui, dis-je. C'est sûr.

– Tu peux leur faire croire à Dieu, au diable, aux fantômes, aux vampires. À n'importe quoi. Ils sont faciles à convaincre.

– C'est vrai.

– À l'époque – on était peut-être en 1981 –, Ozzy Osbourne avait arraché la tête d'une colombe avec les dents. Et plus tard, il a fait la même chose avec une chauve-souris. Je me contentais de l'imiter.

– Tu ne m'avais pas dit que tu avais tué les lapereaux avec une brique ?

– Si. Mais à la base, c'était la même idée.»

Le silence qui suivit fut tellement long que j'ai regardé l'écran de mon téléphone. On n'avait pas été coupés.

«Putain ! s'est exclamé oncle Rusty. C'est difficile à admettre ! Mais j'ai promis d'être franc avec toi, à propos de tout ce qui s'est passé. Je ne dirai plus un seul mensonge ; je n'essaierai plus de manipuler qui que ce soit. C'est ce qui m'a conduit en prison, Aaron. En gros, je n'ai eu que ce que je méritais.»

J'ai réfléchi.

Je me défonçais chez une fille le soir de la mort de ma mère, voilà le genre de mec que j'étais. Pendant que ma mère rendait son dernier souffle, la fille me taillait une pipe. J'avais éteint mon téléphone alors que je savais que mon père cherchait à me joindre. Qu'il n'arrêtait pas de m'appeler.

« Elle veut te voir, mon pote, disait l'un de ses messages. Ce serait bien que tu viennes. Pour ne rien regretter. »

« Hum », fis-je à l'intention d'oncle Rusty.

Et je me suis demandé ce que je méritais.

9

On était installés au sous-sol, chez Rabbit, et il me montrait un site baptisé Silk Road. Pour y avoir accès, il fallait passer par un serveur anonyme, et ça ressemblait en gros à Amazon, sauf qu'on y trouvait tous les produits illicites qu'on voulait. Drogues. Armes. Uranium. Organes humains. Rabbit faisait défiler des photos de différents types d'héroïne apparemment en vente. Il cherchait une certaine Blanche Thaïlandaise n° 4 dont il avait entendu parler.

«Je ne pige pas, dis-je. Elle doit être traçable super facilement. Si tu leur donnes ta carte de crédit.

– Il faut payer en bitcoins. Ce qui coûte cher.

– Ça ne m'a pas l'air très fiable. » J'ai tiré sur le bong et retenu la fumée, les poings serrés sur mon plexus. « Est-ce qu'ils envoient un sachet d'héroïne à une boîte postale ? La DEA ou le FBI auraient vite fait de les coincer.

– Haha. C'est ça le truc, dit Rabbit. On est sur Internet. Tout est virtuel. On ne peut pas les coincer parce qu'ils n'existent pas.

– Ça c'est fort. »

Je lui ai tendu le bong, une tour en verre soufflé à l'extrémité cannelée qui ressemblait un peu à un basson miniature. Mais Rabbit a secoué la tête. Il a sorti son matériel – la magnifique seringue qu'il avait achetée, très rétrofuturiste, le genre de seringue avec laquelle Sherlock Holmes aurait pu se piquer à l'époque victorienne. Je l'ai regardé serrer le poing.

« Tu n'as jamais entendu parler de la Panique Satanique des années quatre-vingt ? lui ai-je demandé. Il faut vraiment que tu regardes cette putain de vidéo, mon pote – ce type, ce journaliste, Gerardo Ravira. C'est tellement fou que c'en est désopilant.

– Gerardo Ravira », dit Rabbit, les yeux fermés. Il pencha la tête en arrière, et j'ai vu un sourire d'astronaute naître sur son visage. « Qu'est-ce qu'il y a de désopilant là-dedans ?

– Je ne sais pas. » Je n'avais pas parlé à Rabbit d'oncle Rusty. Je n'en avais parlé à personne et, l'espace d'un instant, je me suis demandé ce que ça me ferait de dire : *J'ai un oncle. Il a été emprisonné pour des meurtres qu'il n'a pas commis. Mon père a fait partie de ceux qui ont témoigné contre lui.*

« Je ne sais pas, ai-je répété. Ce truc est tellement banal. À l'époque, les gens pensaient qu'il y avait des satanistes à tous les coins de rue. Et puis ces procès. Comme des procès en sorcellerie, tu vois ? Avec des témoignages complètement barges de petits gamins qui disaient avoir participé à des orgies, assisté à des sacrifices humains, et j'imagine que les gens ont cru à une conspiration des adorateurs de Satan dans tout le pays. C'était ridicule. »

Rabbit sourit, l'air paisible. « Sans blague ! » Il laissa sa tête partir en arrière et sa pomme d'Adam remua. « Donc tu crois que ces gens qui ont fait l'expérience de rituels sataniques ont tout inventé ? Qu'ils ont eu des hallucinations ou un truc du genre ?

– Eh bien, dis-je. Je ne crois pas qu'il existe des millions d'adeptes qui boivent du sang de nourrisson et commettent des sacrifices humains. C'est vraiment stupide.

– Haha. Je dois dire que je pense exactement le contraire. Je pense qu'on ne peut même pas imaginer le degré de dépravation et de merde qu'il y a ici-bas. Moi, si j'entends parler d'une théorie conspirationniste, j'ai tendance à y croire. Tu sais quoi ? Je pense qu'il y a plus de trucs tordus qui se passent dans le monde que ce qu'on veut bien nous dire. Il n'y a qu'à voir le darknet, Sweetroll !

– Pff », fis-je. Ça faisait un bout de temps que Rabbit me parlait du darknet – il avait téléchargé le fameux logiciel qui lui permettait de visiter des sites anonymes, et il affirmait avoir vu toutes sortes d'horreurs.

Il y avait un site avec soi-disant des photos d'enfants morts et dénudés pour ceux qui étaient à la fois pédophiles et nécrophiles. Un autre prétendait pouvoir vous vendre des poupées humaines, des orphelines originaires d'un pays d'Europe de l'Est, amputées des bras et des jambes, rendues aveugles, et à qui on avait retiré le larynx. Un autre vous proposait de tourner votre propre snuff movie. Une victime était ligotée selon la pratique du bondage, sur une vidéo en direct, et vous choisissiez la façon dont elle serait torturée. D'après moi, tout ça était bidon.

Mais Rabbit se contenta de hausser les épaules. Je l'ai regardé faire défiler des rangées et des rangées de photos d'héroïne disposées avec art. Goudron Noir du Mexique. Cassonade. Pure n° 1.

10

« Vous vous êtes drogués à quoi ? » demanda Terri.

La mère de Rabbit. Mrs. Berend. Terri Berend. On était début octobre, elle se trouvait dans sa cuisine avec sur la tête un des bonnets de Rabbit car elle avait perdu tous ses cheveux, et quand elle a posé un bol de porridge devant moi, je me suis dit qu'elle en jetait.

« Vous vous piquez, les garçons ? J'ai remarqué qu'il me manquait beaucoup de cuillères. »

Elle a longuement tiré sur sa pipe à eau, l'air pensif, et me l'a tendue avant de recracher un gros nuage de fumée blanche. Je l'ai prise délicatement et j'ai tiré une petite bouffée. C'était mortel, ce truc qu'ils appelaient l'AK-47.

« Je ne suis pas complètement ignare. Je prenais de l'héro avec le père de Bruce. Et j'étais une sacrée bikeuse. Je ne suis pas aveugle, Aaron. »

Je n'ai pas répondu. C'était dingue ce que ses yeux étaient enfoncés : les os des orbites saillaient. J'ai pris une bouchée de porridge et elle a fait glisser un petit bol de sucre dans ma direction.

« Merci », ai-je dit.

Elle m'a regardé tristement.

« Les histoires d'héroïne finissent mal. Tu le sais, non ? »

J'ai gardé les yeux baissés. Je remuais le sucre dans mon bol et elle me transperçait du regard avec ses orbites qui ressemblaient à des lunettes.

Si on comparait son visage émacié au visage émacié de ma mère, sa maigreur squelettique à la maigreur squelettique de ma mère, on pouvait estimer qu'il lui restait sans doute un ou deux mois à vivre.

« On n'est pas des… *junkies*, t'es-tu entendu marmonner. Ce n'est pas comme si… »

11

J'étais assis dans *la voiture de ta mère*, en train de fumer un joint sur le parking du centre hospitalier, quand j'ai aperçu une volée de corbeaux dans un coin, près de la clôture. Ils devaient être une dizaine ou une vingtaine.

Ils se posaient, voletaient et puis se rassemblaient pour picorer quelque chose. Des détritus, des restes de nourriture de fast-food dispersés çà et là, un animal écrasé sur la route peut-être. Des extensions de cheveux ?

Et tout à coup : comment s'appelle cette sensation que l'on éprouve quand on est convaincu que le monde est condamné ? C'est une sensation physique, comme l'hypoglycémie ou l'excès de caféine, un message envoyé par le cerveau reptilien. Et l'espace d'un instant, on a l'intime conviction qu'il ne s'agit pas uniquement de soi. Ni uniquement de Cleveland. Mais de tout. Nous, créatures de la terre, sommes bel et bien foutus. « Nous sommes la dernière génération », m'a dit Rabbit, même si je lui avais fait remarquer que certains jeunes de notre âge avaient déjà des enfants et donc que, dans le pire des cas, nous étions l'*avant-dernière*.

« OK, enfoiré, m'a-t-il répondu, l'air pensif. La pénultième. Puisque tu veux pinailler. »

Dans le temps, Rabbit était un des élèves les plus brillants de l'école. Que d'excellentes notes, en passe de suivre des études supérieures, le genre de mec qui essaie d'apprendre tout seul le calcul infinitésimal en classe de troisième. Puis il a commencé à percer trop de choses à jour. Il a chassé tout espoir de sa vie à force de cogiter, et c'est ça qui est dangereux.

J'ai ouvert les yeux. J'ai senti l'extrémité incandescente de ma cigarette contre mes ongles, elle n'était plus qu'un cylindre de cendres qui s'est aussitôt effondré et décomposé. Les cendres ont atterri sur mon jean. *Ffff.* Comme un cil ou un astéroïde.

Et puis *chunk* la portière s'est ouverte et Terri s'est installée et j'ai consulté l'horloge du tableau de bord et trois heures s'étaient écoulées.

12

Oncle Rusty quitta le centre de détention de Tecumseh, dans le Nebraska, le 4 mai 2012. On lui remit 5,30 dollars et il partit avec un sac en toile contenant toutes ses affaires – des vêtements, quelques livres, quelques photos. Il avait quarante-huit ans.

L'odeur du monde le stupéfia. Ça faisait presque trente ans qu'il respirait de l'air filtré. Et la vue d'un simple mouvement – une voiture passant à toute allure – suffisait à le faire sursauter.

Il marcha le long d'importants axes routiers, de routes gravillonnées, il traversa des communes rurales, il dormit dans des fossés ou des granges abandonnées. Il n'osait pas faire de stop. Quatre-vingt-quatre kilomètres jusqu'à Lincoln.

Quand il y parvint, son avocate lui envoya de l'argent via Western Union – par pure bonté ; Vanessa Zuckerbrot était la meilleure – et il prit un car pour Chicago.

Il travailla comme plongeur dans un restaurant et dormit dans la rue jusqu'à gagner suffisamment d'argent pour pouvoir louer un petit studio. Son avocate se porta caution pour lui.

Il laissa plusieurs messages téléphoniques à mon père, mais mon père ne le rappela jamais.

Il ignorait que ma mère était mourante. Il ne savait pas grand-chose nous concernant – uniquement ce qu'il avait pu glaner en effectuant des recherches sur Google. Et, aussi étonnant que cela puisse paraître, il n'avait découvert Internet que depuis peu et ne savait pas très bien comment ça marchait.

Et puis Vanessa Zuckerbrot le rappela et le mit en contact avec certaines personnes.

Il assista à des réunions avec d'autres *accusés disculpés* – des innocents libérés de prison, et ça lui fut utile. Il se mit à beaucoup réfléchir à la justice sociale.

Il me raconta tout ça lors de notre première conversation, mais il ne me dit pas que c'était mon père qui avait témoigné contre lui. Je ne l'appris que plus tard.

13

Rabbit et moi étions installés au sous-sol et je l'écoutais s'enflammer en me parlant des différentes techniques pour se piquer. Il aimait chercher une veine, il avait beaucoup lu pour apprendre à distinguer les bonnes des mauvaises, et voilà qu'il se plaignait de ce que, dans les films, les gens se piquaient entre les orteils.

« N'importe quoi, dit-il. Il n'y a que des veines moyennes et petites à cet endroit-là, donc ça demande de vraiment bien connaître son pied. Et en plus, elles se bousillent très vite. »

Rabbit privilégiait la grande saphène au niveau du mollet. Je l'ai observé alors qu'il remontait la jambe de son pantalon, nettoyait sa peau avec un petit tampon antiseptique, et tirait sur le piston jusqu'à faire apparaître un peu de sang dans la seringue.

Regarder des dessins animés sur l'ordinateur portable de Rabbit. Sa mère à l'étage, endormie et mourante. Être assis sur un canapé posé sur un vieux tapis d'Orient, avec la table basse, le téléviseur, la Xbox et le matériel de Rabbit étalé devant nous, le lave-linge, la sécheuse et les paniers de vêtements sales dans un coin de la pièce, et dans l'autre un congélateur menaçant, plein de restes que personne ne mangerait jamais.

Je n'avais pas vraiment le sentiment d'être paranoïaque. J'étais le plus souvent paisible et comme enveloppé d'un petit voile de tristesse. « Je connais un mec qui, apparemment, se fout la drogue dans le cul, dit Rabbit. J'imagine que ça marche aussi bien que de prendre un sniff.

– C'est qui ?

– Un certain Xzavious Reinbolt.

– Ce n'est pas son vrai nom.

– Exact. Parfois, il se fait appeler Amy. »

J'ai réfléchi. J'entendais l'aquarium de Rabbit glouglouter. « Est-ce qu'il serait trans, ou un truc du genre ? ai-je demandé.

– Pas à ma connaissance. Il aime juste se foutre de la came dans le cul et dire aux gens qu'il s'appelle Amy.

– Hum.

– En fait, dit Rabbit, je trouve ça plutôt cool. »

Et puis, Rabbit et moi, on a longtemps regardé ce truc gris sur le mur tout en écoutant le vieux Wu Tang Clan. Le truc flottait ou dérivait, comme une ombre mais en trois dimensions.

… …

T
o
i
l
e

d'
a
r
a
i
g
n
é
e
.

14

« Il va être complètement paumé », me dit Terri.

Nous étions assis sur le canapé et il se trouve que Rabbit n'était pas là. Nous regardions un publireportage tendant à prouver que n'importe qui pouvait se faire un million de dollars.

« Il n'a aucune idée de ce que coûte l'entretien d'une maison, poursuivit-elle. Et je n'ai jamais pu m'offrir une assurance-vie. On n'a que ma pension d'invalidité. »

Elle tira longuement sur sa pipe puis me la tendit. J'ai songé à lui dire : *Terri, vous n'allez pas mourir*, avant de réaliser que ce serait sans doute offensant. J'ai donc pris son briquet, posé sur la table basse, et j'ai rallumé la pipe.

« Tout va bien se passer pour lui. Il peut trouver du travail. Il n'est pas bête.

– Il n'aura personne pour l'aider. Son connard de père est en prison. Mon frère a épousé une mormone et s'est installé dans l'Utah. Mes parents sont morts. Les parents de son père sont de foutus alcooliques ; la dernière fois que Rabbit les a vus, il avait trois ans. Mon Dieu ! Aaron, tu es le seul sur qui je peux compter. »

Elle se mit à pleurer et j'attendis, assis à côté d'elle sur le canapé. Qu'est-on censé faire quand une femme géniale, qui est en train de se transformer en squelette ambulant, se met à sangloter ? J'ai posé ma main dans la sienne. Elle l'a serrée très fort.

« Ça ne m'étonne pas qu'il soit devenu toxico. Mais ça m'attriste. Il m'a menée en bateau pendant un moment. Il adorait littéralement l'école quand il était petit. Et il était tellement intelligent. *Brillant !* C'est ce que son institutrice de CP m'avait dit, et elle avait jeté sur moi un de ces regards, un regard méfiant – comment une vieille peau comme moi, pauvre et inculte, pouvait-elle avoir un enfant aussi brillant ? Et moi non plus je n'y croyais pas jusqu'à ce que je le voie de mes propres yeux. Il fallait à tout prix qu'il ait des devoirs à faire à la maison ; il adorait apprendre, tu comprends ? Ce que je n'avais jamais ressenti. »

Elle éclata de rire, serra ma main dans ses petites griffes et la posa sur son cœur. Ses seins avaient disparu, elle n'avait plus que la peau et les os, mais elle eut la force de presser ma main sur son mamelon qui, lui, existait encore.

« Quand il était au lycée, j'ai cru qu'il allait s'en sortir. Association des meilleurs élèves. Club de maths. Club d'informatique. Des amis comme toi, mon chéri, avec de gentils parents et une grande maison. J'ai baissé la garde. J'ai pensé qu'il pourrait peut-être devenir quelqu'un. »

Elle garda ma main plaquée sur son cœur, je voulus me dégager mais il m'aurait fallu lui faire lâcher prise, ce qui aurait été grossier et violent, si bien que je l'ai laissée promener la partie charnue de ma paume sur sa poitrine comme on étend de la pâte à pain.

« Mais les gènes de son père ont fini par être les plus forts. Quand les effets de la testostérone se sont fait sentir, j'ai soudain reconnu en Rabbit le connard ridicule et inconséquent qu'était son père. Ça a littéralement pris le dessus. Rabbit ne le connaissait même pas. Mais il était devenu lui – pratiquement du jour au lendemain. »

Terri pressa ma main contre elle et lui fit faire un mouvement circulaire. Je sentais la bosse dure du mamelon sous ma paume et je me taisais. De ma main libre, j'ai pris une cigarette encore allumée qui se trouvait dans le cendrier et j'ai tiré dessus en tremblant.

« Merde, Aaron, s'il te plaît, embrasse-moi, lâcha Terri, et on aurait dit un murmure exaspéré, une réprimande. Sois sympa. Jamais plus on ne m'embrassera avant ma mort. »

Je me suis mis à pleurer, je n'ai pas pu m'en empêcher. Des larmes ridicules ont jailli de mes paupières, mais j'ai obéi. J'ai posé ma bouche sur la sienne, elle avait un goût métallique, elle était sèche, et Terri a pris ma tête entre ses mains, m'a guidé, et j'ai senti sa langue contre mes dents, et j'ai voulu lui dire : *Je vous aime*, mais on n'a fait que flirter, on s'est léché les dents et roulé des pelles, gênés et maladroits, comme des collégiens jouant au jeu de la bouteille.

Et puis j'ai levé les yeux. Rabbit se tenait dans l'embrasure de la porte et nous observait.

15

«Je songe à partir, ai-je annoncé à oncle Rusty. Je commence à me dire qu'il y a beaucoup de mauvaises influences à Cleveland. C'est une ville merdique. Je pense que si j'étais né dans un endroit plus sympa, je ne serais pas aussi nul.

– Oui», a-t-il répondu. Et puis il se tut, comme s'il se rappelait un endroit merdique qu'il avait connu. Toute une série d'endroits merdiques.

«Tu sais, finit-il par dire, il y a des avantages à prendre de la distance avec ses problèmes.»

J'aimais beaucoup sa voix grave de rocker baryton des années quatre-vingt. J'avais du mal à croire qu'il n'était pas défoncé. «Mais je n'ai pas d'argent», ai-je précisé.

Nous sommes restés silencieux. «Je n'en ai pas non plus, mon pote, m'a dit oncle Rusty. Sinon, tu sais que je t'en donnerais.

– Il faut juste que je réfléchisse. Je ne sais pas. Il y a peut-être moyen de convaincre mon père que j'ai besoin d'aller vivre dans un autre État, d'avoir mon propre appartement, etc. Je ne peux pas m'empêcher de penser que si je trouvais les mots justes, j'arriverais sans doute à le convaincre.

– Ah bon?

– Je ne sais pas.» J'ai ouvert mon petit sachet de H et j'ai respiré son étrange odeur – celle d'une boîte de pansements, de vitamines ou de quelque chose dans ce genre-là. J'ai songé à en sniffer mais je voulais économiser. Mon père était généreux et inconscient, mais même lui allait finir par se poser des questions, avec tout l'argent que je lui taxais.

«Est-ce que je pourrais venir vivre avec toi? ai-je demandé à oncle Rusty.

– Non. Ça ne plairait pas du tout à ton paternel.»

Il s'était écoulé une semaine depuis le baiser – depuis que Rabbit m'avait vu embrasser sa mère, depuis que j'étais sorti précipitamment de chez eux et que j'avais remonté leur allée à une allure folle au volant de ma voiture. Rabbit et moi ne nous étions pas reparlé et je n'avais presque plus d'héroïne, et ça m'ennuyait de mettre ces deux choses dans une même phrase. Mais elles m'angoissaient autant l'une que l'autre. Rabbit ne répondait pas à mes textos. Et je ne pouvais pas appeler chez lui car sa mère risquait de décrocher.

Oncle Rusty et moi restions silencieux. Il y avait un étrange fragment de lumière au plafond. Il n'arrêtait pas de trembler. Il était comme gélatineux. Je ne savais absolument pas d'où il provenait.

16

Mon père m'a rappelé que j'adorais aller choisir un sapin de Noël quand j'étais petit, et il m'a fait remarquer que je ne faisais rien à part jouer à Skyrim sur ma Xbox, *depuis combien de temps y joues-tu*, m'a-t-il dit, *ça ne prendra même pas une heure*, et il était évident qu'il resterait planté devant l'écran tant que je n'aurais pas ouvert la bouche.

« Pourquoi on n'attend pas que Dennis rentre ? ai-je demandé.

– Dennis n'aura pas fini ses examens avant le 22. Je veux que le sapin soit installé d'ici là. »

Je me suis donc levé de mauvaise grâce – je fractionnais mes prises d'héroïne pour essayer de la faire durer, m'appuyant davantage sur l'herbe et le Fentanyl, ce qui, curieusement, faisait que j'avais plus de mal à camper sur mes positions lors d'une discussion. Sans compter que je réfléchissais à la façon dont les choses risquaient de tourner quand mon père finirait par découvrir que j'avais abandonné mes études. « D'accord, ai-je dit. Allons-y. »

La jardinerie se trouvait un peu plus loin que le lycée, et on a vu des gamins courir sur le terrain de foot, sous la neige qui tombait – qui sait à quoi ils pouvaient bien penser un samedi matin –, et mon père m'a rappelé que Rabbit et moi jouions au lacrosse quand nous étions en troisième, dommage qu'on n'ait pas continué, si seulement je faisais plus de sport, et puis on est allés se garer dans la jardinerie où de minuscules haut-parleurs fixés à des poteaux braillaient « La cantilène des cloches ». Le genre de musique qu'on écouterait si le Père Noël était un tueur en série.

« Je pensais prendre un pin sylvestre cette année, a dit mon père. J'aime beaucoup l'odeur. » J'ai jeté un coup d'œil à mon portable, ça faisait deux jours que je n'avais pas reçu de textos, j'étais de plus en plus isolé, c'en était flippant, et mon père s'est tourné vers moi. « Ça va ? » m'a-t-il demandé, j'ai haussé les épaules et on s'est engagés dans une allée de sapins aux branches ficelées qui me faisaient un peu penser à des cadavres.

« J'ai appris que la mère de Rabbit était morte », a dit mon père au bout d'un moment. C'était le genre de piège à la con qu'il aimait tendre – il vous emmenait quelque part, sous la tonnelle d'un centre de soins palliatifs par exemple, et vous balançait d'horribles trucs à la figure. Je l'ai entendu m'annoncer la nouvelle, elle a palpité quelques secondes dans ma poitrine avant de se poser lourdement sur mon cœur.

« Merde », ai-je murmuré, et mon père a penché la tête et m'a observé avec cet air attentif, typique d'un psychologue, que j'avais toujours détesté.

« Tu as parlé à Rabbit ? » m'a-t-il demandé. Il avait trouvé un trio de pins sylvestres bien ficelés et les a examinés en caressant sa barbiche. « Je sais que vous étiez proches.

– Non. »

J'espérais ne pas trembler mais j'avais l'impression de ne pas totalement y arriver. Et j'ai fui le regard de mon père quand il a de nouveau posé ses yeux sur moi.

« J'imagine que c'est dur. De côtoyer quelqu'un qui traverse ce que toi-même tu as traversé. Je comprends que tu veuilles te protéger de…

– C'est juste qu'on ne partage plus grand-chose. Ne va pas chercher plus loin.

– D'accord. » Et mon père l'a fermé pendant un moment. « La cantilène des cloches » a pris fin et « Père Noël arrive ce soir » a commencé. *Eh bien tu devras dormir. Sans faire aucun soupir.* Mon père a sorti un mètre ruban et entrepris d'autopsier l'une des victimes.

« Si tu veux assister à l'enterrement, sèche la fac ce jour-là. Comme tu travailles dur, tu peux te le permettre. Il suffit d'envoyer un e-mail à tes professeurs. »

Je l'ai regardé redresser le sapin qu'il avait choisi et le faire tourner lentement sur lui-même. Il s'éclaircit la voix. « Ça peut faire du bien à Rabbit de parler à quelqu'un qui a vécu la même. Euh.

– Chose.

– Ça pourrait aussi te faire du bien. Je sais que tu n'es pas un adepte convaincu de la psychothérapie, mais pourquoi ne pas parler à un garçon de ton âge ? Il va sans doute avoir besoin de quelqu'un, j'imagine. Il n'y avait que sa mère et lui, c'est bien ça ? Est-ce qu'il a de la famille proche ?

– Je ne sais pas. » Je voyais mon manteau vibrer, à moins que ce ne soit le fruit de mon imagination. C'est dire si ma peau tremblait.

«Je ne sais pas, ai-je répété. Je ne sais pas, je ne sais pas.»

17

Dans *la voiture de ta mère*, sur le parking de l'église, j'ai fumé la fin d'un gros joint en l'honneur de Terri. Pas sûr de pouvoir y arriver. Sortir de la voiture, marcher jusqu'au perron, ouvrir la porte. J'ai pensé à cette vieille comptine à mimer que ma mère m'avait apprise quand j'étais petit, à la façon dont elle entrelaçait ses doigts : *Voici l'église, voici le clocher, ouvre la porte et vois tous ces gens.* Et puis on écartait les paumes en gardant les mains jointes. Comme c'était curieux que cela me revienne maintenant, et je suis resté un moment derrière le volant, les mains croisées comme si je priais, puis je les ai retournées, *ouvre la porte*, et j'ai agité les doigts *vois tous ces gens*.

Je portais le costume, devenu un peu court, que j'avais mis à l'enterrement de ma mère, et même une cravate, mais le nœud était raté, je n'avais pas su le faire, me contentant finalement d'enrouler au mieux la cravate autour de mon cou, et je portais les chaussures que mon père m'avait achetées, des chaussures tellement reluisantes qu'elles en étaient presque tape-à-l'œil malgré leur couleur noire. Terri aurait-elle voulu que je m'habille comme ça? me suis-je demandé. Et puis je me suis dit qu'étant donné qu'elle était morte, elle avait sans doute mieux à faire que de se préoccuper de mes horribles chaussures.

Je n'aurais jamais imaginé qu'elle aurait souhaité une cérémonie religieuse. *Les Adventistes du Septième Jour.*

Une Église extrémiste, me semblait-il, comme les Témoins de Jéhovah ou la Science chrétienne, mais je ne savais pas très bien les différences qu'il y avait avec les autres.

C'était peut-être la religion de sa famille quand elle était petite ? Un aspect de sa vie qu'elle n'avait jamais évoqué ? On ne parlait jamais de Dieu à la maison, et ça me convenait très bien. Ma famille n'était pas pratiquante, et ça ne m'avait jamais intéressé. Les religions me semblaient tellement promptes à porter des jugements.

J'ai encore tiré sur le joint, puis je suis sorti de la voiture et je me suis dirigé vers l'église. TEMPLE DE LOUANGE, était-il écrit au-dessus de la porte. Ce n'était même pas une véritable église – juste un bâtiment en briques de plain-pied, de piètre qualité, qui aurait aussi bien pu être un motel ou une quelconque banque de banlieue, si ce n'était son petit clocher blanc. TEMPLE DE LOUANGE, SEPTIÈME JOUR.

J'anticipais la réaction de Rabbit quand il me verrait. S'il piquait une crise et me donnait un coup de poing, ou s'il se mettait à m'insulter, ce serait pénible. S'il m'ignorait – ce serait peut-être pire. J'ai hésité avant d'ouvrir la porte.

Mais rien. L'intérieur était tel qu'on pouvait s'y attendre. Quelques rangées de bancs face à un autel et quelques vitraux. La salle était pratiquement vide. Peut-être une douzaine de personnes assises aux premiers rangs. Je me suis glissé sur celui du fond et je me suis recroquevillé pour me rendre invisible.

Il y avait le cercueil. Devant, sous le pupitre du pasteur, et j'ai vu une femme s'en approcher, l'examiner, bras croisés, comme si elle se trouvait devant un plat douteux, et elle a frissonné sans détourner les yeux. La sœur de Terri ? J'ai trouvé qu'elle lui ressemblait vaguement quand elle est retournée s'asseoir à côté d'un grand type aux cheveux longs qui portait un bandana et une chemise blanche. Comme je ne voyais Rabbit nulle part, j'ai parcouru des yeux la nuque des gens.

Rabbit était le genre de mec que l'on remarque – un mètre quatre-vingt-treize, cent treize kilos, un type patibulaire penserait-on si on ne le connaissait pas ; il pouvait être imposant quand il le fallait. Sa nuque ressemblait à un billot creusé de trois plis de graisse semblables à de la pâte à pain. Une tête en forme de poire.

Mais personne ne répondait à cette description.

J'ai recommencé l'exercice, cette fois en comptant. Treize personnes. Mais Rabbit ne se trouvait pas parmi elles. Se pouvait-il qu'il soit en retard ? Et si son réveil n'avait pas sonné ? Il était encore tôt pour lui, onze heures du matin, et j'ai failli éclater de rire. C'était le genre de truc dont on aurait plaisanté tous les deux : être incapable de se lever pour l'enterrement de sa mère. Ce serait trop con, non ?

18

Mon frère Dennis et moi étions garés devant la maison de Rabbit, le moteur de *la voiture de notre mère* tournait au ralenti ; nous écoutions les trucs merdiques de rock indé qui venaient de sortir et que Dennis avait sur son iPod. Il me parlait de tous les amis qu'il s'était faits à Cornell, des mecs originaires de Manhattan, San Francisco, Austin.

« Tout ça m'a l'air très blanc », ai-je fait remarquer, et Dennis m'a dévisagé en silence. Après un an et demi passé à l'université, on aurait dit quelqu'un d'autre.

Pendant ce temps-là, le meilleur ami qu'il avait eu au lycée avait disparu. Cinq jours s'étaient écoulés depuis l'enterrement de Terri, et Rabbit était introuvable. Il y avait de la lumière chez lui, dans l'une des pièces du fond, et la lampe de la véranda éclairait le perron qui n'avait pas été déneigé, ainsi que les traces de pas pétrifiées laissées par le facteur quand il était venu péniblement, dans l'air glacial, remplir la boîte aux lettres.

« Tu penses vraiment qu'il est à l'intérieur ? m'a demandé Dennis. Il a peut-être pété les plombs et il s'est barré. Sa mère est morte et il fait une fugue dissociative, ou un truc du genre. »

Je l'ai regardé. Avait-il déjà vu Rabbit partir d'ici ? Quitter l'Ohio ? S'éloigner de Cleveland ? Possible mais peu probable.

« Alors pourquoi il n'ouvre pas ? »

J'ai examiné la grande fenêtre qui donnait sur la rue. Les stores tirés. J'ai haussé les épaules. « On est brouillés », ai-je expliqué au bout d'un moment, et Dennis a mis du temps à assimiler la nouvelle.

Il a pris la pipe qui se trouvait sur le tableau de bord et a tiré une longue bouffée.

« Eh bien, dit-il. On pourrait passer par-derrière et casser une vitre. Il ne risque pas d'appeler la police pour nous dénoncer.

– Non », ai-je répondu, et nos regards se sont croisés comme lorsqu'on était petits – quand on était presque jumeaux, « des jumeaux irlandais », disait notre père, et qu'on faisait semblant de savoir lire dans les pensées l'un de l'autre.

« Oh, finit par dire Dennis. Tu ne veux pas entrer parce que tu penses qu'il

19

La situation commença à se détériorer – les hallucinations, etc. – juste un peu avant Noël. Je pensais que ça m'aiderait de faire une liste mais ça m'a fait encore plus flipper.

1. Impression d'être observé.

1a. Dans la salle de bains, attendre de pouvoir pisser et entendre une voix qui murmure derrière la porte mais c'est peut-être ta propre respiration et puis le bruit musical du jet sur l'eau comme une cascade de notes en glissando – quand tu es défoncé à ce point-là, les fonctions corporelles de base semblent très ralenties – et le murmure devient de plus en plus grave, plus grave et plus doux, donc c'est peut-être le bruit du radiateur ?

2. Jambes douloureuses et agitées, incapable de dormir, coups de pied dans les draps, contractions musculaires. Une silhouette imposante se penche sur moi quand je ferme les yeux. *Rabbit ?!*

3. Mon père et Dennis s'entendent super bien, ils rient de trucs qui ne tiennent pas debout. Tu as l'horrible impression qu'ils parlent de toi en utilisant une espèce de code.

4. Comment je vais pouvoir me procurer de l'héroïne ?

5. Un orc véritable – comme celui de Skyrim ou du *Seigneur des anneaux* – à l'arrêt de bus, en armure.

6. Lumière intermittente ; sauts dans le temps. Les objets deviennent bidimensionnels et se pixélisent.

7. La voix de ma mère en provenance du rez-de-chaussée, son fredonnement.

8. Incapable d'avoir un visage avenant. Papa : « Pourquoi tu fais cette tête-là ? » Moi : « Quelle tête ? » Sentiment de panique.
9. Froid. Froid antarctique. Dans le miroir, lividité.
10. Tu n'es absolument pas accro à l'héroïne. Ça n'arrive pas si vite.
    Tu n'es peut-être qu'une couille molle. Qu'est-ce qui cloche chez toi ?
    Tu es peut-être en train de perdre la tête ? Tu devrais peut-être sniffer un peu et te calmer ?

20

Message vocal d'oncle Rusty, 10 h 00, le 25 décembre : « Salut, jeune homme. Je pense à toi. Joyeux Noël ! »

Message vocal d'oncle Rusty, 10 h 35, le 25 décembre : « On sait que la version officielle n'est pas la vraie. C'est tout ce que l'on sait. » Silence.

« C'est tout ce que l'on sait. » Silence.

« Joyeux Noël. »

Message vocal d'oncle Rusty, 10 h 51, le 25 décembre : « Mec, oublie le dernier message. Je deviens très émotif au moment des fêtes de fin d'année et

« Laisse tomber je ne veux pas t'embarquer dans ce »

21

À onze heures trente, mon père frappa à la porte de ma chambre et me demanda si je voulais descendre ouvrir les cadeaux, et je n'imaginais pas plus beau cadeau qu'une heure de sommeil supplémentaire. Mais il resta sur le seuil et quand je voulus me rendormir, il repoussa mon drap et ma couverture.

« Aaron David Tillman, je te jure que je remonte avec des glaçons si tu n'es pas levé dans un quart d'heure. »

Je me suis donc désolidarisé du matelas, j'ai mis un pantalon de jogging, mais je ne pouvais pas me débarrasser de ce sentiment merdique d'hostilité. Il y eut la distribution des paquets, la gaieté forcée, le désespoir d'un veuf qui essayait de fabriquer des « souvenirs de famille ». C'était insupportable. Je pensais : *Oh, un livre. Oh, un jeu vidéo bas de gamme. Oh, un pull que je ne porterai jamais. Merci. Je peux m'en aller maintenant ?*

Mais je ne dis rien. J'étais moi-même sous le choc de cette humeur maussade qui me frappait comme une lame de fond, et je fis de mon mieux pour marmonner, *super*, *cool*, *comme c'est gentil*, en arrachant le papier cadeau aux couleurs gaies dont mon père avait inutilement enveloppé les cochonneries qu'il avait achetées au supermarché.

Il y a cette spirale qui fait qu'on ne peut pas s'empêcher de se sentir affreusement mal à propos de cet affreux moi, et ça vous fait faire des choses encore plus affreuses. Je luttais contre. Mon père, son ami Aqil et Dennis étaient dans le salon télé, ils riaient en regardant un best of des sketches de Chris Farley dans l'émission *Saturday Night Live*, un jambon rôtissait au four, qu'on allait devoir savourer à un moment ou à un autre, et je suis entré dans la pièce, j'ai fait semblant de regarder la télé, et quand il se passait apparemment quelque chose de drôle à l'écran, j'essayais de prendre une figure de circonstance.

Je me suis concentré sur mon téléphone. J'ai écouté les messages de Rusty, j'ai tenté de le rappeler (pas de réponse), j'ai échangé des textos avec deux ou trois contacts choisis au hasard, et personne ne m'a dit que j'étais un connard froid et distant, *parce que c'est Noël* et qu'on essaie tous d'être d'humeur pacifique.

22

Oncle Rusty rappela en début d'après-midi. Mon père, Aqil, Dennis et moi regardions le DVD de *The Big Lebowski* qu'Aqil avait apporté et, curieusement, la cuisson du jambon n'en finissait pas.

« On mange quand ? » ai-je demandé, et avant que mon père puisse répondre, mon portable a sonné, j'ai lancé : « Il faut que je prenne », et je suis monté dans ma chambre.

« Salut. » J'ai fermé discrètement la porte. Même au bout de tout ce temps, parler à Rusty continuait à provoquer chez moi une sorte d'excitation coupable – le fait que mon père ne soit pas au courant, que Rusty n'appelle jamais Dennis, que je sois le seul à être en contact avec lui me donnait l'étrange impression d'avoir été choisi.

« Tu t'amuses bien ? m'a-t-il demandé.

– Non. Je m'ennuie.

– Tu fais quoi ?

– On regarde *The Big Lebowski.*

– C'est une série ?

– Un film. Des frères Coen.

– Oh. » Puis il y eut ce petit intervalle de silence au cours duquel j'ai réalisé qu'oncle Rusty avait passé trente années en prison. Il n'avait jamais entendu parler des frères Coen. Il n'avait jamais entendu parler de la plupart des conneries qui occupaient la place d'honneur dans mon cerveau – musique, films, jeux vidéo, mèmes Internet, factoïdes sur la culture pop, tous ces trucs dont j'avais truffé mon esprit et qui n'étaient même pas réels.

« Et toi ? Qu'est-ce que tu fais ? »

Oncle Rusty soupira. « Je suis en train de servir la dinde dans une soupe populaire. C'est un refuge où l'on est bien, ils m'ont aidé à m'en sortir, donc je veux... Leur rendre la pareille, tu comprends ?

– Oui. » Je me suis installé sur mon lit, j'ai collé le portable contre mon oreille, et j'ai regardé une photo encadrée de ma mère et moi, je devais avoir une dizaine d'années, on était dans le Parc des papillons, en Floride, et on prenait la pose. « C'est super.

– Je ne sais pas », dit oncle Rusty. Et puis je l'ai entendu allumer une cigarette. « Je pensais au fait que ton père aimait beaucoup Noël. » Il se tut un long moment. Ma mère me fixait, un papillon dans les cheveux.

« Je pense à lui, poursuivit-il. Il était toujours, comment dire, plein de *candeur*. Avec cet air excessivement naïf des enfants qui jouent dans les pubs, sauf que lui c'était pour de vrai. Et ça devait être sacrément difficile, vu tous les trucs merdiques qui se passaient dans sa vie.

– Hum. »

En fait, je savais très bien de quoi oncle Rusty parlait. Ce regard exalté et optimiste que mon père avait parfois lui donnait l'air tellement abruti qu'il activait en vous ce qu'il y avait de plus vache, la brute qui voulait lui écrabouiller la figure.

« Est-ce qu'il lui arrive de parler de moi ? demanda oncle

Rusty. Je veux dire, est-ce qu'il lui arrive... » Il hésita, et je sentis quelque chose d'étrange et de las dans sa voix.

« ... est-ce qu'il lui arrive de parler de ce qui s'est passé ? »

Je ne comprenais pas très bien ce qu'il voulait. Il m'avait raconté cette histoire une centaine de fois. « Comme je te l'ai déjà dit, j'ignorais que... » Je l'entendis se racler la gorge.

Et au même moment, je reçois un texto en provenance du portable de Rabbit.

23

C'est Sweetroll ?

J'ai lu le texto et j'ai très vite percuté.

Sweetroll. « Petit pain sucré ». C'était le surnom que Rabbit m'avait donné au collège. Je ne me rappelle pas l'histoire qui en est à l'origine – si ce n'est que Dennis et lui n'arrêtaient pas d'en rire. À leurs yeux, il reflétait parfaitement bien une partie de moi, de ma personnalité.

Tout en regardant la petite bulle sur l'écran de mon téléphone, j'ai dit à oncle Rusty : « Je te rappelle tout de suite. »

J'ai continué à la fixer, et avant que je puisse taper quoi que ce soit, un autre texto est apparu.

Je suis Amy le copain de Rabbit il a laissé son téléphone chez moi et je ne sais pas comment le joindre donc j'appelle la liste de ses contacts.

Tu es sa petite copine ?

Salut je suis Aaron le pote de Rab pas une meuf

Mon cœur battait la chamade. Car j'ai réalisé que je pensais sans doute que Rabbit était mort, ou du moins que j'étais mort à ses yeux, et même ce contact fantomatique était plus que ce que j'escomptais.

Tu sais où il est ?

Non. Et toi ?

Quand lui as-tu parlé pour la dernière fois ?

JSP il y a une semaine ? On devrait s'inquiéter ?

Il était hyper déprimé psk sa mère est morte et un mec qu'il pensait être son ami l'a trahi

T'es pris ce soir ? Tu sais où se trouve la Maison des Wills, non ? 55e Rue E. S de Carnegie

24

Message vocal d'oncle Rusty, 14 h 15, le 25 décembre :

« Tu sais quoi ? J'ai juste envie d'être heureux. C'est mon deuxième Noël de liberté ! Il n'est absolument pas question que je rumine sur mon sort. »

Mon père, Dennis et Aqil riaient et j'essayais de sourire, même si ce qui se passait sur l'écran était loin d'être drôle. Mon père m'a regardé avec cet air *plein de candeur*, et j'ai jeté un coup d'œil à mon téléphone.

Ça faisait sans doute deux mois que je n'avais pas parlé à Mike Mention mais je lui ai envoyé un texto :

C'est quoi la Maison des Wills

J'ai dû attendre un moment. J'ai fixé le téléviseur, ma jambe bougeait toute seule, et je me suis demandé si j'avais vraiment une sale gueule. Je n'avais pas une tête de toxico, je ne crois pas, mais Aqil ayant été flic, il se doutait peut-être de quelque chose. Cela dit, personne ne me regardait jusqu'à ce que mon téléphone émette ce « ploc » qui annonçait l'arrivée d'un texto, et j'ai immédiatement baissé les yeux.

Haha la planque à crack

Ploc !

Pourquoi ? T'y vas ?

Ploc !

Devrait y avoir une super fête

25

Après ça, je me suis mis à avoir d'étranges hallucinations. Les objets bougeaient au ralenti et se fragmentaient, ce qui me mettait mal à l'aise. Quand quelqu'un parlait, je croyais entendre un clip, un sample. Quand j'observais les images qui se trouvaient devant moi, j'avais l'impression de prendre des instantanés avec mes yeux ; l'image paraissait se figer.

Et il me semblait que cet horrible ploc qu'émettait mon iPhone se glissait à l'extérieur de l'appareil et entrait dans le monde réel.

« Tu dors ? » me demanda mon père. (Ploc !) « Tu es très pâle. » (Ploc !) « Tu te sens bien ? » (Ploc !)

« Oh, je... » (Ploc !) « Oui, ça va. » (Ploc !)

Et je me suis soudain retrouvé assis à la table de la salle à manger, mon père apportait le jambon, Aqil dit : « Le voilà ! », et mes yeux firent un arrêt sur image.

Ploc !

Je ne plaisante pas, c'était comme si, l'espace d'un instant, mon père avait été frappé de paralysie dans l'encadrement de la porte, la bouche entrouverte, les sourcils levés la viande rose luisante de graisse sacrément déformée comme une illustration ratée dans un magazine un battement d'ailes de cigale sur ma peau

26

Message vocal d'oncle Rusty, 16 h 45, le 25 décembre :

« C'est peut-être bizarre de te dire ça parce que tu es son fils mais… je ne sais pas.

« Si tu apprenais que la personne qui avait soi-disant tué ta famille était innocente… Tu n'aurais pas envie de lui parler ? Tu ne serais pas curieux ? Car si je ne suis pas coupable, qui l'est ? »

Message vocal d'oncle Rusty, 16 h 48, le 25 décembre 2013 :

« Je suis désolé, ce n'était pas sympa de te dire ça. »

Silence.

« Je suis désolé. Je suis soûl. Ce n'est pas bien. Mais ce genre de chose, ça peut être dur, tu sais ? » Silence.

« Je m'étais dit que je lui laisserais du temps, mais ça fait plus d'un an. »

Quand j'ai traversé la cuisine, Dennis a posé sa main sur mon épaule.

« Putain, frérot. Qu'est-ce que tu as bien pu prendre pour être aussi agité ? »

27

La nuit de Noël, 23 h 36, le 25 décembre, tu t'éloignes en voiture de l'allée déneigée, et tu as l'estomac noué comme sur les montagnes russes, et puis tu te retrouves dans la rue, les maisons de Scarborough Road, les branches sombres et couvertes de neige qui se découpent à la lumière des réverbères, tout ce que tu regardes te semble flou. Il est impossible que les pneus touchent le sol.

Tu prends la direction de l'ouest et, sur Carnegie Avenue, le complexe hospitalier surgit de toute part, menaçant, son immense parking et puis son hôtel rempli de gens malades et son autre hôtel rempli de gens malades, et puis une passerelle en verre incurvée au-dessus de ta tête, et tu aperçois une personne âgée que l'on pousse dans un fauteuil roulant au moment où tu passes dessous, l'endroit où Terri est morte ne doit pas se trouver bien loin.

Il y a ces terrains vagues et ces usines en briques rouges désertées, le déclin urbain, tu tournes à gauche sur la 55e Rue Est, avec ces imposantes églises délabrées et laissées à l'abandon d'un côté et, de l'autre, de lugubres logements sociaux appelés « Enterprise Village ».

Et enfin : *La Maison des Wills.* Elle est abandonnée depuis longtemps – ancien funérarium, immense demeure victorienne de deux étages, tu te gares sur le parking situé à l'arrière où il y a bien d'autres voitures – certaines occupées, avec le moteur qui tourne et le gaz d'échappement qui sort en formant des nuages cotonneux de dioxyde de carbone. Quelques-unes doivent coûter cher ; il y a même un cabriolet Maserati.

Tu ouvres la portière de *la voiture de ta mère.* Une fille blanche, assise dans une Prius, écrit des textos, l'air captivé, le visage éclairé par l'écran minuscule.

28

Cet endroit était la salle d'exposition des cercueils. Une longue galerie, désormais vide, dont les murs étaient couverts de graffitis et de tags, et le sol jonché de canettes de bière et de pipes à crack. Mais il y avait au plafond une immense moulure couronnée, finement ouvragée, faite d'enjolivures et de motifs cachemire. On aurait dit qu'elle sortait d'un des palais de Marie-Antoinette, et tu n'arrivais pas à croire que tu puisses être assez fou pour traverser ce genre de pièce. À l'autre bout, des gens se déplaçaient dans l'obscurité à la lueur des bougies, ou bien étaient assis à côté de petits feux.

Une longue bande de tapis miteux s'étirait au centre de la galerie, sur toute sa longueur, un vrai tapis rouge comme celui que les célébrités foulent lors de la cérémonie des Oscars, sauf que celui-ci servirait plutôt pour les Oscars des zombies car il était couvert d'invraisemblables taches de nourriture, de décoloration, d'insectes, de fluides corporels et de moisissure, au point que tu te sentais crasseux rien qu'en posant tes chaussures dessus.

Mais tu as continué à marcher en direction de la pièce plongée dans l'obscurité. Exactement comme le personnage le plus bête d'un film d'horreur, tu répétais mentalement ton rôle. *Yo, ça va*, ou peut-être juste un mouvement du menton et puis *Salut, tu peux m'aider à...* Ou : *Je cherche Amy, yo.*

Et tu es entré dans cet espace, pareil à une cathédrale, qui devait être l'une des chapelles où se tenaient les funérailles. Tu distinguais vaguement un autel, et des petits feux de camp étaient allumés autour de la nef. Tu as jeté un coup d'œil alentour et tu as aperçu trois adolescents blancs accroupis autour d'un feu allumé dans un vieux saladier en inox, le visage uniquement éclairé par les flammes, les yeux assombris.

Et puis, pas si loin de toi, quelqu'un a dit : « Salut... tu es l'ami de Rabbit, non ? »

29

« Je t'ai tout de suite reconnu, a dit le type. Il paraît que j'ai un certain pouvoir surnaturel. » Il avait une voix veloutée qui passerait bien à la radio, ce mec qui était assis au fond d'une vieille bergère pourrie, à l'intérieur d'un funérarium devenu planque à crack. Âgé d'une vingtaine d'années, musclé comme un habitué des salles de sport et vêtu d'un T-shirt blanc moulant pour frimer. Il avait de longs cheveux noirs, un bouc et un piercing tunnel en or inséré dans un trou de deux centimètres au centre du lobe de chaque oreille. Des dents blanches très bien rangées, pour lesquelles ses parents avaient dû payer le prix fort.

« Tu t'appelles Aaron, non ? m'a-t-il dit. Salut mec, moi c'est Amy ! »

Quelque chose, je ne sais pas exactement quoi, a fait tilt dans ma tête. Je me suis souvenu de ce type dont Rabbit me parlait – Xzavious Reinbolt. Il s'est levé, m'a tendu la main, a serré la mienne, un geste étrange et vif, comme un signe de reconnaissance, et sa paume était désagréablement moite – presque visqueuse – et il a éclaté de rire quand j'ai eu un mouvement de recul.

« Haha. Voilà ce que c'est que d'être un vampire ; j'ai des mains répugnantes, non ?

– Hum. » J'essayais de me rappeler pourquoi je pensais que ce serait une bonne idée de venir ici – oui, pourquoi ? Pour enquêter sur la disparition de Rabbit ?

Non. J'étais ici parce que je voulais acheter de l'héroïne. J'avais sans doute cette idée derrière la tête depuis le début, mais je n'en avais pas vraiment pris conscience jusqu'à cet instant précis. *Oh.*

« Viens t'asseoir à côté de moi ! m'a dit Amy. Je suis ravi de te voir. On se fait tous beaucoup de souci pour Rabbit, non ? C'est vraiment tragique. On a chanté, on a brûlé de l'encens, on a fait la totale, mais il a disparu, non ? C'est très préoccupant.

– Oui », ai-je répondu. J'ai alors senti comme un truc poisseux quand Amy a passé son gros bras autour de mes épaules. Il a arboré son coûteux sourire.

« Rabbit est super, a-t-il dit. J'adore ce mec.

– Moi aussi.

– J'espère que ça ne t'ennuie pas. Je viens juste de boire un peu de ton aura. Je ne peux pas m'en empêcher parce que je suis un vampire.

– Oh », fis-je. Que dire d'autre ? Et j'eus l'impression que son étreinte se resserrait, que son bras se faisait plus lourd.

« Le problème, a poursuivi Amy, c'est que tout le monde insiste sur les crocs et le sang et je n'ai aucune envie de discuter de ces conneries. Le sang n'est qu'une métaphore, non ? En me nourrissant de toi, je puise dans ton aura, je détourne un peu de ta force vitale à mon profit.

« Tu vois ? Je viens d'en boire un peu. Tu l'as senti ? »

Je doutais fort que ce type aille jusqu'à croire à son propre baratin ; ça ressemblait plus à un numéro, à un spectacle, même si, à cet instant, son bras me parut chaud et lourd et mon propre corps petit – plus maigre, plus frêle – et, oui, j'ai eu un mouvement de recul et ma voix s'est faite rauque.

« Écoute, ai-je croassé. J'espérais que tu pourrais me fournir.

– Bien sûr, mon frère ! s'est exclamé Amy sans pour autant retirer son bras. Mais tu n'as pas répondu à ma question. Est-ce que tu sens que je suis en train de boire ton aura ? »

C'était une sensation horrible. Les poils de son avant-bras qui vous picotent la nuque, des doigts qui, l'air de rien, font blanchir votre peau, et comme une vibration.

« Oui, ai-je répondu d'une voix douce. Je le sens.

– Ça te plaît ? »

J'ai haussé les épaules sous le poids de son bras. « Je ne sais pas. Pas vraiment. »

30

J'ai regardé Xzavious/Amy sortir son matériel et j'ai eu très peur car j'ai soudain ressenti un grand élan de sympathie à son égard, guère différent de ce que ressentirait un chien pour quiconque lui ouvrirait une boîte de viande.

L'héroïne était magnifique. C'était peut-être de la n° 4, me suis-je dit, de la China White.

Était-ce vraiment de la n° 4 ou juste de l'héroïne coupée avec du Fentanyl ? La n° 4 ne sentait pas le vinaigre, si ? Elle ne sentait rien du tout, hein ?

Amy possédait un double renifleur en inox vraiment super qu'il m'offrit comme un prince offrirait une dague magique à un aventurier.

« T'inquiète pas. Il est propre. J'utilise une lingette alcoolisée après chaque utilisation. »

Bien évidemment, je m'en fichais complètement. J'ai introduit le renifleur dans mes narines et je me suis penché au-dessus de l'étui de CD sur lequel Amy avait préparé les prises. « Tu vas te sentir tellement bien », m'a-t-il dit.

Et ce fut exquis. J'ai repensé à ce moment, dans les vieux dessins animés, où vous recevez un coup sur la tête, et une bosse, un petit monticule, apparaît, et tout tournoie pour former un halo autour de votre tête : des étoiles, des oiseaux qui gazouillent et émettent des trilles frémissants, des gaufres au beurre, des soleils souriants qui portent des lunettes de soleil.

Amy caressa mon deltoïde. « Incroyable, non ?

– Ah », ai-je fait, et puis mon esprit s'est détaché de mon corps et a rejoint les merlebleus et les gaufres dans leur course gracieuse. Une Française des années soixante se mit à chanter : « Do Ré Mi, Do Ré Mi. » Ma queue me picotait.

Et quand j'ai levé la tête, après que l'abolition du temps, comme à proximité d'un trou noir, eut commencé à se dissiper, j'ai constaté qu'Amy me tendait quelque chose.

« Le téléphone de Rabbit », précisa-t-il. Je lui ai rendu le renifleur argenté et il a posé la fine brique de composants électroniques dans le creux de ma main.

« Tu le reverras sans doute avant moi », conclut Xzavious Reinbolt.

31

Une absence.

Tu ronfles dans ta chambre, tu dors, tu ne regardes même pas la télé, tu n'écoutes même pas de musique.

Un blanc.

Un blanc.

Un blanc.

Et puis un texto d'Amy avec un lien Internet qui renvoie à un article sur la mort de Rabbit. Début janvier, peut-être ? Un paragraphe et demi dans un coin du *Plain Dealer*.

Retrouvé sous Hope Bridge. Face contre terre, pris dans la glace. Seules ses jambes dépassaient.

Découvert par des gens qui distribuaient des manteaux et des couvertures aux sans-abri.

Noyé.

IV

Juin 1983

Les filles ne voulaient pas aller à Yellowstone. Elles avaient dix-sept ans, c'était l'été avant la terminale, et partir camper quinze jours avec leurs parents, leurs oncle et tante et leur jeune cousin Dustin était bien la dernière chose dont elles avaient envie. Kate, en particulier, trouvait ça révoltant. Wave était plus résignée.

Kate et Wave – les diminutifs qu'elles-mêmes utilisaient. Katelynn et Waverna Tillman.

Elles étaient jumelles, et elles vivaient dans une petite ville du Nebraska située non loin de la frontière avec le Colorado. Les choses auraient pu finir autrement si elles étaient nées dans un environnement plus favorable.

Mais c'est tout ce qui leur avait été offert. Wave se réveilla dans le vieux camping-car qui était garé dans l'allée, devant la maison de son oncle Dave et de sa tante Colleen, et de grosses mouches vrombissaient contre la vitre, près de sa tête. Dans la couchette du bas, sa sœur émit une légère plainte dans son sommeil, comme le gémissement angoissé d'un animal, et Wave en fut déstabilisée.

Ces derniers temps, elle nourrissait des pensées qui la mettaient mal à l'aise.

Elles avaient fait des trucs regrettables. Rien de moralement répréhensible, songea Wave. Ni de criminel. Juste des choses qu'elles trouvaient « dingues », « hilarantes » et « punk », et puis vous vous réveilliez le lendemain et vous vous sentiez sale et déprimée.

Comme tailler une pipe au même type le même soir, par exemple.

Comme conduire en état d'ivresse, accrocher un véhicule garé et prendre la fuite. En riant.

Comme monter sur le capot de la voiture d'un mec, sentir qu'il accélère tout en sachant qu'il va freiner brusquement et que vous serez éjectée. Comme s'il s'agissait d'un jeu d'enfant absurde. Comme si rien ne pourrait jamais vous faire mal.

Comme parler sexe à propos d'oncle Dave, de son cul dans son jean coupé très moulant, de l'effet que ferait sa barbe s'il vous bouffait la chatte, du genre d'amant qu'il serait, et d'ailleurs pourraient-elles le séduire si elles le voulaient ?

Comme jouer aux cartes avec Dustin, leur cousin âgé de treize ans, et faire des gestes sexy outranciers. Kate ouvrait la bouche, faisait glisser son pouce sur sa langue comme si elle léchait de la sauce et susurrait « Oooh », et Wave se grattait le mollet de son pied nu en renversant ses épaules en arrière et en murmurant « Mmm », puis elle tortillait des hanches comme si se gratter lui procurait vraiment beaucoup de plaisir. Et elles se faisaient presque pipi dessus en regardant le pauvre Dustin flipper en silence.

Dustin, en cet instant, dormait dans un sac de couchage, sur un lit qui pouvait se transformer en table de cuisine, et Wave ne put s'empêcher de penser que c'était vraiment tordu de leur part. Le visage de Dustin endormi était trop enfantin, et Wave détourna le regard et ouvrit la porte du camping-car. Elle s'assit sur les marches et sortit une cigarette de fille, très fine. Il devait être environ sept heures du matin.

Il arrivait que les jumelles fassent comme si Kate était l'instigatrice. Et Wave la plus gentille (de peu). La conscience. Ce qui n'était pas tout à fait exact, sauf que Wave était la plus inquiète les matins de gueule de bois comme celui-ci.

Utilisant deux de ses orteils en guise de pince, elle ramassa un caillou, le lança tant bien que mal, mais il n'atteignit pas du tout sa cible. Elle passa ses doigts dans ses cheveux emmêlés, coiffés en queue de cheval, et eut plaisir à ressentir une secousse au moment où les minuscules nœuds résistaient puis cassaient. Et elle tira de nouveau sur sa cigarette.

Quand elle était petite, ses parents lui disaient que fumer était mauvais pour la santé, que c'était une sale habitude ; qu'elle ferait mieux de ne jamais commencer, alors que tous deux fumaient. Mais lorsque Kate et elle s'y étaient mises deux ans plus tôt, Vicki et Lucky ne s'étaient pas plaints, ne les avaient pas réprimandées. Ils avaient presque paru soulagés – ils ne se sentiraient plus jugés. Les filles pouvaient taper une cigarette à leur père sans qu'il leur fasse une réflexion.

Vicki et Lucky étaient de mauvais parents. Wave le savait, vaguement, depuis des années. Ils ne ressemblaient pas aux parents qu'on voyait à la télé, ni même aux parents de ses camarades de classe qu'elle avait rencontrés et qui, pour la plupart, étaient des bêtes de somme normales, gentilles, vieillissantes.

Tout d'abord, ils faisaient beaucoup la fête – Vicki et Lucky, Dave et Colleen. Ils se bourraient la gueule peut-être quatre à cinq fois par semaine, et Wave avait commencé à comprendre qu'une telle habitude était non seulement rare mais vraiment malsaine. Après avoir elle-même eu la gueule de bois à plusieurs reprises, elle avait réalisé qu'une personne normale ne pouvait pas fonctionner correctement en étant bourrée presque tous les soirs. Elle savait désormais que ses parents étaient de véritables alcooliques.

Et elle n'avait jamais trouvé flippant le fait que Vicki et Colleen soient sœurs, et Dave et Lucky frères. Wave se rappela cette élève au collège ; elle avait cru qu'elles étaient amies. « Attends, lui avait fait remarquer la fille en fronçant le nez. Est-ce que ça veut dire que Kate et toi êtes à la fois sœurs et cousines ?

– Non ! » s'était écriée Wave, outragée, et plus tard, à l'heure du déjeuner, Kate et elle étaient passées à côté de cette fille, avaient craché leur chewing-gum dans ses cheveux, puis lui avaient écrit des messages menaçants qu'elles avaient glissés sous la porte de son casier.

Mais Wave comprenait maintenant que cette fille s'était en fait montrée très perspicace. Il y avait effectivement quelque chose de pervers là-dedans. C'était *effectivement* dégueulasse et vaguement incestueux.

Et puis il y avait l'autre truc. Le truc dont Rusty lui avait parlé. Il lui avait dit qu'ils étaient échangistes. Qu'ils avaient des relations sexuelles ensemble, tous les quatre. Elle réalisait maintenant qu'il lui avait raconté des conneries, qu'il avait voulu être drôle – mais elle avait failli le croire.

Wave réfléchissait à ça quand oncle Dave sortit de la maison. Il était en sous-vêtement – un slip blanc – et elle serra un caillou entre ses orteils pendant que, pieds nus, il traversait péniblement la pelouse, se plantait devant les lilas, sortait sa queue et se mettait à pisser.

Depuis son poste d'observation, elle ne pouvait pas voir son pénis. Mais elle avait conscience de son existence. Son oncle était suffisamment proche pour qu'elle entende un bruit pareil à celui que feraient de grosses gouttes d'eau.

C'est alors qu'il regarda par-dessus son épaule et la vit qui l'observait.

« Nom de Dieu ! » hurla-t-il. Et il rentra précipitamment sa bite dans son slip Jockey. « Wave ! Merde ! Je suis désolé. Il fallait vraiment que je pisse. Ta mère et ta tante occupent la salle de bains comme cette putain d'Armée rouge. Je ne pouvais plus me retenir. »

Des quatre adultes, songea Wave, oncle Dave était le plus humain. C'était celui sur qui vous pouviez compter pour vous dire la vérité, et sans doute celui qui vous sauverait en cas d'urgence. Il était petit – un mètre soixante-huit, peut-être – mais il avait de larges épaules, un corps musclé, beaucoup de poils sur le torse, le ventre et même les épaules, une barbe épaisse, une queue de cheval et un large sourire qui découvrait toutes ses dents. Il avait fait la guerre du Vietnam et, à son retour, il avait perdu la partie inférieure de son bras droit suite à un accident de chantier, et Wave pensait que ça pouvait expliquer qu'il soit aussi direct.

Il leva son moignon. Il ne portait pas sa prothèse mais peut-être agitait-il sa main fantôme. Puis il haussa les épaules, l'air confus.

« Je suis désolé que tu m'aies vu satisfaire un besoin naturel.

– Pas de problème », répondit Wave. Elle écrasa sa cigarette sur le camping-car. Quel âge avait-il ? Entre trente-cinq et quarante ans ? Il portait un slip Jockey comme un gamin de huit ans – et il était penaud mais pas excessivement troublé. Il se gratta la nuque. Il avait décidé de faire comme s'il était plus ou moins normal d'être surpris dans cette tenue.

« Comment ça se fait que tu sois levée si tôt, Wave ? demanda-t-il gaiement. Je vous ai entendus pouffer et faire la java à plus d'une heure du matin ! Je pensais que tu serais encore en train de pioncer ! »

Elle leva les yeux au ciel. « Je sais pas », dit-elle, et elle sortit une autre cigarette de son paquet. «J'ai du mal à dormir une fois qu'il fait jour.

– OK.» Oncle Dave arbora un large sourire.

Wave le regarda faire demi-tour et retourner d'un pas tranquille dans la maison.

«Je serais prête à baiser avec lui, avait dit Kate un jour. Il a un joli petit cul.» Et Wave avait pris un air dégoûté.

Maintenant qu'oncle Dave lui tournait le dos, elle examina son cul. C'était, effectivement, un joli petit cul.

Mais il ne se passerait jamais rien.

À un moment, il n'y avait pas très longtemps, Kate et Wave avaient découvert que c'était amusant d'avoir des pensées vraiment obscènes et de dire les choses les plus ordurières qui leur venaient à l'esprit. Elles jouaient à se choquer mutuellement.

Et, oui, elles étaient plutôt insoumises, mais pas au point de foutre leur avenir en l'air. Il n'était pas question qu'elles tombent enceintes et se marient avec un lourdaud désireux de passer sa vie entière au fin fond du Nebraska. Il n'était pas question que la police les arrête ou qu'elles fassent une overdose, et elles obtiendraient leur diplôme de fin d'études secondaires et finiraient parmi les meilleures élèves de leur promotion, ce qui leur permettrait d'entrer dans une bonne université d'État.

Mais leur mère avait une piètre opinion d'elles. Il y avait l'éraflure sur la voiture qu'elles avaient conduite en état d'ivresse. Les préservatifs découverts dans leur sac à main. Elles lui avaient aussi caché qu'elles avaient très vite laissé tomber leur boulot au cinéma, lui faisant croire qu'elles travaillaient de dix-neuf heures à minuit alors qu'elles faisaient la fête.

Pour ces délits et pour d'autres encore, elles furent condamnées à aller à Yellowstone.

Elles avaient essayé, un temps, de s'y opposer.

« Nous ne viendrons pas, avait hurlé Kate. Un point c'est tout. » Et leur mère, que Kate appelait désormais « Vicki », avait croisé ses bras flasques et dodus et fait une grimace qu'elle voulait sarcastique.

« Au vu des derniers mois, vous pensez que je vais vous laisser seules deux semaines à la maison ?

– Nous ne viendrons pas, répéta Kate. Tu ne peux pas nous y obliger. »

De nombreuses fêtes allaient être organisées au cours de l'été. Elles allaient passer des moments inoubliables. Rusty était l'un des meilleurs dealers en ville et c'était leur cousin. Il pouvait leur avoir de l'herbe, des excitants, des sédatifs, de la cocaïne, de la mescaline et même, à l'occasion, de la poussière d'ange.

En plus, si elles pouvaient disposer seules de la maison pendant quinze jours, elles auraient l'impression d'être propriétaires d'une boîte de nuit. Tout le monde viendrait.

« Tu ne serais pas aussi impertinente avec ton père, était en train de dire sa mère. Pourquoi tu ne lui dis pas ça à lui ? Allez, vas-y. *Tu ne peux pas m'y obliger*, et tu verras si tu es plus avancée. »

Kate fusilla Vicki du regard. Mais quand celle-ci tenta de lui faire baisser les yeux, Kate détourna la tête et prit un air las, un moyen pour elle de poignarder sa mère encore et encore.

« Pour rien au monde je ne vous laisserai seules dans la maison, insista Vicki.

– Tu ne peux pas nous y obliger. On fera du stop pour rentrer dès que vous vous arrêterez sur une aire de repos.

– Essayez un peu pour voir. J'appellerai la police et vous serez inscrites sur la liste des fugitifs. »

Kate ronchonna. « Je ne sais pas pourquoi tu ne nous fais

jamais confiance, bougonna-t-elle. J'en ai vraiment ras le bol que chacun de mes faits et gestes soit scruté à la loupe. »

Sa mère, qui tenait une cigarette entre ses doigts, agita la main, rejeta avec dédain une volute de fumée et quitta la cuisine, furieuse et triomphante.

« Je lui souhaite d'avoir un cancer », grommela Kate entre ses dents, ce qui choqua un peu Wave mais elle n'en laissa rien paraître.

Il était évident qu'elles n'allaient plus pouvoir lui résister. Il ne restait que deux jours avant le départ pour Yellowstone.

Wave était installée depuis plus d'une heure devant le camping-car et buvait sans enthousiasme une canette de soda, les yeux fixés sur le long chemin de terre qui menait à la route. *Pourquoi on est là ?* ne cessait de demander Kate. *On veut nous emprisonner ?*

C'était une drôle d'organisation. Kate, Wave et leurs parents habitaient en ville – à St Bonaventure –, tandis que Rusty, Dustin, oncle Dave et tante Colleen vivaient dans une vieille ferme à une quinzaine de kilomètres de là. Il avait été décidé que tous passeraient le week-end précédant le départ chez oncle Dave. Vicki et Lucky s'installeraient dans la chambre de Dustin, et Dustin, Wave et Kate dans le camping-car. Rusty avait sa propre chambre, ça ne se discutait pas.

« C'est débile, dit Kate. Mais je vais te donner la raison exacte. C'est pour qu'ils puissent vraiment faire la fête avant qu'on en soit réduits à camper. Lucky et Vicki ne veulent pas avoir à prendre le volant pour rentrer chez eux puisqu'ils seront bourrés. » Elle haussa les épaules, l'air abattu. « Peu importe. De toute façon, l'été est foutu. Mais Rusty a dit qu'il passerait du temps avec nous samedi soir, donc… on pourra au moins partir avec de l'herbe de bonne qualité. »

Rusty, bien évidemment, ne les accompagnait pas à Yellowstone. Après avoir obtenu son diplôme de fin d'études secondaires l'année précédente, il était devenu chauffeur de camion pour l'usine d'embouteillage de 7Up et ne pouvait pas prendre de congé.

« C'est ça d'avoir un job ! dit oncle Dave. Il faut attendre de se sectionner le bras pour prendre des vacances. »

Ils étaient attablés à la cuisine. Les jumelles le regardèrent soulever sa prothèse et rouler des hanches, et Kate haussa les sourcils en affichant une vive inquiétude. Elle voulait que Rusty la remarque mais il ne levait pas les yeux des céréales qu'il était en train d'avaler. Il eut ce petit rire particulier, « Puh-hu-hu », comme s'il s'apprêtait à dire *Putain !*, qui se transforma en un gloussement penaud de gamin stupide.

« Mets la main dans un truc coupant, poursuivit oncle Dave. Je te parie que 7Up t'indemnisera mieux que ne l'a fait Johnson Controls pour moi.

– Puh-hu-hu », fit Rusty. Il s'essuya la bouche d'un rapide revers de la main et leva les yeux un court instant, d'abord en direction de Wave, puis de Kate. Toutes deux remarquèrent la lueur d'hilarité dans son regard canin.

« Je ne manquerai pas d'y réfléchir, papa », dit-il en écartant sa chaise. Ce sourire : lumineux et pourtant un rien malveillant.

Plus tard, Wave se rappellerait parfaitement ces moments-là. Les jours qui avaient précédé les meurtres : les mouches contre la vitre du camping-car qui la réveillaient. Oncle Dave pissant dans les lilas.

Le bruit de Kate qui se levait, le transistor qu'on allumait : David Bowie, « Let's Dance ».

Ces deux derniers jours, quand elle s'appelait encore « Wave », quand elle songeait encore à aller à l'université, à devenir agent artistique, à se marier et même à avoir des enfants, une fois que cette période tumultueuse aurait pris fin.

Elle se rappellerait avoir eu ces projets et, plus tard, quand elle aurait quarante-sept ans, elle frémirait en pensant à l'opinion qu'aurait d'elle son ancien moi. Comment était-elle devenue cette hippie entre deux âges ? Elle qui n'avait en plus jamais aimé les hippies. Elle mettait d'amples tuniques qu'elle confectionnait elle-même, elle marchait pieds nus la plupart du temps, et elle avait porté une longue natte jusqu'à ce qu'elle décide de se couper les cheveux si court que les gens avaient cru qu'elle suivait une chimiothérapie. Elle fabriquait sa propre farine, élevait des chèvres et faisait du fromage. Elle n'avait jamais eu de téléphone portable ni d'adresse e-mail, et elle ne jetait un coup d'œil à Internet qu'une fois par semaine, lorsqu'elle se rendait en ville et s'arrêtait en chemin à la bibliothèque. Comme la plupart des gens qu'elle fréquentait, elle avait peur du gouvernement et craignait d'être surveillée.

Malgré tout, il n'y avait là rien d'invivable. Elle s'était fait une place dans le monde, et même si ce n'était sans doute pas ce que la jeune Wave aurait souhaité ni ce à quoi elle se serait attendue, elle avait fait de son mieux. Si elle pouvait envoyer un message à celle qu'elle avait été, elle n'écrirait que ces quelques mots.

J'ai fait de mon mieux. Désolée.

Les deux sœurs avaient couché avec Rusty. D'abord Kate. Puis Wave – à deux reprises. Puis à nouveau Kate, trois fois. Il n'y avait pas de quoi en faire tout un plat, se disaient-elles. Ce n'était qu'une expérimentation, et elles trouvaient ça particulièrement amusant d'en parler, d'échanger leurs impressions.

Rusty, par exemple, aimait qu'on lui tire les cheveux. Il baissait la tête, sa longue chevelure formant alors comme une tente sur leur visage, et il disait : « Allez, tire dessus. » Puis : « Plus fort. Plus fort ! » Jusqu'à ce qu'elles craignent de se retrouver avec une partie de son cuir chevelu dans la main !

Rusty, par exemple, n'était pas circoncis, ce qui était nouveau pour elles. Wave trouvait qu'il se dégageait de lui une odeur étrange qu'elle n'aimait pas. Kate trouvait ça intéressant. *Spécial*, disait-elle.

Un jour, alors qu'il était avec Kate, Rusty se mit à pleurer, pressa son visage contre son ventre, frotta son nez contre son nombril, et elle s'étonna de la tiédeur des larmes qui roulaient sur sa peau, elles étaient *presque chaudes*, dirait-elle. Rusty se mit à lui parler de sa mère, de la famille qui l'avait accueilli quand il était petit, de l'incendie qui avait causé leur mort, mais Kate lui fit savoir qu'elle refusait de parler de trucs déprimants après avoir fait l'amour.

« Je suis convaincue qu'il est méchant, dit-elle. Il m'a fait un suçon qui ne partira pas. On dirait une cicatrice.

– Ce n'est pas un suçon », répondit Wave avec impatience.

Ces relations avaient pris fin presque deux mois plus tôt. Tous trois avaient jugé préférable de redevenir cousins, ils n'eurent même pas à en discuter, ça se fit tout seul, et Kate et Wave estimèrent que c'était l'idéal. Même si elles étaient d'accord pour dire que Rusty était vraiment un bon coup.

Pourtant, elles y pensaient, un peu. Comme ce matin-là, alors qu'assises dans le jardin elles écoutaient la radio en buvant du soda et que Rusty avait amadoué Dustin pour qu'il fasse une partie de frisbee avec lui. Rusty était un excellent joueur et Dustin un garçon de treize ans maladroit et facilement découragé, si bien que ce ne fut pas un match digne de ce nom.

Mais c'était amusant d'observer les jambes de Rusty – il avait de gros mollets, on voyait les muscles se tendre quand il sautait, et ses pieds nus, aux longs orteils noueux, étaient étrangement faits pour la préhension, tels ceux d'un singe, ce que les jumelles trouvaient étrangement sexy.

À un moment, Dustin prit le frisbee en pleine figure, se mit à saigner du nez, en éprouva de la gêne et de la colère, et Rusty lui lança : «Je ne l'ai pas fait exprès !» et «J'espère que tu ne vas pas courir me dénoncer. Ne fais pas le bébé !»

Elles durent sortir la trousse à pharmacie, trouver une serviette pour arrêter le saignement, et Rusty s'éloigna. Kate mit de la glace dans un torchon qu'elle appliqua sur le visage de Dustin. Et posa sur sa sœur un regard éloquent.

Étant jumelles, elles se plaisaient à imaginer qu'elles étaient dotées de pouvoirs surnaturels. Pouvaient-elles lire dans les pensées l'une de l'autre ? Faisaient-elles preuve d'une extrême empathie l'une envers l'autre ? Devineraient-elles, même si une grande distance géographique les séparait, que l'autre venait de mourir ?

Jusqu'à présent, ce n'était pas probant. Mais Wave remarqua l'expression de sa sœur, leurs regards se croisèrent, et Kate articula silencieusement :

Rusty a de la mescaline

Et Wave la comprit parfaitement bien.

Des années plus tard, alors que Wave essaierait de gagner sa vie en lisant les lignes de la main et en tirant les cartes dans les rues de Portland, il lui arriverait d'avoir, de manière fugace, des perceptions extrasensorielles. Suffisamment pour qu'elle n'ait pas l'impression d'être un parfait imposteur.

Elle était arrivée à Portland à dix-huit ans et, à vrai dire, elle avait eu du mal à distinguer le vrai du faux. Son ancienne vie ondulait au loin comme un mirage.

Parfois, elle imputait cet état de confusion au procès. Kate et Dustin avaient dit des choses – avaient raconté des choses – qu'elle jugeait fausses. On les avait interrogés tous les trois, des heures durant, plusieurs jours de suite. Il y avait un travailleur social et deux policiers, et quand ils lui apprirent ce que Kate et Dustin avaient déclaré, elle s'était écriée : *Non, bien sûr que non, c'est ridicule !*

Et apparemment, ça ne leur avait pas plu. Ils s'étaient demandé si elle n'avait pas tout refoulé. « C'est très courant en cas de traumatisme, lui avait expliqué le travailleur social. L'esprit fabrique comme un tampon protecteur. Mais tu peux, en te concentrant, retrouver certains souvenirs – juste des images brisées, peut-être – dont tu ignorais jusque-là l'existence. »

« Waverna », dit l'un des policiers, l'air chagrin. Il se racla la gorge. « As-tu eu des relations sexuelles avec Russell ?

– Non ! rétorqua-t-elle, et elle se sentit rougir. C'est vraiment dégueulasse ! »

Bien sûr, il n'y avait pas eu que les interrogatoires. Il y avait eu les bulletins d'information, il y avait eu cette photo reproduite partout, il y avait eu cette interview à la télévision à laquelle elle n'avait pas voulu participer.

Elle se souvenait qu'une fois Rusty condamné, Kate, Dustin et elle avaient un temps vécu chez grand-mère Brody, mais son esprit avait dû fabriquer comme un tampon protecteur car, jusqu'à ce jour, elle n'avait aucune idée de la façon dont elle avait réussi à se rendre à Portland. Elle se rappelait avoir fait du stop, mais elle ne gardait aucun souvenir des gens avec qui elle avait voyagé.

Une fois là-bas, elle avait vécu dans la rue. Dormant parfois dans un squat abandonné, dans un parc ou sous un pont.

Il lui arrivait d'installer sa couverture sur le trottoir, à proximité d'un bar, des ivrognes lui tendaient leur paume ouverte, elle faisait glisser ses doigts sur les lignes de leur main, et son corps était traversé d'une décharge électrique. Comme lorsqu'on se cogne le coude.

Elle se rappelait ce vieux type. Horriblement triste, elle l'avait senti. Dès qu'elle le toucha, elle perçut qu'il mourrait avant la fin de l'année. Elle perçut qu'il n'avait aucun avenir, qu'il ne connaîtrait plus que la boisson et le sentiment de solitude et que personne, à part elle, ne le sentirait mourir.

« Qu'est-ce qu'il y a ? » avait-il marmonné, le regard trouble. Il lui avait donné un billet de dix dollars, et il avait souri parce qu'elle le touchait avec douceur.

« Rien », avait-elle répondu. Hésitante.

« Je crois que vous allez être heureux en amour », avait-elle ajouté. Et elle savait qu'il lui donnerait plus d'argent si elle l'embrassait.

C'est alors qu'elle avait remarqué que l'homme ressemblait comme deux gouttes d'eau à oncle Dave. Oncle Dave, ressuscité, soixante-quatre ans.

Oncle Dave se laissa aller contre le dossier de sa chaise longue, il écarta les jambes comme le font les hommes – *on dirait qu'ils sont prêts à ce qu'on leur taille une pipe*, disait Kate – et il tapota sa cigarette à deux ou trois reprises. Wave sirotait son soda.

« Je ne sais pas, disait-il. Mon père ? Il a vécu jusqu'à soixante-quatre ans. Et à l'époque, c'était un âge relativement avancé. »

Wave le regarda enfoncer ses orteils dans l'herbe, l'air pensif. « Soixante-quatre ans, ça me paraît suffisant. Si on a bien vécu. »

Elle était en train de lire au soleil près du camping-car quand il s'était approché d'un pas tranquille et s'était affalé sur la chaise à côté d'elle. C'était le début de l'après-midi mais il était déjà rouge et guilleret sous l'effet de l'alcool. Tout son corps sentait la bière.

Wave ne savait pas trop ce qui avait provoqué ces réflexions sur la mortalité, elle n'avait pas été très attentive.

«Tu as quel âge?» lui demanda-t-elle au bout d'un moment, et il la regarda avec mélancolie. «Trente-six ans, répondit-il. Aïe!

– Je parie que tu changeras d'avis quand tu approcheras de la soixantaine.

– Tu as raison.» Il sourit et Wave le regarda écraser pensivement sa canette de bière.

«Je peux te tirer les cartes si tu veux», suggéra-t-elle. Cela faisait presque un an qu'elle s'intéressait au tarot, elle emportait ses cartes partout avec elle, enveloppées dans un foulard ayant appartenu à sa grand-mère. La mère d'oncle Dave. Elle en était arrivée au stade où, quand elle en retournait une, un léger mouvement se faisait sentir dans son inconscient.

«Pff, fit oncle Dave. Vous les jeunes et vos balivernes. Tu sais, quand Rusty était au lycée, on a dû aller voir un thérapeute parce qu'il dessinait des pentagrammes partout. Il a failli être renvoyé. Alors je lui ai dit : À quoi ça rime? Tu sais que tout ça n'existe pas.

– C'est vrai, reconnut volontiers Wave. C'est juste pour rigoler.

– C'est toujours pour rigoler. Mais ça peut mal finir.»

Oncle Dave prononça ces mots sans une once de sérieux. Il était tellement plus sympa que son père à elle.

Wave connaissait les grands traits de la biographie d'oncle Dave. Elle savait qu'il avait trois ans de moins que son père; qu'ils avaient grandi dans une ferme de l'Iowa; qu'il avait toujours été le petit frère immature; qu'il était trapu et musclé comme un gymnaste alors que son père était grand et longiligne. Elle savait que leur propre père était mort quand ils étaient petits, et qu'une fois au lycée, oncle Dave était devenu un trublion. On l'avait envoyé dans un centre de détention pour mineurs parce qu'il s'était bagarré avec un garçon et avait failli le tuer.

Elle savait qu'il avait fait la guerre du Vietnam, qu'il avait été envoyé là-bas à dix-neuf ans et qu'il avait combattu, elle savait également que sa tante Colleen, la sœur cadette de sa mère, avait commencé à lui écrire des lettres et qu'ils étaient tombés amoureux.

Le passé que les adultes trimballaient avec eux avait quelque chose de flou, de vertigineux, songea Wave. Peut-être parce qu'il était impossible d'imaginer que tant d'années puissent s'écouler – adolescent, on connaît intellectuellement la différence entre trente-six et soixante-quatre, mais on n'a pas du tout idée de ce que ça fait de vivre aussi longtemps. Peut-être est-ce parce que le passé lui-même paraît vraiment ridicule et stupide dans toute son innocence. Wave avait vu des photos de Colleen et Vicki avec leur coupe de cheveux rédhibitoire, à la mode en 1968. On ne pouvait pas s'empêcher de penser qu'il fallait être idiot pour vouloir avoir ce look. On avait un peu pitié d'elles : tout ce qui allait se passer et dont elles ne savaient rien.

Elle regarda oncle Dave se lever et se diriger en traînant les pieds vers la maison où sa mère et tante Colleen étaient en train de se chamailler. Personne ne savait qu'ils seraient tous morts avant la fin du week-end.

Un jour, à l'approche de ses trente ans, Wave reçut une carte postale de Kate. *Que nous est-il arrivé ?* était-il écrit. Elle se dit que c'était censé la culpabiliser, que c'était un appel à une sorte de réconciliation superficielle, mais peut-être était-ce une question légitime.

Que nous est-il arrivé ?

C'était une bonne question. La plupart des gens semblaient se croire experts de leur propre vie. Ils avaient toute une série de souvenirs qu'ils enfilaient comme des perles, et ce collier leur racontait une histoire sensée. Mais elle pressentait que, dans leur ensemble, ces histoires ne tenaient pas debout si on y regardait de plus près – qu'en fait, nous nous contentions de jeter un coup d'œil à notre vie par un trou de serrure, et qu'une bonne partie de la vérité, que la réalité de notre vécu, nous était cachée. Les souvenirs n'étaient pas plus fiables que les rêves.

Son ami Riordan avait un jour tenté de la convaincre que quelque chose clochait chez elle. « Des absences, dit-il en lui tendant sa pipe. Pour moi c'est le symptôme d'une maladie grave. Tu veux parler d'évanouissements ? Parce que… »

Ils étaient assis sous un pont et il tombait une bruine molle et froide, typique de Portland. « Pas du tout. Je ne pense pas que quiconque puisse vraiment se rappeler ce qui lui est véritablement arrivé. On se souvient juste des pièces qui s'emboîtent logiquement. »

Que nous est-il arrivé ? Elle tira sur sa cigarette en réfléchissant à la question. Était-il possible que nous ne le sachions jamais vraiment ? Et si nous n'étions pas les gardiens de notre propre existence ?

Par exemple, Wave pensait se souvenir de cette soirée-là dans les moindres détails. Cette soirée-là, juste avant les meurtres. Leurs parents et leurs oncle et tante faisaient la fête une fois de plus, Dustin lisait dans le camping-car en boudant à cause de son nez enflé, et soudain Rusty et son ami Trent s'étaient pointés dans la voiture de celui-ci. Kate et Wave fumaient, assises dans une chaise de jardin, et Rusty les avait interpellées.

« Hé, mes beautés ! Vous voulez venir à une soirée ? » Elles s'étaient installées sur la banquette arrière sans se donner la peine de dire à qui que ce soit qu'elles partaient.

Mais ce n'était pas vraiment une soirée. Ce n'était pas ce

à quoi elles s'étaient attendues. Ça se passait dans un mobile home, dans un quartier de la ville que Wave trouvait louche, et la seule autre personne présente était une fille qui ne devait pas avoir plus de douze ou treize ans, alors qu'elle portait un dos nu fait dans une espèce de tissu métallisé argenté et fumait des cigarettes comme si elle en avait l'habitude depuis un certain temps. Elle leur dit s'appeler Montgomery et elle prit la main de Wave comme si elles étaient amies d'enfance.

« Allez, leur dit-elle. Venez m'aider à préparer les boutons de peyotl ! »

Montgomery ouvrit une boîte en plastique et les boutons apparurent : des jetons séchés, ronds et charnus, qui avaient jadis appartenu à un cactus, et qui étaient tout ridés comme des bébés mécontents.

Il fallait les séparer délicatement pour retirer les graines, leur expliqua-t-elle.

Apparemment, c'était une tâche féminine. Montgomery, Kate et Wave s'installèrent à la table de la cuisine pendant que Rusty et Trent parcouraient la collection de disques, sans arriver à se mettre d'accord sur les chansons qu'ils voulaient passer.

Elles mirent le peyotl dans une casserole avec de l'eau pour faire une soupe. Elles remuèrent, et Montgomery parla de son intérêt pour le métier de vétérinaire. « Je veux aider les animaux. J'ai l'impression que mon rôle sur cette terre est d'aider les créatures de Dieu. » Puis elle remplit la cuillère en bois et souffla dessus plusieurs fois avant de l'approcher de la bouche de Wave.

« Goûte », dit-elle.

Pendant un temps, elles ne constatèrent aucun effet. Elles eurent un goût particulièrement amer dans la bouche et sur la langue, qui persista, et elles durent faire un effort pour ne pas vomir. «Je veux rentrer à la maison, dit Wave. J'ai envie de gerber et d'aller me coucher.»

Mais Montgomery posa avec douceur sa petite main couverte de taches de rousseur sur son avant-bras. «Attends encore quelques minutes. Ne sois pas si tendue.»

Dans l'autre pièce, Rusty et Trent discutaient avec Kate d'un livre qu'elle avait lu, le récit soi-disant véridique d'une fillette de cinq ans maltraitée par des adorateurs du diable, *torturée, emprisonnée, et utilisée avec une extrême malignité pour invoquer Satan lui-même*, d'après la quatrième de couverture. *Michelle Remembers*, c'était le titre du livre, et Kate était fascinée. *Une jeune femme perturbée consulte un psychiatre doux et compatissant et le souvenir, depuis longtemps enfoui, d'atroces souffrances remontant à l'enfance finit par lui revenir avec la force d'un cri et une effrayante clarté.* Kate aimait se demander si elle-même avait pu refouler certains souvenirs.

«Ce sont des conneries, dit Rusty. Cette nana ne connaît rien à Satan.

– Comme si tu étais expert en la matière», répondit Kate. Et bien qu'elle se soit plainte des suçons de Rusty, elle s'était assise tout près de lui, pratiquement sur ses genoux, nota Wave.

«J'en sais suffisamment, répondit-il. Je suis doué pour flairer les mensonges.

– Ils n'auraient pas pu publier ce livre si ce n'était pas vrai», fit remarquer Kate. Et Wave vit sa sœur faire son truc habituel, poser sa tête sur le bras de Rusty comme par accident. «Il y a des lois», ajouta-t-elle.

Montgomery alluma une cigarette et regarda Wave, l'air pensif. «Tu te sens bien ? murmura-t-elle.

– Je ne sais pas. Tu en as déjà pris ?

– Je n'arrête pas. Ça n'a rien de mauvais pour la santé. Le peyotl est un produit de la terre ; cent pour cent naturel.

– Ce Trent, c'est ton frère ? demanda Wave.

– Absolument pas, répondit Montgomery, moqueuse. Je dirige un groupe de joueurs Donjons et Dragons. Trent et Rusty en font partie, et moi je suis le Maître du Donjon. À part ça, je les vois très peu. »

Wave tenta de saisir ce qui venait de lui être dit. Mais elle ressentit brusquement le premier éclat mordoré du peyotl, et son cerveau commença à fléchir. Soudain, sa vision périphérique lui apparut, et avec bien plus d'acuité que sa vision frontale.

« Vous voulez voir à quoi ressemble un véritable rituel satanique ? demanda Rusty. Je peux vous en montrer un. »

À ces mots, Montgomery regarda Wave et leva les sourcils avec scepticisme.

« Il ne s'y connaît absolument pas en magie noire, dit-elle. Il est tellement bête ! »

De notre vivant, nous ne faisons probablement qu'une seule fois l'expérience de la félicité, et c'est peut-être ce qui était en train d'arriver à Wave. Elle sentit le peyotl déferler en elle et s'entendit dire : « Oh ! » – comme une actrice qui incarnerait un personnage en pleine prise de conscience. « Oh », répéta-t-elle, et à partir de ce moment-là, elle sortit de son corps.

Elle sentit que ce voyage à Yellowstone allait être vraiment génial, qu'ils se rapprocheraient les uns des autres, que chacun révélerait de magnifiques qualités humaines, et que ce serait une expérience inoubliable. Kate redeviendrait la sœur drôle et dingo qu'elle avait connue, il faudrait qu'une violente dispute éclate entre elles mais ça réparerait tout ; Dustin ferait preuve d'un courage et d'un héroïsme surprenants ; sous les dehors de sainte-nitouche de sa mère, sa vraie nature, névrosée et dominatrice, se manifesterait, tante Colleen la défierait et Vicki, se rendant compte qu'elle était vraiment infecte, s'évanouirait dans la nuit en sanglotant.

Il y aurait un moment où Wave se retrouverait seule avec oncle Dave, elle caresserait son moignon, la peau douce et lisse, la protubérance cicatrisée qui semblait appartenir à une créature surnaturelle, il serait touché par ce geste de tendresse, se pencherait pour l'embrasser mais s'écarterait aussitôt, et il lui dirait avec une infinie tristesse que cela ne pourrait jamais être, et elle comprendrait, elle hocherait gravement la tête, et une seule larme roulerait silencieusement sur sa joue.

C'est son père qui mourrait à la fin, tragiquement. Il serait l'acteur à qui personne ne s'était vraiment intéressé mais, à sa mort, tous s'en voudraient d'avoir fait preuve d'indifférence à son égard.

Wave leva les yeux, Trent avait passé son bras autour des épaules de Montgomery alors qu'il devait mesurer plus d'un mètre quatre-vingts et elle à peine un mètre cinquante, et qu'elle ne devait pas être plus lourde que les vêtements qu'elle avait sur le dos.

Cette idée la fit rire intérieurement. Wave regarda autour d'elle. Où était passée Kate ? Elle voulait lui dire – *Montgomery ne doit pas être plus lourde que les vêtements qu'elle a sur le dos*.

Kate et Rusty ne se trouvaient pas dans la pièce, et elle se dit – oh. Ne s'étaient-ils pas mis d'accord sur le fait qu'ils ne recommenceraient plus ? Kate lui confiait de moins en moins de secrets, songea Wave, mais ça n'avait peut-être aucune importance. Elle replongea dans son rêve. À Yellowstone, il y aurait la confrontation entre Vicki et Colleen puis la libération, elles s'étreindraient, pleureraient et tourneraient la page.

La sensation qu'elle n'oubliera jamais : celle d'une voiture qui s'engage sur une route en pente, celle que vous avez quand vous accompagnez son mouvement en vous penchant en avant, une manifestation physique. Une sensation qui ne vous quittera plus.

Ils allèrent bel et bien au cimetière, comme l'affirmeraient plus tard Kate et Dustin. Wave crut se souvenir qu'ils s'y étaient rendus dans le vieux tacot de Trent, une Buick GS 400 verte. Trent et Rusty assis à l'avant ; Kate, Montgomery et Wave sur la banquette arrière. Dustin n'était pas avec eux – comment aurait-il pu l'être ? – même si, plus tard, il témoignerait sous serment du contraire.

Le cimetière se distinguait, entre autres, par la présence de nombreux arbres. Dans ce coin du Nebraska, dans les hautes plaines rocheuses, les arbres étaient un luxe. On en plantait, parcimonieusement, dans son jardin mais ils n'étaient que des immigrants. Dès que l'on quittait la ville, il y avait, sur des kilomètres et des kilomètres à la ronde, de la terre et des collines dépourvues d'arbres.

Pourtant, on aurait pu comparer ce cimetière à un bosquet. Pas tout à fait à un bois – mais ça suffisait pour que Wave devine parfaitement ce qui lui avait manqué toute sa vie. Les Forêts. Les Mers et les Océans.

Sans les arbres, je ne pourrai jamais faire l'expérience de la véritable harmonie, songea-t-elle. Rusty lui tendit une Coors qu'elle prit avec gravité. Ils marchèrent au milieu des pierres tombales, et les arbres faisaient ployer leurs branches sur eux, l'ombre des feuilles tremblant dans le vent.

Rusty la regarda et lui fit un clin d'œil.

Puis il lui montra son sac à dos. Et souleva le rabat. À l'intérieur se trouvait un poupon en plastique bon marché de la taille d'un nourrisson.

« Sacrifice », lui dit Rusty, en confidence.

Wave trouva le « rituel satanique » plutôt puéril car Rusty et Trent étaient complètement défoncés. Ils avaient découvert une pierre tombale qui, au dire de Rusty, était celle de sa mère ; ils tracèrent un pentagramme dans la terre et posèrent une bougie à chaque pointe avant de placer le poupon au centre.

« Ce n'est même pas comme ça qu'il faut faire », dit Montgomery.

Wave regarda les arbres bouger et faire des gestes. Ils étaient capables de donner à leurs feuilles et à l'ombre de leurs feuilles des formes leur permettant de communiquer avec elle. Wave regarda oncle Dave sortir en slip des buissons et se mettre à danser. Il ne mesurait qu'une trentaine de centimètres ; il était absolument adorable. Wave lui sourit tendrement.

Plus tard, Kate « retrouverait » le souvenir suivant : au cimetière, elle était sortie d'une espèce de transe, et elle était allongée, nue, bras et jambes écartés, sur un pentagramme, serrant dans ses bras une poupée nue et ensanglantée. On lui avait enfoncé un crucifix dans le vagin. Plus tard, Dustin « se souviendrait » de s'être fait agresser sexuellement par Rusty, Trent et un groupe de silhouettes encapuchonnées, qui avaient également décapité des lapereaux et l'avaient obligé à boire leur sang.

Plus tard, seule Wave se rappellerait que Montgomery était présente. Montgomery – ou quel que soit son nom – ne fut jamais interrogée ni appelée à témoigner, et Wave n'avait aucune idée de l'endroit où elle habitait.

N'avait-elle fait qu'imaginer la jeune fille ? Était-ce elle – Wave – qui ne se rappelait pas correctement les choses ? Était-il possible qu'elle se soit évanouie ? Son ami Riordan ne le pensait pas.

« Bon sang ! dit-il. S'il y avait un groupe d'enfoirés vêtus d'une bure qui faisaient boire du sang de lapereau à ma sœur et lui enfonçaient un crucifix dans la chatte, je pense vraiment que je m'en souviendrais. Ça a vraiment été considéré comme un témoignage valable ? »

Puis ils se turent.

Mon Dieu ! Wave se rappelle avoir été très heureuse.

Encore aujourd'hui, elle a l'impression qu'ils s'étaient bien amusés. Rusty avait sorti sa radiocassette et mis le groupe Black Sabbath, et Kate et lui avaient dansé sur « Sweet Leaf ». Wave était restée là, à les regarder et à rire, des silhouettes bougeaient dans les arbres, oncle Dave dansait puis des ombres aux longs doigts étaient apparues, Rusty avait trébuché en essayant de lire un de ses livres sataniques, et Trent et Kate posèrent le poupon sur le pentagramme avant de verser du ketchup dessus.

« *Je te conjure, ô Guland, au nom de Satan, au nom de Belzébuth, au nom d'Astaroth et au nom de tous les autres esprits, de te hâter d'apparaître devant moi. Viens au nom de Satan et au nom de tous les autres démons. Viens jusqu'à moi, je te l'ordonne* », avait hurlé Rusty en direction du ciel – mais il n'arrêtait pas de perdre sa page, de faire tomber le livre, et il avait fini par se laisser entraîner par une autre chanson et par se remettre à danser.

Kate s'était jointe à lui. « S'il te plaît, ô Guland, au nom de Satan, ne nous oblige pas à aller à Yellowstone ! » implora-t-elle avant de rire comme une folle.

Et puis ils dansèrent en cercle sous les arbres en faisant circuler une bouteille de Jim Beam, c'était juste pour s'amuser, ils étaient juste fous, c'était ça être jeunes, vivants et stupides. Ça ne voulait rien dire.

C'est tout ce qui s'était passé.   Elle en est sûre.

V

2012

AVRIL 2012

J'étais vraiment heureux.   J'en serai toujours convaincu.

Je menais une vie normale.   Marié. Enfants. Propriétaire d'une maison.

Je me trouvais bon dans mon domaine. J'aidais les gens à gérer des schémas de pensée dysfonctionnels, une hyperanxiété, des attaques de panique et l'engrenage qui s'ensuivait, des troubles obsessionnels compulsifs, une addiction, la dysmorphophobie, des modes de pensée négatifs de tout type. En essayant d'améliorer les choses.

Mais je doutais de pouvoir faire quoi que ce soit pour Aqil Ozorowski. Il y avait là une pathologie qui allait au-delà de ce que je

Il y avait une pathologie *potentielle* – un trouble ? – qui allait au-delà de ce que je pouvais tenter de diagnostiquer sans trop de difficulté. Paranoïa ? Obsession ? Aqil m'avait confié ses dossiers concernant les étudiants morts. Dans chacun d'eux, il y avait une photo du corps, un rapport d'autopsie, et parfois quelques impressions de leur page Facebook ainsi que leur nécrologie, et ses yeux brillaient d'excitation.

Je me suis raclé la gorge.

«OK, dis-je. Oui, bien sûr, c'est»

Disons que j'étais heureux, mais certains problèmes personnels m'accablaient.

Ma femme était gravement malade.

J'avais récemment eu des nouvelles dérangeantes de mon

Comment l'appeler ? Mon frère d'accueil ? Mon frère adoptif ?

Il avait été libéré de prison.

Il y avait beaucoup de choses à ce sujet auxquelles je n'avais pas pensé, qui ne m'avaient pas traversé l'esprit, pendant des années. Et je n'avais aucune envie de me replonger dedans.

Ce fut au cours de cette période qu'Aqil Ozorowski voulut me parler d'un tueur en série.

«Écoutez-moi bien, me dit-il en arborant un sourire qui dévoilait ses deux rangées de dents. Pourquoi pas ? Ça va peut-être piquer votre curiosité ?» Il était baratineur, excessivement amical, comme s'il avait, à un moment de sa vie, suivi une formation rigoureuse à la vente et appris à capter le regard de son interlocuteur pour ne plus le quitter. Il avait d'immenses yeux marron foncé, comme un faon de dessin animé.

«J'étais un bon flic. J'étais bien parti, j'allais travailler à la brigade criminelle, j'allais être inspecteur. Et puis je me suis fait baiser.»

On l'avait mis en congé pour des raisons dont il refusait de discuter – des raisons psychologiques, j'imagine, bien que ce ne fût pas confirmé. «Écoutez, poursuivit-il avec le même sourire.

Ce n'est pas pour ça que je fais appel à vous. Il faut que je distingue mes deux réalités, si vous voyez ce que je veux dire ? Le tribunal m'a assigné un mec dans votre genre, à qui je dois parler une fois par semaine de mes problèmes de boulot. Et donc quand je suis avec vous, je n'ai aucune envie de parler de mes problèmes de boulot, OK ? Je veux parler de mes dossiers ! Vous les avez consultés ?

– Eh bien », fis-je.

Je ne savais pas pourquoi il m'avait communiqué ces… informations.

Au début, il disait vouloir suivre une thérapie pour arrêter de fumer, ce qui était une de mes spécialités, et je trouvais ça sensé. Puis il me dit vouloir se faire aider par le biais de techniques de relaxation. Il avait des insomnies, affirmait-il. Enfin il me dit qu'il avait juste besoin de quelqu'un à qui parler. « Quelqu'un qui ne fait pas partie du système, précisa-t-il.

– Qu'entendez-vous par "système" ?

– Vous le savez bien. »

Pour être honnête, le travail que je faisais ces derniers temps était plutôt ennuyeux. J'enseignais à mes patients des techniques de respiration et je leur parlais de la différence entre la rumination utile et inutile ; je leur faisais remplir une grille d'auto-observation de leurs activités quotidiennes quand ils étaient trop déprimés pour payer leurs factures ; j'essayais de les aider à traverser les épreuves auxquelles nous sommes confrontés, la honte et l'auto-accusation, le sentiment inexplicable de perte ou d'effroi, les chagrins ordinaires contre lesquels il n'existe pas de véritable remède.

Mais je n'avais pas beaucoup de patients comme Aqil Ozorowski – que, faute de mieux, je qualifierais *d'intéressant*.

Je dois avouer qu'une part de moi lui était reconnaissante de m'apporter cette intrigue policière – cette « affaire », disait-il, comme si nous allions devenir Sherlock Holmes et le docteur Watson.

Les morts – les « meurtres » – étaient devenues une légende urbaine. Aqil n'était pas le seul à penser qu'on retrouvait, dans ces supposés accidents, un certain mode opératoire. Il existait des sites Internet consacrés aux diverses théories avancées pour les expliquer, et des conspirationnistes avaient cherché à donner un surnom au meurtrier : « Jack le Plongeur », « Jack le Noyeur » ou encore « Jack Daniels », le plus populaire sur les campus car, apparemment, le tueur repérait de jeunes étudiants qui buvaient des shots de whisky dans un bar. Il y avait même un hashtag sur Twitter : #JackDanielsKiller.

« Ça paraît bête, non ? dit Aqil. C'est ça qui est ingénieux. On ne peut tout simplement pas prendre ça au sérieux. Un étudiant se noie dans une rivière et les gens s'en amusent. »

Des enquêtes avaient, bien sûr, été menées. La police avait conclu à une « Mort par Négligence » ou à un « Auto-assassinat » – c'est-à-dire que les victimes s'étaient montrées bien trop imprudentes, car toute personne sensée saurait qu'un tel comportement entraînerait la mort. Il me montra une coupure de presse.

> « Je pense qu'il y a bel et bien un tueur en série sur les campus, a déclaré le commissaire de police Wilkinson. Et il s'appelle "Biture Express". Ce sont des étudiants qui boivent de l'alcool, très vite et sans réfléchir. Ils s'éloignent de leurs camarades. Trouvent une rivière ou un cours d'eau sur leur chemin. Et se noient. Malheureusement, tout indique que ces jeunes hommes ont connu une mort tragique qui aurait pu être évitée. »

« Ça se tient, non ? dit Aqil. Ces propos ne sont pas déraisonnables, si ? Et jamais aucune de ces morts n'a été considérée comme une affaire criminelle.

– Eh bien, dis-je. Cette explication semble effectivement logique. Même avec votre histoire de dates. Si quelqu'un se noie le 10 octobre 2010, rien n'empêche qu'une mort similaire advienne le 11 ou le 9 octobre. On peut toujours repérer une constante dans toutes sortes d'événements pris au hasard. C'est le phénomène d'apophénie. La tendance que nous, humains, avons à attribuer une signification à des éléments sans rapport les uns avec les autres. Par exemple, certaines personnes croient à "l'énigme du nombre vingt-trois". Ils pensent que tout est lié à ce nombre. C'est une croyance étonnamment complexe.

– Haha, dit Aqil, un sourire jusqu'aux oreilles. C'est un film, non ? Avec, comment il s'appelle ? Ace Ventura ? Mais vous avez raison. Vous avez tout à fait raison. Jusqu'à ce que vous décaliez légèrement votre regard. »

Et je l'ai observé qui opérait ce « décalage », qui écartait sa chaise de moi et la tournait vers la fenêtre. Il a regardé en silence les voitures qui roulaient sur Cedar Road.

« Imaginez une seconde qu'il s'agisse d'un groupe d'étudiantes, dit-il. Les gens deviendraient fous. Ce que je trouve intéressant dans cette histoire, c'est que personne ne pense que des mecs blancs puissent être vulnérables. Nous-mêmes ne nous pensons pas vulnérables. Ce qui nous facilite les choses, non ? »

Nous-mêmes.

D'une certaine façon, ces paroles représentèrent une véritable avancée car, jusque-là, je ne savais pas vraiment à quelle race s'identifiait Aqil. Il avait l'air blanc mais sans que ce soit très net, et je m'étais toujours senti mal à l'aise à l'idée de lui poser directement la question.

Il refusait de parler de sa famille. Il se l'était « aliénée » disait-il, un mot appartenant à un registre soutenu, ce qui était étrange venant d'Aqil – il se serait moqué de moi si je l'avais employé.

Aliénée. Ses parents étaient-ils morts ou vivants ? Je l'ignorais. Avait-il des frères et sœurs ? « Pas à ma connaissance », m'avait-il dit.

Par contre, je savais qu'il avait grandi à Cleveland. Un jour que je roulais sur la 55e Rue en direction de l'autoroute, j'étais passé devant l'endroit où il déclarait avoir grandi – un ensemble de HLM. Dont les habitants semblaient principalement être afro-américains, mais ça me gênait de mettre le sujet sur le tapis.

Une fois, je lui avais fait remarquer que son nom était peu commun, et il m'avait regardé avec méfiance. « Ozorowski ? C'est un nom polonais qui est plutôt répandu. Les gens le trouvent bizarre à cause du "Oz", et je vous jure que si vous m'appelez une seule fois le Magicien d'Oz, je vous tue.

– Eh bien. Je voulais dire que... Aqil n'est pas un prénom que je rencontre très souvent.

– Vraiment ? Il y avait trois Aqil dans mon lycée. Avec une orthographe différente pour chacun mais quand même. Je ne pense pas que ce soit si rare que ça chez les gens de mon âge. »

J'ai hoché la tête. Tout en conservant un air légèrement perplexe. « Donc, ai-je fini par dire. Y a-t-il une histoire derrière le choix qu'ont fait vos parents de vous appeler...

– Pff, fit-il. Qui sait ? »

Il m'avait parlé en détail de ses anciens collègues. Il y avait ceux qu'il savait être ses ennemis et ceux qu'il pensait être ses amis mais qui l'avaient trahi. Karen, Spark, Davis, Constantine. Il m'avait raconté des anecdotes sur chacun d'eux ; et il avait à chaque fois si bien dépeint la scène que j'avais l'impression de pouvoir mettre un visage sur leur nom : Karen, dans le McDonald's qui restait ouvert tard le soir, se confiant à Aqil au sujet de la violence de son fils adolescent ; Spark – ce pâle gamin roux, pas plus de vingt ans – qui jouait au basket avec les jeunes d'un quartier défavorisé, qui parlait un argot maladroit et qui essayait de rassembler les gens autour d'un « séminaire sur la police de proximité ». Davis, qui avait plaqué la femme psychotique et lui avait tiré dessus au Taser pour ensuite sangloter dans la voiture de police. Le pauvre Constantine et son addiction à la musculation qui n'avait jamais semblé guérir son hypertension et son hypoglycémie, et puis à qui on avait diagnostiqué un lymphome.

Mais quand je l'interrogeais sur son arrêt maladie, Aqil secouait vaguement la tête. « Je ne sais pas vraiment », disait-il. Ou : « Je crois que j'ai été trop direct à deux ou trois reprises. » Ou : « Certaines personnes trouvaient qu'il y avait des irrégularités dans ma façon d'interroger des suspects. » Ou : « J'ai pris les mauvaises personnes à rebrousse-poil. »

AVRIL 2012

Le Tao dont nous parlons n'est pas le vrai Tao.

Je me suis surpris à méditer là-dessus à maintes reprises pendant une semaine environ – enfin, pas exactement méditer. Mais je n'arrêtais pas de me répéter ces mots.

C'était un vers tiré d'un poème de Lao Tseu, ce philosophe

de la Chine ancienne, sur lequel j'étais tombé et qui m'avait frappé. Je pensais pouvoir l'utiliser avec mes patients. Il pouvait s'appliquer à bien des situations, m'étais-je dit.

J'ai songé à le tester sur Aqil. *Parlons-nous vraiment d'un tueur en série*, m'imaginais-je lui dire, *ou ce tueur en série est-il le substitut de quelque chose de plus grand et de plus abstrait ? Lao Tseu dit que...*

Non, pensai-je. Sans doute pas.

À mon retour ce soir-là, Jill dormait déjà et les garçons étaient sortis. Je me suis préparé un bol de céréales et j'ai regardé une émission culinaire à la télé en ressassant mes inquiétudes. *Rusty*. Je n'avais toujours pas pris de décision – que faire, quand aborder la question avec Jill. De son côté, elle n'avait toujours pas décidé de la façon dont elle voulait parler de sa maladie aux garçons. Elle allait démarrer une chimiothérapie début mai, et Aaron et Dennis ne savaient toujours rien.

Que faire ? me suis-je demandé. Et puis : *Le Tao dont nous parlons n'est pas le vrai Tao*. J'ai posé ma tête sur le bras du canapé et fermé un instant les yeux pour essayer de trouver calme et cohérence.

À mon réveil, j'étais pelotonné sur le canapé et j'avais toujours ma veste sur le dos et mes chaussures aux pieds. Très déroutant. Il était presque vingt-deux heures.

Quand je suis entré dans la cuisine pour me faire un sandwich, Dennis était en train de travailler, ses livres étalés sur la table. « Salut », ai-je lancé, mais il n'a pas levé les yeux. Il a continué à lire.

C'était dur, ce nouvel état de choses entre nous. Nous avions autrefois une super relation – nous essayions de dénicher les blagues les plus nulles pour nous les raconter, nous parlions de ses lectures, nous allions très souvent au cinéma – mais il était devenu de plus en plus distant au cours de ses deux dernières années de lycée. C'est comme ça, me disais-je.

Et donc, comme il ne m'avait pas répondu, je me suis discrètement fait un sandwich au beurre de cacahuète puis je me suis adossé au comptoir, à distance respectueuse, et je me suis efforcé de mâcher sans faire de bruit.

En tant que parent, il ne faut jamais être passif. C'est ce que je disais souvent à mes patients. *Un parent passif, c'est un oxymore, comme une crevette géante. Si vous êtes passif, vous ne jouez pas votre rôle de parent !*

Je me suis éclairci la voix. « Qu'est-ce que tu lis ? » ai-je fini par demander, et Dennis a levé les yeux, l'air sévère. « Des mensonges et de la propagande », m'a-t-il répondu. Il m'a montré la couverture du livre : *Une histoire des États-Unis.* J'ai souri et hoché la tête.

« Le Tao dont nous parlons n'est pas le vrai Tao, dis-je. Le nom qui peut être nommé n'est pas le vrai nom. »

La philosophie intéressait beaucoup Dennis. Il avait lu *L'Étranger* de Camus à douze ans et avait même essayé de s'intéresser un peu à Heidegger. Nous avions de bonnes discussions. Mais comme il ne réagissait pas, j'ai mordu dans mon sandwich et mâché pensivement pendant un moment.

« C'est une belle citation, non ? C'est tiré d'un poème du philosophe chinois Lao Tseu. Environ six siècles avant Jésus-Christ. Je pensais que ça pouvait être un super mantra pour mes patients. Un peu comme une énigme à déchiffrer.

– Hum, fit Dennis, plongé dans son livre. Tu ne devrais pas utiliser des proverbes chinois.

– Ah bon ? Et pourquoi ça ? Je les trouve magnifiques. Et ils donnent à réfléchir ! *Le Non-Être et l'Être ont une même origine et reçoivent des noms différents. On les dit profonds. Ils sont profonds, doublement profonds. C'est la porte de toute chose spirituelle*, ai-je récité. Tu n'aimes pas ? *La porte de toute chose spirituelle* ! Comment tu interpréterais ça ? »

J'ai souri et haussé les épaules. Sa mère était malade, il l'ignorait, et j'aurais bien aimé le serrer dans mes bras, mais il n'aurait pas apprécié. Si bien que je lui ai offert ce petit signe. Cette petite citation.

« Écoute, papa. Je te conseille de ne pas t'en servir avec tes patients. Je pense que tu devrais… être plus prudent avec ce genre de… d'appropriation culturelle. Tu n'es pas taoïste, tu n'es pas chinois, et donc…

– Entendu. » Mon sourire était crispé et j'ai senti le rouge me monter aux joues. Je me suis rappelé que Kate avait le visage empourpré quand on la contredisait. « Entendu », ai-je répété, car il me prenait sans doute pour un raciste. Un orientaliste sentimental qui recherchait la sagesse dans la prédiction d'un biscuit chinois. Il ne pouvait pas comprendre que je trouvais ce poème – la traduction de ce poème – magnifique et profond. Il ne pouvait pas – ne voulait pas – me dire ce qu'il en pensait. Comment il interprétait ces mots. *Le nom qui peut être nommé n'est pas le vrai nom* : c'était ça le drame.

« Je peux te préparer quelque chose ? ai-je demandé au bout d'un moment. Je peux te faire un sandwich ?

– Oui, pourquoi pas. »

J'ai agité les doigts comme un magicien. « Abracadabra, Monsieur est servi ! » Ce qui eut au moins le mérite de provoquer chez Dennis un léger rire.

MAI 2012

Après la première chimiothérapie, nous avons attendu que ses cheveux tombent. Elle avait de jolis cheveux, sans prétention. Ils étaient blonds, naturellement ondulés, et lui arrivaient aux épaules.

Deux semaines s'écoulèrent et il ne se passa rien. « Ils ne vont peut-être pas tomber, dis-je. Ce n'est pas systématique. »

Elle me regarda, l'air sombre. La neige avait finalement commencé à fondre, les lilas étaient en fleur, elle venait d'en couper, et je la regardais les mettre dans un vase.

« Mon chéri. Je ne pense pas qu'il faille être optimiste. Ne nous laissons pas aller à ça. »

Au cabinet, j'ai hypnotisé Mrs. O'Sullivan. Elle était secrétaire à l'association des anciens étudiants de Case Western, avait cinquante ans, était divorcée, et elle souffrait constamment, des douleurs apparemment inexpliquées. Aux doigts, aux pieds, à la nuque. Les médecins n'avaient rien trouvé, et le mot *psychosomatique* avait été suggéré.

« Mais je n'invente rien, affirma-t-elle d'une voix rauque. Pourquoi j'irais inventer un truc aussi horrible ? Pourquoi j'irais *inventer* ma propre souffrance ? »

Je lui ai demandé de me montrer où elle avait mal et puis d'imaginer un ascenseur qui l'emmènerait dans un endroit de son choix. Sur une plage, peut-être. « Un endroit où vous aimeriez vous trouver en ce moment, et que vous pouvez parfaitement vous représenter. » Nous avons pris l'ascenseur ensemble. « Il y a une petite rangée de boutons qui s'allument l'un après l'autre. Allons-y.

« Moins un. Moins deux. Moins trois... »

Quand nous avons atteint moins cent, je lui ai dit : « Je crois que nous sommes arrivés à destination. C'est bien ça ? » Et elle a souri timidement.

Elle était très détendue et dans un état de suggestibilité élevée. « Mrs. O'Sullivan, je veux que vous répétiez après moi.

– Oui.

– Je me fais confiance », dis-je, et elle a répété la phrase à voix basse.

Il y a un verset de la Bible tiré des Psaumes, que j'avais découvert dans un recueil de citations, et j'essayais depuis de l'adapter pour en faire comme un mantra.

« J'irai mon chemin en sécurité, dis-je.

– J'irai mon chemin en sécurité, répéta Mrs. O'Sullivan, un sourire flottant sur ses lèvres.

– Et mon pied ne se heurtera point, murmurai-je.

– Et mon pied ne se heurtera point, dit-elle en fronçant les sourcils, l'air pensif.

– Quand je me coucherai, je serai sans crainte. Et quand je serai couché, mon sommeil sera doux.

– Quand je me coucherai, je serai sans crainte. Et quand je serai couchée, mon sommeil sera doux.

– J'ai confiance en moi, j'ai confiance en l'univers, je m'accepte comme je suis.

– J'ai confiance en moi, j'ai confiance en l'univers, je m'accepte comme je suis.

– Encore une fois », dis-je.

Le visage d'un sujet hypnotisé est empreint d'une certaine quiétude. À un moment, on peut voir l'enfant qu'il fut, à quoi il devait ressembler à l'âge de quatre ou cinq ans. Certaines personnes ont la phobie d'être observées pendant leur sommeil.

Elles trouvent ça flippant – elles se sentent vulnérables, mises à nu. Mais il y a aussi quelque chose de beau là-dedans.

J'ai posé les doigts de Mrs. O'Sullivan sur ma paume et je les y ai laissés jusqu'à ce que ma peau les réchauffe, jusqu'à ce que nos deux peaux semblent être à la même température. Puis je me suis penché et j'ai soufflé doucement sur toute la longueur de son petit doigt.

« Sentez-vous des picotements dans l'auriculaire droit ? » lui ai-je demandé. D'une voix très basse de sorte qu'elle soit presque inaudible. Mais Mrs. O'Sullivan m'a entendu.

« Ah, fit-elle, et j'ai soufflé à nouveau.

– Est-ce à cet endroit précis que vous avez mal ? ai-je murmuré.

– Oui, a-t-elle murmuré en retour, et j'ai soufflé à nouveau.

– Vous devriez commencer à sentir la douleur s'échapper maintenant. Comme de la vapeur. »

Une larme jaillit de sa paupière et roula vers son oreille. « Je la sens », chuchota-t-elle.

Plus tard, quand Aqil est arrivé, je pensais encore au visage de Mrs. O'Sullivan. À la façon dont ses lèvres s'étaient crispées au moment où la douleur avait quitté son petit doigt. À la façon dont toute une série d'expressions étaient apparues sur ce visage qu'il lui était totalement impossible de contrôler, à la façon dont un visage changeait quand on rêvait.

Une fois sortie de la transe, elle m'a dit qu'elle n'avait plus mal à l'auriculaire, et nous avons pris rendez-vous pour travailler sur les neuf autres doigts. Sur la nuque. Les pieds. Il faudrait se voir une fois par semaine, pendant à peu près six mois, lui ai-je expliqué, et alors que je la raccompagnais à la porte, j'ai vu Aqil, assis dans la salle d'attente. Il nous a fixés de ses grands yeux noirs.

« Waouh, fit-il après que j'eus refermé la porte et que Mrs. O'Sullivan eut disparu au bout du couloir. Elle avait l'air comblée. »

Je me suis raclé la gorge. « OK. De quoi parle-t-on aujourd'hui ? »

Comme d'habitude.

Aqil voulait parler de sa théorie selon laquelle les garçons noyés avaient été drogués. Le Rohypnol peut être plus difficile à détecter que des drogues similaires, m'expliqua-t-il, car il a une faible concentration plasmatique et il est vite évacué par l'organisme.

Il a enfoui son visage dans ses mains. « Ces autopsies. Ces autopsies sont vraiment nulles ! Quelles feignasses – c'en est déprimant ! La victime était-elle morte ou vivante avant d'entrer dans l'eau ? A-t-on pu la noyer ailleurs puis l'abandonner là où elle a été trouvée ? Apparemment, ils ne se sont même pas posé la question. Et si la victime avait été séquestrée avant d'être immergée dans l'eau ?

– Attendez. Vous voulez dire qu'on a la preuve que les garçons qui sont morts ont ingéré du Rohypnol ?

– Non, on n'a pas la preuve. Ils n'ont pas fait faire d'analyses pour détecter sa présence. Ces autopsies sont un échec sur bien des points.

– OK. Mais je ne comprends pas comment cette histoire de Rohypnol a pu vous venir à l'esprit. Pourquoi auraient-ils dû rechercher sa présence ?

– Eh bien. Examinons ce qui ne tient pas debout, d'accord ? Premièrement : toutes nos victimes sont dans un bar avec des amis. Elles ne se promènent pas seules sur une route sombre et isolée.

« Mais ensuite, ô surprise, elles se retrouvent "séparées" de leurs copains. Vous y croyez ? Vous quittez des amis avec qui vous passez un bon moment ? Et vous partez sans prévenir personne ? »

J'ai hoché la tête. On passait tout ça en revue à chaque fois qu'on examinait son « affaire », et Aqil se répétait parfois au mot près. On aurait dit un animal qui tournait en rond dans sa cage et qui était convaincu que, cette fois-ci, il allait trouver une ouverture.

« Deuxièmement, une fois que vous vous êtes éloigné du bar ou de la fête en titubant, que faites-vous en premier ? Vous allez tout droit vers le cours d'eau le plus proche pour vous y noyer ? Regardez le taux d'alcool dans le sang de certains de ces jeunes. Ils auraient été incapables de traverser une pièce, et encore plus de parcourir des centaines de mètres. Sans blague ! Personne ne les voit chanceler ? Ils ne perdent pas connaissance ? Ils sont comme des moutons de Panurge. Ils sont comme hypnotisés, possédés ou somnambules, les bras tendus. *Faut… chercher… rivière.* Comment pouvez-vous ne pas trouver ça étrange, docteur ? Comment pouvez-vous trouver ça sensé ?

– Eh bien », dis-je.

Et j'ai marqué une pause car, l'espace d'un instant, je me suis laissé aller à être cet étudiant ivre qui s'éloigne du bar et de ses amis. Les gens m'ignorent quand je les frôle en passant. Je prends un chemin qui descend car c'est plus facile. Devant moi, une surface plane. Un parking ?

Nous sommes plus attirés par notre perte que nous ne le pensons, ai-je songé. Mais je n'ai rien dit, et Aqil a agité ses paumes ouvertes avec véhémence.

« Je ne sais pas pourquoi mais je ne peux pas m'empêcher de penser que s'il y a homicide, ce n'est pas juste un meurtre sadique. Ces victimes ne sont pas juste choisies au gré des circonstances. Il s'écoule un certain temps avant qu'on remarque leur disparition puis qu'on les retrouve en train de flotter sur le ventre. Comment allons-nous de A à B et de B à C ? Peut-on concevoir qu'il s'agisse à chaque fois du même accident qui se répète ?

« Si vous étiez attiré par les hommes blancs et sportifs, âgés de dix-huit à vingt-quatre ans, comment les piégeriez-vous ? Il faudrait les suivre et tout planifier, non ? Et ils vous opposeraient certainement une sacrée résistance, si bien qu'il faudrait vous préparer.

– C'est bel et bien une question que je me pose. Parce qu'il me semble que

– Avez-vous déjà vu une personne droguée au Rohypnol ? » demanda soudain Aqil. Il s'enfonça dans son fauteuil et poussa un profond soupir. « Elle est incroyablement malléable. Si vous lui dites : “Viens avec moi au bord de la rivière”, elle vous répondra : “Oui, super !” et vous pourrez passer votre bras autour de son épaule, elle marchera en titubant à vos côtés sans cesser de rigoler. »

J'ai froncé les sourcils. « Mais – apparemment, il n'y a aucune preuve d'abus sexuel, dis-je. Ni de torture ? Sinon on pourrait parler d'un tueur en série type. D'une forme de violence sexuelle. »

Aqil leva les sourcils. « Je n'ai pas dit que c'était sexuel. L'ai-je laissé entendre ?

– Je veux juste. Je ne sais pas vraiment pourquoi… Quelle est la motivation ?

– Haha, fit Aqil. Vous pratiquez l'hypnose ? Et vous n'avez jamais eu envie d'avoir quelqu'un à votre merci ? »

À la fin du mois, Jill commença à retrouver des touffes de cheveux sur sa brosse. J'en avais récupéré une de la taille d'un poing dans la poubelle, je l'avais lavée et j'avais essayé d'en faire une natte.

« À quoi bon ? m'avait-elle dit, et j'avais haussé les épaules, gêné.

– Je ne sais pas. C'est du gâchis de les jeter. On pourrait en faire une…

– Je ne veux pas de perruque. Pas question que je mette une perruque. »

Quand la calvitie se fit plus marquée, ne restèrent que quelques mèches qui pendaient comme de la mousse, et elle commença à s'acheter des casquettes. Des turbans.

« Mon Dieu, j'ai l'air ridicule, dit-elle un jour. Putain. Ça ne sert à rien. »

Et elle resserra son turban de génie en velours pourpre. Elle partit travailler mais ce serait le dernier dossier qu'elle défendrait.

MAI 2012

J'ai discuté avec une collègue qui était psychologue au sein des services de police de Cleveland. « S'il a été mis en congé pour raisons psychiatriques, m'a-t-elle expliqué, ça peut être tout et n'importe quoi. Il souffre peut-être d'un état de stress post-traumatique. Il est peut-être psychotique. Ou bien il est juste perturbé, et c'est la façon la plus facile pour eux de se débarrasser de lui sans que le syndicat s'en mêle.

– Est-ce que tu. En fait, est-ce que tu pourrais jeter un coup d'œil à son dossier, etc. ?

– Non, répondit-elle froidement. Pas question. »

Et Aqil ne se montra pas plus bavard.

« Écoutez, lui ai-je dit. J'aimerais que l'on parle un peu de votre vie. Il est évident que ces morts vous tiennent à cœur et il est important que vous tentiez d'expliquer ça. Vous arrive-t-il de vous demander pourquoi vous vous êtes mis à vous focaliser sur ces…

– Parce que je suis le seul à constater qu'il s'agit de meurtres. Je déteste l'idée qu'un assassin puisse s'en tirer en toute impunité. Pas vous ?

– Si, mais. Il y a des causes premières. Qui expliquent vos obsessions. Par exemple, qu'est-ce qui fait que vous avez décidé d'entrer dans la police ?

– Vraiment ? Vraiment, docteur ? Vous pensez que c'est en lien avec mon parcours ?

– Un parcours est souvent plus pertinent qu'on ne le croit.

– Je ne le pense pas. »

MAI 2012

« Il est sorti le 4 mai », m'apprit Kate. Elle parlait d'une voix tendue et je sentais qu'elle était vraiment contrariée. « Mais ils refusent de m'en dire plus. Je n'ai aucune idée de l'endroit où il se trouve actuellement. Il pourrait être dans la pièce d'à côté, armé d'une hache.

– Ça ne me semble. Ça ne me semble guère probable.

– Je ne sais pas comment tu peux être aussi calme. Il pourrait être devant chez toi. Tu as regardé par la fenêtre ?

– Je suis en voiture. » Et c'était vrai. J'avais rejoint un consortium médical et je roulais beaucoup, je partageais plusieurs cabinets avec d'autres thérapeutes et on travaillait par roulement. J'étais sur l'autoroute et je me rendais dans le cabinet de Bay Village, une banlieue quasiment déserte. Il y avait un mémorial au bord de la route : la croix, les fleurs en plastique, un panneau fabriqué à la main avec une photo du défunt agrandie et abîmée par les intempéries. R.I.P. DYLAN, était-il écrit. PLANE AVEC NOUS POUR TOUJOURS !

Je me suis éclairci la voix. « Donc, dis-je. Pour être honnête, on a des. On a des soucis avec la santé de Jill. » J'ai mis le clignotant. La sortie se trouvait à quatre cents mètres de là.

« Tu ne lui as pas dit. Tu ne lui as pas dit que Rusty avait été libéré.

– Si, bien sûr que je. » J'ai accéléré pour dépasser une femme âgée qui conduisait une Volvo.

« Elle nous conseille quoi ? En tant qu'avocate ?

– Eh bien.

– Mon Dieu ! Tu es incroyable ! Tu ne penses pas qu'elle a le droit de savoir ? Il y a une personne dans la nature qui est susceptible de traquer sa famille.

– Ne tombe pas dans le mélodrame. Je ne pense pas que…

– Ah bon ? Parce que moi je pense que nous nous trouvons dans une situation plus que critique. Toi et moi. J'ai même appelé Wave, ce qui prouve à quel point je trouve ça grave. Putain, Dustin, il est en liberté ! Il est sorti de prison et on ne sait pas où il se trouve. Ça ne t'inquiète pas ? »

J'ai essayé de m'imaginer en train d'annoncer la nouvelle à Jill. D'imaginer les questions qu'elle me poserait, son air inquiet, furieux, assise là avec son turban, ses doigts maigres tremblotant autour d'une tasse de thé. Elle me regarderait comme si tout était de ma faute. *Mon Dieu !* dirait-elle. *Pourquoi maintenant ?*

Pour être honnête, c'était bien plus effrayant pour moi que d'imaginer Rusty planqué dans mes buissons.

JUIN 2012

L'année scolaire était finie. Nous étions allés assister à la remise de diplôme de Dennis. Il était vêtu de sa toge, avait une toque sur la tête, et des photos furent prises, Jill posant avec son turban pailleté et son foulard de soie, Dennis souriant sous son mortier, Aaron, l'air renfrogné avec son bonnet noir, et moi, tête nue mais essayant d'être présent. Essayant de ne pas partir à la dérive. Beaucoup de pensées se disputaient mon attention.

Vis le moment présent – Dis la vérité – Ne t'attache pas aux résultats de tes actions.

J'explique à mes patients que c'est de la sagesse soufie. C'est l'un des mantras que j'aime particulièrement partager avec eux, mais Aqil parut dubitatif.

«Je ne comprends pas ce que vous voulez dire. Moi, je suis attaché aux résultats de mes actions. Je ne pense pas vouloir vivre une vie sans résultats.

– Eh bien, dis-je. Il y a toujours des résultats. C'est juste que nous ne devrions pas attendre ceux que nous escomptons. Nous devons être ouverts à l'éventualité que les choses ne tournent pas comme nous l'avons imaginé.» Je me suis éclairci la voix. «Nous avons des théories sur la façon dont les choses vont tourner, et quand on s'y cramponne trop obstinément, ça… fait barrage à notre expérience du monde. À notre capacité à voir les choses telles qu'elles sont.»

Aqil réfléchit, et je l'ai observé alors qu'il regardait par la fenêtre en se grattant le bout du nez. Il était environ quinze heures. Il n'y avait pas beaucoup de circulation.

« Voir les choses telles qu'elles sont, dit-il. Les voir telles qu'elles sont, putain ! Waouh. C'est un sacré projet, non ?

– Eh bien. Oui. C'est un concept »

Aqil inclina la tête.   Et le

« Idéalisé, ai-je poursuivi. Une façon de faire son possible pour vivre dans le monde.

– Vous êtes pâle, m'a dit Aqil. Vous vous nourrissez suffisamment ? »

Les garçons se faisaient rares. Certains jours, je ne les voyais pas et on ressentait une forme d'absence très particulière dans la maison. Un bref sentiment d'inquiétante étrangeté, même si, bien sûr, ce n'était pas le cas. Dennis était livreur pour une sandwicherie. Et Aaron, bénévole dans un foyer pour sans-abri avec son ami Rabbit. Je me suis assis au chevet de Jill, elle a vomi dans un Tupperware puis elle a eu une quinte de toux. Rauque, grasse.

« Quelle saloperie, dit-elle. Cette merde va se propager à mes poumons.

– Mais non. Ne tirons pas de conclusions hâtives. »

Je me suis allongé sur le lit et nous nous sommes blottis l'un contre l'autre.

J'ai pris la voiture pour me rendre au travail. Je suis passé devant le panneau qui disait : PLANE AVEC NOUS POUR TOUJOURS !

Qui est ce « nous » ? me suis-je demandé.

JUIN 2012

« Tout va bien se passer pour toi, dit Jill. J'en suis convaincue.

– Quoi ? »

Elle était étendue, la tête sur l'oreiller, et je m'étais agenouillé à l'autre bout du lit. Je lui massais les pieds.

« Je ne sais pas, poursuivit-elle. Je m'inquiète, voilà tout.

– Je suis perdu. De quoi parle-t-on ? »

Je pressais mes pouces sur la partie charnue de ses plantes de pied moites et roses, et les faisais lentement glisser sur les crêtes papillaires, qui étaient aussi tarabiscotées que des empreintes digitales, mais Jill fronçait les sourcils.

« Tu n'as pas l'air en forme, me dit-elle. J'espère que tu prends tes médicaments ?

– Bien sûr. C'est juste que – que je suis forcément inquiet. Mais tu le sais bien : je suis devenu très bon en autothérapie.

– Dustin. Promets-moi de ne pas flancher. Si je meurs. Les garçons auront besoin de toi.

– Tais-toi. »

J'ai refermé ma bouche sur son gros orteil, contracté mes lèvres, et j'ai senti son corps se cambrer.

JUIN 2012

La dernière séance avec Aqil s'était terminée dans une impasse. J'avais lu intégralement les dossiers qu'il m'avait donnés, et plus je les étudiais, plus je me rendais compte qu'il avait maquillé la vérité – qu'il avait fabulé, un peu.

L'une des pierres angulaires de sa théorie était que la mort des noyés avait une signification ritualiste, qu'il y avait une constante numérique dans les dates des disparitions. Mais plus je parcourais ses notes, plus je découvrais des contradictions. Même s'il était exact que Jonathon Frisbie avait disparu en tout début de matinée le 1er janvier 2001 (01/01/01) et que Peter Allingham avait été vu pour la dernière fois le 1er novembre 2001 (01/11/01), bon nombre de morts ne cadraient pas parfaitement avec sa théorie. Vincent Isolato, par exemple, avait été *porté disparu* le 20/02/2002, un mercredi, mais il avait été vu pour la dernière fois le samedi 16 février. Par ailleurs, on ne pouvait pas dire que Jesse Hamblin, qui avait disparu le 04/04/04, s'était noyé puisque son corps n'avait jamais été retrouvé. Zachary Orozco n'avait pas été porté disparu le 06/06/06, comme l'affirmait Aqil; il n'avait jamais été porté disparu. Son corps avait été retrouvé le 08/06/06, et l'autopsie indiquait qu'il était resté plusieurs jours dans l'eau. La date de la disparition, avec sa sinistre signification liée à l'Antéchrist, était plus ou moins une invention d'Aqil.

Finalement, seules trois des morts – des « meurtres », comme il disait – cadraient, selon moi, avec la formule qu'il avait définie.

« J'essaie de comprendre, lui dis-je. Pourquoi éprouvez-vous le besoin de modifier les données que vous présentez afin qu'elles cadrent mieux avec la trame que vous avez fixée ? Pourquoi pensez-vous avoir agi de la sorte ?

– Je n'ai rien modifié. J'ai fait des suppositions.

– Ah », fis-je. Aqil me dévisageait, bouche pincée. « J'aimerais vous dire que cela dépasse la simple supposition. » Je me suis raclé la gorge. « Ça ressemble plutôt à de la fabulation.

– Je vous l'ai dit dès le début, rétorqua-t-il. Je vous ai dit : *Ne faites pas attention aux dates.* Je vous ai dit : *C'est juste la cerise sur le gâteau.* Tous les autres liens sont bien plus importants et significatifs.

– Alors pourquoi mentionner les dates ? Si la façon dont vous les présentez n'est pas exacte, est-ce que ça ne donne pas l'impression… ?

– Je pense avoir exagéré un peu, dans une certaine mesure. Pour éveiller votre intérêt.

– Et comment distinguez-vous une "exagération" d'un "mensonge" ? » lui ai-je demandé. J'ai parlé le plus gentiment possible, mais ses traits se sont crispés et ses sourcils froncés encapuchonnaient ses yeux braqués sur moi.

« Je ne voulais pas que ce soit trop compliqué. Je voulais que ce soit clair et simple quand j'ai présenté ça la première fois…

– Parce que ?

– Écoutez. Je vous garantis que les dates que je vous ai données sont exactes. Je pense qu'on peut facilement expliquer toute divergence existant entre ce que je vous ai dit et ce que disent les rapports de police. Parfois ces rapports sont erronés. Ceux qui les rédigent sont négligents, ils émettent des hypothèses, ils n'ont pas une vue d'ensemble. Asseyons-nous, passons en revue chaque point que vous pensez être une malhonnêteté de ma part, et je vous expliquerai la logique de mes conclusions.

– Vous êtes sûr de ne pas essayer d'*imposer* un scénario qui n'existe pas ? Pensez aux constellations. On regarde le ciel et on croit voir une surface plane avec des points brillants, appelés étoiles, que l'on peut relier. On regroupe certaines étoiles et on dit que ça nous fait penser à une casserole ou à un ours. On en regroupe d'autres, et on croit voir la forme d'un poisson ou d'un scorpion. Nous oublions d'imaginer les étoiles dans un espace tridimensionnel. Elles ne sont pas voisines – elles se trouvent à des années-lumière, à des milliards de kilomètres les unes des autres. Seul notre point de vue unique et limité, depuis la planète Terre, nous donne l'impression qu'elles peuvent s'aligner.»

J'ai regardé Aqil avec le plus grand sérieux. «Nous agissons de même avec nos propres problèmes. Nous les regardons dans un espace à une dimension et nous avons l'impression qu'ils sont tous liés. Nous pensons qu'en reliant les points, une image apparaîtra. Mais il est fort probable que les points ne sont pas reliés. Ils se trouvent sur des plans géométriques différents et à des années-lumière les uns des autres.»

J'avais déjà tenu ce discours à des patients souffrant de pensées obsessionnelles et je le trouvais intéressant. Les métaphores me semblaient réussies, les propos n'étaient pas accusateurs, je ne traitais pas mes interlocuteurs de menteurs ou de fous. Mais le visage d'Aqil devint ouvertement hostile.

«Bordel, lâcha-t-il. Vous savez, je pensais vraiment que vous étiez différent.»

JUIN 2012

J'ai cru que cet épisode avait marqué un tournant pour Aqil et moi. Comme il avait eu une semaine pour réfléchir, j'ai pensé que nous allions pouvoir recadrer et recentrer nos séances. Nous pourrions commencer par lever le voile sur son obsession afin d'en chercher l'origine. *Je ne vous dis pas qu'il vous faut complètement renoncer à cette affaire*, lui dirais-je. *N'allez pas penser que je ne vous crois pas.* Ce qui était vrai. Je pensais que ces morts par noyade avaient effectivement quelque chose d'inquiétant, et certains des liens qu'il avait faits me semblaient convaincants. *Mais !* ajouterais-je. *Ça ne ferait pas de mal d'aborder tout ça avec plus de clairvoyance. Et une meilleure connaissance de soi.* J'ai réfléchi à ces deux dernières phrases. Étaient-elles condescendantes ?

Bien sûr, il y avait l'éventualité qu'Aqil ne revienne plus car je l'avais critiqué. J'avais peut-être défié son système de croyance avec trop de force ; c'était peut-être prématuré.

Mais j'espérais le contraire. J'aimais bien Aqil. J'aimais bien discuter avec lui, et je trouvais son « enquête » – son intrigue policière – vraiment fascinante.

Je fus donc soulagé de le voir se pointer la semaine suivante à l'heure habituelle. Un sourire aux lèvres. En apparence guère affecté, ne montrant aucun signe de cette colère noire et de cette douleur qu'il avait manifestées à la fin de la dernière séance. Il s'installa confortablement dans le divan qui me faisait face et me regarda, l'air optimiste et déterminé.

« Écoutez. J'ai beaucoup réfléchi à ce que nous nous sommes dit la dernière fois, et je pense que vous avez raison. Il faut que je sois plus franc avec vous.

– Formidable ! Je m'en réjouis d'avance. »

Il hocha la tête. « Je veux vous montrer quelque chose », dit-il. Et il me tendit une liasse de papiers que je pris d'abord pour le dossier d'un autre étudiant mort.

J'y jetai un coup d'œil. Ces documents me concernaient.

J'ai toujours pensé qu'on ne me trouverait pas facilement sur Internet. Un jour, j'avais fait une recherche Google et constaté qu'il y avait beaucoup de Dustin Tillman aux États-Unis. Un à Weeping Water, Oklahoma ; un à Minerva, Ohio ; un autre à Milton, Floride ; un autre encore à Leander, Nevada – en tout, nous devions facilement être plus d'une centaine. Je ne me suis jamais senti particulièrement visible.

Si bien que j'ai perdu mes moyens quand Aqil m'a montré les renseignements qu'il avait recueillis.

S'y trouvaient, bien sûr, la fameuse photo de la scène de crime datant de 1983 et des articles sur les meurtres. Cela me surprit – bien que ces événements aient été largement couverts à l'époque, je pensais qu'ils étaient en grande partie tombés dans l'oubli, qu'ils avaient été ensevelis sous l'accumulation régulière, incessante, de meurtres à sensation commis aux États-Unis. Combien chaque année, dans chaque État ? Certains retiennent l'attention du pays entier pendant plusieurs jours et peuvent surnager un peu plus longtemps dans la presse locale. Mais ils finissent par disparaître.

Combien de gens se rappellent encore les massacres les plus retentissants qui eurent lieu il y a dix ou vingt ans, même s'ils ont été largement couverts à l'époque ? Quelques-uns deviennent légendaires, bien sûr, mais la plupart coulent en silence sous le flot incessant de violence.

Pourtant, il y avait apparemment de sombres petits recoins sur Internet où des gens stockaient toutes sortes de choses oubliées, et Aqil avait découvert le blog d'une personne qui avait rassemblé, de manière obsessionnelle, des histoires de meurtres sataniques. On trouvait, sur ce site, des photos de scènes de crime que je n'avais jamais vues.

« Vous ne devriez pas la regarder, me conseilla Aqil au moment où je retournais une photo du corps de mon père allongé sur le sol du salon.

– Qu'est-ce que c'est que ça ? » J'ai senti un subit afflux de chaleur me monter aux joues.

J'eus un violent acouphène, un son métallique, dans l'oreille gauche. *Merde*, me suis-je entendu dire.

La page suivante était un article paru sur – un blog ? Son titre était le suivant : FAMILLE TILLMAN, ST BONAVENTURE, NEBRASKA, 1983.

C'était la deuxième fois que Russell Bickers était impliqué dans un meurtre, avait écrit le blogueur. *Les membres de sa précédente famille d'accueil étaient morts dans l'incendie de leur maison, dans des circonstances restées inexpliquées, mais les Tillman le recueillirent en toute innocence, malgré son comportement passé, violent et asocial. Il paraît évident que Bickers appartenait à un réseau satanique bien avant d'être adopté par la malheureuse famille Tillman. La mère biologique de Bickers, prostituée et droguée, fut emprisonnée quand il avait cinq ans, et certaines suggestions alléchantes laissent entendre qu'elle aurait peut-être été en lien avec un ou plusieurs clans de sorcellerie qui se trouvaient à la tête d'un réseau de pornographie infantile dans l'agglomération de Grand Island, Nebraska, au cours des années soixante et soixante-dix. On imagine facilement que Bickers a commencé sa vie comme victime de ce clan avant d'en devenir un précieux serviteur – même enfant. La mort (par le feu) de sa première famille d'accueil porte les marques d'un meurtre rituel que Bickers perfectionnerait plus tard, quand il tuerait ses parents adoptifs ainsi que sa tante et son oncle en 1983.*

J'ai arrêté de lire mais je sentais déjà les contours d'une belle attaque de panique se dessiner : palpitations, oppression thoracique, bruit de rasoir très aigu dans l'oreille gauche, et j'ai fermé les yeux parce qu'il n'était pas question que j'en aie une devant un patient. *Tu iras ton chemin en sécurité et ton pied ne se heurtera point ; quand tu te coucheras, tu seras sans crainte ; et quand tu seras couché ton sommeil sera doux…*

« Docteur ? dit Aqil d'une voix soudain inquiète et pleine de sollicitude. Vous vous sentez bien ? »

J'ai longuement inspiré, j'ai retenu ma respiration en comptant jusqu'à cinq puis expiré en comptant jusqu'à sept. J'ai enfoncé mes poings sous mon sternum et recommencé. Quand l'attaque de panique s'est éloignée, j'ai ouvert les yeux et regardé calmement Aqil.

« Vous sortez ça d'où ? lui ai-je demandé avec sans doute plus de froideur et d'hostilité que je ne l'aurais voulu. Qui a écrit ça ?

– Hé », fit-il. Il était interloqué et il agita les mains en signe d'excuse. « Docteur, ce mec est malade. Je ne suis pas en train de vous dire que j'y crois. C'est juste des trucs qu'on peut trouver sur Internet.

– Aqil. C'est déplacé. Je ne suis pas à l'aise avec – c'est ma vie privée.

– Eh bien non. C'est sur Internet. Si ça vous contrarie, je m'en excuse ; je me rends compte maintenant que je m'y suis mal pris. Je n'avais pas l'intention de vous faire chier. Je vous assure.

– Quoi qu'il en soit, dis-je. Je me sens très. Je me sens comme violé dans mon intimité. Je ne veux pas parler de *traque* mais je trouve ça troublant et inquiétant, et il va falloir que l'on parle des limites à ne pas dépasser dans la relation entre thérapeute et patient. En tout cas, nous en avons fini pour aujourd'hui.

– Oh, oh, oh, fit Aqil en mimant la mortification, les mains sur le front. Attendez – j'ai merdé. J'ai mal agi. Je m'en rends compte maintenant ! Je vous en supplie, ne me mettez pas à la porte. Je vous en supplie ! »

Il fit alors la chose la plus embarrassante que j'aurais pu imaginer. Il s'agenouilla et joignit les mains comme pour prier. « Je vous en supplie, dit-il. Ne pétez pas les plombs, docteur. Je suis désolé, OK ? Je suis vraiment désolé.

– Relevez-vous, s'il vous plaît. Asseyez-vous, s'il vous plaît, Aqil. La situation est devenue tellement incongrue que

– Écoutez-moi jusqu'au bout ! supplia-t-il. Juste – cinq minutes.

– Pas plus ! Il faut que je fasse une pause. Je ne me sens pas bien.

– Docteur. Je suis flic. Vous ne pensiez pas que j'allais me renseigner sur vous avant de vous aborder ? Je suis désolé de vous avoir ébranlé, mais je savais tout ça avant même que l'on fasse connaissance. Pour être tout à fait honnête, c'est la raison pour laquelle j'ai fait appel à vous au départ. Vous avez vraiment cru que je voulais arrêter de fumer ? J'ai fait appel à vous parce que vous savez certaines choses. Vous savez où se situe la vérité. »

J'avais les poings serrés sur la poitrine, et j'ai remarqué que mes jointures blanchissaient. « Je pense que nous allons devoir cesser

– Je vous en supplie. Ne faites pas ça. Je suis vraiment désolé. » Aqil fit un autre geste implorant. « C'est juste – il fallait que je sois sûr d'avoir fait le bon choix avant d'être franc avec vous. Il fallait que je sois sûr de pouvoir vous faire confiance. Mais vous êtes bel et bien la bonne personne, docteur Tillman. C'est la raison pour laquelle je vous parle de cette affaire maintenant. Vous êtes peut-être la seule personne à même de la comprendre. Parce que je suis convaincu qu'une secte est impliquée. Une secte satanique, ou quel que soit son nom. Et j'ai besoin de votre aide.

– Écoutez, dis-je. Soyons sérieux. » Et, comme souvent, j'étais partagé. D'un côté, j'étais désarçonné – qu'il ait « fait des recherches » sur moi, que depuis le début il en ait su davantage sur mon passé que moi sur le sien, qu'il m'ait, d'une certaine façon, manipulé, ai-je songé ; c'était mauvais signe et, en tant que thérapeute, que psychologue, je trouvais ça très inquiétant.

Et ce document – ce blog, le fait que ces informations soient publiques et soient lues par

Et cette photo de mon père – je ne l'avais jamais vue, je n'avais pas vu de photo de lui depuis… combien de temps ? Pas depuis les événements ?

J'eus un haut-le-cœur.

« Écoutez, dis-je. Je pense que le mieux est de nous en tenir là pour aujourd'hui. Je ne vous ferai pas payer la séance mais – il va peut-être nous falloir réévaluer la »

Aqil saisit ma main. « Non, murmura-t-il. Docteur Tillman, Dustin, c'est important. Je vous en supplie. Ne craignez rien. »

Et puis brusquement, il se leva.

« Je reviens la semaine prochaine, d'accord ? »

Je n'ai pas répondu. J'ai jeté un coup d'œil aux documents qu'il m'avait remis, et un paragraphe attira mon attention.

Plus tard, avait écrit le blogueur, *le plus jeune des survivants de la famille Tillman, Dustin Tillman, fut l'élève du Dr Mary Beth Raskoph, une psychologue de renom, et il écrivit une thèse sur*

De : Aqil Ozorowski (Ozorowskiag@yahoo.com)
Envoyé : Ven. 29 juin 2012 03:14
À : DrDTillman@outlook.com
Objet : Excuse

Cher docteur Tillman,

Je veux, une fois encore, m'excuser pour l'attitude que j'ai eue aujourd'hui. J'ai bien vu que vous étiez particulièrement contrarié, et j'ai tout de suite compris que j'avais mal agi et que j'avais dépassé les bornes. J'ai encore du mal à fixer des limites décentes ; j'ai toujours eu ce problème, mais j'en suis profondément désolé aujourd'hui car j'ai peut-être porté préjudice à une relation qui m'importe au plus haut point. Vous êtes un frère pour moi, Dustin.

Je vous écris pour implorer humblement votre pardon. Je serais heureux de vous rencontrer à votre convenance afin de parler de tout ça et, je l'espère, de dénouer la situation pour que nous puissions continuer à travailler ensemble.

Je comprends maintenant que j'aie pu vous donner l'impression de porter atteinte à votre vie privée, que vous ayez pu interpréter mon attitude comme du harcèlement ou des menaces (cf. « traque »). Ce ne fut en aucun cas mon intention. Je ne sais pas où j'avais la tête quand je vous ai donné ces documents sans aucune explication. Le fait que l'enveloppe ait contenu des photos et des descriptions du drame que vous avez vécu enfant est impardonnable, et rien que de penser à la douleur que j'ai dû vous infliger en vous présentant inopinément ces documents me donne envie de rentrer sous terre.

Je voulais discuter de cette affaire avec vous car je souhaitais faire appel à votre expertise. Je sais que, dans les années quatre-vingt-dix, vous avez écrit une thèse de doctorat sur les sectes, et que vous avez aussi témoigné en tant qu'expert à propos de sujets qui avaient retrouvé des souvenirs réprimés suite à des abus rituels.

J'échafaude peu à peu une théorie selon laquelle ces noyades pourraient être l'œuvre d'une secte, mais j'ai vraiment besoin de vous comme guide. J'ai besoin de votre perspicacité, de votre intelligence et de votre savoir, de quelqu'un qui me remette sur la bonne voie si je m'égare, et qui soit aussi un expert en la matière. De quelqu'un qui n'écartera pas d'emblée cette interprétation. Je sais que, si je déforme les choses ou si je fabule, vous me le direz, mais je sais aussi que vous n'avez pas de préjugés contre la notion de secte. Je pense à vos recherches sur le sujet mais aussi à votre propre vécu.

J'ai conscience d'avoir merdé dans la façon dont je m'y suis pris, et j'ose espérer que vous aurez la bonté de m'offrir une seconde chance.

Je vous en supplie, docteur, ne m'abandonnez pas.

Votre dévoué,
Aqil

JUILLET 2012

Si la situation avait été différente, Jill m'aurait peut-être conseillé. «J'aimerais avoir ton avis sur un patient, lui dis-je.

– Oh, mon chéri, me répondit-elle en grimaçant. Non, je ne peux pas.»

J'ai tressailli intérieurement. Nous étions au lit, en train de regarder la télévision, c'était une belle soirée d'été, pas trop chaude, les fenêtres étaient ouvertes, les rideaux s'agitaient sous l'effet d'un vent au gré duquel les papillons de nuit aiment se laisser porter, et je me rendis compte que Jill ne souffrait pas, qu'elle s'était sans doute assoupie un peu et que, jusqu'à ce que j'intervienne, elle avait peut-être oublié un instant ses soucis. Je l'ai regardée bouger gauchement et lever les yeux vers moi, l'air contrit.

«Je t'en supplie, dit-elle. Je t'en supplie, ne parlons pas de tes patients.

– Non, tu as raison.» Et j'eus l'impression d'être éprouvé au-delà de ce que la situation exigeait. Une prise de conscience qui s'infiltre en vous et qui vous fait dire : *Je suis vraiment un imbécile, je suis tellement égoïste, je suis si peu prévenant*, un profond sentiment de honte qui coule dans vos veines et vous monte aux joues, et j'ai demandé à Jill : « Ça te dit de manger de la glace ? »

Dennis, Aaron et Rabbit étaient en bas, en train de jouer à un jeu vidéo dans le salon. Même de la cuisine, je devinais, en entendant des cris de femmes, que ce jeu était violent et misogyne jusqu'à l'indécence.

Mais je n'ai rien dit. J'ai sorti un bac de glace, mis deux boules dans une coupe et passé la cuillère sous l'eau chaude avant de la mettre dans le lave-vaisselle.

Stupide ! ai-je songé. *Je suis tellement stupide !*

« Oh, mon Dieu ! hurla Rabbit depuis le salon. Mec ! Pourquoi tu fais un truc pareil ? »

J'ai monté la glace à l'étage mais Jill s'était endormie, alors je l'ai mangée, debout sur le pas de la porte, pendant que les voix d'un film policier traversaient la pièce, le téléviseur répandant sur le lit une lumière d'aquarium. J'ai observé Jill qui, avec son visage émacié et ses sourcils froncés, ressemblait à la statue d'une reine austère dans la pâle lueur.

Une part de moi savait exactement quel conseil Jill m'aurait donné à propos d'Aqil Ozorowski. *Je ne devais évidemment pas continuer à travailler avec lui*, aurait-elle dit. *C'était une évidence.*

Mais une part de moi était moins convaincue qu'elle. Une part de moi était touchée par le courriel d'Aqil ; une part de moi avait *effectivement* fait de longues recherches sur les sectes du XXe siècle, et l'idée d'enquêter sur un possible

ne manquait pas de piment.

Debout sur le seuil de la chambre, alors que je regardais bêtement l'écran tout en fourrant des cuillerées de glace dans ma bouche, j'ai plus que jamais ressenti que je n'étais pas qu'une seule personne. J'étais le père distrait qui marchait en traînant les pieds et que les garçons avaient peut-être vaguement remarqué quand il avait fouillé dans le congélateur. J'étais le mari égocentrique et difficile qui importunait sa femme mourante avec des problèmes professionnels insignifiants jusqu'à ce qu'elle doive le supplier : *Je t'en supplie. Je ne peux pas* ; j'étais le genre d'homme qui s'asseyait à ton chevet et te donnait de la glace pilée à la petite cuillère ; j'étais aussi celui qui pensait que la fin n'avait pas à être aussi sombre si tu t'en donnais les moyens. Si tu étais moins pessimiste.

Cela arrive certainement à tout le monde, à un certain âge : vous levez les yeux un instant et vous ne savez plus très bien quelle est la vraie vie. Vous vous êtes divisé en un si grand nombre d'alvéoles qu'elles sont à peine conscientes les unes des autres – elles arpentent, parallèlement, leur propre flux de pensée, et chacune pense être *moi.*

Est-il stupide de croire que tous nos moi sont reliés ? Que nous suivons le même fil – les affluents qui nous conduiront à la personne que nous serons plus tard, et les pistes que nous avons suivies dans le passé ? Je pense au garçon qui avait témoigné au procès de Rusty et au jeune doctorant qui avait écrit une thèse enfiévrée et médiocre sur cette notion, depuis longtemps discréditée, d'« abus sexuels sataniques » ; je pense à la nuit – des années après les meurtres, je devais être en seconde, et j'habitais avec ma cousine chez grand-mère Brody, à Gillette, Wyoming – où Kate était entrée dans ma chambre et s'était glissée dans mon lit. J'avais quinze ans et elle… ? Dix-neuf, je crois. Elle pleurait.

« Hé ! Qu'est-ce qui ne va pas ? » lui ai-je demandé. Et déjà à l'époque, il n'y avait pas qu'une seule personne qui lui posait la question.

« Je suis terrorisée », me répondit-elle. Puis elle a pressé son visage baigné de larmes contre ma clavicule, j'ai passé maladroitement mon bras autour de son épaule et j'imagine que, l'espace d'un instant, j'ai été relié à l'homme dont l'épouse, des années plus tard, dirait : *Je t'en supplie. Je ne peux pas.* « Et si on avait fait une erreur ?

– Qu'est-ce que tu veux dire ? » demanda mon moi âgé de quinze ans. Comme si je ne le savais pas. C'était la dernière fois que nous abordions le sujet.

JUILLET 2012

Je la regardais maigrir.

Ce ne fut pas facile pour elle d'arrêter de travailler mais un jour elle trébucha avant d'entrer dans la salle d'audience, elle tomba sur les genoux et des gens pris de court lui portèrent secours et bien qu'elle se soit relevée et qu'elle ait plaidé et gagné le procès certains de ses supérieurs au sein du bureau du procureur pensèrent qu'elle avait vraiment besoin de prendre un congé.

Après tout, elle était malade.

Il fallait qu'elle s'arrête, lui dirent-ils, elle rétorqua : « Est-ce que vous me virez ? » et son supérieur lui dit *Bien sûr que non*, honnêtement, Jill, rien de tel qu'une substitut souffrant d'un cancer car ça suscite la compassion, mais vous en êtes arrivée à un stade où vous tombez dans le

Et puis vous êtes squelettique et vous faites peur à voir mais bien sûr une fois que vous irez un peu mieux vous serez la bienvenue ça n'a rien à voir avec votre travail

« En fait, il ne m'a pas dit que j'étais squelettique et que je faisais peur à voir mais c'est ce qu'il insinuait, dit-elle. Je le terrifiais. »

JUILLET 2012

Je regarde Aqil sortir une autre chemise de son sac à dos.

J'ai une théorie, dit-il. Bien sûr, il faut garder en tête qu'il peut s'agir d'une succession de coïncidences.

La noyade accidentelle de jeunes hommes blancs qui ont quasiment la même morphologie, le même profil social, et ce n'est qu'un problème de biture express sur les campus.

À moins que ce soit l'œuvre d'un tueur en série. Quelqu'un qui traque ces gamins, et il y a plein de conneries sur Internet à propos de ce « Jack Daniels » qui s'en prend à ces mecs quand ils sont bourrés et qui parvient à les maîtriser puis qui les emmène jusqu'à la rivière et qui les noie. Ce qui ne me semble pas très plausible.

Et si c'était une entreprise collective ?

Et si c'était une équipe, une équipe entraînée ?

Prends garde, me dis-je. Sois vigilant. Fais plus attention à ton environnement.

Je me tenais à la fenêtre de mon bureau, au deuxième étage de la maison, et je me disais que Kate avait peut-être raison, qu'il allait se pointer chez moi.

Quelle tête aurait-il ? me suis-je demandé. Et j'ai essayé de me représenter son visage, en vain.

Il aurait quarante-huit ans. Cheveux longs, cheveux courts ? Gros, maigre ? Rasé, barbu ?

Je pensais avoir un souvenir très précis de lui adolescent, mais même les images du procès étaient floues. Je me rappelais qu'il portait un costume bleu pastel, comme un smoking de bal de promo, m'étais-je dit à l'époque ; que ses cheveux longs étaient noués en une queue de cheval très austère, et qu'il s'était rasé de tellement près que sa peau était brillante et comme irritée.

Mais je n'arrivais pas à me représenter son visage avec exactitude.

JUILLET 2012

Tu as l'impression d'être observé. Cette sensation physique – qu'on appelle scopasthésie –, ces picotements au niveau de la nuque quand tu crois être regardé par quelqu'un que tu ne vois pas.

Cette sensation est souvent décrite comme désagréable – l'impression d'un insecte, d'un mille-pattes qui se carapate.

Retourne-toi, te dis-tu. Puis : *Ne te retourne pas*. C'est quoi le pire ?

Au lycée, une légende urbaine circulait sur l'existence d'un tueur qui se cachait sur la banquette arrière de votre véhicule et qui se levait derrière vous sans que vous le voyiez avant qu'une main invisible vous prenne à la gorge.

Cette image ne t'a jamais quitté et dans la voiture il t'arrivait de ressentir ces fameux picotements, et il fallait que tu jettes aussitôt un coup d'œil derrière toi, un peu comme le réflexe de défense du nouveau-né, parce que tu sentais une forme se dresser. Un jour tu as même suffoqué et fait une embardée.

«Je le terrifiais», dit Jill, et j'ai hoché la tête un instant, l'air pensif.

«Eh bien, dis-je. Ce n'est peut-être pas une mauvaise idée. De prendre un congé. Il n'a peut-être pas complètement tort.

– Je fais effectivement peur à voir et je suis squelettique. Tu crois que je ne m'en rends pas compte ? Je le ressens dès que j'entre dans une pièce !

– Non. Tu as tort.

– Oh, mon Dieu. Ne me dis pas "non". Si tu te voyais ! Tu as tellement peur de me regarder que tu lèves les yeux au ciel. Écoute, je sais que j'ai une sale mine. Il faut que je fasse avec. Demain, je devrais aller au travail drapée de noir et une faux à la main.»

Cette image m'a fait rire – je n'ai pas pu m'en empêcher. Et Jill aussi a éclaté de rire.

Aqil attendit que je hoche la tête et quand je l'ai fait, il m'a imité. *Pas vrai ?* dit-il. *Pas vrai ?*

Les membres du groupe décident de la date à laquelle ils vont éliminer leur cible.

Ils la suivent.

Ils se positionnent à différents endroits du bar où la victime désignée est en train de boire. À un certain moment, je pense qu'ils la droguent. Ils se débrouillent pour l'éloigner de ses amis, peut-être quand elle va aux toilettes, ou bien ils l'attirent sous un faux prétexte à l'extérieur, et alors ils l'installent sans doute de force dans un véhicule – une camionnette, j'imagine – et ils l'emmènent dans un endroit où ils accomplissent une espèce de rituel.

À la fin du rituel, ils la noient.

On retrouve le corps de la victime des jours – ou des semaines – ou des mois – après sa disparition. On ne peut pas recueillir beaucoup de preuves matérielles étant donné l'état du cadavre, et la police a tendance à y voir la fin déplorable d'un étudiant éméché, un de plus sur la liste.

Je me disais que je ne le reconnaîtrais pas. S'il faisait la queue derrière moi au Quick-E-Mart où je m'achetais une cigarette électronique, juste pour essayer ; s'il roulait à côté de moi quand je m'engageais sur la I-90 en direction de Bay Village pour recevoir Mrs. O'Sullivan ; s'il promenait son chien près de chez nous, est-ce qu'une silhouette, un mouvement familier, éveillerait quelque chose en moi ?

J'ai fait une recherche sur Internet. Il y avait, bien sûr, la fameuse photo – et quelques photos d'identité judiciaire granuleuses ainsi que d'autres prises devant le tribunal – mais aucune ne le représentait tel qu'il était aujourd'hui.

Dans la cour du cabinet de Cleveland Heights, j'ai discrètement fumé ma cigarette électronique. Un homme, qui avait de volumineux cheveux blancs et une très grosse tête, traînait devant la porte. Un autre est arrivé en moto, s'est garé un peu plus loin, devant l'épicerie bio, et a marché lentement sur l'asphalte. Me dévisageait-il ?

J'ai fourré ma cigarette électronique dans ma poche et suis retourné dans le cabinet. Je me suis assis dans la salle d'attente et, les yeux fermés, j'ai écouté la musique électronique apaisante diffusée par la cascade d'intérieur.

Il y a l'ombre des oiseaux ou des avions qui passent au-dessus de ta tête en un clin d'œil. Il y a quelque part, à une cinquantaine de mètres de là, le bourdonnement pareil à un point d'orgue, il y a la vague odeur de piles et de foudre, il y a les pleurs d'un bébé un soir et tu sors sur la véranda et tu t'aperçois que le chat du voisin a un lapereau dans la gueule, et les cris sont tellement humains qu'ils en deviennent répugnants. « Hé ! » hurles-tu à l'intention du chat, et il laisse tomber le lapereau et tous deux détalent dans une direction différente et tu te retrouves seul et tu sens tout à coup un regard réprobateur posé sur toi. Comme si tu avais interrompu un important rituel religieux.

Tu le sens dans ton dos, sur ton visage : il y a une présence qui ne t'aime pas.

C'est une des choses que j'aimais dans notre couple. Chez Jill. Le fait qu'on était capables de faire rire l'autre au beau milieu d'une dispute ou d'une discussion sérieuse.

Et une fois que nous en avions fini de rire, l'état d'esprit était différent.

« Tu as raison, dis-je. Tu n'as pas bonne mine. Je pense que tu devrais arrêter de travailler. Que tu devrais rester à la maison, ménager tes forces et

– Ne me parle pas de me battre. Ou de rester positive. Promets-moi de ne pas devenir mon coach de vie. »

J'ai posé ma main sur son poignet.

Je ne l'ai pas lâchée des yeux.

Je suppose que la victime est retenue prisonnière quelque part et torturée pendant plusieurs jours. Des tortures qui ne laisseraient pas de traces matérielles flagrantes mais qui pourraient s'apparenter à un rituel, qui seraient peut-être en grande partie psychologiques – et plus tard, une fois la victime morte, ils jettent le corps dans un cours d'eau du coin.

Ça vous paraît plausible, docteur ?

Qu'il existe une véritable secte – satanique ou autre – dont les membres auraient commis ces agressions très méthodiquement ?

Au vu des preuves, cela semble être la seule explication logique à ce qui est en train de se passer.

Pour le dire autrement, je pense que ces gamins sont tués dans le cadre de sacrifices rituels.

Qu'est-ce que je ferais si Rusty entrait dans la pièce en cet instant même ? Qu'est-ce que je lui dirais ? Et lui, que voudrait-il de moi ?

J'ai ouvert les yeux et Aqil se tenait sur le pas de la porte.

« Docteur ? » dit-il. Très inquiet.

Tu pénètres dans l'immeuble de Cleveland Heights à huit heures du matin, tu grimpes l'escalier de marbre des années vingt avec sa boule en cuivre, tu parcours les étroits couloirs avec leur rangée de portes fermées et seule celle de ton cabinet est ouverte et la musique s'échappe de la cascade d'intérieur et tu t'arrêtes sur le seuil.

« Il y a quelqu'un ? » demandes-tu.

Et tu sens la franche hostilité de la pièce, qui refuse toute présence.

Tu sais, bien sûr, que ce n'est qu'une illusion. L'esprit est trompé par toutes sortes de stimuli et le stress aggrave les choses.

Mais la pièce te déteste. Tu le sens.

AOÛT 2012

Il y eut le premier message sur le répondeur.

Salut, mec. C'est Rusty. Je cherche juste à entrer en contact. Euh... je sais qu'on a beaucoup de choses à démêler. Mais permets-moi de te parler une fois. C'est tout. Je...

Je l'ai effacé avant de l'avoir écouté jusqu'au bout.

C'était bien la dernière chose dont j'avais besoin. Jill venait de commencer un nouveau cycle de chimio, et je ne lui avais toujours pas dit que Rusty était sorti de prison, je ne lui avais pas parlé d'Innocence Project ni de tout le reste. Ça l'aurait inutilement contrariée. *Ce serait cruel*, pensais-je.

J'ai débranché le téléphone fixe. Si on voulait nous contacter, on nous appellerait sur nos portables. J'ai dit à Jill : «J'en ai ras le bol du télémarketing», et elle m'a regardé, l'œil trouble. Les préoccupations terre à terre des vivants commençaient déjà à la dérouter.

«Très bien, très bien», dit-elle.

«Ce n'est pas que je ne vous croie pas, dis-je à Aqil Ozorowski. J'ai juste l'impression que nous sommes bloqués. Nous avons beaucoup d'hypothèses mais très peu de preuves. Et je trouve que vous avez tendance à vous répéter et à tourner en rond.

– Je sais. Si j'avais quelque chose de solide, je serais en train de parler à une équipe du FBI, haha.

– Alors disons que nous menons l'enquête. Quelle serait la prochaine étape ?

– C'est ça, le problème, répondit Aqil. À part tout relire et chercher des liens ? Je me disais que vous en auriez peut-être repéré que je n'aurais pas vu.

– Eh bien », dis-je. Nous étions installés dans mon cabinet de Cleveland Heights, et je percevais le doux gargouillis de la cascade de la salle d'attente.

« Et si…, reprit-il. On pourrait parler à certains témoins. Il y a ce gamin que j'ai rencontré sur Internet – un ami de Peter Allingham –, je pense qu'il serait prêt à nous voir mais que diriez-vous si c'était vous qui lui parliez ? Vous seriez meilleur que moi.

– Hum », fis-je. Je tentai d'analyser la situation. Nous étions déjà sur un terrain glissant. Je n'avais pas l'impression d'avoir réussi à recadrer l'« enquête » d'un point de vue thérapeutique, même si Aqil se montrait plus prudent en matière de spéculations. Je pensais que nous avancions en examinant l'« affaire » avec plus de lucidité et une logique plus rigoureuse. Pourtant, « interroger » un « témoin » pouvait poser un problème éthique. La façon dont je procédais soulevait déjà des questions, *il ne devrait même pas être ton patient*, pensai-je, *client*, pensai-je.

« D'accord, me suis-je entendu dire. Je serais content de parler au témoin. Si vous pensez que c'est une bonne idée. »

Ça ferait une bonne série, me suis-je dit. Le thérapeute et son patient perturbé, un ancien flic obsessionnel, souffrant de stress post-traumatique, peut-être délirant, mais le thérapeute l'aide à se stabiliser suffisamment pour résoudre le crime. Ou… pour découvrir qu'en fait il n'y a pas de crime, après tout. En fin de compte, il est tout aussi héroïque d'être un

« Il lui faudra sans doute signer certains papiers », dis-je.

J'étais sensible au fait qu'Aqil était flic, que nous étions liés, que je pourrais faire appel à lui si j'en avais besoin. Je me sentais en sécurité. J'avais beaucoup de choses à porter, et le souvenir du message que Rusty avait laissé sur le répondeur me traversa l'esprit.

« Dites-moi, si je devais m'acheter une arme, que me conseilleriez-vous ? » Aqil pencha la tête et leva un sourcil.

« Pour me protéger », précisai-je.

AOÛT 2012

Le jeune homme s'appelait Ben Tramer. Il avait vingt et un ans, était étudiant en première année à Kent State, si bien qu'il était relativement facile pour lui de venir à mon cabinet.

C'était un ami de Peter Allingham, il se trouvait dans le bar le soir de sa disparition, et voilà qu'il était installé dans le fauteuil qui me faisait face, mal à l'aise, les mains croisées sur les genoux.

« Bien, dis-je. Merci d'être venu, Ben. C'est juste une

– C'est bizarre que vous vous y intéressiez seulement maintenant, remarqua-t-il en observant avec perplexité Aqil, qui regardait par la fenêtre et nous tournait le dos. Ça fait presque un an.

– Mais vous avez déjà été entendu par la police, j'imagine. »

Tramer leva un sourcil comme on peut le faire face à un bureaucrate incompétent. « Absolument pas. C'est la première fois qu'on me pose des questions.

– Ah », fis-je. Et son regard s'égara de nouveau. Il tomba sur un poster encadré, censé être source d'inspiration : la photo d'un lac arctique avec, pour légende, L'EXCELLENCE.

> Nous sommes ce que nous faisons de manière répétée.
> L'excellence n'est donc pas une action mais une habitude.
> ARISTOTE

Ben Tramer fronça les sourcils.

« Bref, dis-je. Je voulais juste me faire une petite idée de ce dont vous vous souveniez. Si vous repensez à cette soirée, quelle est la première image qui vous vient à l'esprit ?

– Je ne sais pas. C'était il y a longtemps et j'étais complètement bourré. Comme tout le monde. Pete. Nos amis. Tous ceux qui se trouvaient dans le bar. Vous savez ce qui est bizarre ? Au début, quand Pete a disparu, sa mère est allée sur Facebook, elle a collé des affiches et tout et tout – elle essayait de trouver quelqu'un qui l'aurait vu quitter le bar, elle essayait d'avoir une idée de l'heure à laquelle il était parti, du chemin qu'il avait pris, de qui l'avait vu en dernier – et absolument personne ne s'est manifesté. Absolument personne ne se rappelait l'avoir vu quitter le bar. C'est fou.

– Et vous, quand avez-vous vu Peter pour la dernière fois ?

– Je ne sais pas. On était tout un groupe. Je le revois dans le bar. Et je me souviens aussi d'avoir remarqué son absence. Mais quant à la dernière fois que je l'ai vu ? Sa mère m'a posé bien des fois la question et tout ce que je peux dire c'est que j'ai un trou. Si seulement j'avais la réponse.

– Vous rappelez-vous avoir vu quelqu'un d'étrange ou de suspect ? »

Un autre lever de sourcil. « C'était Halloween. Les gens étaient déguisés. Il y avait des trucs de dingue. Une fille portait un string. Juste une petite bande de Lycra qui cachait à peine la raie de ses fesses. Elle portait aussi un haut de bikini et un masque de loup-garou. Et une autre avait un harnais de bondage. Et un ours en peluche qui avait exactement le même harnais de bondage.

– Bien, dis-je. C'est un bon début.» Je me suis éclairci la voix. «Je me demandais – accepteriez-vous d'essayer l'hypnose ? Histoire d'être plus détendu – peut-être pourriez-vous vous rappelez certaines choses si

– Non», rétorqua Ben Tramer. J'ai sursauté tant son refus était catégorique. «Non ! Pas question. Je ne crois pas à ces conneries.

– Pardon ? dis-je, et il agita le bras.

– Vous êtes flics ? Parce que, l'hypnose ? C'est du bidon ! Comme, euh, la planche Ouija.

– Non. C'est faux.

– Attendez, dit Tramer. Vous êtes vraiment flics ?»

«Vous savez, dis-je à Aqil après le départ de Ben Tramer. Nous ne devrions sans doute pas nous présenter sous un faux jour. N'est-ce pas illégal ? De se faire passer pour des

– Effectivement, répondit-il. Il faut qu'on affine certaines choses.» Il s'enfonça dans le fauteuil occupé précédemment par Tramer et poussa un profond soupir.

«J'ai quelque chose pour vous», dit-il.

Il fouilla dans sa poche et en sortit une arme. Un Colt Mustang XSP 380. «Il est à Chicago», ajouta-t-il.

Et il resta silencieux si longtemps que nos regards finirent par se croiser. «Quoi ?» fis-je – mais je savais de qui il parlait.

«SDF, je crois, poursuivit-il. Plongeur dans un restaurant. Il n'a pas l'air de s'en sortir.»

J'ai hésité. Tripoté ma cigarette électronique qui se trouvait dans la poche de ma veste. « Comment le savez-vous ? demandai-je calmement.

– Eh bien, un homme qui sort de prison au bout de trente ans, ça peut vraiment défrayer la chronique. Pas dans *USA Today*, mais sur Internet. Par ailleurs, je suis flic ; j'ai mes sources. Je connais beaucoup de bases de données.

– En fait », dis-je. J'ai croisé mes mains sur mes genoux. « Aqil, vous n'êtes pas flic. Ça fait plus d'un an que vous ne l'êtes plus. »

Il arbora un large sourire. « Eh bien. J'en détiens encore certains pouvoirs. Et je vous en fais profiter, Dustin. Je peux vous affirmer qu'il se trouve à Chicago. Je pensais que ça vous tranquilliserait de le savoir. »

Il y avait là beaucoup de choses à prendre en considération, et j'ai réfléchi jusqu'à ce qu'Aqil se racle la gorge.

« Je ne cherche pas à avoir un comportement déplacé. J'essaie juste de vous aider. En tant qu'ami. »

Tout cela était déplacé, bien évidemment. Le fait qu'il ait entrepris des recherches me concernant sur Internet. Qu'il ait découvert des choses sur moi puis sur Rusty, voilà une – une quoi ? Une rupture de la dynamique thérapeute-patient, une

Nous nous taisions. *En tant qu'ami*, songeai-je. Il y eut un intervalle de silence, puis un autre, Aqil jeta un coup d'œil par la fenêtre et je

AOÛT 2012

J'ai rapporté le revolver chez moi dans ma serviette, j'ai essayé de trouver un endroit dans la maison où personne n'aurait l'idée d'aller fouiller, et j'ai tout de suite pensé à le cacher derrière l'imposante rangée de manuels diagnostiques des troubles mentaux posés sur l'étagère de mon petit bureau. S'il était arrivé aux garçons de fouiner dans cette pièce – ce qu'ils avaient certainement fait –, ils devaient savoir depuis longtemps qu'il n'y avait rien d'intime ni d'émoustillant à trouver, rien de précieux. Ils avaient dû s'en désintéresser, me suis-je dit, si bien que j'ai posé l'arme derrière le DSM-III-R et le DSM-IV, et il y trouva parfaitement sa place sans que les livres dépassent trop.

Jill était couchée à l'étage, elle regardait une émission de téléréalité sur de riches femmes au foyer, une émission déplorable, d'une incroyable vacuité et qui, curieusement, la fascinait. « Est-ce que je peux t'apporter quelque chose, ma chérie ? lui ai-je demandé.

– Un thé bien chaud, s'il te plaît », répondit-elle, alors qu'il faisait plus de trente degrés dehors, qu'elle était allongée sous la couette et portait une casquette.

C'eût été une erreur de lui parler de Rusty. C'eût été cruel.

En bas, Aaron se préparait un en-cas – pendant pratiquement tout l'été, nous n'avions pas dîné une seule fois en famille, contrairement à la tradition – et il me regarda mettre l'eau à chauffer.

« Alors, qu'est-ce que tu vas faire ce soir ? » lui ai-je demandé, et il a haussé les épaules en étalant du beurre de cacahuète sur une tranche de pain avec lenteur et application, comme il en avait l'habitude. Le regard voilé.

« Tu pourrais me rendre un service ? » Il a une nouvelle fois haussé les épaules en manifestant un tel ressentiment que, si je m'étais conduit comme mon propre père, je lui aurais mis une belle claque. Je lui aurais flanqué une sacrée torgnole.

« Tu peux monter son thé à ta mère ? » Je l'imaginais entrer dans la chambre avec le plateau, ils discuteraient un moment, et Jill finirait par se confier à lui. Par lui expliquer qu'elle allait sans doute bientôt mourir.

Ça me perturbait beaucoup qu'elle n'ait pas dit grand-chose aux garçons.

Avant, elle était plutôt sociable et active. Elle avait un cercle d'amies, et elles se retrouvaient pour aller au cinéma, au restaurant, ou encore pour parler de leurs lectures – mais Jill avait mis un terme à ces relations peu après avoir commencé sa chimio.

Elle s'était aussi énormément investie en tant que mère, s'était bien plus impliquée dans le quotidien des garçons – l'école, les enseignants, les devoirs, les amis, les parents des amis – que je ne l'avais jamais fait. J'étais donc surpris de constater qu'eux aussi, elle les abandonnait peu à peu. Sa maladie avait coïncidé avec un certain refroidissement dans la maison – les garçons devenant secrets, lointains, mal à l'aise, presque hostiles. Si bien que cette intimité qui existait entre eux aurait sans doute pris fin, mais j'ai quand même trouvé ça d'une grande brutalité.

À certains moments, je croyais rêver ou halluciner.

J'avais l'impression que j'allais me réveiller d'une minute à l'autre et retourner six mois en arrière. Jill serait en bonne santé, notre foyer un endroit chaleureux et accueillant où je me sentirais bien, tout serait revenu à la normale. Si seulement je pouvais me réveiller.

C'est, bien évidemment, une réaction courante chez ceux qui traversent une épreuve difficile ou traumatisante. Une réaction pas du tout inhabituelle.

Je me rappelais une citation. Du psychiatre allemand Karl

Jaspers à propos de ce qu'il appelait « l'expérience délirante primaire » :

> *Les malades ont des sentiments désagréables. Ils pressentent qu'il se passe quelque chose. Tout a pour eux une signification nouvelle. L'environnement n'a que légèrement changé, les perceptions sont intactes, mais il existe une altération fine et pénétrante qui enveloppe tout d'une lumière mystérieuse et effrayante…*

À propos des rêves, il faut ajouter qu'ils s'évanouissent quand vous vous réveillez, qu'ils n'ont plus de sens et qu'ils échappent à votre esprit conscient.

Parce qu'ils n'existent pas dans le langage. Ce sont des images, disposées par couches les unes sur les autres, qui communiquent entre elles. Il y a quatre visages en un. Vous êtes vous-même sans l'être.

Chez Freud, cela tiendrait du symbole. Aujourd'hui, le plus souvent, ça ne signifie rien. Ça signifie que certains neurones font feu en même temps.

Je suis entré dans le salon télé avec une tasse de thé posée sur un plateau et Aaron a levé les yeux vers moi. Je ne savais pas très bien comment le thé avait été préparé ni pourquoi il se trouvait sur un plateau. C'était un plateau chic, en argent repoussé, que je ne me rappelais pas avoir déjà vu.

« Tu veux bien apporter ça à ta mère ? Et discute un peu avec elle, d'accord ? Elle se sent seule. »

Aaron m'a regardé sans dire un mot : l'œil torve, mais résigné.

Je me suis ensuite préparé un smoothie et j'ai appelé Kate.

« Il est à Chicago, lui ai-je dit.

– Quoi ?

– Il est à Chicago. Il n'a pas encore d'adresse mais il fait la plonge dans un restaurant. Autrement dit, il ne te traque pas. »

Kate resta silencieuse. Elle m'avait dit qu'elle pouvait voir l'écriteau monumental formant le mot HOLLYWOOD depuis sa fenêtre, et je l'imaginai en train de le regarder.

« Comment tu le sais ? » finit-elle par demander, et, depuis la fenêtre de mon bureau, j'ai vu qu'une voiture, dont le moteur tournait au ralenti, était arrêtée dans l'allée. Rabbit était assis sur le siège passager, Aaron ouvrait la portière arrière, et le conducteur n'avait pas l'air d'être lycéen. Il avait quoi ? Dix-neuf ans ? Vingt ans ? L'habitacle était enfumé.

« Je… » J'ai regardé le jeune faire marche arrière en cherchant visiblement à attirer l'attention. « J'ai demandé à un détective privé de l'avoir à l'œil. Il a fait appel à moi en tant qu'expert pour l'aider sur une de ses affaires, si bien qu'il m'accorde une petite faveur.

– Quel soulagement, dit Kate. C'est déjà ça. J'ai l'impression que ça fait trois mois que je ne dors pas. Au fait, comment va Jill ? Elle se sent mieux ?

– Oui », répondis-je.

Mais voilà qu'il était vingt-deux ou vingt-trois heures. J'ai sorti le dossier de Peter Allingham.

J'essayais de l'imaginer dans ce bar, la nuit d'Halloween. Il est incontestablement bourré, il traîne avec des amis, il parle et il rit. Puis il s'éloigne pour aller aux toilettes.

Comment est-il possible que personne ne l'ait jamais revu ? Peter Allingham est déguisé. S'il avance dans la rue en titubant et parvient tant bien que mal à marcher jusqu'à la rivière, comment imaginer qu'absolument personne ne l'ait remarqué malgré les affiches, les recherches, et la campagne choc de plusieurs mois sur les réseaux sociaux ? Et qu'il ait pu rester sous la glace si longtemps ?

Disons qu'ils traquent la cible pendant un moment, à l'avance.

De moins en moins contestable.

SEPTEMBRE 2012

Dennis fit ses bagages, partit pour l'université, et ce fut une très mauvaise journée. Une fois la voiture chargée, Jill avait lentement descendu l'escalier et s'était immobilisée sur la véranda. Puis, le visage sombre, le regard sans expression, elle avait agité la main. On aurait dit une personne âgée atteinte de démence et, quand elle avait crié : « Amuse-toi bien ! » d'une voix blanche et rocailleuse, Dennis avait reculé d'un pas, et il avait posé sa main sur le capot de sa voiture comme s'il s'était agi d'un talisman protecteur.

Bien évidemment, les garçons savaient que leur mère suivait une chimiothérapie, mais nous leur avions dit que tout irait bien. Ils ignoraient qu'elle avait des métastases au cerveau et aux poumons – mais enfin ? Fallait-il vraiment que je leur fasse un dessin ?

Aaron rentra tard ce soir-là – il venait d'entamer son année de terminale –, et quand il finit par arriver, il s'installa sur le canapé du salon télé avec un plat de gratin de macaronis qu'il avait réchauffé au micro-ondes. Il ne détacha pas les yeux de l'écran quand je me suis arrêté sur le pas de la porte.

« Ton frère est parti à l'université aujourd'hui, lui dis-je.

J'étais… j'ai trouvé ça étonnant que tu ne sois pas là pour lui dire au revoir.

– Je n'avais pas compris que c'était censé être une espèce de… rituel», répondit-il. Sans lever les yeux. «Je lui ai envoyé un texto il y a deux heures.»

Et c'est à ce moment-là que je me suis dit que c'était véritablement terminé. Que c'était bel et bien fini.

Cet îlot que je m'étais construit, cette famille qui paraissait si solide et si stable, se dérobait sous mes pieds. J'ai regardé Aaron fourrer des pâtes dans sa bouche, des pâtes jaunes comme les panneaux d'avertissement d'un chantier. Et j'ai senti un regard braqué sur mon dos.

À part Jill, ses médecins et moi, seul Aqil connaissait la gravité de la situation. Il était assis sur le canapé qui me faisait face dans mon cabinet de Kent quand je lui ai parlé des métastases dans l'hémisphère droit du cervelet, et il a enfoui son visage dans ses mains.

«Ils parlent de "soins palliatifs" maintenant, mais je ne pense pas qu'elle comprenne.

– Je suis vraiment désolé», dit Aqil en frissonnant. Et, l'espace d'un instant, il m'a semblé qu'il pleurait.

Curieusement, ces derniers mois, nous avions davantage parlé de ma vie que de la sienne. Curieusement, j'avais réussi à lui parler du cancer de Jill, de la sortie de prison de Rusty, toutes ces choses que mes enfants ignoraient.

Il existait un mot pour ça, me disais-je. Un syndrome, mais j'avais oublié son nom. Quand le thérapeute commence à compter sur son patient pour le soutenir affectivement. Quand le thérapeute commence à confier des secrets à son patient. Quand, curieusement, il s'attache à son patient et que les rôles s'inversent presque.

Aqil a tendu le bras, m'a touché délicatement la tête et m'a caressé les cheveux d'une main hésitante. « Chut, a-t-il murmuré. Chut. »

SEPTEMBRE 2012

Le fait de réfléchir à l'affaire, à l'« enquête », avait quelque chose de réconfortant. D'ailleurs, je n'étais pas sûr de devoir continuer à mettre des guillemets. Peut-être n'y avait-il pas de tueur, mais plus je me documentais sur la noyade de Peter Allingham, plus j'étais fasciné. Ce dossier, plus que tout autre, m'évoquait un mystère en chambre close – et quand j'ai commencé à me concentrer dessus, mon esprit a paru se raffermir et sortir du brouillard.

J'ai suggéré que nous nous rapprochions de la mère d'Allingham. De sa « veuve », ai-je dit avant de réaliser que ce n'était pas le bon terme : il n'en existait d'ailleurs pas pour parler d'un père ou d'une mère ayant perdu un enfant. « Elle n'a pas mâché ses mots après sa disparition, dis-je. Dans ses déclarations aux médias. Elle non plus ne croyait pas à la thèse de l'accident. »

Nous nous trouvions dans mon cabinet de Cleveland Heights, et Aqil faisait les cent pas devant la fenêtre en regardant les voitures passer dans Cedar Road. Il avait les mains croisées dans le dos. C'était le genre de pose qu'un président de la fin du XIXe siècle pouvait prendre et, l'espace d'un instant, j'eus comme une – une quoi ? Une image m'est apparue, liquide et instable.

Je me suis rappelé le regard d'un homme qui avait les mains croisées dans le dos. Le – gib ? *Gibben* ?   Il avançait en cachant quelque chose dans son dos, j'imagine. J'ai vu un petit éclat de lumière au moment où l'image a frappé ma conscience, et j'ai cligné des yeux.

Aqil me regardait avec curiosité. *À quoi pensez-vous ?* l'ai-je entendu dire. « Je ne sais pas », ai-je répondu.

OCTOBRE 2012

« Je ne crois pas à la thèse de l'accident », dit la femme. Mary. Mary Allingham, la mère de Peter. « Je ne crois pas que mon fils soit mort pour rien. Ça me paraît juste impossible. »

Nous nous trouvions dans mon cabinet de Bay Village, elle était assise sur le divan qui faisait face à mon bureau, comme si elle était une de mes patientes, et Aqil se tenait debout près de la bibliothèque, les yeux fixés sur les reliures, se frottant les poils du menton, à croire que les livres posés sur l'étagère l'absorbaient tout entier. Mrs. Allingham devait avoir à peine cinquante ans : mince ; cheveux châtain foncé coupés sous les oreilles ; joli petit visage anguleux ; grands yeux caves. D'après moi, elle n'avait pas suivi de thérapie ; et si on lui avait prescrit des antidépresseurs, elle ne les avait pas pris. Le chagrin semblait lui brouiller l'esprit.

« Je vous suis reconnaissante de m'avoir contactée, dit-elle. Parce que je n'ai personne d'autre. Mon mari… » Elle secoua tristement la tête. « Notre couple n'existe plus. »

Je me suis raclé la gorge. « Mrs. Allingham. C'est avec votre conscient que vous réfléchissez à tout ça depuis très longtemps. Et votre conscient a fait de son mieux : nous avons en notre possession tous les éléments que vous avez compilés et que vous nous avez présentés dans leurs moindres détails.

– Je ne pense qu'à ça. » Elle fixait le dos de sa main, l'air absent, comme si elle commençait à se rappeler quelque chose.

« Mary ? » dis-je, et elle leva les yeux vers moi – une personne mourante, songeai-je. Ou plutôt : déjà morte. « Vous avez beaucoup fait travailler votre conscient. Il est peut-être temps d'essayer de parler à votre inconscient. Je me demandais si vous seriez prête à me parler sous hypnose ? Je me demandais si vous »

Elle m'offrit alors un sourire étonnamment doux et perplexe. « Bien sûr, répondit-elle. Pourquoi pas ?

– D'accord, murmurai-je. Imaginons que vous vous trouvez dans un ascenseur. Et qu'il vous faut aller dans un certain endroit… Ce peut être la dernière fois que vous avez vu Peter. Ce peut être la dernière fois que vous lui avez parlé. Ou alors ça n'a rien à voir avec lui – c'est juste un souvenir qui vous attire. Il existe une autre partie de votre cerveau qui ne connaît pas le langage, qui ne pense qu'en images, et j'aimerais que vous la laissiez se manifester. Fermez les yeux.

« Ce n'est pas un examen, Mary. Nous voulons juste vivre l'instant présent, dire la vérité de ce que nous voyons, quelle qu'elle soit. Nous ne cherchons pas à obtenir des résultats, nous cherchons juste à découvrir ce que vous *voyez*.

« Vous êtes prête ? Est-ce que nous prenons l'ascenseur ensemble ?

– Oui, répondit-elle.

– Ne me dites pas où nous allons, lui expliquai-je d'une voix douce. Je veux que vous me surpreniez. Je vais appuyer sur le bouton et nous allons descendre jusqu'en bas.

« Voilà, j'appuie sur le bouton, et je veux que vous répétiez après moi. *J'ai confiance en moi. J'ai confiance en l'univers…* »

Il y a presque toujours un moment de dissociation quand vous hypnotisez une personne, quand vous fixez son visage impassible et rêveur, quand vous entendez votre propre voix vibrer dans votre crâne, quand elle ouvre les yeux et que vous fermez les vôtres.

«Où sommes-nous ? demandai-je

– Je suis dans ma cuisine. En train de lire un magazine. *People* ? Le magazine *People*. La radio est allumée.

– Il est à peu près quelle heure ?

– Il est

– D'où vient la lumière ?

– Des fenêtres. C'est l'après-midi. Peter a disparu, j'attends d'avoir de ses nouvelles et je ne sais pas quoi faire d'autre.

– OK.» J'ai gardé les yeux fermés. Je me suis imaginé assis dans la cuisine avec elle. Autour de la table. La radio est allumée, voix douces et novocaïnées, fond musical. Mrs. Allingham lit un article sur ce jeune soldat défiguré en Irak, qui a gagné le cœur de millions de personnes en participant à l'émission *Dancing with the Stars*.

«J'aimerais que vous leviez les yeux de votre magazine et que vous regardiez autour de vous. Dans cette pièce, il y a peut-être quelque chose que vous avez oublié. Quelque chose d'important.

– Le téléphone ? Le téléphone va sonner ?

– Et… ?

– Il sonne. C'est Peter. Je ne comprends pas pourquoi il m'appelle sur le fixe. D'habitude il m'envoie des textos. C'est comme ça que ça se passe de nos jours.

«Je me rappelle que j'ai posé le magazine et que je suis allée décrocher. C'était Peter. Je sais que c'était sa voix, même s'il chuchotait et qu'il y avait beaucoup de parasites. Il m'a dit : "Maman." Il m'a dit : "Maman, au secours." Je l'ai entendu. Je l'ai entendu me dire ça et puis on a été coupés.

«Après… Après j'ai appelé la police. Je leur ai dit : "Il est là quelque part, quelqu'un le détient, quelqu'un lui fait du mal", et j'ai compris, à leurs voix, qu'ils ne me croyaient pas. Et quand on a étudié les relevés téléphoniques. On les a étudiés et le seul appel sur mon fixe cet après-midi-là provenait d'un de ces trucs de… télémarketing. Un automate d'appel, c'est comme ça qu'on dit ? Dont la société est basée à Houston. Alors j'ai moi-même cessé d'y croire. Je me suis dit que j'avais dû rêver.

« Ils avaient sans doute raison. C'était juste le fruit de mon imagination. J'ai reçu cet appel, je ne sais pas, sept – dix ? Dix jours après sa disparition ? Il était déjà mort. »

Ne pas oublier que ce n'est pas fiable.

Ce genre d'hypnose – ai-je expliqué à Aqil – inspire la méfiance. Beaucoup y voient du charlatanisme. Même si ça peut être très utile dans certaines situations thérapeutiques, on ne peut pas affirmer que ces souvenirs sont réels. J'ai parlé à Aqil des recherches d'Elizabeth Loftus sur l'effet de désinformation qui se produit quand la précision de nos souvenirs issus de la mémoire épisodique est altérée par des informations ultérieures. Je suis sûr qu'il était déjà au courant du procès dans lequel j'avais témoigné et de son issue.

« J'ai pigé, a-t-il dit. Ce n'est pas recevable devant un tribunal.

– C'est rarement recevable. »

Mais Aqil se contenta de secouer tristement la tête. « Et si elle avait raison ? Et si Allingham avait effectivement été détenu ? Et s'il s'était échappé, s'il avait réussi à trouver un téléphone ? Il était sans doute drogué mais il a réussi à se rappeler le numéro de téléphone de la maison où il a grandi. S'il y a une chose qu'on n'oublie pas, c'est bien ça, non ?

– Ils ont vérifié les relevés téléphoniques. À moins qu'il n'ait été fait prisonnier par une société texane de télémarketing. »

Aqil haussa les épaules. « Il s'agissait peut-être d'un numéro bidon. Ça arrive tout le temps.

– C'est un peu tiré par les cheveux, dis-je. Et puis il était déjà mort, non ?

– Non, non, répondit Aqil. Voilà ce que je pense. Je sais que cette histoire de dates ne vous emballe pas, et je suis d'accord avec vous sur le principe. Mais arrêtons-nous un instant sur les dates. Le lendemain du jour où elle lui a parlé, on était le combien ?

– Euh… le 11 novembre ? »

Aqil leva les sourcils et hocha la tête. « Ce que je veux dire, c'est que Peter a disparu le 1er novembre, très tôt dans la matinée. Et s'il n'était pas mort le 1er novembre ? Et si… ? C'est ce que je vous disais – on sait qu'ils se sont noyés mais sait-on s'ils étaient vivants au moment où ils sont entrés dans l'eau ? J'ai comme l'impression que Peter a été fait prisonnier et que ses ravisseurs l'ont neutralisé avec des médicaments et peut-être des moyens de contention qui ne laissent pas de traces.

« Parce que je suis convaincu qu'ils ont voulu le tuer à une date précise, sans doute pour des questions rituelles ou religieuses. Le 11 novembre 2011 : 11/11/11. Je vois bien que tout ne cadre pas comme je le souhaiterais mais j'en reviens toujours au même point. Vous pouvez me dire que je fabule, docteur ; je veux que vous vous fassiez l'avocat du diable. Mais laissez-moi d'abord vous exposer la situation.

– OK. » Je n'étais pas fana de la théorie des dates rituelles mais je n'ai pas émis d'objection. On ne sait jamais ce que l'on va trouver quand on laisse un patient dérouler son histoire. Ce peut être quelque chose d'important.

« Alors voilà, commença Aqil. L'occasion s'est présentée à eux de kidnapper le jeune homme lors de la fête d'Halloween, ensuite ils l'ont sans doute enfermé quelque part avant de l'emmener le jour dit sur un site sacré. Pour le noyer selon un rituel. Et ce n'est que bien plus tard que son corps a été jeté dans la rivière.

– Hum », fis-je. Et, d'une certaine façon, je pouvais me représenter ça très clairement. Je ne pouvais pas dire que c'était des données factuelles mais c'était saisissant. Ça pouvait expliquer les divergences. Peut-être ce récit contenait-il, quelque part, une étincelle de réalité.

« Le coup de fil passé à sa mère le 10 novembre. Il a peut-être pu se libérer suffisamment longtemps pour le passer. Ou alors ils l'ont laissé faire. Ils lui ont mis le combiné dans la main. *Appelle à l'aide*, lui ont-ils dit. Ils savaient qu'il ne s'enfuirait pas, et ils aimaient avoir ce pouvoir sur lui. Ils aimaient le voir pleurer, appeler sa mère à son secours. Ils adoraient l'entendre dire *maman*.

– Je ne vous suis pas très bien. » J'avais l'impression que ça se passait toujours comme ça avec Aqil. Après m'avoir presque convaincu, il se lançait dans de nouvelles spéculations et je me disais : *Il invente tout au fur et à mesure.*

« À mon avis, poursuivit-il, ils les noient dans une piscine ou une fontaine consacrée aux pratiques rituelles. Les garçons sont peut-être ligotés et ils leur enfoncent la tête dans un seau d'eau. Puis ils psalmodient, prient le diable ou que sais-je...

– Je ne comprends pas, répliquai-je. Pourquoi les retenir prisonniers si longtemps ? Il y aurait de fortes chances pour qu'au moins l'un d'eux s'enfuie, non ? Quelle serait leur motivation ? »

Aqil me regarda, l'air agacé. « Sans blague ! Je pensais que vous aviez fait des recherches sur les satanistes, dit-il comme si je l'avais blessé. Que veut Satan ? Ne veut-il pas que vous riiez de la souffrance d'autrui ? Ne veut-il pas que vous léchiez les larmes qui coulent sur la joue des enfants qui appellent leur maman à leur secours ? Ne pensez-vous pas qu'il y a beaucoup de gens qui prendraient leur pied dans ce genre de situation ? »

NOVEMBRE 2012

Personne ne s'attendait à ce qu'elle meure aussi vite, et c'est elle qui en fut le plus choquée. « Ce n'est pas possible, dit-elle aux médecins. Je pense qu'il faut revérifier les résultats », et elle se comporta en procureur jusqu'au bout. Les oncologues bredouillèrent, usèrent de faux-fuyants tels de mauvais témoins subissant un interrogatoire, ils choisirent leurs mots avec soin, grimacèrent, agitèrent humblement les mains, leur regard implorant mon aide. « Vous vous foutez de moi ? s'exclama Jill. Je n'ai que quarante-trois ans ! C'est inacceptable ! »

Mais quels que fussent les arguments et les contre-arguments, la maladie la consuma rapidement et sans discontinuer. Entre avril et octobre, elle perdit vingt-sept kilos. La couleur de sa peau s'estompa jusqu'à n'être plus qu'un dégradé de gris.

Elle persistait cependant à ne rien vouloir dire aux enfants. « C'est trop pour moi, soutenait-elle. On n'est pas obligés de se précipiter – on n'a pas besoin de… »

En novembre, quand le médecin lui apprit qu'elle devait aller dans un centre de soins palliatifs, elle secoua la tête. Non ! Non !   Elle ne pouvait plus que marmonner ; j'étais le seul à comprendre ce qu'elle disait, et elle m'implora, pleine d'espoir. « Neuh, fit-elle. Euh, euh », une vraie bouillie, aucun mot. Nos regards se croisèrent et je compris qu'elle n'avait absolument pas envie de mourir. Il n'y avait chez elle ni paix intérieure ni acceptation.

« Ce n'est que pour quelques jours, dis-je pour la rassurer. Tu n'y resteras pas si tu n'en as pas envie. »

NOVEMBRE 2012

Son dernier souffle.

Elle a du mal à respirer depuis un bon moment.

Elle aspire l'air entre ses dents nues, et il ne contient qu'une trace d'oxygène. Elle ratisse du regard le plafond.

Rictus.

Rictus.

On dirait un horrible sourire de clown, un sourire contraint, et c'est ça le pire.

Qu'à la fin, son corps lui impose cette expression qu'elle détestait au plus haut point. Le sourire de façade des célébrités, des photos de classe, des « enchanté de faire votre connaissance », et je suis pratiquement sûr qu'elle est aveugle, qu'elle ne me voit pas, et sa main tâtonne frénétiquement pour trouver la mienne

Et ses yeux disent : Ce n'est pas possible. Attends ! Alors même que sa bouche sourit ses yeux m'implorent et son corps se cambre

Attends !

NOVEMBRE 2012

Les garçons et Rabbit sont dans la pièce télé, et ça fait bizarre de voir Rabbit porter un costume – ce garçon aux épaules tombantes, un mètre quatre-vingt-treize, cent treize kilos, qui se liquéfie dans son siège comme un bonhomme de neige, une assiette de hors-d'œuvre dans les mains, son visage, le masque de la gêne la plus totale. Je ne sais pas pourquoi cette image fait que ma voix se durcit et m'oblige à serrer les dents pour m'empêcher de pleurer.

Peut-être Dennis et Aaron le sentent-ils car ils se lèvent, sur le qui-vive, les yeux écarquillés comme ceux d'une biche.

Je presse la partie charnue de mes paumes sur mes orbites, j'appuie fort, et puis je leur offre un sourire mélancolique mais confiant et je leur dis : « Les garçons, on va tous se réunir au salon et les gens vont partager les souvenirs qu'ils ont de votre maman. J'espérais que vous pourriez vous joindre à nous ? »

NOVEMBRE 2012

Quand Jill est morte, je me suis rendu compte que j'avais très peu d'amis. Je ne l'avais jamais remarqué. Jill – et, dans une certaine mesure, les garçons – avait tellement occupé mon espace mental que, en toute honnêteté, je ne m'en étais pas aperçu. J'entretenais des relations avec beaucoup de gens charmants qui m'ont envoyé une carte ou des fleurs et à qui j'ai envoyé un mot de remerciement.

Il a fallu attendre ma rencontre avec Aqil Ozorowski, quinze jours après la mort de Jill, pour évaluer l'ampleur de la situation. Il était assis dans la salle d'attente et quand je suis entré il s'est levé a ouvert les bras et les a passés autour de mes épaules.

C'était un geste soudain, surprenant, et au début je suis resté immobile, les bras le long du corps. D'ordinaire, je n'aime pas être touché par un inconnu.

Mais je me suis aussi rendu compte que personne ne m'avait serré dans ses bras – ne m'avait véritablement étreint – depuis la mort de Jill. On m'avait bien tapoté l'épaule, serré la main ou posé un rapide baiser sur la joue. Mais pas

NOVEMBRE 2012

Crois-tu aux démons ? Crois-tu à la malchance ? Crois-tu que quelqu'un là-haut ne t'aime pas ?

L'illusion rétrospective consiste à voir un plan déterminé à l'avance quand il n'y en a pas. Un dessein qui n'existe pas.

Crois-tu qu'il existe dans l'Ohio une secte dont les membres noient des jeunes hommes ?

Il y a une différence entre s'arrêter et prendre fin. La pluie s'arrête de tomber. Un chant prend fin. Seule l'une des deux actions est délibérée.

Crois-tu que Rusty a tué tes parents ? Crois-tu qu'une erreur a été commise ?

«Toutes mes condoléances», me dit Aqil, la voix véritablement brisée par l'émotion, et il m'a enlacé et je n'ai pu qu'enfouir ma tête au creux de son épaule.

«Je suis désolé, me murmura-t-il à l'oreille. Profondément désolé, docteur Tillman.»

Cet homme avait bon cœur et peut-être ai-je pleuré pour la première fois sur sa chemise ce matin-là.

«Vous n'êtes pas en forme. Doc, regardez-vous, vous ne devriez pas travailler ! » Il avait desserré son étreinte et, bras tendus, m'avait pris par les épaules. «Oh, mon Dieu, vous pouvez à peine tenir debout ! »

Je regarde Rabbit poser sa main sur son cou épais et ses doigts tripoter son nœud de cravate.

Très gênant. Pensées inexprimées qui flottent, presque tangibles.

«Oui, bien sûr, évidemment», répond Dennis. Puis Aaron et lui se regardent et Aaron dit : «Euh… oui. OK.»

Aaron a les mains croisées dans le dos et il y a une odeur de marijuana dans la pièce.

«Eh bien, dis-je. Les gens commencent à se rassembler. Donc»

Pensez-vous que ce qui vous est arrivé est réel, docteur Tillman ?

Le *gibben* ? Les mains dans le dos ?

Penses-tu que la meilleure façon de te suicider est d'avaler des cachets et de te mettre un sac en plastique sur la tête ? Dans une baignoire peut-être ?

Penses-tu que Dennis a des chances de s'en sortir mais qu'Aaron est trop vulnérable – il a encore besoin de toi, c'est indéniable, même s'il aimerait faire croire le contraire.

Pharaon avait ordonné que tous les nouveau-nés mâles des Hébreux soient noyés dans le Nil.

Et puis tu réalises que dans certaines versions de l'histoire la rivière est le personnage principal.

Ses restes incinérés dans un sac en plastique transparent. Environ quatre litres de poussière et de petits cailloux. Tu penses cendres, mais en fait ça ressemble plutôt à du gravier, à ces minuscules galets que tu trouves au fond d'un aquarium.

Le sac est scellé et sur une étiquette on peut lire : « Certificat de crémation joint. Ceci est une urne temporaire. »

Un précieux message vocal d'elle sauvegardé sur le portable, écouté et réécouté et même téléchargé sur l'ordinateur :

« Bonjour mon chéri c'est moi je rentre du travail et je voulais juste savoir si tu voulais que je rapporte quelque chose – mais comme tu ne décroches pas, ça ne sert à rien de te poser la question. OK. Je t'embrasse. À tout à l'heure. »

Beaucoup de fleurs sont livrées dans un vase. Un joli vase, le plus souvent, un vase en verre, qui ne doit pas être donné, et quand les fleurs seront fanées il faudra mettre le vase dans le lave-vaisselle.

On devrait peut-être garder tous ces vases ? On devrait peut-être les apporter à une association caritative pour que les pauvres puissent s'en servir ?

Les garçons te regardent, ahuris.

Les bijoux cinéraires achetés au funérarium. Des petits pendentifs de bon goût qu'on peut porter autour du cou, et les garçons et moi nous agenouillons dans le bureau de Jill et j'essaie d'utiliser la minuscule cuillère fournie par le funérarium pour transvaser un peu de ses cendres à l'intérieur du pendentif.

Une petite partie tombe par terre et se mêle aux flocons de poussière.

Un de ses poils au pied de sa chaise de bureau.

Les garçons sont dans leur chambre et ils écoutent Kendrick Lamar, Mac Miller et Bob Marley chanter « Three Little Birds ».

L'odeur de la marijuana filtre à travers les fissures de la porte, et tu restes là, un verre de whisky à la main.

« Every little thing gonna be all right », chante Bob Marley. Et tes enfants chantent avec lui.

« Écoute, papa, dit Dennis alors que nous regardons la télé. Écoute. Je pense que je vais rentrer à Ithaca. Je suis suffisamment en forme pour finir de passer mes examens et je ne veux pas que le semestre soit… gâché… »

Et sur le visage d'Aaron : un rougissement d'envie.

Car, bien sûr, il n'a nulle part où aller. Il est coincé ici.

Retourner au cabinet de Kent pour la première fois depuis sa mort, environ sept degrés et de la brume et de la boue et le ciel de la même couleur ciment que l'autoroute, plat et couvert. Le soleil et le ciel sont sous cette épaisse couche de nuages boueux, invisibles.	*Three Little Birds :* La chanson que leur mère leur chantait quand ils étaient bébés.
Lécher les larmes qui coulent sur les joues de	Allume une cigarette dans la voiture, baisse un tout petit peu la vitre. Une perpétuelle traînée de condensation, une bruine glaciale, des gouttes qui s'infiltrent dans l'habitacle, un restaurant, le Bahama Breeze, entouré d'arbres nus insomniaques
Le ruban de panneaux quand tu entres dans Streetsboro : Fun Buffet Staples Little Caesars Locaux disponibles LoanMax Les rangées de mobile homes sur le parking de All Seasons RV, qui essaient de voir à travers leur clôture grillagée. Centre antidouleur	*Chère Ann, un immense merci pour votre carte et vos fleurs, c'est un geste plein d'attention qui nous a tous beaucoup touchés* *Cher Jason, merci pour le* *Cher*
Attends ! Attends ! Attends !	Au feu rouge, texto à Aaron : *Peux-tu regarder dans le frigo si on a besoin de jus d'orange ? Parce que je ne sais plus s'il en reste.*

DÉCEMBRE 2012

Dans un e-mail, Aqil m'a dit qu'il allait m'envoyer deux liens. «Je sais que ça tombe vraiment mal et j'espère ne pas être trop intrusif mais c'est très urgent... »

État hypnagogique : état intermédiaire entre la veille et le sommeil, tu continues de rêver que tu rêves que tu es en train de rêver, ou que tu te réveilles alors que tu ne te réveilles pas, et tu as l'impression que c'est sans fin. *Hallucinations hypnagogiques. Phantasmata. Predormitum.*

Se réveiller encore et encore sans jamais se réveiller.

Et alors moi dans mes moments de lucidité je télécharge le et une part de moi veut être un bon avocat du diable mais tout à fait il a raison le tout à fait le mode opératoire est tellement clair.

Apophénie, dit une autre voix. Ressemblances et répétitions : la croyance cette croyance qu'il existe un lien entre des choses insignifiantes prises au hasard.

5 DÉCEMBRE 2012

C'était le matin et quand j'ai remué, Jill aussi a remué.   J'ai senti le poids de son corps, la chaleur qui en émanait, et la chair sous sa peau.

« Pouah ! » J'ai plissé les yeux. Vu la couleur des stores, il devait être sept heures. « J'ai fait un horrible rêve, dis-je.

– Hum », fit Jill d'un ton neutre, et elle se retourna et se pressa contre mon dos. Ses mamelons contre mes omoplates.

« J'ai rêvé que tu mourais », dis-je. « C'était tellement morbide », dis-je. « Tu avais un cancer et tu mourais très vite, en quelques mois ! »

Elle m'enlaça et plaça sa paume sur la courbe de mon ventre nu. Elle posa ses lèvres près de mon oreille, si bien que je sentis son haleine douce et moite.

Et puis j'ai ouvert les yeux mais j'étais incapable de bouger.

LES RECHERCHES CONTINUENT POUR RETROUVER L'ÉTUDIANT DE L'UNIVERSITÉ LAKE ERIE
VERONICA VELLA, rédactrice du *Daily News*
Posté le 4 décembre 2012

Bryce Lambert est toujours en train d'essayer de comprendre ce qui a bien pu se passer. C'était un vendredi soir ordinaire, dit-il. Son ami d'enfance, Slade Gable, et lui fêtaient Thanksgiving autour de quelques bières dans un pub du coin. Lambert ne se doutait pas que son ami allait disparaître sans laisser de traces.

« Il était dans un état normal. Il avait l'air heureux. Il trouvait que ses cours se passaient très bien, et il était tout excité car une rencontre d'athlétisme allait avoir lieu la première semaine de décembre. »

Quand Lambert constata que Slade, qui était parti commander d'autres bières, ne revenait pas, il n'a pas vraiment été surpris. Slade avait peut-être « eu de la chance » et ramené une fille chez lui, s'est-il dit. Au pire, il était dans le coltard quelque part et il aurait un truc marrant à raconter le lendemain matin.

Mais quand Lambert s'aperçut que Gable n'avait pas repris les cours le lundi suivant, il devint de plus en plus inquiet. Le mardi 27 novembre, il appela ses parents en Pennsylvanie et ceux-ci contactèrent la police.

« Ça fait penser à ces drôles d'histoires qui font l'actualité, a déclaré Lambert au *Daily News*. Mais vous ne pouvez pas imaginer une seule seconde que ça puisse arriver à l'un de vos proches. »

Actuellement, Lambert et de nombreux habitants du nord-est de l'Ohio ratissent les abords de Painesville pour tenter de retrouver Gable, qui semble s'être volatilisé le 24 novembre au petit matin. La police a fait venir des chiens de recherche et sauvetage, et elle fouille la région de fond en comble, y compris la rivière et ses environs.

Gable, 21 ans, a été vu pour la dernière fois au Nemeth, sur N. State Street. Il portait un jean, un sweat-shirt vert de l'équipe du Lake Erie

College Storm, et des tennis. Il a laissé son manteau dans le bar, sur son siège.

« J'aurais dû me douter que quelque chose n'allait pas quand j'ai vu qu'il ne venait pas récupérer son manteau, a dit Lambert. Mais je n'y ai pas vraiment fait attention sur le moment. Slade n'est pas quelqu'un qui inspire de l'inquiétude. C'est un type capable de se prendre en charge. »

Gable, un perchiste de l'équipe d'athlétisme de l'université, originaire d'Elysburg, Pennsylvanie, mesure un mètre quatre-vingt-cinq et pèse quatre-vingt-deux kilos. Il a des cheveux châtain clair et des yeux bleus. Jusqu'à présent, personne ne s'est présenté à la police en affirmant avoir aperçu Slade sortir du bar. Lambert est le dernière personne à l'avoir vu.

« J'ai du mal à croire que tout ça est bien réel, a dit Lambert. Je n'arrête pas de me dire que c'est un mauvais rêve. »

UNE MÈRE DÉCLARE LA DISPARITION D'UN ÉTUDIANT-ATHLÈTE
Posté le 5 décembre 2012
Par Timothy Rasheed
HIRAM, Ohio

Les enquêteurs de Hiram et de Garrettsville confirment qu'ils recherchent un catcheur de Hiram College.

Ils signalent que Susan Brewer, la mère de Keegan Brewer, vingt ans, originaire de Worthington, est venue samedi déclarer la disparition de son fils.

Keegan Brewer a été vu pour la dernière fois aux alentours de deux heures du matin le jeudi 29 novembre.

D'après sa mère, il se trouvait dans son appartement de Bancroft Street, en compagnie de ses colocataires, entre vingt-trois heures et deux heures du matin, puis il leur a annoncé qu'il allait se promener.

Toujours d'après sa mère, son téléphone a été localisé pour la dernière fois à l'intersection de Garfield Road et de la route 305. Brewer mesure un mètre soixante-quinze, pèse soixante-dix-sept kilos et a la carrure d'un haltérophile. Il a la peau claire, des cheveux noirs et bouclés coupés court, et il portait une veste de ski Columbia bleue, un jean et des chaussures de randonnée. Brewer n'est pas venu aux séances d'entraînement de son équipe jeudi et vendredi.

Il n'avait sur lui ni portefeuille ni pièce d'identité, et il n'a pas pris sa voiture, si bien qu'on suppose qu'il s'est déplacé à pied ou qu'il est monté dans un véhicule.

Si vous savez où se trouve Keegan Brewer, merci de bien vouloir contacter la police de Hiram.

6 DÉCEMBRE 2012

«On se rapproche clairement du 12 décembre, dit Aqil. Et ces enfoirés sont malins, non? Deux disparus. Même profil standard. C'est comme s'ils me narguaient. Et pourtant, aucun policier n'a fait le lien. *Putain, ce n'est pas possible.*»

Je me suis éclairci la voix. «Oui, dis-je. C'est troublant.

– *Troublant*, répéta-t-il. J'adore.»

Nous nous trouvions dans mon cabinet de Kent et j'avais l'impression de me focaliser sur lui, sur ce qu'il disait, j'écoutais très attentivement – mais je percevais une petite voix, à peine audible, qui semblait provenir d'une station de radio lointaine.

Attends attends attends

«Ils les ont peut-être pris tous les deux, poursuivit Aqil. Mais je pense que le fait qu'ils soient deux n'est qu'une étrange coïncidence. J'ai la conviction que leur cible, c'est le jeune de Painesville. À Hiram, il n'y a pas de rivière dans laquelle on puisse facilement se noyer, du moins je n'en ai pas vu sur la carte.»

Je me suis frotté les yeux avec le pouce et l'index, et j'ai laissé jouer un instant les tourbillons kaléidoscopiques d'où jaillissaient des étincelles. Le son aigu et métallique d'un avion à réaction dans mon oreille gauche. Je n'avais pas eu ce genre de crise depuis des années, je n'en avais pas vraiment eu depuis l'université, depuis mon mariage, ce genre de   comme une attaque de panique ou un état mixte   des symptômes bénins du trouble schizo-affectif?

«J'imagine qu'ils les retiennent prisonniers, était en train de dire Aqil. Ils en retiennent un seul ou bien les deux – quelque part dans les environs. Nous avons à peu près six jours, docteur.

Parce que je pense qu'on les noiera le 12 décembre. Sans doute à minuit.

– Je n'irais pas jusque-là, me suis-je entendu dire. Ce n'est que pure spéculation de votre part. Mais je pense bel et bien que oui, alarmant. Presque sûr que et me paraît clair qu'il est temps de contacter le Je ne pense pas qu'on puisse douter que bien évidemment »

Aqil eut un sourire contraint. « Dustin, dit-il. Nous en avons parlé il y a longtemps. Je suis allé voir le FBI bien avant de vous contacter. Ça ne les intéresse pas. Ils ne prennent pas cette affaire au sérieux. Pour eux, cette histoire de Jack Daniels est une légende urbaine. »

Il posa sa main sur la mienne et ses doigts secs se resserrèrent autour de mon poignet. « La seule façon pour nous de faire intervenir les agents du FBI, c'est de résoudre l'affaire et de la leur apporter. De la leur apporter sur un putain de plateau d'argent, non ?

– Mmh-mmh », fis-je, et j'ai levé les yeux et constaté que nous étions dans la voiture, Aqil sur le siège passager et moi au volant.

7 DÉCEMBRE 2012

Painesville est une agglomération d'environ vingt mille habitants, située à une demi-heure de Cleveland, plus à l'est, sur le bord du lac Érié. Nous nous y sommes rendus ce matin-là sans beaucoup échanger. Sans parler du but que nous espérions atteindre, sans nous demander si c'était une bonne idée, moi au volant, Aqil sur le siège passager, qui consultait en silence son téléphone. Et moi je fixais l'autoroute, l'horizon.

Il y avait une certaine nébulosité dans le nord de l'Ohio quand approchait le solstice d'hiver, une absence suffocante de lumière directe. Des jours comme celui-ci, on pouvait scruter le ciel sans réussir à localiser le soleil tant la couche nuageuse était épaisse. Ça me faisait penser au cours de neurologie que j'avais suivi à l'université et à l'*Eigengrau* dont avait parlé le professeur – le gris intrinsèque, le gris du cerveau. La couleur que l'on « voyait » dans l'obscurité totale, une espèce de bruit visuel, comme la neige sur un écran de télévision. C'était la couleur du ciel au-dessus de nos têtes.

Mais Aqil ne quittait pas son téléphone des yeux, il ne regardait pas le paysage. « Lake Erie College était une université pour femmes jusqu'en 1986, déclara-t-il. Aujourd'hui c'est mixte. La matière principale la plus étudiée est la "science équestre". Les chevaux, c'est bien ça ?

– Oui, dis-je. Je suppose.

– C'est étrange. Pourquoi une telle matière principale à l'université ? »

J'ai haussé les épaules. Il pleuvait un peu, et les essuie-glaces étalaient les mouchetures de pluie sur le pare-brise.

À Painesville, la famille de Slade Gable coopérait avec la police pour organiser des recherches ce samedi matin, et c'est ce à quoi nous allions assister. «J'ai un copain policier à Painesville, dit Aqil. On a fait l'école de police ensemble.» Ce qui se révéla exact.

Nous nous sommes garés près du parc où avait été installé un point de rencontre, une table pliante avec café et donuts, tenue par une vieille femme étrangement enjouée et une préado aux yeux caves.

Je suis resté dans la voiture pendant qu'Aqil se dirigeait à grandes enjambées vers deux policiers en uniforme. Ils détachèrent les yeux de leur gobelet en polystyrène, interrompirent leur conversation, et j'ai regardé Aqil lever les bras, «les mains en l'air, ne tirez pas», et serrer chaleureusement la main d'un des flics, et je les ai observés à travers le pare-brise.

«J'ai parfois l'impression d'être maudit, ai-je dit un jour à Jill, quand nous commencions à sortir ensemble. Je ne connais personne qui ait vécu autant de trucs étranges et tragiques.» Nous étions assis sur un canapé installé dans la véranda d'une personne qui donnait une petite fête. De la dance music s'échappait de la maison et nous regardions les voitures passer dans la rue. Ma première année de troisième cycle à l'université.

«Tu devrais faire un stage auprès d'un avocat commis d'office, me répondit-elle. Si tu savais ce que certaines personnes se prennent en pleine poire.»

Puis elle a passé son bras autour de mon cou. «Tu as grandi dans la pauvreté, mon chéri. Les pauvres n'ont pas de chance.» J'ai posé ma tête sur son épaule et elle a effleuré le lobe de mon oreille du bout des doigts.

«Nous vivons dans un monde capitaliste, a-t-elle poursuivi. Pour le meilleur et pour le pire. Les gens économiquement défavorisés subissent un nombre d'épreuves inimaginable.»

Aqil eut un rire forcé. Chez n'importe quel autre mammifère, on aurait cru qu'il montrait les dents. Mais les deux policiers l'imitèrent. C'était une marque de masculinité qui m'évoqua mon enfance dans le Nebraska – j'étais maladroit et peu sportif, désireux de plaire et facilement roulé dans la farine – et ce rire me rappela les brutes du collège, Rusty et ses amis camés, et les bruits qu'ils faisaient, pareils à ceux des bêtes de somme. Ce bruit très particulier que Rusty avait appris à faire quand il se trouvait drôle. *Puh-hu-hu*. La bouche fendue jusqu'aux oreilles, et je ne pus m'empêcher de me demander où il se trouvait en cet instant. Toujours à Chicago, toujours SDF ? Était-il au courant pour Jill ?

Je me suis frotté l'oreille. Je ressentais une douleur vive au niveau du lobe, comme un pincement, et ça me rappela la façon qu'avait Jill de me mordre, la façon dont mon corps frissonnait et frémissait. L'esprit vous gratifie de ces petits arrêts sur image aux pires moments, il vous gifle, vous attaque au Taser. Et vous vous demandez : *Pourquoi je pense à ?* C'est alors qu'Aqil fit un geste dans ma direction. *Venez !* J'ai respiré profondément, coupé le contact, et je suis sorti de la voiture.

« Je n'étais pas pauvre ! me suis-je exclamé. Nous avons eu beaucoup d'argent pendant un temps. Mon père en avait touché. À cause de son bras. »

« Dustin, répondit Jill. Tu es allé à l'université grâce à une bourse Pell. Qui n'est accordée qu'aux pauvres. Non ? » Elle se pencha et posa ses lèvres sur mon oreille. Elle saisit délicatement le cartilage entre ses dents un court instant. « Je ne veux pas parler de "pauvres petits Blancs sans instruction" mais. Tout ce que tu m'as raconté, c'est juste – *argh*. » Elle entreprit de me pétrir les épaules puis recommença à me mordiller l'oreille. L'agréable sensation à l'idée qu'elle pourrait en arracher un morceau tout en sachant qu'elle n'en ferait rien, et mon dos se cambra quand elle serra les dents encore plus fort. J'ai retenu ma respiration et senti le bout de sa langue glisser sur l'ourlet de mon oreille. « Tu sais ce qu'on apprend quand on étudie notre système juridique ? *Les pauvres se transmettent leurs luttes et leurs souffrances comme les riches leur héritage*. La plupart de leurs enfants n'y échappent pas, Dustin. Mais toi, tu y as échappé. Tu es parti. Et voilà qu'une avocate, folle et vraiment méchante, est amoureuse de toi. Et va prendre soin de toi. Rien ne pourra te faire souffrir tant que je serai là. »

«Je vous présente mon ami Dustin, dit Aqil. Le docteur Tillman.» Et il appuya sur le mot «docteur» avec une gravité empreinte d'ironie. «Il écrit un livre sur des étudiants qui ont disparu. Il a conçu cette théorie farfelue selon laquelle il existe un lien entre eux, et je viens d'en discuter avec lui. D'essayer de l'aider à garder les pieds sur terre.»

Aqil posa sa main sur mon épaule et me regarda du coin de l'œil, l'air complice. Mais, l'espace d'un instant, ses mensonges désinvoltes me laissèrent sans voix. Il me fallut quelques secondes pour réaliser de quoi il était capable.

«Un expert… c'est plutôt pas mal», dit le flic qui s'appelait Ellison en me regardant, les yeux plissés, l'air sceptique. «Ce que vous avez écrit a déjà été porté à l'écran ?

– Je ne suis pas vraiment un, dis-je. Enfin», et j'ai jeté un coup d'œil à Aqil, mais il évita de croiser mon regard. Ellison ne parut pas remarquer ma gêne.

«Peut-être que si vous écriviez un film, vous pourriez tirer quelque chose de cette affaire Slate Gable. Mais ce ne serait pas très intéressant. Il y a neuf chances sur dix pour que le gamin soit parti sans rien dire à personne. Et puis un jour, il appellera sa mère depuis le Mexique et lui demandera de l'argent pour rentrer chez lui. Ou alors on découvrira un corps. Il y a une rivière à une centaine de mètres de là ; peut-être qu'il est tombé dedans, qu'il s'est noyé et qu'il a été emporté par le courant. Ça ne me surprendrait pas.»

L'autre policier, un certain Synnott, secoua la tête. «Ces gamins…, dit-il avec une pointe d'accent dublinois. L'ampleur de la biture express sur les campus. Il n'y a pas de mystère.

– Malheureusement, peu de personnes sont venues participer aux recherches, dit Ellison à Aqil. Je dirais moins de dix.

La famille n'est pas originaire de cet État et les étudiants sont en train de passer leurs examens, si bien que…

– Je ne sais pas ce qu'ils pourraient trouver, l'interrompit Synnott. On a fait venir des chiens. On a déjà passé des heures à fouiller les berges. Je les imagine mal découvrir un gant ensanglanté, une mystérieuse empreinte de pas, ou n'importe quelle connerie digne des *Experts*.

– On parle d'un être cher, dit Ellison. Parfois la famille a besoin de ça juste pour s'occuper. Ça se comprend. »

Synnott hocha la tête, l'air grave, puis il me dévisagea de la tête aux pieds. « Alors, quelle est votre théorie, docteur ? Vous avez lu tout ce qui s'écrit sur Internet à propos de ce tueur en série qui s'en prendrait à de pauvres étudiants ivres et sans défense ? » Il me tapota l'épaule, et je souris tout en ayant un léger mouvement de recul.

Nous sommes restés aux abords du parc et avons regardé la voiture des flics s'éloigner. Aqil leva la main et son sourire s'estompa. « Quels cons ! me dit-il sur le ton de la confidence. Visiblement, ces faits inspirent peu de compassion. À qui que ce soit. On dirait presque… que ça amuse les gens. Ils sont contents. On dit que le tueur en série s'appelle *Biture Express*. Ou *Stupidité*. Je peux vous affirmer que ces meurtriers ont vraiment fait preuve d'intelligence en choisissant ce segment démographique. »

Je me suis éclairci la voix. « Écoutez, dis-je. Aqil, pourquoi avoir fait ça ?

– Avoir fait quoi ?

– Pourquoi m'avoir attribué vos théories au lieu de vous les approprier ? J'ai trouvé ça très bizarre, que vous décidiez de faire de moi votre porte-parole. Ça m'a mis très mal à l'aise. »

Il haussa les épaules. « Eh bien, dit-il. Je pensais qu'ils vous prendraient plus au sérieux. Il y a le mot *docteur* dans votre titre. Et il y a suffisamment de rumeurs qui circulent à mon sujet au sein de la police. Je veux dire que c'est quand même plus légitime que je vous consulte en tant qu'auteur plutôt qu'en tant que *coach de vie.* »

Je l'ai dévisagé. Perplexe. J'aurais dû, en cet instant précis, aborder certaines choses, des choses qui touchent à la relation thérapeute-patient et qui auraient pu être débattues. Mais, bien sûr, nous avions dépassé ce stade.

« Ce que je veux dire… Si vous sentez que ce jeu de rôle est important pour ce – euh… Il faut être plus clair avec moi. Je me suis senti un peu pris au dépourvu et

– D'accord », répondit Aqil. D'une pichenette, il toucha son menton comme s'il s'agissait d'un melon. « Au temps pour moi. »

Puis il pivota pour contempler le long champ herbeux ainsi que la vieille femme et la gamine derrière la table pliante, avec leur percolateur et leur triste boîte remplie de donuts. « Bonjour jeunes demoiselles, cria-t-il. Est-ce ici que l'on se présente pour participer aux recherches concernant Slade Gable ? »

Apparemment, le parc Kiwanis était un champ d'inondation d'environ un hectare et demi, une étendue plane avec un terrain de base-ball pour la Little League, un petit stade de football américain et une pelouse tondue qui longeait la rive ouest de la Grand River. Une volée d'oies du Canada s'était posée dans l'herbe et nous regarda passer avec irritation mais sans bouger. Au loin, une silhouette solitaire en gilet fluo avançait d'un pas chancelant le long du grillage, et nous l'avons regardée se pencher pour examiner quelque chose par terre.

« Venez, me dit Aqil. Allons jeter un coup d'œil à la rivière. »

Le parc la rejoignait juste au-dessus du pont de Main Street. Il y avait des mauvaises herbes et des cailloux, et la berge était bordée de grosses plaques en ciment cassées. Des morceaux de trottoir ? Des oies remontaient de la rive boueuse en file indienne, et Aqil s'arrêta pour les regarder avec curiosité.

« C'est comme les canetons – les bébés se suivent aussi comme ça, non ? C'est vraiment mignon.

– Oui, répondis-je. Ce sont des oisons. » Puis Aqil s'approcha à grands pas du bord de l'eau en balançant allègrement les bras. *Maniaque ?* Il avait l'air tellement heureux. Je l'ai regardé sauter gracieusement sur l'un des blocs de ciment, mettre sa main devant ses yeux pour se protéger du soleil et observer les véhicules qui passaient sur le pont.

Cette rivière ne me paraissait pas très impressionnante. À peu près large comme une rue de banlieue, et du même gris sale que le ciel. Vous ne boiriez pas cette eau-là. *Eigengrau.* Elle coulait doucement sur son lit limoneux avec ses amas de cailloux, de bâtons et de détritus. Un sac en plastique noir déchiqueté était accroché à un rondin et s'agitait rêveusement dans le courant. Ce n'était pas un endroit pour se noyer.

« Aqil, dis-je. On dirait que ce n'est pas assez profond pour »

Mais il se contenta de lever le doigt et de me regarder, le visage rayonnant. Il m'indiqua un pêcheur à la mouche qui se trouvait à une petite cinquantaine de mètres de là. L'individu, qui portait des cuissardes et un bonnet de laine, se tenait au milieu de la rivière avec de l'eau jusqu'aux genoux. Nous l'avons regardé lancer sa ligne, qui s'est déroulée avec une lenteur de somnambule.

« Bonjour ! » cria Aqil. Avec entrain, charme et enthousiasme. « Salut ! » dit-il, mais l'homme continua de pêcher tandis que nous nous approchions de la berge. « Bonjour », répéta Aqil d'un ton agressif, et le pêcheur finit par lever les yeux. Il était de race blanche, avait une bonne cinquantaine d'années, des yeux bleus, un regard dur, et des rides du front très marquées.

« Vous pêchez quoi ? demanda Aqil.

– Des truites arc-en-ciel », répondit l'homme. Il plissa un œil.

« Vous en avez attrapé ?

– Pas encore. »

Puis l'homme pivota. Jeta de nouveau sa ligne. Fin de la conversation.

« S'il y avait un corps dans cette rivière, ils l'auraient déjà trouvé, vous ne pensez pas ? me demanda Aqil alors que nous remontions vers le nord, en direction du lac Érié. J'ai juste besoin de vous entendre dire qu'il y a très peu de chances qu'il y ait un corps dans cette rivière.

– Il y a très peu de chances.

– Mais il y en aura un après le 12 décembre. Comme vous le savez, n'est-ce pas ?

– Oui. »

Je ne voulais pas vraiment répondre oui mais peut-être que je   oui.

Mais mon esprit vagabondait un peu. J'avais fait ma part en tant que thérapeute du deuil et, bien sûr, j'avais moi-même été endeuillé après le décès de mes parents, de ma tante et de mon oncle. Pendant des années, j'avais pris des stabilisateurs de l'humeur qui avaient toujours été efficaces.

Mais ce truc-là me surprit, sans que je puisse mettre un nom dessus. Sa façon d'habiter le corps. Ce n'était pas un état d'esprit mais une sensation physique, proche de l'ivresse. Le corps tout à la fois engourdi et hyperprésent : les yeux dans leurs orbites qui pèsent comme du plomb, le grincement des dents pareil au bruit d'un couvert sur de la porcelaine, une palpitation sourde là où la peau entrait en contact avec l'air. Et l'air lui-même était visqueux, épais, comme s'il pataugeait dans la boue ou la neige. *Eigengrau.* Il n'était pas atypique d'avoir des absences.

Quand j'ai levé la tête, nous étions en train de parler à la mère de Slate Gable. Elle avait deux ou trois ans de plus que moi – quarante-quatre ? quarante-cinq ans ? –, longs cheveux ondulés blond vénitien, corps athlétique, yeux noisette, sous le choc – et je reconnus le regard vitreux et incrédule, celui de quelqu'un qui espère que c'est peut-être un mauvais rêve, et Aqil lui dit : « Voici ma carte. Je n'ai aucun lien avec la police. Mon associé et moi – nous sommes détectives et nous enquêtons sur cette affaire en particulier et sur d'autres qui lui ressemblent. Sans chercher à gagner de l'argent. Juste pour aider. »

Nos regards se croisèrent, celui de la mère et le mien. « Merci », murmura-t-elle.

Le Nemeth était le genre d'endroit où les gens du coin se retrouvaient en petits groupes pour parler et rire, et tous ont levé les yeux et se sont tus quand nous sommes entrés. Il y avait une poignée d'ouvriers – un manœuvre d'environ vingt-cinq ans, qui sirotait une bière et un whisky; un cantonnier, peut-être son oncle, qui portait un gilet orange; deux barbus à la mine renfrognée en veste de flanelle. Et une femme qui portait un T-shirt rouge des Buckeyes et dont les cheveux grisonnants étaient crêpés et effilés, telle la coupe d'une fan de heavy metal en 1987.

La salle était longue et étroite comme un wagon de marchandises, avec un comptoir en bois sur la gauche, des boxes en vinyle sur la droite, un flipper, un Pac-Man, un couloir au fond qui menait aux toilettes et à une porte de service.

Se tenaient derrière le bar un homme blanc âgé – soixante-dix ans peut-être ; les cheveux argentés, le nez couperosé, le corps sec et musclé d'un vieux marin – ainsi qu'une Philippine, et tous deux se tournèrent vers nous.

C'était un bar de quartier qui existait sans doute depuis les années quarante ou cinquante, le genre d'endroit qui, ironie du sort, avait été redécouvert par les étudiants. Des groupes de rockabilly y jouaient le week-end. Il y avait au mur des vieilles photos de femmes fatales et de pin-up de calendrier, les poses à l'ancienne : à genoux, seins nus et saillants, pieds en pointe.

Nous nous sommes installés dans un box sous l'une de ces affiches et Aqil l'a examinée. « C'est Bettie Page ? m'a-t-il demandé.

– Je ne sais pas trop ». La surface en bois de notre table était entaillée de graffitis.

Britanny 2009, était-il écrit. *Mot Mort ! Frangface 2010* et le dessin grossier d'un chat.

Je me suis raclé la gorge.

« Écoutez. Est-ce que se dire "détectives" pose un problème ? Est-ce – en quelque sorte – une fausse déclaration ? Se faire passer pour

– Je n'ai pas dit "détectives privés", répondit Aqil. Je n'ai pas dit "*agréés*". Nous enquêtons. C'est la réalité. Je ne vois pas où est le problème.

– Hum », fis-je, et la Philippine s'approcha de notre table en souriant exagérément.

« Que puis-je vous servir, messieurs ? » Elle avait juste une pointe d'accent. Une voix douce, aiguë, musicale. Un visage rond, rendu sévère par un maquillage outrancier.

«Je veux bien un Coca ou un Pepsi», dis-je, et Aqil commanda une bière.

«Vous avez une carte?» demanda-t-il, et la femme lui toucha discrètement l'épaule. «Hamburger ou cheeseburger, lui répondit-elle gentiment. Frites ou chips.

– C'est le bar où le gamin a disparu, non? s'enquit-il. Ça en est où?

– Les étudiants nous donnent vraiment du fil à retordre! C'est un commerce, donc ils sont les bienvenus ici, mais… c'est insensé.» L'air malheureux, la femme fit un geste en direction de notre table. «Regardez-moi ça. Pourquoi faire autant de dégâts?

– Je crois que des recherches sont menées aujourd'hui pour le retrouver, poursuivit Aqil. Au bord de la rivière.»

Elle hocha gravement la tête. «Il est probablement mort», dit-elle avant de s'éloigner.

«J'aimerais parler à son ami, déclara Aqil. Celui qui prenait un pot avec lui quand il a disparu. Il participe certainement aux recherches, vous ne croyez pas?

– Sans doute, dis-je. Mais nous ne devrions pas induire les gens en erreur.» Je bus une gorgée d'eau. «Je ne suis pas en train d'écrire un livre, par exemple.

– Pas encore, répondit gaiement Aqil. Quoi qu'il en soit, j'aimerais juste qu'on tente une mise en situation aujourd'hui. Qu'on fasse semblant, comme vous lorsque vous hypnotisez des gens.

Faire semblant! me dis-je.

J'avais toujours soutenu qu'une conversation guidée pouvait représenter un outil thérapeutique puissant, mais bien évidemment, ça n'avait jamais été une ligne de conduite valable si le patient avait du mal à distinguer ce qui était réel de ce qui ne l'était pas.

Était-ce le cas d'Aqil ? Je me rendis compte que je ne le pensais plus. Je me rendis compte que j'avais accepté son hypothèse de base – du moins son noyau dur. Je croyais qu'il était probable que l'on retrouve le corps de ce garçon peu après le 12 décembre.

« Imaginons, pour simplifier, que je suis Slate Gable, dit Aqil, et que vous êtes son ami Trucmuche. Lambert. On est le lendemain de Thanksgiving. La plupart des étudiants sont rentrés chez eux pour le week-end, j'imagine. Pour être en famille. Alors pourquoi Gable et Lambert sont-ils restés à la fac ?

– Ils sont tous les deux originaires de Pennsylvanie, répondis-je. Et comme Gable a une rencontre d'athlétisme en vue, il doit sans doute s'entraîner pendant le week-end. »

Aqil hocha la tête. « OK. Bon. On est installés là. C'est un petit bar – plus petit que ce que je pensais –, donc certainement plein à craquer un vendredi soir, mais avec moins d'étudiants que d'habitude. On est installés dans le box et on boit des pichets de bière. On est bourrés, d'accord ?

– Oui, dis-je. Mais vous avez un entraînement d'athlétisme le lendemain matin. Donc vous n'abusez pas.

– C'est exact. On n'a pas affaire à quelqu'un d'imprudent, si ?

– Non. Quoique – le saut à la perche. Ça doit vous donner de bonnes décharges d'adrénaline.

– Hum », fit Aqil, et il hocha pensivement la tête, et il y avait ça entre nous – cette histoire. Nous ne faisions que former des conjectures à partir de simples faits, mais je sentais que nous étions liés. Aqil et moi. C'était comme si nous étions penchés au-dessus d'un stade, en train de regarder un match, tout en collaborant pour guider les joueurs. Nos cerveaux partageaient maginaire, et nous pouvions nous déplacer voyions le terrain d'en haut tout en agis- nais Lambert et Gable comme s'ils jouaient , étais aussi assis ici dans le rôle de Lambert, servais mon ami boire jusqu'à la dernière goutte de bière bon marché pour aussitôt remplir à nouveau son gobelet en plastique, et je suppose qu'aucun des deux étudiants n'avait de petite amie, je les voyais comme des sportifs mais un peu coincés et je pensais *perchiste*. Quel drôle de choix. D'un point de vue psychologique, quel serait l'attrait d'un tel sport ? Le fait de voler, j'imagine ?

« Donc, dit Aqil. On a parlé sport, études et tout et tout, et puis je me lève pour aller pisser et commander un autre pichet de bière. Et je laisse mon manteau sur la banquette.

– Et moi je vous attends… je sirote, je réfléchis, et je fais peut-être glisser mon ongle sur les graffitis…

– Vous ne vous préoccupez pas de savoir où il est allé.

– Non. Si je regarde autour de moi, c'est sans doute pour repérer une femme séduisante. J'en ai peut-être déjà remarqué plusieurs et je vais prendre le temps d'étudier chacune sérieusement.

– *Sérieusement*, répéta Aqil. J'adore. Mais il s'écoule combien de temps avant que vous commenciez à vous demander pourquoi votre ami ne revient pas ? Cinq minutes ?

– Je dirais plus. Je commencerais sans doute à m'ennuyer au bout de dix minutes, mais il n'y aurait rien d'anormal. Il y a peut-être la queue aux toilettes. Il a peut-être croisé quelqu'un qu'il connaît et ils discutent. Je pense qu'il faudrait compter vingt bonnes minutes avant que je commence à me demander ce qui se passe.

– Et avant que vous partiez à sa recherche ? » demanda Aqil.

Je fus saisi. « En fait, je ne partirais pas à sa recherche, répondis-je. Je serais sans doute contrarié et peut-être un peu blessé, mais je me dirais probablement qu'il est parti pour une raison ou une autre, ou qu'il a rencontré quelqu'un ; je ne pense franchement pas que je serais inquiet. Je n'imaginerais pas qu'il puisse avoir des ennuis ou être en danger…

– Vous l'appelleriez sur son portable ?

– Non. Je ne voudrais pas passer pour quelqu'un… je ne sais pas… qui est en manque d'affection ou qui est collant.

– Haha ! Vous n'êtes pas sa petite copine, c'est ça ?

– Parfaitement. Je lui enverrais peut-être un texto. Et sans réponse de sa part, je me dirais, *très bien, rien à foutre*, je finirais mon verre et je rentrerais.

– Oui, dit Aqil. Exactement. Et vous seriez suffisamment contrarié pour ne pas vous inquiéter le lendemain. Je parie que c'est exactement ce qui s'est passé. Mais il faut que nous parlions à Lambert. »

J'imagine que Slade Gable se faufile à travers la foule en direction du couloir situé à l'arrière de la salle. Il y a deux portes battantes qui mènent à la minuscule cuisine où sont confectionnés hamburgers et cheeseburgers ; puis il y a les toilettes, pour hommes sur la gauche, pour femmes sur la droite ; et au-delà, un escalier qui descend au sous-sol ; enfin, tout au fond, il y a la porte de service qui donne sur un petit patio clôturé, des bennes à ordures couvertes de graffitis et un parking.

1. Supposons que Slade va aux toilettes, il y a là un urinoir, une cabine et un lavabo, et la porte ne ferme pas à clé. La fenêtre a la taille d'une huche à pain, la forme d'un rectangle, le vitrage est opaque, et elle est trop petite pour que Slade puisse se glisser dehors. Il doit ressortir des toilettes.

2. Supposons que Slade descend l'escalier qui mène au sous-sol où se trouve une étroite réserve pleine à craquer de fûts de bière, de cartons de bouteilles d'alcool, de meubles de classement, de toiles d'araignée, d'affiches encadrées d'anciens concerts de rock, de couverts, de serviettes et de produits d'entretien.
   Avec son mètre quatre-vingt-cinq, Slade devra baisser la tête et il sentira les poutres en bois du plafond inachevé faire pression sur son dos et il se demandera pourquoi il a emprunté cet escalier ; peut-être qu'une forme une silhouette quelque chose a attiré son attention.
3. Disons que Slade sort par la porte de service et se retrouve dans le petit patio grillagé où s'est réuni un groupe de fumeurs. Ils discutent – quelqu'un raconte une histoire et les autres écoutent ; ils ont un œil sur le narrateur et l'autre à l'intérieur de l'histoire, qu'ils se représentent. Ils ne tournent pas la tête quand Slade passe à côté d'eux sans dire un mot.
   Il se peut qu'il titube légèrement ; il est étonné de se sentir ivre à ce point ! Il a la tête qui tourne et a juste besoin de prendre l'air.   Puis il aperçoit près de la benne à ordures le petit Mexicain qui fait la plonge, un seau en plastique plein de déchets alimentaires à la main, il contemple la lune aux trois quarts pleine en tirant sur un joint et il retient la fumée puis rejette lentement une volute pareille à un cumulus et Slade se demande *Et si on m'avait drogué ?*
4. Imaginons que Slade entre dans le parking et celui-ci est presque plein, mais il ne peut pas contenir plus de dix à quinze voitures. Il y a toute la gadoue laissée par la neige fondue. L'asphalte est lacéré de fissures dues à la

foudre et paresseusement rebouchées avec du goudron, et Slade remarque la laideur, l'aspect minable du fin fond des choses. L'endroit où les commerces cachent leurs poubelles, où les briques et les revêtements métalliques sont nus, et où la véritable nature des choses – usées, de mauvaise qualité, affectées par le déclin économique de la région de la Rust Belt – n'est pas cachée par la façade de Main Street. Peut-être y a-t-il une silhouette à l'autre bout du parking. Quelqu'un qu'il connaît ? Quelqu'un qui lui fait signe ? Quelqu'un – un policier ? – qui détient l'autorité ? Il traverse le parking. Il monte dans la voiture (ou *on* le fait monter dans la voiture ?) et on l'emmène.

5. Ou il décide tout simplement d'aller se promener. Derrière le parking, il y a une pente qui mène à une rue en courbe, étroite et mal fréquentée, celle qui passe derrière le parc Kiwanis où les oies sont blotties les unes contre les autres formes sombres qui frissonnent dans leur sommeil, et certaines redressent leur cou soyeux et noir pour l'observer. Attendez. Pourquoi irait-il par là ? Le campus est dans la direction opposée.
Peut-être a-t-il le cafard. Une humeur plus maussade que ce que Lambert aurait pu remarquer et dont Slade ne veut pas parler. Un sentiment qui le fait souffrir depuis longtemps, qu'il n'arrive pas à nommer, et il parvient à la rivière resserrée, et longe la berge et les plaques en ciment, se frayant un chemin à travers roseaux et broussailles avec, au-dessus de sa tête, les étoiles froides et impitoyables. Il voit bien que sa vie ne va pas se dérouler comme il l'espérait. Même un événement aussi banal qu'une rencontre d'athlétisme semble annoncer un échec et, de l'autre côté de la rivière, il aperçoit le vieux cimetière au sommet de la

colline, la silhouette des mausolées et des arbres nus, frappés par la foudre, et tout ça lui évoque un mauvais poème pétri d'angoisse, écrit par un collégien bien trop sensible, et Slade se dit : *Il faut juste que je continue à marcher.* À moins qu'il ne se mette à courir à petites foulées. Il y a un chemin qui longe le parc et suit la rivière jusqu'à l'endroit où elle se jette dans le lac Érié.

6. Disons que Slade a été drogué. Quelque chose dans sa bière, sans doute, un médicament type somnifère. Oui, probablement du Rohypnol. Alors qu'il se dirige vers les toilettes, une jolie fille lui prend la main et l'embrasse peut-être sur la joue. *Viens*, lui dit-elle d'une voix douce, *suis-moi*, et Slade voit trouble mais il lui fait un grand sourire parce qu'elle est très jolie et qu'il lui plaît, la douce moiteur de sa main est comme une promesse, et ils traversent le parking jusqu'à un bosquet et juste au moment où ils vont s'embrasser il sent qu'on lui enfonce un sac sur la tête
7. « Slade ! crie une voix depuis le sous-sol. Slade, descends. J'ai un truc à te montrer. »
   Perplexe, Slade plisse les yeux. Il est dans les vapes – plus bourré que de raison.
   « C'est qui ? » demande-t-il. Mais il commence à descendre l'escalier. « Lambert ? C'est toi ? »
8. Il est dans le box, se lève, se gratte la tête, il a les cheveux coupés en brosse. « Hé, dit-il. Je vais aller pisser. Tu veux un autre pichet ?
   – Oui, répond Lambert. Bien sûr. Pourquoi pas ?
   – OK, dit Slade. Je reviens tout de suite. »

8 DÉCEMBRE 2012

C'est tellement bon de sortir de soi ! On s'enfonce dans une autre vie et elle s'enfonce en nous, et puis les forces s'équilibrent – certaines parties de soi ont été remplacées ou à tout le moins diluées. Toutes ces choses qui tournaient lentement et sans discontinuer dans notre esprit se sont volatilisées. Tu fais une *enquête*, et elle te serre dans ses bras et requiert toute ton attention.

Ça faisait des semaines, par exemple, que je n'avais pas vraiment pensé à Rusty. Jusqu'à ce que Kate m'appelle un samedi matin. J'étais installé dans le coin cuisine avec mon ordinateur portable, je recherchais des articles sur Slade Gable, et j'ai décroché distraitement. « Docteur Tillman », fis-je sèchement, et j'ai entendu : « Dustin… ? »

Ça faisait un mois que Jill était morte, et Kate parlait de cette voix douce et vibrante d'empathie que les gens aiment à prendre pour apaiser les jeunes veufs. « Alors, comment ça va ? » me demanda-t-elle – en imitant l'intonation d'un thérapeute, celle que j'avais bien souvent adoptée. Mais ces dernières semaines, j'en étais venu à la trouver atroce. Elle vous enfonçait dans un bocal de chloroforme et le scellait hermétiquement.

« Ça va, répondis-je. J'ai repris le travail. J'ai encore beaucoup de choses à faire. Je n'ai pas encore vidé la penderie de Jill. Il faut que j'aille donner ses vêtements à une association caritative.

– Tu devrais, répondit-elle, tu devrais prendre ton temps. Il n'y a pas urgence, si ?

– Je ne sais pas. »

Effectivement, je ne le savais pas. Tout en me disant qu'il y avait peut-être urgence.

Et puis j'ai de nouveau entendu la respiration de Kate dans le combiné, une légère expiration transformée en son numérique, et j'ai pensé qu'elle devait être en train de fumer. Et si je m'achetais des cigarettes ?

« Rusty a appelé Wave, j'imagine, poursuivit-elle. Ils doivent être en contact d'une façon ou d'une autre. Apparemment, elle lui a parlé au moins une fois. Elle est restée très vague, comme d'habitude.

– Il a dit quoi ?

– Mon Dieu ! Je n'en ai aucune idée. Parler à Wave c'est comme parler à la boule magique. Il n'y a pas de réponse simple. Je suis, euh… il ne t'a pas contacté, si ? »

J'ai cligné des yeux. « Bien sûr que non.

– Moi non plus. Et j'aimerais juste savoir à quoi il joue. Dire que c'est Wave qu'il a appelée ! Ou quel que soit le nom qu'elle porte aujourd'hui. »

Kate se racla la gorge. Elle se renfermait toujours dans le silence quand la conversation tournait autour de Wave. Les jumelles s'étaient brouillées, s'étaient beaucoup éloignées l'une de l'autre – une perte guère différente de la mort. Il y avait une certaine parenté entre ces deux formes de chagrin.

« Depuis quand tu n'avais pas parlé à Wave ? » ai-je demandé à Kate, et elle ne m'a pas répondu. À l'autre bout du fil, j'entendis le bruit d'un robinet qu'on tourne, sans doute se servait-elle un verre d'eau.

« Je dirais… cinq ans ? »

J'ai hoché la tête. J'ai jeté un coup d'œil sur la recherche Google que j'avais lancée sur Slate Gable, et j'ai parcouru les maigres résultats.

« Je peux te poser une question ? me demanda Kate au bout d'un moment. Est-ce que tu… ?

– Quoi ?

– Est-ce que tu as parlé à Aaron et Dennis ? De Rusty ? »

J'ai levé les yeux de l'écran. Cette question m'avait envoyé une décharge électrique dans tout le corps. « Non », répondis-je.

Je n'avais parlé de Rusty à personne, sauf à Aqil. Et bien sûr pas aux garçons.

À vrai dire, nous ne leur avions même jamais parlé des meurtres. Ils savaient que mes parents étaient morts, mais Jill et moi ne nous étions jamais mis d'accord sur la façon dont on pouvait leur révéler les détails de cette histoire ni sur le moment pour le faire. « On leur expliquera un jour, disait-elle. Quand ils seront prêts. »

Je ne savais pas très bien quand ils le seraient. Comment expliquer à ses enfants que ses propres parents ont été assassinés ? Et à quel âge seraient-ils suffisamment mûrs pour assimiler cette information ? À douze ans ? À seize ans ? Aujourd'hui – à dix-sept et dix-huit ans, juste après le décès de leur mère ?

« Je ne pense pas que ce soit le bon moment, dis-je

– Je sais. Mais je n'arrête pas de me demander : *Et si Rusty essaie de les appeler ?* C'est flippant !

– Quoi ? » m'exclamai-je, et j'ai ressenti une décharge électrique dans les doigts et les orteils. Je me suis redressé. « Je ne suis même pas sûr qu'il sache que j'ai des enfants. Comment le saurait-il… ? À moins que… Est-ce que Wave le lui a dit ?

– S'il est capable de la contacter, c'est qu'il est capable de contacter n'importe qui. Avec Internet – Facebook ? Je pense qu'il faut que tu t'y prépares. Et que tes fils s'y préparent aussi.

– Qu'est-ce que tu racontes ? Pourquoi irait-il… ?

– Dustin, il pourrait faire beaucoup de dégâts, me dit Kate. Il pourrait faire beaucoup de dégâts en peu de temps. »

9 DÉCEMBRE 2012

Hiram College se trouvait à environ une heure de voiture, au sud-est de Cleveland, à mi-chemin de Youngstown sur la route 422. Nous sommes passés au-dessus du LaDue Reservoir et Aqil l'a observé attentivement. Nous roulions sur une route à quatre voies et traversions un pont plutôt bas qui enjambait une étendue d'eau, mais il y avait tellement de brume et si peu de lumière que le lac n'était qu'une surface plane indistincte, aussi immobile qu'un parking. Le ciel et l'eau se réfléchissaient l'un dans l'autre, à l'infini, juste de la gaze vierge au-delà des parapets bas, en tôle ondulée, qui bordaient l'autoroute.

« Ce serait un bon endroit pour se noyer, fit remarquer Aqil. Mais c'est trop loin pour que Keegan Brewer ait pu venir à pied jusqu'ici. »

J'avais songé à parler aux garçons. À aborder la question de Rusty avec eux. Mais Dennis était à Cornell, et on ne pouvait pas avoir cette conversation au téléphone. Quant à Aaron, il était fuyant dans le meilleur des cas – je ne le croisais que lorsqu'il s'apprêtait à sortir ou lorsqu'il montait dans sa chambre.

Peut-être quand Dennis viendrait pour Noël ? Je pourrais commander des pizzas, on pourrait regarder un film – peut-être un film sur le milieu carcéral ? Ou sur des familles d'accueil ? Quelque chose qui me servirait de tremplin pour une discussion plus approfondie. Est-ce que ce serait la bonne méthode ?

J'aurais souhaité pouvoir demander conseil à Jill, mais je n'arrivais pas à l'inciter à dire quoi que ce soit, même dans mon imagination. Elle ne faisait que murmurer *attends... attends... attends.*

Quand Aqil s'est éclairci la voix, je ne savais pas depuis combien de temps j'avais cessé de parler. « Dustin, me dit-il. Que savez-vous du caisson d'isolation sensorielle ?

– Je ne sais pas. » J'ai cligné des yeux. Avais-je raté une partie de la conversation ? « Je l'ai recommandé à certains patients. Je crois qu'on préfère parler de "caisson de flottaison". C'est une, dis-je. C'est une expérience positive pour bien des gens. Ce qui – le mot "isolation" a des connotations négatives, et je ne pense pas qu'il reflète vraiment...

– Ce pourrait être une bonne façon de les neutraliser, dit Aqil. Que de les enfermer dans un caisson d'isolation. Ils ont les mains attachées, ils sont peut-être même comme des momies... mais quand ils sortent du caisson, ils sont tellement désorientés qu'il est facile de les sacrifier. Ne devient-on pas fou quand on est tenu dans l'isolement pendant un certain nombre de jours ?

– Il y a des études », dis-je. Et j'ai appuyé mon front contre la vitre fraîche côté passager, et dehors il y avait un panneau jaune en forme de losange qui indiquait FIN DE LA VOIE DE DROITE, un poteau téléphonique ainsi qu'un groupe d'arbres nus qui jouaient aux badauds. « Il y a les expériences de Lilly à partir des années cinquante sur les effets de la privation sensorielle – qui, effectivement, peut générer des hallucinations, de la dépression, etc. Mais d'un point de vue pratique

– Mais si on s'endort dans un caisson d'isolation, on ne se noie pas, si ?

– J'ai cru comprendre que l'on se trouve dans une solution saline très dense – sans doute du sel d'Epsom. Si bien qu'on continue à flotter même si on s'endort.

– Intéressant, dit Aqil.

– Eh bien, je ne pense pas, dis-je. Il serait très compliqué de garder quelqu'un dans cet état de privation sensorielle plus de quelques heures. La personne captive devra… uriner, déféquer, etc. Donc en fait, ça poserait, dis-je, un problème.

– Un problème pour qui ?

– Eh bien. » Et j'ai chassé cette idée de mon esprit. « Plus important encore, si on la maintenait dans un caisson plus d'une journée, il faudrait lui donner à manger et à boire.

– Hum, fit Aqil. Et si on utilisait une sonde d'alimentation ? Ou peut-être juste une paille en caoutchouc qui pendrait à côté de sa bouche pour qu'elle puisse boire de l'eau. De l'eau dans laquelle on aurait mis des analgésiques. À d'autres moments, on lui donnerait des protéines liquides. Et parfois aussi du whisky. »

9 DÉCEMBRE 2012

J'avais l'impression d'avoir le plus souvent les idées claires. En ce moment même, par exemple, Aqil et moi étions à Garrettsville, Ohio, nous apprêtant à parler à la sœur de l'étudiant de Hiram College qui avait disparu. Et je me sentais particulièrement alerte et présent.

La disparition de Keegan Brewer avait encore moins intéressé les médias que celle de Slade Gable. Rien n'avait été entrepris ; personne n'avait passé au peigne fin les berges de la rivière, même si celle-ci était peu profonde et qu'une noyade semblait improbable. Il n'y avait qu'une mère célibataire qui attendait chez elle des nouvelles de la police. La sœur aînée, Ciara, vingt-deux ans, était serveuse dans les environs, et Aqil avait réussi à organiser une rencontre avec elle dans un café. Il avait dû lui dire que nous « enquêtions », et il était facile pour moi de m'installer en face d'elle comme si elle était une de mes patientes.

« Comment allez-vous ? » lui ai-je demandé. En la regardant dans les yeux. Avec compassion. « J'espère que vous tenez le coup. Ça doit être une période difficile pour vous et votre famille. »

J'imagine qu'Aaron et Dennis auraient ri en me voyant. Ils l'auraient trouvée bidon, cette attention que j'accordais à une sœur, *faux cul*, auraient-ils peut-être dit, mais ce n'était pas du tout ça. J'essayais de me concentrer exclusivement sur Ciara – ce qui n'était pas facile – et, mon approche aurait certes pu leur sembler risible et bien peu subtile, mais ç'aurait été uniquement à cause de cette voix douce et calme que je savais apaisante. Même si c'était faux cul. Même si ce n'était pas cool.

Ciara était une jeune fille petite et mince au visage anguleux, qui me rappelait un peu mes cousines. Comme Kate et Wave, elle avait des mains fines, mais les siennes étaient gercées et froides, et elle avait les ongles d'une véritable onychophage. Ce rongement semblait indiquer un trouble du contrôle des impulsions.

Elle soupira et me regarda, l'air sceptique. « Nous ne sommes pas beaucoup soutenus.

– C'est une honte, dis-je. La réaction de la police ne vous a pas fait bonne impression ?

– Pff. Je ne sais pas ce que font les flics. » Elle observa avec dégoût une petite peau sur le pourtour de l'ongle de son index et l'arracha. « Il y a eu un seul article dans le journal d'Akron. Et rien dans celui de Cleveland. Comme si ce n'était pas grave ; j'imagine qu'il y a tout le temps des gens qui disparaissent. »

J'ai hoché la tête. Il y avait beaucoup de choses auxquelles je m'efforçais de ne pas penser. Je ne pensais pas à Jill. Je ne pensais pas à son visage, à son dernier sourire. Je ne pensais ni à Dennis ni à Aaron ; je ne pensais pas à Rusty à Chicago. Je ne pensais pas à la photo qu'Aqil m'avait montrée, mon père avec sa prothèse de bras tendue, comme s'il essayait d'attraper quelque chose avec son crochet, les yeux et la bouche toujours ouverts.

« C'est la raison pour laquelle nous vous avons contactée, dis-je en me concentrant sur les yeux noisette pailletés de vert de la jeune femme. Nous voulons juste vous apporter notre aide, aussi minime soit-elle. Sachez que nous ne sommes associés à aucun organisme officiel, nous enquêtons à titre privé. Je suis en train… d'écrire un livre sur ce type de disparitions. »

La jeune fille me dévisagea. « *Ce type de disparitions* – que voulez-vous dire ? »

C'est du regard et en silence que je répondis à son inquiétude. « Inexpliquées, précisai-je. Des disparitions dont les circonstances ne sont pas très cohérentes. Avez-vous remarqué la même chose ? Avez-vous une idée de ce qui a bien pu se passer ? »

Ciara contempla sa tasse. « Keegan n'était pas dépressif, dit-elle. Mais il a été victime d'une commotion cérébrale il y a six semaines. Au cours d'un entraînement de catch. Et il lui a fallu du temps pour s'en remettre. Je pense qu'il ne voulait pas dire à quel point il avait mal, de peur de devoir manquer un combat. C'est quelque chose qui m'inquiète.

– Je vois. » J'ai jeté un coup d'œil à Aqil qui nous observait avec avidité, et il m'encouragea d'un hochement de tête. « Je me demande, dis-je. Savez-vous s'il avait déjà eu une lésion cérébrale ? Chez les athlètes, les lésions cérébrales traumatiques légères sont souvent passées sous silence. La toxicomanie peut induire la persistance des symptômes. Avait-il l'air plus nerveux ou irritable que d'habitude ?

– Je ne sais pas », répondit Ciara, et j'ai réalisé qu'elle-même était aussi nerveuse et irritable qu'une personne commotionnée – qu'en fait, chagrin et lésion cérébrale avaient beaucoup de symptômes en commun. « Ce que je sais, c'est qu'il buvait. Beaucoup. Pas comme un alcoolique. Juste – comme tous les étudiants. »

Elle avala une petite gorgée de café. « Mais pourquoi sortir se promener à onze heures du soir en novembre ? C'est incompréhensible. On est à Hiram, dans l'Ohio. Il n'y a nulle part où aller. Je ne sais pas. Avait-il des ennuis au point de devoir s'enfuir ? J'étais proche de Keegan, mais il me cachait sans doute des choses. »

J'ai hoché la tête et Aqil et moi nous sommes, une fois de plus, regardés. Il a levé un sourcil.

« Avez-vous déjà entendu parler des "fugues dissociatives" ? demanda Ciara. J'ai lu des trucs là-dessus sur Internet. C'est comme si vous étiez amnésique. Et en même temps, vous vous mettez à voyager. Comme si vous fuyiez quelque chose mais sans savoir quoi. »

Elle marqua une pause. « Je me suis dit que c'était peut-être le cas, poursuivit-elle. Il me semble que je le saurais s'il était mort. » J'ai regardé ma main se poser sur la sienne. En tant que thérapeute, j'ai toujours eu le sentiment qu'il fallait avoir recours au contact physique avec parcimonie : ce geste pouvait avoir une signification sous-jacente, une certaine portée psychologique et être difficile à évaluer correctement – mais Ciara n'eut pas de mouvement de recul.

Bien sûr qu'il était mort. C'est ce que j'ai dit à Aqil après son départ.

« Mais je ne pense pas qu'il colle. Avec les profils que vous m'avez montrés, je pense que celui-ci… n'est pas l'un des nôtres. »

Aqil leva les sourcils. « Vous avez une petite illumination psychique, docteur ? m'a-t-il demandé, et j'ai grimacé.

– Non, non. Pas du tout. Juste une intuition. Qui n'est peut-être pas juste. Mais à mon avis, Ciara aussi se doute que son frère est mort. Je l'ai tout de suite vu. »

Aqil regarda la route et resta longtemps silencieux. On a écouté une chanson à la radio. « Vous voyez ? finit-il par dire. Je savais que vous étiez la bonne personne. »

10 DÉCEMBRE 2012

Je n'avais jamais eu d'« illumination psychique », pour reprendre l'expression d'Aqil. *Je n'ai pas d'illumination psychique*, dis-je.

Même si, pendant des années et des années, j'avais espéré en avoir. Au collège, je rêvais d'être télépathe : d'entendre les pensées des gens et peut-être de les imprégner de suggestions subliminales qu'ils croiraient venir d'eux-mêmes. Je rêvais aussi de déplacer des objets par la pensée, de faire en sorte que les couverts se plient, que les livres s'envolent des étagères et que les portes se verrouillent pour que personne ne puisse sortir.

Je m'exerçais. Au lycée, après les meurtres, à l'époque où je vivais chez grand-mère Brody à Gillette, Wyoming, je me concentrais sur la nuque du camarade assis devant moi. En espérant qu'il éprouverait le besoin de se gratter ou qu'il aurait l'impression qu'on lui enfonçait quelque chose dans le cou.

Je rêvais d'avoir des pouvoirs magiques. Je m'exerçais à bouger mes mains comme si j'étais un sorcier, comme si je jetais un sort. Je feignais de savoir transformer les gens en animaux – en singe, cochon, poulet, lapin, chien. Je formais juste une lettre runique avec mes doigts et la transformation était instantanée. Un jour, à la cafétéria, j'ai transformé en taupe une fille qui était déléguée de classe, et en serpent un garçon timide et laid. La taupe et le serpent parurent tout d'abord surpris, mais quand le serpent se tourna vers la taupe, il se sentit heureux. Je faillis éclater de rire !

Je me rappelle très bien ce fantasme. Mieux que tout ce qui s'était véritablement passé pendant cette période.

Une fois Kate partie avec son diplôme de fin d'études secondaires en poche, je me sentis bien seul. Une existence imaginaire très féconde mais pas grand-chose dans la vraie vie. Quels que fussent mes efforts, je ne parvins jamais à lire dans les pensées des gens. Quels que fussent mes souhaits, personne ne se vit jamais pousser des plumes ou des écailles.

J'étais cependant très intuitif. J'ignore comment j'ai su, par exemple, que souffler sur les doigts de Mrs. O'Sullivan soulagerait sa douleur, mais ça m'est apparu très clairement, de même qu'en parlant avec cette jeune fille, Ciara Brewer, j'ai vu apparaître une image très nette de son frère. Il avait une lésion cérébrale. Il avait beaucoup bu. Il prenait probablement des stéroïdes ou autres produits dopants. Il souffrait certainement de sautes d'humeur importantes, me dis-je, et s'il n'a pas tué quelqu'un, me dis-je, c'est sans doute qu'il s'est suicidé.

Quand j'avais regardé Ciara droit dans les yeux, j'avais vu qu'elle partageait cet avis. *Il me semble que je le saurais s'il était mort*, avait-elle affirmé, et je m'étais dit, *oh, mais tu le sais.* Elle portait déjà le deuil.

Oui. *Il s'est probablement tué*, me dis-je.

J'étais installé dans le canapé et, les yeux rivés sur le journal télévisé, je mangeais un plat vietnamien acheté dans une boutique à emporter. Le bilan du typhon Bopha aux Philippines approchait les sept cents morts, en Syrie les forces rebelles s'étaient emparées d'une base militaire située près d'Alep après des semaines de violents combats. Le gouverneur du Colorado avait légalisé l'usage personnel de la marijuana. Il y avait eu un meurtre suivi d'un suicide à l'aéroport de Cleveland.

Et pourtant la plupart des événements qui se produisaient dans le monde passaient incognito. CNN ne parlerait pas de la mort de Keegan Brewer ou de Slade Gable ; le Nigéria et la Nouvelle-Zélande connaissaient certainement d'horribles tragédies dont je ne saurais jamais rien. J'entendis Aaron entrer par la porte de derrière et je le vis passer rapidement dans mon champ de vision périphérique. Précipitation.

Est-ce que tu as parlé à Aaron et Dennis ? De Rusty ?

« Bonjour mon chéri ! ai-je crié. Qu'est-ce que tu deviens ? »

Pas de réponse.

10-11 DÉCEMBRE 2012

Je me suis réveillé et il y avait une image que je n'arrivais pas à saisir. Un souvenir ? Un rêve ?

J'étais assis dans le canapé, la main gauche toujours refermée sur mon verre de whisky. La télé allumée, les mêmes nouvelles des Philippines, aucune idée de l'heure qu'il était, et j'ai eu comme une révélation. *Les gibbeners !* me suis-je dit. Comme si je venais d'avoir un éclair d'inspiration. J'ai noté ce mot.

« Voilà l'endroit où le gamin s'est noyé », dit Rusty.

C'était le fossé d'irrigation qui bordait la propriété du voisin. On le voyait de loin car seuls les talus étaient verts et ressortaient sur la terre d'un gris jaunâtre : y poussaient des herbes et des roseaux mouillés, avides, de grande taille. Il y avait des barbelés sur toute une longueur.

On pourrait penser que ce n'était rien. Pas beaucoup plus large qu'un trottoir – en prenant son élan, on pouvait sauter par-dessus. L'eau était marron et trouble, elle s'écoulait régulièrement, mais en douceur, vers la porte de l'écluse. On ne pouvait pas en deviner la profondeur.

Je savais que le garçon nageait et qu'il avait été aspiré par une pompe. L'aspiration était très forte, c'est ce que mon père m'avait dit, et c'est pour ça qu'il ne fallait jamais jouer à côté.

« Tu sais ce qu'est un *gibben*, non ? me demanda Rusty. Ils t'attachent les mains dans le dos et te poussent dans l'eau. Et puis ils te regardent te noyer. »

Il posa sa main sur mon dos et je sentis le contact de sa

paume. Nous étions seuls le week-end, après l'école. Juste nous deux, Dusty et Rusty, et on partait se balader.

devais avoir huit ou neuf ans

« Mais, dis-je. Pourquoi…

– C'est la règle. Voilà ce qui se passera si tu parles. Si tu racontes à qui que ce soit qu'ils existent.

– Mais c'est qui ces *ils* ?

– Les *gibbeners* », répondit Rusty, l'air mystérieux, en me poussant du coude pour que je me retrouve encore plus près du bord et que je chancelle. « Les *gibbeners*. Ils tournent autour de toi, les mains derrière le dos.

– Ils ont quoi derrière le dos ? » J'ai regardé dans l'eau. Des tourbillons de boue, sinueux mais déterminés.

Rusty se contenta de sourire. « Tu devrais piquer une tête. Je veillerai à ce qu'il ne t'arrive rien.

– Pas question.

– Pourquoi ? » Rusty joignit ses mains derrière son dos. « Tu ne me fais pas confiance ? »

La radio dans la voiture toujours allumée   juste un léger acouphène, un son aigu, une lente fuite d'air dans l'oreille

derrière ton dos

Et puis
   me garer sur le parking du cabinet de Bay Village,
me pulvériser de la menthe douloureusement forte
            dans la bouche pour masquer
                        l'odeur de tabac
   et aussi un petit nuage
         de désodorisant pour textile sur mes vêtements
J'ai ma séance avec Mrs. Goland à neuf heures et demie et

Ce genre de chose s'est déjà produite. Ces soudains sursauts de souvenirs – ou de demi-souvenirs – et l'hébétude quand on en sort, le vertige et la panique.

Regarde derrière toi. *Non, ne regarde pas derrière toi !*

Tu veux croire que tout ça a un sens. Ce rêve, ce souvenir – tu es tenté d'en faire une analyse freudienne. Ton subconscient essaie-t-il de te dire quelque chose ? Et si oui, quoi ?

Il pourrait faire beaucoup de dégâts. Il pourrait faire beaucoup de dégâts en peu de temps.

Est-ce que tu as parlé à Aaron et Dennis ?

Debbie McCrae dans la salle de repos à midi, en train de manger un plat végétarien dans une boîte à bento, qui me sourit avec bonté. « Oh, Dustin, comment vas-tu ? » me demanda-t-elle d'une voix faussement bienveillante et compatissante. Elle pencha la tête et posa sur moi un regard inquiet et professionnel, un regard d'experte, bien évidemment, mais pas nécessairement insincère.

« Bien ! » dis-je. Mais comme je ne voulais pas paraître trop désinvolte, comme je ne voulais pas donner l'impression de repousser cette marque d'attention, j'ai haussé les épaules, paumes ouvertes, et j'ai fait une grimace désabusée tout en lui laissant voir de la tristesse dans mes yeux. « C'est compliqué, bien évidemment, dis-je. Mais je suis bien entouré, je travaille, et…

– Si tu as besoin de parler… » Debbie McCrae écarquilla les yeux et j'eus l'impression que ses pupilles étaient légèrement humides, comme si elle portait des lentilles faites d'eau – non pas qu'elle fût au bord des larmes mais son regard était plein d'empathie. Une telle expression devait être extrêmement efficace lors d'une thérapie.

« Bien sûr, dis-je. Oui. Tout à fait. »

Jill la haïssait.

Debbie McCrae avait jadis été pom-pom girl en soutien à l'équipe de football américain des Buckeyes de l'Ohio, et elle avait toujours un corps particulièrement robuste et athlétique. C'était une thérapeute du deuil reconnue, qui acceptait des boulots rémunérateurs dans des unités de soins palliatifs ou intensifs de la région, et dès qu'elles se rencontraient, Jill réagissait mal.

« La pom-pom girl devenue thérapeute du deuil, disait-elle. C'est tellement exquis que c'en est presque insupportable.

– Allez, rétorquais-je. Elle est vraiment gentille !

– *J'en suis convaincue* », répondait Jill.

Et puis je me suis réveillé et il faisait nuit et il y avait le bruit d'un skate qui passait dans la rue, devant chez moi. Le bruit très caractéristique des petites roues sur l'asphalte. Puis le *clic* sourd quand le skateur sautait puis atterrissait.

Je me suis redressé dans mon lit, j'ai écarté le store et regardé par la fenêtre. Il y avait un réverbère halogène juste devant la maison, et j'ai pu apercevoir le gamin sous ce pâle éclairage. Blanc, blond, avec des dreadlocks. Il était torse nu, portait un pantalon coupé juste au-dessus de la cheville et de grosses baskets blanches. Quinze ans peut-être ?

Il passa devant la maison et sauta. Puis il recommença. Il y avait une petite bosse dans la rue sur laquelle il s'entraînait.

J'ai pris mon téléphone posé sur la table de nuit et j'ai regardé l'heure. 2:27

Vraiment ? La rue n'était pas enneigée mais la température était certainement descendue en dessous de zéro.

À moitié endormi, je me suis levé et je suis allé aux toilettes où j'ai continué à entendre le skateboard : *Roooooo. Chlac.*

K-boom. Puis retour au point de départ. *Roooooo. Chlac! K-boom!*

Ensuite je me suis dirigé vers la chambre d'Aaron et je me suis arrêté sur le pas de la porte. Il était couché en chien de fusil et me tournait le dos, mais je voyais bien qu'il respirait.

Personne ne fait du skateboard devant la maison, me dis-je. *Pas en plein hiver.*

Je me suis approché de sa fenêtre et j'ai écarté le store. Les gros érables du jardin exposaient leurs branches nues comme s'il s'agissait de crocs ou de griffes. De la neige fondue tournoyait.

Aaron remua sous les couvertures, irrité. « Quoi ? murmura-t-il. Qu'est-ce que tu… ?

– Tu es réveillé ? lui demandai-je. J'ai cru entendre quelque chose. »

Il se redressa et se couvrit l'œil avec la paume. « Quoi ? dit-il.

– Tu entends quelque chose ? » Il plissa les yeux.

J'avais l'impression de voir nettement le skateboard rouler seul dans la rue, sans le skateur, le doux gargouillis des roues sur l'asphalte, un bruit très distinct.

Ils tournent autour de toi, les mains derrière le dos

Mais Aaron soupira et s'enfouit sous ses couvertures.

« Il faut que je te parle d'un truc, lui annonçai-je.

– Hum.

– On pourrait dîner ensemble », dis-je, puis j'ai de nouveau levé la tête et tendu l'oreille.

Peut-être que quelque chose te cherchait depuis longtemps et se rapprochait enfin.

11 DÉCEMBRE 2012

J'étais en train d'hypnotiser Mrs. Kasso quand mon portable vibra, et je n'ai pas pu m'empêcher d'y jeter un coup d'œil. C'était un texto d'Aqil.

Il faut que je vous parle

« Tu iras ton chemin en toute sécurité », dis-je, et Mrs. Kasso reprit. « J'irai mon chemin en toute sécurité. »

C'est important !

J'ai posé très légèrement mes doigts sur les paupières fermées de Mrs. Kasso, et puis j'ai effleuré son chakra frontal. « J'aimerais que vous pensiez à un endroit où vous aimeriez être en ce moment, lui dis-je. Ce peut être un lieu que vous aimiez enfant, ou un lieu tiré d'un livre que vous avez lu ou d'un film que vous avez vu. Ce peut être un lieu dont vous avez rêvé… »

Pouvez-vous vous rendre à Painsville après votre travail ? On est bientôt le 12 décembre. Je crois qu'il faut y aller ce soir ! La police patrouille sûrement les abords de la rivière !!! SVP répondez-moi ASAP

11 DÉCEMBRE 2012

Je me suis installé sur le siège passager de ma voiture et j'ai hésité.

Il m'était arrivé d'étranges choses ces dernières vingt-quatre heures, mais j'avais l'impression de ne pas pouvoir en discuter.

Je pourrais lui poser la question, songeai-je. *Comment parler aux garçons des meurtres ? De Rusty ? Et dois-je le faire ?*

Je pourrais lui parler de

Que dire du skateur sans passer pour…

Ou des *gibbeners* ? Des mains derrière le dos ? Du reflet de l'eau immobile dans le fossé d'irrigation ?

Il y accorderait trop d'importance, me dis-je. Dans son état actuel, il pouvait encore être amené à fabuler, à échafauder des théories farfelues ; il était sujet à la paranoïa. Vous pouviez tous les deux continuer sur cette voie. Ne serait-il pas préférable que l'un de vous suive celle de la raison et de la logique ?

Si Jill était là, songeai-je, *je saurais distinguer ce qui est réel de ce qui ne l'est pas*. Mais maintenant je ne savais plus trop. Je sentais comme un vrombissement dans ma poitrine, au niveau du sternum, comme si je savais quelque chose, comme si j'avais une certitude, mais était-ce bien vrai ?

Parfois Jill disait : *Ça me paraît raisonnable*. Parfois elle disait : *Ça ne tient pas franchement debout*. Ce qui m'avait servi de fil conducteur pendant la plus grande partie de ma vie. Désormais, plus personne n'était là pour faire la distinction, et mes pensées s'agitaient fébrilement pendant qu'Aqil conduisait.

11 DÉCEMBRE 2012

Il y avait un petit parc qui longeait la rive est de la Grand River, et nous nous sommes arrêtés devant une chaîne qui en interdisait l'accès. Sur un panneau, il était écrit :

PARC FERMÉ
la nuit

Aqil dit : « On va se garer là. » Il a coupé le contact et nous sommes descendus de la voiture sous un ciel pourpre crépusculaire. Aqil a sorti une petite torche de la poche de sa veste et me l'a tendue ; puis il en a sorti une autre pour lui. Elles avaient la longueur d'une main et la largeur d'un doigt, métal lisse et noir – le genre de torche qu'on verrait bien un flic braquer sur un couple d'adolescents installés à l'arrière d'une voiture en stationnement. Il a allumé la sienne et je l'ai imité.

« On va marcher un peu par là, dit-il en pointant l'index. Ne vous inquiétez pas, on ne va pas se faire attraper. Si on rencontre des gamins chargés de la sécurité, on leur dira qu'on a perdu un portefeuille et qu'on le cherche. »

Nous avons suivi le chemin couvert de copeaux de bois, qui dessinait une courbe parallèlement à la rivière. J'ai éclairé un grand arbre nu et noirci, qui avait été frappé par la foudre.

Sur un panneau, il y avait des photos des PLANTES DU CHAMP D'INONDATION. *Élyme des rivages. Staphylier à trois folioles. Lathrée. Salicaire commune. Chasmanthium latifolium.*

Aqil braqua sa torche sur l'autre rive. « Vous avez vu ? »

Au-delà d'un talus, on apercevait une vague lueur de civilisation.

Des réverbères, l'arrière des bâtiments. « C'est le parking situé derrière le Nemeth. C'est là que le gamin a été vu pour la dernière fois. »

Le chemin continuait à longer la rivière, serpentant vers le nord en direction du lac Érié qui se trouvait à environ sept ou huit kilomètres de là. Certaines sections de la rive étaient densément protégées par des quenouilles et des roseaux de haute taille. « Je veux juste patrouiller sur un ou deux kilomètres, dit Aqil. Je ne sais même pas ce que je cherche. Mais la plupart des étudiants sont découverts à proximité du lieu de leur disparition. » Il éclaira une vieille pierre tombale. GAGE, était-il gravé dessus. Les dates étaient devenues illisibles. « Vous avez consulté les dossiers. C'est encore un truc de fou, le fait qu'on les découvre tout à coup à l'endroit exact où on les avait cherchés quand ils ont disparu. Ils n'étaient pas là à l'époque et les voilà. Ça ne tient pas debout, si ?

– Je l'avais remarqué », dis-je. Je parlais à voix basse car il me semblait qu'Aqil parlait un peu fort, et il marchait vite, *à vive allure*, on aurait presque dit qu'il bondissait, alors qu'il aurait été préférable d'être un peu plus prudents.

Mais il ne se calma pas. Il était surexcité – phase maniaque ? – et il se tourna vers moi en dévoilant ses dents, mais ce n'était pas vraiment un sourire. « J'avais une révélation incroyable à vous faire, m'annonça-t-il. Et j'ai oublié.

– Ah bon ? » Le clair de lune scintillait sur la surface de l'eau, que je ne quittais pas des yeux.

« Les mocassins. Les mocassins de Peter Allingham. Pourquoi les avait-il aux pieds ?

– Je ne vous suis pas.

– Vous tombez à l'eau, vous vous débattez, mais pas suffisamment pour perdre vos *mocassins en cuir sans lacets ?* Vous voulez rire ? »

C'était une remarque particulièrement judicieuse, et elle me donna à réfléchir. « Sauf s'ils étaient très serrés », dis-je.

Aqil éclata de rire. « Très serrés, répéta-t-il. C'est le comble !

– Je ne cherchais pas à balayer votre raisonnement. Il est vraiment… très subtil.

– Merci. »

Il a l'air un peu trop détendu, me dis-je, et devant moi l'ombre des arbres ressemblait à deux larges mains en coupe. J'ai observé Aqil alors qu'il éclairait un autre panneau – qui portait sur l'importance des champs d'inondation, avec un texte qui adoptait le langage des manuels de sciences conçus pour des élèves de primaire.

Les champs d'inondation entre le Tigre et l'Euphrate abritent quelques-unes des plus anciennes civilisations et des toutes premières villes, dont Ur, lut Aqil à voix haute. Il me regarda, un sourcil levé. « Vous ne trouvez pas ça étrange ? me demanda-t-il. *Ur*. On dirait le nom d'un démon.

– C'est une cité antique, dis-je. Sumérienne, je crois. Qui se trouvait quelque part dans le sud de l'Irak actuel.

– Hum, fit Aqil, sceptique. Ça ne me plaît pas. »

Le chemin montait mais la pente n'était pas trop forte. La rivière se trouvait désormais en dessous de nous, au pied d'un talus, et Aqil braquait toujours sa torche vers le bas, un halo sur le sol. Il devint soudain circonspect.

Puis il finit par dire : « D'après vous, que cherchons-nous ? »

Il parlait d'une voix beaucoup plus douce. Pas tout à fait un murmure. « Quelle est votre intuition, docteur Tillman ? Si vous vous apprêtez à commettre un meurtre rituel… un sacrifice humain ? Vous faites ça où ?

– Eh bien », dis-je, et je ne pus m'empêcher de penser à

« Eh bien, dis-je, il existe généralement un site sacré, un lieu qui peut être profané. Ça dépend. Ce peut être un cimetière.

Une église abandonnée ? Ça peut même être un endroit un passage souterrain par exemple qui a été couvert de graffitis représentant les symboles de la secte, et qui a été consacré par un sacrifice animal. Souvent des chiens ou des chats. »

Aqil me regarda attentivement. « *Des sites sacrés*, dit-il. Ça me plaît bien. »

Au pied du talus, un rongeur à la fourrure noire, plus gros qu'un rat, quitta la rive encombrée de branches et de pierres et se précipita dans l'eau.

« Je pense qu'ils vont le tuer ce soir, finit par dire Aqil. Ou demain matin. C'est mon obsession des dates, je sais mais… oui. D'après moi, ils veulent le tuer à 12 h 12 le 12/12/12. Ça aurait de la gueule, non ? Même un non-croyant le remarquerait, non ?

– Peut-être. Ça risque d'attirer les superstitieux. Il y a les douze signes du zodiaque. Les douze disciples – et pas seulement chez les chrétiens mais dans nombre de sectes occultes. »

J'essayais de me montrer guilleret. J'essayais, comme Aqil, de badiner mais j'avais les mains froides et j'ai éclairé partout autour de moi car les ténèbres s'épaississaient.

« Sans parler de l'apocalypse maya dans une dizaine de jours, ajouta Aqil. Vous avez lu des articles là-dessus ?

– Oui, dis-je. Une forme d'eschatologie de la culture populaire. Je ne pense pas qu'une personne qui s'adonne véritablement à des pratiques occultes puisse prendre ça au sérieux.

– Eschatologie, hein ? J'adore votre vocabulaire. »

Je me suis raclé la gorge et j'ai un peu rougi. « J'essaie juste de comprendre votre conception de cette prétendue secte. Vous attendez-vous à ce que des gens débarquent en robe noire à capuche ? Et à ce qu'ils… sacrifient la victime devant la tombe ? »

Alors que je prononçais ces mots, un souvenir me frappa comme une balle.

La fameuse nuit dans le cimetière...

Moi. Kate et Wave. Rusty et son ami. Rusty traçant le pentagramme à la craie sur la pierre tombale. Je le regarde tirer lentement sur la fermeture éclair de son sac à dos, l'ouvrir en grand, les lapereaux sont à l'intérieur, ils se tortillent, aveugles et roses, il en soulève un et Kate dit : « Guland, faites que nous n'allions pas au parc de Yellowstone. Permettez-nous de rester ici et de célébrer votre gloire en compagnie de nos amis... », et c'est à ce moment-là que j'aperçois les silhouettes. Devant le rideau d'arbres qui entoure le cimetière, elles ne portent pas de robe, elles ne sont même pas nécessairement là, apparitions fugaces, à peine des ombres. Un homme de haute taille avec cape et tricorne. Un homme de petite taille au nez anormalement long, pareil à un proboscis.

Quelques gouttes d'eau tombèrent sur mes lunettes. D'autres sur mon visage, et j'ai levé la tête. « Il pleut ? » ai-je demandé à Aqil.

Il regarda le ciel avec méfiance. « Je ne crois pas. »

J'ai tendu la main mais plus rien. *Étrange*, me suis-je dit, et j'ai relégué les images du cimetière dans un coin de ma tête. Ce souvenir resté vivace avait heureusement commencé à pâlir, à s'éloigner.

« Je ne pense pas qu'ils le sacrifient ici, dit Aqil. Ils vont vouloir le faire dans un endroit plus intime où ils pourront prendre leur temps. Mais ils ont peut-être marqué la zone où ils le jetteront avec euh... comme vous dites, un sacrifice animal ou des graffitis. »

J'ai réfléchi. Ça se tenait, bien sûr. Mais j'ai réalisé qu'une partie de moi croyait qu'on était venus ici pour les en empêcher. Pour les attraper avant qu'ils ne tuent le gamin.

« Il n'y a vraiment aucun moyen de le sauver ? »

Mais Aqil ne m'écoutait pas. « Chut », fit-il soudain. Il se trouvait au bord du talus, le corps tendu, il a éclairé la rivière avec sa torche. Le faisceau lumineux traversa une longue bande d'arbres rabougris dont l'ombre s'étirait, s'étendait de manière grotesque, et Aqil entreprit de descendre.

« Attention », dis-je.

Ce n'était pas une falaise, mais la pente était raide et il ne s'agissait pas de perdre l'équilibre.

Cependant, au lieu de regarder où il mettait les pieds, Aqil éteignit sa torche et m'intima d'un geste de l'imiter. « Chut », souffla-t-il en pointant l'index.

Une silhouette était debout dans l'eau argentée. La rivière, sinueuse, avait la largeur d'une route à deux voies, des remous se formaient sur de grosses pierres, et l'apparition – l'homme – se tenait au milieu, de l'eau jusqu'aux genoux.

Il pêchait à la mouche. Nous l'avons regardé balancer sa canne, jeter sa ligne et la rembobiner. Puis recommencer.

Aqil posa son pied dans une rigole remplie de feuilles. Il vacilla.

« Attention, répétai-je.

– Chut. »

Il y avait quelque chose de mécanique, d'étrangement répétitif dans les mouvements de l'individu, comme un bégaiement, un hologramme ou un raccord de plan dans un film qu'on passerait en boucle. Était-ce une illusion d'optique ? Ce n'étaient peut-être que des ombres qui ressemblaient en tout point à un pêcheur – une souche d'arbre avec un bout de ficelle qui y était accroché et qui volait au vent ?

Et puis, tout à coup, il y eut du mouvement dans mon champ de vision périphérique. Alarmé, j'ai jeté un coup d'œil derrière moi. Au loin, des ombres tournaient autour de ma voiture. *Un vélociraptor ?* Il était plus grand que le véhicule et il se déplaçait sur la pointe des pieds, la tête rentrée dans les épaules.

Il y avait un risque de neurotoxicité dopaminergique à cause de certains des médicaments que je prenais. Un risque de psychose toxique amphétaminique – paranoïa, délire.

Je perçus le doux et lent bruit des sabots. *Clip, clop, clip, clop.*

« Aqil », dis-je.

J'ai allumé ma torche, je l'ai dirigée vers cette chose, et c'est alors que je me suis rendu compte qu'il s'agissait d'un cavalier et de sa monture.

Ils étaient comme illuminés. Un cheval noir, et une personne en uniforme avec un chapeau au large bord comme celui des membres de la police montée du Canada, le reflet d'un insigne jaune à l'épaule. Un soldat de la Première Guerre mondiale à cheval ? Il était évident que j'hallucinais.

« Aqil ? »

Et puis la lumière m'éblouit. Aqil se retourna mais il se trouvait quelques mètres plus bas et il eut du mal à remonter car la pente était raide.

Le faisceau de la torche m'aveugla – un policier, un militaire, me dis-je – et je mis mes mains en visière pour me protéger les yeux. D'éclatants halos lumineux m'apparurent mais je pus distinguer la forme du cheval qui s'avançait vers nous d'un pas léger. *Clip clip clip*. Et le cavalier qui se balançait mollement sur la selle.

« Vous vous êtes perdus ? » demanda gaiement une femme à l'accent du Midwest. « Je suis désolée mais ce parc ferme à la tombée de la nuit », ajouta-t-elle, et je sentis la présence d'Aqil à mes côtés.

Il se protégea aussi les yeux et leva la tête. « Madame l'agent ? » dit-il, l'air doucereux, le sourire béat. « Ou – je suis désolé – Madame le garde forestier ? Nous cherchons un portefeuille. Il est tombé dans le coin.

– Oh ! C'est regrettable », répondit la femme. Elle s'était

arrêtée à une dizaine de mètres de nous et je ne distinguais que sa silhouette. Le cheval racla l'asphalte deux ou trois fois et leva la tête quand la cavalière tira sur les rênes. « Eh bien, vous aurez sans doute plus de chances de le retrouver en revenant demain matin.

– Vous êtes garde forestier ? demanda Aqil. Je ne m'étais pas rendu compte que c'était un parc. Ce secteur est-il sous votre juridiction ? »

La femme braqua sa torche sur lui et il plissa les yeux, une main devant son visage. « Je crains de devoir vous demander de partir, dit-elle. Le parc est fermé. Il y a un panneau et une grille. Vous ne les avez peut-être pas vus.

– Puis-je vous demander votre nom, Madame ? dit Aqil. Pourriez-vous me montrer une pièce d'identité ?

– Monsieur, rétorqua-t-elle, et sa monture s'agita. Je vous demande de retourner à votre véhicule et de partir. Ce parc est interdit d'accès après la tombée de la nuit.

– Oui, répondit Aqil. Je comprends. Mais quel est votre nom, Madame l'agent ? Je vous serais vraiment reconnaissant de m'indiquer le numéro de votre badge, si vous le voulez bien. »

La silhouette resta silencieuse un instant – et je me dis, pour la première fois, que cette personne n'était peut-être pas un véritable agent de police, un véritable garde forestier, mais elle fit claquer sa langue et le faisceau lumineux de sa lampe trembla sur nos visages quand elle s'approcha de nous.

Aqil m'empoigna par l'avant-bras. « Elle a une arme », murmura-t-il. Son souffle sur l'ourlet de mon oreille. « Elle l'a dégainée.

« Il faut que vous sautiez », murmura-t-il. Et il me poussa.

Je crus entendre un coup de feu mais je n'en étais pas sûr. Un craquement net… ! Et le Et

Je crus voir les bras d'Aqil faire des moulinets, et puis il est tombé du talus.

Je me suis mis à courir – dans un état de panique absolue – mais je suis tombé, moi aussi, et j'ai roulé jusqu'en bas.

11 DÉCEMBRE 2012

L'angle de la pente était de soixante degrés et il m'était impossible de retrouver mon équilibre dans la boue, les feuilles et les ronces ; je pouvais juste espérer ne pas heurter de tronc d'arbre ni me briser le cou. Mais j'étais soumis à l'action de la pesanteur et l'atterrissage fut rude. J'ai tourné de l'œil.

L'instant d'après, Aqil était penché sur moi, accroupi, l'arme à la main, prêt à tirer, et j'ai remarqué que son épaule saignait. Sa main tremblait tellement qu'elle m'apparaissait floue.

« Putain, dit-il. Chut. Chut ! Pas un bruit ! »

Il avait les yeux écarquillés. Il tourna rapidement sur lui-même en tenant l'arme des deux mains. « Ne bougez pas ! siffla-t-il. Ne bougez pas ! »

Je me mis à quatre pattes. Le chemin de randonnée se trouvait à une centaine de mètres au-dessus de nous, et le talus était une ombre ramassée derrière un filet d'arbres nus qui formaient un angle avec la pente. Le cheval et sa cavalière avaient disparu.

Nous étions silencieux. Il y avait le bruit de la rivière et celui des voitures qui traversaient le viaduc au loin. Pas de sabots.

« Chut ! » fit Aqil. Il leva la main et je vis que toute la partie gauche de sa chemise était imbibée de sang.

« Oh, mon Dieu ! » murmurai-je, mais Aqil garda la main levée pour m'imposer le silence. « Chut ! »   Tendus, à l'affût, nous sommes restés longtemps à dresser l'oreille

Rien.   Nous étions sur la berge boueuse d'une rivière et une pluie légère bruissait et crépitait. Le pêcheur que nous pensions avoir vu n'était plus là. Il n'y avait pas de torche allumée au-dessus de nous, pas de garde forestier à cheval. Au bout d'un long moment, Aqil baissa son arme.

« Aqil. Mon Dieu ! Il faut aller à l'hôpital. »

Perplexe, il baissa les yeux. Il passa la main sur sa chemise ensanglantée et regarda le sang sur sa paume. « Merde, lâcha-t-il.

– On vous a tiré dessus », dis-je à voix basse, et il se tourna vers moi avec dédain.

« Tiré dessus ? C'est un bâton qui m'a entaillé quand j'ai dévalé ce foutu talus. » Il grimaça et se toucha délicatement l'épaule.

« Ce sont des *flics*, affirma-t-il d'une voix rauque. De vrais flics ou des gens habillés en flics. Mais c'est comme ça qu'ils les chopent. »

Aqil passa de nouveau la main sur sa blessure et regarda sa paume. Encore plus de sang. Il le renifla. « D'accord, dit-il. Emmenez-moi à l'hôpital. »

11 DÉCEMBRE 2012

Il était presque minuit quand nous avons quitté les urgences. J'étais resté dans la salle d'attente et j'avais essayé de reconstituer les événements pour leur trouver une certaine cohérence.

Avions-nous été attaqués ?

Dans l'affirmative, pourquoi ne pas nous avoir poursuivis ?

J'ai joint les mains sur mes genoux, l'extrémité des doigts de l'une sur les phalanges de l'autre : le sentiment de rêver quand on ne rêve pas.

Dépersonnalisation. Déréalisation. C'est un symptôme fréquent en cas d'attaque de panique. J'ai pressé mes poings sur ma poitrine et une femme noire d'un certain âge, qui portait une doudoune, a posé sur moi un regard réprobateur.

J'ai souri et hoché la tête, mais elle a détourné les yeux et fait semblant d'examiner les peintures abstraites ennuyeuses qui étaient accrochées au mur.

J'ai pris mon portable et ça m'a donné un certain ancrage. Le monde virtuel me prenait la main. J'ai entendu les sonorités musicales réconfortantes du téléphone.

Nouveaux textos. D'Aaron

23:51 11 décembre — keske tu fous ?

18:50 11 décembre — C'est pas toi qui voulais absolument qu'on dîne ensemble ce soir ? LOL. C pas grave.

12 DÉCEMBRE 2012

Aqil a alors fait un geste dans ma direction et m'a regardé avec gravité. Il portait toujours sa chemise ensanglantée mais son épaule était bandée. « Allons-y », a-t-il dit.

L'air résolu, nous nous sommes dirigés vers le parking, il continuait à pleuvoir.

« Bon sang, dit Aqil. Ils savaient qu'on était là-bas. Ils connaissent notre existence. Je n'aurais jamais dû parler à Ellison !

– Vous pensez que votre ami Ellison est… ?

– Pff », se gaussa Aqil. Comme si l'idée qu'Ellison puisse être impliqué était ridicule. « C'est juste qu'ils papotent beaucoup entre eux, donc ils savaient qu'on chercherait là-bas.

– Je suis complètement perdu. Qui sont ces "ils" dont vous parlez ? Qui était cette cavalière ?

– Sans doute un membre de la secte », répondit Aqil. Il réfléchit. « À moins qu'elle soit vraiment garde forestier. Mais elle m'a paru louche.

– On peut certainement retrouver son nom. Si elle est vraiment garde forestier. On pourrait…

– Hum », fit Aqil. Il m'empoigna par l'avant-bras et ses doigts se crispèrent. « J'ai l'impression d'approcher du but. Cet épisode m'a bien aidé. »

J'ai hoché la tête, perplexe. Puis j'ai ouvert la portière de la voiture et, sans savoir pourquoi, je me suis soudain aperçu qu'il me manquait quelque chose. « Oh », fis-je. J'ai palpé la poche arrière de mon pantalon et fouillé dans ma veste.

Rien.

« Je crois que j'ai perdu mon portefeuille. »

13 DÉCEMBRE 2012

À la fin des années quatre-vingt et au début des années quatre-vingt-dix, nous croyions sincèrement à tout ça. Mon professeur, le Dr Raskoph, était une spécialiste du syndrome des faux souvenirs, du trouble dissociatif de l'identité, etc. Il ne faisait aucun doute que les « abus sexuels sataniques », comme on les appelait à l'époque, étaient une réalité. Rien de plus légitime que d'explorer ce sujet dans une thèse.

Il avait soulevé les passions pendant un certain temps. Combien de personnes vivaient avec des souvenirs refoulés ? nous demandions-nous. Une sur dix ? Une sur *trois*, peut-être ? L'image du père penché au-dessus du lit, vos yeux qui s'ouvrent, vous n'êtes qu'à moitié réveillé. Son visage qui se rapproche du vôtre.

Ou : l'image de silhouettes encapuchonnées qui vous encerclent, vous dévisagent. L'impression d'être réveillé mais incapable de bouger, la gorge complètement nouée.

Un sacrilège commis par une figure toute-puissante. Un démon cornu qui vous attrape les poignets et vous oblige à écarter les jambes. Des silhouettes masquées qui s'exhibent au-dessus de vous, leur pénis gonflé, non circoncis, oscillant comme un pendule. Votre bébé arraché vivant de vos entrailles sanglantes, votre bébé qui n'arrête pas de hurler, le cordon ombilical qui traîne derrière lui alors qu'on tranche sa douce gorge et qu'on verse son sang dans des coupes. Plusieurs célébrités dans la foule, qui rient. Parfois, cette figure toute-puissante est très connue – un sénateur ou le PDG de l'une des cinq cents plus grandes entreprises américaines, une pop star ou l'animateur d'une émission télévisée – et elle observe de loin alors que ses gardes du corps vous obligent à vous déshabiller entièrement.

C'était, bien sûr, une métaphore. Si les souvenirs n'étaient pas vrais au sens propre du terme, alors ils représentaient une version déformée d'un traumatisme qui avait bel et bien existé.

Mais les témoignages devinrent outranciers et toute cette histoire parut de plus en plus improbable. On commença à intenter des procès contre des psychiatres qui avaient aidé leurs patients à retrouver des souvenirs d'abus sexuels sataniques ;

certaines certitudes furent contestées; d'après l'agent spécial du FBI Kenneth Lanning, *le nombre de cas suspects s'est mis à augmenter. Aujourd'hui, des centaines de victimes prétendent que des milliers de criminels abusent et même tuent des dizaines de milliers de gens au sein de sectes sataniques, avec peu voire aucune preuve à l'appui.*

Un professeur d'une université californienne déclara que la théorie des «souvenirs réprimés» était un mythe sans aucun fondement scientifique fiable. «C'est la pire forme de charlatanisme du XXe siècle, dit-il. Ces soi-disant thérapeutes ont détruit des milliers de familles américaines.»

Entre-temps, j'avais fini ma thèse, réussi mon doctorat, ouvert un petit cabinet et témoigné dans plusieurs procès impliquant des souvenirs refoulés.

J'avais bien évidemment conscience qu'il y avait une hostilité grandissante face à certaines de ces idées. Je ne parlais plus d'«abus sexuels sataniques» mais simplement d'«abus sexuels ritualisés» ou d'«abus sexuels sadiques». Je reconnaissais ouvertement que le trouble dissociatif de l'identité avait été un temps surdiagnostiqué, même par le Dr Raskoph qui, depuis, avait perdu son autorisation de pratiquer la médecine et son poste à l'université pour une période indéterminée.

Je pensais être prudent et modéré dans mes diagnostics. J'avais confiance en moi en tant que thérapeute jusqu'à ce qu'une de mes patientes se rétracte à la barre des témoins. Gina Deleo. Son père avait tué une de ses amies d'enfance sous ses yeux, avait-elle affirmé, mais elle était brutalement revenue sur ses déclarations lors du contre-interrogatoire.

«J'ignore si ce que je dis est vrai. Ça ne l'est sans doute pas.»

J'avais travaillé avec elle pendant plus d'un an et, comme tout le monde, je fus choqué par ce désaveu. Les souvenirs qu'elle avait retrouvés sous hypnose m'avaient paru convaincants. J'y avais cru.

Et, d'une certaine façon, j'y croyais encore. Son récit était tellement précis ! Je revoyais son père, assis à côté de son avocat, avec ses épais cheveux blancs et ses yeux pâles, et il serait toujours un violeur à mes yeux.

Mais ses souvenirs étaient revenus alors qu'elle était sous hypnose, et la défense contesta leur admissibilité en tant que preuve.

Plus tard, Gina Deleo déclara que je les lui avais « inculqués ».

« Il m'a obligée à imaginer des trucs horribles. Et ensuite il m'a convaincue qu'ils étaient vrais. »

Il y eut une action en justice qui fut réglée à l'amiable, mais la carrière que j'envisageais fut brisée. J'avais épousé Jill, Dennis avait trois ans, Aaron était un bébé. Une fois de plus, j'allais devoir me réinventer.

Il s'était écoulé plus d'une décennie.

Je pensais être en sécurité.

Mais voilà que je replongeais. Ou que ma fascination pour ce sujet me faisait replonger. Je recommençais peut-être à y croire – ou peut-être qu'une fois encore il croyait en moi.

14 DÉCEMBRE 2012

Le vendredi, on retrouva les deux corps. Keegan Brewer dans le sous-sol d'un bâtiment abandonné non loin de Hiram, une balle dans la tête, apparemment un suicide, exactement ce que j'aurais prédit vu son passé ; et Slade Gable dans une carrière, près de l'endroit où la Grand River se jette dans le lac Érié. Des ouvriers l'avaient découvert dans un épais dépôt limoneux, le long d'une clôture qui délimitait le terrain de la société Osborne Concrete & Stone.

Ça aussi j'aurais pu le prévoir.

La Grand River, peu profonde, serpentait depuis le parc Kiwanis, près de l'endroit où Slade avait disparu, jusqu'au lac, mais la police pensait que le corps avait dû descendre lentement le cours de la rivière – dériver, s'accrocher à une souche d'arbre ou à des débris, puis dériver à nouveau, avancer, avancer, jusqu'à s'immobiliser sur un tas de sable.

« Il doit être sacrément amoché, vous ne croyez pas ? me dit Aqil. Je me demande s'ils vont faire une autopsie. J'aimerais voir des photos. »

Nous nous trouvions sur la jetée pour tenter d'apercevoir le lieu de la découverte du corps, mais la société Osborne Concrete & Stone était protégée par un haut grillage. Si ce lieu avait été considéré comme une scène de crime et si celle-ci avait été gelée, ce n'était apparemment plus le cas.

« Ha ! s'écria Aqil. Si ça se trouve, ils ne l'ont même pas délimitée avec un ruban. Si ça se trouve, ils ont juste appelé une ambulance pour transporter le cadavre à la morgue. Il n'y aura pas d'enquête criminelle. Je suis sûr que le médecin légiste va conclure à une noyade accidentelle.

– Ah bon ? dis-je. Il faudra quand même qu'il y ait… une enquête pour déterminer avec précision la cause de la mort, non ?

– Hum », fit Aqil en me jetant un regard en coin. Quel était mon degré de naïveté ? « Je vais vous dire un truc. On retrouve un corps dans un cours d'eau et on estime qu'il y a eu consommation d'alcool ? Le médecin légiste ne va pas approfondir. Je vous l'avais dit. C'est pour ça que ces meurtres sont particulièrement astucieux.

– Mais les parents pourraient insister. Si ça leur paraît louche. »

Aqil haussa les épaules. « Oui, peut-être, répondit-il, l'air désabusé. Je n'ai pas vraiment réussi à les convaincre. Généralement, les flics parviennent, avec habileté, à les en dissuader. C'est une des raisons pour lesquelles j'avais besoin de vous, docteur. Je pensais que vous aviez plus de points communs avec eux que moi. Qu'ils vous feraient probablement davantage confiance. »

Il posa sur moi un regard insondable et nous avons longé en silence le parking qui se trouvait à proximité du rivage. Les eaux du lac Érié étaient agitées, hostiles et lugubres, comme l'œil d'un poisson.

« C'est tellement plus logique si on considère que ce sont des flics, dit Aqil. Mon Dieu ! Savez-vous les dégâts qu'un seul flic corrompu peut faire en étant juste *un tout petit peu* prudent ? » Il secoua la tête. « À mon avis, il y en a des dizaines. Dans tout l'État.

– Vraiment ? Ça me paraît beaucoup. » Et j'ai regardé l'horizon, la ligne presque imperceptible entre le lac et le ciel.

« Et alors ? ai-je poursuivi. Les adeptes de la secte auraient tout simplement décidé d'infiltrer la police ? Ce n'est pas si facile que ça de devenir flic, si ?

– Bien sûr que si, répondit Aqil. On va quelques mois à l'école de police et on passe l'examen. Merde, vous-même pourriez y arriver si vous le vouliez. D'ailleurs, vous devriez tenter, ça pourrait être utile.

– Le problème, Aqil, c'est que presque toutes les victimes d'abus sexuels sataniques sont de jeunes enfants ou, dans de rares cas, des adolescentes. Concernant de jeunes hommes – je penserais tout de suite à un tueur en série homosexuel et sadique. Comme John Wayne Gacy ou Randy Steven Kraft.

– Mais c'est ça qui est génial, non ? Ça ne fera pas beaucoup de bruit dans les médias. Un étudiant ivre se noie ? Ça attire beaucoup moins l'attention que des bébés, des enfants ou des adolescentes blanches. Alors pourquoi pas ? Sacrifier un jeune mec peut plaire autant au Seigneur des Ténèbres. »

Ce qui me donna à réfléchir.

J'imagine que l'été, Fairport Harbor est une jolie petite ville, un lieu où passer le week-end, car elle est rapidement accessible en voiture depuis Cleveland. Il y a peut-être des vacanciers qui prennent un bain de soleil sur le sable, des enfants qui se courent après, des grosses bouées qui dansent sur l'eau, et des gens qui pataugent et nagent. Il y a un phare pittoresque au loin qui surplombe le lac Érié.

Mais en décembre, le ciel et l'eau étaient du même gris acier ennuyeux. Des vagues sombres et inamicales roulaient sur le rivage, et le sable était délavé, incolore. À une trentaine de kilomètres de là, plus au sud, les cheminées aux contours incertains des centrales nucléaires exsudaient une épaisse fumée blanche.

Des centaines de mouettes étaient perchées sur les rambardes de la jetée, sur toute la longueur de la promenade, elles s'envolèrent à notre approche pour reprendre aussitôt leur place, guère troublées ni même curieuses. « Elles fichent les jetons, ces connasses, dit Aqil. Elles sont faites pour jouer dans un film d'Hitchcock. » Une mouette ouvrit son bec silencieusement, comme pour dire : *Je mords !*

« Je parie qu'elles se sont nourries de ce pauvre Slade, ajouta-t-il. Et que le corps est dans un sale état. »

J'ai grimacé. Je n'avais pas envie d'imaginer la scène. «Eh bien, dis-je. Que fait-on maintenant? Si votre théorie se confirme, il faudra attendre un an avant qu'ils

– Choisissent une autre victime? dit Aqil. Peut-être. Mais nous possédons plus d'éléments qu'avant. Et un certain contact a été établi. Maintenant, ils savent peut-être qu'on existe.»

15 DÉCEMBRE 2012

Dennis allait rentrer de Cornell à la fin de la semaine et je n'avais rien préparé. Il n'y avait pas de sapin de Noël, je n'avais pas acheté de cadeaux, le frigidaire était plein de vieux restes et de fruits et légumes pourrissants que ni Aaron ni moi ne mangerions, même si je continuais à nous réapprovisionner dès que j'allais au marché. Il restait beaucoup de chou frisé.

Ça ne faisait que six semaines que Jill était morte, et je me posais des questions – ces rituels étaient-ils nécessaires? En avions-nous même envie? Je l'ignorais. J'avais l'impression que mon esprit était une épave, une lagune engorgée de débris flottants, une clameur insistante.

Croyez-vous, disait Aqil dans ma tête alors que je m'apprêtais à parler de compulsion alimentaire avec une patiente, alors que je parcourais rapidement des sites Internet en quête de pulls à offrir aux garçons, alors que je me redressais dans mon lit en tendant l'oreille : le bruit d'un skateboard?

Je suis resté allongé, sans faire de bruit. *Pense aux constellations*, me dis-je. Je me suis répété le petit speech que j'avais imaginé pour mes patients, comme une prière que j'aurais mémorisée. *Nous les regardons dans un espace à une dimension et nous avons l'impression qu'elles sont toutes liées. Nous pensons qu'en reliant les points, une image apparaîtra. Mais il est fort probable que les points ne sont pas reliés. Elles se trouvent sur des plans géométriques différents et à des années-lumière les unes des autres.* »

Et en cet instant, avec mes yeux ouverts dans l'obscurité, les craquements et les bourdonnements de la maison, les radiateurs qui s'agitaient, les appareils électroménagers occupés à leur travail nocturne, avec mon cœur qui, visiblement, avait du mal à battre, je ne pus m'empêcher de me demander : *Et si les points étaient bel et bien reliés entre eux ?*

18 DÉCEMBRE 2012

Le paquet m'attendait quand je suis rentré du travail. C'était une enveloppe kraft à bulles, avec mon nom et mon adresse imprimés sur une étiquette. Rien sur l'expéditeur. Mais j'ai remarqué que les timbres semblaient étrangement vieux, comme s'ils avaient été volés à un philatéliste.

Ils étaient alignés, chacun avec la photo d'un homme blanc et chauve imprimée à l'encre gris-bleu. *Eisenhower. USA. 6c.* Il y en avait trois rangées de cinq, et ils avaient été oblitérés manuellement, avec agressivité, assurément par un employé de la poste agacé qui s'ennuyait.

J'ai ouvert l'enveloppe avec un couteau et mon portefeuille est tombé. Au début, je n'ai éprouvé qu'une vague irritation.

Toutes les cartes de crédit avaient déjà été bloquées et j'avais passé trois pénibles heures à obtenir un duplicata de mon permis de conduire.

Et puis j'ai ouvert le compartiment à billets et constaté que l'argent s'y trouvait toujours – soixante-dix-huit dollars en billets de vingt, dix, cinq et un dollars – et j'ai ressenti une pointe de culpabilité.

C'est une personne attentionnée, qui a pris le temps de te renvoyer ton portefeuille ! Sans rien te voler, sans même rien te demander en remerciement ! Il n'existe plus beaucoup de personnes comme ça !

J'ai parcouru le reste du courrier. Une facture d'eau. Une carte de Noël du cabinet d'avocats de Jill. Un prospectus du supermarché.

On a dû trouver mon adresse sur mon permis de conduire, me dis-je.

Effectivement, mon permis était toujours derrière sa protection en plastique. Il y avait aussi une photo de Jill et moi avec les garçons, et j'ai ressenti un certain malaise. *Ils savent comment vous êtes tous physiquement. Ils savent où vous habitez.*

J'ai levé la tête et jeté un coup d'œil en direction de la fenêtre qui donnait sur la rue. Ce n'était pas une grosse artère, et même si nos voisins et nous n'étions pas très soudés, nous étions prévenants. Nous nous prêtions des outils, nos pelouses étaient toujours tondues, et on déblayait le trottoir dès que la neige avait fini de tomber. Nous repérions la présence d'inconnus dans le quartier. Je n'avais pas installé d'alarme mais je verrouillais les portes.

C'est alors que j'ai remarqué un petit rectangle de plastique, qui avait été glissé dans un des compartiments du portefeuille. Je l'ai sorti. Ce n'était qu'une simple clé USB noire.

SANDISK : cruzer *micro 1GB*

18 DÉCEMBRE 2012

J'ai ouvert la porte et Aqil était là, sur les marches, les poings enfoncés dans les poches de sa veste en coton huilée. La lumière de la véranda était éteinte. Aaron passait la nuit chez Rabbit – ils préparaient ensemble un examen, m'avait-il expliqué.

« Entrez », dis-je. En murmurant – je ne sais pas pourquoi. Mais Aqil jeta un coup d'œil par-dessus son épaule comme si, lui aussi, craignait qu'on nous épie.

C'était la première fois qu'un patient venait chez moi, et ça me mettait mal à l'aise. Depuis le début, j'avais tenu à séparer le cabinet de la maison ; je faisais très attention à ce que ma vie professionnelle et ma vie privée n'empiètent pas l'une sur l'autre. Il m'arrivait d'utiliser des anecdotes personnelles à moitié fictives pour m'humaniser aux yeux de mes patients, mais pour le reste je trouvais important de fixer des limites. De séparer les différents aspects de ma vie. Imaginer un patient pénétrer dans ma maison était aussi troublant que de voir un personnage de série télévisée s'approcher de moi dans la rue.

Mais je me rendis compte qu'Aqil n'était plus vraiment un patient. Nous nous sommes serré la main, je l'ai fait entrer, et je me suis dit que j'avais sans doute davantage besoin de lui que lui de moi. Je n'avais personne d'autre à qui parler.

Lui aussi était assurément mal à l'aise. Je l'ai vu jeter de furtifs coups d'œil ici et là. Il s'est essuyé les pieds sur le paillasson et, remarquant l'étagère à chaussures dans l'entrée, m'a demandé s'il devait se déchausser.

« Eh bien, dis-je. C'est ce qu'on fait. Généralement. On laisse les chaussures sur

– La véranda.

– Oui. »

Sur la table du salon, il y avait une orchidée qu'on nous avait envoyée le jour de l'enterrement et qui depuis avait fané, et Aqil le nota. Il examina la grande photo de famille encadrée prise deux ans plus tôt – Jill, les garçons et moi, debout devant la glycine en fleur du jardin.

Il contempla le sapin de Noël dans le salon, que j'avais décoré la veille au soir avec des petites lumières jaunes clignotantes. Sans l'aide d'Aaron. Et les quelques cadeaux.

« Quel beau sapin », dit-il.

18 DÉCEMBRE 2012

« J'ai du mal à expliquer ce que c'est », dis-je. J'étais dans un état proche de la panique – cette peur accompagnée d'une sensation de vide dans l'estomac et d'une certaine agitation, et qui peut s'expliquer par un excès de caféine et des nuits blanches. « C'est – je ne comprends pas le but de ce genre d'envoi.

– Je vais y jeter un coup d'œil », me répondit Aqil avec calme et fermeté.

Il me regarda m'agenouiller et brancher la clé USB derrière mon ordinateur, puis nous nous sommes assis côte à côte et nous avons fixé le grand écran branché sur mon PC. Il n'y avait qu'un seul fichier sur la clé USB, une vidéo MP4, et quand j'ai cliqué dessus, elle s'est affichée.

C'est d'abord tout noir, avec le grésillement des parasites, et puis de la lumière apparaît dans un cône. L'image est indistincte, dans les gris, mais on discerne comme un mouvement – un tremblement presque gélatineux. C'est peut-être l'image d'une galaxie lointaine, ou l'intérieur d'une cellule, les formes se pixélisent, deviennent floues, puis se font, brusquement, brièvement, plus nettes.

« C'est quoi ? demanda Aqil. De la vision nocturne ?
– En fait, murmurai-je, je pense que c'est une échographie. »

Derrière le crépitement des parasites, on perçoit des battements irréguliers. Au début, on pense à un instrument de musique mais les bruits finissent par lentement se préciser. C'est le son creux et grinçant d'une main frottant une vitre, ou d'un pied nu contre le fond d'une baignoire.

Puis la forme d'une main déchire l'obscurité et les scintillements blancs. Pendant quelques secondes, l'image est nette, même si on a l'impression que la main est en partie translucide ; on voit les os des doigts à travers la peau.

Mais il devient évident que nous sommes en train de regarder un être qui se débat. Il est en position fœtale mais ce n'est pas un fœtus. C'est la silhouette d'un adulte, et on aperçoit par intermittence des membres, une main, une plante de pied, un visage, bouche ouverte, à moitié caché dans l'obscurité.

Et pendant tout ce temps, derrière le bourdonnement des parasites, il y a le bruit de l'eau qui gicle, et celui d'un jeune homme qui pleure, qui appelle à l'aide, qui suffoque.

VI

L'avenir est immobile
Le passé mouvant.

LYNDA BARRY

AUTOMNE 1983

Une fois le procès terminé et Rusty condamné à perpétuité, Kate, Wave et Dustin furent confiés à leur grand-mère Brody, qui vivait dans le Wyoming. Personne n'écouta Kate quand elle protesta. Sa sœur et elle n'avaient jamais connu que leur maison ! Elles étaient en terminale ! Elles avaient prévu d'assister à la cérémonie de remise des diplômes avec tous leurs amis.

« On a dix-sept ans ! s'exclama-t-elle. Pourquoi ne peut-on pas tout simplement être déclarées majeures ? On pourrait s'occuper de Dustin ; ce n'est pas si compliqué que ça. »

Mais non. Apparemment, personne n'était prêt à négocier.

Tout était arrivé si vite – bien plus vite que Kate ne l'aurait cru.

Le procureur, un homme chauve, maigre et anguleux, lui avait souri comme s'il participait à une émission pour enfants et qu'elle était une marionnette à laquelle il était censé s'adresser. « Nous avons tous hâte de voir cette blessure cicatriser, lui dit-il. Notre priorité absolue est de faire en sorte que justice soit rendue le plus vite possible. » Il lui montra ses petites dents blanches que Kate compara à des dents de lait.

Ils pensaient qu'il y aurait de l'argent, mais ce ne fut pas le cas.

« On ne touche pas d'argent quand ses parents se font tuer ? » voulut savoir Dustin. D'une voix plaintive.

« Sans doute pas », répondit Kate.

Ils avaient cru qu'ils continueraient à vivre dans leur propre maison, dans leur propre chambre. Mais en fait, ces maisons n'appartenaient même pas à leurs parents ! Elles appartenaient à une banque à qui leurs parents versaient de l'argent tous les mois. Les voitures, le camping-car, les appareils électroménagers – tout avait été acheté à crédit. Il n'y avait pas d'assurance-vie.

Comme ils étaient mineurs, on décida le plus souvent à leur place – très brutalement, songea Kate – et elle se méfia des travailleurs sociaux et des avocats qui commencèrent à les prendre dans leur toile. Mais que pouvaient-ils faire ? Ils n'avaient ni argent, ni voiture, ni endroit où aller. En fait, ils ne possédaient absolument rien.

Où était passé tout l'argent qu'oncle Dave avait touché après son accident ? Personne n'était capable de le leur dire.

Si bien qu'on les obligea, eux les orphelins fauchés, à partir, et ils firent en silence le trajet en car jusqu'à Gillette, Wyoming. En boule sur son siège, les jambes repliées, le visage écrasé contre la vitre, Dustin dormit profondément à côté de Kate. Wave s'était installée sur une autre rangée car il suffisait que l'une d'elles reste auprès de lui.

Parfois, elle jetait un coup d'œil par-dessus son épaule ; son regard croisait celui de Kate. L'expression qui se lisait sur le visage de Wave laissait à penser qu'on lui devait des excuses.

Le car les déposa à la périphérie de la ville vers minuit. Il y avait une épicerie station-service Kum & Go et une enseigne Smart Choice Inn, mais le motel avait disparu et ne restait qu'un terrain de gravier sur lequel avaient été abandonnées des pièces détachées pour voiture inutilisables et une tractopelle rouillée.

Ils plissèrent les yeux à la lumière des halogènes et regardèrent les semi-remorques passer. On était mi-septembre. Ils avaient chacun une valise.

Au bout d'un moment, ils virent une vieille Buick quatre portes approcher lentement et s'arrêter devant eux. La vitre côté conducteur se baissa et un homme mince aux yeux caves, un chapeau de cow-boy sur la tête, les dévisagea. Il portait des lunettes dont les verres d'un brun jaunâtre étaient comme tachés par la fumée de cigarette.

« Vous êtes les enfants Tillman ? » demanda-t-il. Sa voix était étonnamment grave pour un homme aussi petit.

« Qui êtes-vous ? » demanda Kate.

L'homme la fixa un moment pour lui montrer qu'il n'appréciait pas qu'elle lui parle sur ce ton. Puis il finit par dire : « Je m'appelle Dolin Culver. Je suis travailleur social et vous avez été placés sous ma responsabilité. »

Il porta une canette de Pepsi à ses lèvres et cracha du jus de chique. « Montez. Je vous emmène chez votre grand-mère. »

Ils s'assirent sur la banquette arrière, Dustin entre les deux sœurs, et ils gardèrent le silence. Ils s'enfoncèrent dans la campagne, loin des lumières de Gillette, et il n'y eut bientôt plus rien à voir de l'autre côté de la vitre, à part l'obscurité et les étoiles. Kate n'avait jamais compris pourquoi les gens aimaient observer les constellations. Elles étaient tellement ennuyeuses et insignifiantes.

Je n'ai pas à m'excuser de quoi que ce soit, songea-t-elle, et elle serra fort la main gauche de Dustin dans la sienne. Wave et elle en étaient-elles au stade où elles ne se parlaient plus du tout ? Kate ne savait pas trop.

« Alors, dit Dolin Culver au bout d'un moment. J'imagine que vous en avez bavé. Je veux que vous sachiez que si vous avez besoin de quoi que ce soit, vous pouvez m'appeler. »

Il se tourna vers Kate. Elle ne pouvait pas voir ses yeux derrière ses verres teintés mais elle devina qu'il était en train de la jauger. Il était plus jeune que ses parents, une trentaine d'années peut-être, mais quand même vieux.

« Pourquoi vous portez des lunettes ? demanda-t-elle d'un ton poli tout en lui faisant comprendre qu'elle le trouvait grossier.

– Ce sont des verres photochromiques, expliqua-t-il. Ils sont censés ne s'assombrir qu'à la lumière du soleil mais ils ne marchent plus.

– Ça me met mal à l'aise », dit-elle.

Kate sentit que Wave la dévisageait, sans doute d'un air réprobateur, mais elle évita de croiser son regard.

Et puis ils arrivèrent devant la vieille maison.

Elle était située à quelques kilomètres de la ville, sur une route déserte, une ferme à un étage qui datait des années vingt, et Kate la reconnut tout de suite.

Les jumelles y étaient venues quand elles étaient petites, à l'âge de cinq, six et sept ans. L'été, et aussi pour Thanksgiving et à Noël.

Et puis, après la mort de grand-père Brody, les visites avaient cessé. Leur mère et la mère de Dustin – Vicki et Colleen – avaient eu un différend avec leur propre mère à propos d'effets personnels qui avaient appartenu à leur père et qu'elles auraient voulu garder en souvenir. Grand-mère Brody avait refusé et ça avait fini par chauffer. Des paroles malheureuses avaient été échangées, paroles sur lesquelles on ne pouvait pas revenir.

Tout avait beaucoup changé depuis leur dernier séjour. Dix années s'étaient écoulées et, de l'extérieur, la maison semblait abandonnée. Une des fenêtres qui donnaient sur la rue était condamnée, une autre protégée par une feuille de plastique. Il y avait un pommier sauvage mort devant – sur lequel, Kate s'en souvenait, une balançoire-pneu était autrefois accrochée. La pelouse était depuis longtemps envahie par les mauvaises herbes.

Grand-mère Brody sortit, appuyée sur sa canne. Elle leva la main, plissa les yeux dans la lumière des phares, et Kate se rappela que Vicki et Colleen s'étaient plaintes de son attitude pendant leur adolescence.

Leur mère les enfermait tous les soirs dans leur chambre, et comme il y avait un gros rosier épineux sous leur fenêtre du premier étage, il leur était impossible de s'enfuir. Leur mère portait les bijoux que son mari avait offerts à leurs filles. Elle brûlait les lettres qu'oncle Dave envoyait à Colleen du Vietnam. « Elle les brûlait dans l'évier, leur avait raconté Vicki. Quand elles étaient réduites en cendres, elle faisait couler de l'eau pour qu'elles disparaissent dans les canalisations, et elle souriait ensuite à la pauvre Colleen. » Vicki avait secoué la tête. « C'était du sadisme à l'état pur. On a fini par comprendre que c'était sa nature même. Voir les autres malheureux la rendait heureuse. »

Kate et Wave n'avaient pas ces souvenirs-là. Leur grand-mère était gentille avec elles, elle préparait de bons repas, et s'installait avec elles à la table de la cuisine pour fabriquer des carillons attrape-rêves avec de la laine.

Kate ne la trouva pas beaucoup changée. Davantage de rides. Une bosse dans le dos plus prononcée. Mais elle avait toujours des cheveux courts et permanentés qui lui faisaient comme un champignon sur la tête. Elle avait toujours ce gros nez si peu féminin, celui d'un chauffeur routier ou d'un plombier, de larges pommettes rouges, de longs lobes d'oreille que sa sœur et elle aimaient caresser quand elles avaient encore l'âge de s'asseoir sur ses genoux.

Et elle avait toujours la même voix. Bien que particulièrement laide, grand-mère Brody avait plutôt une jolie voix. Elle les appela quand elles ouvrirent la portière et se retrouvèrent dans les gaz d'échappement que les phares arrière teintaient de rouge. « Oh ! Mes pauvres enfants », cria-t-elle, et s'ils avaient fermé les yeux, s'ils ne l'avaient pas regardée, ils auraient pu croire que c'était la voix de contralto d'une mère dans un vieux feuilleton télévisé, une mère qui vous caressait les cheveux quand vous vous endormiez, une voix qui vous chantait une berceuse.

« Oh, mon Dieu ! Mes pauvres enfants. »

Ils se retrouvèrent dans l'allée de gravier, sous le vaste ciel étoilé, et Dolin Culver repartit sans un mot.

Ils s'étreignirent. Elle leur dit qu'ils avaient l'air adultes, même Dustin, qui avait treize ans et en faisait dix. Elle s'excusa de leur avoir fait prendre le car. « J'ai une voisine qui m'emmène à l'épicerie et à l'église en voiture, mais je ne pouvais pas lui demander d'aller vous chercher dans le Nebraska. J'aurais eu l'impression d'abuser. »

Grand-mère Brody ne conduisait pas, se rappela Kate. Elle *refusait de conduire*, disaient Vicki et Colleen. Ça avait été un des sujets de désaccord entre ses filles et elle. Les deux sœurs avaient voulu récupérer la voiture de leur père après sa mort, mais leur mère avait refusé. C'était une magnifique Studebaker 1957 bleu et blanc que grand-père Brody adorait et que Vicki et Colleen adoraient aussi. « Mais elle préférait la laisser rouiller dans le garage, avait dit Vicki. Quelle horrible vieille peau. »

Kate jeta un coup d'œil au garage – il était tellement penché qu'on aurait cru qu'il allait s'effondrer. Elle imagina la Studebaker rouillée, recroquevillée à l'intérieur. Elle ressentait sa présence, comme celle de la maison et de l'arbre mort, et elle percevait le pouls des grillons – et de tous émanait une douce lueur de malveillance.

« Il est vraiment tard, dit grand-mère Brody. Il est presque une heure du matin ! Habituellement, à neuf heures du soir, je suis déjà profondément endormie. »

Merde, se dit Kate.

Ils la suivirent à l'intérieur.

Vu l'état extérieur de la maison, Kate ne fut pas vraiment surprise. C'était peut-être légèrement pire que ce à quoi elle s'était attendue. Le salon ressemblait à un vieux grenier ou à un abri de jardin – piles de journaux et prospectus, meubles qui semblaient avoir été posés n'importe où, vaisselle, cartons, babioles, duvet de poussière sur les abat-jour qui donnait à la lumière un aspect terne et sale. Odeur de moisissure et de talc.

« Il y a une chambre à l'étage au bout du couloir, c'est là que vous dormirez », leur dit grand-mère Brody.

Mais ce n'est qu'en ouvrant la porte qu'ils comprirent que c'était l'ancienne chambre de leurs défuntes mères : des lits jumeaux, une commode surmontée d'un grand miroir ovale. De vieux animaux en peluche posés sur les couvre-lits de chenille. « Votre grand-mère nous achetait toujours ce qu'il y avait de plus laid, leur avait dit Vicki un jour. Si elle repérait dans un catalogue un truc qu'elle savait qu'on détesterait, elle nous l'achetait. »

Wave fut la première à entrer dans l'horrible chambre. Elle s'approcha en silence d'un des lits et s'allongea tout habillée. Kate et Dustin se regardèrent.

«Je peux dormir par terre, chuchota-t-il, mais Kate secoua la tête.

– Non, non, protesta-t-elle. Je ne veux pas dormir toute seule dans ce lit. Il y a suffisamment de place.» Elle prit la main de Dustin et la garda dans la sienne. «Ça va aller», dit-elle.

Cette nuit-là, Kate rêva du matin où ils avaient découvert les corps.

Ils dormaient dans le camping-car et elle avait un peu la gueule de bois. Dustin était allongé à ses côtés, elle sentait ses lèvres humides sur son bras et, au début, elle crut entendre les cris d'un oiseau ou d'un chien écrasé par une voiture. Des cris stridents, presque mécaniques.

Et puis elle réalisa que c'était la voix de Wave. Elle se redressa et Dustin cria : «Quoi ? Quoi ?» et ils coururent en direction des cris. De cet horrible iiiiiiiii, aigu et grinçant, qui se répétait encore et encore.

Tuée ? Violée ? Torturée ? Quoi qu'il se passerait entre elles par la suite, Kate se rappellerait toujours cela : *ma sœur hurlait et je me suis précipitée pour la sauver.* Ça avait été profondément instinctif, c'était peut-être ce que ressentaient les soldats sur le champ de bataille, elle allait tuer ce qui faisait du mal à sa sœur, c'est tout ce qu'elle savait.

Kate aperçut le corps de tante Colleen sur la véranda, elle entendit Dustin crier «Maman !», sut qu'il était à genoux et qu'il secouait sa mère pour tenter de la réanimer, mais elle ne s'arrêta pas. Elle pourrait peut-être prendre le fusil de chasse dans le placard de l'entrée, songea-t-elle, et elle vit oncle Dave dans le salon, mort, et elle se dit : *Oh, mon Dieu, ils sont en train de violer Wave* – elle avait en tête l'image de Charles Manson et de ses adeptes en train de tuer, d'écrire sur les murs avec le sang de leurs victimes, et elle envisagea de faire demi-tour, elle s'appuya contre le mur et retint sa respiration, guettant des voix d'hommes cruels.

C'est alors qu'elle remarqua sa sœur debout sur le seuil de la cuisine.

Immobile. Elle était seule, et Kate s'approcha.

« Wave », murmura-t-elle. Mais sa sœur ne se retourna pas. « Ils sont partis ? Ils t'ont fait mal ? »

Apparemment, les meurtriers étaient partis. S'ils n'avaient pas tué Wave, c'est sans doute qu'ils ne le feraient pas.

« Tu as vu qui c'était ? » demanda Kate. Elle tenta d'étreindre sa sœur mais c'était comme si Wave était possédée. Elle se raidit, se débattit, le regard sans expression.

Kate la serra quand même dans ses bras. Et elle découvrit ce que Wave contemplait. Leur mère morte sous la table de la cuisine. Leur père assis par terre, adossé au comptoir. Kate devina qu'il s'agissait de lui grâce à ses mains et à sa coupe de cheveux. Son visage n'était qu'un trou.

La créature qui possédait Wave refusait de quitter son corps, même quand Kate la secoua, et Kate dut traverser la cuisine, elle dut marcher pieds nus sur le sang de ses parents pour atteindre le téléphone et appeler les urgences.

Quand la police arriva, elle avait réussi à faire en sorte que Wave arrête de crier. Elle posa ses mains sur les yeux de sa sœur, se colla le plus possible contre son dos et lui dit qu'elles allaient sortir.

« Je ne peux pas, dit Wave. Je ne peux pas bouger, je ne peux pas bouger ! » Kate posa alors ses lèvres près de l'oreille de sa sœur. Et pressa ses paumes sur ses yeux.

« Tu ne vois rien. Il n'y a rien. Viens avec moi ; je vais te guider. »

C'est ainsi qu'elles sortirent de la maison, qu'elles s'éloignèrent de la scène de crime. À tout petits pas.

Kate sursauta quand le journaliste prit la photo. Elle écarta ses mains des yeux de sa sœur. La photo qui serait dans tous les journaux.

Qu'est-ce que ce photographe pouvait bien faire là ?

Juste un coup de chance, comme on l'apprendrait plus tard. Il écrivait un article sur l'ouest du Nebraska pour *National Geographic*, et il patrouillait avec le shérif du comté quand celui-ci avait reçu l'appel.

Et puis Kate se réveilla.

Dustin respirait bruyamment contre son bras, elle était chez grand-mère Brody et elle dormait avec Dustin dans le lit d'enfant de sa mère décédée.

Merde, se dit-elle.

Wave était déjà réveillée. Elle mangeait un bol de porridge à la table de la cuisine, et quand Kate entra, sa sœur leva les yeux sans dire un mot.

« Le car va s'arrêter juste devant la boîte aux lettres, expliquait grand-mère Brody. Dès lundi matin. J'ai tout organisé. J'ai parlé au proviseur, il est au courant de ce qui vous est arrivé. »

Elle s'aperçut de la présence de Kate. « Oh, dit-elle. Katelynn ! Je suis contente que tu sois levée. Je disais juste à Wave. Je pense que ce serait bien que Dustin et vous retourniez à l'école dès lundi matin. Vous avez déjà raté pas mal de cours alors l'idéal serait que vous preniez vos marques tout de suite. »

Kate s'assit à côté de sa sœur, qui l'ignora. *Allez*, songea-t-elle. « Arrête », lui chuchota-t-elle à l'oreille, et Wave lui jeta un coup d'œil indifférent.

« Arrête quoi ? » demanda-t-elle, les yeux fixés sur son porridge. Grand-mère Brody était debout devant la vieille cuisinière crasseuse et remuait quelque chose dans une casserole. Une pendule en forme de chat était accrochée au mur, la queue tenait lieu de balancier, et les yeux exorbités de personnage de bande dessinée bougeaient de haut en bas au rythme des secondes. Le chat levait les yeux en souriant puis les baissait.

Après les meurtres, Dustin était venu la voir.

Ils avaient passé des heures et des heures au commissariat avant d'être « séquestrés » dans la maison d'un conseiller municipal. Kate et Wave avaient voulu dormir chez une amie mais les policiers leur avaient dit qu'il n'en était pas question.

Ils s'étaient retrouvés dans un quartier où Kate n'était jamais allée. Le conseiller municipal habitait une maison construite sur les collines qui surplombaient St Bonaventure, dans la partie la plus riche de la ville, et quand Kate sortit fumer dans le jardin, elle constata que l'homme avait fait construire une véritable piscine enterrée ce qui – pour le Nebraska – était de la folie. Combien de mois par an l'utilisaient-ils ?

Il y avait un « patio » entouré d'une haute barrière, et Kate fouilla dans son sac à main et en sortit un paquet de Merit Ultra Lights 100's. La piscine diffusait une lueur chlorée.

Elle était allongée sur une chaise longue quand elle entendit la porte coulissante en verre s'ouvrir et Dustin sortir. Il s'approcha et s'assit en tailleur à côté d'elle. Il était pieds nus et portait un pyjama qu'on avait dû lui donner, un pyjama d'homme trop grand pour lui.

Kate tira sur sa cigarette. Et constata que ses mains tremblaient, mais elle s'empêcha soigneusement de penser à ce à quoi elle aurait mieux fait de penser.

« Il, commença Dustin. Il faut que je parle à quelqu'un.

– Ah oui ? » Kate souffla de la fumée et la regarda disparaître, puis elle fixa ses pieds, fixa l'eau bleue.

«Je crois que c'est Rusty qui les a tués, poursuivit Dustin. J'en suis presque sûr.»

Dustin fut le dernier à se réveiller, ce premier matin, dans la maison de grand-mère Brody. Il descendit l'escalier, l'air à moitié endormi, dans ce pyjama pour homme sinistre, et sa grand-mère lui dit : «Eh bien, il est temps de te lever, Dusty ! Tu n'allais quand même pas passer ta journée à dormir !»

Kate et Wave le regardèrent manger son porridge. Il commença par agiter ses doigts au-dessus du bol, comme s'il sculptait. Puis il prit une bouchée de porridge. Il porta ensuite une cuillère vide à sa bouche et fit semblant de manger. Sans doute un jeu imaginaire, se dit Kate, mais c'était quand même bizarre. Ça la mettait mal à l'aise.

Il est peut-être malade, songea-t-elle. *Il fait peut-être une dépression nerveuse.*

Elle jeta un coup d'œil à Wave pour voir si elle constatait la même chose. Mais sa sœur avait le visage fermé. Elle semblait observer Dustin avec un mélange d'ennui et d'irritation. Avec impatience, presque.

Dustin recommença à agiter ses doigts au-dessus de son bol et elles continuèrent à le regarder. «Il m'inquiète, murmura Kate à l'oreille de sa sœur. Tu crois qu'il va bien ?» Wave posa sur elle un regard sévère, un regard d'aigle, mais elle ne dit rien.

«Je t'en supplie, chuchota Kate. Arrête.»

Le chat de la pendule sourit. Les rideaux sales de la fenêtre située au-dessus de l'évier remuèrent, se gonflèrent. Il y avait une étagère couverte de salières et de poivrières, et Kate repéra un garçon mouffette avec un S sur le ventre qui embrassait une fille mouffette avec un P sur le ventre, tous deux se lorgnant de manière suggestive.

Et puis grand-mère Brody leur demanda d'aller jouer dehors car elle allait lire la Bible.

Le jour des meurtres, dans la soirée, la soirée qu'ils passèrent chez le conseiller municipal, Dustin parla à Kate de Rusty. Ils étaient assis côte à côte au bord de la piscine, les jambes dans l'eau, et elle avait passé son bras autour de lui car il pleurait. De temps à autre, elle détournait la tête pour souffler la fumée de cigarette loin de son visage.

Dustin lui dit que Rusty se droguait – elle était bien évidemment au courant – et qu'il l'avait un jour forcé à prendre du LSD – elle n'était absolument pas au courant et cela la choqua un peu. Elle n'avait jamais entendu parler d'un gamin de treize ans qui aurait pris du LSD.

Dustin lui dit que Rusty et plusieurs autres personnes avaient attaché les mains d'un garçon derrière son dos et l'avaient noyé dans un canal d'irrigation. Ils formaient un gang qui s'appelait les Gibbeners, précisa-t-il.

« C'est ce qu'il t'a raconté ? » demanda Kate. Elle n'y croyait pas vraiment mais elle ne voulait pas avoir l'air sceptique. Dustin frissonnait et elle le massa entre les omoplates. « Il te racontait peut-être des conneries. »

Dustin s'essuya vigoureusement les yeux. « Il n'y avait pas que ça. Il y avait plein d'autres trucs. »

D'après Rusty, sa vraie mère avait fait partie d'une secte satanique, elle avait couché avec un démon et lui-même était à moitié démon. La secte avait contraint sa mère à aller en prison et avait fait en sorte qu'elle y soit sacrifiée.

« Il m'a raconté la même chose, dit Kate. Je n'y crois pas. C'est un sacré menteur.

– Mais parfois il y a un grain de vérité dans ce que les gens disent », répondit gravement Dustin. *Un grain de vérité*, s'étonna

Kate. Avait-il lu cette expression quelque part ? « Ils peuvent dire des mensonges. Mais parfois aussi la vérité, insista Dustin. Par exemple, il affirme que sa précédente famille d'accueil est morte dans un incendie. Il accuse une secte de ce crime. Mais je pense qu'en fait c'est lui le coupable. »

Dustin affirma que Rusty avait essayé de le convaincre de mettre le feu à la maison quand il avait huit ans. Il voulait abattre Dave et Colleen, brûler la maison et s'enfuir avec la Jeep.

« Tu es sérieux ? demanda Kate. Pourquoi tu n'en as pas parlé ?

– Il aurait dit que je mentais, répondit Dustin mollement. Et puis il m'aurait tué.

– Mon Dieu ! » Kate l'embrassa sur la tempe. « Je suis vraiment désolée », murmura-t-elle.

Mais y croyait-elle ? Rusty était-il un psychopathe ? Ça expliquerait bien des choses. Tout ce qu'il lui avait raconté et qu'elle croyait n'être que des histoires bidon pour l'impressionner.

Une fois – alors qu'ils étaient tous les deux chez elle, en train de regarder la cassette de *Vendredi 13*, Rusty les jambes écartées et le bras tendu sur le dossier du canapé si bien que ses doigts effleuraient ses cheveux –, ses parents étaient entrés dans la pièce, accompagnés de Dave et Colleen, et Rusty l'avait regardée du coin de l'œil.

« Tu sais qu'ils font l'amour tous ensemble, n'est-ce pas ? » lui avait-il glissé. Puis il avait souri, plissé les yeux, et à l'époque elle trouvait ça irrésistible.

« Ferme-la, avait-elle répondu. Tu es vraiment dégoûtant.

– Ils font partie de la même secte que ma mère, ajouta-t-il. L'Ordre de Circé. Sinon, pourquoi m'auraient-ils adopté ? »

Elle fixait l'écran. Un personnage invisible saisit la tête d'un jeune garçon et lui transperça la gorge avec une flèche.

«Je ne sais pas pourquoi on t'adopterait. Tu es un bébé tellement laid.»

Rusty avait arboré un large sourire. «Ils font des trucs de dingues. Les frères se touchent. Les sœurs se touchent. Les frères et sœurs se touchent alors qu'ils ne le devraient pas. Quant à ce que fait oncle Dave avec son crochet – c'est juste inimaginable!»

Kate avait ri. «Tais-toi! Tu me donnes envie de vomir.»

Ce souvenir lui revint en mémoire alors qu'elle se trouvait dans le jardin du conseiller municipal en compagnie de Dustin. Leurs jambes faisaient un doux bruit d'éclaboussure dans l'eau de la piscine mais Dustin était particulièrement silencieux.

«Il, commença-t-il. Il m'a… fait des trucs.»

Kate entendit ses jambes remuer nerveusement et elle les immobilisa.

«Des trucs… sexuels.

– C'est-à-dire?» Elle sentit les muscles du dos de Dustin se contracter et, alarmée, elle-même se raidit. «Quel genre de trucs?

– Il a arrêté depuis un moment, dit Dustin d'une voix douce. Depuis mes… neuf ou dix ans peut-être.»

Il baissa les yeux et ses verres de lunettes reflétèrent les lumières de la piscine. «Il s'allongeait dans mon lit. Et il frottait, euh, son»

Kate eut des picotements au niveau du cuir chevelu.

«Contre mon ventre parfois», dit Dustin. Il posa sa main sur son nombril. «Ou mon dos. Tu sais. Juste au-dessus des fesses?»

Kate se tut.

Elle grinça des dents derrière ses lèvres fermées. Elle savait exactement ce dont parlait Dustin parce que c'était une des positions préférées de Rusty – ce qui, au départ, avait fait qu'elle l'avait trouvé coquin, exotique et sexuellement expérimenté. Il frottait sa queue sur son nombril ou bien il la faisait glisser dans la raie de ses fesses et elle s'était dit : *C'est dément !*

Mais ensuite elle se retrouvait avec son foutre sur la peau et au début il était chaud, presque brûlant, mais il refroidissait très vite et se transformait en une espèce de gélatine qui séchait. Elle devait chercher sa petite culotte pour l'essuyer.

Et le temps qu'elle se nettoie, Rusty s'était endormi.

C'était un agresseur d'enfants. Un violeur, en somme.

Une lente prise de conscience se fit en elle, qui germa dans son ventre et se ramifia dans ses membres.

Peut-être même qu'il pensait à des petits gamins – à Dustin – quand il le faisait avec elle.

Un frisson de dégoût la traversa. Qui pouvait faire un truc pareil à un enfant ? Et elle avait laissé un type pareil – un pervers – enfoncer sa bite en elle ?

Ses joues étaient brûlantes. Empourprées, peut-être le sang lui montait-il au visage. Elle avait le regard tellement fixe que ses yeux la piquaient. *Une lente prise de conscience* : c'était comme si votre esprit bougeait. On utilisait des expressions comme « mon cerveau bouillonne » ou « tout tourbillonne dans ma tête » mais, jusqu'à cet instant, Kate n'avait pas compris que ce n'était pas qu'une métaphore. Il s'agissait d'une sensation physique.

Son esprit n'était pas aussi alerte.

C'était plutôt comme si son cerveau s'était détaché et tournait lentement à la surface de l'eau.

Tant de choses s'emboîtaient.

Et voilà qu'ils se retrouvaient devant la maison de grand-mère Brody, un samedi matin de septembre, sans savoir quoi faire. Leurs parents étaient morts. Le procès était terminé. Tous les petits plaisirs que leur promettait l'année de terminale leur avaient été confisqués.

Leur existence entière était réduite en cendres, et Kate regarda le garage qui penchait et semblait la dévisager. Elle pensa à l'antique Studebaker garée à l'intérieur.

Ils se trouvaient tellement loin de la ville qu'ils ne pouvaient même pas apercevoir une seule maison. Juste la prairie vallonnée. Dustin partit flâner sur la route de campagne en quête de pierres à ramasser. Elles l'observèrent.

Kate s'assit dans l'herbe, à côté de la véranda, et alluma une cigarette. « C'est vraiment n'importe quoi, dit-elle. On ne peut pas regarder la télé pendant qu'elle lit sa bible ? »

Elle attendit que Wave manifeste son approbation, mais sa sœur se tut. Elle croisa les bras, s'assit sur les marches devant la maison et fixa la boîte aux lettres qui se trouvait sur un poteau, le long de la route. Le pommier mort était encore dérouté d'avoir été planté dans cette terre aride.

« Elle nous a vraiment dit qu'on devait "aller jouer dehors" ? » demanda Kate. Nouvelle tentative. « On est censés faire quoi ? Sauter à la corde ?

– Hum », fit Wave.

Kate avait arraché des brins d'herbe et fabriqué un petit bol dans lequel elle écrasa sa cigarette.

« Si seulement on avait notre voiture, dit-elle.

– Ouais », répondit Wave.

Kate constata qu'il lui restait dix cigarettes, elle réfléchit puis finit par en allumer une autre. « Je ne sais même pas comment je vais pouvoir m'acheter des clopes. Je ne sais même pas à quelle distance on est de la ville. »

Elle souffla la fumée dans l'air matinal. Et se demanda

soudain si leur grand-mère était contre le tabac. Elle se demanda si elle avait un chewing-gum dans son sac à main.

« Tu aurais un chewing-gum ? » demanda-t-elle, et Wave lui jeta un regard noir.

« Quoi ? dit Kate. Tu es en colère contre moi ? Ou c'est juste que tu n'as pas envie de parler ? »

Wave haussa les épaules.

Si bien qu'elles se turent. Dustin avançait à quatre pattes au bord de la route et Kate restait vigilante au cas où un semi-remorque arriverait ; Dustin se ferait écraser comme un animal avant même de l'avoir remarqué. *Merde*, se dit-elle. *Qu'est-ce qu'il cherche ? Des pierres ? Vraiment ?*

Il était très absorbé par ce qu'il faisait. On aurait dit qu'il parlait tout seul. Il ramassa une pierre. Se redressa sur les genoux et la tendit en direction de la lumière, l'inclinant et l'examinant avec attention.

« J'espère que c'est un foutu diamant qu'il a trouvé », dit Kate, et Wave la dévisagea.

« Hein ? » Wave était perdue dans ses pensées ; elle ne regardait même pas Dustin.

« Rien », lâcha Kate, et le fait qu'elle ait pu dire quelque chose de drôle dont personne ne rirait jamais l'exaspéra. La situation entre elles s'envenimait, songea-t-elle.

Elle éteignit sa cigarette dans la petite maison en herbe qu'elle avait fabriquée. Elle contenait désormais quatre mégots, comme quatre petites personnes recroquevillées qu'on aurait dites mortes.

« Je n'ai aucune preuve », avait déclaré Dustin. Il était sans doute bien plus de minuit mais ils étaient toujours en train de discuter au bord de la piscine. « C'est juste une impression. Donc je ne sais pas si je devrais, euh, en parler à la police. Ou »

Kate avait réfléchi longuement et très sérieusement. Elle avait commencé à prendre des notes dans un cahier.

Preuves que Rusty est le meurtrier

1. Une fois, il a voulu pousser Dustin à mettre le feu à leur maison. Son ancienne famille d'accueil était morte dans un incendie. Coïncidence ? Peu probable !
2. Il a tué des lapereaux sous les yeux de Dustin : pervers et sans pitié.
3. Il a prétendu être l'enfant d'un démon. Même si c'était, de toute évidence, une histoire inventée, ça prouvait qu'il avait l'esprit dérangé. Il affirmait aussi qu'il ne savait pas qui était son père, et que sa mère se prostituait et faisait peut-être partie d'une secte. De nombreux tueurs en série ont une mère qui se prostitue. Et en plus, qui connaissait les croyances que la secte lui avait enseignées ? C'était, sans aucun doute, un malade mental.
4. Il a raconté à Dustin qu'il faisait partie d'un gang/d'une secte et qu'ils avaient commis un meurtre. Sans doute un mensonge mais ça montre que ça fait longtemps qu'il songe à tuer/assassiner.
5. Il a fait des trucs sexuels à Dustin quand il était petit. Preuve que c'était un prédateur et un pervers. Était-il aussi un drogué du sexe ? Il avait eu des relations sexuelles avec Wave, avec elle-même et combien d'autres ? Et puis combien d'autres enfants avait-il agressés sexuellement ? Preuves supplémentaires de son absence de morale et de son esprit tordu.
6. Il parlait tout le temps de Satan et du satanisme. Il était

fan de groupes comme Black Sabbath, Venom, Judas Priest. Il dessinait des pentagrammes. Il prenait des hallucinogènes.

7. La veille des meurtres, dans la soirée, il a pratiqué un rituel dans un cimetière alors qu'il était sous l'emprise du peyotl. Il a dansé et chanté pour Satan. Une fille s'est assise sur une tombe, a écarté les jambes et a déclaré : « Ô Guland, ne m'oblige pas à aller à Yellowstone ! » Et puis les parents sont morts, si bien que la fille n'a pas été obligée d'aller à Yellowstone. Rusty a-t-il pu les tuer parce qu'il voulait, avec son esprit dérangé, faire en sorte d'exaucer sa prière ?

C'était le n° 7 qui semblait le plus convaincant, et ça ne plaisait pas particulièrement à Kate.

Ça ne lui plaisait pas non plus d'avoir été cette fille à l'esprit embrouillé par la drogue qui avait retiré sa petite culotte et écarté les jambes devant deux garçons. Et puis qui avait prié Satan ou un quelconque démon.

Ça pouvait donner l'impression qu'elle était dans le camp de Rusty.

Pouvait-on la pointer du doigt ? Pouvait-on l'accuser à tort d'être complice de Rusty ? Ça la faisait ressembler à une des filles de la Manson Family, songea-t-elle.

Ils pourraient donner cette image d'elle s'ils le voulaient. Ils pourraient probablement faire croire à toutes sortes d'horribles choses la concernant.

Était-ce bizarre qu'elle dorme avec Dustin dans le lit de Colleen ? *Bien sûr que c'était foutrement bizarre.* Il commençait sa puberté, si bien qu'il y avait de nouvelles odeurs.

Celle des aisselles. Celle, horrible et aigre, des pieds adolescents. La bouche baveuse de Dustin contre son bras et, contre sa cuisse, les érections troublantes et involontaires d'un garçon de treize ans qui dort. Ses murmures. « Ô Guland », croyait-elle l'entendre dire. « Ô Guland, Guland. »

Mais elle n'avait pas le choix. Elle savait que sinon Dustin serait terrorisé. Si elle lui demandait de dormir par terre, il remarquerait les animaux en peluche miteux que Wave et elle avaient fourrés sous les lits ; il verrait leurs yeux en boutons le dévisager dans l'obscurité.

S'il dormait par terre, il aurait davantage d'épisodes de somnambulisme, la situation avait d'ailleurs empiré depuis les meurtres – chaque nuit, ce zombie de Dustin se levait et se baladait si on ne le réveillait pas. S'il ne dormait pas à côté d'elle, il serait capable de partir et de s'enfoncer dans la nuit, et elle ne se réveillerait pas pour l'en empêcher.

Kate voyait tout à fait le genre de petit ami qu'il serait plus tard. Un horrible bébé qui ferait croire à une pauvre fille qu'il avait besoin qu'elle s'occupe de lui. Le genre de petit ami qui ressentirait constamment une nostalgie et un désir indicibles, ainsi qu'une tristesse inexpliquée.

Certaines filles adoraient ça. Pas Kate.

Mais c'était ce qu'elle devait faire, songea-t-elle. Sinon…

Sinon quoi ?

Elle réfléchissait souvent à cette question. Que se rappelait Dustin ? Que se rappellerait-il plus tard ? Assis à côté d'elle dans le car, il agitait les mains, reproduisait certaines formes en entrelaçant les doigts, tel un sorcier jetant un sort. « Sssss », murmurait-il, et Kate espérait qu'on ne les remarquait pas.

Ils allaient en car à l'école avec des enfants de tous âges. Des gamins de la campagne aux vêtements bon marché. Qui attendaient au bout d'une allée le passage du car. Ils parcouraient lentement les routes non goudronnées pendant environ quarante-cinq minutes, et Kate trouvait ce trajet interminable.

Elle se rappelait que Wave et elle allaient au lycée avec la voiture que leur père leur avait achetée.

Une Mustang à hayon orange qu'elles appelaient « Minuscule ». Elles conduisaient à tour de rôle et il leur arrivait de faire de longs détours, de parcourir plusieurs fois Main Street avant de se garer sur le parking de l'école, conscientes qu'elles auraient droit à un billet de retard.

Wave était la plus téméraire des deux. Une fois, elles étaient allées conduire sur des petites routes de campagne et Wave avait poussé la Mustang jusqu'à dépasser les cent trente kilomètres à l'heure, jusqu'à ce que le châssis se mette à trembler et qu'elles craignent de tout faire péter.

Sans ces meurtres, elles continueraient d'aller à l'école en voiture. *Sans Rusty !* se disait Kate. Assise dans le car à côté de Dustin, elle regardait la nuque de sa sœur qui s'était installée quelques rangées devant eux. *Tu me préférerais vraiment Rusty ?* songeait-elle. *Vraiment ?*

Kate n'aimait pas sa nouvelle école. Beaucoup de petits voyous blancs, stupides et vulgaires – leurs pères étaient tous ouvriers, ils construisaient la nouvelle centrale électrique ou travaillaient dans la mine à ciel ouvert –, ou alors de jeunes Mexicains plutôt froids qui parlaient espagnol entre eux à la cantine. Kate et Wave n'avaient pas le même emploi du temps, si bien qu'elles se voyaient rarement dans la journée.

Parfois, Kate repérait sa sœur dans les couloirs en train de parler et même de rire avec ses nouvelles amies. Ces nouvelles amies ressemblaient à des droguées, à des filles qui vivaient dans des lotissements de mobile homes et essayaient d'avoir l'air punk sans même saisir ce que ce mot signifiait, se disait Kate, elles ne faisaient que copier les « célébrités » qui passaient sur MTV.

Quant à Kate, elle ne se faisait pas de nouvelles amies. Elle se sentait étrangement mal à l'aise. Elle avait dans l'idée que les gens *savaient* – qu'elle était la fille qu'on associait aux meurtres. Elle a participé à ce procès du satanisme, saviez-vous qu'elle s'est fait violer sur une tombe ?

Ce n'est pas vrai ! *Si c'est vrai !*

Ils ne savaient sans doute rien, mais Kate avait l'impression du contraire ; elle ne voulait pas discuter ou interagir avec les autres élèves comme le faisait Wave. Qui avait tellement d'amies ! Qui était une nouvelle élève tellement populaire !

Pendant un temps, Kate essaya d'écrire à sa sœur des petits messages. C'était vraiment pathétique. Elle écrivit avec soin les mots *T'es canon* en lettres bulles, les coloria avec un feutre, plia le bout de papier et le glissa dans la poche de la veste de Wave. Elle écrivit *Je t'aime* sur un autre qu'elle glissa dans une de ses chaussures.

Elle essaya de trouver des trucs qui plairaient à Wave, qui la feraient rire comme avant. Mais elle avait de plus en plus de mal à se rappeler ce genre de chose.

Petites, Kate et Wave adoraient être jumelles. Il n'y avait jamais vraiment eu de télépathie entre elles, même si aujourd'hui Kate pouvait assurément entendre sa sœur penser :

Menteuse. *Menteuse* *menteuse menteusementeuse*

Elle ne mentait pas.

Elle n'avait jamais douté un seul instant que Rusty fût l'assassin. Depuis cette soirée au bord de la piscine au cours de laquelle Dustin lui avait parlé, la question ne se posait plus. Kate avait noté toutes les preuves dans un cahier, en les numérotant pour faire officiel. Dès qu'elle se rappelait quelque chose que Rusty lui avait dit et qui pouvait l'incriminer, elle l'ajoutait à la liste.

Elle en était au n° 20 quand elle décida d'en parler à Wave. Il s'était écoulé plusieurs jours depuis les meurtres, et tous trois étaient encore « séquestrés ». « Interrogés ».

Mais les relations entre les sœurs n'étaient pas bonnes. Curieusement, Wave semblait croire qu'elle était, plus que quiconque, affectée par ces décès, et elle versait dans le mélodrame. Elle dormait environ dix-huit heures par jour, et quand elle était réveillée, elle se traînait dans la chemise de nuit blanche de leur mère, avançant pieds nus dans le couloir avec la lenteur d'une somnambule. Tout en lançant à sa jumelle des regards affligés et accusateurs.

Kate, bien évidemment, savait pourquoi. Parce qu'elle avait dit un jour à Wave qu'elle souhaitait que Vicki ait un cancer. Parce qu'elle lui avait dit que Dave avait un beau petit cul, parce qu'elle racontait des ragots à propos de possibles relations sexuelles entre Dave, Colleen, Lucky et Vicki. Et aussi, sans nul doute, parce qu'elle avait prié Satan pour ne pas aller à Yellowstone. Wave croyait que le fait que sa sœur ne théâtralise pas son chagrin, telle une actrice du cinéma muet, signifiait qu'elle s'en fichait. Et dès que leurs regards se croisaient, Kate avait l'impression que Wave s'enfermait dans un silence réprobateur.

Si bien que c'est avec embarras qu'elle lui tendit son cahier. C'était un dimanche après-midi, ils avaient été obligés d'aller à l'église le matin même avec le conseiller municipal et sa femme. Encore du théâtre : les gens les avaient dévisagés, bouche bée, et tous trois avaient dû essayer d'avoir l'air que l'on est censé avoir après l'assassinat de ses parents.

Les jumelles s'étaient installées dans l'herbe le long du grillage, près du garage, juste derrière les poubelles, et Kate regarda sa sœur lire ses notes. *Preuves que Rusty est le meurtrier.* Wave fronça légèrement les sourcils puis tourna une page. Ses yeux parcoururent laborieusement les lignes manuscrites et puis son regard se figea, et elle poussa un léger grognement pour marquer son désaccord. Elle lut la page suivante avec dédain et en silence.

Et finit par lever la tête. Le regard vide. Sans réagir. Elle rendit son cahier à sa sœur comme si c'était une blague plus répugnante que drôle.

« Alors ? » dit Kate en fronçant les sourcils. Leurs regards se croisèrent et Kate voulut planter ses yeux dans ceux de sa sœur mais Wave, l'air sombre, baissa la tête.

« Que veux-tu que je te dise ? s'exclama-t-elle. Il faut que ce soit relu pour corriger les fautes d'orthographe et de grammaire si tu veux essayer de le publier comme roman. »

Assise en tailleur, Kate arrachait des brins d'herbe qu'elle entassait, et elle haussa les épaules. « Je pense que c'est lui, dit-elle. Dustin et moi, on veut aller en parler à la police.

– De grâce ! » répondit Wave, le regard blessant. Elles étaient proches il n'y avait pas si longtemps encore, mais il était clair qu'elles ne l'étaient plus. Kate tressaillit.

« Tu te fous de moi ? dit Wave. Plus de la moitié de tes arguments sont des mensonges. »

Kate se sentit piquer un fard, devenir toute rouge – une sensation qu'elle détestait. Elle avait une peau qui révélait ses émotions plus que la plupart des gens normaux, songea-t-elle, et ça l'exaspérait que son propre visage la trahisse dès qu'elle était en colère ou gênée.

Si bien qu'elle s'efforça d'afficher devant Kate un air raisonnable et pensif. *Je t'écoute*, disait cet air, bien que ses joues soient brûlantes et sans doute écarlates. *Ce que tu as à dire m'intéresse !*

« Lesquels sont des mensonges ? » demanda-t-elle. Elle se

félicita d'avoir parlé d'un ton neutre et calme. Mais Wave émit alors un son plein de sarcasme.

« Pff », fit-elle, et Kate sut qu'elle était devenue cramoisie.

« Premièrement, dit Wave, la plupart des choses que Rusty raconte sur sa famille, sur le satanisme ou autre – c'est pour plaisanter. Pour frimer. C'est bien évidemment bidon. Il imite juste Ozzy Osbourne ou quelqu'un dans son genre.

« Et..., poursuivit-elle. Eh bien. Ce que dit Dustin ? Ça me débecte mais... c'est Dustin. Un jour il nous a raconté qu'il avait vu un grizzly se balader dans la rue ! Et il le croyait, non ? Tu te souviens de ce jeu méchant auquel on jouait avec lui. Tu sais combien il est crédule. »

Kate ne répondit pas.

« Rien de tout cela n'est vrai, insista Wave. J'étais là. Tu n'étais pas en transe. Et ils ne t'ont jamais enfoncé un putain de crucifix dans le vagin. C'est vraiment dégueulasse ! Tu as retiré ta petite culotte et tu as montré ta chatte. Voilà tout. On était en plein trip. Tu as dansé avec Rusty. Et puis on est rentrés à la maison.

– Tu ne te rappelles pas tout, dit Kate. Tu trippais plus que moi.

– Haha. On ne me balade pas aussi facilement que Dustin. »

Va te faire foutre, Wave, se dit Kate. Elle ne baladait personne. Pourquoi mentir si elle n'y croyait pas ? C'était tellement évident. Tellement évident que Rusty était coupable, le reste n'avait aucune importance.

Wave ne voyait sans doute pas les choses ainsi. Le lendemain, quand elles rentrèrent en car de l'école, elle s'assit, comme d'habitude, trois rangées devant sa sœur, de l'autre côté du couloir, et Kate eut beau fixer sa nuque, Wave ne se retourna pas. Elle pensait que Dustin était en quelque sorte l'esclave de Kate.

Il y avait ce jeu auquel elles jouaient avec Dustin quand il était petit. Kate ne se rappelait même pas à quel moment ça avait commencé. Avait-il six ans la première fois ? Ou sept ans ?

C'était un petit garçon adorable. Tellement heureux, frétillant, minuscule – petit pour son âge, on le prenait toujours pour plus jeune qu'il n'était jusqu'à ce qu'il se mette à parler. Les gens étaient alors surpris par son intelligence. *D'où sort-il ce vocabulaire ?* se demandaient-ils. Il aimait lire les encyclopédies pour enfants et il pouvait en réciter certains passages. « Il est tellement étonnant ! disait leur mère, qui n'avait pourtant pas un goût marqué pour les points d'exclamation. Un vrai moulin à paroles ! Il vous dira tout ce que vous voulez savoir sur les dinosaures. Et mon Dieu ! Quelle imagination ! Je ne sais pas d'où ça lui vient. Certainement pas de Colleen ! »

Les jumelles avaient alors dix ou onze ans. Onze ans. Elles le considéraient comme un animal de compagnie, comme une poupée. Il était tellement petit que les robes de Pâques qu'elles portaient à trois ans lui allaient. Cette première fois, elles l'emmenèrent dans la cabane construite dans les arbres pour les lui faire essayer, et il n'eut pas l'air inquiet du tout. Vêtu d'une robe lavande en mousseline de soie, il leur parla des dinosaures et put leur réciter de longues listes de noms d'espèces.

« Dustin, dit Kate. Fais un bec de canard avec ta bouche. Et ferme les yeux. » Elle posa fermement sa main sur sa tête pour l'empêcher de bouger. Derrière elle, Wave préparait le tube de rouge à lèvres de leur mère, comme une infirmière préparerait une seringue en vue d'une piqûre.

Elles pensaient qu'il refuserait d'être maquillé, mais il semblait hypnotisé. Il ouvrit les yeux et les leva vers Kate, tel un chat fixant la lune, et elle traça une ligne sur sa lèvre supérieure.

« Dustin, dit Wave. Tu ressembles vraiment à ta sœur jumelle ! »

Concentrée sur le visage de son cousin, Kate vit ses yeux s'agrandir.

«Je n'ai pas de sœur», lâcha-t-il.

Elles se regardèrent et Wave fit un petit sourire à Kate. À l'époque, elles étaient capables de communiquer juste avec les yeux, juste avec l'expression de leur visage.

«Tu ne t'en souviens sans doute pas, poursuivit Wave. Tu étais tout petit quand elle a dû partir.» Dustin fronça les sourcils, et Kate hésita avant de s'attaquer à la lèvre inférieure.

«On ne devrait pas parler de ça, dit-elle. Il est trop petit pour comprendre.

– De toute façon, il ne s'en souvient pas.

– Bien sûr que si !» s'exclama Dustin, offensé que l'on puisse mettre en cause sa mémoire. Il regarda Kate droit dans les yeux – peut-être pour voir si c'était une blague – mais celle-ci l'ignora.

«Je ne pense pas, dit Wave. C'est impossible.» Dustin remua un peu sur sa chaise. Son front se plissa.

«Pauvre Désirée, ajouta-t-elle. Ils ont dû la confier à un cirque.

– Qu… ?» fit Dustin. Kate maintint fermement sa mâchoire et fit glisser le bâton sur la lèvre charnue.

«Il vaut mieux que tu ne penses pas à ta sœur», lui dit-elle, car ses yeux papillotaient et son visage se contractait – comme si un souvenir lui revenait. Sa lèvre inférieure tremblait et Kate eut bien du mal à ne pas déraper.

«Pourquoi l'ont-ils envoyée dans un cirque ?» demanda Dustin, et Kate le regarda très attentivement. Elle voyait bien qu'il «se souvenait» et ça la fascinait.

Il croyait vraiment à cette histoire.

«Eh bien, manifestement, commença Wave. Parce qu'elle était difforme. Elle a dû y aller parce que c'était un phénomène de foire.

– Wave, la reprit Kate. Ne parle pas de “phénomène de foire”. » Elle sourit à Dustin. « Je la trouvais belle », lui dit-elle.

Il hocha la tête. Ses lèvres s’écartèrent quand elle tapota le contour de sa bouche avec un mouchoir en papier. « Moi aussi, je la trouvais belle, murmura-t-il.

– Mais tu ne t’en souviens pas vraiment, dit Wave. Tu étais tout petit quand elle est partie.

– Bien sûr que si, je m’en souviens ! » Dustin grimaça et Kate fusilla sa sœur du regard. Voulait-elle vraiment qu’il pète un câble et qu’il parte en pleurant retrouver ses parents pour qu’ensuite elles se fassent attraper ?

« Bien sûr qu’il s’en souvient, insista Kate. C’était sa jumelle. » Puis elle se pencha vers Dustin et lui parla gentiment. « Racontenous », dit-elle d’une voix douce en coinçant les cheveux de son cousin derrière ses oreilles pour lui faire comme une coupe à la garçonne. « Quels sont tes souvenirs d’elle, mon bonhomme ? »

Il leva vers Kate des yeux rêveurs. « Eh bien, dit-il. Elle avait des yeux rouges. Comme un lapin blanc a des yeux rouges. Elle avait de longs cheveux blancs. Et elle avait un trou dans le ventre dans lequel elle mettait sa nourriture.

– Oh ! C’est intéressant.

– Mais j’étais triste de la voir partir.

– On l’était tous », répondit Kate, et les deux sœurs, savourant un plaisir mêlé d’étonnement, se regardèrent en écarquillant les yeux. « Mais on ne peut pas en parler car ça fait pleurer ta maman. Elle n’a pas pu avoir d’autres bébés après votre naissance.

– Je sais bien », dit Dustin.

C’était vraiment méchant, elles en convinrent plus tard. Mais ça ne le faisait pas non plus souffrir. C’était juste… très drôle et vraiment intéressant.

« *Elle avait un trou dans le ventre dans lequel elle mettait sa nourriture*, répéta Wave. Oh, mon Dieu ! Tu crois qu'il est fou ?

– Non, répondit Kate. Il est juste hyperactif.

– Ça va être l'horreur pour lui quand il sera plus âgé, dit Wave. Les autres garçons le tueront. »

Kate haussa les épaules.

« Eh bien, dit-elle. Il faut qu'on le protège. »

Quand elle vit Dustin la fois suivante – quelques semaines plus tard –, elle était seule dans la cabane. Elle avait volé un paquet de cigarettes à sa mère et s'entraînait à fumer. Wave l'ignorait, ce qui plaisait à Kate tout en l'inquiétant. Et si Wave avait, elle aussi, des secrets ?

Elle entendit alors Dustin parler – si on peut employer ce verbe. C'était une espèce de marmonnement bruyant, comme le son d'un dessin animé perçu depuis une autre pièce. Elle jeta un coup d'œil par-dessus la balustrade et l'aperçut dans le jardin, non loin de là, qui parlait tout seul en dansant.

Après l'avoir observé un certain temps, Kate se dit qu'il jouait un personnage imaginaire. Il murmurait, la plupart du temps, mais sa voix montait et descendait. Il mimait tout en parlant, il courut, tomba, feignit de s'être fait mal au menton, imita un bruit d'explosion de dessin animé, se releva et bomba le torse. « Comment peux-tu… ! » s'exclama-t-il, puis il tendit le bras, comme Superman quand il vole.

Il joue, se dit-elle. Peut-être une scène de film ? Mais il était tous les personnages à la fois, faisait tous les effets sonores, chantait parfois la musique, et ce n'était pas totalement aberrant – tous les enfants jouent à faire semblant – mais il y avait peut-être chez lui plus d'ardeur, un plus grand sentiment d'urgence.

Plus qu'hyperactif, songea Kate.

Elle suréleva ses jambes et observa Dustin un moment en fumant discrètement et en se débarrassant de la cendre d'une chiquenaude, comme elle l'avait vu faire dans des films. Elle cadra les cabrioles de Dustin entre ses pieds, crispa et décrispa ses orteils. Elle s'était mis du vernis rouge appelé Âme Sœur – il était plutôt magenta foncé – mais elle avait encore l'impression que ses doigts de pied ressemblaient à ceux d'un garçon. Ils étaient larges et carrés, et les gros orteils particulièrement épais et inélégants. Elle avait aussi des poils sur les jambes. Sa mère leur avait interdit de se les raser avant l'âge de treize ans.

Dustin était toujours pris par son jeu quand elle descendit de l'arbre sur l'échelle faite de lattes clouées au tronc, et il ne remarqua rien lorsqu'elle fit tomber le paquet de cigarettes vide dans l'herbe. Il était toujours en train de babiller quand elle s'avança vers lui.

« Dustin, dit-elle. Qu'est-ce que tu fais ? »

Et ce fut comme si elle avait coupé une ficelle et qu'un ballon d'hélium s'était soudain envolé dans le ciel. Il s'arrêta de parler, de gesticuler, il eut l'air absent un court instant, et il frissonna. Elle voyait bien que son corps tremblait et qu'une sorte de présence s'en échappait.

« Hein ? Je ne fais rien. »

Kate réfléchit un instant. « Je te cherchais, dit-elle. Je voulais te parler. Wave est très en colère contre toi.

– Wave ? Mais... je n'ai rien fait.

– Elle dit qu'elle t'a vu l'épier. Elle fumait des cigarettes de notre mère et maintenant elle a peur que tu la dénonces. Elle pense que tu es un cafteur. »

Dustin parut blessé. « Je ne la dénoncerai pas. Je ne suis pas un bébé.

– C'est ce qu'on verra », dit Kate. Elle croisa les bras et fronça les sourcils. « Mais tu as vraiment vu Wave fumer ? Tu l'as vue de tes propres yeux ? Pourquoi tu l'épiais ?

– Je... Je ne l'ai pas fait exprès ! Je jouais.

– Mais tu l'as vue, insista Kate. Tu as vu Wave fumer une cigarette dans la cabane ?

– Oui, reconnut Dustin. Je l'ai vue. Mais je ne dirai rien. »

Kate comprit alors pour la première fois que l'imagination de Dustin pourrait lui être utile.

Et pourtant, elle l'aimait. Elle l'aimait beaucoup. Il fut au centre de ses préoccupations lors de ces premiers mois passés chez grand-mère Brody.

Parfois Kate surprenait Dustin en train de faire ses petits gestes étranges, ses pantomimes : il faisait semblant de se nourrir, ou bien il se tapotait les paupières du bout de l'index – œil gauche, œil droit, œil gauche, œil droit – comme pour s'assurer que ses yeux étaient toujours là ; il posait son index sur ses lèvres comme pour dire *chut*, sauf qu'il soufflait sur toute la longueur de son doigt comme s'il essayait de le refroidir.

Kate voulut en parler à Wave, mais celle-ci se montra plutôt froide. « Je ne sais pas, dit-elle avec indifférence. Il m'a plutôt l'air d'aller bien. »

Tous les trois assis, paisiblement, devant l'émission de variétés *Soul Train*. Leurs relations s'amélioraient peut-être, se dit Kate.

Grand-mère Brody s'approcha alors avec sa canne en boitant. « Katelynn ? cria-t-elle depuis le couloir. Waverna ? Venez par là. J'ai besoin de vous. »

Tôt ou tard, se dit Kate, Wave allait craquer et elles se réconcilieraient. Même si sa sœur s'était fait des amies au lycée, elle était coincée à la maison après les cours et tous les week-ends. Il n'y avait pas moyen de sortir. Elles habitaient à des kilomètres de la moindre station-service et elles n'avaient pas le droit de téléphoner. Kate observait avec intérêt les disputes entre Wave et grand-mère Brody à ce sujet.

« Vos bavardages et vos commérages au téléphone coûtent trop cher. Ce n'est pas à ça que ça sert », déclara un jour la vieille dame, et Wave, qui tenait le combiné, parut abasourdie.

« Un appel local ne coûte rien, rétorqua-t-elle. Pas un seul *cent* !

– C'est toi qui paies les factures dans cette maison ? Quand tu paieras tes propres notes de téléphone, alors tu pourras jacasser autant que tu voudras ! »

Après cet incident, ils se retrouvèrent tous les trois dans l'ancienne chambre de Vicki et Colleen, Kate sur un lit, Wave sur l'autre, Dustin par terre, et ils se regardèrent.

Si je pouvais trouver un truc qui la fasse rire, songea Kate.

Elle n'arrivait pas à croire que Wave s'entête aussi longtemps. Elle allait bien finir par s'adoucir.

« Mon Dieu ! s'écria-elle au bout d'un moment. Je n'arrive pas à croire qu'on n'ait même pas le droit de téléphoner ! » C'était comme une invitation : une revendication partagée.

Parlons de choses sur lesquelles nous sommes toutes les deux d'accord. Entamons une conversation.

Mais Wave refusa de mordre à l'hameçon.

« Ça ne me gêne pas, dit-elle. Pourquoi ? Tu dois téléphoner à quelqu'un ?

– Oui, répondit Kate. Je voulais appeler le balai que tu as dans le cul. J'ai un message pour lui. »

Wave pouffa. Ce n'était pas un rire, mais c'était au moins une marque de reconnaissance. Ça voulait dire qu'elle écoutait.

Elles regardèrent Dustin fouiller dans le placard hanté qui avait appartenu à leurs mères. Il avait découvert des jeux de société qu'on avait cachés là. Il sortit le Yahtzee, le Docteur Maboul, le Parcheesi et le Monopoly.

« C'est quoi le *Mystery Date* ? Vous en avez déjà entendu parler ? demanda-t-il.

– Non, répondit Wave. Ça ne m'intéresse pas.

– Comment on prononce *O-U-I-J-A ?*

– Ne touche pas à ça ! » s'écria Wave. Elle se leva, tout à coup sur le qui-vive. « Putain, je ne plaisante pas, Dustin. Ne t'avise pas de toucher à ça ! »

Et Kate approuva. Qui sait ce qui se passerait si on sortait une planche Ouija dans cette chambre ?

Kate et Dustin étaient assis au bord de la piscine, et alors qu'elle levait les yeux au ciel, elle sentit son esprit tourner lentement en orbite autour d'une lente prise de conscience.

Rusty a tué nos parents, se dit-elle.

Il y avait de l'indignation, bien évidemment. De la répulsion. Mais également la crainte de plus en plus insistante que si Rusty était bien le meurtrier, elle puisse être associée à lui. Ce pentagramme ridicule, le fait qu'elle ait joué une scène tirée de *Michelle Remembers*. Qu'elle ait dansé avec lui sur une chanson de Black Sabbath. Les gens diraient qu'elle était sa complice.

Kate sortit sa main de l'eau chlorée et la posa sur celle de Dustin. « Je pense qu'on a *tous les deux* été abusés sexuellement », murmura-t-elle.

Elle fit en sorte qu'ils soient assis sur les talons, que leurs genoux se frôlent, et elle posa les mains de Dustin sur les siennes. Paumes vers le haut pour elle, vers le bas pour lui. Puis elle plongea son regard dans ses yeux.

« Tu as des souvenirs ? Du cimetière ? »

Les mains de son cousin frémirent et il cligna des yeux à plusieurs reprises. Elle crut, un instant, qu'il allait protester. – *qu'est-ce que tu racontes ?* – mais il se contenta de la dévisager.

« Oui, finit-il par lâcher.

– On aurait dit. On aurait dit que tu étais quasiment hypnotisé. Comme si tu ne savais pas où tu te trouvais. Comme si tu te croyais à la maison, en train de regarder la télé.

– Hum, fit Dustin.

– Tu perdais conscience et puis tu revenais à toi», poursuivit Kate. Comme elle lui mentait depuis des années, elle savait quand marquer une pause, quand laisser des blancs afin que l'imagination de Dustin les remplisse, quand l'encourager ou l'amadouer. «Tu avais pris beaucoup de drogue.»

Le front de Dustin se plissa. Le visage de quelqu'un qui cherche à se souvenir.

«J'ai essayé de me défendre», expliqua Kate, et elle se pencha en avant, resserrant légèrement ses mains autour des doigts de Dustin. «J'ai essayé de t'appeler à la rescousse. Mais on aurait dit que tu étais… paralysé.

– Je ne sais même pas si je m'en souviens, murmura-t-il. Enfin, il me semble m'en souvenir. Par bribes.»

Kate se réveilla une nuit dans la chambre de la maison de grand-mère Brody et Dustin n'était pas là. Elle n'avait jamais eu de mal à dormir, mais ici elle se réveillait souvent avec l'impression d'être observée, elle se réveillait et Dustin était allongé à côté d'elle, il marmonnait, respirait contre elle comme s'il rêvait qu'il faisait l'amour. Qu'il fuyait ou poursuivait quelqu'un. Des halètements courts et heurtés.

Et puis se réveiller et constater qu'il n'était plus là.

Elle se redressa en clignant des yeux.

Wave dormait profondément dans l'autre lit. Dustin avait disparu.

Kate perçut le claquement de la porte-moustiquaire en bois de la cuisine, et elle se leva. Quelque chose clochait chez Dustin, songea-t-elle. Tout ce qu'on trouvait jadis étrange, barjo et mignon chez lui s'était accentué. On dirait une forme de maladie mentale, songea-t-elle.

Au rez-de-chaussée, le clair de lune embrasait la cuisine. Il y avait une assiette et un verre de lait presque vide sur la petite table, et plusieurs placards étaient ouverts. La porte de derrière aussi.

Elle était grande ouverte, et la vieille moustiquaire oscillait, heurtant légèrement le chambranle à intervalles réguliers. Des feuilles mortes et autres petits débris franchissaient le seuil, portés par le vent de septembre.

Kate aperçut Dustin dans le jardin, il marchait péniblement au milieu des mauvaises herbes qui poussaient autour du pommier, avançant tel un somnambule, bras tendus devant lui, paumes vers le ciel, comme s'il tenait un objet dans chaque main. Il chantait de la voix claire et aiguë d'un enfant de chœur. « Luckenbach, Texas » : une chanson que leurs parents aimaient. Il ne récitait pas vraiment les paroles. « *Come to Luckenbach, Texas* », fredonnait-il en se balançant. « *Lou lou lou lou.* » Il se balançait comme l'une de ces créatures marines, anémone ou méduse, flottant presque. La lune le dévisageait, l'air absent, et Kate eut des picotements dans le dos.

Ô Guland, songea-t-elle. Elle ignorait qui était Guland – un démon sorti de la bible satanique de Rusty – mais elle se demandait parfois si elle l'avait bel et bien invoqué quand elle avait prononcé son nom au cimetière. Il avait exaucé son souhait : ils n'étaient pas allés à Yellowstone. Et, en échange, elle avait tout perdu. Aujourd'hui encore, elle était perdante.

Guland. Il avait dû être ravi. Elle avait fait quelque chose d'horrible.

Mais bien sûr que non !

Elle avait fait ce qui fallait !

Fallait-il accorder de l'importance au fait que Dustin n'était pas là, dans le cimetière, avec Wave, Rusty, Trent et elle ? Fallait-il accorder de l'importance au fait qu'elle avait par endroits exagéré l'histoire qu'elle lui avait racontée ? Au fait qu'elle avait feint, par moments, d'être une innocente demoiselle ?

Non – parce qu'elle était absolument convaincue que Rusty avait tué leurs parents.

Kate avait lu *Michelle Remembers*. Elle avait examiné les photos granuleuses en noir et blanc imprimées sur du papier rigide au centre du livre de poche. Une des légendes indiquait : *Michelle a raconté au Dr Pazder qu'on l'avait emmenée dans le cimetière de Ross Bay, à Victoria. On avait forcé l'ouverture d'une vieille tombe, comme celle que l'on voit ci-dessus, on l'y avait allongée puis on avait refermé le couvercle.*

Kate dit à Dustin : « Tu te rappelles m'avoir raconté que Rusty et Trent t'avaient mis dans une tombe et avaient refusé de te laisser sortir ?

– Oui.

– Tu es sûr que ça s'est vraiment passé ? » insista-t-elle, et Dustin regarda dans le vide un long moment.

« Oui, dit-il. Je peux tout à fait... Je revois très nettement la scène. »

Kate trouvait que la dernière partie de *Michelle Remembers*, à partir du moment où Satan apparaît, était un peu tirée par les cheveux. Satan parlait en vers plutôt maladroits, et elle se rappelait le soir où Rusty lui avait arraché le livre des mains et avait commencé à le lire à haute voix avec un mauvais accent anglais.

« Il lisait ces vers étranges, dirait-elle plus tard à la police. Il disait que c'était Satan qui les lui avait transmis. »

Dans *Michelle Remembers*, quand la femme commence à retrouver certains souvenirs refoulés, elle s'exprime avec la voix d'une fillette de cinq ans, et Kate trouvait ça intéressant.

Elle essaya d'adopter une voix enfantine – pas cucul, juste un peu hésitante, plus douce et plus lente que la sienne. Comme si raconter ces horribles souvenirs la mettait en transe.

Ils se trouvaient dans une pièce du poste de police de St Bonaventure. Elle ne ressemblait pas aux salles d'interrogatoire qu'on voit à la télé. On aurait dit une petite et étroite salle de repos, avec un canapé et un comptoir sur lequel se trouvait une cafetière. Kate s'installa sur le canapé en velours qui s'affaissait, les deux policiers s'assirent sur des chaises pliantes, et le travailleur social resta debout près de la porte, les bras croisés.

Kate s'était inquiétée à l'idée que l'on puisse les interroger séparément et c'était exactement ce qui se passait. On les fit entrer l'un après l'autre – d'abord Dustin puis Kate puis Wave.

Dustin et elle avaient passé en revue les points importants. Kate les avait notés dans son cahier et elle les lui avait lus à voix haute pour qu'ils s'en souviennent correctement tous les deux. Pour qu'ils soient d'accord sur ce qui s'était réellement passé.

« Il se peut qu'on nous pose des questions pièges, avait-elle dit à Dustin. Ils ne voudront peut-être pas croire ce qu'on leur racontera, c'est pour ça qu'il faut que nos versions se recoupent. »

1. Ils avaient entendu Rusty parler, à de nombreuses reprises, de tuer Dave et Colleen. Ils l'avaient entendu parler de brûler la maison, et ils se rappelaient que son ancienne famille d'accueil était morte dans l'incendie de sa maison.
2. Rusty affirmait qu'il était membre d'une secte, que sa mère biologique était membre d'une secte, il écoutait de la musique satanique et faisait des dessins sataniques,

notamment des pentagrammes et des représentations du visage du diable. Il affirmait avoir participé à un rituel au cours duquel un enfant avait été noyé dans un canal d'irrigation.   Et il avait aussi participé à des mutilations de bovins et à des sacrifices d'animaux.

3. Il les avait emmenés en voiture jusqu'au cimetière et les avait drogués à leur insu en leur faisant boire du Kool-Aid.
4. Rusty avait dessiné un pentagramme et des lapereaux avaient été sacrifiés dessus et ils avaient tous été forcés de prier Satan.
5. Dustin avait été jeté dans une tombe ouverte.
6. On avait obligé Kate à retirer sa petite culotte et à écarter les jambes sur le pentagramme et Rusty et Kent avaient placé un crucifix entre ses jambes et barbouillé son visage de sang de lapereau.
7. Rusty avait demandé à Satan de tuer leurs parents.

Kate croyait que, dans l'ensemble, tout ça était vrai. Ou du moins dans l'esprit de la vérité ; ça représentait l'essence de ce qu'ils savaient de Rusty, de ce dont il était capable, même si ça ne s'était pas forcément passé dans cet ordre.

Wave lui posait des problèmes. Elle ne se rappelait peut-être pas les choses de la même manière.

« Il se peut qu'elle soit partiale », dit Kate aux policiers. Elle enfouit son visage dans ses mains et frissonna de honte. « Elle avait – je crois – des relations sexuelles avec lui. Je ne pense pas qu'elle ait quoi que ce soit à voir avec les meurtres, mais je suis convaincue… qu'elle est sous son… emprise. »

De toute façon, Kate doutait que Wave ait des souvenirs précis. Ils avaient tous pris du peyotl, et sa sœur semblait tripper plus que les autres.

D'après Wave, il y avait une autre fille présente sur les lieux. « Il me semble qu'elle s'appelait Montgomery », avait-elle déclaré.

Kate l'avait regardée, l'air sceptique. « C'est vrai ? Tu es sûre ? » Kate était convaincue que Wave finirait par tomber d'accord avec elle.

Jamais elle n'aurait cru qu'elles s'éloigneraient autant l'une de l'autre, et ce, en si peu de temps. Comme si elles n'avaient jamais été sœurs.

À la mi-octobre, Wave ne prenait déjà plus le car scolaire. Un garçon passait la chercher le matin avec son pick-up, parfois alors que Kate et Dustin attendaient le car près de la boîte aux lettres, et Wave s'installait sur le siège passager sans un mot et les plantait là. Il arrivait qu'une voiture pleine de filles la dépose après les cours, et on sentait à une centaine de mètres à la ronde la fumée de cannabis qui s'échappait des fenêtres.

« C'est inacceptable ! » s'écria grand-mère Brody, et elle poursuivit Wave en boitant alors que celle-ci montait l'escalier qui menait à la chambre. « J'ai téléphoné à Dolin Culver, et il va falloir qu'il ait une discussion avec toi !

– J'espère qu'ils me mettront en maison de correction. Je serai mieux qu'ici ! » Kate et Dustin regardaient une rediffusion de *Ma sorcière bien-aimée*.

Dustin était captivé, il ne semblait pas remarquer le drame qui se jouait dans son dos. Mais Kate observa avec fascination sa sœur quand elle se retourna pour faire face à leur grand-mère. Ça lui rappela les querelles qu'elles avaient avec leur mère, des souvenirs qui lui paraissaient très lointains. C'était comme si Wave était redevenue celle qu'elle avait été.

« Tu n'es pas ma mère, cria-t-elle du haut de l'escalier. Ma mère te détestait, espèce de vieille sorcière ! »

Elle ne claqua même pas la porte, la ferma juste d'un coup sec, et grand-mère Brody s'approcha du téléphone interdit et appela le shérif pour se plaindre. À la télé, une des sorcières avait transformé le mari en chimpanzé. Les yeux fixés sur l'écran, Dustin souriait, bouche bée.

Kate monta à l'étage. Elle frappa doucement à la porte et dit : « Wave ? » Pas de réponse. « Wave ? C'est moi. Je peux entrer ?

– Je ne peux pas t'en empêcher », lui répondit sa sœur, et Kate ouvrit la porte avec précaution.

Wave était allongée sur son lit, à plat ventre, la tête posée sur ses bras croisés. Il y avait une lampe de chevet dont la partie inférieure avait la forme d'une danseuse étoile, et qui diffusait une lumière d'un jaune étrangement criard. « Qu'est-ce que tu veux ? demanda-t-elle.

– Je veux juste discuter », répondit Kate. Elle s'assit par terre, pas loin de sa sœur mais pas trop près non plus, de peur d'être importune. « Je regrette qu'on ne discute plus. Comme avant.

– Hum, fit Wave. Je sais.

– On n'est pas obligées d'en arriver là. Parce que je suis dans ton camp. »

Wave baissa les yeux et ébaucha un sourire presque triste. « Kate. Je ne te veux pas vraiment dans mon camp. Ça ne m'intéresse pas.

– Pourquoi tu te comportes comme ça ? On était tellement proches. On faisait tout ensemble. Je ne sais pas ce qui s'est passé. »

C'était la première fois depuis des mois qu'elle faisait rire sa sœur. Mais ce n'était pas un joli rire. « Sans blague ! Tu ne sais pas ce qui s'est passé ? Il faut peut-être que tu retrouves tes souvenirs refoulés. »

Kate sentit l'odieuse couleur lui monter aux joues. Elle était à genoux par terre, comme une enfant docile qui ferait sa prière, et elle souhaita ardemment que la rougeur disparaisse. Elle resta tête baissée et aperçut, sous le lit, une pieuvre en peluche rose qui la dévisageait, une pieuvre en feutrine avec des boutons blancs et scintillants en guise d'yeux. « Je veux juste que les choses redeviennent comme avant », finit-elle par dire, et Wave lâcha un autre rire acerbe.

« Tu veux remonter jusqu'à quand ? Tu veux remettre les compteurs à zéro à partir de quand ?

– Je ne sais pas. L'année dernière ? Tu te souviens des virées avec Minuscule, de toutes les fêtes, etc. ? Des grandes discussions qu'on avait ? On était les meilleures amies du monde.

– Non, c'est faux », rétorqua Wave, qui s'adossa à son oreiller et croisa les bras sur sa poitrine. Au rez-de-chaussée, le générique de fin de la série commença à se faire entendre.

« L'année dernière a été épouvantable pour moi, commença Wave. Et tu ne t'en es même pas aperçue. Ce n'est sans doute pas de ta faute. Tu es incapable de voir au-delà de ta propre personne. Mais j'étais malheureuse. C'est juste que je n'aime pas celle que je dois être quand je suis avec toi. Et je pense que j'aurais été une bien meilleure personne si je ne t'avais jamais eue comme sœur. Toute cette vie perdue à essayer de me modeler sur toi.

– Tu mens », rétorqua Kate, mais c'était comme si on lui avait tiré dessus ou donné des coups de couteau. « Je sais que tu m'aimais. Et toi aussi tu le sais. Tu es vraiment bête. »

Wave ferma les yeux. Elle se passa les mains sur le visage.

« Tu sais à quoi j'ai pensé quand je les ai découverts ? finit-elle par dire. Quand j'ai découvert les corps ? » Et elle gloussa, ou gémit – Kate ne savait pas trop. « Ce qui m'est tout de suite venu à l'esprit, c'est que c'était toi qui les avais tués. J'étais persuadée que tu en étais capable. » Wave secoua la tête. « En fait, je me pose encore la question. C'était peut-être toi finalement. Mais pas Rusty, bordel ! »

Les joues de Kate étaient du rouge le plus laid. Son visage la brûlait ; même ses yeux lui faisaient mal.

« Tu es amoureuse de lui, c'est ça ? s'entendit-elle dire d'une voix mauvaise. Tu préférerais ce violeur d'enfants de merde à ta propre sœur ? »

Ça sonnait faux et un peu trop mélo. Elles se turent et, de sous le lit, la pieuvre en peluche regarda Kate avec ironie.

« Je ne crois pas être capable d'aimer quelqu'un, reprit Wave. Dès que j'essaie de ressentir quelque chose par moi-même, tu m'en empêches. Et je – je n'ai plus envie de te côtoyer. Tu te rappelles quand Rusty et toi, vous avez prié Satan parce que tu ne voulais pas aller à Yellowstone ? Eh bien, tu sais pour quoi j'ai prié ? J'ai prié pour ne plus devoir être ta sœur. *Ô Guland ! Je t'en supplie, fais que je n'aie pas de sœur jumelle !* »

Wave s'était redressée, se tenant en appui sur la paume de ses mains sur le lit de leur mère décédée, et elle avait presque l'air désolée. Elle ment, se dit Kate. Elle était convaincue que Wave mentait mais, au fur et à mesure que les mots sortaient de la bouche de sa sœur, elle les sentait se cristalliser et devenir vérité.

« Tu les as sacrifiés, Kate. Et voilà ta récompense. »

Vers la fin octobre, Wave cessa de rentrer chez grand-mère Brody et, en novembre, elle disparut complètement. Elle s'était volatilisée.

Elle s'était enfuie de la maison : c'est ce que Kate dit à Dolin Culver quand il la convoqua dans son bureau. Elle parla d'une voix terne alors que toutes sortes de feux brûlaient dans différentes parties de son cerveau. Elle se sentait lésée, piégée, dévastée, étourdie et terriblement en colère, et tout ça s'étalait et se mélangeait comme de la peinture sur une palette.

« Tu as une idée de l'endroit où elle se trouve ? » lui demanda le travailleur social. Kate détestait tellement ses ridicules lunettes aux verres jaunes qu'elle y voyait un affront personnel. « Tu n'as pas du tout eu de ses nouvelles ? »

Kate baissa la tête pour ne pas devoir le regarder. « Non, répondit-elle.

– D'accord. »

La bouche de Culver remua comme le nez d'un lapin, et Kate sentit le dégoût qu'elle lui inspirait. Elle se dit qu'il la voyait comme une adolescente stupide et dévergondée. *Il connaissait ce genre de fille.* Elle portait un sweat-shirt à l'encolure échancrée, type *Flashdance*, qui laissait voir son épaule nue que, gênée, elle couvrit.

Il resta un moment silencieux. « Donc, finit-il par dire péniblement. Qu'est-ce qui te fait croire que Wave a fugué ? Est-ce qu'elle... t'a fait part de son insatisfaction ? Est-ce qu'elle t'a parlé de certains... projets la concernant ? »

Kate haussa les épaules. « Je ne sais pas. Pas vraiment. » Elle regarda par la baie vitrée ; le bureau de Dolin Culver se trouvait dans un centre commercial et l'enseigne au néon d'une bijouterie bon marché clignotait non loin de là. « On ne discutait pas beaucoup, reprit Kate. On ne traînait pas avec la même bande.

– Mais tu es absolument certaine qu'elle a fugué ? Si elle a disparu, ça signifie qu'il a pu se passer un certain nombre de choses. Et personnellement, c'est ce qui m'inquiète. »

Kate haussa de nouveau les épaules. Elle ne savait pas pourquoi mais la haine que ce type éprouvait à son égard lui faisait plaisir. C'était gratifiant. « Je ne pense pas qu'elle ait été kidnappée, dit-elle.

– Mon chou. On va peut-être devoir aller signaler sa disparition à la police. Il va falloir que je dise qu'une jeune femme

– qui a été mêlée à des meurtres – a disparu. Et que ça n'a pas l'air d'inquiéter sa sœur jumelle. Donc tu vas bel et bien devoir m'accompagner au bureau du shérif. Je sais que tu n'as pas envie de revivre ça. »

Kate leva les yeux en direction de ses verres réfléchissants puis détourna la tête. Il y avait une carte postale scotchée au mur sur laquelle il était écrit : *Un bonjour du parc national de Yellowstone !*

Elle y vit une coïncidence.

« Je sais qu'elle s'est enfuie parce qu'elle a emporté ses vêtements. Absolument tous ses vêtements. Ses bijoux, sa trousse de toilette, et tous les souvenirs qu'elle avait gardés de la maison. Et sa valise. C'est pour ça que je pense qu'elle s'est enfuie. »

Dolin Culver la regarda, et elle regarda la carte postale. Elle avait conscience que de terribles tempêtes se déchaînaient dans son corps, des éclairs et du blizzard et des pluies torrentielles, mais elle avait aussi l'impression de les regarder de loin. L'homme haussa les épaules et se détourna d'elle.

« Et toi, Dusty ? Est-ce que ta cousine Waverna se confiait à toi ? »

Kate secoua la tête sans rien dire. Si Culver avait été un être humain comme il faut, ou un travailleur social compétent, il aurait remarqué que Dustin était bizarre. Si Culver s'était intéressé à son travail – qui consistait à faire le lien entre d'une part les orphelins et les enfants placés en famille d'accueil et d'autre part les services sociaux –, il aurait regardé Dustin dans les yeux et se serait alarmé autant que Kate.

Mais son visage ne changea pas. Il tapota sur son bureau avec la mine de son crayon à papier et Dustin était là, telle la marionnette d'un ventriloque, ses yeux papillotant étrangement comme s'il venait de se réveiller.

« Dustin ?

– Hein ? »

Culver soupira puis se répéta lentement. « Waverna t'a-t-elle dit qu'elle songeait à s'enfuir de la maison ? » demanda-t-il. Kate comprit alors qu'il prenait Dustin pour un débile mental.

« Hein ? Non ? »

Elle regarda Dustin porter ses doigts à ses lèvres comme pour fourrer quelque chose dans sa bouche.

C'était devenu un tic chez lui ; il faisait ça sans s'en rendre compte, et puis ses yeux devenaient ternes et il se repliait sur lui-même.

Si elle avait été assistante sociale, elle aurait vraiment été très inquiète.

Il y avait quelque chose d'effrayant chez Dustin. Les autres ne le remarquaient-ils pas ? Était-elle la seule à le voir ? Depuis leur arrivée à Gillette, il ne parlait pratiquement plus, pour autant qu'elle pût en juger. Parfois Kate l'entendait parler tout seul, à voix basse, pendant qu'il faisait ses devoirs, écrivant les bonnes réponses en lettres d'imprimerie sur ses fiches d'exercices, de son affreuse écriture soignée d'enfant, mais il était le plus souvent silencieux. Elle le surprenait parfois en train de faire d'étranges gestes, tel un sorcier jetant un sort.

Dustin devrait peut-être aller à l'hôpital, songea-t-elle.

Mais Dolin Culver s'intéressait surtout à la disparition de Wave. Elle pouvait lui attirer des ennuis – la perte d'un de ses pupilles, ou clients, ou quoi qu'ils représentent pour lui. Il allait sans doute devoir remplir pas mal de paperasse. Elle le regarda prendre une canette de soda à l'orange et la placer sur son menton. Un petit filet marron de jus de chique coula de ses lèvres pincées.

« J'espère pour vous, les enfants, que vous me dites la vérité. »

Wave avait donc réussi à s'échapper. Kate essaya d'imaginer comment elle s'était débrouillée. L'avait-on conduite quelque part en voiture, avait-elle de l'argent pour prendre le car ? Avait-elle fait du stop ? Kate comprit que c'était possible mais elle ne s'en sentait pas moins piégée pour autant.

Elle n'imaginait pas comment elle-même pourrait se sortir de là. Il lui arrivait d'aller voir la vieille Studebaker de son grand-père dans le garage. Il était évident qu'elle ne serait jamais plus en état de rouler. Elle pensa à Minuscule, leur Ford Mustang. Où était-elle à présent ?

De toute façon, elle ne pourrait sans doute pas abandonner Dustin. Curieusement, elle se sentait responsable de lui.

En attendant, la ville était trop loin de chez eux pour qu'ils tentent d'y aller à pied dans le froid, et Kate n'avait pas d'amis à même de les y conduire en voiture. La plupart du temps, Dustin et elle ne pouvaient même pas regarder la télé, sauf les programmes de grand-mère Brody. *Hee Haw* ; *60 Minutes*.

À l'étage, ils jouaient aux jeux de société qu'ils avaient trouvés dans le placard de leurs mères. Ils s'allongeaient sur le lit, côte à côte, et lisaient des livres de poche empruntés à la bibliothèque de l'école. Ils faisaient les tâches ménagères que leur grand-mère leur confiait.

Il arrivait à Kate de se demander si Dustin avait perdu la tête – si une partie de son cerveau ne se serait pas égarée. Mais il avait l'air relativement calme. Il lui parlait parfois de livres qu'il aimait – *Le Seigneur des anneaux*, *Dune*, le genre de trucs que Kate trouvait terriblement ennuyeux, mais elle l'écoutait quand même, car tout était préférable au silence. Ils ne parlaient jamais de Wave. Ils ne parlaient jamais de ce qui s'était passé. Ils ne parlaient jamais de Rusty.

À vrai dire, Kate se disait parfois que, bien qu'il ait été accusé d'un quadruple meurtre et condamné à la prison à perpétuité, Rusty s'en sortait peut-être mieux qu'eux. Elle avait perdu ses parents. Elle avait perdu tous ses amis. Elle avait perdu sa sœur. Elle avait perdu sa maison et tout ce qu'elle avait cru « posséder ».

Puis Gillette, Wyoming, connut un terrible hiver.

La journée de Noël fut très désagréable. Elle fut comme hantée. Quand Kate sortit pour fumer, le ciel était terne. Des mainates religieux, perchés dans le pommier nu, la regardèrent, et elle ouvrit son paquet pour constater qu'il ne lui restait que trois cigarettes.

Elle marcha sur le bord de la route et le vent lui fouettait le visage où qu'elle se tournât. Elle dut s'accroupir et protéger son briquet de sa main en coupe pour qu'il marche. À son réveil, ce matin-là, elle s'était surprise à penser à leurs albums de famille. Qu'étaient-ils devenus ? Aucun d'eux trois n'avait pensé à les emporter. Il y avait un tiroir plein de photos que Wave et elle avaient prises avec un Instamatic et qu'elle avait eu vraiment plaisir à regarder à une époque.

Kate se souvenait de celles prises un an plus tôt. Il y avait la photo de famille officielle devant le sapin de Noël : Kate, Wave et leurs parents entre elles deux, Dustin devant les siens. Et Rusty, un peu à l'écart, qui arborait un large sourire. Tous les cadeaux étalés par terre dans leurs emballages criards. Il y avait celle de Wave en train de disposer des sardines sur un plat à condiments en faisant une grimace de dégoût hilarante. Une de Dustin portant gravement un bonnet de père Noël. Oncle Dave qui souriait en brandissant une bouteille de Johnnie Walker. Rusty exhibant son nouveau fusil de chasse 22 long rifle au creux de ses paumes, un sourire niais de savant fou aux lèvres. Elle l'entendait encore hurler : « Il est vivant ! » Comme dans la scène de *Frankenstein*, un film qu'il adorait. Elle n'avait pas très bien compris le rapport mais elle le trouvait mignon.

Il y avait une photo de Vicki et Colleen en train de se disputer dans la cuisine, bouche ouverte, chacune pointant l'autre du doigt, et Kate se rappela son exaltation quand Vicki s'était tournée vers elle en criant : « Fous le camp avec ton putain d'appareil photo ! Sinon je vais l'exploser ! »

Il y avait une photo de son père assis à côté de Dustin, le bras passé nonchalamment autour de ses épaules, pendant que son cousin, penché en avant, mettait des piles dans le jeu électronique – Atari – qu'on lui avait offert.

Il y avait une photo de Rusty et elle assis l'un à côté de l'autre sur le canapé ; elle faisait un doigt d'honneur des deux mains.

Penser à cette photo la fit grimacer.

Kate se retourna, regarda par-dessus son épaule puis en direction de la maison de grand-mère Brody au loin. Il n'y avait pas de voitures sur la route, la vaste prairie et le ciel s'étendaient vainement à l'infini, mais Kate eut quand même la nette impression d'être observée. Ça la rendit superstitieuse, elle laissa tomber sa cigarette à moitié consumée et rentra à vive allure chez sa grand-mère.

À son arrivée, la télévision était allumée au salon.

Il y eut ce moment étonnant où elle fut convaincue d'entendre Dustin dire *Rusty.* Mais quand elle entra dans la pièce, il était assis par terre à côté du fauteuil de grand-mère Brody, et ils regardaient *La vie est belle*. La vieille dame se tamponnait l'œil avec un mouchoir en papier.

Il y eut ce moment étonnant où grand-mère Brody lui fit un signe de la main : *Viens te joindre à nous !* Et où Dustin la regarda avec un air totalement absent.

Il y eut ce moment étonnant où elle se dit : *Tu l'as sacrifié. Et voilà ta récompense.*

Une fois dans leur chambre, Kate constata que le coffret Ouija était posé sur le lit. Il était ouvert.

Il y avait la planche elle-même avec les lettres de l'alphabet, la lune et le soleil gravés dessus, il y avait des dizaines de pierres polies, des timbres et des pièces de monnaie. Et il y avait aussi un revolver.

Kate pensa qu'il s'agissait du pistolet de son père, celui qu'il conservait dans le tiroir de la cuisine pour leur « protection ».

Merde, songea-t-elle. Elle n'y toucha pas.

Elle sortit de la pièce à reculons et entendit l'un des acteurs de *La vie est belle* s'écrier : « Je veux revenir à la vie ! Je vous en supplie, mon Dieu, faites que je revienne à la vie ! »

Ils continuèrent à dormir dans le même lit, même après le départ de Wave. Kate ne savait pas pourquoi – si ce n'est que ni l'un ni l'autre ne proposa autre chose. Même un simple changement dans leur organisation leur aurait paru trop lourd.

Mais quand Dustin se coucha à côté d'elle ce soir-là, Kate, mal à l'aise, remua. Puis elle se redressa, le regarda, et eut un mouvement de recul au moment où il se glissa sous les couvertures.

« Quoi ? » dit-il.

Elle frémit. « J'ai fait un mauvais rêve, répondit-elle. J'ai peur. »

À moitié endormi, Dustin soupira. « Tu as peur de quoi ?

– C'est juste que… Et si on avait fait une erreur ? »

Dustin bâilla. « N'aie pas peur. » Il se pressa contre elle et lui caressa les cheveux. « Il n'y a pas de quoi avoir peur », murmura-t-il.

Si des doutes persistaient quant à la culpabilité de Rusty, le procès les leva.

Le premier coup de théâtre fut que Trent témoigna contre

lui. Il fut interrogé, longuement, et il finit par craquer. Il reconnut que Rusty et lui avaient pris du PCP et que Rusty lui avait dit qu'il projetait de tuer tout le monde et de brûler la maison. D'aller s'installer à Los Angeles et de lancer un groupe de metal.

Puis il y eut le témoignage de Dustin. Sa voix se brisa quand il parla des lapereaux, et il se mit à pleurer lorsqu'il dit avoir été contraint de s'allonger dans une tombe. On n'entendit pas un bruit dans la salle d'audience, et son souffle fut entrecoupé de râles et de sanglots.

Rusty sortit un peigne et le passa dans ses longs cheveux, comme s'il était distrait.

Kate décida de modérer un peu ses propos, de parler d'une voix calme et posée, et de rester très vague. Elle garda la tête baissée; c'était une jeune fille traumatisée. Mais elle ne pleura pas.

Elle ne leva les yeux qu'une fois. Le procureur fouillait dans ses papiers, on aurait dit qu'il avait perdu le fil. C'est alors que Rusty lança : « Un moment, monsieur le Procureur », et Kate leva la tête.

Elle ne put éviter que leurs regards se croisent. Rusty la dévisagea avec affection et perplexité. Puis il brandit le poing, auriculaire et index tendus : le signe des cornes, le signe du *rock'n'roll pour toujours*. Et il leva les sourcils : *À ta santé !*

Elle n'avait jamais compris pourquoi il n'avait pas témoigné. Si vous vous dites non coupable, pourquoi ne pas au moins essayer de vous défendre ? Mais peut-être avait-il renoncé. Peut-être avait-il considéré que la situation était désespérée.

En janvier, le jour où les cours recommencèrent, Kate prit le car mais elle n'entra pas dans l'établissement. Elle resta sur le trottoir en regardant les élèves qui grouillaient dans la cour.

Puis elle se dirigea vers le centre-ville. Elle portait une doudoune bleue et mit sa capuche. Un cercle de fausse fourrure couleur fauve encadrait son visage et elle alluma une cigarette.

Elle s'inspirait de Joan Jett pour se maquiller. Un épais trait d'eye-liner noir, qui lui donnait presque des yeux de raton laveur. Du rouge à lèvres rouge vif.

Mais ce matin-là, elle le regretta. C'était le genre de look que les ouvriers du bâtiment huaient, et ces derniers étaient très nombreux à Gillette. Une ville champignon, disait-on.

Si bien qu'elle marcha la tête basse et tenta de faire en sorte que sa démarche exprime une hostilité sourde et une certaine mélancolie pour n'avoir droit, au pire, qu'à quelques remarques sexistes de la part des hommes qui traînaient devant les bars. *Hé, ne sois pas déprimée, qu'est-ce qui te rend triste ? Lève la tête, mon chou. Pour que le monde puisse voir ta jolie frimousse.*

Elle savait que les regarder serait pris comme une invitation à la suivre.

Kate s'arrêta un instant devant un drugstore et envisagea de voler du maquillage. Il ne lui en restait plus beaucoup, mais elle se demanda si elle réussirait à s'en tirer en toute impunité et, finalement, un vieil homme sortit du magasin pour la chasser.

Littéralement. Il agita les bras dans sa direction. « Va-t'en », lui dit-il. C'était un homme svelte aux cheveux blancs, qui portait une blouse blanche et un badge avec son prénom : AMOS. Il tapa du pied. « Dégage ! dit-il. Ne traîne pas là ! »

Déterminée, elle s'éloigna et s'arrêta un peu plus loin dans la rue, juste à côté d'un restaurant chinois, l'Oriental House, où personne ne l'embêta. Elle fuma, adossée au mur, et finalement, vers dix heures, deux Chinois petits et très minces s'approchèrent. Ils discutaient – se disputaient ? – dans leur langue maternelle, et quand ils aperçurent Kate, plantée là et frissonnante, ils se turent.

« Salut ! » dit-elle. Elle porta sa cigarette à ses lèvres et sa main trembla.

« Bonjour », répondit l'un d'eux, et l'autre eut un rapide hochement de tête, comme pour la saluer. Puis le premier sortit une clé et déverrouilla la porte.

Kate regarda la neige tomber. Des voitures passaient dans la rue, transformant la neige en boue. Elle aurait dix-huit ans en mars. Et ensuite ? Elle pourrait partir. Comment Wave y était-elle parvenue, sans argent ? Kate observa la rue tranquille, la rangée de devantures en briques avec leur auvent usé, creusé par la neige et les stalactites. Un break équipé de chaînes à neige passa avec un bruit de ferraille. Une longue Pontiac noire suivit, et le chauffeur la dévisagea. Un barbu qui devait approcher la trentaine. Si elle le voulait, elle pourrait monter dans une voiture. Mais elle n'était pas capable d'abandonner Dustin. Elle ne le serait jamais.

Puis la porte du restaurant chinois s'ouvrit et un garçon jeta un coup d'œil dehors. C'était Vincent Cheng. Il avait quoi ? Dix-neuf ans ? Vingt ans ? Il portait un jean, un T-shirt, des Converse noires, et il avait des cheveux raides et noirs qui lui arrivaient aux épaules et une peau cuivrée. Il lui fit penser à un surfeur. Il regarda Kate avec un sourire radieux : de belles dents blanches.

« Salut, dit-il. Tu es ici pour le job de serveuse ?

– Oh », fit-elle. Elle cligna des yeux. Et resta un instant sans voix.

Elle garderait toujours un excellent souvenir de Vincent. Des années plus tard, alors qu'elle vivait à Los Angeles, elle crut le voir dans la rue. Elle commença à agiter la main et à faire un grand sourire au pauvre jeune homme puis réalisa que Vincent Cheng devait avoir une cinquantaine d'années. Et même si elle le croisait quelque part, elle ne le reconnaîtrait sans doute pas.

Mais il lui avait sauvé la vie. S'il n'avait pas ouvert la porte du restaurant, qui sait ce qu'elle serait devenue ? Serait-elle montée dans une voiture conduite par un vicelard, un violeur, ou pire ?

Se serait-elle purement et simplement suicidée ?

Rien de tout ça n'était arrivé. Elle se trouvait à la fenêtre d'un appartement d'Hollywood, qui donnait sur l'ancien grand hôtel devenu le Celebrity Centre de l'Église de la Scientologie. Elle était toujours en vie.

Tu les as sacrifiés, songea-t-elle. *Et voilà ta récompense.*

Elle ne savait même pas vraiment ce que Wave avait voulu dire par là. Qui avait-elle sacrifié ? Quelle récompense avait-elle obtenue ?

C'était le printemps 1984. Kate avait une liaison avec Vincent Cheng, elle travaillait au restaurant, etc. Et Dustin avait l'air d'être en forme. Il s'était fait des amis à l'école, des garçons un peu coincés comme lui, et c'était comme s'il avait tout oublié.

C'était apparemment en ne mémorisant rien qu'il semblait redevenir lui-même. Comme s'il avait trouvé une formule très efficace qui lui permettait de ne rien graver dans sa mémoire ; c'était comme s'il – quoi ? Allait mieux ? Était guéri ? Était libre ?

Kate n'avait jamais osé lui demander ce qui lui était arrivé. Et ne l'avait jamais découvert.

VII

Janvier 2014

Malheureusement il n'est pas douteux que l'homme (entendre l'humain) est, dans l'ensemble, moins bon qu'il ne s'imagine ou ne voudrait l'être. Chacun est suivi d'une ombre, et moins celle-ci est incorporée dans la vie consciente de l'individu plus elle est noire et dense.

C.G. JUNG, *Psychologie et religion : Ouest et Est*

1

Mon père m'a dit que Rabbit avait été la victime d'un gang de tueurs en série. Il m'a dit qu'Aqil et lui enquêtaient sur les meurtres depuis un an et il a écarquillé les yeux, ce qui lui donnait cette horrible expression. Il avait l'air *plein de candeur*, comme disait oncle Rusty.

Nous étions assis au salon et je n'étais pas de bonne humeur. Je ne trouvais pas ça cool de sa part d'associer Rabbit à sa folie. C'était plutôt offensant, en fait, et j'ai serré les poings.

Il a sorti des tableaux et des graphiques ainsi que des chemises remplies de photos et de notes ; il m'a montré une frise chronologique qu'il avait créée et des retranscriptions d'entretiens qu'ils avaient réalisés ensemble. Pendant ce temps-là, Aqil était debout près de la fenêtre, dos à nous, et il se balançait de temps en temps sur la pointe des pieds.

Comme s'il jouait à l'agent secret.

« Tout ça me met vraiment mal à l'aise », ai-je dit.

Mon père a ouvert son ordinateur portable et m'a montré une vidéo qu'on lui avait envoyée : on apercevait des formes en noir et blanc qui se déplaçaient sur l'écran, et on entendait comme une respiration, ou le bruit d'une scie, ou encore celui d'un micro qu'on lèche. Mais mon père était convaincu qu'il s'agissait de l'image d'une des « victimes » retenues prisonnières avant qu'on les « tue – sacrifie ».

Et moi   mes yeux   papillotent.

Mon père croyait qu'il s'agissait d'une espèce de secte, religieuse ou autre, qui avait peut-être des liens avec l'Ordre fraternel de la police. Il m'a dit que la secte lui avait peut-être envoyé la vidéo pour l'informer qu'elle savait qu'il fouinait. Qu'elle agissait ainsi pour fanfaronner mais aussi pour le mettre en garde.

« Mais jamais je n'aurais cru qu'ils m'approcheraient d'aussi près. Je pense qu'ils ont tué Rabbit pour me faire savoir que n'importe lequel de mes proches pouvait être le prochain sur la liste.   Ce pourrait être toi. Ou Dennis. J'aurais dû t'en parler plus tôt. »

2

Il était déjà mort depuis un moment quand je l'ai appris. Xzavious Reinbolt m'avait envoyé par texto le lien d'un article, et je suis resté un moment, assis sur mon lit, à le considérer.

> La police de Cleveland a annoncé qu'un jeune homme de dix-neuf ans, résidant à Cleveland Heights et retrouvé mort sous le Hope Memorial Bridge, s'était noyé accidentellement.
>
> La police affirme que Bruce Allan Berend, qui avait récemment obtenu son diplôme de fin d'études secondaires, était sous

l'emprise de stupéfiants quand il est tombé dans la Cuyahoga River, à une centaine de mètres du sentier de randonnée qui la longe. Le corps a été découvert sur la berge ouest par des bénévoles d'une association de défense des sans-abri, qui étaient en train de distribuer des manteaux et des couvertures.

J'ai fumé de l'herbe, ensuite j'ai écrasé et sniffé un comprimé d'Oxycontin, et puis j'ai relu l'article. *6 janvier 2014.*

J'ai consulté mon téléphone, c'était huit jours plus tôt.

Attends. Est-ce qu'il y a eu un enterrement ?

J'ai fait des recherches sur Google. *Enterrement Bruce Berend. Enterrement Rabbit Berend. Mort Rabbit Berend. Mort Bruce Berend. Corps Bruce Berend. Bruce Allan Berend.* Tout ce que j'ai trouvé, c'était un article ridicule de deux paragraphes : CORPS HOMME RETROUVÉ DANS LA RIVIÈRE.

À part ça, il n'y avait que la page Facebook de Rabbit à laquelle il n'avait pas touché depuis 2012, un profil Google+ qu'il n'avait jamais véritablement rempli, et une page Myspace qui datait du collège.

«Je ne sais pas ce que je suis censé faire, ai-je expliqué à oncle Rusty. J'appelle son père ou tu penses qu'ils l'ont prévenu ? Il est en prison et je ne sais pas trop comment on fait pour appeler quelqu'un en prison. Les détenus ont un numéro de téléphone ?»

Oncle Rusty ne répondit pas tout de suite. «Écoute, finit-il par dire. Je ne comprends pas très bien pourquoi tu crois devoir faire quelque chose.

– Eh bien, dis-je. Sa mère est morte. Elle n'avait plus beaucoup de contacts avec sa famille. Elle n'aimait pas ses beaux-parents. Le père de Rabbit est en prison. Donc je ne vois pas bien qui d'autre va le faire.

– Ils trouveront quelqu'un pour se charger du cadavre. Ils

ne vont pas le laisser traîner là. Et peut-être que le reste ne te regarde pas. Tu ne connais même pas son père et tu veux essayer de le contacter en prison ? Je ne pense pas que ce soit une bonne idée, pour un tas de raisons.

– D'accord », dis-je.

Mais j'ai repensé au moment où j'avais levé les yeux après avoir embrassé Terry et où j'avais vu Rabbit, dans l'encadrement de la porte, qui nous regardait. C'était peut-être dramatiser les choses que de dire que j'avais contribué à sa mort, mais je ne pouvais pas m'empêcher de le penser.

« Écoute, a repris oncle Rusty. Mettons-nous à la place de Rabbit. Disons qu'il savait comment il allait mourir et qu'il avait fait une liste des choses dont il aurait voulu que tu t'occupes. Tu crois qu'appeler son père en aurait fait partie ? »

J'ai réfléchi un court instant. « Oh. »

3

Si vous êtes défoncé et que vous regardez la vidéo d'une « victime captive » que Dustin vous a montrée, vous avez l'impression d'observer une lampe à lave.   Une lampe à lave avec, en gros plan et floues, des parties du corps projetées contre la paroi.   Est-ce que ce sont des doigts ? Un vagin ? Est-ce de l'eau ? Ou juste une image pixélisée et argentée qui miroite comme l'eau ?

J'ai essayé d'en faire une description à oncle Rusty au téléphone. « Quel que soit ce truc-là, ce n'est pas ce qu'il affirme. Et c'est loin d'être aussi évident que ce qu'il semble croire.

– Hum, fit oncle Rusty.

– Tu crois qu'il est… malade ? Il se peut qu'il soit vraiment fou. » Oncle Rusty resta silencieux, et son silence était comme un froncement de sourcils transmis par satellite.

« Ce ne serait pas sympa de ma part de faire un commentaire », finit-il par me répondre.

4

Dustin a ouvert la porte sans frapper, et j'ai glissé la pipe sous ma cuisse ; le comportement type d'un lycéen… et il est resté là, à cligner des yeux dans le cirrus de fumée qui flottait, et l'odeur de marijuana était vraiment forte.

Son visage était transparent jusqu'au ridicule. Je le vis passer par toute une série de réactions et il finit par adopter un air ignorant et ahuri. Il avait décidé qu'il était plus facile de faire comme s'il n'avait rien remarqué.

C'était comme s'il vous invitait à jouer dans une pièce. Il allait faire comme s'il ne savait pas qu'il y avait une pipe en verre qui fumait encore vaguement sous ma jambe, et j'étais censé faire comme si… quoi ?

« Hé, dis-je. Quoi de neuf ? » J'ai levé la tête et croisé son regard. Il n'avait pas l'air fou – juste triste et perplexe. Il ressemblait à un parieur qui n'était plus en veine et qui avait même des dettes ; à un type qui avait été heureux et qui, en deux ans, avait été dépouillé de tout ce qui le rendait heureux.

Il pensait pouvoir refaire sa vie, devenir détective privé et être un auteur reconnu de livres d'investigation. Il pensait qu'il n'était peut-être pas fini.

Ça aurait pu être pire. Il aurait pu se lancer dans des jeux de rôle autour de la guerre de Sécession, se convertir au bouddhisme zen ou s'adonner aux rencontres en ligne. Une partie de moi le plaignait, que je sentais ramper sur ma peau comme une fourmi, et je me disais qu'il vaudrait mieux l'écraser, mais je ne l'ai pas fait.

«Je voulais juste vérifier… que tout allait bien. Savoir comment tu te sentais. Je sais qu'on t'a présenté pas mal de documents très»

Il tendit les mains, paumes ouvertes. «Perturbants. Et complexes.

– Ça fait beaucoup à encaisser, ai-je fini par dire.

– Oui. J'aurais dû mieux m'y prendre pour… te présenter les choses.»

J'ai haussé les épaules.

«Tu as le droit de te sentir perdu, me dit-il. Et même d'être en colère ! Je sais que je n'ai pas été parfait sur ce coup-là. C'était ton ami d'enfance, et tu dois ressentir (il marqua une pause) toutes sortes d'émotions.»

J'ai hoché la tête et il est venu s'asseoir sur mon lit, l'air gêné. C'était un de mes souvenirs d'enfance – je suis couché, mon père est assis sur le bord du lit, il me raconte une histoire ou il me questionne sur ma journée à l'école, ou bien il fait juste glisser ses doigts sur mon front, à la naissance des cheveux, pour m'aider à m'endormir.

Ça fait des années qu'il ne le fait plus, bien évidemment, mais j'ai senti la présence de fantômes quand il s'est assis près de moi. J'ai remué et j'ai eu l'impression qu'il songeait à poser sa main sur ma jambe, qui était sous les couvertures. Mais, Dieu merci, il s'en est abstenu.

«Je comprendrais que tu trouves ça. Que tu trouves ça trop hypothétique, et que tu n'aies pas envie d'être entraîné là-dedans.»

Mon ordinateur portable était ouvert mais il ne pouvait pas voir l'écran. Il ne savait sans doute pas que j'étais en train de regarder cette vidéo insensée. Il fallait d'ailleurs se demander pourquoi on la lui avait envoyée. Si ce puissant réseau de tueurs en série existait, pourquoi la lui envoyer pour le « mettre en garde » ? Pourquoi ne pas le buter, tout simplement ?

J'ai baissé les yeux, j'avais mis sur pause et, l'espace d'un instant, j'ai cru discerner un visage dans le flou des taches en noir et blanc. Deux yeux écarquillés qui bougeaient sans voir ; une bouche ouverte.

« J'imagine, dit mon père,   que je voulais faire appel à toi.   On interroge des gens depuis un an. La famille et les amis des victimes, etc. Mais il y a manifestement un problème de confiance et – qui sommes-nous, pourquoi posons-nous des questions, et on est vraiment dans une impasse avec toutes ces   au bout d'un moment   ce n'est pas »

Il se tapota la tête avec l'index.

« Tu vois, dit-il. La question est de savoir.

Si tu serais prêt à

Ce serait uniquement

Pour sonder les gens que Rabbit connaissait et

« Eh bien », dit-il.

5

« Tu sais, m'a dit oncle Rusty. Je ne pense pas que ce soit une bonne idée de te laisser embarquer dans – je ne sais pas. »

Je conduisais et mon téléphone était fixé sur son petit support, sur le tableau de bord. La voix d'oncle Rusty sortait des haut-parleurs. « Dans les fantasmes de Dustin, finit-il par dire.

« Son imagination m'a fait passer près de trente ans en prison. Je n'aimerais pas être le prochain type contre lequel il témoigne. »

Je ne savais pas quoi répondre. J'ai jeté un coup d'œil à mon téléphone comme s'il s'agissait d'une personne alors que ce n'était qu'un mince écran vide rectangulaire. J'ai hoché la tête.

« Il m'arrive de penser qu'il y croyait, dit la voix d'oncle Rusty. Il a peut-être subi un lavage de cerveau. Ils lui ont peut-être "implanté des souvenirs" quand ils l'ont interrogé au poste de police. Ce travailleur social, c'était… un cas.

« Et puis par moments… Je ne sais pas. Une partie de lui devait savoir que ce n'était pas vrai. Tu ne crois pas qu'il existe vraiment une réalité, et que nous savons tous que c'est la réalité ?

– Hum », fis-je.

Je me suis alors engagé dans la sinistre rue située en face du centre commercial, je me suis glissé dans une des nombreuses places vides du parking du Taj India Palace, j'ai dit à oncle Rusty : « Attends, il faut que je désactive une minute le Bluetooth », je suis entré dans le restaurant, la femme m'a tendu un sac en plastique contenant les plats à emporter, j'ai sorti la liasse de billets de vingt dollars que mon père m'avait donnée et j'ai réalisé qu'il y avait presque vingt dollars de trop. J'étais peut-être censé donner une pièce à cette femme mais pas de bol. Je ne vais quand même pas te donner un pourboire parce que tu as porté un sac de la cuisine jusqu'ici.

Et pourtant je n'ai pas trouvé ça sympa de fourrer la monnaie dans ma poche. J'avais conscience de voler mon père, c'est évident, mais aussi cette serveuse. Sur le comptoir, il y avait un vase avec une tulipe qui s'ouvrait, et une fiche cartonnée sur laquelle il était écrit : *Pourboire bienvenu !* Mais je commençais à avoir besoin du moindre *cent*.

Je suis resté sur le parking et j'ai étalé une ligne de poudre sur le côté de ma main. Si vous serrez le poing, vous avez une jolie petite surface entre la base du pouce et la jointure de l'index, il vous suffit alors de pincer une narine et vous sniffez super bien. Rabbit avait l'habitude de me taquiner là-dessus. « Mec, tu ne sauras jamais vraiment ce qu'est l'héroïne tant que tu ne te seras pas shooté. C'est comme baiser avec un préservatif. »

J'ai réfléchi à ce que m'avait dit oncle Rusty. *Tu ne crois pas qu'il existe vraiment une réalité, et que nous savons tous que c'est la réalité ?* Il n'avait pas tort. Mais je sentais aussi que, hum.

Est-ce que ça voulait dire qu'il ne croyait pas mon père par principe ? Il y avait quand même du vrai dans la présentation que Dustin m'avait faite. Et il y avait beaucoup de personnes, en plus de mon père et d'Aqil, qui y croyaient. Ça faisait même le buzz sur Internet.

J'ai regardé le téléphone fixé sur le tableau de bord, je n'avais toujours pas rappelé oncle Rusty.

J'ai fermé les yeux et je me suis aperçu que je gardais un bon souvenir de la série de livres que mon père me lisait. *Les Trois Jeunes Détectives*. L'un des garçons était gros mais intelligent, un autre sportif, et le troisième bricoleur. Ils résolvaient des énigmes. *Le Perroquet qui bégayait. Au rendez-vous des revenants.*

Et puis – je ne sais pas. J'ai tâté le sac posé sur le siège passager, les plats n'étaient plus chauds.

Il devait être vingt heures.

« Merde », ai-je murmuré.

6

J'avais toujours le portable de Rabbit. Xzavious Reinbolt me l'avait donné des semaines plus tôt, quand je l'avais rencontré à la Maison des Wills, et à l'époque je n'avais même pas songé à y chercher des indices. Ce n'est que lorsque mon père m'a suggéré de « sonder » certains de ses amis que j'ai réalisé que je possédais sa liste de contacts.

Ça ne voulait pas dire que j'étais enthousiaste à l'idée de devenir enquêteur adjoint dans l'équipe qu'il formait avec Aqil. Je n'étais pas dans un délire du type : *Hé, papa, laisse-moi être le Robin de ton Batman ! Luttons ensemble contre le crime !* Mais je me suis surpris à réfléchir à ce dont il m'avait parlé. Aux dossiers pleins de photos de types noyés, aux dates qui n'étaient pas forcément aléatoires, au caractère suspect de ces disparitions soudaines dont personne n'était témoin, et au fait qu'il fallait attendre des jours, voire des semaines, avant de découvrir les corps. À chacune de ces morts systématiquement déclarées accidentelles.

J'ai rechargé le téléphone de Rabbit. Comme il n'avait pas servi depuis longtemps, ça a pris un moment.

Finalement, le symbole d'Apple est apparu comme par magie au centre de l'écran. Pour la première fois, j'ai remarqué qu'il représentait une pomme croquée, qu'il en manquait un morceau, et j'y ai vu une référence à Adam et Ève, à la pomme dans le jardin d'Éden.

La connaissance interdite.

Rabbit avait, comme fond d'écran, une photo que je ne connaissais pas. Celle d'un étang calme et bleu, avec des rides à la surface de l'eau, comme si on venait d'y jeter un caillou et de faire un vœu. J'ai trouvé ça très perturbant étant donné la façon dont il était mort. En plus, je ne l'aurais pas vraiment imaginé choisir ce genre de photo.

C'était étrange de fouiller dans son téléphone. Je l'avais vu taper son code des milliers de fois, si bien que je n'ai pas eu de mal à le déverrouiller. Mais je savais que Rabbit n'aurait pas apprécié que j'y touche, et faire défiler les pages me donna l'impression d'être intrusif et me mit mal à l'aise. Il y avait quelque chose de sournois à ouvrir ses textos, c'était comme fourrer mon nez dans un journal intime qui ne m'appartenait pas.

J'ai posé l'index sur l'ultime message qu'il avait envoyé.

À Xzavious Reinbolt. Amy.

Suis là dans 5 mn

7

« En fait, je me souviens de ce soir-là », me dit Amy. Il portait un pantalon chino, et son polo vert Whole Foods Market qui était un peu trop petit pour son torse musclé. On voyait ses pectoraux se contracter quand il souriait.

« Je venais juste de recevoir de la dope vraiment bonne, Rabbit était très impatient et il est venu chez moi en voiture. C'était environ une semaine avant Noël. Il était déprimé mais… je ne dirais pas suicidaire. »

Nous nous trouvions dans le rayon des fruits et légumes, près d'un tas d'avocats, et Amy tenait un verre tulipe en plastique rempli d'un vin blanc pisseux.

« Prends-en si tu en as envie, m'a-t-il dit. C'est gratuit. Le vendredi, c'est la soirée "Célibataires, faites la paire". »

C'est alors que j'ai eu le déclic. Je voyais bien que certaines personnes faisaient leurs courses, mais d'autres avaient un verre de vin à la main et cherchaient quelqu'un avec qui parler. Il y avait un petit groupe de célibataires autour d'une table pliante où un employé servait du chardonnay.

« Le vin, ce n'est pas mon truc, ai-je répondu, et Amy a hoché la tête, l'air compréhensif.

– Ça demande du travail. Mais une fois qu'on commence à s'y connaître, ça peut être génial. » J'ai senti l'étrange et désagréable lourdeur de son bras quand il l'a passé autour de mon épaule.

« Dis donc. Tu as entendu parler de ce tueur en série ? Qu'on appelle Jack Daniels ?

– Oh, mon Dieu ! s'écria Amy, et il arbora un large sourire en pressant mon épaule. Jack Daniels est justement l'un de mes tueurs en série préférés ! Gacy sera toujours le roi à mes yeux. Mais pour ce qui est des contemporains... »

Il but une gorgée de vin.

« Cependant, je ne peux pas dire que Rabbit corresponde au profil de ses victimes. Il a le bon âge mais il est bien trop gros. En plus, ce n'était pas un petit étudiant innocent. Mais un junkie dépressif qui se trouvait sur un chemin de halage où aucune personne saine d'esprit n'irait se promener seule le soir. Ce n'est pas ce que recherche Jack Daniels.

« Et pourtant. » Il sourit quand une jeune femme blonde, qui poussait un caddie et qui était accompagnée d'un bambin, passa devant nous, et il la suivit du regard tandis qu'elle se dirigeait vers les laitues avec un bruit de ferraille. « C'est une idée intéressante, dit-il.

– Mais tu ne penses pas que c'est… euh, probable.

– Je dirais qu'il y a quatre-vingt-quinze pour cent de chances pour que ce soit tout à la fois un accident et un suicide. » Il inspira lentement et je me suis demandé s'il faisait semblant de vampiriser mon aura, comme il l'avait fait à la Maison des Wills. « Les junkies sont toujours dans cet état limite.

– Sans doute. » Amy laissa retomber son bras et j'eus très nettement l'impression qu'une ombre glissait sur moi. Il jeta encore un coup d'œil en direction de la jeune mère et de son enfant, l'air pensif.

« Bref. J'imagine que tu venais te fournir. Si tu as du liquide, j'ai des sachets dans ma voiture. »

8

Rabbit connaissait beaucoup de monde. Après m'être séparé d'Amy sur le parking du Whole Foods, j'ai de nouveau fait défiler ses contacts à l'écran. C'était étrange. Alors que nous traînions ensemble pratiquement tous les jours, je n'avais jamais entendu parler d'au moins cinquante pour cent des destinataires de ses textos et de ses appels.

Il y avait, par exemple, un certain Gergely. Rabbit l'avait appelé quinze fois la dernière semaine où il avait été en possession de son portable, et apparemment, Gergely et lui se téléphonaient régulièrement depuis des mois.

J'avais songé à questionner Amy à son sujet, mais je devais aussi rester prudent. Je ne voulais pas qu'il ait l'impression que je jouais au détective privé. C'est rédhibitoire pour les dealers.

Mais alors que nous nous dirigions vers sa voiture, je me suis surpris à lancer, l'air de rien : « Au fait, je voulais te demander. Tu as déjà entendu parler d'un certain Gergely ? »

Il m'a regardé du coin de l'œil et il a levé les sourcils, comme pour dire : *Tu plaisantes ?* Mais j'ignorais comment le prendre.

« Je me posais juste la question. Car il est arrivé que Rabbit fasse allusion à lui.

– Ah bon ? » Amy eut un demi-sourire, comme s'il réfléchissait. « Comment ça ?

– C'est juste quelqu'un avec qui il discutait, j'imagine, dis-je, et Amy pencha la tête, l'air dubitatif.

– Hum. Je ne m'étais pas rendu compte qu'il s'était engagé dans cette voie-là

– C'est-à-dire ? ai-je demandé, et Amy a éclaté de rire.

– C'est-à-dire que tu ferais mieux de garder tes distances, petit frère. »

Ce qui, maintenant que j'y pense, m'avait gonflé. *Petit frère*, ai-je songé en sortant du parking pour m'engager sur Cedar Road. *Petit frère.* C'était tellement condescendant. Et puis il insinuait que, contrairement à Rabbit, je n'étais pas un dur à cuire, j'avais besoin d'être protégé. Et la façon dont il se penchait sur moi pour bien me montrer qu'il mesurait un mètre quatre-vingts ou plus et moi à peine un mètre soixante-cinq, minuscule hobbit face à son Aragorn.

Et bien sûr, l'expression *petit frère* n'était pas ma préférée. J'avais grandi avec un aîné qui avait toujours une longueur d'avance sur moi, de meilleures notes à l'école, qui était plus drôle que moi et qui avait plus de chances de séduire les filles, etc., et bien que nous ayons été plutôt bons amis au lycée, j'avais toujours l'impression que Dennis était le chef, Rabbit le second, et que je serais toujours le suiveur. Même quand je me trouvais seul.

Lorsque je suis arrivé à la maison, mon père et Aqil prenaient un café à la table de la cuisine. Sans parler, du moins au moment où je suis entré dans la pièce. Aqil balayait l'écran de son portable et mon père semblait plongé dans la lecture de *The Atlantic*. Quand vous tombez sur ce genre de scène, ça active automatiquement la glande de la paranoïa, et une partie de vous pense que la conversation a tourné autour de votre personne.

« Salut, ai-je lancé, et mon père a joué à l'homme-interrompu-alors-qu'il-lit-un-magazine.

– Oh, fit-il. Salut, mon pote !, et Aqil a levé les yeux et m'a brièvement salué d'un signe de tête.

– Qu'est-ce qui se passe ? ai-je demandé.

– Rien », répondit mon père. Il afficha l'expression du *père-aimant-et-chaleureux*. « On fait juste »

Il désigna son journal. « Vous lisez », dis-je. « Des recherches, compléta-t-il.

– Ouais. » Je me suis raclé la gorge. « Je voulais te demander. J'imagine que j'aurais dû y penser plus tôt, mais est-ce que tu as parlé à Dennis récemment ? Est-ce que tu lui as dit pour Rabbit ?

– Eh bien », répondit mon père. Et la question parut le surprendre. « Bien sûr. J'ai parlé à Dennis », reprit-il, et je l'ai regardé toucher le bout de son nez à trois reprises, ce qu'il faisait à chaque fois qu'il s'apprêtait à mentir. « Je lui ai parlé il y a plusieurs jours. Mais je n'ai pas

– Tu ne lui as pas dit que Rabbit avait été noyé par un tueur en série.

– Exactement. Je me suis juste dit… Je ne sais pas. Dennis n'est pas… et tu es plus… » Il hésita, et Aqil jeta sur moi ce regard qu'il avait parfois.

Un regard de flic : une évaluation froide. Il croyait me connaître. Il me prenait sans doute pour un drogué, il reconnaissait, sur mon visage ou dans ma posture, un truc qu'il avait déjà vu, et en même temps il ne pouvait pas en parler car j'étais le fils de son meilleur ami. Et il voulait obtenir quelque chose de moi, même si je lui inspirais un peu de dégoût.

«Le fait est, dit mon père.   Le, eh bien. Je ne souhaite pas vraiment que Dennis entende parler d'éventuelle. Je veux dire de l'éventualité qu'un tueur en série soit impliqué dans la mort de – je ne pense pas que ce soit une bonne chose que Dennis

– L'apprenne ?» dis-je.

J'étais probablement l'objet d'une manipulation, mais je me sentais impuissant face à ça. Le fait que mon père se soit confié à moi et pas à Dennis. Le fait que je savais certaines choses que Dennis ignorait. Ça me procurait presque autant de plaisir qu'un rail de coke.

Et bien sûr, il y avait aussi de la manipulation de ma part – maintenant que je faisais partie de sa clique de détectives, maintenant que j'étais son confident, j'allais pouvoir demander plus facilement de l'argent à mon père.

9

J'ai essayé d'appeler Gergely en début d'après-midi, et il a décroché après deux sonneries. «Quoi ?» a dit une voix grave et virile, c'est un peu effrayant quand on vous répond aussi sèchement, et je me suis entendu dire, d'un ton faiblard et hésitant : « Salut ! Je suis un ami de Rabbit... »

Je ne sais pas combien de mots j'ai pu prononcer avant qu'il raccroche, mais ils n'étaient pas nombreux.

J'ai fixé l'écran de mon téléphone. On était samedi, c'était la mi-janvier, le week-end qui précédait le Martin Luther King Day[1], et j'étais encore au lit, en pyjama, et la pâle lumière d'un jour d'hiver à Cleveland entrait par la fenêtre. J'ai vérifié mes e-mails sur mon ordinateur, j'ai parcouru Netflix pour voir s'il y avait un film qui me tentait, mais tout me barbait. Mon humeur était celle de quelqu'un qui se dit avec angoisse que la vie ne vaut pas le coup mais qui est trop paresseux pour se prendre la tête avec ça.

J'ai songé à appeler Dennis. Mais à ce stade – presque deux semaines après la mort de Rabbit – ça aurait été bizarre. Pourquoi ne m'avait-il pas tout de suite téléphoné ? Pourquoi ne m'avait-il pas téléphoné une seule fois depuis qu'il était retourné à Cornell ? Rabbit, lui et moi avions grandi ensemble ; nous avions été les meilleurs amis du monde. Pourquoi ne m'appelait-il pas ? Nous n'étions pas brouillés, à ce que je sache.

Mais sans doute l'étions-nous. C'était la seule explication que je pouvais trouver à son silence. J'avais dû faire un truc qui l'avait vraiment énervé avant qu'il reparte à l'université, mais quand j'ai essayé de passer en revue ces semaines-là, je ne me suis pas rappelé grand-chose.

1. Le Martin Luther King Day est un jour férié aux États-Unis. Il marque l'anniversaire de la naissance de Martin Luther King Jr. Il est fêté chaque année le troisième lundi du mois de janvier. (*N.d.T.*)

10

Je me trouvais dans l'appartement de Mike Mention, on était assis sur le canapé et on se passait un pétard en regardant de vieilles vidéos sur son ordinateur : Mike, Rabbit et moi en train de faire les idiots. J'avais du mal à croire qu'elles existaient encore.

Nous les avions tournées à l'âge de treize ans, et on trouvait ça tellement hilarant qu'on était pliés en deux du début à la fin, mais aujourd'hui c'était tellement triste que j'avais du mal à les regarder. Mike Mention pleurait : « Regarde-moi ça, murmura-t-il. On était de vrais gamins ! » Il a enfoui son visage dans ses mains et a réellement sangloté pendant à peu près deux minutes.

Ça m'a vraiment mis mal à l'aise. Le problème avec Mike Mention, c'est qu'il avait ce grand corps qui me tapait sur les nerfs. De longs bras qui pendaient mollement comme des tentacules, des jambes maigres qui donnaient l'impression que ses fémurs n'étaient pas tout à fait normaux, un long crâne étroit qui ressemblait presque à celui d'un cheval, si bien que j'ai attendu, crispé, qu'il arrête de pleurer. Sans dire un mot.

Au bout d'un moment, il s'est calmé. Il a tiré très longuement sur le joint, menton dressé, main sur la poitrine, comme s'il récitait le Serment d'allégeance au drapeau américain. Puis il a lentement recraché une volute de fumée. « Regarde-moi ça », répéta-t-il. Il avait toujours les yeux humides. « On ne s'y attend pas. Et voilà ce qui arrive dans la vie, on sait tous que ça va venir mais curieusement on ne s'y attend pas.

– C'est vrai», répondis-je. Mais je n'étais pas vraiment sûr d'avoir compris ce qu'il disait. *Ça* = la Mort ?

On a écouté du hip-hop triste pendant un moment : *Depart from Me* de Cage, *The Cool* de Lupe Fiasco, Capital Steez.

Puis j'ai tendu à Mike Mention le téléphone de Rabbit, et il s'en est emparé en silence et avec solennité, comme les parents d'un soldat mort s'emparent du drapeau américain qui a recouvert son cercueil.

«Mon Dieu, dit-il. Tu le sors d'où ?

– C'est Xzavious Reinbolt qui me l'a donné.

– Ce mec me fout les jetons. *Amy*. Tu peux m'expliquer ?

– Je sais. Mais jette un coup d'œil aux contacts. J'en connais pas la moitié.»

J'ai regardé Mike Mention tendre ses longs doigts fins et effleurer l'écran avec respect. L'air sombre, il a fait défiler la liste alphabétique d'une main tremblante. C'était presque comme s'il touchait le cadavre de Rabbit.

«Je ne connais pratiquement personne», me dit-il. Il s'est éclairci la voix. «Oh, attends. Ce mec, c'est un dealer.» *Blake B.* Il a poursuivi lentement, une lettre après l'autre. «Et *El W*, je crois qu'elle fait des concentrés de cannabis et des space cakes.

– Et lui ? ai-je demandé en indiquant *Gergely*. Putain ! Gergely ? C'est flippant, non ?

– Pas vraiment, répondit Mike Mention. C'est… hongrois. C'est en gros l'équivalent de Gregory.

– Ah bon ? On dirait un nom inventé de toutes pièces.

– Non, je t'assure. C'était le prénom de mon grand-oncle. C'est un prénom hongrois tout à fait classique.

– Oh, dis-je. D'accord.»

11

Le visage d'oncle Rusty apparut sur l'écran de mon ordinateur. C'était une fenêtre Skype dont l'image était vraiment très pixélisée, mais j'ai pu le voir pour la première fois. Avec ses yeux écarquillés, son air timide ou surpris, j'avais l'impression qu'il me regardait par un œilleton. La connexion était mauvaise, mais on distinguait ses cheveux châtains mi-longs entremêlés de mèches blanches, son visage carré, son cou épais et tatoué et ses larges épaules. Pas vraiment ce à quoi je m'attendais. L'image devint plus nette un court instant, puis elle se réduisit à un visage tacheté, comme peint à l'aquarelle.

« Allô ? dit-il. Tu m'entends ?

– Oui. » Ça faisait bizarre de l'avoir en face de moi. Il plissait les yeux et n'était pas à l'aise avec la technologie, mais c'était bien lui.

« Haha. Je te vois ! Tu ressembles beaucoup à ton père ! »

Il était chez lui. Certains membres de son groupe d'entraide l'avaient épaulé, il vivait désormais dans un studio situé dans le nord-ouest de Chicago, et il avait économisé pour s'acheter un ordinateur portable bon marché et un abonnement à la Wi-Fi. Il pouvait enfin goûter à la piètre magie du XXIe siècle. « C'est extraordinaire, s'exclama-t-il avec un sourire béat. On dirait de la science-fiction. Il ne me reste plus qu'à m'acheter une voiture volante et je serai vraiment dans le futur.

– Ha », fis-je. Je n'avais jamais compris pourquoi les adolescents des années quatre-vingt pensaient qu'il existerait un jour des voitures volantes. Je trouvais ça très dangereux et bien peu pratique, mais comme ils en parlaient tous, c'est que ça représentait un véritable phénomène. Quant à moi, je rêvais d'un avenir sans extinction de masse, sans pénurie d'eau à grande échelle et sans cannibalisme.

« Alors, qu'est-ce que tu deviens ? me demanda-t-il. Comment ça va ? » Je l'ai regardé croiser les bras. Il avait les avant-bras couverts de tatouages – des dessins rouge et noir, mais j'étais incapable de dire ce qu'ils représentaient à cause de la mauvaise qualité de l'image. *J'espère que ce ne sont pas des croix gammées*, pensai-je.

J'ai haussé les épaules. J'étais étonné d'être troublé à ce point. Je voyais enfin oncle Rusty, après des mois de discussions téléphoniques, mais je ne m'étais pas attendu à ce qu'il ressemble à un quinquagénaire qui avait passé les trente dernières années de sa vie en prison. En fait, je m'étais représenté un jeune de dix-neuf ou vingt ans à cause de sa voix – une voix de stoner, grave et éraillée. Alors qu'elle donnait l'impression de sortir d'un ventriloque qui ressemblait à un vieux réac au regard mauvais, et ça m'a fait flipper.

« Je ne fais rien de particulier, dis-je. Je… traîne.

– J'espère que tu es prudent.

– Oui.

– J'ai beaucoup réfléchi à notre dernière conversation. Et à tout ce que tu m'as raconté à propos de ton ami Rabbit. Ça m'inquiète. »

Il a déplacé son ordinateur comme pour mieux me voir, comme s'il pensait que bouger sa webcam me rapprocherait de lui, mais le seul résultat fut que son visage remplit davantage l'écran. Il avait une grosse cicatrice au-dessus de l'œil, qui coupait son sourcil en deux et qui remontait de biais sur son front pour disparaître à la naissance des cheveux.

« Un tueur en série qui noie des jeunes hommes ? poursuivit-il. Je trouve ça un peu tiré par les cheveux. Et ton père et ce mec qui enquêtent là-dessus on ne sait pour quelle raison, et tout à coup un de tes amis meurt et ce tueur en série serait le coupable. Tu ne trouves pas ça louche ?

– Sans doute. » Oncle Rusty leva le menton, et l'espace d'un instant l'image devint plus nette, si bien que je pus lire les lettres tatouées sur son cou en Olde English. EMOIMO

« Qu'est-ce que tu sais de ce fameux Aqil ? me demanda-t-il. C'est qui ?

– Il était flic. C'est un ancien patient de mon père.

– Un patient ? Qu'est-ce qui clochait chez lui ?

– Je ne sais pas », dis-je, et je me suis légèrement écarté de l'écran au moment même où Rusty se rapprochait du sien. « Sans doute rien de grave. Rien qui implique de prendre des médicaments puisque Dustin ne peut pas en prescrire. Il n'est que psychologue.

– Hum, fit Rusty.

– Je ne sais pas, répétai-je. Plus je creuse, plus j'ai l'impression… qu'il y a peut-être des choses, dans la façon dont Rabbit est mort, qui ne tiennent pas debout. Je ne suis pas sûr de croire qu'il s'est simplement noyé. »

Rusty ne réagit pas. Puis il soupira. « Écoute, me dit-il. Il y a des trucs dont je veux te parler depuis un moment. J'ai essayé de voir comment les aborder avec toi. Je voulais qu'on se connaisse mieux. Tu ne me connais pas vraiment, et je ne veux pas… »

Il s'agita et je ne vis plus que d'énormes pixels sur l'écran. À la place de sa bouche, il y avait un épais carré lumineux qui palpitait quand il parlait.

« Tu as déjà échangé avec ta tante Wave ? Vous avez déjà été en contact avec elle ?

– Tu veux dire la sœur de tante Kate ? Celle qui vit dans une communauté ? J'ai toujours cru qu'elle s'appelait Waverna. »

Quand oncle Rusty a coincé ses cheveux derrière ses oreilles, j'ai constaté qu'une lettre était tatouée sur chacune de ses huit jointures, mais l'image n'était pas suffisamment bonne pour que je puisse déchiffrer le mot qu'elles formaient.

«J'ai son numéro, m'a dit Rusty. Je pense que tu devrais l'appeler.»

12

D'instinct, j'eus envie de fuir le plus loin possible de lui. C'était peut-être à cause de la mauvaise qualité de l'image, mais son visage m'avait vraiment foutu la trouille. *Inquiétant*, pensais-je, si bien que je me suis installé dans *la voiture de ta mère* pour me vider la tête.

Soit je croyais mon père et Rabbit avait été tué, soit je ne le croyais pas et Rabbit était mort accidentellement.

À moins qu'il n'y ait une troisième voie : je ne croyais pas mon père mais je croyais que Rabbit avait été tué.

Je choisis la troisième voie, me dis-je en descendant Cedar Hill. Il neigeait sur la couche de neige déjà tombée, et une saleuse roulait devant moi en grondant.

Il y avait quelque chose de vraiment détraqué dans le regard de Rusty. Il existe une partie de notre cerveau – l'amygdale – qui sait certaines choses que nous ignorons, mais qui n'utilise pas les mots. Elle peut, cependant, repérer le danger, et c'est ce qui s'était passé quand j'avais découvert le visage de Rusty.

Je choisis la troisième voie, me dis-je. Si bien qu'à un feu rouge, devant les horribles tours de la Cleveland Clinic, j'ai envoyé un texto à El W avec le téléphone de Rabbit.

Salut T ou ?

Elle n'a pas répondu immédiatement. J'étais passé devant les remparts du complexe hospitalier, et je me retrouvais à nouveau au milieu des décombres post-post-industriels d'anciennes demeures qui avaient été abandonnées, puis transformées en instituts de beauté, commerces de proximité, etc., avant de fermer, d'être condamnées, et aujourd'hui elles étaient couvertes de plantes grimpantes mortes, de neige sale, et c'était comme si elles retournaient à la terre. Il y avait des mètres carrés de terrains inoccupés, envahis de congères, qui avaient peut-être jadis servi de parking à un entrepôt ou à une usine. Et puis le portable de Rabbit a fini par faire ploc.

C'est qui ?

J'étais en train de passer devant cet endroit qui s'appelait – je ne plaisante pas – Fresh Start, Inc. C'était un de ces trucs en parpaings des années soixante-dix dont toutes les fenêtres étaient cassées, et qui avaient peut-être été la proie d'un sale incendie.

Un ami de Rabbit

Bien évidemment, je savais que je ne devais pas envoyer de textos en conduisant. Que je n'aurais pas dû conduire du tout. Mais la route se déroulait devant moi en douceur, et mes mains faisaient ce qu'elles étaient censées faire quand j'étais au volant et, en plus, c'était un quartier de la ville où vous aviez peu de chances de rencontrer des piétons, des flics, ou même d'autres conducteurs. Croiser une voiture dans cette rue aurait sur moi le même effet que la découverte du visage de Rusty. Certaines alarmes se déclencheraient. Mais un autre texto d'El W arriva :

Tu connais le hookah bar sur Euclid ?

Oui. T comment ?

Robe verte

13

El W était assise toute seule dans l'un des boxes, sur des coussins, et il y avait un narguilé posé sur la grande table basse devant elle. Une fille d'environ trente ans, blanche, avec une dizaine de kilos en trop. Elle portait effectivement une robe verte. On aurait dit une robe des années cinquante, avec un décolleté plongeant, faite dans un tissu brillant – du satin ? De la soie ? Le tuyau du narguilé passait sur son ventre et entre ses seins, et elle tira sur l'embout avant de recracher un nuage de fumée aromatisée. Le tuyau ressemblait à un intestin, à un cordon ombilical. Ce n'était pas sexy. Plutôt proche du *body horror.*

« Tu es l'ami de Rabbit. » Elle avait de courts cheveux bruns et un visage ingrat. Son nez était particulièrement frappant.

« Oui. » D'un geste, elle m'a invité à m'asseoir en face d'elle. Je sentais la présence du serpent et je me suis efforcé de ne pas le regarder. « Je fais juste le tour de ses connaissances. Rabbit était un très bon ami.

– Mes condoléances», répondit-elle. L'extrémité du tuyau ressemblait à l'anche d'un basson, et El W la porta à ses lèvres comme pour jouer une note. «Il était dans un sale état, poursuivit-elle. C'est vraiment dommage que personne n'ait pu l'aider plus tôt.

– Oui.» Mes mains se contractèrent légèrement quand j'ai sorti de ma poche un billet de cent dollars. Je l'ai posé sur la table, à côté de la pipe, m'efforçant de faire comme si de rien n'était. «Euh, je suis toujours en train d'essayer de faire mon, euh, deuil. Tu comprends? Et je me demandais si tu accepterais d'examiner le contenu de son portable. Je suis peut-être passé à côté de quelque chose.»

Elle ne bougea pas. On aurait pu imaginer que c'était le genre de fille à trop se maquiller, eh bien non. Elle fixa pensivement le téléphone, puis le billet de cent dollars. Écarta le tuyau du narguilé. Prit l'argent puis le portable.

«Je suis censée chercher quoi? demanda-t-elle. Je ne sais même pas de quoi il s'agit.

– Je crois, dis-je. J'essaie juste de comprendre qui étaient ses contacts. Il y a énormément de gens que je ne connais pas alors que j'étais, euh, son meilleur ami et je…

– Mon Dieu! C'est toi qui as embrassé sa mère?»

El W éclata de rire, le rire se transforma en toux, elle mit l'embout du narguilé dans sa bouche, tira dessus, puis recracha la fumée, ou la vapeur, aromatisée.

«Oh, mon chou, finit-elle par dire d'une voix plus douce. Ça me fait de la peine pour toi.» Et elle posa sur moi un regard sincèrement compatissant.

J'ai rougi mais je n'ai rien dit. Et tout à coup, j'ai réalisé que la plupart de nos amis, ainsi que leurs amis et connaissances, avaient entendu dire que Rabbit m'avait surpris en train d'embrasser sa mère mourante. Sa version de l'histoire.

« Toi, tu as le cœur brisé. » El W prononça ces mots avec détachement, comme si elle constatait que j'avais une tache sur ma chemise, et je n'ai pas réagi. Avais-je le cœur brisé ? Je l'ignorais. Peut-être.

Elle s'enfonça dans son siège. Elle avait prodigué sa compassion et pouvait de nouveau se détendre dans les coussins aux tons criards. « Alors, je suis censée chercher quoi ? Je ne vais quand même pas passer en revue chaque contact.

– Je ne sais pas. Je veux juste comprendre. Il a, euh, disparu et puis on l'a retrouvé mort, et je... j'aimerais comprendre ce qui lui est arrivé.

– Oh, fit-elle, et elle me regarda avec des yeux brillants. Tu crois qu'il a été assassiné.

– Pas nécessairement. Je veux juste savoir. »

El W me dévisagea. Ses yeux étaient bleu lavande – des lentilles de contact colorées, j'imagine – mais ça lui donnait un quelque chose de surnaturel, comme si elle était médium, et c'était sans doute l'effet recherché. Je me suis dit que si je lui demandais de me lire les lignes de la main, elle saurait le faire.

« Tu es adorable. Quand je mourrai, j'espère qu'il existera quelqu'un qui m'aime suffisamment pour penser que j'ai été assassinée.

– Gergely, lançai-je. Tu sais qui c'est ? »

Elle leva les sourcils. « Oh, Rabbit ! dit-elle à mi-voix comme s'il avait fait un truc inattendu et malpropre. Quel dommage. » Puis elle haussa les épaules. « Gergely est une créature de la nuit.

– Qu'est-ce que ça veut dire ?

– C'est un type légèrement dérangé. Il aime ligoter les adolescents. Il te donnera de la dope si tu le laisses te ligoter. Il a une préférence pour les garçons hétéros et blancs. »

El W me sourit, comme pour s'excuser. « Oh, mon chéri, tu

as l'air anéanti.» Elle me tapota la main. «Je sais que ce n'est pas l'image que tu aimerais garder de ton pauvre ami. Mais Rabbit était vraiment désespéré.»

14

Quand je suis rentré à la maison, mon père ne dormait pas. Il était assis sur le canapé de la pièce télé, enveloppé dans une couverture afghane, et un chauffage d'appoint soufflait. Il regardait un concours de chefs cuisiniers sur Food Network. C'était toujours triste et inquiétant de le voir dans cet état-là car il avait les yeux brillants et regardait attentivement des trucs débiles avec ce doux sourire qui signifiait : *Oh, s'il vous plaît, dites-m'en plus !*

Peut-être était-ce le genre de regard qu'il posait sur ses patients ? Le genre de sourire qui faisait que les gens étaient convaincus qu'il les écoutait ? Et peut-être qu'une partie de lui les écoutait vraiment. Cette partie de lui qui était sincère, attentionnée, pleine de compassion et désireuse d'aider.

Et puis il y avait une autre partie. Aussi dénuée d'expression qu'un reptile, et que j'ai retrouvée dans la façon dont il inclina la tête au moment où l'un des chefs allait être éliminé.

Ce regard vide, je le remarquais de plus en plus. Peut-être parce que je grandissais – enfant, on prend son père comme il est ; on ne se pose pas de questions quand sa mère dit qu'il est «à l'ouest», une blague qui fait rire toute la famille.

Je n'avais pas oublié cette journée un peu particulière. Je devais avoir huit ou neuf ans, et ma mère et moi étions tombés sur lui dans la salle à manger. Ma mère s'était soudain immobilisée dans l'embrasure de la porte. Et, d'un geste délicat de la main, elle m'avait empêché d'avancer. « Chut », avait-elle murmuré, l'index pointé. *Chut*. Comme si nous avions rencontré une rare créature des bois.

Dustin était debout devant une plante d'intérieur posée sur un support, à côté de la fenêtre.

Il tenait l'arrosoir mais avait apparemment oublié qu'il comptait s'en servir. Il fixait la fougère, comme hypnotisé par elle, un sourire pensif aux lèvres, et ma mère s'était penchée vers moi et, sur le ton de la confidence, m'avait dit : « Regarde. Voyage astral. »

Voyage astral : une partie de son esprit avait quitté son corps et, de son vivant, ma mère avait fait passer ça pour quelque chose de secret, de mystique et de drôle. Maintenant qu'elle était partie, ça n'avait plus vraiment de charme.   Si une partie de son esprit avait quitté son corps, où se trouvait-elle ?

Je me suis éclairci la voix. « Salut », ai-je lancé depuis le seuil. Ça faisait plusieurs minutes que j'étais là, et je ne voulais pas l'effrayer. « Je suis là. »

Il a levé les yeux, l'air effrayé. Mais j'ignorais s'il était vraiment effrayé, s'il faisait semblant de l'être, ou s'il ne faisait pas la différence entre les deux.

« Oh ! s'exclama-t-il. Salut ! Tu viens de rentrer ?

– Oui. J'étais sorti. Voir un ami.

– Je suis ravi de l'apprendre. Tu as vraiment besoin de… cultiver un réseau d'entraide en cette période de

– Tout à fait », dis-je, et puis la musique qui sortait du téléviseur annonça un coup de théâtre et il détourna les yeux. Il fixa l'écran puis se ressaisit. « Oh ! Tu veux regarder la télé avec moi ? On peut changer de chaîne.

– C'est bon. Ça ne me tente pas.

– Oh ? » fit-il, comme si mon humeur du moment l'intéressait.

Il me regarda attentivement. « Est-ce que tu as, dit-il. Les trucs dont on a discuté, est-ce que tu as

– Je ne sais pas.

– Je ne cherche pas à te mettre la pression. Loin de moi cette idée.

– J'y réfléchis. »

Il me fit alors son fameux sourire.   Ce sourire qui témoignait de son intérêt et qu'il adressait à son émission de télé et à ses patients, et j'ai réalisé pour la première fois que ce sourire n'était pas humain. C'était de l'homochromie. Du camouflage par mimétisme. Il souriait aussi bien au téléviseur, à son fils ou à une plante d'intérieur, mais ce qu'il avait réellement au fond de lui restait tapi et regardait furtivement à l'extérieur. « Si tu veux qu'on parle, conclut-il, dis-le-moi. »

15

Je me trouvais sur le parking du centre hospitalier, dans *la voiture de ta mère*, et j'essayais d'appeler Dennis mais il ne décrochait pas.

Pourquoi étais-je sur ce parking où j'avais l'habitude d'attendre que Terri sorte de sa séance de chimiothérapie ? En tant que psy, Dustin trouverait sans doute ça très symbolique, mais en réalité je venais là car je savais que j'y serais vraiment tranquille. Vous pouviez rester une journée entière tout au fond du parking, là où le grillage était caché par les plantes grimpantes et les arbustes, sans qu'aucun flic ne vienne vous embêter.

Messagerie de Dennis : « Salut, c'est Dennis ; laissez-moi un message. Ou, mieux encore, envoyez-moi un texto.» C'est ce que j'ai fait.

Il faut vraiment que je te parle

J'imagine que tu sais que Rabbit est mort. Je sais pas pourquoi t'as pas appelé T peut-être fâché ? Mais il se passe des trucs bizarres à la maison, faut vrmt kon parle.

J'ai commencé à écrire : *J'ai besoin de ton aide.* Mais j'ai effacé, ayant finalement décidé de conserver un peu de dignité.

Et j'ai attendu.

J'ai tourné la clé de contact et laissé le chauffage marcher un moment. On était en fin d'après-midi, mais l'éclairage halogène du parking était déjà allumé dans la pâle lumière du mois de janvier. J'étais le seul à être garé à cet endroit-là, et des pelotes de neige légères comme la plume tombaient des arbres de temps à autre. Les épaisses lianes de chèvrefeuille qui s'accrochaient au grillage étaient recouvertes d'une pellicule de glace et ressemblaient, à certains endroits, là où la neige s'était accumulée, à des silhouettes voûtées.

J'ai envoyé un e-mail à Dennis. *Est-ce que tu vas répondre, bordel ?*

J'ai rappelé. *«Salut, c'est Dennis; laissez-moi un message. Ou, mieux encore, envoyez-moi un texto.»*

T où ? Ça va ?!?

Cette sensation quand on appelle et que personne ne répond. Comme un mauvais pressentiment. L'image de Rabbit qui se débat dans les eaux sombres de la Cuyahoga River.

Je suis allé voir la page Facebook de Dennis et, sur une photo postée deux jours plus tôt, on le voit faire la fête avec deux filles. *Va te faire foutre, Dennis*, ai-je alors écrit dans la partie Commentaires.

16

La nuit était tombée et je me trouvais toujours sur le parking. J'ai fumé des cigarettes, j'ai un peu sniffé la dope de Xzavious Reinbolt, et j'ai eu l'étrange impression d'être piégé – comme pris d'une hésitation mêlée de panique dont vous ne pouvez pas vous extirper, qui tourne en boucle dans votre tête jusqu'à ce que vous vous sentiez totalement emmailloté dans l'indécision.

J'ignore pourquoi j'avais autant le trac. J'ai sorti le numéro que Rusty m'avait donné. *Tante Waverna.* Il l'avait appelée *Wave*. Une petite voix ne cessait de murmurer : *Ce n'est vraiment pas une bonne idée.*

C'est un homme qui répondit et j'ai failli raccrocher. La voix était grave, rocailleuse, cassante – j'ai tout de suite imaginé un vieil ouvrier du bâtiment au crâne rasé –, et je fus surpris d'entendre ma propre voix.

« Bonjour. Je cherche à parler à Wave. »

Il y eut un long silence. Puis la voix hostile répondit : «Qui est à l'appareil ?

– Son neveu. Mon père est son cousin.

– Ah bon ? Tu n'as pas l'air de savoir ce qu'est un neveu.»

Je ne voyais absolument pas où il voulait en venir, et j'ai hésité. Ma voix me semblait lointaine. «Mon père s'appelle Dustin Tillman. Elle saura qui c'est. Et je suis son fils. Aaron. Il faut vraiment que je lui parle.»

Encore un silence. «Comment tu as eu ce numéro ?

– Je l'ai trouvé dans le répertoire de mon père.» Un mensonge plutôt crédible.

«Ça m'étonnerait. Mais dis-moi quel est le message et je lui transmettrai.

– Ce n'est pas un message. J'ai juste besoin de lui parler. De lui demander, euh, conseil ? En fait, c'est plutôt urgent.

– Urgent comment ? Urgent du style elle-a-hérité-d'un-million-de-dollars ? Urgent parce que ton père est mort et que tu veux savoir comment on fait pour laver le corps ?

– Hum, fis-je en me passant la main dans les cheveux.

– Écoute, fiston», dit l'homme. Sa voix était tout à la fois douce et froide – comme un patron qui essaie de vous expliquer gentiment que vous êtes vraiment bête. «Premièrement, tu n'es pas son neveu mais son petit-cousin. Elle ne te connaît pas. Ça fait trente ans qu'elle n'est plus en contact avec ton père. D'après toi, qu'est-ce qui pourrait bien la pousser à décrocher son téléphone pour te donner un conseil urgent ?

– C'est par Rusty que j'ai eu son numéro. Il m'a suggéré de l'appeler.»

C'était sans doute la bonne réponse car ça lui a visiblement donné à réfléchir. Il y eut un long silence à l'autre bout du fil. Puis l'homme, enfin, soupira.

«Je vais prendre ton numéro. Si elle veut te parler, elle te rappellera.

– D'accord.

– Je vais chercher un stylo.»

17

Je suis arrivé chez Rabbit vers minuit.

J'ai eu du mal à me garer dans l'allée – trop d'ondes négatives – mais ça me semblait être la meilleure solution.

La plus discrète, à cause des flics de Cleveland Heights. Il n'était pas question de tomber sur eux.

Contrairement aux trottoirs, l'allée était déneigée, ce qui était bizarre. Mais la ville avait peut-être un service qui continuait à entretenir l'allée même après la mort des deux habitants de la maison. Ce qui était plutôt flippant.

La voiture de Terry n'était bien évidemment pas dans le garage. Rabbit avait dû s'en servir ce soir-là. *Ce soir-là* : il s'était sans doute garé à proximité du chemin, sous le pont, et le véhicule avait certainement été mis à la fourrière. Et devait désormais se trouver chez un ferrailleur.

J'ai discrètement rentré *la voiture de ta mère* dans le garage et éteint les phares. Les maisons voisines étaient plongées dans l'obscurité mais, une fois à l'extérieur, je me suis quand même fait tout petit. Il y avait d'un côté une Irlandaise âgée, une vieille fille à chats qui avait un jour appelé la police parce que Rabbit, Dennis et moi écoutions du hip-hop dans le jardin – une musique qu'elle trouvait choquante. Et de l'autre une famille noire distante et croyante, qui faisait généralement comme si Rabbit et sa mère n'existaient pas.

J'ai essayé d'être discret en me dirigeant à grandes enjambées, dans la neige qui m'arrivait aux mollets, vers le jardin de derrière, qui était tellement hanté que j'ai failli flancher. Il y avait le vieux trampoline, toujours en place, bien que nous n'ayons probablement pas sauté dessus depuis la sixième. Il y avait les chaises longues où, les soirs d'été, nous nous installions tous les trois en compagnie de la mère de Rabbit pour nous défoncer en écoutant ses vieux disques de Black Sabbath ; il y avait le vélo de Rabbit, appuyé contre la haute palissade et recouvert de tellement de neige qu'on aurait dit une statue antique. Il me rappelait ces vieilles pierres tombales dont l'inscription s'efface sous l'effet d'années de pluie et de vent. J'ignorais qui allait prendre possession de cette maison maintenant que Rabbit et sa mère étaient morts, mais je me disais que le peu qu'il restait d'eux allait bientôt disparaître.

Alors pourquoi étais-je ici ? J'ai creusé dans l'épaisse couche de neige de la véranda jusqu'à sentir le paillasson, je l'ai retourné et j'ai trouvé la clé qui, du plus loin que je m'en souvienne, avait toujours été là. Je l'ai bien grattée puis je l'ai glissée dans la serrure. *Pourquoi suis-je ici ? Pourquoi suis-je ici ?*

J'imagine que je cherchais des indices.

Une partie de moi voulait croire que mon père avait raison. Une partie de moi voulait croire que l'on pouvait parvenir à saisir la signification de ce monde insensé.

C'était une petite maison. Un rez-de-chaussée et un sous-sol inachevé, un petit pavillon de plain-pied carré. La porte de derrière donnait sur la cuisine, ensuite il y avait la salle à manger avec sa table où la mère de Rabbit étalait factures et papiers, et le salon avec le canapé installé en face du téléviseur. J'ai utilisé mon téléphone comme lampe de poche et j'ai balayé les murs de son faible faisceau lumineux. Une étagère de bibelots

– pour la plupart des squelettes de la fête mexicaine du Jour des morts, que Terri avait collectionnés au cours des années. Un tableau encadré à bas prix, qui représentait des loups hurlant à la lune, accroché au-dessus du canapé où Terri et moi nous étions embrassés.

Sur la table basse, un mug avec, au fond, une fine couche visqueuse de café. J'ai braqué la lumière dessus et je suis resté comme hypnotisé. *La dernière tasse de café*, me suis-je dit. De Terri ou de Rabbit.

J'ignorais ce que je cherchais mais j'ai pensé qu'il fallait commencer par la chambre de Rabbit.

J'ai tenu mon téléphone au-dessus de ma tête, comme une fille dans un conte de fées tient une bougie.

N'était-ce pas toujours la même chose ? Vous posiez lentement la main sur la poignée et vous vous retrouviez dans la chambre que vous pensiez connaître, la chambre où vous étiez venu si souvent, mais où flottait désormais une aura d'inquiétante hostilité. Le petit lit de Rabbit, celui qu'il avait déjà quand j'avais fait sa connaissance en CE2 – comment réussissait-il à dormir dedans ? Les pipes à eau alignées sur l'étagère, les maquettes de bateaux dont il était fou quand nous étions en CM2, les figurines de *Game of Thrones*, et la photo encadrée de sa mère et lui posée sur sa table de nuit, un Bruce Berend qui souriait gentiment et une fière Terri, photo qui, tel un garde, veillait sur lui pendant son sommeil. *Oh*.

Le lit était défait, amas de draps et de couvertures enchevêtrés, le placard était ouvert, il y avait quelques chemises habillées sur un cintre et son unique veste de costume. Je savais que je trouverais, dans les poches latérales, plusieurs seringues avec un capuchon protecteur sur les aiguilles, et peut-être un petit sachet de dope dans celle située au niveau de la poitrine.

Mais cette dernière était vide. Je n'avais pas pu m'empêcher de fouiller dedans.

Enfin, je suis descendu au sous-sol où nous avions passé énormément de temps au cours de l'année écoulée, assis côte à côte, défoncés, agrippés à notre manette alors que le jeu avait été mis sur pause depuis si longtemps que c'était comme s'il n'avait jamais commencé. Le regard dans le vide.

Il y avait cette sensation que vous procurait l'héroïne – non pas celle d'être heureux, ni optimiste, ni même curieux. Juste libéré de l'idée que les choses étaient logiques. Que le monde était bienveillant ou qu'il n'était pas indifférent. J'ai toujours cru que c'était ce que l'on devait ressentir dans le ventre de sa mère, quand on ignorait encore ce que naître voulait dire.

Il y avait les manettes posées sur la table basse, telles deux mains sectionnées avec un fil qui partirait du poignet. Il y avait des indices prouvant que Rabbit avait fait chauffer de l'héroïne avant de partir. Une cuillère. Un morceau de papier d'aluminium. Il y avait une bouteille de whisky bon marché et un verre.

Allez : assieds-toi et réfléchis au suicide avec lui.

Le pire : l'aquarium fonctionnait encore. Il était toujours éclairé, il continuait à faire des bulles, à filtrer, et le petit coffre au trésor en plastique continuait à s'ouvrir et à se fermer. Les poissons étaient morts depuis longtemps. Ça faisait un mois qu'ils n'avaient pas été nourris, et leurs corps flottaient à la surface.

C'est alors que je l'ai vue.

C'était une fiche cartonnée glissée sous le cendrier. Rabbit en trimballait toujours dans sa poche parce qu'il aimait prendre des notes, faire des croquis, etc. C'était l'unique façon qu'il avait de permettre au *nerd* excentrique et poète qu'il était de respirer – même si, la plupart du temps, il finissait par déchirer méticuleusement les fiches en mille morceaux ou allait même jusqu'à les brûler avec son briquet.

Mais celle qui se trouvait sur la table basse était intacte. C'était une simple fiche avec une adresse écrite au centre, de la main de Rabbit, de son écriture majuscule soignée.

18

Il était à peu près quatre heures du matin et j'avais fini par m'endormir quand le téléphone sonna. Tante Kate, m'indiquait mon portable.

« Bordel de merde ! s'écria-t-elle. Tu as parlé à Rusty ? »

Je dormais profondément. La nuit avait été compliquée, je m'étais pas mal shooté, si bien que j'ai mis du temps à comprendre ce qui se passait.

Tante Kate + Rusty = ?
Tante Kate (Waverna) > Rusty

« Quoi ? dis-je, à moitié endormi.

– Espèce d'idiot !

– Je ne sais même pas de quoi tu parles. »

Tante Kate émit un petit bruit sarcastique. « Mon chéri, dit-elle. J'essaie de te protéger. Je ne fais que te demander si tu veux que ta vie soit complètement foutue.

– Non. » Je me suis redressé, collant d'une main mon

téléphone contre mon oreille et remontant de l'autre ma couverture jusqu'au cou. « Non. Mais il y a beaucoup de choses qu'on m'a… cachées. Je ne savais même pas…

– Qu'est-ce qu'il t'a dit ? demanda-t-elle. Qu'est-ce qu'il t'a dit sur moi ?

– Rien, répondis-je. On n'a jamais parlé de toi.

– C'est ça. Vous vous téléphonez juste pour parler sport et jeux vidéo. »

Je me suis frotté les yeux. Le jour ne tarderait pas à se lever car les oiseaux commençaient à pousser des pépiements monotones bien qu'il fasse encore nuit. On percevait le bruit d'une saleuse qui parcourait lentement une artère, quelque part au loin.

« Qu'est-ce que je pourrais bien lui raconter ? demandai-je. Je ne suis au courant de rien. Ça doit faire environ un an que j'ai découvert que vos parents avaient été assassinés. Ce n'est pas franchement à moi qu'il faut s'adresser si on veut apprendre des secrets de famille.

– Oui. Mais tu es le petit trou par lequel il peut passer. Tu es son point d'accès. Tu ne piges pas, Aaron. Tu n'as pas idée !

– Tu as raison. Je ne pige pas. Il y a d'abord ce mec qui me téléphone, me dit qu'il est mon oncle, qu'il vous a perdus de vue depuis longtemps, qu'il a été libéré de prison à cause d'une injustice, et puis il ajoute que mon père et toi, vous refusez de lui parler, si bien que je suis la seule personne au monde avec qui il est en lien, et donc on discute. Voilà tout. Je pensais faire quelque chose de bien.

« Mais je sais aussi que la situation est encore plus merdique que ça. J'ignore totalement ce qui a bien pu se passer entre vous quatre. Rusty me suggère d'appeler Wave, j'imagine que Wave t'a appelée, et voilà que tu m'appelles, on dirait une étrange chaîne de lettres. Qu'est-ce que tu attends de moi ? »

Tante Kate resta silencieuse un moment.

« Dis-moi ce que je suis censé savoir, insistai-je. Qu'est-ce que Rusty croit que Wave va m'apprendre sur mon père ?

– J'aimerais bien le savoir moi-même. » Tante Kate parlait plus calmement, ou du moins avait-elle choisi d'aborder la question sous un autre angle. « J'aimerais bien savoir ce qu'il fabrique. Parce que tu peux être sûr d'une chose, c'est que Wave ne t'appellera jamais. Donc, quel que soit le tour que Rusty te joue, c'est Dustin et moi qu'il cherche à atteindre.

– Je ne vais pas m'en prendre à mon père. Ni à toi. On ne me manipule pas aussi facilement que ça.

– Vraiment ?

– Et Rusty… apparemment il a assumé la responsabilité de ce qui s'est passé. Il reconnaît avoir été particulièrement cruel avec mon père, et comme mon père était un gamin, il était facile de lui faire croire à ces histoires de sectes, de sorcières, de démons, etc. En gros, il a plus ou moins dit qu'il l'avait bien cherché.

– Quelle grandeur d'âme !

– Je ne dis pas non plus que je lui fais entièrement confiance. C'est pour ça que j'apprécierais que tu sois franche avec moi.

– À propos de quoi ?

– Qu'est-ce que je devrais savoir sur mon père ? Qu'est-ce que je devrais savoir que je ne sais pas ?

– Il m'est impossible de répondre à cette question. Comment suis-je censée savoir ce que tu ne sais pas ? Ou même ce que tu devrais savoir ?

– Alors d'après toi, qu'est-ce que Wave pourrait bien me dire ? »

Kate eut un petit rire désobligeant. « Je ne pense pas qu'elle te dise quoi que ce soit. Mais Rusty espérait sans doute qu'elle te dise que, d'après elle, Dustin et moi l'avons piégé. Et Wave te raconterait sans doute que j'ai bassement menti parce que je suis quelqu'un de malveillant, et que Dustin a menti parce qu'il est fou et qu'il délire. »

J'ai repris mon souffle. « Qu'est-ce que tu veux dire par "fou" ? » demandai-je d'une voix douce.

Kate parut réfléchir. « Je ne veux rien dire en particulier. Je te dis juste ce que je crois que Wave t'aurait dit. À savoir que Dustin était très... impressionnable ? Imaginatif ? Crédule ? Plus que la normale. Et qu'il avait du mal à distinguer ce qui était réel de ce qui ne l'était pas. C'est ce que Wave t'aurait dit, et ce n'est pas faux. »

Je perçus le bruit sec d'un briquet puis j'entendis Kate souffler.

« Ce que moi je te conseillerais, poursuivit-elle, c'est d'arrêter de parler à Rusty. De ne pas croire ce qu'il te raconte. Il a beau te dire : *Oh, je suis désolé d'avoir été cruel avec ton père*, je peux te garantir qu'il ne t'en a pas dit la moitié. Il n'a peut-être pas commis ces meurtres. Je ne sais pas, je n'étais pas là. Mais il n'est absolument pas innocent. »

Il s'est réveillé alors qu'elle prononçait ces mots.

Mon père.

Il a toussé, une toux grasse, puis j'ai entendu son lit grincer quand il s'est assis, le bruit de ses pieds nus sur le sol. La lumière des toilettes qui s'allume, la porte des toilettes qui se referme. La maison était suffisamment silencieuse pour que je l'entende pisser.

Je savais que je ne pouvais pas me fier à lui. Je ne pouvais pas me fier à Rusty ni à tante Kate. Et Dennis ?

Peut-être me cachait-il des choses lui aussi ?

« Je te rappelle », dis-je à tante Kate. Mais elle avait déjà raccroché.

19

Mon père était en train de manger des céréales quand je suis entré dans la cuisine. Il était plongé dans son journal et avait quelques gouttes de lait suspendues à son bouc.

« Salut », dis-je. Il a levé les yeux, l'air endormi, et fut surpris et content de me voir. Son sourire radieux me fit mal.

« Comment ça se fait que tu sois debout si tôt ? C'est génial. C'est ce qui s'appelle assurer ! Les cours reprennent cette semaine, non ?

– Oui. » Et je dus me poser la question suivante : comment mon père pouvait-il enquêter sur un tueur en série s'il ne se rendait même pas compte que je n'allais pas en cours ? Que je n'avais jamais mis les pieds à l'université.

« Tu as parlé à Dennis récemment ? me demanda-t-il. J'imagine que tu as vu sur Facebook qu'il a une copine ?

– Oui. »

J'ai sorti un bol du placard. Une partie de moi devait être épuisée, mais je ne parvenais pas à entrer en contact avec elle. Comme à l'époque où Rabbit et moi prenions de l'Adderall – cette concentration dont font preuve les chasseurs, ce picotement à l'avant du cerveau car vous avez conscience de poursuivre quelque chose, même si vous ne savez pas exactement quoi. J'ai versé des Wheaties dans mon bol puis j'ai ajouté du lait, deux cuillerées de sucre, et je me suis mis à enfourner les céréales avec beaucoup de détermination. Mon père m'observa comme s'il assistait avec intérêt à une expérience inhabituelle et complexe. *Voyage astral.*

« Je peux te poser une question en lien avec la psychologie ? lui ai-je demandé.

– Bien sûr ! » m'a-t-il répondu, et il avait l'air tellement flatté que je m'intéresse à lui que c'en était triste et flippant. Il afficha une certaine curiosité.

« Tu suis des cours de psychologie ?

– Oui.

– Super !

– Voilà ce que je voulais te demander. Que dit-on de quelqu'un qui est incapable de distinguer ce qui est réel de ce qui ne l'est pas ? »

Mon père ne broncha pas. « Qu'il délire », répondit-il. Il tripota pensivement son bouc. « Mais il y a tout un spectre. À l'extrémité duquel, bien sûr, on parle de schizophrénie. Mais on peut tous avoir un petit pépin de temps en temps. J'ai lu un article intéressant. Apparemment, la plupart des gens ont un pli dans le cortex préfrontal appelé sillon paracingulaire. Ce pli nous aiderait à distinguer le réel de l'imaginaire. Mais il n'existe que chez soixante-quinze pour cent des gens environ – et certaines preuves indirectes laissent penser que les autres sont davantage prédisposés à la schizophrénie. Et ont tendance à être plus confiants et crédules. »

Je pris le temps d'avaler ma dernière bouchée de céréales. « Hum », fis-je.

20

Si elle était en vie, maman m'aiderait. Ça m'a presque fait rire, c'était bien un truc de chochotte de penser ça, mais c'était vrai : rien de tout ça n'arriverait si elle était là.

La neige avait recommencé à tomber, je m'étais assoupi en plein après-midi et, à mon réveil, j'ai contemplé le paysage urbain gris et blanc. Ça aurait pu être l'aube ou le crépuscule. Un sentiment de solitude grossit en moi. Un terrible et insoluble sentiment de nostalgie – la nostalgie du foyer qui n'existe plus. Qui n'a peut-être même jamais existé. Mais il n'y a pas moyen de revenir sur ses pas. Dans un conte de fées, vous pourriez faire un pacte avec une sorcière, cette sorcière qui vous aurait volé tous ceux que vous aimiez, et lui demander : *Qu'est-ce que je peux vous donner pour être de nouveau auprès d'eux ?*

J'ai remonté la couverture jusqu'à mon menton et j'ai fermé les yeux. Ce serait vraiment super si maman m'apparaissait en rêve et me disait ce que je devais faire.

En même temps, je savais très bien ce qu'elle me dirait. Arrête de te droguer. Songe à faire une cure de désintoxication. Romps avec tes fréquentations. *Extirpe-toi de cette galère, Aaron*. Si bien que je me suis rendormi sans tenir compte de ses conseils de fantôme.

Quand je me suis réveillé, il faisait nuit noire. Mon téléphone avait émis un son signalant l'arrivée d'un texto et quand je l'ai récupéré, j'ai constaté qu'il était 22:01. Un message de Xzavious Reinbolt.

Slt ! G de la bonne dope pr toi !
MDW, ce soir

J'ai fixé le texto pendant cinq minutes environ en me disant : « MDW » ?

C'est quoi MDW ?

Et puis, « Oh. » Maison des Wills.

Si bien que lorsque je quitte la maison je pense au conseil de ma mère, je sens qu'il me poursuit même si je l'ai étouffé avec un peu de Fentanyl et je mets la musique à fond. C'est le CD de Bob Marley qui appartenait à ma mère, son fidèle compagnon dès mon plus jeune âge, et je nous revois petits en train de chanter sur la banquette arrière, et, des années plus tard, j'avais été surpris de constater que ces chansons n'étaient pas pour les enfants.

Could you be loved, chante Bob Marley, et ça me calme un peu les nerfs, même si l'attaque de panique n'est pas loin malgré les drogues et la musique et ma jambe s'agite mais pas en rythme.

Only the fittest of the fittest shall survive. « Seuls les plus forts survivront », me dit Bob Marley.

« Et, au bout du compte, pas même eux », dis-je à Bob Marley.

Ce soir-là Rabbit part de chez lui – tu penses qu'il est désespéré –, peut-être a-t-il rendez-vous avec Gergely, peut-être a-t-il bu du Jim Beam alors qu'il déteste l'alcool, peut-être s'arme-t-il de courage pour affronter ce à quoi il ne peut échapper.

Sur son téléphone il y a un selfie pris le 18 décembre 2013, c'est-à-dire la veille de l'enterrement de sa mère. Et c'est aussi le jour où il a été vu vivant pour la dernière fois.

On dirait qu'il est mourant. Même si ce n'est qu'une photo de son visage, tu constates qu'il a perdu beaucoup de poids depuis votre dernière rencontre en novembre, *émacié* est l'adjectif qui te vient à l'esprit, et il a la peau grisâtre sauf autour des yeux où elle est tendue et sombre, comme s'il avait des ecchymoses. Ses yeux sont enfoncés dans leurs orbites, on dirait un véritable junkie. Il essaie quand même de sourire comme s'il posait pour une photo de classe, exhibant ses dents du haut avec affectation comme pour dire : *Je souris…*

Ce qui me rappelle ce que Terri m'avait dit un jour. Je la ramenais chez elle en voiture après sa séance de chimio, elle s'était mise à rire tout bas, je lui avais demandé pourquoi et elle m'avait répondu : « Tu sais ce qui est le plus drôle avec la mort ? C'est qu'il faut la vivre.

– C'est bizarre, ai-je dit, et j'ai senti le bout de ses doigts sur le dos de ma main.

– Tu réalises que tout le monde meurt. Tu réalises que tu ne peux pas l'éviter, que tu ne peux pas y échapper. Tu y as déjà pensé, non ?

– Oui.

– Et puis ça se dissipe et tu te dis : *OK, ce n'est pas la peine de m'inquiéter, je ne peux rien y faire*, et tu cesses d'y penser. Tu continues d'avancer. »

J'ai hoché la tête.

C'est la photo qu'il a envoyée à Gergely par texto. 22:01.

Il a noté une adresse sur une fiche cartonnée. Comme il n'avait plus du tout de came, il a décidé de boire du whisky.

Aucun effet.

Et puis il a envoyé un texto à Xzavious et il a prévu de dépenser tout l'argent qui lui restait. Sa mère était morte trois jours plus tôt et il était dans un état d'esprit particulier.

Quand un être cher meurt, vous mourez aussi, bien évidemment. Il y a un arrêt sur image, une touche « Pause », et vous êtes coincé dans un GIF interminable, ces quinze secondes tournant en boucle dans votre tête.

« Et je pense que ce sera comme ça jusqu'à la fin, dit Terry. Même s'il ne te reste que cinq minutes à vivre, tu continues à anticiper l'avenir, tu continues à penser à ce que tu vas faire ensuite, à avoir des projets, il y a une partie de toi qui continue à dire : *Tout finira bien par s'arranger…* »

J'ai senti ses ongles blanchir la peau de mon poignet. « Et puis ça s'arrête, poursuivit-elle. Je pense qu'on peut être vivant jusqu'à la seconde où on ne l'est plus. »

L'une de ces images pourrait être le moment où vous surprenez votre meilleur ami en train d'embrasser votre mère mourante. Créons un GIF à partir d'elle. Qui ne s'arrêtera jamais tandis que Bob Marley chantera « Three Little Birds », *tout, absolument tout va bien se passer*

Rabbit appuie sur le bouton qui commande l'ouverture du garage et regarde le rideau se lever, écoute le bruit métallique qu'il fait.

Sans doute est-il déjà mort. Il s'installe dans la voiture. Il tourne la clé de contact. Mais il est déjà en train d'abandonner ce qui en lui était vivant.

22

Je me gare sur le parking situé derrière la Maison des Wills et je me dirige vers l'entrée de service à grandes enjambées, une allure assurée mais prudente. Le genre de démarche qui indique aux autres que vous vous mêlez de vos affaires mais qu'ils feraient bien de ne pas vous chercher. Ce n'est sans doute pas convaincant mais je fais de mon mieux, je mets ma capuche, et j'ai les bras le long du corps comme une fine gâchette. Consommateur régulier de stupéfiants, j'ai appris à marcher dans des quartiers dégradés, des endroits dangereux, mais ce coin est aussi une zone commerçante, en quelque sorte, et tant qu'un jeune Blanc achète, on ne lui fera probablement pas de mal.

Rabbit a dû se garer comme toi derrière la maison et tu balaies le parking du regard pour t'assurer que sa voiture ne s'y trouve pas. Tu aperçois la lumière fantomatique d'un joint qui est passé de main en main dans une Lincoln des années quatre-vingt, et une Kia recouverte d'une couche de neige d'une quinzaine de centimètres, et dont seul le pare-brise côté conducteur a été dégagé. Il y a une voiture qui ressemble vaguement à celle de Rabbit mais tu remarques une fille aux longs ongles en strass sur le siège passager, qui effleure délicatement l'écran de son téléphone de son doigt griffu, et qui te regarde d'un air méchant quand tu jettes un coup d'œil dans sa direction.

Rabbit reconnaît la Maison comme étant un exemple d'architecture georgienne ; ça fait partie de ces quelques connaissances qu'il a assimilées sans trop savoir comment, il ne s'en souvient même pas.

Deux étages, une rangée de fenêtres sur pignon tout en haut. L'armature squelettique d'un auvent mène de l'allée jusqu'au perron et à la porte en bois rouge à double battant. *Passe par-derrière*, lui avait dit Xzavious, si bien que Rabbit se gare devant le petit centre commercial aux devantures évocatrices de quartiers défavorisés – un magasin de téléphones portables, un endroit où acheter des extensions de cheveux et des produits de beauté, un restaurant qui s'appelle Manhattan Fried Chicken Fish Shrimp.

Rabbit m'avait expliqué que, pendant un temps, des chasses aux fantômes avaient été organisées dans la Maison des Wills. Elle était mentionnée sur certains sites Internet consacrés aux « Lieux Hantés », mais il était difficile de se faire de l'argent quand on constatait qu'on avait plus de chances de tomber sur des dealers, des junkies en train de baiser ou des accros à la méthamphétamine manifestant de l'hostilité que sur une espèce de fantôme vaporeux flottant dans le couloir en vêtements d'autrefois.

Je ne crois pas aux fantômes mais je crois à… ? À quoi ?

À la malveillance ?

Une fille et un garçon s'embrassent à côté de l'entrée de service. Elle a le dos collé au mur et lui s'appuie sur elle, les jambes très écartées, et tu évites de les regarder jusqu'à ce que l'un d'eux dise, très distinctement : « Aaron ? » Alors tu te retournes et tu réponds : « Quoi ? Tu m'as parlé ? » Et le mec continue d'embrasser sa copine tout en te provoquant avec un doigt d'honneur.

Peut-être est-ce la première hallucination de la soirée ?

L'idée de se rendre dans un funérarium abandonné la veille de l'enterrement de sa mère ne plaît pas à Rabbit, mais il n'a vraiment pas le choix. Ce n'est pas comme s'il y allait tout seul. Il regarde une voiture se garer et un mec en sortir. Un adolescent. Blanc. Il a mis sa capuche et il s'efforce d'adopter un air menaçant et la démarche de qui est aguerri contre les dangers de la rue, et Rabbit, qui croit le reconnaître, est parcouru d'un frisson.

« Aaron ? » dit-il, mais le mec ne se retourne pas.

Je crois aux endroits malfamés.

Je crois qu'une partie du cerveau sait certaines choses mais ne peut pas parler. L'impression d'avoir les poils de la nuque qui se hérissent, la sensation que quelqu'un vous observe, la façon dont une maison peut renfermer une présence attentive. J'ouvre une porte, un escalier descend, sans doute mène-t-il à l'endroit où ils embaumaient les corps. Je m'éloigne.

Même si tu es déjà venu dans ce lieu, il ne t'est pas du tout familier. Portes et couloirs, escaliers qui montent ou qui descendent, et tu continues à entendre des voix mais tu ne sais pas très bien d'où elles viennent. Tu ouvres une porte, la moquette a été arrachée et roulée en boule contre le mur, et il y a une unique chaise pliante au milieu de la pièce, qui attend.

Labyrinthique. On croirait la maison construite pour que l'on s'y perde. Il parcourt un couloir vide, ouvre une porte, découvre un amoncellement de chaises et un père Noël en plastique grandeur nature – pourquoi des décorations de Noël dans un funérarium ? – et un plafond qui s'effondre avec des fibres d'amiante qui pendent comme du kudzu. Quelqu'un parle dans une autre pièce.

J'entends vaguement des voix qui sont, ou ne sont pas, le fruit de mon imagination. J'ai toujours l'impression qu'elles viennent de loin mais dès que j'ouvre une porte, elles s'arrêtent. Le corridor dans lequel je me trouve est bordé de colonnes rondes en bois dont les ornements pourraient être égyptiens. Le tapis est encore rouge, avec des motifs de frondes ou d'éventails verts, mais le centre est noir et usé à force d'avoir été foulé par des semelles de chaussures sales, et il est parsemé de détritus : aiguilles hypodermiques, emballages de chewing-gums, une souris morte, un préservatif usagé, une poupée Barbie nue dont les cheveux ont été brûlés.

L'endroit ressemble à un labyrinthe, ce qui est logique : à l'époque, ils organisaient peut-être trois enterrements en même temps et ils devaient donc éviter que les gens se croisent. Il leur fallait toutes ces antichambres latérales pour y installer les gens qui commençaient à péter les plombs. Et tu réalises que s'il y a des fantômes, ce ne sont pas ceux des morts. Mais ceux des personnes qui se sont assises dans ces petites salles d'attente. Les proches des défunts. Ceux qui ne peuvent pas s'empêcher de revenir, encore et encore – ils se rappellent dans ses moindres détails le canapé sur lequel ils s'étaient installés, en larmes ; ce sont eux qui n'arrivent pas à partir.

« Oh, mon Dieu », dit la fille. Rabbit pense qu'elle est au téléphone. « Je viens juste de voir cet enfoiré de Xzavious Reinbolt, je n'en reviens pas. » Et elle inspire bruyamment. « Quel connard. Il est avec une petite nana qui a l'air d'avoir quatorze ans. Il la baratine sans doute avec ses histoires de vampires. Quel sale type. » Elle écoute un moment puis dit, moqueuse : « Non, c'est faux ! Qui t'a dit ça ? » Rabbit s'approche de la voix ; il ouvre une porte et entre dans une petite pièce avec un bar. La fille ne s'y trouve pas mais sa voix provient manifestement d'une grille d'aération.

Le bruit de voix dans le couloir. Une jeune femme s'exclame : « Non, c'est faux ! Qui t'a dit ça ? » Et puis elle rit, de ce rire légèrement méchant qu'ont les filles quand elles parlent les unes des autres. « Je me suis plutôt bien débrouillée pour l'éviter », dit la voix, et, immobile dans l'obscurité, j'écoute.

De l'autre bout du couloir me proviennent des grognements humains, masculins et féminins, sexuels, et, à l'opposé, un garçon blanc crie, avec un accent rural : « Hé, les mecs ! Je suis complètement paumé ! » Une voix plaintive, presque apeurée. « Les mecs ? »

Le centre de soins palliatifs où ta mère est morte, par exemple. Elle n'y est plus mais toi si, tu parcours ce corridor mentholé pratiquement tous les jours, tu sais comment aller de l'accueil à sa chambre, comment te rendre sur la promenade en planches qui ressemblait à une tonnelle. *Je ne pense pas qu'elle s'en sorte.*

Essaie de te concentrer. Tu es ici pour acheter de la came, ou pour essayer de résoudre une énigme, ou peut-être les deux. Mais tu es de nouveau perdu et tu ouvres la porte de la pièce avec la chaise pliante. Une vieille lanterne de camping posée par terre répand une faible lueur.

« Je me suis plutôt bien débrouillée pour l'éviter, dit-elle. La dernière fois que je l'ai vu, tu ne vas pas me croire, c'était dans un endroit qui s'appelle le Club Éros. Je sais, c'est la honte. » Et Rabbit entre d'un pas hésitant dans la pièce ; il y a une étagère surmontée d'un miroir derrière le comptoir, avec une bouteille posée dessus. De la crème de menthe.

« Mais cet événement a fait beaucoup de bruit sur les réseaux sociaux. Car apparemment cette fille, cette strip-teaseuse, acceptait d'être fouettée. Et je reconnais que ça a piqué ma curiosité. » Elle rit. « La ferme ! dit-elle à son interlocutrice. C'est faux ! »

Mais quand je me dirige vers lui, le plouc effrayé est introuvable, et me voilà au pied d'un escalier circulaire, jadis élégant, avec une rampe épaisse, le genre d'escalier qu'une femme en robe de bal descendrait dans un vieux film.

C'est peut-être le bon chemin ?

Échos de gens qui parlent au loin, une voix de femme, éteinte et grêle, comme si elle sortait d'un tonneau. C'est peut-être une hallucination auditive ? La voix semble provenir de la pièce située à l'étage, faible et vaporeuse comme certaines plantes sous-marines. Je ne peux pas m'empêcher de penser :

Fantôme ?

L'espace d'un instant, tu crois apercevoir quelqu'un dans un coin. *Une silhouette* qui te tourne le dos et qui est face au mur, immobile, comme si elle regardait un tableau dans un musée, et tu allumes la lampe de poche de ton portable, tu la brandis et tu dis : « Bonjour ? » en t'avançant timidement d'un pas.

« Excusez-moi », insistes-tu, mais la silhouette ne se retourne pas, et quand tu t'approches un peu plus, elle disparaît. Ta lampe éclaire une tache d'eau sur le papier peint, qui peut vaguement faire penser à une forme humaine. Mais ce n'est pas ce que tu as vu.

Et tu te dis que c'est peut-être la deuxième hallucination de la soirée.

La voix féminine semble provenir de la pièce qui est juste au-dessus de lui, et Rabbit essaie de se repérer.

Mais il n'y a pas de fenêtres et pratiquement pas de lumière. Juste une bougie qui brûle sur l'étagère à alcools, à côté de la crème de menthe.

« C'était vraiment très théâtral, poursuit-elle. Tu achetais un billet et puis on t'emmenait en ascenseur jusqu'au sous-sol – qu'ils appelaient le "cachot" – mais le décor était vraiment ringard et la fille franchement pas très sexy. Elle avait des plis de graisse au niveau de la cage thoracique et énormément de cellulite. Elle devait avoir dans les trente-cinq ans. »

Mais, non, quand j'ouvre la porte c'est encore une autre pièce vide et la voix provient d'une grille d'aération fixée au plafond et donc je me dis que j'ai juste à monter encore un étage. Je parcours des yeux un corridor bordé de portes, comme un hôtel.

Rabbit parlait de « dissociation ». Il utilisait beaucoup ce mot. Il « se dissociait » pendant le cours d'anglais dès que ce connard d'élève prenait la parole. Il « se dissociait » à l'épicerie devant le rayon des biscuits salés. Je pensais qu'il voulait dire qu'il « rêvassait ».

Quelles drogues et quels médicaments as-tu pris ? Il faut vraiment que tu commences à te renseigner sur leurs interactions ; il faut vraiment que tu commences à échelonner un peu plus les prises sinon tu vas mourir d'une overdose.

Mais ça fait peut-être partie du programme. Pas du tien, mais il n'y a pas qu'une seule personne qui tient la barre, Aaron, et plusieurs d'entre elles sont sacrément irresponsables. Certaines parties de toi n'en ont rien à foutre que tu meures. Elles sont juste là pour passer un bon moment et elles quitteront le navire si ça tourne mal.

« Elle est donc attachée à cette croix en bois en forme de X. Et un type torse nu, avec un pantalon en cuir qui laisse voir l'entrejambe, frime en faisant claquer son fouet, comme un cow-boy dans un cirque. Vraiment nul ! Et puis j'ai aperçu Xzavious.

« Il est là, au milieu des clients, et il se la joue cool comme si ça le fascinait, comme si c'était vraiment profond, tu vois ? Et puis il m'a regardée avec ce putain de sourire débile.

Mais en fait, ça veut plutôt dire qu'on a l'impression d'être détaché de son corps. Ou d'avoir plusieurs corps qui se déplacent dans des univers différents, inconscients les uns des autres, trois films différents projetés sur trois écrans distincts et il se trouve qu'on joue dans les trois.

Il y a un autre escalier au bout du corridor, et je me dirige vers lui en passant devant l'alignement de portes. Certaines sont ouvertes, d'autres fermées. Certaines sont plongées dans l'obscurité, d'autres légèrement éclairées. J'essaie de garder un œil sur ce qui m'entoure. N'oublie pas qu'un mec grimaçant, accro à la méth, pourrait surgir de derrière une porte en brandissant un tesson de bouteille. Que quelqu'un pourrait s'approcher de toi parderrière dans l'intention de te voler. N'oublie pas d'être méfiant. Ne te dissocie pas.

De l'herbe. Du Fentanyl. Un peu d'héroïne. De la Ritaline. Et sans doute une ou deux autres substances que tu as oubliées. Ton corps est sans doute anormalement vigilant, et tous tes pires instincts font la fête. Ils rament vers des rives opposées.

Oh, merde ! Tu es peut-être mourant ? Le dernier cachet que tu as pris a peut-être lancé un processus conduisant à l'arrêt de tes fonctions physiologiques, et quand tu arrives en bas de l'escalier, tu sens tes muscles se crisper et tu entends les endorphines tinter et tes dents grincer. Tu entends leur doux bruit de caoutchouc et tu continues un instant à les faire crisser.

Fasciné.

« Ça a été un élément déclencheur ! Je ne voulais pas le voir. Je ne voulais pas penser à sa bite au goût d'eau de Javel, à la façon qu'il avait de toujours vouloir mordre mon clito quand il me broutait, ou à la fois où il m'avait parlé de tomber enceinte pour qu'on puisse manger le fœtus.

« Mon Dieu ! Quel frimeur ! Et maintenant ce regard débile. Tu vois ce que je veux dire. Il te raconte qu'il "boit un peu de ton aura" et tout à coup Miss Bourrelets la strip-teaseuse se met à hurler quand le mec la frappe avec son fouet. Et ça gicle. Sur ma bouche ! Et, honnêtement, c'est le seul truc que j'ai trouvé réussi. Parce que ça avait vraiment le goût du sang. Et pas du sirop de maïs.

Je crois, enfin, me repérer. Une lumière au bout du couloir éclaire une chapelle, des bancs en bois installés face à un autel où le cercueil était exposé et des types de mon genre sont assis en rond et font circuler une pipe en verre et je m'approche : « Salut, vous savez où je peux trouver Xzavious ? » et l'un d'eux me regarde en plissant les yeux et m'indique une porte.

Troisième hallucination : deux mecs. L'un vêtu d'une longue cape et d'un tricorne à plume. L'autre est un nain, sauf qu'au lieu d'avoir un nez et une bouche, il a un long bec pointu comme celui d'un oiseau. « Salut, dis-je. Vous savez où je peux trouver Xzavious ? » et le plus grand pointe son index ganté. Il me parle dans une langue étrangère.

« Mais il n'était pas question que je reste dans la même pièce que Xzavious. Et donc, quand le fouet a recommencé à claquer et que la victime a hurlé, j'ai cessé de regarder. Certaines pouffiasses adeptes du BDSM m'ont toisée, elles devaient croire que c'était trop pénible pour moi, que j'étais incapable de supporter ça, mais qu'elles aillent se faire foutre. J'avais déjà quitté les lieux. »

« Aaron ! » dit Amy en me faisant signe d'approcher. Il se trouve dans une pièce vide avec une cheminée de style, et je le regarde jeter différents objets de rebut dans les flammes.

Des débris de meubles. Des livres de poche. Une peluche. Une paire de tennis. Une brosse à cheveux. La fumée qui s'en dégage est incommodante.

Sa copine et lui sont là debout à regarder le feu et quand j'entre dans la pièce Amy se tourne vers moi.

« Salut, Sweetroll, dit-il en m'étreignant de manière déplaisante. Je pensais à toi, mon vieux. En fait, j'étais un peu inquiet. »

Inquiet ? me dis-je.
« Comment ça ? je lui demande, et il hausse les épaules.

– Eh bien, tu sais ce que c'est. Il y a des bruits qui courent. »

« Salut, Amy », dit Rabbit. Il ne sait pas très bien comment il est arrivé dans cette pièce. C'est comme si on l'avait poussé dans le dos et qu'il avait tant bien que mal trouvé sa place. Amy lève les yeux vers lui.

Sa copine est près de la cheminée et elle tapote le bord d'une cocotte en fonte avec une cuillère en bois. On lui donnerait quatorze ans, elle est maigre et plate, dos nu argenté et short en jean coupé au ras des fesses. Pieds nus.

« Salut, mon lapin ! dit Xzavious, et il serre Rabbit très fort dans ses bras. Dis donc ! Tu as perdu du poids ! Tu fais du sport ?

– Pas vraiment », répond Rabbit. Le fait d'être étreint – d'être touché – l'anéantit un instant, et une larme perle spontanément sous sa paupière.

« Rabbit », murmure la fille, c'était le nom de mon chien. Et je deviens un peu plus alerte.

Dans l'ensemble, je les perçois comme des lumières et des ombres, des morceaux de viande qui dégagent de la chaleur et qui empestent, avec leurs tristes et sordides angoisses. La plupart du temps, nous ne sommes pas suffisamment éveillés pour les remarquer, ou pour que l'on se remarque les uns les autres, ou encore pour les hanter dans le sens traditionnel du terme.

Mais vous ressentez un petit choc quand vous vous trouvez près d'une personne qui va bientôt mourir, surtout si c'est une mort atroce qui l'attend, si bien que je suis le garçon en me laissant porter, par curiosité. *Curiosité :* comme la fois où j'étais allé regarder une femme se faire fouetter au Club Éros. Je me revois là-bas en train de raconter à mon amie Ève que j'avais rêvé de mon chien et que c'était horrible, le chien passait en courant

Une cocotte en fonte est suspendue à une broche au-dessus du feu – le genre de truc qu'on voit dans un western – et la fille remue avec une cuillère en bois. «Ce n'est rien, dis-je. J'essaie juste de comprendre les merdes d'une famille complètement paumée.» Et Xzavious/Amy hoche la tête énergiquement, exhibant la perfection de ses dents blanches.

«Je suis sûr que ma came va t'aider à mettre un terme à tes problèmes.»

«Oh, dit Xzavious d'une voix douce. J'ai appris pour ta mère. Ça craint, je suis vraiment désolé», et il regarde la fille du coin de l'œil.

«J'admire toujours beaucoup les gens qui aiment leurs parents. Parce que je détestais les miens. J'ai même engagé quelqu'un pour les tuer. J'ai toujours rêvé d'avoir des parents que j'aimais.

– Ouais», dit Rabbit, et quand Xzavious relâche son étreinte, il se sent étourdi et vaseux.

sous des barbelés et il s'arrachait la peau, il courait vers moi en pleurant et sa peau se détachait, et on voyait les muscles à nu sous le pelage, et je le prenais dans mes bras, j'essayais de le porter et la peau continuait à se détacher et j'essayais de la reposer sur lui, de l'en recouvrir comme d'une couverture. Le cri aigu d'un chien qui meurt. Comme une prière.

Un insecte atterrit dans mes cheveux et j'essaie vaguement de l'écraser pendant qu'Amy prépare des lignes de coke sur un boîtier de CD et en sniffe une avec son renifleur argenté. Puis il me le tend, je me penche et l'imite.

Et mon cerveau plaque un accord carillonnant parfait. En mode majeur. Je me passe la main sur la bouche et le sel de ma paume a un goût incroyable, je sens la coke couler gaiement dans mes veines et les battements de mon cœur s'accordent avec le carillon. Un sourire se dessine naturellement sur mon visage. *Tu ne sais pas, tu ne sais pas, tu ne sais pas*, me dis-je, je ne sais pas pourquoi

Est-ce qu'Amy vient de dire qu'il a tué ses parents ? se demande Rabbit. Mais la fille s'approche et lui tend la main, les doigts raides et serrés comme si elle s'apprêtait à les glisser dans une fente.

« Tu as appris la bonne nouvelle ? dit-elle. Le Seigneur revient.

– Oh. Super », lui répond Rabbit. Il lui serre la main puis s'essuie l'œil avec l'index. Il flageole et s'assied sur l'une des vieilles bergères sales qui étaient jadis d'un jaune moutarde éclatant.

Quand on m'a poignardée à mort j'ai appelé ma mère dans mes derniers instants. J'ai dit : « Maman, je suis désolée », comme si les coups de couteau étaient juste une erreur qu'on pouvait me pardonner.

Tu ne sais pas, tu ne sais pas, tu ne sais pas. L'homme qui m'a poignardée m'a embrassée alors que j'étais mourante et j'y ai vu une ultime insulte mais j'avais tort. C'était une bénédiction. Il n'était même plus là quand il a pressé ses lèvres contre les miennes, il avait disparu, et j'ai senti la centaine d'autres baisers qu'on m'avait donnés au cours de ma vie, je les ai reçus tous ensemble, comme un accord carillonnant.

«C'est de la bonne, non ?» me demande Amy, et je hoche la tête. Nous rions alors tous les trois en sourdine pendant un moment.

Oh. «J'étais censé te poser une question», dis-je, et j'ai l'impression que ma voix est comme filtrée par l'eau. «J'étais, euh.

«Ce type, dis-je.
Ce Gergely ?»

«Beurk», lâche la fille qui remue sa soupe ou quoi que ce soit qu'elle fait chauffer. Et elle échange un regard avec Amy.

«Je suis désolé, dit Rabbit. Je ne me sens pas très bien. En fait, je suis mal fichu.

– C'est normal, répond Xzavious. Vu les circonstances, non ?»

Rabbit est assis et les deux autres, debout, le regardent. Ils ont des yeux avides, et Xzavious bande ses pectoraux d'haltérophile. La fille se gratte un bouton de moustique avec un orteil.

«Je crois que je viens juste de comprendre que je suis vraiment foutu», ajoute Rabbit. Il lève les yeux vers eux comme s'il était surpris. Comme s'il avait une illumination.

Certaines personnes ont la chance de mourir de la façon suivante : votre vie se scinde en des centaines de couloirs, et vous saisissez brièvement toutes les vies que vous avez eues et toutes les personnes que vous avez été, malgré votre court passage sur terre. Vous vous imaginez l'équation mathématique infinie et interminable que ça représente et vous réalisez qu'il vous aurait été impossible de tenter de raconter votre histoire. Vous n'étiez pas une seule personne ! Vous *n'êtes* pas une seule personne, en cet instant, alors que vous

Je touche le garçon qui murmure «Rabbit» et il frissonne et il agite les bras comme s'il était entouré d'insectes.

« Il est peut-être le dernier à avoir vu Rabbit vivant, dis-je. Je pense, je ne sais pas, je ne sais pas. Je voudrais juste pouvoir – juste des trucs qui ne tiennent pas vraiment debout. Tu crois que Rabbit s'est suicidé ? »

Amy sourit avec bienveillance. « Quelle importance ? Tu ne peux plus l'aider. Je ne sais même pas si tu peux t'aider toi-même à ce stade. »

« Oh, waouh », s'exclame-t-il, et il réfléchit un instant comme s'il essayait de résoudre mentalement un problème de maths sans y parvenir. « Je ne vais sûrement pas m'en sortir, si ?

– Ne flippe pas, lui dit gentiment Xzavious. C'est bon. Qu'est-ce qu'on peut faire pour t'aider ? »

Beaucoup de gens meurent en hurlant, et je ne les juge pas. Certains se cramponnent à cet unique fil jusqu'à la fin, ils se raccrochent à l'idée selon laquelle il y a un « moi » à préserver.

Je songe aux cris stridents de mon chien. *Pourquoi tu refuses de répondre ? Pourquoi tu refuses de m'aider ?*

C'est sa seule question.

24

« Interdit de penser à un hamburger, disait ma mère. Interdit de penser à un ours. Interdit de penser à un ours qui danse en tutu sur un lave-linge. »

Mon frère et moi éclations de rire car, bien sûr, on s'imaginait l'ours en train de danser ; on ne pouvait pas s'en empêcher.

Ma mère jouait à ce jeu avec nous. C'était un casse-tête plutôt rigolo. Comment *ne pas* penser à un truc ? La seule solution consistait à essayer de passer suffisamment vite à autre chose pour bloquer la première image.

Et voilà que j'y joue à nouveau.

Interdit de penser à Rabbit. Interdit de penser au Jim Beam. Interdit de penser au Jack Daniels.

Interdit de penser à Gergely.

« En fait, je ne sais pas grand-chose sur lui, me dit Amy. Je sais juste qu'il paie des types pour pouvoir pratiquer le bondage et la domination. Ruban adhésif. Momification. Crucifixion. Et apparemment il pousse l'expérience bien plus loin. Je crois qu'il a eu un site de streaming porno pendant un moment mais il a dû le fermer. Ça se rapprochait des snuff movies.

– Mais Rabbit ne t'a pas parlé de lui ? La dernière fois que tu l'as vu ?

– La dernière chose que Rabbit m'a dite, et je m'en souviens, c'est : *Je crois que je viens juste de comprendre que je suis vraiment foutu.* Et moi je lui ai dit que non. Que ça allait. Etc. Mais il était dans tous ses états.

– D'après toi, il s'est suicidé ? »

Amy jette à nouveau un coup d'œil à la fille, qui lève un

sourcil comme pour l'autoriser à parler, et il hausse les épaules. «Je ne sais pas. Sans doute.   Il n'aurait pas tardé à mourir, d'une façon ou d'une autre.»

Nos regards se croisent. Cette fois-ci, Amy ne boit pas mon aura ; il n'a même pas l'air mystérieux. C'est un dealer qui travaille à Whole Foods Market, baise des adolescentes de quatorze ans et se prend pour un vampire.

«Je dirais qu'il y a soixante-dix pour cent de chances pour que Rabbit se soit suicidé, poursuit-il. Et même si on peut se dire : "Oh, merde, Gergely est un assassin !"   Ça revient au même finalement. Une fois que tu as ouvert la porte, c'est que ta décision est prise, non ?»

La jeune fille qui porte un dos nu argenté nous regarde en léchant la cuillère en bois, l'air pensif. Elle grimace comme si c'était amer puis allume une cigarette. «Les gens disent qu'il est flic, déclare-t-elle.

– Et alors ? je rétorque, et elle me sourit tristement.

– Est-ce que tu as déjà entendu parler d'un héroïnomane agressé sexuellement par un flic, qui prend un avocat et poursuit le flic en justice avec, pour conséquence, que le flic finit en prison ?

– Non. Je ne crois pas.»

La fille hausse les épaules. «Parce que ça n'est pas près d'arriver.»

Pendant quelques secondes, j'essaie de démêler cette histoire. Mais je suis trop défoncé. «Je ne suis pas sûr d'avoir pigé.

– Je sais», répond-elle avec compassion, et elle pose sa petite main sur mon bras, et ses doigts sont chauds et moites comme de l'argile. Le feu crépite quand les flammes s'attaquent à la peluche, et les billes en PVC éclatent et rougeoient.

25

J'étais content parce qu'Amy m'avait vendu pas mal de dope à un prix étonnamment bas.

À vrai dire, j'étais presque euphorique, ce qui m'a un peu déprimé car ça signifiait que j'étais plus accro que je ne le pensais.

« Merde », ai-je murmuré. J'étais assis dans la voiture, sur le parking de la Maison des Wills, un toxico parmi d'autres, tous en rang dans notre petite cellule individuelle, avec le moteur qui tournait, et j'ai sorti la fiche sur laquelle figurait l'adresse. *Rabbit voulait que tu la trouves*, ai-je songé.

Pourquoi ne pas aller jeter un coup d'œil là-bas ? « Planquer », c'est comme ça que disent les flics, non ? Et si tu rentres bredouille, tu n'auras rien fait de mal.

Bridgewater Road. Lyndhurst.

C'était à l'est. Pas loin de chez toi, d'ailleurs, presque sur ton chemin, et donc tu empruntes la 55e Rue Est, tu parcours quelques centaines de mètres et t'engages sur l'autoroute.

Quand tu es défoncé, conduire te fait vraiment du bien. Tu as les mains posées sur le volant et le monde alentour ressemble à un jeu vidéo que tu contrôles, tu as un regard perçant et concentré mais ton esprit se détache de toi comme du sable emporté par le vent ; tu le sens qui s'éloigne dans ton dos alors que tu ne cesses d'avancer. Tu roules à cent kilomètres à l'heure, tu sens tes pneus siffler sur l'asphalte salé, tu vois l'autoroute défiler indistinctement, tu changes de voie, tu dépasses des semi-remorques, les panneaux verts de sortie d'autoroute filent à toute vitesse au-dessus de ta tête, mais en même temps tu ne bouges pas. Tu es chez toi, assis sur le canapé, en train de jouer à un jeu vidéo dans lequel tu roules sur l'autoroute, et tu somnoles dans un bain chaud en t'imaginant assis sur le canapé en train de jouer à un jeu vidéo. Il y a d'épaisses strates de temps poreuses au milieu de tout ça. Tes paupières s'abaissent et, quand elles se relèvent, tu constates que tu as parcouru des kilomètres.

Te voilà arrivé. Bridgewater Road. Qui sait quelle heure il est ? Minuit passé, assurément. La maison est minuscule, un petit cube blanc avec un revêtement extérieur en vinyle et une porte rouge, pas d'arbres dans le jardin, ni de buissons comme chez les voisins. Il n'y a rien qui fasse peur si ce n'est que la maison a l'air anonyme et abandonnée. Le genre d'endroit avec un panneau À VENDRE planté sur la pelouse depuis des années.

J'écoute Bob Marley chanter « Waiting in Vain » – attendre en vain. Rabbit aurait dit que c'était un peu trop facile et, s'il avait été assis sur le siège passager, il aurait éteint le lecteur CD. *Allez, Sweetroll*, me dit-il. *Pourquoi tu ne rentres pas chez toi ?*

C'est alors que mon portable sonne, j'ai du mal à l'attraper, je le colle à ma joue.

« Aaron ? » dit la voix de ma mère.

26

« Aaron ? » dit ma mère,   et j'ai fait : « Hein ? »

Mais je n'ai rien ajouté car je flippais complètement. J'ai baissé les yeux sur ma cigarette, elle vibrait entre mes doigts, mais sinon je n'avais rien. Ni voix, ni pensées, juste l'extrémité agitée de ma cigarette, et ma poitrine qui était de plus en plus oppressée.

« Tu m'as appelée », me dit ma mère, et je n'ai pas pu m'en empêcher. Je me suis mis à pleurer.

Cette réaction n'aurait-elle pas représenté une percée significative à l'époque ? À l'époque – il y avait combien de temps ? – où mon père pensait que je n'avais pas versé suffisamment de larmes, où il voulait que j'aille voir un psy, que je prenne un traitement qui m'aiderait à passer le cap. Que je fasse mon deuil.

« Merde alors ! s'exclama ma mère. Tu pleures ? Est-ce que tu te drogues ?

– Non », répondis-je, sur la défensive. J'ai posé la paume de ma main sur mes yeux, et une nuée de moineaux quittèrent précipitamment mon front dans un grand battement d'ailes.

Elle soupira. « Aaron ? Tu aurais tort de croire que ce sont des retrouvailles. Je t'appelle uniquement parce que tu as téléphoné à un numéro que tu n'aurais jamais dû avoir. J'aimerais bien savoir comment tu as pu entrer en possession de ce numéro. »

Puis elle se mit à parler très lentement, comme si elle s'adressait à un enfant ou à un animal. « Je m'appelle Waverna Tillman. Tu m'as laissé un message.

– Oh, fis-je. Effectivement. »

Et chaque chose reprit sa place. « Je suis désolé, je… euh, et je me suis essuyé les yeux avec le poing.

– Tu as dit à mon mari que Rusty t'avait donné mon numéro ?

– Oui. » J'ai respiré profondément car mon déséquilibre mental ne s'atténuait que très lentement. « Il, euh. Il m'a dit qu'il pensait que je devrais vous parler, et il… m'a donné votre numéro. Mais je ne sais pas comment il l'a obtenu.

– OK. Mais pour commencer, j'aimerais comprendre pourquoi il est en contact avec toi.

– Je ne sais pas. Il m'a appelé. Voilà tout. Il était sorti de prison et… apparemment aucun de vous ne voulait lui parler. Comme il n'avait personne d'autre, il m'a contacté. Je ne l'ai pas cherché.

– Argh», fit Waverna. Le genre de grognement qu'on émet quand on a une douleur au sternum.

«Je ne sais pas comment j'ai fait pour m'embarquer là-dedans, ajoutai-je. Je ne sais vraiment pas.»

Et j'ai été surpris de l'entendre rire. «C'est ce qu'on ressent tous.»

On est restés silencieux et puis sa voix s'est un peu adoucie. «Merde. Je n'arrive pas à y croire. Mais tu sais quoi ? Je vais peut-être me prêter au jeu un instant. Parce que ça me ronge depuis très longtemps. Mon Dieu ! J'approche de la cinquantaine et je suis peut-être un peu amère. J'espère que tu ne m'en veux pas d'être amère.

– Euh, dis-je. Non. Je ne suis pas vraiment…

– Tu n'es pas vraiment grand-chose, c'est ça ? Bien sûr. Comme c'est drôle. Ça a été un bon père ?

– Je ne sais pas. Peut-être. Pas franchement mauvais.

– Oui», répondit doucement Waverna, et, bien que voilée, sa voix ressemblait beaucoup à celle de ma mère. «C'est tout à fait ça. Il n'a jamais été franchement mauvais, mais je pense vraiment que – beurk.

– Quoi ?»

Je l'ai entendue changer d'oreille. «OK, dit-elle. Tu sais comment mes parents sont morts, n'est-ce pas ?

– Oui.

– Tu as vu des photos de la scène de crime ?

– Sans doute. Quelques-unes.

– Et d'après toi, qu'est-ce qui manque sur ces photos ?

– Je n'en ai aucune idée», répondis-je. Mais j'ai pensé : *Waouh, elle est peut-être encore plus folle que mon père !*

«Sais-tu que j'ai engagé des gens pendant toutes ces années ? Des policiers. Des détectives privés. Des experts en médecine légale. Et tous me disent la même chose. C'était un meurtre suivi d'un suicide. J'ai compris, avec le temps, comment ça avait pu arriver, je pense avoir de solides arguments – mais peu importe. Personne ne saura jamais vraiment ce qui s'est passé mais je crois connaître les éléments de base.

«Voilà la vérité : mon père a tué son frère, puis il a tué ma mère avant de tuer la mère de Dustin qui essayait de s'enfuir. Dans cet ordre. Et puis il s'est suicidé. Tout ça est évident.

«Sauf qu'il n'y a pas d'arme. Le fusil que mon père s'est enfoncé dans la bouche avant d'appuyer sur la gâchette ? Il est introuvable.

– Hum», fis-je, et j'ai tenté de glisser une cigarette entre mes lèvres, en vain.

J'aurais pu raccrocher si je l'avais voulu. Je savais qu'elle allait m'annoncer de mauvaises nouvelles. Je n'étais pas obligé de l'écouter.

«C'est ton père qui a découvert les corps ce matin-là, poursuivit-elle après avoir marqué une petite pause. Je pense qu'il les a un peu déplacés. Mais le fusil censé être dans la main de mon père ? Il l'a assurément fait disparaître de la scène de crime.

– Pourquoi… Pourquoi aurait-il fait ça ?

– C'est toute la question, non ? Quelle était sa motivation ? À mon avis, il n'a pas réalisé ce qu'il allait faire avec quand il l'a pris. Je pense que c'est plus tard que Kate et lui ont décidé de faire porter le chapeau à Rusty.»

Elle resta silencieuse un moment mais je l'entendais respirer.

Elle soupira. « Oui, je suis encore amère, je n'arrive pas à y croire. Ils ont tout fait dans mon dos, et il m'a fallu des années – peut-être toute une vie – pour essayer de démêler ça. Et, pour être tout à fait honnête, je suis incapable de leur pardonner. Il a peut-être été un bon père pour toi, Kate et lui sont peut-être différents aujourd'hui, je ne sais pas. Ils ont peut-être changé. Mais ils ont fait quelque chose de très très mal à l'époque. Tu veux savoir ce qu'il y a de pire chez ton père ? » me demanda-t-elle.

J'ai enfin réussi à glisser la cigarette entre mes lèvres, remarquant au passage que mes doigts continuaient de s'agiter.

J'aurais pu demander à Wave de se taire. Mais c'était peut-être un peu comme dans *Barbe bleue*. C'était plus fort que moi : *Ouvre la porte, espèce de garce. Allez.*

« C'est quoi ?

– Ce qu'il y a de pire chez lui, c'est qu'il croit être le héros de toute cette histoire et qu'il ne saura jamais qu'il en est le méchant. »

Ça m'a fait réfléchir. Est-ce la pire des choses que de se prendre pour un héros quand on ne l'est pas ? Est-ce pire encore de ne jamais savoir qu'on est quelqu'un de mauvais ? C'est peut-être une bénédiction.

J'ai regardé la maison avec sa pancarte À VENDRE délavée, le halo de lumière vive de la véranda. « Il y a un truc que je n'arrête pas de me demander, me dit Waverna. Quand est-il mort ? C'est une question importante à te poser si tu tiens à lui. Et c'est triste parce que tu n'as aucun moyen de le savoir. Il était mort bien avant ta naissance, j'en suis convaincue.

– Hum, fis-je. En fait, j'ai du mal à vous suivre. Ce que je veux dire c'est que mon père… il est… vivant.

– Vraiment ?

– J'espère bien. La dernière fois que je l'ai vu. Il respirait, il marchait et je… j'ai bien compris que vous parliez par métaphore.» *Les Cœurs détruits* : c'est un livre que ma mère adorait, un livre qu'elle m'avait toujours conseillé de lire, ce que je n'avais jamais fait. «Vous voulez parler de la mort du. De la mort du cœur.»

Wave éclata de rire. Et je vous jure qu'elle avait le même rire que ma mère. Elles devaient être à peu près du même âge, et peut-être que nombre de femmes nées dans les années soixante avaient appris à reproduire les mêmes intonations, un truc qui se serait propagé à travers cette génération, et peut-être s'étaient-elles toutes mises à faire entendre ce doux rire assoupi et pensif, mais oh mon Dieu, il ressemblait tellement au sien.

C'est alors que j'ai remarqué un truc bizarre.

La porte d'entrée de la petite maison était désormais ouverte.

Une silhouette traversa ma vision périphérique et, sans réfléchir, j'ai raccroché au nez de Wave. J'étais assis dans *la voiture de ta mère* et j'essayais de regarder à trois cent soixante degrés quand des doigts ont tapoté ma vitre.

VIII

Janvier 2014

1

C'est le soir où il faut sortir les poubelles, Aaron est censé le faire mais il n'est pas rentré.

Je me rends compte que je souffre d'un TOC à ce sujet. C'est la tâche ménagère qui me déplaît le plus, elle m'angoisse, et je ne peux réussir à l'accomplir que si je la décompose.

Je ficelle les journaux, je mets mon manteau et mes snow-boots et je marche jusqu'au trottoir mal déneigé. La lumière jaune de la véranda se réfléchit sur les congères, et je me dépêche d'aller déposer mon paquet puis je rentre vite en jetant un coup d'œil à mon téléphone. 22:36.

Aaron finira quand il rentrera, et j'imagine ce que je pourrai lui dire sur le fait de mener à terme ce que l'on entreprend et de laisser la maison en ordre. Je peux être autoritaire mais je ne veux pas l'être. Je me vois lui dire : *Je me rends bien compte que tu es très pris en ce moment. On est tous très pris. Et on doit tous mettre la main à la pâte.*

Mettre la main à la pâte : beurk ! Une expression vraiment niaise. *Coopérer ?* C'est encore pire. C'est ce qu'une brute dirait à un prisonnier ligoté à une chaise.

Il est minuit passé, j'éteins la télé, Aaron n'est toujours pas rentré. Ce n'est pas vraiment inhabituel, mais ça aurait été délicat de sa part de m'envoyer un texto.

Je n'aurais jamais cru que ce serait celui avec qui j'aurais du mal à communiquer. Petit, il adorait se serrer contre moi. On regardait la télé ensemble, assis côte à côte sur le canapé, il posait sa joue sur mon bras et puis il me prenait la main et la pressait contre sa tête, exactement là où il voulait qu'elle soit. Je ne la bougeais pas, et il souriait et se blottissait encore plus contre moi.

Je sais qu'il m'aimait. J'en suis convaincu.

OK. Je vais m'en charger.

Nous avons deux poubelles côté nord, je sors les gros sacs en plastique noirs qui sont lourds et complètement gelés. Je les traîne derrière moi comme des luges, et ils tracent un sillon.

J'ignore pourquoi je déteste l'idée selon laquelle mes voisins pourraient être en train de m'observer. Bien évidemment, je suis convaincu que ce n'est pas le cas – pas vraiment. Et pourtant, ça me met mal à l'aise. J'ai enfilé mon manteau par-dessus mon pyjama, j'ai glissé mes pieds nus dans mes snow-boots, mais je me sens vulnérable. Bizarrement, j'ai honte d'avoir deux gros sacs-poubelle. Comme si je gaspillais. Je les dépose rapidement au bout de l'allée, et je rentre précipitamment chez moi.

Personne ne t'observe, me dis-je, et tandis que les branches dépouillées, couvertes de neige, agitent leurs ombres sur l'allée, une silhouette s'assemble dans mon champ de vision périphérique.

Non – pas une silhouette. Juste un son, juste la mémoire d'un bruit et d'un mouvement – la nuit où je m'étais réveillé et où j'avais entendu ce garçon faire du skate devant la maison. Juste un faible écho de ce bruit.

roooooo. Chlac. K-boom　　*roooooo. Chlac ! K-boom !*

Et puis je me réveille, je suis dans mon lit et mon portable indique 5:14. Je me lève pour aller pisser et je remarque que la porte de la chambre d'Aaron est toujours ouverte.

Depuis le seuil, j'observe ses draps enchevêtrés, les tas de linge sale contre les paniers remplis de vêtements propres mais pas pliés ; le poster du Wu Tang Clan et le drapeau jamaïcain avec une feuille de marijuana en surimpression. Aaron n'est pas rentré de la nuit.

Rien d'inhabituel, me dis-je. Il dormait souvent chez Rabbit, par exemple. Mais il envoyait toujours un texto.

Cette douleur quand on s'aperçoit qu'on en est arrivé au stade où les enfants n'envoient même plus de textos. Je suis peut-être un père surprotecteur. Il aura dix-neuf ans en février, donc au regard de la loi, il peut faire tout ce qu'il veut. Il a peut-être passé la nuit avec une fille. Il a peut-être bu trop de bière et a préféré dormir sur le canapé d'un ami. Ça ne me regarde pas.

Mais il faut encore s'occuper des déchets à recycler. Comme il ne le fera pas, je descends au sous-sol. C'est ce que je déteste le plus, le tintement des bocaux, le cliquetis des boîtes de conserve et le son creux des bouteilles en plastique. Il y a quelque chose de sinistre dans ces sons qui rappellent le bruit de squelettes qui s'entrechoquent. Une musique de xylophone.

Je les traîne dans l'allée en chaussons que la neige, la glace et le sel transpercent aussitôt. Quel idiot ! Je parviens quand même au bout de l'allée, je jette les sacs bleu clair et je perçois un tintement de percussion quand ils retombent sur la neige gelée.

Il n'y a pas de quoi s'inquiéter ; ce n'est rien, me dis-je.

2

Il n'est toujours pas rentré quand je pars travailler et, oui, ça m'agace un peu mais c'est normal. Il va avoir dix-neuf ans, il veut affirmer son indépendance et je ne devrais pas le surprotéger. Je ne devrais pas paniquer.

Si bien que je lui envoie juste un texto poli.

> Salut mon chéri !

> Je m'arrêterai au supermarché après le travail. Tu as besoin de quelque chose ?

> Tu dînes à la maison ? Si c'est le cas, tu as envie de quelque chose en particulier ?

Et immédiatement après avoir envoyé ces messages, je le regrette. Je suis trop insistant, me dis-je. Bien trop insistant.

3

Quand j'arrive au cabinet de Cleveland Heights, Mrs. O'Sullivan est déjà assise dans la salle d'attente, juste à côté de la cascade d'intérieur. Comme elle est très absorbée par son téléphone, je tapote sur la porte afin de ne pas la faire sursauter.

L'hypnose semble la soulager mais la douleur réapparaît tous les deux ou trois mois. Je lui prends la main et nous restons là un moment. À regarder sa main.

Il se peut que sa douleur soit d'origine physique, même si les médecins ne se l'expliquent pas, me dis-je. Mais il n'y a ni gonflement ni rougeur, rien que l'on puisse voir ou toucher et qui indiquerait

Si c'est psychosomatique, il doit y avoir, à la base, un événement traumatique majeur. *Comme des souvenirs refoulés ?* me dis-je brièvement.

Mais non, pas question de m'aventurer à nouveau dans cette voie-là.

Après la séance, je sors fumer une cigarette sur le parking. Je fume en douce – je ne veux pas qu'un patient me repère –, en tenant ma cigarette au creux de ma paume, la partie incandescente pointée vers moi, et la fumée s'échappe lentement entre mes jointures. C'est plutôt cool. Presque surnaturel. Je tends le bras et fais semblant de jeter un sort aux rangées de voitures marquées par des traînées de sel.

J'étais un bon père quand je jouais à faire semblant. Les garçons adoraient me voir jeter des sorts. Nous étions arrêtés à un feu rouge, ils étaient installés sur la banquette arrière, et je levais la main. «Je vais obliger la voiture qui est devant nous à tourner à droite, disais-je. Vous pariez combien ?» Et ça leur plaisait. Je pense qu'ils y croyaient un peu.

Je lève la main et j'aperçois une camionnette à l'autre bout du parking, dont les gaz d'échappement sont encore plus épais que la fumée qui glisse entre mes doigts. Je distingue une silhouette sur le siège passager.

Puis mon téléphone vibre et je le sors de ma poche car c'est Aaron, bien évidemment. Il était temps !

Mais c'est Aqil.

Nous n'avons pas RDV ?

Je consulte ma montre : 13 h 05. Ça fait cinq minutes qu'il attend.

J'active le micro de la reconnaissance vocale et j'essaie de parler lentement et distinctement. «Je. Suis. Là. Dans. Deux. Minutes.» Je regarde le téléphone marquer une pause puis exercer sa magie en créant un texto à partir des mots dictés et, aujourd'hui encore, je trouve ça remarquable. Je n'arrive pas à croire que c'est l'avenir.

4

Quand j'ouvre la porte, Aqil est confortablement installé sur le divan, les yeux fermés, et il ne les ouvre pas quand j'entre dans la pièce. C'est un exercice que j'ai inventé, un exercice pour travailler la confiance, et je pense qu'il lui est utile.

L'idée est simple. Je ne serai pas au cabinet quand il arrivera mais il faudra qu'il s'assoie et ferme les yeux. « Vous essaierez de vous vider la tête le plus possible, lui ai-je expliqué la première fois que je lui en ai parlé. Quand vous aurez débranché le sens de la vue, voyez si vous pouvez progressivement débrancher celui de l'ouïe… et puis celui du goût et de l'odorat… et enfin, concentrez-vous sur votre peau. Essayez d'imaginer qu'elle n'est en contact avec rien.

– C'est impossible.

– Effectivement. Mais ne nous attachons pas aux résultats. Voyez cela comme un défi. » Ce qui avait attiré son attention : un défi.

J'entre dans la pièce, et je sais qu'il entend le bruit de mes pas et celui des ressorts du divan quand je m'assois en face de lui. Il garde les yeux fermés. Il m'entend sortir mon cahier; il entend même le bruit du stylo sur le papier au moment où j'écris la date.

La première fois que je lui ai suggéré cet exercice, il a posé sur moi un regard dur et perplexe. « Docteur. Vous vous rendez compte que ça a un côté film d'horreur ?

– Je ne vois pas ce que vous voulez dire, ai-je répondu, et il a éclaté de rire.

– Dans ce film d'horreur, j'aurais les yeux fermés, mon thérapeute entrerait dans la pièce, je commencerais à parler… et puis, à un moment donné, j'entrouvrirais un œil… et je vous verrais avec, dans l'une de vos serres putréfiées, votre masque de docteur Tillman.

– Eh bien, dis-je en regardant mes mains, l'air contrit, et en me demandant pourquoi il y voyait des serres putréfiées. C'est un exercice autour de la confiance donc… » J'ai remarqué les veines sur le dos de mes mains. « Donc le but est d'explorer », dis-je, et mes ongles étaient impeccables. Je me suis éclairci la voix.

« Écoutez. Nous essayons juste de trouver comment venir à bout de vos problèmes. Vous vous êtes décrit comme étant très méfiant. Circonspect – toujours "hypervigilant" comme vous dites, à tel point que les muscles de la partie supérieure de votre corps sont constamment contractés. À tel point que vous vous réveillez cinq à dix fois pendant la nuit. À tel point que vous vous tenez anormalement sur vos gardes en public. Vous êtes toujours en train d'essayer de repérer la personne qui va tenter de vous tuer. N'est-ce pas ce que vous m'avez dit ? Ce n'est pas sain.

« Si vous voulez poursuivre la thérapie, il faut que nous trouvions comment vous aider à baisser la garde.

« C'est juste une suggestion. Fermez les yeux et essayez d'imaginer que vous êtes seul. Sur le point de vous endormir. Je ne suis qu'une voix dans votre tête. Et je vous promets que si vous entrouvrez un œil, je ne jouerai pas au croque-mitaine. »

Il a les yeux fermés et je m'enfonce dans le canapé en face de lui. *Ce type a tellement de couches de protection*, me dis-je. Bien que nous nous connaissions depuis presque deux ans, bien que nous soyons, à bien des égards, de bons amis, il reste des sujets qu'il n'a jamais abordés.

Je ne sais pratiquement rien de son enfance, de sa famille. Nous n'avons jamais parlé de sa vie amoureuse, de petites amies ou de rendez-vous galants, et rarement d'interactions sociales de quelque type que ce soit. Je sais qu'il vit à Lyndhurst mais je ne suis jamais allé chez lui. Je me demande parfois ce qu'il fait de ses journées. Il fréquente la salle de sport. Il affirme travailler à l'obtention de sa licence de détective privé et à la création d'un site Internet pour promouvoir ses services mais, à ce que je sache, rien ne s'est concrétisé. Il regarde beaucoup de sport et de films à la télé. Un jour, il m'a dit avoir regardé, en un week-end et pour la deuxième fois, toute une saison de la série *Dexter*, et j'ai trouvé ça inquiétant. « Ça représentait combien d'heures ? » lui ai-je demandé, et il a haussé les épaules. « Treize ? Quelque chose comme ça ? »

Nous n'évoquions jamais ce qui se passait entre nous. Nous nous rencontrions deux fois par semaine pour une séance de thérapie, et à peu près aussi souvent pour sortir en tant... qu'amis ?

Je n'avais jamais eu d'ami proche. J'avais beaucoup de connaissances de sexe masculin, bien sûr, mais nous n'avions pas grand-chose en commun. Je me suis toujours senti plus à l'aise avec les femmes. Avec Jill. Avec Kate. Les femmes me semblent plus dignes de confiance.

Après la découverte du corps de Slade Gable par la police, Aqil voulut aller boire un verre. D'ordinaire je ne sortais pas dans les bars. Mais j'ai accepté et nous nous sommes retrouvés dans un petit établissement de Cleveland Heights situé non loin de chez moi. Le Parnell's. La salle était pratiquement vide quand nous sommes arrivés, une jeune femme blonde, une certaine Liz, nous a apporté de la bière, et j'ai dit à Aqil : « Il est préférable que je cesse d'être votre thérapeute.

– Quoi ?

– J'ai l'impression que notre relation a évolué. Nous travaillons ensemble. Nous sommes... »

Je n'ai pas dit *amis*.

« Qu'est-ce que vous racontez ? » a-t-il répondu en portant une pinte à ses lèvres. Il goûta la mousse et haussa un sourcil. « Je n'éprouve pas de sentiment amoureux pour vous, docteur. Si c'est ce que vous insinuez.

– Non, non. Bien sûr que non. Mais une ligne a été franchie, une…

– Une quoi ? » Il me regarda, l'air ahuri. « Je ne vois pas où est le problème. »

Il s'écoula plusieurs mois. Nous nous sommes entretenus avec des proches de victimes, nous avons consulté des casiers judiciaires et des rapports d'autopsie, mais rien ne semblait avancer depuis l'épisode de Painesville. En juin 2013, sept mois après la mort de Jill, Aqil et moi nous voyions de façon plus informelle. Nous nous retrouvions au Parnell's une fois par semaine, même si je continuais, soi-disant, à le traiter. Nous allions au cinéma et nous avions assisté une fois à un match des Cleveland Indians. Nous nous plongions dans des sites d'infos, en quête de jeunes noyés.

Il y avait des accidents de natation, bien sûr, et des garçons qui, sous l'emprise de l'alcool, tombaient dans une rivière et mouraient, mais rien qui prenne vraiment forme comme après la mort de Slade Gable.

Nous tentions d'expliquer sa disparition, nous nous sentions liés lorsque nous nous racontions le scénario. Quelle sensation ! Que de *voir* quelque chose ensemble que d'autres ne voyaient pas. « Nous sommes semblables, déclara Aqil. Ou plutôt… nous sommes l'opposé l'un de l'autre mais compatibles. J'ai l'impression que ça fait longtemps que je cherche quelqu'un comme vous. »

Puis arriva l'automne. Nous espérions que quelqu'un meure le 03/10/13 ou le 13/10/13 ou le 31/10/13. Et, peut-être, le 03/11/13 ou le 30/11/13 ?

« Ça ne va pas tarder, affirma Aqil. J'en suis sûr. »

Nous le *souhaitions*. Ce qui était horrible. Mais – oui. Une part de moi avait hâte qu'une autre mort survienne. Un autre meurtre, une pièce du puzzle qui pourrait nous remettre sur

5

J'ai envoyé un autre texto à Aaron après mon dernier rendez-vous et puis je l'ai appelé. J'ai laissé un message sur sa boîte vocale. « Aaron. C'est ton père. S'il te plaît, appelle-moi. »

Je prépare le dîner. Je fais cuire deux steaks hachés de dinde avec du raifort, comme Aaron les aime – comme si ça pouvait le faire apparaître. J'écrase la viande avec la spatule, puis je me place devant l'îlot central pour préparer une salade de betterave et de chou frisé à laquelle il ne touchera sans doute pas. Mais il paraît que la betterave et le chou frisé sont des « superaliments ».

J'écoute le podcast d'une émission avec mon casque. *Pop Culture Happy Hour*. Ils parlent des films nominés aux Oscars et conversent agréablement pendant que je coupe les légumes. Les betteraves donnent un jus magnifique, les gouttelettes pareilles à des grenats.

L'espace d'un instant, je me rappelle le plaisir qu'il y a à nourrir les autres. L'image de Jill et des garçons à table, qui discutent plaisamment en attendant que j'apporte les plats – un simple sentiment de bien-être. Chacun avait sa place, sa chaise. Qui aurait pu dire que ce serait le plus beau souvenir ? Ce qui vous manque le plus ?

« Maintenant il est temps de parler de ce qui va nous faire plaisir cette semaine ! » lance la jeune et sérieuse animatrice, et je lève la tête.   La porte ne vient-elle pas de s'ouvrir ?

Je retire mon casque.

« Aaron ? » dis-je.

6

Je suis assis devant la télévision avec mon burger et ma salade, le téléphone collé à l'oreille.

« Allô ? dit Aqil, comme toujours quand il décroche – sa voix est grave et glacée.

– Je peux vous parler ? » À la télé, une chaîne diffuse de la musique instrumentale douce et des vidéos de chiots espiègles.

Je m'entends dire : « Je crois qu'Aaron a disparu. »

Il y a un long silence. Et puis Aqil lâche, méfiant : « Quoi ?

– Je suis en train de devenir fou alors qu'il ne s'est sans doute rien passé. Mais il n'est pas rentré depuis hier soir. Je lui ai laissé un certain nombre de messages auxquels il n'a pas répondu. J'imagine que je suis un peu

– Inquiet ? » suggère Aqil.

Je saisis mon burger. Il tremble légèrement, et je m'apprête à mordre dedans quand je me rappelle que je suis au téléphone. Si bien qu'il reste là, dans ma main, avec en arrière-plan de jeunes bulldogs grassouillets qui bondissent dans un pré.

« Oui », dis-je. Je me racle la gorge. « Très inquiet.

– Vous en avez parlé à quelqu'un ?

– Je. Pas encore. À qui devrais-je en parler ?

– J'arrive », dit Aqil.

7

Aqil est installé dans le canapé de la pièce télé. Il porte un pantalon de survêtement et un T-shirt, et on dirait qu'il vient juste de se réveiller bien qu'il soit dix-neuf heures. La lueur du téléviseur effleure son visage et l'eau du radiateur gargouille doucement.

« Il y a sans doute une explication toute simple, dit-il. Peut-être que son téléphone n'a plus de batterie et qu'il n'a pas de chargeur ?

– Oui. J'espère que c'est ça. »

Il incline la tête et se gratte une paupière en plissant les yeux, l'air pensif. « Vous ne vous êtes pas disputés ? Il n'y a pas lieu de penser qu'il ne vous rappelle pas parce qu'il est contrarié ? Je veux dire, je suis sûr que vous êtes un père formidable mais, à un moment donné, les jeunes en ont marre de leurs parents. C'est naturel.

– Je ne pense pas. J'ai eu une chouette discussion avec lui il y a deux ou trois jours. Et – non, je n'ai senti aucune animosité ni… »

Je m'éclaircis la voix. « Qui sait ? Il n'est pas doué pour exprimer ses émotions.

– Et son frère ? Aaron aurait-il dit quelque chose à Dennis ? demande Aqil.

– Je n'ai pas encore parlé à Dennis, je lui réponds, et il hoche la tête, l'air songeur.

– Eh bien, dit-il en me souriant avec compassion. Voilà un bon point de départ. Avant d'appeler la police. Et ses amis ? Vous leur avez parlé ? Vous avez vérifié son statut Facebook et les réseaux sociaux ? »

Non, je ne l'ai pas fait. « Je... » Finalement, qu'est-ce que je sais de mon fils ?

Maintenant que Rabbit est mort, j'ignore qui sont ses amis, et l'idée d'appeler Dennis ne m'est même pas venue à l'esprit. Les choses auxquelles je n'ai pas pensé sont vraiment basiques et, l'espace d'un instant, je sens mon inquiétude se racornir et devenir plus gérable, être à taille plus humaine.

Je regarde Aqil et je me rends compte que, de nous deux, il est peut-être le plus sensé. Je l'avais diagnostiqué comme paranoïaque et adepte de la théorie du complot, mais quand la situation est grave, il se conduit de manière bien plus réfléchie que moi.

« Je crois que j'ai vu trop de photos d'autopsies de garçons morts. C'est juste que...

– Je comprends, répond-il. Ça ne veut pas dire que je ne suis pas inquiet. »

Je regarde Aqil remuer sur le canapé. Je caresse un instant les poils secs et presque craquants de ma barbe.

« Dustin, me dit-il. Est-ce que je peux vous parler franchement ? » Je lui fais signe que oui.

« Quel rapport Aaron a-t-il avec la drogue ?

– Je ne... Je ne comprends pas très bien ce que vous voulez dire.

– D'après vous, Aaron se drogue-t-il ? »

Par la fenêtre, je regarde le jardin, et la forme sombre d'un buisson couvert de neige

« Euh. J'imagine qu'il fume de la marijuana, je m'entends répondre. Et sans doute d'autres drogues douces je n'ai pas de »

Aqil croise les jambes et jette un coup d'œil gêné en direction des chiots sur l'écran. Je m'aperçois que la télé est toujours allumée : apparemment, cette chaîne est consacrée aux chiots et elle n'arrête pas de passer les mêmes images en boucle.

«J'aurais peut-être dû vous en parler plus tôt, poursuit-il. Mais je ne savais pas trop si c'était mon rôle. Je ne veux pas m'immiscer dans la relation que vous avez avec votre fils, vous comprenez ? »

Je le regarde en opinant de la tête.

«J'ai été flic. Je sais très bien déceler le type de drogue consommée. Et… Que vous dire ? Le comportement d'Aaron m'a alerté. L'expression de son visage ? Son teint et son poids ? La contraction de ses pupilles ? D'après moi, il consomme un opiacé. » Aqil hausse les épaules. «Je dirais de l'héroïne.

– Quoi ? »

Mais bien sûr, je ressasse ses paroles. *Teint, poids, pupilles de la taille d'une tête d'épingle.*

J'avais cru que c'était une question de mode – qu'Aaron essayait d'être «gothique», comme on disait à l'époque. Que c'était un bon moyen pour lui de canaliser sa colère et son chagrin.

Mais voilà que je me rappelle ce jour d'octobre où il s'était endormi. On discutait sur la véranda et j'avais remarqué ses mains posées sur ses cuisses. Il avait toujours une cigarette entre les doigts, et il y avait un cercle noir sur son jean, là où l'extrémité incandescente était en contact avec le tissu.

«Je ne pense pas que ce soit de l'héroïne», dis-je.

Aqil reste silencieux un moment. Il se contente de me regarder et j'assimile.

8

Il est presque vingt-trois heures quand Dennis finit par répondre au téléphone. C'est la huitième fois que j'essaie de le joindre, après lui avoir laissé plusieurs messages, et quand il décroche il a l'air irrité.

« Quoi ? dit-il sèchement. Papa, je te rappelle demain. Je suis occupé.

– Aaron a disparu. Il n'est pas rentré hier soir et il ne répond pas au téléphone. Je suis très inquiet. »

Dennis pousse un long soupir. « Rien d'étonnant, lâche-t-il.

– Qu'est-ce que ça signifie ? »

Je remarque que les bruits sont étouffés. J'imagine qu'il a posé sa main sur le combiné, et je perçois vaguement des voix. Celle d'une fille, irritée elle aussi. On dirait qu'elle lui donne des consignes.

« Dennis ? Allô ? »

Je suis assis sur le lit d'Aaron avec un panier de linge à côté de moi, et je plie les vêtements qui ont l'air propres. Quand Aaron avait cinq ou six ans, je restais des heures assis sur ce lit, car il avait peur de s'endormir si personne ne montait la garde à son chevet. C'était vraiment soûlant. Même quand il avait l'air assoupi, toute tentative pour me lever et quitter la pièce pouvait le réveiller. Si bien que je tâtais toujours le terrain. Je murmurais le plus bas possible : « Tu dors ? »

Et il me répondait encore plus doucement : « Non. »

« Écoute, papa, finit par dire Dennis. Je n'ai pratiquement pas parlé à Aaron depuis Noël. Nous n'avons pratiquement pas…

– Mais tu ne sais pas où il pourrait être ? » Je soulève un T-shirt noir et froissé portant l'inscription *Herbe de Bouc en rut !*, et je le plie en deux. « Je suis vraiment très préoccupé, donc… si tu penses à quelque chose… qui puisse éclaircir la. La. La, euh

– Situation ? suggère Dennis d'une voix peu amène.

– Eh bien, dis-je. On devrait peut-être essayer d'appeler ses amis ? Je veux enquêter. Enquêter prudemment avant de »

Dennis soupire. « Je ne sais vraiment pas. Aaron et moi, on n'évolue plus dans les mêmes cercles. Tu as parlé à Mike Mention ?

– Mike Mention ? » Je ne suis pas sûr de me rappeler qui il est. Je revois les garçons jouer au basket dans l'allée. « Le… basket… ? C'est lui qui

– Tu ne te souviens pas de lui ? s'étonne Dennis. Ce n'est pas possible !

– Tu aurais son numéro de téléphone ?

– Non. Je ne l'ai pas. Mais sa mère s'appelle Carol Mention. Maman et elle étaient amies ; j'imagine que tu l'as oublié ? Aaron et moi, on était à l'école avec Mike depuis la maternelle.

– Je suis désolé. J'ai un trou de mémoire. Il est comment physiquement ? Il est grand ?

– Pff », fait Dennis, et je soulève un autre T-shirt noir ; sur celui-ci, il est écrit : *Calmez-vous et allez vous faire foutre*, je le plie et Dennis dit, d'une voix étouffée : *C'est ce que j'essaie de faire.* Et puis j'entends la fille asséner : *Raccroche-lui au nez.*

« Dennis. Écoute. Tu crois qu'Aaron se drogue ? »

Il émet un son bref – moitié rire moitié crachat, et ça ressemble tellement à une gifle que je tressaille. « Putain de merde, papa. T'es enfermé dans ta bulle ou quoi ? »

J'ouvre la bouche et je la referme. Parce que c'est vraiment brutal, hostile. Et complètement inattendu. On s'entendait tellement bien il y a encore quelques semaines !

« C'est un vrai junkie, papa, me dit Dennis. Lui et Rabbit. Mon Dieu. J'ai essayé de te le dire clairement de mille et une façons à Noël, mais tu te focalises sur ton copain Aqil et sur ce livre débile que tu es soi-disant en train d'écrire, c'est ridicule. C'est – obscène, en fait. Papa, le tueur en série Jack Daniels n'existe pas. C'est une légende urbaine. »

Il respire profondément mais je ne dis rien. Je remarque que ma main est plaquée sur ma gorge – comme une dame distinguée qui se cramponnerait à ses perles – et je la pose lentement sur mon genou. Je m'efforce de reprendre mes esprits. « Je pense, dis-je. Écoute. Il y a beaucoup de choses qui – il y a des choses qui

– Je crois que tu as perdu la tête, papa, poursuit Dennis. Il faut que tu te fasses aider. Je suis sérieux. Si Aaron ne répond pas à tes coups de fil, il y a sans doute une explication – quelque chose que tu devrais savoir mais que tu ne sais pas, pour une de ces étranges raisons qui n'appartiennent qu'à toi. Honnêtement papa, si Aaron est parti, il est sans doute plus en sécurité là où il est que s'il baignait dans votre folie, à toi et ton pote.

– Attends », dis-je…

Attends attends attends

Mais il y a comme un cliquetis et un bruit sourd, et j'imagine qu'on lui prend le téléphone des mains.

C'est une voix féminine.

« Vous ne pouvez pas le laisser tranquille ? dit-elle d'un ton sec. Il commence juste à s'apaiser. Il essaie d'aller mieux ! Y en a marre – vraiment marre – de votre famille toxique, c'est compris ? »

Puis : on est coupés.

9

Tu iras ton chemin en toute sécurité, et ton pied ne se heurtera point.

Dans la salle de bains, je fais couler l'eau chaude de la douche et je la regarde, assis sur la cuvette des toilettes, je porte toujours ma veste, mon jean et mes mocassins, et je respire lentement et profondément l'air embué en répétant ce mantra jusqu'à ce que mon esprit se calme.   Puis j'appelle Aqil. Et tombe directement sur sa boîte vocale. Il est plus d'une heure du matin et j'entends encore le rire bref de Dennis. Ce rire qui ressemblait à un grognement féroce et soudain, à une morsure, et cette aversion absolue dans sa voix ont provoqué des picotements dans tout mon corps.

Tu iras ton chemin en toute sécurité, et ton pied ne se heurtera point.

Quand tu te coucheras, tu seras sans crainte. Et quand tu seras couché, ton sommeil sera doux.

J'ai eu des patients que leurs enfants détestaient, et je me rappelle les mots que je leur disais, les différents conseils que je leur donnais. *Réagissez avec calme plutôt qu'en parent blessé ou en colère. Le masque qu'ils vous font porter n'est pas votre vrai visage.   Mais ils en ont peut-être besoin au moment où ils entrent dans l'âge adulte. C'est peut-être exactement ce qu'ils doivent croire afin de*

Tu iras ton chemin en toute sécurité, et ton pied ne se heurtera point.

J'enfouis mon visage dans mes mains, je ferme les yeux, et

j'écoute le bruit blanc de l'eau contre la paroi de la baignoire. Le pire, bien sûr, c'est que j'aurais dû voir. Je suis psychologue; j'aurais dû reconnaître les signes liés à la prise d'héroïne, j'ai suivi des gens pour ça. Je vois Aaron afficher chacun d'eux, comme les figures d'un jeu de cartes prenant la pose. Contraction des pupilles – Perte de poids – Somnolence inopportune. Ils s'emboîtent dans mon esprit en cliquetant. Et puis mon téléphone se met à sonner.

10

« Il faut que je te parle », me dit Kate.

Je suis toujours assis sur la cuvette des toilettes, je porte toujours la veste, le jean et les mocassins que j'avais ce matin pour aller travailler. L'eau continue de couler dans la douche.

« Kate ? » L'espace d'un instant, je suis complètement désorienté.

« Tu dors ? me demande-t-elle. J'ai oublié qu'il était plus tard chez toi.

– Non. Je suis debout. En fait, je traverse une période très difficile. Je ne peux pas te parler maintenant.

– Qu'est-ce qui ne va pas ? »

Je secoue la tête. L'eau coule depuis tellement longtemps que la petite salle de bains est opaque de buée, et j'essuie mon front couvert de sueur. « Aaron n'est pas rentré à la maison la nuit dernière. Il ne répond pas au téléphone. Je n'ai rien dit mais ça fait un moment que je crains un éventuel problème de toxicomanie. »

Kate se tait. Puis dit : *Oh*, et un certain effroi s'infiltre en moi à cause de cette façon qu'elle a de prononcer ce mot. Le sifflement de la douche me donne des fourmillements au niveau de la nuque.

« Oh, dit-elle. Oh, mon Dieu. »

Et elle n'ajoute rien. Le téléphone est silencieux, et je plaque une main sur mon oreille libre afin d'étouffer le bruyant murmure de la douche.

« Ça va ? me demande-t-elle. Je peux être honnête avec toi ? »

Je peux être honnête avec toi ? C'est une question terrible et, tout à coup, je pense à la maison de grand-mère Brody, je me revois assis à côté de Kate sur le lit de la chambre d'enfant de ma mère et

« J'aurais dû t'appeler il y a deux jours. Il s'est passé des trucs… bizarres. Et j'aurais dû t'appeler. J'aurais dû t'appeler tout de suite. »

Je sens que je ferais mieux de me lever et de fermer le robinet parce que de la sueur ruisselle de mes sourcils jusqu'à mon nez et, quand j'inspire, elle pénètre malencontreusement dans mes narines. Mais je ne me lève pas. L'eau continue à couler et il y a comme du brouillard dans la pièce.

« Je crois que Rusty et Aaron se parlent au téléphone, poursuit Kate. Tout ça reste encore très obscur pour moi – voilà pourquoi je ne voulais pas t'appeler. Je ne peux pas te dire exactement ce qui se passe. Ce que Rusty lui a raconté…

« Mais apparemment ils sont en contact depuis un moment. Il a dû y avoir pas mal d'échanges entre eux, parce que je crois que Rusty a demandé à Aaron d'appeler Wave, et ensuite Wave m'a appelée, et

11

Ce que Rusty pourrait dire sur moi.

Je les imagine en train de discuter. Aaron allongé sur son lit, le téléphone posé sur l'oreiller, il est défoncé, il se laisse porter, et il entend la voix de Rusty dans ses écouteurs.

Il l'écoute évoquer la prison. Sa nouvelle vie. Lui dire qu'il aimerait juste pouvoir me parler, et qu'il ne comprend pas mon problème. Rusty fait une blague pleine d'autodérision. *Puh-hu-hu.*

Ce rire : il possédait cette petite note, cette petite musique qui amenaient les gens à penser qu'ils l'appréciaient. Ce fut le cas de mes parents. De Kate et Wave. Et c'est certainement celui d'Aaron.

Jill et moi avions décidé de ne rien dire aux enfants, du moins jusqu'à ce qu'ils soient adultes.

« C'est comme un monolithe, me dit Jill un jour. Il n'est pas question que ça pèse sur eux. »

Les garçons étaient tout petits et nous nous trouvions dans un restaurant italien bon marché. Aaron mangeait des pâtes au beurre, assis dans une chaise haute. Dennis faisait des dessins sur son set de table en papier avec des crayons de couleur.

« Il n'est pas question non plus que ça pèse sur nous. On est complètement différents quand on n'y pense pas. »

Jill ne réalisa pas vraiment qu'Aaron entendrait parler de cette histoire pour la première fois de la bouche de Rusty. Jusque-là, Aaron avait cru que mes parents étaient morts dans un «accident», et ça n'avait pas particulièrement piqué sa curiosité.

Mais Rusty – Rusty avait une version élaborée de l'histoire. Il avait eu des années pour la travailler. Il l'avait racontée aux étudiants de troisième cycle qui secondaient les avocats qui avaient réussi à le faire libérer, et puis ça avait fait les gros titres; il l'avait racontée à la presse en précisant qu'il avait failli renoncer à espérer que quelqu'un le croie, qu'il n'était pas en colère, qu'il n'accusait absolument personne. Il se sentait juste reconnaissant. Il s'estimait «heureux». Et toujours ce sourire penaud. *Puh-hu-hu.*

Rusty commence son récit en faisant preuve d'une grande humilité. «Je n'étais pas vraiment quelqu'un de bien, admet-il. Je me droguais, j'écoutais du heavy metal, et j'étais un adolescent déchaîné.»

Il reconnaît peut-être certains des moyens qu'il employait pour me faire du mal. «Je n'étais qu'un sale gamin», dit-il, et Aaron, qui écoute la voix sur son oreiller, hoche la tête. Il comprend.

Rusty n'évoque pas les trucs sexuels. Il ne parle pas de cette soirée au cours de laquelle il avait essayé de me convaincre de brûler la maison. *Tu sais, il faudra probablement qu'on les tue. Dave et Colleen. On pourrait aller chercher le fusil pendant leur sommeil et ça ne leur fera même pas mal.* Son sourire jusqu'aux oreilles. *Allez. Tu n'as pas envie de te barrer de ce trou?*

Il ne parle pas à Aaron des *gibbeners*. Des meurtres auxquels il prétend avoir participé. Des rituels que pratiquait le clan auquel appartenait sa mère biologique, du jour où il m'avait montré ce qu'ils avaient fait à un bébé. «Ils l'ont posé sur l'autel, m'avait-il expliqué. Comme ça.» Et, à titre d'exemple, il s'était servi d'un lapereau que j'avais trouvé. «Ils l'ont posé sur l'autel, et ils ont soulevé la brique...»

Quoi que raconte Rusty, ça reste certainement approximatif, mais c'est assez précis pour qu'il puisse démontrer que je lui en voulais.

Il dit qu'il aimait me terroriser. Il évoque ma crédulité, et la description qu'il fait de moi s'accorde suffisamment avec ma personnalité pour que mon fils me reconnaisse. « Oui ! s'exclame Aaron, tel un patient allongé sur le divan et plongé dans une transe hypnotique. C'est tout à fait lui ! »

Après avoir parlé à Rusty, Aaron tape son nom sur Internet. Il y a une dizaine ou une quinzaine de résultats sur Google.

Dont : VICTIME DE L'HYSTÉRIE LIÉE AUX ABUS SEXUELS SATANIQUES, IL EST LIBÉRÉ DE PRISON.

« Ce que j'ai appris dans le foyer d'hébergement, c'est que je peux m'entendre avec n'importe qui », m'a dit un jour Rusty. C'était juste après son adoption, et j'étais impressionné par l'éventail de personnes qu'il avait rencontrées. « Je peux discuter avec un gosse qui ne jure que par les nazis, Hitler et les suprémacistes blancs, et on s'entendra bien. Dîner à côté d'un ado qui est membre d'un gang mexicain et il m'apprendra l'espagnol. Ou fumer une cigarette avec un gamin qui veut s'habiller en fille. Ça n'a aucune importance. Je peux me sentir proche de n'importe qui. »

Je peux me sentir proche de n'importe qui : je l'imagine dire la même chose à Aaron. Je l'imagine apprendre la mort de Jill et lui raconter la mort de sa propre mère : tuée en prison. *Il pouvait se sentir proche de ce qu'Aaron vivait.* Et Aaron, sous le choc, écrasé par le chagrin, parti à la dérive. Ça aurait été facile pour lui de se raccrocher à ce charmant inconnu.

Rusty au téléphone avec Aaron : triste, drôle, lésé. Rusty faisant d'Aaron son confident. « Qu'est-ce que ton père est en train de faire ? demande-t-il, et Aaron soulève sa tête et tend l'oreille.

– Il est dans son cabinet de travail, répond-il. Je l'entends parler tout seul.

– Sans déconner ! s'exclame Rusty, et il éclate de rire. Il continue à parler tout seul ? Haha ! Quand il était petit, il avait des conversations de dingue avec lui-même ! Il n'était jamais vraiment en prise avec la réalité. »

Ils se parlent quoi, une fois, deux fois par semaine ? Rusty découvre les centres d'intérêt d'Aaron, ses passe-temps, ce qu'il aime et n'aime pas. Et après la mort de Jill, c'est vers Rusty qu'Aaron se tourne. Pas vers moi.

Je me souviens d'avoir énormément insisté pour qu'il soit suivi par un thérapeute du deuil. « Il faut que tu parles à quelqu'un, lui avais-je dit, et il avait eu l'air furieux.

– Je parle à quelqu'un », m'avait-il répondu. Nous étions assis sur la véranda et je le regardais tapoter sa cigarette. Il fumait devant moi désormais. « Je parle à plein de gens. Mais pas à un putain de thérapeute. »

« Qu'est-ce que ton père est en train de faire ? » lui demande Rusty, et il n'y a rien d'étonnant à ce que j'aie la chair de poule, à ce que j'aie la sensation d'être suivi. *Ils parlaient de moi, juste un étage plus bas.*

« Il dit qu'il écrit un livre, répond Aaron, enfermé dans sa chambre, allongé sur son lit, tout en jouant à un jeu vidéo violent sur le téléviseur fixé en hauteur.

– Ah bon ? » dit Rusty, et il lâche son rire apathique. *Puh-hu-hu.* « Sur quoi ? »

Je me sens rougir. Imaginer un truc aussi horrible, aussi ignoble, me fige sur place. Mon portable vibre dans ma main. Kate essaie de m'appeler, et je regarde l'écran pendant que le téléphone sonne et la renvoie à ma boîte vocale, et une petite fenêtre s'ouvre pour m'indiquer que j'ai eu un appel en absence.

Je repense à une soirée, peu de temps avant la mort de mes parents. La géologie m'intéressait, je venais de commander un marteau Plumb en acier, son étui en cuir qui se fixait à la ceinture et une loupe, j'avais aussi un livre sur la géologie du parc national de Yellowstone, et j'étais assis à la table de la cuisine en train d'examiner tout ça quand Rusty est arrivé avec son ami Trent.

« Waouh ! Qu'est-ce que c'est que ça, Dusty ? m'a-t-il demandé.

– Rien », ai-je répondu, et quand il s'est emparé du marteau, je lui ai dit : « C'est à moi. » Mais il s'est contenté de sourire. « Dustin aime beaucoup les pierres, expliqua-t-il à Trent.

– Ah bon ?

– Oui », répondit Rusty en tenant fermement le marteau. Il avait l'air pensif, comme s'il envisageait d'en faire une arme. « Oui, répéta-t-il. Il adore ça. »

Il finit par me rendre le marteau mais, bien sûr, il l'avait empoisonné.

Dès qu'il discute avec Aaron, il distille ce même poison, cette petite pointe de dénigrement, une graine plantée entre eux et qui germe. Si Rusty est innocent, qui a bien pu tuer ces quatre personnes ? Pourquoi je refuse de lui parler ? Qu'ai-je à perdre ? Ce serait venu progressivement mais, peu à peu, Aaron et Rusty auraient fait partie de la même équipe et moi de l'équipe adverse. Et un jour, Rusty aurait réussi à faire « prendre conscience » à Aaron que j'étais l'assassin.

Et Aaron l'aurait cru.

À un certain moment, nos enfants nous trouvent repoussants. C'est un stade du développement. Une phase où ils peuvent être prêts à croire tout ce qui confirme

12

Ce n'est pas moi.

Je sais parfaitement bien que ce n'est pas moi. Quand j'examine logiquement la situation, j'en conclus que je n'avais aucune raison de les tuer. Je n'avais aucun mobile, j'aimais beaucoup ma mère et mon père, et ma tante et mon oncle étaient des gens bien.

Et pourtant certaines bribes sont apparues. Des images contradictoires. La vérité – mes vrais souvenirs – a toujours été contaminée par mes fantasmes ou mes rêveries ; ils n'ont jamais cessé d'échanger leurs places, de bouger, si bien que je n'ai jamais vraiment su distinguer ce qui était du domaine du souvenir de ce qui était de celui de l'imagination.

C'était le sujet de ma thèse, en quelque sorte : le fait que l'expérience est tellement subjective qu'il peut effectivement se passer beaucoup de choses différentes. Qu'il est impossible de connaître la réalité objective. Un parti pris guère pertinent devant un tribunal, nota Mrs. Raskoph, ma directrice de thèse.

L'esprit prodigue ses soins et bienfaits inconnus et comporte de nombreuses pièces hermétiquement fermées, me dit-elle un jour, et elle sourit en posant sa main sur la mienne. Nous discutions de l'auto-hypnose, de l'hypnose comme thérapie. *Certaines personnes passent leur vie entière à tenter de ne pas se souvenir.*

Et maintenant, bien sûr, ça me revient. Quand je pense à ce que Rusty a pu raconter à Aaron, cet ancien rêve refait surface, m'enveloppe, et il est toujours aussi saisissant.

12 juin 1983, je suis réveillé en pleine nuit. Dans le camping-car garé dans l'allée. Peut-être par des coups de feu ?

Je ne sais pas. Wave ronfle. Kate dort à côté de moi, et elle sent mauvais. L'odeur de transpiration particulièrement âcre l'été, et celle, musquée, d'un corps d'adolescente.

J'ai soif. Je décide d'aller voir dans la maison s'il y a du Coca dans le frigidaire. Je me lève, j'ouvre la porte du camping-car, et je parcours l'allée de gravier. Je sens les petits cailloux ronds sous mes pieds nus. Je les entends crisser légèrement, et quand je regarde en direction de la porte d'entrée, je vois les hannetons perdre la tête à force de voler autour de l'auréole de lumière jaune de la véranda. Des hannetons – des coléoptères volants que Kate, Wave et moi attrapons et enfermons dans un bocal – décrivent des cercles maladroits autour de l'ampoule, ils bourdonnent, extatiques ou fous, en faisant leurs loopings et leurs plongeons kamikazes, ou bien ils calculent mal leur coup, se cognent au mur de la maison, près de la lampe, émettent un brusque tic-tac surpris, puis tombent par terre. Chutent là où le corps de ma mère est étendu.

Et voilà ce qui est totalement incompréhensible. Je vois son corps mais je ne suis pas là. Aucun sursaut de peur, d'horreur ou de chagrin. Je regarde le cadavre de ma mère et je ne ressens rien.

Rien si ce n'est une curiosité plutôt apaisante. Je ne hurle pas. Je n'appelle pas à l'aide. Je ne me jette pas à genoux à côté d'elle pour la secouer ; je n'essaie pas de lui parler ni de vérifier si elle respire encore.

Une telle réaction me semble inconcevable. Dès que je

me remémore cet épisode, j'ai l'impression d'observer la scène en étant hors de mon corps. De regarder un film dénué de sens. Il ne me semble guère plausible que je sois juste resté là à regarder ma mère.

Mais dans ce mauvais film, je la vois. Elle est allongée sur le côté. Étendue comme vous le seriez si vous aviez été abattu à bout portant, et elle baigne dans son sang.

Certains instantanés m'obsèdent. À un moment, quand j'étais étudiant, j'avais du mal à penser à autre chose. Les images sont posées devant moi, telles les cartes d'une partie de solitaire que j'aurais perdue, et j'essaie de comprendre comment j'aurais pu les placer différemment :

Ma mère est allongée sur le côté, les bras serrés contre la poitrine, je la touche avec mon pied nu et elle roule sur le dos.

C'est une nuit sans nuages. La lune flotte au-dessus de l'antenne de télévision fixée au toit.

Je regarde ma mère, ses yeux sont ouverts mais elle a l'air d'avoir sommeil. De s'ennuyer. Elle a les lèvres mi-closes, comme si elle écoutait poliment quelqu'un radoter.

Il y a des hannetons morts autour d'elle. L'un d'eux est sur le dos, englué dans le sang, et ses pattes dentelées de coléoptère s'agitent.

J'imagine qu'ensuite je contourne son corps.

Car je me retrouve dans le salon, et de la musique s'échappe du tourne-disque.

C'est un vieux meuble stéréo, un bureau en bois où les enceintes remplacent les tiroirs, et la chanson « Luckenbach, Texas » flotte au-dessus du cadavre de mon père. Mes pieds rencontrent l'épaisse moquette et s'enfoncent dedans. Je les vois bouger, comme sur une photo de pieds en train de bouger. Mon père est allongé sur le ventre ; son visage est caché. Sa prothèse de bras tendue, comme pour désigner quelque chose. La porte, peut-être ?

Je continue d'avancer en direction de la cuisine parce que j'ai envie d'un Coca.

C'est là que les souvenirs – paraissent – quoi ? Incroyables ?

Il se peut que je sois dans un état de dissociation et d'engourdissement. Proche du somnambulisme.

Mais je ressens aussi comme une étrange satisfaction. Une troublante lueur enveloppe la scène. Ni peur ni horreur ni torpeur. Un sentiment d'inévitabilité.

Depuis le seuil de la cuisine, j'aperçois ma tante sous la table. J'apprendrai plus tard que c'est sur elle qu'on a le plus tiré : quatre fois.

Mais je remarque uniquement que la partie gauche de sa chevelure est rouge et humide, que ses boucles sont emmêlées et que du sang goutte sur le sol.

Ma tante a l'air sévère. Renfrognée mais paisible. Ses yeux sont ouverts comme ceux du personnage d'un tableau qui regarderait au loin en pensant à la patrie.

Adossé aux placards, mon oncle est assis par terre dans une mare de sang. Il a une blessure par balle au visage, on lui a tiré dessus à bout touchant, mais je refuse de me le représenter.

Je ne vois que l'arme dans sa main. C'est un vieux pistolet qui avait peut-être servi à la guerre. Simple, noir, on dirait presque un jouet, sauf qu'il est en métal et non en plastique, je l'examine puis m'en saisis.

Cette arme est comme un grigri – un petit souvenir qu'on voudrait garder et qu'on rangerait dans une boîte à cigares à côté d'autres trésors : une vraie pointe de flèche, une dent de lait, une pièce de cinq *cents* avec un bison gravé dessus, un timbre datant des années quatre-vingt-dix. C'est juste un objet agréable au toucher. La crosse est bosselée, fraîche et lourde.

Je pourrais en avoir besoin, me dis-je. Je ne sais pas pourquoi. Je le tiens mollement dans ma main gauche, j'ouvre le frigidaire et je prends un Coca.

Comment est-ce possible ? Ce n'est pas moi. Je ne me serais jamais comporté de la sorte.

Les émotions sont tellement étranges, contenues, déformées, tellement irréelles. Plus tard, j'y verrais un fantasme vivace né après – après que les meurtres eurent commencé à pénétrer dans ma conscience, après que j'eus commencé à essayer d'assimiler le

Un rêve de culpabilité : c'est ainsi que, plus tard, je qualifierais cet épisode. Cette… cette flânerie délirante sur la scène de crime – pour aller chercher un Coca ! –, c'est la façon qu'a mon inconscient d'exercer un contrôle sur le récit. Un fantasme que j'avais inventé à l'époque pour partager la culpabilité et la responsabilité des meurtres.

La véritable histoire, l'histoire officielle est la suivante : Wave découvre les corps dans la matinée. Dans la matinée, depuis le camping-car, Kate et moi l'entendons hurler, nous nous précipitons et je vois ma mère étendue sur la véranda, au milieu de hannetons morts, et je tombe à genoux, je la prends dans mes bras en disant : « Maman ! *Maman !* MAMAN ! » Et à l'intérieur, Wave pousse des cris que je n'oublierai jamais. Des cris perçants comme ceux d'un oiseau. « Hiiiiii ! Hiiiiii ! Hiiiii ! Hiiiiii ! Hiiiiii ! Hiiiiii ! Hiiiiii ! Hiiiiii ! Hiiiii ! Hiiiiii ! Hiiiiii ! Hiiiiii ! Hiiiiii ! »

13

Ce dont je me souviens : je sors de la maison et je le vois.

Je sors de la maison, ma canette de Coca dans une main, l'arme dans l'autre, je ne porte qu'un caleçon.

Il est dans l'allée. Il vient de garer son pick-up et les phares m'éclairent. Je sais qu'il est assis dans la cabine, en train de fumer. Je sens l'odeur de l'herbe.

Je m'approche et je l'aperçois derrière le pare-brise; je vois sa mâchoire se détendre. Il articule silencieusement : «*Qu'est-ce… ?*»

J'enjoins à sa bouche de se fermer et elle obéit.

Je lève les mains comme un sorcier.   La canette de Coca. L'arme.

Les choses vont bientôt changer. Ce sera mieux à l'avenir.

Le pick-up remonte rapidement l'allée en marche arrière.

Que se passe-t-il quand vous n'êtes pas là mais qu'une personne de la vraie vie vous voit ?

Rusty m'a vu, me dis-je.   Je savais que c'est ce qu'il raconterait à Aaron. *Il se trouvait devant la maison et il brandissait une arme. Il tenait une arme et une canette de Coca. Et il avait un petit sourire aux lèvres.*

14

«Rusty discute au téléphone avec Aaron depuis un moment, dis-je. J'ignore le genre de mensonges qu'il lui a racontés sur moi.

– Mon Dieu ! » s'exclame Aqil.

On est vendredi matin, nous sommes installés dans la cuisine, un soleil de janvier grisâtre pénètre dans la pièce, et ma main tremble quand j'appuie sur le piston de la cafetière. Ça gargouille. Au début c'était une blague, cette histoire de cafetière à piston, Jill et moi pouffions, ça faisait vraiment prétentieux, et puis on a testé et on a trouvé que le café était vraiment.

Mal à l'aise, Aqil m'observe tandis que je remplis deux mugs blancs quelconques. « Que pourrait-il dire sur vous ?

– Comment le saurais-je ? » Aqil me regarde, l'air contrit, et je m'aperçois que j'ai parlé d'une voix brusque et condescendante.

« Je ne sais pas, dis-je avec plus de douceur et de modération. Il clame son innocence. Manifestement il – il a été acquitté. J'ai témoigné contre lui au procès.

– Il raconte donc à Aaron que vous êtes un menteur, c'est bien ça ? » Aqil boit une gorgée de café.

« Hum. » Il incline la tête, l'air sceptique. « Je ne vois pas vraiment le rapport.

– Aaron est peut-être parti voir Rusty, dis-je. Il est peut-être allé à Chicago. Il se peut que Rusty l'ait convaincu de venir, ou qu'il l'ait attiré sous un faux prétexte… »

Aqil fronce les sourcils. « Ça n'a pas de sens. Pourquoi ferait-il ça ?

– Je… J'imagine… Rusty voulait qu'il appelle Wave… il pensait qu'elle dirait quelque chose… qu'elle pourrait…

– Vous vous sentez bien, docteur Tillman ? Vous n'avez pas l'air d'avoir les idées claires. »

Aqil dit que la première chose à faire est de signaler la disparition d'Aaron. « Légalement, il est adulte, bien sûr, m'explique-t-il. Et il n'y a aucune preuve d'un quelconque acte criminel. Ils ne vont donc pas donner à ce dossier la priorité absolue, mais ils entreront les informations dans la base de données du NCIC, le Centre national de lutte contre la criminalité. C'est toujours ça.

– Donc, dis-je, et je jette un coup d'œil au plafonnier fluorescent, la lumière vacillante est pénible. Je me rends dans un poste de police et je dis

– Oui. Ils vous expliqueront tout. » Il penche la tête et plonge son regard dans le mien, l'air inquiet. « Vous avez parlé à ses amis ? Vous avez consulté sa page Facebook et…

– Apparemment, il faut qu'il accepte ma “demande d'amitié” pour que je puisse y avoir accès. Mais j'ai parlé à son frère. Dennis – en fait, il m'a confirmé qu'Aaron se droguait peut-être, et donc »

Aqil hoche la tête et pose sur moi un regard plein de regret et de compassion. « Et donc, reprend-il. Il y a de fortes chances pour qu'il soit juste allé se défoncer. Mais il faudra absolument qu'il intègre une cure de désintoxication dans son emploi du temps. »

Ai-je pu le faire ? je me demande.

Je ne me rappelle pas les avoir tués, mais je me rappelle avoir marché, avoir marché sur la scène de crime. Je me rappelle que je n'étais pas effrayé. Je me rappelle m'être senti en paix.

Ma mère sur le perron. Mon père dans le salon, avec de la musique en bruit de fond. Ma tante sous la table de la cuisine. Mon oncle adossé au comptoir.

« Et sa chambre ? est en train de me demander Aqil. Vous l'avez fouillée minutieusement ? »

Je hoche la tête. « Il a dû emporter son ordinateur portable. Et peut-être un sac de sport, dis-je.

– Mmh-mmh.

– C'est la raison pour laquelle je crois qu'il», et je pense : *Je devrais lui dire.*

Puis : *Lui dire quoi ?*

15

C'est la fin de l'après-midi – mais ce pourrait être l'aube ou le crépuscule tant la couche nuageuse est épaisse et le soleil pâle et lointain. Aaron a disparu depuis un jour et demi, peut-être plus. On est vendredi après-midi et c'est mercredi que j'ai parlé avec lui pour la dernière fois.

À mon retour du poste de police, j'ai commencé à compiler des notes.

«Mercredi, le 22 janvier», dis-je à Kate. Je suis assis à la fenêtre de ma chambre et j'observe l'allée. En attendant – quoi ? Je l'ignore.

C'est l'heure du petit-déjeuner, je raconte à Kate, il s'est levé anormalement tôt et je suis content. *C'est ce qui s'appelle assurer*, lui dis-je.

Il est très pâle. Il a des cernes sombres autour des yeux. *Il a l'air épuisé.* J'avais remarqué qu'il perdait beaucoup de poids. Je lui avais parlé à plusieurs reprises de son alimentation.

Mais, en même temps, je ne me dis pas que quelque chose cloche. Ce matin-là, il y a juste un vague malaise, je souris et je parle de tout et de rien.

Les cours reprennent cette semaine, non ? je lui demande, et il me répond par l'affirmative, mais je sais aujourd'hui qu'il mentait. J'ai appelé l'université après avoir signalé sa disparition et c'est comme ça que j'ai découvert qu'Aaron ne s'était en fait jamais inscrit. Qu'il n'avait jamais assisté aux cours. Qu'il avait jeté l'éponge. Apparemment, il s'était fait rembourser une bonne partie des frais de scolarité.

« Il a dû s'en servir pour s'acheter de la drogue, dit Kate. Oh, Dustin, quel sale truc ! »

Je fixe l'allée qui avait été déneigée à la hâte. Aaron avait déblayé juste ce qu'il fallait pour pouvoir sortir la voiture de sa mère du garage et rejoindre la rue. Où se rendait-il de si bonne heure ? Avec autant d'empressement ?

Je me râcle la gorge. « Ils sont en contact depuis quand ? je demande à Kate. Tu le sais ?

– Je n'en ai aucune idée. Dustin, j'ai tout découvert mardi. Et j'ai appelé Aaron. Je l'ai appelé lui, et pas toi, et j'ai eu tort. Merde, dit-elle d'un ton grave. J'ai l'impression que c'est de ma faute. »

Moi aussi, mais je ne le lui dis pas. J'essaie de parler calmement. J'ai établi une liste de questions auxquelles je veux qu'elle réponde, et il faut que je m'y tienne.

« J'aimerais juste que tu me relates à nouveau en détail cette conversation. Wave t'a appelée… et elle t'a dit…

– Elle ne m'a pas dit grand-chose. Elle ne dit jamais grand-chose. Elle m'a juste dit qu'Aaron avait eu son numéro, qu'il avait cherché à la joindre et qu'il avait laissé un message disant que Rusty lui avait demandé de la contacter.

– Mais comment Rusty a-t-il pu se procurer le numéro de Wave ? Même toi, tu ne l'as pas.

– Je serais vraiment curieuse de le savoir. La seule explication serait qu'il nous surveille depuis longtemps. Qu'il nous surveille tous. Il avait peut-être accès à Internet en prison, et il a peut-être passé des heures, des jours à rechercher le moindre petit truc. Je me suis également dit que Wave et lui avaient dû être en contact à un moment ou à un autre, et qu'elle lui avait donné ses coordonnées. Je – je ne sais pas. »

Je consulte ma liste. « Que t'a dit Aaron ? Quand tu t'es expliquée avec lui ?

– Il n'a pas vraiment dit grand-chose. Il a dit que Rusty et lui n'avaient pas beaucoup parlé de nous. Ce que je n'ai pas cru. Il m'a dit que Rusty se sentait coupable de t'avoir maltraité. Je lui ai conseillé de ne pas lui faire confiance. Et c'est là qu'Aaron m'a dit : "Alors pourquoi me demanderait-il d'appeler Wave ?" Et il a ajouté : "Qu'est-ce que je devrais savoir sur mon père ? Qu'est-ce que je devrais savoir que je ne sais pas ?" »

Je cligne des yeux. Les notes que j'ai prises sont devenues illisibles et j'appuie la pointe de mon stylo sur mon poignet jusqu'à ce que ma vue redevienne nette.

« Et qu'est-ce que tu lui as répondu ? » J'essaie d'adopter une voix calme, neutre, comme si je m'adressais à une patiente.

« J'ai… j'ai essayé d'être honnête. Je lui ai dit que tu étais influençable quand tu étais petit. Crédule. Je lui ai dit que tu croyais ce que tu disais, mais que ce que tu disais n'était peut-être pas tout à fait vrai. »

Je me tais. Je cligne des yeux. Voilà l'allée mal dégagée et la pelle toujours plantée dans une congère au bout du chemin.

Je me rappelle les dernières paroles d'Aaron avant qu'il parte.

« Je peux te poser une question en lien avec la psychologie ? m'a-t-il demandé.

– Bien sûr ! » J'ai souri jusqu'aux oreilles. « Tu suis des cours de psychologie ?

– Oui.

– Super !

– Voilà ce que je voulais te demander. Que dit-on de quelqu'un qui est incapable de distinguer ce qui est réel de ce qui ne l'est pas ?»

16

«C'est vraiment bizarre», dit ce garçon dont je ne me souviens pas. Mike Mention. Il est un peu plus de dix-huit heures, je suis assis devant le bureau d'Aaron, et je fouille dans les tiroirs. «Je lui ai parlé le week-end dernier, poursuit-il de cette voix polie et charmante que l'on adopterait pour s'adresser au père d'une connaissance. On a regardé certaines des vidéos qu'on avait faites avec Rabbit. Je ne sais pas si vous vous rappelez qu'on tournait plein de petits films quand on était au collège ?

– Pas vraiment.»

Aaron a un bureau d'ordinateur bon marché avec plateau stratifié, acheté chez Staples, et quand je tire la tablette coulissante du clavier, je constate que du soda s'est répandu dessus et a séché, laissant comme un flocon de poussière dans lequel une petite dragée fruitée est prise au piège. Il y a du papier à cigarettes. Une paille en plastique. Et une gomme, souvenir du Parc national de Mammoth Cave où nous étions allés quand Aaron avait douze ans.

Une fiche cartonnée, avec l'écriture adolescente, négligée et pointue d'Aaron :

R.
3216 N Sissaro Ave
Chicago IL 60641

« On s'est juste raconté nos souvenirs avec Rabbit, dit Mike Mention. Mais c'est vraiment la dernière fois que je lui ai parlé.

– Est-ce que. Est-ce que tu saurais chez qui il aurait pu se faire héberger ? »

Pensif, Mike Mention marque une pause. « Hum. Pas vraiment. Je ne connais pas trop les gens avec qui il sort maintenant que Rabbit – est décédé. »

Il hésite encore, soupire, et j'ouvre le grand tiroir, en bas à gauche – celui censé contenir des dossiers suspendus. Une photo de Jill lycéenne est posée sur une pile de papiers rangés n'importe comment.

« Écoutez, monsieur Tillman. » La voix de Mike Mention est étonnamment bienveillante. « Je sais qu'Aaron et vous étiez très proches mais, vous savez. Il m'arrive de ne pas parler à ma mère pendant des semaines. Vous ne devriez pas paniquer. C'est juste que. C'est ce que je dis à ma mère, elle devient folle si je ne la rappelle pas alors je lui fais remarquer que j'ai grandi. Vous ne pouvez pas empêcher ça. »

Je soulève la photo de Jill.

Je m'aperçois que le coup de fil a pris fin, je pose le téléphone sur le bureau et fouille dans le tiroir.

Aaron a amassé et caché des affaires ayant appartenu à Jill. Au début, c'est le mot « volé » qui me vient à l'esprit mais je finis par me dire – *volé à qui ?*

Il y a des photos de Jill datant du lycée et de la fac – le genre de photos floues prises avec un appareil jetable au cours d'une soirée, alors que l'éclairage est insuffisant. À l'époque, on déposait l'appareil au drugstore et on récupérait des photos sur papier glacé deux ou trois jours plus tard, dont un tiers ne valaient rien – le cliché, flou, d'un doigt pris en gros plan, ou une photo de groupe surexposée où les yeux sont rouges et les dents pareilles à celles d'un squelette.

Mais je comprends pourquoi Aaron y tient. Sur ces photos, personne ne pose. Personne ne regarde l'appareil. C'est comme s'il pouvait découvrir, par un trou d'épingle, une époque où sa mère était en vie et lui ne l'était pas, une époque où elle avait son âge. Jill, pieds nus et en bermuda, qui boit de la bière sur une véranda. Jill, seize ans, qui rit comme si on venait de lui raconter une bonne blague. Jill assise sur un canapé, dans la pièce commune d'une résidence universitaire, les mains en coupe sur la poitrine d'un garçon pour faire comme s'il avait des seins. Une partie de la vie de sa mère qu'Aaron ne connaîtrait jamais. Que je n'avais pas vraiment connue non plus.

Je tombe sur son diplôme de droit et sur le collier de grosses perles colorées fabriqué par quelque tribu tropicale d'Afrique, d'Amérique du Sud ou de Malaisie, que les garçons lui avaient offert une année, à l'occasion de la fête des Mères. Il y a une décoration de Noël réalisée par Aaron quand il avait quatre ou cinq ans, une espèce de navet en papier à dessin, décoré avec de la colle pailletée, et sur lequel est écrit au feutre : CHARITABLE DE PARDONNER À LES AUTRES

Et voici quelques lettres qu'elle avait conservées.

L'une date de ses années de fac, et il y a un collage de photos sur l'enveloppe, une autre est manifestement écrite de la main de sa mère, une autre encore est plus récente avec le nom et l'adresse du destinataire reproduits dans une police de caractères ordinaire par une imprimante laser, et je m'en empare car je ne connais pas l'expéditeur.

Elle date du 27 septembre 2009.

Ma très chère Jill. Réveille-toi ! Tu me dis que tu prendras tes

problèmes de couple à bras-le-corps quand les garçons auront fini leurs études secondaires, mais ça se compte en années ! Ce que tu m'as dit concernant Dustin me fait craindre que

J'arrête de lire et je fourre la lettre dans ma poche.

17

« D'après toi, que lui a dit Rusty ? je demande à Kate.

– Je ne sais pas. Et toi ?

– Moi non plus. »

Il est à peu près vingt heures et je suis installé au salon avec mon ordinateur portable, mon téléphone et mon cahier Moleskine posés sur la table basse. J'ai besoin de sentir que j'accomplis quelque chose. Un feu brûle dans la cheminée. Il y a le grand portrait de notre famille réalisé en studio environ quatre ans plus tôt, et Jill me regarde. Nous sommes silencieux un long moment. Mal à l'aise. Mes yeux rencontrent le plafond et je remarque un impact de balle.

Ou – non, c'est plus petit qu'un impact de balle. J'imagine que quelqu'un a voulu, un jour, installer un crochet. Pour y suspendre une plante ou un mobile. Ou encore une lampe. C'est bizarre que je ne l'aie pas remarqué plus tôt.

« On pourrait penser qu'il lui a parlé du procès », dis-je.

Nous nous trouvons à une frontière que nous n'avons pas franchie depuis l'époque où nous vivions chez grand-mère Brody. Après le départ de Wave, nous avions délibérément cessé d'en discuter ; c'était un accord tacite comme on dit, et aborder le sujet me donne la nausée.

« Peut-être lui a-t-il raconté qu'on avait menti, non ? j'ajoute, et Kate émet un murmure de désapprobation.

– Dans l'ensemble, tout ce qu'on a dit était vrai, déclare-t-elle. Au pire, on y a mis un peu de licence poétique.

– Hum. » Je regarde le feu puis à nouveau le trou au plafond. Je ne serais pas surpris de voir un insecte aux multiples pattes en sortir. « Est-ce que tu as pensé à… »

Une guêpe maçonne ? L'insecte que je déteste le plus. Elle construit un horrible nid – un ensemble de cellules de boue qui ont la forme d'une larme mais qui sont aussi lisses que si elles avaient été conçues avec un tour de potier et cuites dans un four. La guêpe paralyse sa proie, pond un œuf dessus et enferme le tout dans une logette. La proie prise au piège est encore vivante quand l'œuf éclot.

« Quoi ? dit Kate alors que mon silence se prolonge. Est-ce que j'ai pensé à quoi ?

– Eh bien. Si Rusty n'est pas coupable, qui l'est ? »

Elle renifle. « Je continue de penser que c'est lui, me répond-elle. Peu importe qu'il ait été acquitté. J'ai essayé de lire – les documents sur le *pourquoi* de son acquittement. Dustin, ils sont incompréhensibles. Je ne sais pas si tu les as consultés sur Internet ?

– Non. » J'ai bien conscience d'avoir passé un an et demi sans lire la moindre ligne sur la libération de Rusty. Peut-être que si Jill n'était pas morte, peut-être que si je ne m'étais pas impliqué dans l'enquête, j'aurais pu me forcer à les lire. Mais je n'en suis pas sûr, même si les conditions avaient été idéales.

« Il faudrait être avocat pour y comprendre quelque chose », ajoute Kate, et je détourne les yeux du trou. J'essaie d'imaginer son appartement. Ce qu'elle est en train de faire. Regarde-t-elle par la fenêtre ?

Je tâte l'enveloppe. Elle est toujours dans ma poche. *Brûle-la*, me dis-je. Kate se tait.

« Par ailleurs, je croyais qu'on avait décidé de ne pas aborder le sujet, finit-elle par dire. On en avait fait une règle, non ?

– J'aimerais pouvoir parler à Wave. J'ai l'impression – si je savais quel genre de relation elle a avec Rusty et Aaron, si je savais ce qu'ils se racontent, je mesurerais mieux ce qui se passe dans la tête d'Aaron.

– J'ai le numéro de sa boîte postale. À Wonder, Oregon. Tu pourrais lui écrire. Elle n'a pas le téléphone, d'après ce qu'elle dit. Elle doit passer ses coups de fil depuis une cabine. »

J'imagine Kate postée à la fenêtre de son appartement. Une limousine s'arrête devant l'hôtel du Celebrity Centre de l'Église de Scientologie. Elle porte la cigarette à ses lèvres, fait une fontaine de fumée, et je laisse ces images tourner dans mon esprit parce que ce mouvement particulier de la fumée est magnifique. Ondoyant.

« Il a peut-être dit à Aaron que j'étais le coupable. C'est ce qui m'inquiète. »

Kate ne répond pas. Je ne parviens pas à m'imaginer ce qu'elle est en train de faire. J'ignore si elle est à sa fenêtre. J'ignore si elle est installée à la table de sa cuisine, allongée sur son lit avec le ventilateur qui tourne lentement au-dessus de sa tête, ou bien assise sur le canapé, la télécommande pointée en direction du téléviseur. Le trou du plafond me regarde de haut.

« Eh bien, finit-elle par dire, pensive. Tu l'es ?

– Non. Je suis pratiquement sûr que non. »

18

Huit heures du matin un dimanche, Aqil me téléphone. Je bouge sous les draps, j'effleure le contour du corps de Jill, je sais que ce n'est qu'un oreiller qui occupe sa place dans le lit mais je le caresse quand même pour m'excuser, comme si la sonnerie avait pu le réveiller.

Je cligne des yeux.

La lettre – celle que je n'ai pas lue – est pliée en deux sur la table de nuit, à côté de la vieille lampe à lave qui ne fonctionne plus. *Ce que tu m'as dit concernant Dustin me fait craindre que* Si j'étais intelligent, je l'aurais brûlée avant de me réveiller et d'avoir la possibilité de changer d'avis.

Je me rappelle avoir discuté avec Mike Mention. Je me rappelle avoir discuté avec Kate.

Il a peut-être dit à Aaron que j'étais le coupable

J'ai un mug que Jill m'avait offert pour la fête des Pères. Avec l'inscription : DERRIÈRE CHAQUE PÈRE QUI RÉUSSIT IL Y A UNE FAMILLE QUI L'AIME ! et on voit un père de bande dessinée suivi d'une mère aimante, elle-même suivie d'un adorable fils aîné, d'un cadet enthousiaste et d'un chien qui remue la queue, et ils suivent le père sur toute la circonférence du mug. Et bien que nous n'ayons pas eu de chien, cette illustration m'a toujours parlé. Cette idée aussi. Le souvenir des jours heureux.

« Écoutez, dit Aqil. J'ai des informations pour vous.

– OK. » Je me redresse et je me vois dans le miroir de la coiffeuse de Jill, assis, le téléphone collé à l'oreille.

« J'ai entré le numéro d'immatriculation de la voiture de votre femme dans la banque de données. Et ce matin, j'ai obtenu des résultats. Plusieurs infractions au code de la route et aux règles de stationnement ces derniers jours.» Il s'éclaircit la voix. «À Chicago.»

Ce n'est sans doute pas surprenant. Tout se met en place, comme dans une partie de solitaire; on sait que les cartes vont inévitablement se rapprocher de leur pile finale, et ça me donne des frissons.

Nous avions appris que Rusty vivait à Chicago depuis longtemps. Nous connaissions son adresse. Aqil m'avait fourni ces renseignements l'été qui avait précédé la mort de Jill, il y avait plus d'un an. *Je suis flic; j'ai mes sources*, m'avait-il dit.

Je n'oublie pas la fiche trouvée dans le bureau d'Aaron. *R. 3216 N Sissaro Ave Chicago IL 60641*

Je sais que mon fils a des contacts téléphoniques avec Rusty depuis un bon moment – qu'il *a noué des liens* avec lui. Puis Rusty lui a dit d'appeler Wave. Et Wave – peut-être? Wave lui a dit – quoi?

Que dit-on de quelqu'un qui est incapable de distinguer ce qui est réel de ce qui ne l'est pas?

Qu'est-ce qu'Aaron a bien pu entendre dire sur moi? Que lui ont-ils raconté? Vous avez l'impression que votre propre histoire vous échappe. Qu'on vous en invente une dans votre dos, et ça vous donne un frisson de

L'enveloppe pliée me regarde. On dirait un troll bossu et renfrogné en origami. Elle se trouvait dans la chambre d'Aaron. Il l'avait lue.

«Je crois qu'il va falloir que j'y aille», dis-je.

Aqil pousse un soupir – d'exaspération, peut-être. «Dustin. Pourquoi faire une chose pareille?

– C'est faux. Ce qu'Aaron croit être vrai ne l'est pas.

– Eh bien. Si Aaron est à Chicago – s'il est parti rendre visite à ce type, votre frère. Pensez-vous qu'il puisse – diriez-vous qu'Aaron est en danger ? Que votre frère pourrait lui faire du mal ? »

C'est bizarre que je n'aie jamais envisagé une chose pareille. Malgré le fait que je considère Rusty comme un meurtrier depuis des années, malgré les mauvais traitements – je ne le vois pas faire du mal à Aaron.

Je pense qu'Aaron est allé là-bas de son plein gré – il sait quelque chose me concernant et il y croit. *Quelque chose que Rusty lui a dit.* Il est un pion, pas une cible. Je me surprends à secouer la tête.

« Non, non, dis-je. Je ne pense pas – je ne pense pas qu'il puisse lui faire du mal. Ce n'est pas pour ça qu'il... »

J'hésite. « Les contraventions. Elles indiquent Cicero Avenue ?

– Oui. Et Belmont aussi.

– Il faut que j'y aille.

– Comment ça ? Vous pensez qu'il est avec votre frère ? Qu'il dort sur le canapé de Rusty ? Pourquoi ferait-il une chose pareille ? »

J'imagine Aaron : *Je parle à quelqu'un... Mais pas à un putain de thérapeute.*

« Parce qu'ils sont amis. Ça fait plus d'un an qu'ils sont en lien. J'imagine que Rusty est son plus proche ami maintenant que Rabbit est mort.

– Et comment le savez-vous ? demande Aqil.

– J'ai une bonne intuition pour ce genre de chose. Vous l'avez dit vous-même.

– Vous allez faire – quoi ? – six heures de voiture ? Juste pour voir si votre pressentiment se vérifie ? »

Que puis-je faire d'autre ? me dis-je. *Attendre ici ?*

« Je vais me lever et prendre une douche. Préparer quelques affaires. Et partir.
– Hum, fait Aqil. Vous êtes sûr ?
– Êtes-vous disposé à m'accompagner ? »

19

Nous sommes sur la route. Dans ma voiture.

Je suis au volant, nous passons un poste de péage, nous nous engageons sur l'autoroute I-90 en direction de l'ouest, et j'essaie de me concentrer uniquement sur la conduite. Quand les semi-remorques me dépassent sur la gauche, ils envoient sur le pare-brise un rideau aveuglant de neige fondue et boueuse, et je trouve ça agressif, comme dans ce jeu vidéo qu'aiment les garçons – on vous attaque mais vous devez continuer d'avancer sans relâche.   De chaque côté, du blanc, de la neige, etc. Pas de paysage.

Le souvenir des jours heureux : je conduis, Jill est sur le siège passager, et nous jouons au jeu des plaques minéralogiques. « Guette les messages pornos », me dit-elle.

Les garçons sont à l'arrière, ils sont encore petits – moins de cinq ans –, ils dorment, et je suis à l'affût jusqu'à ce que je remarque un pick-up avec le numéro PUT12Q et on éclate de rire, même si ce n'est pas si drôle que ça. On prendra une chambre dans un motel avec deux lits jumeaux, on installera les enfants dans l'un d'eux, si délicatement qu'ils ne broncheront pas, et puis on essaiera de faire l'amour discrètement dans l'autre, mais Jill continue de me murmurer à l'oreille – Puuu t1

2 cuuuuuul – et je ris tellement fort que les enfants se réveillent, ce qui n'est pas très grave.

Je crois qu'elle m'aimait. Chaque parcelle de mon corps le croit.

Aqil est silencieux. Il est très absorbé par son téléphone et, du coin de l'œil, je le vois qui fronce les sourcils et fait glisser son pouce de droite à gauche sur l'écran. Une fois, deux fois, six fois. Puis de gauche à droite. Peut-être joue-t-il à un jeu ?

Il se râcle la gorge.

« Il faut que je m'arrête à la prochaine aire de repos, me dit-il.

– OK. » Quand un semi-remorque transportant des voitures apparaît dans mon rétroviseur, je me tiens prêt. « D'accord.

– Vous voulez que je prenne un peu le volant ? » me demande Aqil.

OK. D'accord.

J'appuie ma tête sur la vitre froide, côté passager, et je sens la chaleur épaisse et poussiéreuse du dégivreur. Aqil met un CD et marmonne les paroles des chansons.

« C'est qui ? » je lui demande, alors que nous passons devant le parc d'attractions Cedar Point où j'avais l'habitude d'emmener les enfants. Il y avait là un parc aquatique.

« Modest Mouse », répond-il, et je hoche la tête.

Je sors l'enveloppe de ma poche et je la déplie. L'expéditrice est une certaine Alice Fish, vivant à Buckingham, Pennsylvanie – dont je n'ai jamais entendu parler même si, apparemment, Jill et elle se faisaient des confidences.

Ma très chère Jill. Réveille-toi ! Tu me dis que tu prendras tes problèmes de couple à bras-le-corps quand les garçons auront fini leurs études secondaires, mais ça se compte en années ! Ce que tu m'as dit concernant Dustin me fait craindre qu'il soit non seulement émotionnellement indisponible mais aussi incapable de

Je lève les yeux, nous traversons à toute vitesse un paysage blanc et noir. Asphalte, neige, clôtures. Un arbre nu au milieu d'un champ. Une soudaine explosion de mainates religieux qui fendent l'air en décrivant une courbe. Un restaurant Pizza Hut désert nous regarde en fronçant les sourcils depuis un centre commercial abandonné. *Si tu poursuis ta lecture, tu seras privé de tes souvenirs les plus heureux.* Ils changeront de couleur.   Tous ces moments qui te semblaient importants se déformeront, et ce que tu croyais avoir gravé dans ta mémoire aura disparu.

Mais au moins, tu sauras. Non ? me dis-je.

Quand nous franchissons le péage, à la frontière de l'Ohio et de l'Indiana, je sors mon portefeuille et tends à Aqil un billet de vingt dollars.

« On peut s'arrêter pour manger sans trop tarder ? » je lui demande.

Il y a une aire de restauration et, quand je sors de la voiture, j'aperçois la poubelle pleine à craquer, avec sa tête de robot carrée et son couvercle battant en guise de bouche, elle déborde – emballages de fast-food, frites éparpillées partout, traînées de ketchup séchées et jolis petits sacs de merdes de chien – et quand nous passons devant, j'enfonce l'enveloppe dans un gobelet en carton encore plein de Coca.

Aqil ne remarque rien. Nous avançons rapidement vers les portes vitrées alors que le vent chasse vers nous des flocons de neige d'un froid mordant.

20

Je conduis et j'essaie de me mettre en situation.

«J'espère que vous avez un plan», me dit Aqil, et j'en ai un. Plus ou moins. Je vais aller trouver Aaron pour le convaincre de rentrer à la maison et de faire une cure de désintoxication.

«OK. Je vous écoute, mon pote, reprend Aqil.

– Que voulez-vous que je vous dise? Je ne sais pas ce que je vais lui raconter tant que je ne l'ai pas vu. Quand je verrai son visage, je trouverai les mots. Je ne peux qu'improviser.

– Vous espérez donc voir sortir des roses de votre bouche?

– Oui.

– Hum. Stupide mais culotté.»

Je suis allé jusqu'à choisir l'expression qu'Aaron lira sur mon visage quand on se verra. Je veux le regarder comme je l'ai regardé à sa naissance – je repense à sa grimace de surprise, à ses yeux plissés à cause de la lumière quand je l'ai pris dans mes bras pour couper le cordon ombilical, au fait qu'il avait haleté et pas crié, aux mouvements de préhension de ses minuscules doigts diaphanes. J'étais absolument stupéfait, et c'est ce regard que je veux poser sur lui. C'est ce même émerveillement que je veux ressentir.

Je veux qu'il se rappelle le père que j'ai été à cet instant-là. Il venait de naître, je le tenais dans mes bras et nous étions à jamais liés.

Mais, bien évidemment, ce n'est pas ce que je raconte à Aqil.

«Trêve de plaisanterie, dit-il. Procédons par étapes, Dustin. Imaginons que nous nous rendons chez Rusty. Vous

vous approchez de la porte de l'immeuble. Est-ce que vous devez sonner et parler à l'interphone ? Est-ce que vous montez directement, et Aaron met la chaîne et entrebâille la porte, et vous l'hypnotisez avec ces mots qui vont jaillir de votre bouche ? »

Je me représente la scène. La porte s'entrouvre légèrement. L'œil d'Aaron et, juste au-dessous, la chaîne tendue.

« Je ne sais pas encore », dis-je, les mains sur le volant, les yeux fixés sur l'Indiana.

« OK, reprend Aqil. Je vais composer avec ce scénario. Je le respecte. »

Il passe sa main dans ses cheveux. « Mais vous savez très bien que ce n'est pas Aaron qui va vous ouvrir la porte. C'est Rusty.

– Oui. » Et alors que je prononce ce mot, je vois l'œil de Rusty à la place de celui d'Aaron, et je le reconnais alors qu'il a cinquante ans et qu'il a passé plus de la moitié de sa vie en prison.

Des panneaux d'affichage inintéressants défilent devant nous. Nous roulons au milieu d'une rangée de voitures, d'un cortège d'insectes qui se suivent à cent vingt kilomètres à l'heure, vitesse à laquelle la majorité d'entre nous a consenti. Nous nous hâtons à contre-courant et je me dis : *Si j'avais eu suffisamment de courage pour*

La version que tu as de ta vie peut t'être retirée. L'histoire que tu te racontes à toi-même, sur toi-même, alors que tu accomplis les actes du quotidien, l'histoire que tu crois que les autres raconteraient à ton sujet, ta femme, tes enfants, ceux que tu aimes.

« C'est ce qu'il veut depuis le début. Il veut que je lui parle, dis-je.

– Vous arrive-t-il de penser qu'il vous attire quelque part pour vous tuer ?

– Non. » Je secoue la tête, un semi-remorque apparaît dans le rétroviseur et accélère pour me dépasser. « Il ne fera jamais ça. S'il avait voulu le faire, il l'aurait fait depuis longtemps. »

21

Il y a ce long tronçon de la mort à l'autre extrémité de l'Indiana, Gary et puis Hammond, une péninsule apocalyptique de hangars à moitié en ruines, de marécages envahis par les mauvaises herbes, comme un pays qui aurait perdu la guerre.

Et puis on se retrouve sur le Skyway Bridge, un long pont en acier haut de trente-huit mètres qui enjambe la Calumet River, un cours d'eau la plupart du temps gelé. Je me demande, brièvement, combien de jeunes hommes se sont noyés dedans.

Les tours de Chicago apparaissent au loin, à travers la brume opaque de ce mois de janvier, une ville froide et austère qui peut pourtant évoquer un conte de fées – une Cité Émeraude en blanc, noir et gris.

Le souvenir des jours heureux.

« Eh bien, dit Aqil. Nous sommes arrivés. »

22

Il est plus de dix-huit heures quand nous arrivons devant le 3216 Cicero Avenue. Il fait déjà nuit.

L'immeuble est un vieux rectangle de briques de quatre étages. *The Elinor Hotel*, peut-on lire sur l'auvent au-dessus de la porte, et il n'est pas aussi miteux que je le pensais.

Ce quartier est situé assez loin des gratte-ciel du centre-ville. En fait, il semblerait qu'on n'aperçoive même pas les tours d'ici. Il y a surtout des devantures dans la rue. The Elinor se trouve à côté d'un magasin de vins et spiritueux et en face d'El Nino del Oro : « Nous répondons à la moindre de vos exigences », de Mimi's Mature Book Store : « Films Exotiques – Gadgets Érotiques – Nouveautés – Latex », et de Easy Cash, une boutique de prêteur sur gages. NOUS ACHETONS DE L'OR, est-il écrit sur la vitrine. À une centaine de mètres de là, un ancien cinéma très élégant a été transformé en un lieu baptisé Golden Tiara : la plus belle salle de bingo et de tombola de Chicago.

La rue n'est pas très fréquentée. Aqil fait le tour du pâté de maisons et nous trouvons une place quasiment en face de l'hôtel. Il parvient à se glisser entre un petit pick-up Toyota et une Pontiac tachetée de sel, juste devant un centre de thérapie comportementale spécialisé en addictologie.

Aqil passe en position de parking et nous restons silencieux quelques instants. « Vous êtes toujours partant ? me demande-t-il.

– Attendons encore un peu. »

Et c'est ce que nous faisons. Une énorme saleuse approche en grinçant et cahotant et passe à côté de nous. Je lève les yeux et les fenêtres de l'Elinor baissent les leurs. Quatre en façade, trois sur le côté, toutes obscures, sans voilages, qui vous fixent. Il y a une gargouille qui tire la langue au-dessus de l'entrée principale.

Maintenant, je comprends ma bêtise. C'est probablement la pire idiotie que j'aie jamais faite au cours de cette existence de somnambule passant d'une catastrophe à une autre.

Rien de ce que je fais n'a de sens. C'est ce qu'Aqil essaie de me dire depuis le début. Je le regarde, et il se tourne vers moi en haussant les sourcils. Il est bienveillant : il comprend que l'on puisse avoir une obsession ou toute une série de pressentiments incohérents ; cependant je devine que même lui ne croit absolument pas à ce voyage décidé sous le coup de l'impulsion.

Mais la voiture de la mère d'Aaron était dans les parages, me dis-je. C'est ça la clé. La voiture de Jill – quelque part dans les parages.

C'est alors que je l'aperçois.

23

Je le reconnais à sa démarche. La scène est comme éclairée par un projecteur : je le vois avancer et il a cette façon particulière de balancer le bras, une certaine allure, et je me dis : *Rusty*.

Il porte une vieille veste de ski sale, pas de bonnet ni d'écharpe, et il tourne au coin de la rue tête baissée, les épaules tombantes. C'est un homme d'une cinquantaine d'années maintenant, et on dirait qu'il a les traits plus épais et le visage plus joufflu qu'avant. Il a un malheureux tatouage au cou, et ses longs cheveux sont ternes et attachés en une queue de cheval plutôt molle.

Mais c'est toujours la même personne. *Je le connais*, me dis-je.

Je le regarde entrer dans l'hôtel en traînant les pieds, avec son sac en plastique rempli de courses qui se balance au bout de sa main droite. Puis il disparaît à l'intérieur.

Je me redresse et Aqil me dévisage. Il était très occupé par son téléphone mais le voilà sur le qui-vive. « Quoi ? dit-il, et je pointe le menton en direction de l'hôtel.

– C'est lui, je murmure. Vous l'avez vu ? » Parce qu'il est possible que Rusty n'ait pas été là.

24

Je sors l'arme de la boîte à gants. C'est celle qu'Aqil m'a donnée il y a longtemps, un Colt Mustang XSP 380, et il m'observe avec curiosité.

« Dustin. Vous ne pensez pas que vous allez un peu vite ? »

Il me regarde glisser l'arme dans ma poche.

« Il n'est pas question que je m'en serve, dis-je, et Aqil se racle la gorge et plisse les yeux, l'air sceptique. Je n'envisage pas de recourir à la violence. Je vais juste lui parler. Vous ne pensez pas que je dois me protéger ? »

Aqil sourit, mais tristement. Il pose sa main sur la mienne, la main qui tient l'arme, et je sens l'extrémité de ses doigts sur mon poignet.

« Si vous prenez une arme, ce n'est plus imaginaire, mon pote, dit-il d'une voix douce. C'est réel. »

Puis il se penche et pose ses lèvres sur le dos de ma main. « Merci », murmure-t-il.

Et je réalise qu'Aqil est sans doute le seul véritable ami que j'aie jamais eu.

IX

Janvier 2014

1

Oui, j'étais quelqu'un de mauvais. Je le savais depuis le début, depuis l'époque où je vivais avec ma vraie mère à Grand Island, Nebraska, avant qu'elle aille en prison, avant les familles d'accueil et les foyers; même ma propre mère savait que quelque chose clochait.

Me voilà en train de fumer une cigarette et de faire une petite pause dans une ruelle derrière le restaurant, près du bac à graisse, quand, de façon inattendue, je me surprends à penser à l'homme au beurre de cacahuète.

C'était l'un des petits copains de ma mère. L'un de *nos* petits copains, ai-je compris plus tard. Il aimait me prendre sur ses genoux et me faire manger du beurre de cacahuète. Il trempait son doigt dans le pot puis le glissait dans ma bouche et je le léchais. Ma mère, qui était assise en face de nous à la table de la cuisine, nous observait. J'avais environ cinq ans.

Je me rappelle que l'homme au beurre de cacahuète était mal rasé, sans pour autant avoir une barbe. Il promenait son menton sur le sommet de mon crâne tout en me nourrissant, et ça me grattait. Son doigt avait le goût de la viande faisandée, et son aftershave une odeur agréable mais légèrement vinaigrée. Mon rôle consistait à rester assis sur ses genoux et à le laisser faire.

« Voilà un très vilain garçon », disait-il à ma mère, et elle acquiesçait. Elle buvait une gorgée de café. J'étais un mauvais garçon, confirmait-elle.

L'homme voulait la regarder me donner la fessée, et elle y consentait. Ça ne me faisait pas vraiment mal, mais je rougissais et les larmes me montaient aux yeux parce qu'il riait de moi.

Elle ne me laisserait jamais seule avec eux. C'est ce qu'elle me dit un jour, après le départ d'un de ses petits copains. Nous étions couchés, et elle passait sa main dans mes cheveux. « Ne t'inquiète pas, Rusty, murmura-t-elle. Je ne laisserai pas la situation dégénérer. »

Merde, me dis-je. *Il y a tellement de personnes que j'aurais dû tuer, et je n'en ai pas tué une seule.*

J'ignore pourquoi ce souvenir me revient maintenant. Ça fait des années que je n'avais pas pensé à cet épisode de ma vie et voilà qu'il voyage dans le temps et se fourre dans ma tête. *Bonjour, vilain garçon*, me dit-il, et je jette ma cigarette sur le sol couvert de détritus et de neige fondue en grimaçant un peu. Je baisse les yeux sur mes baskets en toile noire merdiques – des chaussures de clochard – et sur les revers mouillés de mon pantalon à carreaux.

Je sors mon portable et je l'examine. Je polis l'écran pour qu'il s'éclaire. C'est le truc le plus incroyable que j'aie vécu à ma sortie de prison. J'avais bien évidemment entendu parler de ces téléphones mais je ne m'étais pas du tout attendu à voir les gens dans la rue, leur petit rectangle noir dans la main, qui avancent, chancelants, comme si le téléphone les guidait. Ils caressent leur portable, le tapotent, le regardent avec amour et lui posent des questions. J'ai entendu la voix de la femme robot s'en échapper. Putain, c'était complètement dément. Incroyable.

Personne ne m'a appelé aujourd'hui. Je m'attendais peut-être à avoir des nouvelles d'Aaron mais il ne m'a pas contacté depuis qu'on a « skypé » et je me demande si je ne lui ai pas fait peur. Le tatouage au cou n'a sans doute pas aidé. Il imaginait peut-être quelqu'un de différent.

2

Après le travail, tu prends la ligne bleue du métro jusqu'à la station Belmont. Les voyageurs ne sont pas sur le qui-vive, ils sont tous emmitouflés dans leur manteau, leur écharpe et leur bonnet comme des oiseaux dodus, les écouteurs dans les oreilles, les yeux fixés sur l'écran de leur portable. Tu repères une personne sur ses gardes, tu te dis qu'elle a dû faire de la prison ou qu'elle ne va pas tarder à en faire. Tu surveilles ceux qui regardent autour d'eux.

Tu descends sur le quai, la voix du conducteur résonne, métallique et incompréhensible, tu as l'impression d'être sous l'eau car la lumière est vacillante et bleue, et tu te diriges avec les autres poissons de ton banc vers les escaliers roulants qui te feront remonter à la surface. Légère odeur d'urine et de glace.

Te voilà dehors et il est plus de minuit. Il y a un petit abri où tu peux attendre le bus 77 qui mène à Cicero, deux personnes s'y trouvent et tu ne veux pas fumer à côté d'elles. Sur le trottoir d'en face, il y a un drive-in Mic Duck's ringard, et deux adolescents noirs qui traînent dehors alors qu'il doit facilement faire moins dix ; ils s'amusent à se taquiner. Tu allumes une cigarette sans les lâcher des yeux.

Et puis le téléphone dans ta poche se met à vibrer et, l'espace d'un instant, tu es mort de trouille. Contrairement à d'autres, tu n'en as pas trop bavé en prison mais tu sursautes facilement. Tu regardes de tous côtés comme si chaque paire d'yeux était soudain posée sur toi.

Ce qui n'est pas le cas.

Tu as vu plein de gens répondre au téléphone en public. Ils marchent dans la rue en riant comme des barjos, en dictant des instructions fermes, en se disputant, en fredonnant d'une voix enfantine un « Moi aussi, je t'aime, mon ange ». Ça n'a pas l'air de les déranger.

Mais tu ne t'imagines pas faire pareil. Avoir une conversation privée dans un bus, un train, un lieu public en sachant que les autres peuvent t'écouter ? Autant baisser son pantalon et chier sur le trottoir.

Tu sors ton téléphone car il suffit d'appuyer sur un bouton pour arrêter la sonnerie mais tu comprends très vite que tu as sacrément intérêt à décrocher.

C'est Wave.

3

« Bon, dit Wave. J'ai parlé au gamin. »

Je regarde autour de moi, je me sens vulnérable, et je rentre la tête dans les épaules. « Qu'est-ce qu'il a dit ?

– Pourquoi tu chuchotes ? Tu es encore au travail ?

– J'attends le bus. » J'élève un peu la voix et je rapproche le téléphone de mes lèvres, comme si je l'utilisais pour me réchauffer le visage. « Qu'est-ce que tu lui as dit ?

– Je lui ai dit ce que je croyais être vrai. Wolf ne voulait pas du tout que je lui parle.

– Oh, waouh. OK. » Wolf est son « partenaire », comme elle dit. À un moment donné, ils ont officiellement changé de nom pour s'appeler Wolf et Galadriel Bluecloud. Je ne soutiens vraiment pas ce genre de chose, mais ce n'est pas non plus à moi de juger. J'ai reçu des chèques de Galadriel Bluecloud, que la banque a acceptés. Et elle a fait don, à titre personnel, d'importantes sommes d'argent au profit du groupe qui s'occupait de mon nouveau procès au sein d'Innocence Project.

« À quoi tu joues, Rusty ? »

Je hausse les épaules. « Je me suis lié d'amitié avec son fils, dis-je. Je pensais qu'il était important de lui présenter les choses sous un autre angle. Pour que je ne passe pas pour quelqu'un de vindicatif.

– Parce que tu ne l'es pas, hein ?

– Non. » Le bus est arrivé et je regarde les gens monter dedans. Mais je ne peux pas m'imaginer le prendre tout en étant au téléphone. Payer le chauffeur tout en parlant. Je regarde les portes se refermer.

« C'est juste que – ça m'intéresserait personnellement d'entendre Dustin dire la vérité. » Je m'assieds et je dois me pencher pour allumer une cigarette à cause du vent. « Quelle est sa vérité à lui ? Ce n'est pas trop demander en échange de vingt-neuf années de prison.

– Oh, Rusty. *Sa vérité à lui ?* Que pourrait-elle bien être ? Ça ne va rien apporter.

– Ce n'est pas ce que j'attends. Et je ne suis pas vindicatif. Vraiment pas. Mais allez, Dusty, sois un homme. Avoue. Il n'est pas nécessaire que ça paraisse dans les journaux. Il n'est pas nécessaire que ce soit rendu public. J'aimerais juste l'entendre me dire la vérité. Et s'il ne peut pas me donner d'explications, il en donnera peut-être à son fils. »

Je pense toujours à l'air qu'il avait quand il est sorti de cette maison.

Il y a ce film que j'ai vu quand j'étais jeune. C'est l'histoire d'une lycéenne qui vit en paria mais à qui les élèves populaires font croire qu'elle est la reine du bal. Quand elle monte sur scène pour recevoir le bouquet de fleurs et la couronne, ils répandent du sang de porc sur elle. Il coule sur ses cheveux, son visage, sa robe, et forme une flaque à ses pieds. La jeune fille ressemble à une statue faite de sang de porc. Et puis elle ouvre les yeux à travers cet épais sirop rouge, des yeux écarquillés, blancs et surpris. Mais ensuite, quand elle regarde la caméra, on constate qu'elle a les yeux vides de la déesse qui tue tout le monde.

Voilà ce qu'était Dusty. Ce genre de monstre.

Ses yeux étaient tellement écarquillés qu'ils ne voyaient rien, il avait une canette de soda dans une main, une arme dans l'autre et, putain, il les tenait comme s'il s'agissait d'icônes sacrées, et moi j'étais dans mon pick-up en train de fumer un joint, et je l'ai vu s'approcher. Le revolver tremblait dans sa main et il avait le regard totalement vide.

Oui : c'est le spectacle le plus effrayant que j'aie jamais vu. Ses traits figés, son visage crispé. Ses yeux démesurément ouverts. Son corps qui tressautait comme une marionnette. J'ai carrément cru qu'il était possédé, alors j'ai remonté l'allée et mis les gaz pour rentrer chez Trent.

Il trippait à la mescaline quand je suis arrivé, et il n'a pas vraiment compris ce que j'essayais de lui expliquer. Plus tard, il a raconté à la police qu'il se rappelait vaguement m'avoir entendu lui dire que c'était moi qui avais tué ma famille.

Quand les policiers m'ont arrêté, je leur ai rapporté ce que j'avais vu mais ils ne m'ont pas cru. J'ai dit la même chose à mon avocat et j'ignore s'il m'a cru. Il n'a pas voulu que je témoigne – il disait que j'étais dans de mauvaises dispositions, que ça n'arrangerait rien si je m'avançais à la barre pour accuser un enfant de treize ans traumatisé. « Ils vous massacreront pendant le contre-interrogatoire », m'a-t-il affirmé, et il a levé la main quand j'ai tenté de dire quelque chose.

« Ils tendent le bâton pour se faire battre, ajouta-t-il. Ces deux-là racontent les choses les plus stupides que j'aie jamais entendues. Des prières à Satan. Des sacrifices de lapereaux. C'est absurde. Quel adulte sain d'esprit pourrait trouver ça crédible ? »

Alors je lui ai dit : « En fait, j'ai effectivement tué des lapereaux. Mais c'était il y a quatre ans. »

Et lui a rétorqué : « C'est pour cette raison qu'il est hors de question que tu témoignes. »

4

Comme le prochain bus ne passera pas avant quarante minutes, je remonte Belmont Avenue en direction de l'ouest. Mon studio sur Cicero se trouve à un peu plus de trois kilomètres de là, et je m'efforce de marcher tout en parlant au téléphone avec Wave. Je n'ai jamais fait ça, et cette expérience s'avère pénible.

Tout d'abord, il faut prêter attention à ce qui vous entoure

– attitude qui, à cette heure de la nuit, dans ce quartier de Chicago, est plutôt sage. Ça ne veut pas dire qu'il va vous arriver quelque chose quand vous passerez devant le magasin Walgreens, devant des maisons mitoyennes et une femme asiatique qui pousse un landau.

Devant des congères roussies par la boue et la crasse. Tout va bien, vous ne courez aucun danger.

Mais avec un portable, l'équilibre est difficile à trouver car vous croyez être vigilant, sauf qu'en même temps vous discutez avec votre interlocutrice, sa voix vous attire chez des hippies, dans l'Oregon, ainsi que dans la machine à remonter le temps, et vous vous arrêtez devant un garage en vous disant : *Merde, c'est impossible.* Comment les gens font-ils pour marcher et parler en même temps avec ce truc-là ? Pour lire dessus ? Faire des jeux dessus ?

Alors je comprends : *C'est parce qu'ils ne marchent pas. Ils n'habitent pas leur corps.*

« Ce qui inquiète Wolf, explique Wave, c'est qu'un inconnu puisse être en possession du numéro de téléphone de la maison. Nous ne le connaissons pas. Le fils de Dusty. Et tu me dis qu'il a des problèmes d'addiction ?

– Il traverse une sale période.

– Le problème, c'est que maintenant on va devoir se farcir toutes les démarches pour changer de numéro, prévenir nos clients, et il est possible qu'un technicien de l'opérateur téléphonique débarque ici. Wolf est hors de lui.

– Je suis désolé. J'aurais dû faire attention. »

Il y a un vieux type debout à l'entrée d'une station de lavage de voitures, et comme je n'ai pas envie de passer devant lui car j'ai peur que ce soit un mendiant, je traverse la rue. Mes chaussures s'enfoncent dans la neige fondue, et je sens que mes chaussettes commencent à s'imprégner de cette humidité glacée.

« J'aurais dû te demander la permission, je ne l'ai pas fait et je m'en excuse », dis-je, et je tressaille car je commence à avoir des picotements dans les pieds. *Merde. Des pieds de quinquagénaire.*

« Eh bien », dit Wave. Peut-être que le ton de ma voix lui fait hausser un sourcil. « Ce qui est fait est fait. Et j'ai répondu à ta demande. Je lui ai parlé et je lui ai dit ce que je t'aurais dit.

– J'espère qu'il t'a écoutée. »

Je suis là, sur le trottoir, je halète, et des nuages de vapeur sortent de ma bouche et de mon nez. Le fumeur de longue date, hors d'haleine parce qu'il a traversé une rue en courant.

« Peut-être ou peut-être pas », me répond Wave. Me répond Galadriel. Elle a la voix sévère d'une princesse des Elfes. *Tous m'aimeront et désespéreront !*

« Tu sais, ajoute-t-elle. Je suis prête à t'apporter mon soutien. Mais je pense que cette histoire avec le fils de Dustin est une mauvaise idée. Je ne sais pas ce que tu avais dans la tête mais, pour être tout à fait honnête, je crois qu'il faut que tu fasses preuve d'un peu plus d'intelligence. Ton comportement pourrait être assimilé à du harcèlement.

– Oh, waouh. Hum. Je n'y avais jamais pensé. » Et j'avance en boitillant, je passe devant une laverie automatique, une parfumerie, et je sens l'eau glacée traverser mes plantes de pied.

« C'est quand même drôle. Je ne suis pas un total inconnu. En réalité, je suis toujours son oncle. On n'est pas du même sang, mais ils m'ont adopté, non ? Si bien qu'officiellement il est toujours mon neveu. Et Dustin est toujours mon frère. Même toi, Galadriel. Tu es toujours ma cousine. On a toujours un lien de parenté.

– Il n'est pas utile que tu aies mauvaise presse, insistet-elle. J'imagine tout à fait un article dans *The Wall Street Journal* qui titrerait : "La face cachée d'Innocence Project".

– Oui », dis-je, et pour la première fois, j'ajoute Wave à la liste des gens que je pourrais bien tuer. Évidemment, Dustin figure sur cette liste. Kate aussi, assurément. Trent. Oncle Lucky. Tous les membres de ma première famille d'accueil. Les petits copains de ma mère. Ceux qui ont tué ma mère quand elle était en prison. Ma mère elle-même. Moi.

Mais je n'avais jamais songé à tuer Wave. Jusqu'à maintenant. Je pourrais sans doute tuer Galadriel. Même si je pense qu'elle veut bien faire. Même si elle est généreuse. Elle ne peut pas s'empêcher de me parler comme si elle était ma bienfaitrice alors qu'en réalité elle ne m'est pas venue en aide quand j'en avais besoin.

« N'oublie pas que tu as la vie devant toi, me dit Wave. Tout ne tourne pas autour du passé. »

Je regarde en direction de l'ouest. J'arrive sur North Central Park Avenue et je passe devant un 7-Eleven fermé. Quelques flocons de neige sont en suspension, hypnotisés comme des lucioles. Il y a un long couloir qui finira par me conduire jusqu'à mon lit et je m'engage dedans.

Pauvre de moi. Un meurtrier qui s'est fait attraper avant d'avoir tué qui que ce soit.

5

Je retrouve mon petit chez-moi à l'Elinor Hotel et, en grimpant l'escalier, je me dis que finalement je ne tuerais sans doute pas Dustin. Je pourrais lui enfoncer la tête dans la cuvette des toilettes jusqu'à ce qu'il arrête de faire des bulles et s'évanouisse, mais je le rattraperais aussitôt par les cheveux pour qu'il puisse respirer.

Je m'assieds sur le canapé, retire mes chaussures et mes chaussettes mouillées – il doit y avoir des trous dans la semelle de ces foutues baskets – et je prends un bain de pieds au sulfate de magnésium. Je saisis la télécommande posée sur la table basse et j'allume la télé.

Rappelle-toi cette unique fois où tu as voulu montrer à Dustin la Grande Ourse.   C'est ce soir-là qu'ils t'ont dit qu'ils voulaient t'adopter.   Tu avais quatorze ans ; lui en avait sept ou huit. Tu as posé tes mains sur ses tempes, il était chaud comme un petit chien, tu as incliné sa tête comme si c'était un télescope et tu l'as orientée dans la bonne direction.

« Là-bas, as-tu dit. Tu la vois ? » Et tu as ressenti l'envie qu'il devienne ton petit frère. En sachant que tu allais lui faire très mal tout en espérant qu'il n'en serait rien.

En prison, tu as participé un temps à une thérapie de groupe. Il y avait ce type pour qui tu avais de la sympathie. Le Dr. Sharp.   Un jeune mec – plus jeune que toi, à l'époque tu avais peut-être trente ans et lui devait en avoir vingt-quatre ou vingt-cinq – et un jour, il t'a pris à part après la séance et t'a dit : « Tu es intelligent, Russell. Mais il y a un truc qu'il faut que tu comprennes. Quand on a souffert, comme toi, de maltraitance, on a un virus. Et ce virus va exiger de toi que tu le transmettes à quelqu'un d'autre. Sans même te laisser le choix. »

Je me rappelle lui avoir souri, avoir ri et incliné la tête.

« C'est bon à savoir, ai-je répondu. Je garde ça à l'esprit pour un usage ultérieur. »

Mais quand je suis retourné dans ma cellule, je n'avais vraiment pas le moral. Je me suis allongé sur mon lit, sur le ventre, j'ai posé mes mains sur ma tête. Et pressé ma bouche et mon nez sur l'oreiller.

Ce n'est pas que je regrettais ce que j'avais fait subir à Dustin. Loin de là. Je n'en avais rien à foutre de lui.

Mais l'idée que j'aie pu transmettre ce virus, qu'il se soit retourné contre moi et que ça ait causé ma perte ?

Putain, c'était trop drôle. C'était à la fois trop triste et trop drôle.

6

Imagine que je te regarde depuis la fenêtre du deuxième étage de l'Elinor. Ma pauvre petite : une prostituée. Une belle-de-nuit, j'imagine. Tu portes un dos nu et un mini-short, ni manteau ni bonnet et, malgré la distance, je devine qu'on a pratiquement le même âge. Pauvre femme bientôt quinquagénaire. Qui est en train de boire un café de chez Starbucks sous un lampadaire. Elle me rappelle cette fille avec qui je jouais à Donjons et Dragons quand je vivais dans le Nebraska, une rousse de quatorze ans qui ressemblait beaucoup à l'adolescente nue qui pose sur la pochette de l'album des Blind Faith. On était complètement défoncés et cette fille inventait des trucs pas possibles. J'étais un orc, Mook le Meurtrier. Je possédais une hache de guerre à deux mains, +2 contre les morts-vivants.

Ah ! Ce putain de jeu. Ils en ont parlé pendant le procès. Un jeu « satanique », disaient-ils – et la nana en dos nu lève les yeux en direction de ma fenêtre, comme si elle compatissait.

Je m'amusais beaucoup. Je pensais que les *gibbeners* ne m'attraperaient pas. Après le lycée, j'ai travaillé comme chauffeur chez 7Up, j'ai approvisionné les rayons en rafraîchissant Uncola. J'ai fumé énormément d'herbe mais je n'ai jamais consommé de drogues dures comme ce pauvre Aaron. On a pris du peyotl ce fameux soir. Du LSD à plusieurs reprises. Et pas mal de champignons hallucinogènes.

Je faisais la fête mais je me levais quand même le matin pour aller travailler. J'étais un citoyen productif. Sans moi, les gens n'auraient pas pu boire cette boisson gazeuse dont ils rêvaient.

Je baisse les yeux et ma belle n'est plus là.

Elle a peut-être vu le tatouage que j'ai au cou ? Et il ne lui a pas plu.

En prison, je partageais ma cellule avec un tatoueur, un certain Lincoln Kelly. Un assassin, comme moi : il avait tué sa femme et ses deux petites filles. Il parlait très peu. Dessinait beaucoup. Je pourrais sans doute compter sur les doigts des deux mains le nombre de mots que nous avons échangés pendant qu'il me tatouait, et ce fut long. Il était censé écrire MÉMOIRE, mais il a sans doute été distrait et ça a donné MÉMOIMOIRE qui, en fait, me plaisait davantage. La police de caractères s'inspirait du logo qui figure sur la couverture des albums des Judas Priest, il a commencé par tracer le contour des lettres puis les a remplies au cours de séances qui se sont étalées sur un mois.

J'étais assis sur une chaise, la tête renversée en arrière, comme mis à nu, au point que même un enfant aurait pu se dire : *On devrait égorger ce type !* Oui, j'ai eu vraiment mal.

Je gardais le plus souvent les yeux fermés et j'essayais de ne pas grimacer. Lincoln a rempli chaque lettre d'un épais trait noir, si bien que c'est la première chose que l'on voit chez moi.

Il posait ses doigts sur mon menton, repoussait ma tête, et la peau de mon cou se tendait. Certains muscles chauffent dans cette position puis deviennent brûlants. On sent le sang couler dans la jugulaire.

Ce qui me plaisait chez Link Kelly, c'est qu'il ne m'a jamais demandé pourquoi. *Hé, mec – ça signifie quoi* MÉMOIMOIRE ? *Qu'est-ce que tu cherches à dire ?*

Cet enculé avait ce mot tatoué sur le moindre centimètre de son corps, partout sous sa peau. Il n'avait pas besoin d'explications.

7

« Alors, raconte-moi ce dont tu te souviens, Dusty », dis-je, et je fais comme s'il était en bas dans la rue, sous le lampadaire, et qu'il me regardait. Je lui adresse un petit signe de tête depuis ma fenêtre du deuxième étage et je joue un accord, *ZZZMM !*, sur ma guitare électrique.

Oui. Les ondes sonores le frappent de plein fouet, l'électrocutent, il est bouche bée et lève vers moi des yeux inexpressifs. « Dis-moi quel souvenir tu en as gardé, Dusty. » *ZZZMM !* Autre accord de guitare ! « Parce que j'aimerais vraiment savoir ! »

Je sais ce dont je me souviens.

Je me souviens que je léchais du beurre de cacahuète sur les doigts d'un pervers. Je me souviens de l'odeur de ma mère quand je nichais mon visage dans son cou ; je me souviens qu'à quatre ans je tétais le lait de ses nichons. Je me souviens d'un petit rat terrier qu'on appelait Bibi, il s'allongeait sur le côté pour dormir, et on voyait bien qu'il rêvait de s'enfuir car ses pattes s'agitaient.

Je me souviens de ce que l'on ressent quand on se réveille dans une maison en feu, dans une pièce remplie de fumée et que l'on constate, une fois à l'extérieur, que les gens nous croient coupable. Je me souviens d'avoir frappé avec une brique des lapereaux nus que Dustin avait volés dans leur nid et qui seraient de toute façon morts, plus cruellement, s'il s'en était occupé. Je me souviens de m'être servi de lui, d'avoir fait glisser ma bite sur la raie de ses fesses jusqu'à ce que je jouisse.

Je me souviens de la nuit passée dans le cimetière, je me souviens d'avoir versé du ketchup sur la poupée et d'avoir dit : «Je te prie, ô Guland», parce que c'était le nom écrit dans le livre.

Si vous cherchez des informations sur Guland, vous verrez que c'est un démon plus que mineur. Guland. Celui que nous avons conjuré. Guland, le seigneur de la maladie et de la noyade.

Je ne me souviens que vaguement du procès, mais je me souviens bien du moment où on m'a mis en prison. Je me souviens d'avoir été escorté jusqu'à ma cellule. Et du bruit de mes pas, *tifty tifity*, dans mes chaussures orange sans lacets.

Exactement comme je m'y étais attendu.

Je me souviens du jour où Wave est venue me rendre visite en prison.

J'avais une bonne trentaine d'années à l'époque, et elle aussi. Elle était venue en avion depuis l'Oregon et s'était installée à l'une des tables du parloir : des tables qu'on fabriquait en détention – de belles tables en stratifié, quarante-six par cent quatre-vingt-trois centimètres – pas vraiment fabriquées par des esclaves, et disponibles à la vente sur le site du centre de détention de Tecumseh !

Wave n'était plus que l'ombre d'elle-même. Décharnée. Les cheveux teints. Elle avait des marques sur les mains, du henné m'a-t-elle dit, et putain, je me suis mis à pleurer en la voyant.

Elle m'a appris que mon père – oncle Dave – baisait en même temps sa mère à elle et Colleen, ma mère adoptive, et je lui ai répondu : *Oui, je te l'avais dit*, je me rappelle avoir vu Dave embrasser Vicki – c'était un chaud lapin –, et elle m'a lancé : *Je crois que c'est mon père qui les a tués.*

Je me souviens qu'au cimetière, Kate avait demandé à Guland de tuer ses parents.

Je me souviens que j'avais fini par accepter que Dustin ne soit pas le coupable. J'avais eu du mal à m'y résigner mais je n'avais jamais réussi à cerner la raison pour laquelle il aurait commis ces meurtres. Même s'il était sorti de la maison avec une arme, je ne parvenais pas à comprendre pourquoi il aurait abattu ses propres parents. Rien n'indiquait qu'il avait les couilles pour le faire.

Oui, Wave avait sans doute raison. Lucky avait tué les fornicateurs, les échangistes fous, et puis Dustin était entré dans la maison, il avait déplacé des trucs, pollué la scène de crime, et il était ressorti rayonnant, en extase, l'arme pointée vers moi, et j'avais cru qu'il voulait me tuer.

Bon. Il voulait sans doute me tuer. C'est moi qui l'avais fabriqué, non ? Qui avais fait de lui un monstre. Je l'avais longtemps maltraité, j'avais créé un certain climat psychologique pourrait-on dire, même si je ne savais pas ce que je faisais.

Il m'aurait sans doute tué s'il avait pu s'approcher de moi.

Mais j'avais rapidement fait marche arrière et mis les gaz. J'aurais pu rouler jusqu'au Mexique.

Je me souviens de mon premier contact avec Aaron. De la voix douce et endormie de ce gamin défoncé. Tu avais tout de suite senti que tu pouvais le foutre en l'air.

Mais ce n'était pas tout à fait ton intention.

Je l'aimais bien. Non ? Ne voulais-je pas aider ?

8

Vendredi après-midi, je suis en train de déveiner des crevettes à la table de préparation. J'incise le dos, je tire sur le fil noir de l'intestin et le jette d'une chiquenaude à la poubelle, et je répète ces gestes, encore et encore, en essayant d'être suffisamment rapide pour éviter de me faire hurler dessus par le cuisinier et suffisamment lent pour éviter de déveiner mon putain de pouce.

Je pense à Aaron. Ça m'a fait tellement bizarre de le voir sur l'écran ; avec le même visage rond que Dusty, les mêmes yeux écarquillés, mais il a un anneau à son sourcil et des cheveux teints en noir pour ne pas trop ressembler à la poupée de chiffon Raggedy Ann.

Il va finir par se foutre en l'air avec toutes ces drogues qu'il prend.

C'est l'heure de la pause, tu es dans l'allée, penché sur une cigarette, et tu essaies de l'appeler. Tu approches ton portable de ton visage, et ta main a l'odeur des veines de crevette.

« Allô ? » dit la voix qui répond. Une voix bourrue et grave : pas celle d'Aaron.

« Allô ? dis-je.

– Qui est à l'appareil ? demande la voix bourrue.

– C'est Rusty, dis-je. Aaron ?

– Ah, tant mieux. Je suis vraiment content que tu appelles. » Et tu l'imagines, qui sourit.

Amicalement, on dirait presque qu'il te connaît. « T'as intérêt à surveiller tes arrières », lâche-t-il.

Et puis il raccroche.

9

C'est un peu flippant.

J'essaie de rappeler mais je tombe tout de suite sur la boîte vocale. *Yo quoi de neuf c'est Aaron laisse un massage.* Je recommence. Même chose.

Après le travail, j'attends le métro à la station Clark and Lake : *Yo quoi de neuf c'est Aaron laisse un massage. Yo quoi de neuf c'est Yo* Le coup du « massage », c'était drôle au début mais maintenant je raccroche dès que j'entends *Yo*. Je surveille les parages. Il y a un flic noir qui a sur la tête une espèce de chapka. Deux filles qui portent un manteau à capuche et une jupe courte, une vieille folle qui quémande des pièces de monnaie.

T'as intérêt à surveiller tes arrières. C'est perturbant.

Il est plus que probable que tu as composé un mauvais numéro et que quelqu'un en a profité pour t'entuber. *Je suis vraiment content que tu appelles*, t'a-t-on dit. Si tu as bien composé un mauvais numéro, c'est vraiment dégueulasse de te faire un coup pareil. Sinon, c'est encore pire.

Et si c'était Dustin ?   Je ne vois pas comment sa voix pourrait ressembler à ça aujourd'hui – une voix tout à la fois sévère et ronronnante, rocailleuse, grave. Je n'arrive pas à le concevoir.

Mais admettons que Dustin ait, pour une raison ou une autre, pris le portable d'Aaron. Qu'il ait décroché et t'ait entendu dire : *C'est Rusty.*

Pourrait-il répondre : *T'as intérêt à surveiller tes arrières* ? Peut-être. Peut-être, s'il ne voulait pas que tu parles à Aaron.   Il se peut qu'il ait recruté un tueur à gages et que celui-ci soit en train de t'observer.

Jette un coup d'œil autour de toi, et voilà la vieille folle presque édentée. Qui fait la manche. Elle porte une parka bordée d'une fourrure sale et des sabots en plastique rose. Elle est peut-être du même âge que toi ? Ou plus jeune ? Elle est maquillée comme Joan Jett, mais à part ça elle a une sale gueule, alors tu lui donnes un dollar puis tu te penches à nouveau sur ton téléphone.

Tu n'es jamais allé à Las Vegas mais tu peux tout à fait t'imaginer comme ces vieux assis devant une machine à sous qui n'arrêtent pas de tirer sur le manche.

Yo quoi de neuf c'est

Tu aperçois au loin les phares du métro aérien, une faible lueur dans le brouillard glacial.   C'est peut-être le tien, celui de la ligne bleue.

Imagine Dustin s'avançant vers toi depuis l'autre extrémité du quai, lentement et délicatement comme il l'avait fait lorsqu'il était sorti de la maison, une arme à la main. Ses pieds touchent à peine le sol, il a les yeux écarquillés, et l'arme et la canette de Coca bougent comme des marionnettes qui feraient semblant de marcher.

Surveille tes arrières.

10

Un vieil Irlandais à la réception de l'Elinor. Cheveux ondulés d'un blanc immaculé, nez rouge en forme d'as de trèfle, et bien que tu habites ici depuis plus d'un an et demi, on dirait qu'il ne te reconnaît qu'à moitié. Les épaules rentrées, tu passes devant lui et il te regarde prendre l'escalier, pas le minuscule ascenseur qui te fait flipper, et tu vas enfin arriver dans ton petit studio meublé. C'est Vanessa Zuckerbrot – ton avocate au sein d'Innocence Project – qui te l'a trouvé et qui a même payé les trois premiers mois de loyer. Mais maintenant que tu vis à Chicago, elle prend soin de garder ses distances. Si tu pensais qu'elle courait après la bite d'un prisonnier quinquagénaire, tu te méprenais tristement. Adorable Vanessa ! Inlassable travailleuse, elle est déjà passée à la prochaine victime qu'elle va pouvoir sauver.

Mais de toute façon, elle ne peut pas t'aider. Il faut te comporter comme un homme, et tu t'arrêtes devant la porte coupe-feu de ton étage, tu regardes par le petit hublot en verre armé, personne ne fait le guet ni dans ton couloir, ni devant ta porte.

T'as intérêt à surveiller tes arrières : adresser ces paroles à un homme qui vient de sortir de prison, quelle cruauté !

11

Samedi et ça te fait chier. De retour au restaurant tôt le matin, tu prépares un bouillon de légumes dans une marmite de cent vingt litres, tu haches des oignons, de l'ail, du persil, et tu coupes des carottes et du céleri.

S'il te rappelle, il te rappelle. Tu ne veux plus jamais entendre son message. *Laissez un massage.* OK, j'ai un massage pour toi, sale petit merdeux.

On ne se débarrasse pas du reste aussi facilement. Ce petit coup de couteau : *Je suis vraiment content que tu appelles.*

T'as intérêt à surveiller tes arrières. Quelqu'un qui sait comment t'entuber. Ce n'est pas Dustin. Non, ça ne ressemble pas à Dustin.

Il faut que tu envisages la possibilité que quelque chose se soit très mal passé lors de ce dernier coup de fil. De votre appel vidéo, sur Skype. Quelque chose que tu aurais dit ? Quelque chose dans ton apparence ?

J'ai cet oncle fou qui n'arrête pas de m'appeler, dit Aaron à ses amis. *Je ne sais pas comment m'en débarrasser.* Ils sont en train de se défoncer dans un appartement pourri, le téléphone d'Aaron se met à sonner, et l'un de ses amis lance : *Je vais te débarrasser de ce connard.* L'ami adopte une voix grave et s'empare du portable.

Galadriel avait peut-être raison. Elle avait parlé de « harcèlement » et allez, pourquoi pas, disons que c'en était. Tu es tout simplement obsédé par le passé, n'est-ce pas, Russell ? Tu n'arrives pas à te dire que le mieux est l'ennemi du bien.

Laisse tomber. Tu as un peu de vie devant toi, non ? Fumeur

de longue date, la cinquantaine, totalement dépourvu de talents et de ressources. Tu pourrais vivre encore dix ans ! Vingt ans, même ! Alors pourquoi ne pas en profiter, bordel, plutôt que de ressasser le passé ?

Je le pense, je le sens au plus profond de mon cœur et puis, alors que je taille une côte de céleri, je me coupe l'extrémité de l'index gauche. Je sens le couteau traverser la peau et l'os, et je vois le bout de mon doigt posé là, sur la planche à découper, petit morceau de viande auquel est fixé un ongle, et le sang jaillit comme si mon doigt était un pistolet à eau. Je pose mon autre main dessus et le sang dégouline de mon poing.

« Nom de Dieu ! je m'exclame. Je viens de me couper le doigt. »

Et Alphonso, un aide de cuisine qui travaille à côté de moi, lève les yeux.

« *¿Qué ?* »

12

Alphonso me conduit aux urgences mais on ne me recoud pas mon doigt comme je m'y attendais. Non. Le morceau de chair fait désormais partie des déchets médicaux qui seront transportés en semi-remorque jusqu'à une décharge dans l'Indiana.

Et moi – après qu'on m'a mis une compresse de gaze et un pansement et prescrit des antalgiques, me voilà assis à un arrêt de bus en attendant le carrosse qui me déposera devant chez moi.

Jusqu'à présent, j'ai fait preuve de sagesse quant à ma consommation de substances psychoactives. Il m'arrive de boire une bière ou un shot de bourbon. J'achète de temps en temps de l'herbe au gamin qui traîne à l'angle de Belmont Avenue.

Mais rien de comparable à ce merveilleux antalgique. J'avais oublié l'effet que ce genre de médicament pouvait avoir et, installé sur un siège côté fenêtre, je me dis : *Mais bien sûr !* Putain, c'est peut-être ça la solution.

Une fois arrivé à la maison, je continue à pisser le sang. Même la compresse de gaze est imbibée, et donc je change mon pansement en jetant juste un coup d'œil pour voir à quoi ressemble un doigt coupé.

Ça ressemble exactement à ce à quoi tu t'attendais.

Refais ton pansement au mieux. Tu n'arriveras jamais à l'emmailloter aussi bien que cette gentille infirmière, une petite brune latino. Tu avais dit quelque chose de drôle, tu avais ri et tu lui avais bien plu. Quand le médecin t'avait prescrit des antalgiques en vente libre, elle avait levé un sourcil et t'avait plus tard glissé une poignée de comprimés dans la main.

13

Tu te réveilles et c'est l'après-midi. Le dimanche, le restaurant est fermé – de toute façon tu n'y serais pas allé.

Tu regardes l'heure sur ton portable : en fait, il est quatorze heures quinze. Tu as dormi environ dix-huit heures, et tu as dû perdre ton pansement car ton lit est couvert de sang. À un endroit, même le matelas est souillé. Il y a du sang sur la veste de cuisine et le pantalon avec lesquels tu as dormi – mais tu as réussi à retirer tes chaussures de clochard dégueulasses, bravo !

Il y a du sang dans tes cheveux et sur ton visage. Les plis de ta paume gauche sont collés comme si tu avais laissé fondre un bonbon rouge au creux de ta main.

Tu meurs de faim et tu as mal. Alors tu te laves la figure, tu prends la moitié d'un des comprimés que l'infirmière t'a donnés, et puis tu te prépares à sortir. Tu mets tes chaussures et ta doudoune, mais tu ne te donnes pas la peine de changer tes putain de fringues ensanglantées. Tu veux juste aller manger quelque chose car sinon ça va mal aller.

Tu te traînes jusqu'au Burrito King, le fast-food le plus proche de chez toi, à seulement deux cents mètres de là ; tu entres, tu commandes le plat du jour, tu vas t'asseoir et puis tu t'endors.

Le vieux et austère patron mexicain te réveille et t'expulse, et tu remarques que l'adorable petite serveuse, une adolescente, peut-être sa fille, t'observe, les bras croisés, l'air triste et terrorisé, alors tu baisses les yeux et tu t'aperçois que la table est couverte de sang.

« Oh, waouh », lâches-tu d'une voix un peu pâteuse. Tu attrapes des serviettes en papier dans le distributeur. « Je vais nettoyer ça », dis-tu, vaseux, en étalant le sang comme si tu peignais avec les doigts. « Ce n'est pas à vous de le faire.

– Allez-vous-en », rétorque l'homme. Il te fait signe de partir, et sa pauvre adolescente de fille a cet air triste qu'ont les bébés juste avant de se mettre à brailler.

Une fois dans la rue, tu t'arrêtes sous l'enseigne KUPUJEMY ZTOTO – quoi que cela veuille dire – et puis tu traverses Belmont Avenue en dehors des clous, et boitilles jusqu'au Walgreens. Où tu comptes acheter des compresses, de l'eau de Javel, une boîte de chocolats, de la charcuterie. Et un litre de liqueur de malt Cobra.

Tu laisses ta pauvre main gauche dans la poche de ta doudoune, elle saigne encore, *abondamment* comme ils disent, et puis tu t'avances jusqu'à la caisse, poses tes articles sur le comptoir, et la femme blanche aux cheveux argentés, qui ressemble à une bibliothécaire, te regarde, horrifiée.

Elle voit que ta main est comme repliée sur une arme, et elle s'attend à se faire soutirer l'argent de la caisse. Elle lève en l'air ses vieilles petites mains, et toi tu sors lentement la tienne et tu lui montres ta blessure.

« On m'a mordu le doigt, lui dis-tu. J'ai besoin de ces compresses. Et de ces chocolats. »

14

J'ai apparemment très mauvaise mine. Tête baissée, j'avance sur le trottoir en essayant de rentrer chez moi sans encombre. La main gauche, qui continue à saigner, enfoncée dans ma poche. Et, dans la main droite, les poignées de deux sacs Walgreens qui se balancent.

Le doigt blessé m'élance au rythme d'une putain de chanson disco. « You Shook Me All Night Long » de AC/DC. Ça craint.

Je monte l'escalier et, une fois dans mon studio, je pose les sacs sur la table et j'ouvre la boîte de compresses avec les dents car ma main gauche me brûle affreusement. Elle est très rouge et enflée, ce qui ne m'arrange pas du tout.

Il est plus que probable que je doive retourner aux urgences, une heure à passer dans le bus, puis quatre ou cinq autres dans la salle d'attente.

Je regarde mon téléphone. Dix-neuf heures? Comment est-ce possible?

Je m'aperçois que j'ai reçu un texto.

D'Aaron.

Qui se présente ainsi :

C'est alors qu'on frappe à ma porte.

15

Tu ouvres la porte et il est là.

Je le reconnais tout de suite, alors qu'il devrait être méconnaissable. Il n'a pas bien vieilli. Ces gamins qui ont une belle peau, des taches de rousseur et qui ne vieillissent pas? À la quarantaine, j'imagine, ils commencent à avoir les joues flasques, les traits bouffis, la peau comme de la chair de poule. On dirait aussi qu'il n'a pas beaucoup dormi.

« Salut », dis-je, et je lâche un rire gêné, un mauvais choix, semble-t-il, car son regard se durcit encore davantage. Il frissonne.

« Aaron est là ? » demande-t-il d'une voix rauque.

Ma chemise est couverte de sang, et je l'observe qui jauge les lieux.   Mes sacs sur la petite table. Ma kitchenette avec four à micro-ondes et mini-réfrigérateur. Ma télé sur la commode, mon ordinateur portable sur la table de nuit avec une petite icône Windows animée qui va et vient en titubant à travers l'écran.   Il fixe mon lit. Un lit quelconque à une place, mais il y a de grosses taches de sang rouge vif sur les draps.

Et tout à coup, il sort un revolver.

« OK, dis-je en levant les mains en l'air.   Écoute. Merde alors. Je me suis coupé le doigt au travail.   Aaron n'est pas là, mec. »

Il ferme la porte avec sa chaussure. « Tu as été en contact avec lui récemment ? » me demande Dustin.

Et moi je réponds : « Puh ! Je viens de recevoir un texto complètement dingue de lui.   Avec ces petits dessins, comme dans les magazines de BD. On les appelle comment ? Des émoticanes ? »

Il a l'air perplexe, mais il tient fermement l'arme dans sa main. Comme s'il savait ce qu'il faisait, et il a les yeux brillants et grand ouverts.

Le mot « mémoire » ne serait pas assez fort pour décrire ce qui se passe quand je le revois s'avancer une arme à la main comme il l'avait fait des années plus tôt.

J'attrape mon téléphone et je lui montre le texto d'Aaron. « Tu vois ? Il vient tout juste de me l'envoyer.

– Sa voiture était garée dans cette rue il y a deux jours et maintenant elle est à la fourrière.   Où est-il passé ?

– Je ne sais pas. Il n'est jamais venu ici. Jamais. Je lui ai parlé lundi sur Skype. C'est la dernière fois que je l'ai vu. »

Je lève ma main endolorie, dans l'espoir, j'imagine, d'arrêter la balle avec ma paume.

« Qu'est-ce que tu lui as dit ? me demande Dustin. Tu lui as dit d'appeler Wave, c'est bien ça ?

– Oui. Effectivement. »

Je jette un coup d'œil derrière moi, mais il n'y a rien dans mon champ de vision qui puisse me servir d'arme et me protéger d'un revolver.

« Il n'est jamais venu ici, je répète.   Je ne sais pas à quoi il joue, mais ça fait trois ou quatre jours que j'essaie de le contacter, et je viens juste de recevoir un texto de lui avec un point d'exclamation et le dessin d'un pistolet. »

Dustin penche la tête. « Je ne te crois pas. Je ne te crois pas innocent.

– Je ne suis pas innocent. Je ne suis pas innocent, je n'ai jamais été innocent. Je n'ai jamais dit ça. »

En une seconde il sort de l'état de transe dans lequel il était entré.   Tu vois son regard s'aiguiser, tu vois – quoi ? – une petite parcelle de l'enfant qu'il était quand vous partagiez un lit de camp dans sa chambre et que tu avais quatorze ans. Quand ils pensaient t'adopter et te guérir. Une parcelle de l'enfant qui riait aux éclats quand tu laissais les écrevisses te pincer le lobe de l'oreille pour les porter comme des bijoux. Une parcelle de l'enfant que tu avais emmené dans la cabane abandonnée et que tu avais laissé sucer ton téton.   Une parcelle de l'enfant à qui tu avais parlé des *gibbeners* au bord du canal. Ces hommes qui viendraient te chercher, c'est ce que répétait ta mère.

Surtout si tu n'étais pas capable de garder un secret.

Dustin me regarde, et lui aussi doit voir sa propre version des choses. Après tout ce temps, vous êtes sur la même longueur d'onde.

« Je suis désolé », dis-je. Et j'entends par là : *Je m'en veux de t'avoir maltraité, mec.*   Et j'entends par là :

Je t'en supplie, pose cette arme. Je t'en supplie, ne me tue pas. Et j'entends par là : *Je n'arrive même pas à imaginer pourquoi j'ai vécu.*

Et si la dernière chose qui t'habite avant de mourir n'était pas le regret ? Et si ce n'était que la perplexité ? Pourquoi t'avoir fait venir sur terre si c'est pour que ta vie soit complètement dénuée de sens ? Qui a voulu que tu vives ? C'est gonflé ! Tout semble accidentel et fortuit. Jeter dans ce monde un bébé dont personne n'a voulu, sourire en le voyant avancer à tâtons dans les arènes merdiques que vous lui avez construites. Le regarder se battre. Ça aurait été tellement moins cruel de le frapper avec une brique à la naissance.

« Si j'ai essayé de t'appeler, dis-tu, c'est parce que je voulais savoir ce qui s'était vraiment passé. Pendant tout un temps, j'ai cru que tu le savais. Mais peut-être pas finalement, hein ? »

Dustin me dévisage. Il a les yeux écarquillés comme lorsqu'il était sorti de la maison cette fameuse nuit, et la petite lueur sur le visage du jeune Dusty, du Dusty dont je venais de faire connaissance, a disparu.

« Quoi ? » dit-il. Il y a une ombre sur son visage, une absence d'expression. Il a le regard fixe, et tu vois dans ses yeux le virus que tu lui as transmis, le monstre que tu as fabriqué.

Bordel de merde. C'est bien lui, me dis-je, c'est bien lui qui l'a fait, putain. C'est lui qui les a tués tous les quatre, et on dirait qu'il sait que je le sais car il est parcouru d'un léger frisson. D'un léger tressaillement.

« Quoi ? » répète-t-il. L'arme tremblote dans sa main.

L'espace d'un instant, j'ai l'impression que je pourrais l'attraper. La lui arracher, et ensuite je lui botterais le cul, je lui enfoncerais la tête dans la cuvette des toilettes et je le renverrais chez lui. On serait plus ou moins quittes.

Ma main se contracte et je fais un geste dans sa direction.

Il tressaille. Il n'a pas perdu l'instinct qu'il avait, enfant, quand il m'arrivait de lui arracher quelque chose des mains, par pure méchanceté.

Tout son corps tressaille, et il appuie sur cette foutue détente.

Oh.

La balle pénètre dans mon torse et j'ai le temps d'enregistrer le regard surpris de Dustin. J'ai le temps d'enregistrer l'écho de la détonation. Tellement de temps pour tout voir.

Et je me dis : *Attends*

Mé *moi* *moi* *re*

X

Tu te réveilles.

L'obscurité. Tu te dis que tes poignets et tes chevilles sont peut-être   tu te dis que tu es peut-être en prison.
Tu ne peux ni voir ni entendre.

Tu descends une rivière mais tu es incapable de bouger.

La dernière chose dont tu te souviens : le tapotement de doigts sur la vitre de la voiture. Super. C'est classique chez les policiers, *tap-tap-tap, baissez votre vitre, monsieur, papiers du véhicule*, et tu as déjà l'air grave avant même de lever les yeux.

Mais c'est Aqil, l'ami de ton père.   Il te dévisage, sourcils froncés, en clignant d'un œil. Exécute des moulinets de la main qui signifient : « Baisse ta vitre. » Et donc tu obéis et il te lance : « Qu'est-ce que tu fais là ? »

Tes yeux papillotent. « Et vous, qu'est-ce que vous faites là ?

– Hum », répond-il. Et tu ressens les ondes hostiles que tu as toujours ressenties depuis qu'il traîne avec ton père. *Aqil Ozorowski.* Il te donne toujours l'impression d'étudier l'expression de ton visage comme s'il avait entendu des rumeurs te concernant dont il refuse de parler.

« Je vais être honnête avec toi, Aaron. C'est un endroit que ton père et moi surveillons depuis longtemps. »

Surveillons ? Qu'est-ce que ça peut bien vouloir dire ? « C'est bizarre, notes-tu. J'ai trouvé cette adresse chez Rabbit. Mon père est avec vous ?

– Oui. Il est à l'intérieur.

– Oh. Ce n'est pas ce qu'on appelle entrer par effraction ? »

Aqil a l'air piqué au vif. « À proprement parler, peut-être. Mais cette maison est à l'abandon depuis des années, et on n'abîme rien. On fait juste le tour du propriétaire

– Si vous le dites. » Il incline la tête et son sourire exhibe toutes ses dents.

« Viens. On va discuter avec ton père. »

À vrai dire, tu n'es pas sûr de vouloir discuter avec ton père étant donné la conversation que tu viens d'avoir avec sa cousine, étant donné la lettre que tu as lue, étant donné tout ce qui commence à émerger. Mais as-tu le choix ? Et donc tu coupes le contact de *la voiture de ta mère* et tu traverses la rue en suivant Aqil. Tu l'observes qui regarde à droite et à gauche comme s'il craignait d'être vu. *Ils sont bel et bien entrés par effraction*, songes-tu. *Ils vont finir par se faire arrêter.*

« C'est super que tu t'y intéresses, dit Aqil. Ton père en est très fier.

– Mmh-mmh », tu fais, et quand vous arrivez sur le trottoir d'en face, Aqil regarde une fois de plus autour de lui. Comme il est à peu près trois heures du matin, tu ne vois pas très bien qui pourrait se manifester, mais peu importe. Il avance rapidement. Le perron de la maison a été récemment déneigé, si bien que tu te demandes jusqu'à quel point cette maison est « à l'abandon », mais Aqil avance vite et tu l'imites.

« Je pense qu'on progresse, dit-il. On a eu un passage à vide après la noyade de Painesville alors qu'on touchait presque au but, si bien que l'année 2013 a été totalement improductive, rien ne collait. Mais il s'est passé ce truc-là, et on s'est bel et bien remis en chasse !

– Super », réponds-tu, mais tu comprends une fois de plus pourquoi tu n'aimes pas ce type. *Il s'est passé ce truc-là.* « Ce truc-là », c'est la mort de Rabbit. Comme s'il avait complètement oublié que Rabbit était ton meilleur ami, que Rabbit était une personne qui est morte. *On s'est remis en chasse.* Quel connard.

Aqil ouvre la porte grillagée et te laisse passer, comme si tu étais une dame, et toi tu te dis, OK, d'accord, et tu entres le premier. Il te suit de près et ferme la porte derrière lui. « Dustin ? appelle-t-il. Aaron est là ! »

Mais tu ne vois ton père nulle part. Tu es dans le salon d'une de ces petites maisons de banlieue cubiques, le genre d'endroit où une grand-mère polonaise passerait les dernières années de sa vie. Il y a un horrible canapé en face de la porte d'entrée, on dirait qu'il est recouvert de ce tissu en velours sur lequel adhèrent les crochets du velcro, et il y a au mur une photo de famille de la taille d'un poster qui date du début des années quatre-vingt-dix, et dont le cadre est en bois sculpté. Il y a une table basse avec un plateau en verre sur lequel sont posés un napperon décoratif et des bibelots en porcelaine. À l'opposé du genre d'endroit où un mec adepte du BDSM t'attirerait et te ligoterait.

« On est chez qui ? » demandes-tu à Aqil en sortant la fiche de ta poche pour la lui montrer.

« Regardez, poursuis-tu. C'est la bonne adresse, non ? Rabbit avait envoyé un texto à un certain Gergely. Un type… », et alors même que tu prononces ces mots, tu te rends compte que tu es en train de te laisser aller à employer un jargon de flic digne d'une série télé. « Peu recommandable », dis-tu, et Aqil lève un sourcil. Il sourit.

« Tu as le portable de Rabbit ? Quelle bonne nouvelle.

– Oui », réponds-tu en regardant à nouveau autour de toi. La maison n'a pas l'air abandonnée. Il y a des marques d'aspirateur sur la moquette. Et tu ne vois pas un grain de poussière.

« Hé, Dustin ? crie une fois de plus Aqil en t'invitant d'un geste à t'engager dans un couloir. Dustin ! » répète-t-il, plus fort, et il hausse les épaules en te regardant avec un air complice. *Ce Dusty ! Quel farfelu ! Il est vraiment à l'ouest !*

« Qu'est-ce que vous faites ici tous les deux ? » demandes-tu, et tu ressens une pointe de perplexité. Est-ce la maison de Gergely ?

Suis-tu une piste liée à celle que suivent Aqil et ton père ? Gergely peut-il être le tueur en série qu'ils recherchent ? Tu avances d'un pas hésitant. Tu te dis que la porte du fond mène sans doute au sous-sol. « On est chez qui ? » répètes-tu.

Aqil hausse une nouvelle fois un sourcil. « Eh bien, dit-il. Nous avons une nouvelle théorie. »

En passant devant la première chambre, tu remarques du coin de l'œil comme un plateau de tournage. La fenêtre est bâchée et des lampes de photographe sont dirigées vers lui.

« D'après ton père, il s'agit peut-être d'un "ensemble d'événements". C'est l'expression qu'il emploie. Certains décès sont probablement des noyades accidentelles. D'autres des meurtres opportunistes. Mais alors – au fur et à mesure qu'ils s'accumulent, ils attirent des gens qui veulent absolument y voir une constante. Et une fois que les gens commencent à croire à quelque chose, ce quelque chose gagne en authenticité. »

Il y a du matériel accroché au plafond, une structure faite

de baguettes de bois et de fil de fer, qui ressemble à la croix de contrôle géante d'un marionnettiste. Les baguettes sont flexibles et inclinées mais tu vois que des menottes y sont attachées. Est-ce du sang sur le sol juste en dessous ?

« C'est ce qui est arrivé avec cette histoire de satanisme dans les années quatre-vingt, poursuit Aqil. Et je pense que c'est aussi ce qui est arrivé avec les fusillades qui ont eu lieu dans des écoles. Dès qu'un concept intéressant voit le jour, des gens veulent surfer sur la vague, non ? Ça suscite une certaine forme de... »

Il hausse les épaules. « Une certaine forme d'énergie spirituelle, non ? », et je le sens derrière moi qui se rapproche, me frôle presque.

« Ça ressemble à ton père, non ? Il est comme une petite saucisse qui traverserait une fourrière pour chiens. Il éveille un certain intérêt. »

Tu remarques que bien qu'il parle, en fait il ne parle pas. Il ne fait que murmurer des mots. Comme s'il essayait de t'hypnotiser.

Et puis le bruit d'un revolver qu'on dégaine, un cliquetis métallique comme dans les films, un bruitage que tu n'arrêtes pas d'entendre dans les films policiers.

Tu te retournes, Aqil a sorti une arme.

« Papa ? » Tu as la voix rauque et aiguë d'un vieux poulet de dessin animé qui demanderait de l'eau. « Papa ?

– Il est juste un peu plus loin », dit Aqil, et vous vous regardez. « Hé, Dustin », lance-t-il. Il appuie le canon de son arme sur le creux de tes reins. « Aaron est là. »

Repassons la scène.

Disons que c'est toi, et que l'ami barjo de ton père tient une arme. Disons que tu as pris des drogues dures toute la nuit et que tu as des réflexes de merde. Que fais-tu ?

Est-ce que tu te mets à pleurer ou à supplier ? Alors même que tout ton corps se fluidifie et que tu le sens se liquéfier le long de ta colonne vertébrale et dans tes nerfs ? Est-ce que tu essaies de négocier ? Alors même que tu n'as rien à échanger ?

« Hé, mec », dis-tu. Et tu te montres étonnamment raisonnable. « Allez. On n'est pas obligés d'en passer par là. »

Mais Aqil ne répond pas. Il presse le canon de son revolver là où ta colonne vertébrale rencontre ton coccyx. « Mets tes mains dans le dos. Poignets joints. »

Quelqu'un d'autre aurait peut-être trouvé le moyen de se détacher et de s'enfuir. Ou se serait mis à baratiner Aqil et à l'éblouir avec de brillantes répliques. Ou saurait, comme par magie, s'extirper des menottes et attendrait juste le bon moment.

Tu n'as aucune de ces compétences, même si ton esprit les envisage et te guide à travers les différents scénarios. Tu regrettes d'avoir arrêté le taekwondo au CP.

C'est exactement ce que tu entends ton cerveau te dire. *Tout va bien, tout va bien*, veux-tu croire au moment même où Aqil te pousse du coude dans l'escalier. Il ne va pas te tuer, songes-tu. C'est l'ami de ton père. Il y a certainement une solution.

« Tu iras ton chemin en toute sécurité, et ton pied ne se heurtera point, dit-Aqil. Quand tu te coucheras, tu seras sans crainte. Et quand tu seras couché, ton sommeil seras doux.

– Quoi ?

– C'est un mantra que ton père m'a appris », explique-t-il. Puis il crie dans le couloir vide. « Hé, Dustin ! Aaron est là. »

Dans la chambre, il y a une espèce de vaisseau spatial allongé, et la première pensée qui te vient à l'esprit c'est qu'il s'agit d'une voiture. Ou peut-être d'une machine à voyager dans le temps. Tu te rappelles que ton oncle Rusty t'avait dit avoir rêvé de voitures volantes.

« Je vous demande juste de ne pas me tuer, d'accord ? t'entends-tu dire.

– D'accord », répond Aqil, et il me guide jusqu'à la Chose, qui ressemble à un lit en forme d'œuf avec un couvercle ouvert, d'où émane une lumière bleutée.

« C'est quoi ? demandes-tu, et Aqil presse l'arme sur ton dos.

– Ça s'appelle un caisson d'isolation sensorielle. Entre dedans. »

L'obscurité.

Tu te réveilles.

La dernière chose dont tu te souviens : le tapotement de doigts sur la vitre.

Et à nouveau l'obscurité. Merde !

Tu sais que tu flottes dans le caisson. Pieds et poings liés.

Se débattre. Encore et encore et encore. Pas franchement utile. Tu dois avoir des bouchons dans les oreilles car tu n'entends même pas l'eau clapoter. Elle a la même température que ton corps et que l'air, si bien qu'il est difficile de savoir où finit l'un et où commence l'autre. Tu as une espèce de sonde dans le bras, sans doute pour te nourrir et t'hydrater, mais ta bouche est très sèche. Tu cries : « À l'aide ! À l'aide ! » et ton appel résonne au loin comme une voix qui retentit dans une cruche.

Tu penses à ta libération. Les flics forcent l'entrée,

soulèvent le couvercle, et derrière eux il y a – qui ? Wave est la dernière personne à qui tu as parlé et elle ne va pas lever le petit doigt.

Qui va venir à ton secours ? Oncle Rusty ? Tante Kate ? Dennis ? Le fantôme de ta mère, le fantôme de Terri ?

Et ton père ? Tu sais que ça ne risque pas d'arriver. Il est sans doute en train de veiller dans son cabinet de travail en compagnie d'Aqil, ils fument une cigarette, boivent un whisky et parlent de leur « tueur en série », et Aqil est tellement heureux qu'il est sur le point d'éjaculer dans son froc. Qu'a-t-il dit de ton père ? *Une petite saucisse qui traverserait une fourrière pour chiens.* Il a choisi Dustin il y a longtemps.

Tu es allongé là, et tu respires. L'obscurité. Tu sais que tu es enfermé dans un caisson, mais tu as l'impression qu'il pourrait s'étendre sur des kilomètres à la ronde.

Ton père, bien évidemment, ne réussira jamais à comprendre. Tu passes tout en revue, et malgré ça il te manque certains éléments. Combien de personnes Aqil a-t-il tuées, te demandes-tu. Est-il Jack Daniels ?

Sans doute pas. Ces meurtres ont commencé dans les années quatre-vingt-dix, quand Aqil n'était qu'un enfant. Il est plus probable qu'il surfe sur la vague, comme il dit. Il en a tué plusieurs, penses-tu – Rabbit, assurément, peut-être le jeune de Painesville et l'étudiant de Kent State. Il s'est intéressé à ces meurtres à un moment donné, et il a dû se dire que ce serait amusant de continuer. Un parasite de plus. *Des gens veulent surfer sur la vague, non ? Ça suscite une certaine forme de…*

Aqil. Ce n'est pas son vrai nom, te dis-tu.

Il a sans doute beaucoup d'avatars, et Gergely doit être l'un d'eux. Peut-être a-t-il joué à plein de jeux en même temps. En arnaquant des gens comme ton père, des gens qui éveillent un certain intérêt.

Tu te demandes ce qu'il va te faire. Te noyer ? Va-t-il te maintenir la tête sous l'eau afin de te voir suffoquer ? Ou va-t-il juste remplir le caisson dans lequel tu flottes ? Il prendra son pied et fera durer le plaisir.

Tu penses à la joie que l'on peut ressentir à voir quelqu'un souffrir. C'est à l'opposé de ce que l'on éprouve à l'occasion d'un deuil.

Tu te réveilles. L'obscurité. Tu te dis que tes poignets et tes chevilles sont peut-être   tu te dis que tu es peut-être en prison. Tu ne peux ni voir ni entendre.

Tu descends une rivière mais tu es incapable de bouger. Sur le dos ? Sur le ventre ?

Tu te débats.   Encore.

Ce que l'on dit sur les symptômes de manque à l'héroïne est vrai. Besoin impérieux de bouger les jambes. Crampes abdominales douloureuses. Larmoiement. Terreur. Hallucinations.

Tu ne sais pas trop si ça fait partie des symptômes de manque ou si c'est lié au fait que tu es enfermé dans un caisson de flottaison par un tueur en série. Tu essaies une nouvelle fois de crier et ça te fait hyper mal à la gorge.

Et puis tu continues à rêver.   À descendre la rivière.
Tu es incapable de dire combien de temps s'est écoulé. Incapable de dire si tu es réveillé ou pas.

Quelque part au-dessus de toi, tu entends Amy et sa copine parler à voix basse. Tu as l'impression que le caisson a été transporté jusque dans la Maison des Wills. Tu te trouves dans la pièce où tu les as vus pour la dernière fois – la fille rousse avec son dos nu argenté qui fumait en remuant le contenu d'une cocotte près de la cheminée.

« Si tu ouvres cette porte, c'est que tu as pris ta décision. Voilà ce que je lui ai dit, raconte Amy.

– Il a eu beaucoup plus d'opportunités que la plupart », fait remarquer la fille.

Tu imagines Amy hocher pensivement la tête. « Est-ce qu'on devrait le laisser sortir ? » demande-t-il, et du fin fond de l'obscurité flottante tu cries : *Oui ! Laissez-moi sortir !* Tu te représentes le ciel noir au-dessus de toi s'ouvrant comme un couvercle, et Amy et sa copine te contemplant depuis la voûte céleste, la lumière derrière leur tête, la lumière se répandant sur ton visage. *À l'aide ! Laissez-moi sortir !* cries-tu.

Mais la fille lâche : « Pas encore. Il est trop tôt. »

Leurs voix se sont éteintes. Tu les appelles : *Amy ? Xzavious ?*

Es-tu encore en train de rêver ? En train de ne pas rêver ? *Tu ne sais pas, tu ne sais pas*, tu as l'impression de bouger tout en ne bougeant pas, et quand tu essaies de soulever tes chevilles attachées l'une à l'autre, tu ne sais pas si tu y arrives ou pas. L'eau, l'air et ta peau, tous à la même température, si bien que tu ne sais pas si tu as toujours un corps.

Et tu te dis : *Ils m'avaient prévenu après tout. Ils m'avaient prévenu à trois reprises.*

« Pousse-toi un peu, Sweetroll, entends-tu Rabbit te dire. On est sacrément à l'étroit ici. »

Mais curieusement, tu n'as plus aussi peur. Tu penses à cette fille rencontrée au cours d'une soirée, vous vous étiez assis dans un coin, vous aviez partagé un joint et elle t'avait parlé de voyage astral. Elle s'exerçait à sortir de son corps. Et en avait fait une fois l'expérience.

« On change radicalement de point de vue, t'explique-t-elle. C'est ça le critère. On se regarde avec ses propres yeux, à la première personne, et brusquement on se voit à la troisième personne, tu comprends ? On sort de son corps et on le voit en train de dormir.

– Et on est… transparent ? » lui demandes-tu, et tu aimes beaucoup ses cheveux. Longs, bruns, avec des mèches magenta, sans qu'elle cherche pour autant à se faire remarquer. « On est habillé ?

– On n'a pas du tout de corps ! On est une *présence* et on se déplace sans lui. Mais on a toujours nos cinq sens – et même peut-être d'autres en plus !

– C'est-à-dire ? Tu penses à la télépathie ou à la faculté de voir à travers les murs ? Ou…

– On voit à travers absolument tout. L'état solide n'existe pas. Mais c'est difficile à expliquer. Autant chercher à parler musique avec un sourd. »

Tu piges maintenant. Disons que tu es en train de l'entreprendre. Ce voyage astral. Bouger tout en ne bougeant pas. C'est ça.

Tu peux te laisser porter hors de ce caisson, longer le couloir, sortir dans la rue enneigée ; la *voiture de ta mère* a disparu. Tu montes un peu plus haut et tu as une vue aérienne de la ville de Lyndhurst comme tu la verrais sur Google Maps. Comme sur l'écran de veille ringard que ton père a toujours sur son ordinateur, tu t'enfonces dans le cosmos, et les étoiles s'écartent, formant un flot sans fin, un tunnel éternel, des milliers et des milliers et des milliers d'étoiles.

Tu peux voler. Traverser un tunnel, la maison de Rabbit, ta

propre maison, le cimetière où Rabbit est enterré sous le nom indigne de Bruce. Tu prends l'avion avec ta mère pour la première fois, tu as une place côté hublot et ta mère te demande en souriant si tu vois le sol. Alors tu baisses les yeux et tu lui réponds, bouche bée : « Seulement les nuages. Seulement le dessus des nuages ! »

Tu t'imagines Rabbit dans ce même caisson, dans ce même cercueil, Rabbit qui rêve comme toi par intermittence, qui espère comme toi que quelqu'un va ouvrir ce couvercle et le laisser sortir. Espérait-il que tu le retrouves ? A-t-il fini par te pardonner ? Sans doute pas.

Tu imagines ton frère en train de baiser cette fille maigre et coincée dont tu as vu la photo sur Facebook, ils sont tous les deux dans le petit lit de Dennis, dans la chambre de sa résidence universitaire, et il fronce les sourcils et tressaille quand tu passes devant eux. Tu vois les cendres de ta mère, toujours dans un sac en plastique transparent au fond d'un carton, dans le cabinet de travail de ton père. Il ne les dispersera jamais, contrairement à ce qu'elle lui avait demandé. Il ne la laissera jamais partir, contrairement à ce qu'elle souhaitait.

Tu te demandes si Aqil va tuer ton père. Peut-être l'a-t-il déjà fait ? Mais tu ne le penses pas. Avec ton père, Aqil recherche autre chose, peut-être même quelque chose de pire. Il veut l'entraîner vers le fond puis le regarder droit dans les yeux. *Une certaine forme d'énergie spirituelle*, voilà ce que veut Aqil, mais tu ignores si c'est le hasard ou si c'est Dustin qui a provoqué ça.

Et puis tu te réveilles et ton père est assis à ton chevet, il te masse le dos en formant lentement des cercles comme il le faisait quand tu étais petit. « Tu dors ? » murmure-t-il. « Non », réponds-tu en chuchotant.

Mais c'est faux. Tu es pratiquement sûr de dormir même si,

quand tu ouvres les yeux, il n'y a que l'obscurité. Le bruit de ton cœur, le bruit de ta respiration. Tu ne sais pas trop où s'arrête ta peau et où commence l'eau, et quand tu te tortilles pour essayer de te libérer, tu as l'impression de faire des roulades dans le cosmos, en apesanteur.

Quelqu'un va peut-être s'en apercevoir, quelqu'un va peut-être faire le lien

peut-être

et

« Tu sais ce qui est le plus drôle avec la mort ? dit Terri. C'est qu'il faut la vivre. »

Tu la sens qui se blottit contre ton dos et elle dit : « Embrasse-moi. » Elle dit : « Même s'il ne te reste que cinq minutes à vivre, tu continues à anticiper l'avenir, tu continues à penser à ce que tu vas faire ensuite, à avoir des projets, il y a une partie de toi qui continue à dire : *Tout finira bien par s'arranger…* »

Ce tatouage sur le cou de Rusty. MÉMOIMOIRE

Conscient de tandis que les particules commencent à se disperser

Es-tu réveillé ? Es-tu en train de rêver ?

Attends – ? Es-tu toujours en vie ?

XI

Avril 2014

En fin de compte,
c'est le mystère qui dure et pas l'explication.

Sacheverell Sitwell, *For Want of the Golden City*

«Je crois que j'ai compris», dit Dennis, mais quand il se tourne vers Laura il constate qu'elle s'est endormie.

Ils roulent dans une voiture de location, ils ont quitté Denver et se rendent à St Bonaventure, Nebraska – une petite ville située non loin de la frontière avec le Colorado, d'après son téléphone. Qui s'adresse à lui depuis le porte-gobelet dans lequel Dennis l'a placé.   «Continuez. Sur la I-76. Est. Sur. Deux cent. Soixante-trois ! Kilomètres», déclare la voix féminine, et Dennis fixe le paysage qui se déroule devant ses yeux. Les champs jaunis mouchetés d'amas de neige fondue. Il pensait qu'il y avait des montagnes dans le Colorado. Mais il n'en voit pas.

Laura, sa petite amie, a mis ses écouteurs et fermé les yeux, et Dennis perçoit les battements métalliques de la dance music, distante et aérienne, lui parvenir depuis le pavillon de ses oreilles. L'écran du téléphone clignote brièvement, comme s'il allait dire quelque chose avant de se raviser.

Dennis s'apprête à identifier le corps de son père, et il essaie de ne pas y penser. Le corps se trouve à la morgue de St Bonaventure, Nebraska – le cadavre a été découvert cinq jours plus tôt, alors qu'il flottait dans un fossé d'irrigation qui borde un champ de luzerne, fossé dans lequel il devait se trouver depuis un bon moment, d'après le médecin légiste.

Dennis a fait la bêtise de rechercher sur Internet « cadavre de noyé », si bien qu'il voit tout à fait à quoi son père doit ressembler. La peau tendue comme un ballon de baudruche, le corps gonflé. La bouche ouverte en forme de « O », semblable à celle d'une poupée gonflable. Les lèvres épaissies, comme si on leur avait injecté du collagène ; la langue tirée, de la couleur du pâté.

Mais Dennis n'y pense pas. Il a les mains posées sur le volant à dix heures dix, et les yeux rivés sur la route. Il aimerait fumer un joint. Mais il fait sans doute trop froid pour baisser la vitre ; il ne veut pas perturber le sommeil de Laura.

On est en avril – c'est théoriquement le printemps. Mais ce paysage n'a pas l'air de savoir ce qu'est le printemps.

Son père a disparu depuis environ dix semaines, et la dernière fois qu'il l'a vu remonte encore plus loin. C'était juste après Noël, car il avait fourni une bonne excuse pour retourner à l'université plus tôt que prévu. Il s'était senti mal à l'aise et dégoûté par tout ce qui se passait dans sa famille.

De retour à Ithaca, il avait cru pouvoir retrouver une vie d'étudiant normale. Rester dans sa chambre pour regarder de mauvais films sur son ordinateur portable et fumer de l'herbe. Passer beaucoup de temps avec Laura et, pendant un moment, tout le reste s'était estompé. Laura affirmait qu'il avait une certaine énergie, une certaine aura, qui l'intéressait, et jusque-là aucune fille ne l'avait trouvé *intéressant*. Il avait senti qu'il allait peut-être pouvoir réussir sa vie. *Every little thing gonna be all right*, comme disait Bob Marley.

C'est alors qu'il s'était retrouvé dans la merde. La disparition d'Aaron. Puis celle de son père. La police venue lui parler sur le campus, dans sa chambre. Tante Kate qui l'avait appelé, en larmes, et qui déraillait complètement.

On lui apprit que son père avait tué un homme à Chicago. Laura et lui avaient regardé les infos – Russell Tillman, récemment acquitté et libéré de prison après avoir passé trente ans derrière les barreaux, venait d'être abattu par son frère adoptif. « Une étrange affaire dans le West Side », annonçait le présentateur, et puis il y eut des vidéos. Des gens entendent des détonations ; ils arrivent dans le couloir au moment où le père de Dennis s'enfuit de l'appartement, une arme à la main. Certains le prennent en photo avec leur téléphone ; on le reconnaît bien, même si Dennis a du mal à y croire.

Laura et lui restèrent assis côte à côte sur le lit étroit, l'ordinateur posé sur les genoux, et ils regardèrent les vidéos en boucle, comme s'il s'agissait de l'assassinat de Kennedy filmé par Zapruder. Le père de Dennis est devant l'immeuble ; il s'approche du bord du trottoir.

S'arrête et ne bouge plus. Son langage corporel dit sa stupéfaction. Sa bouche s'ouvre. Il regarde à gauche puis à droite, avec insistance. Il semble figé dans un certain état d'égarement et il a l'air paniqué.

« Tu vois ? dit Dennis. Il pensait qu'une voiture l'attendait ! C'est donc qu'il n'était pas seul.

– C'est un peu poussé, répondit Laura. Il est tout simplement terrorisé. »

Sur une autre vidéo, le père de Dennis sort de l'immeuble et marque un temps d'arrêt. Il est bouche bée, a l'air surpris. Il regarde à gauche puis à droite.

Des clients de l'hôtel se sont regroupés derrière lui. Certains filment avec leur téléphone. « Tu ferais mieux de te casser, enfoiré, dit quelqu'un hors caméra. Je viens d'appeler la police. » Et il y a, dans cette voix, une certaine résignation mêlée de mélancolie. « Qu'est-ce que tu attends ? » poursuit la voix, et le père de Dennis s'éloigne d'un pas chancelant. Un bus s'arrête au coin de la rue, et on le voit monter dedans après avoir jeté l'arme sur le trottoir, comme s'il se débarrassait d'un papier de chewing-gum. Les portes du bus se referment et quelqu'un dans la foule hurle : « Il s'enfuit ! » mais personne ne lui court après.

Comment Dustin a-t-il pu se retrouver ensuite dans un fossé d'irrigation du Nebraska ? Personne ne le sait. La dernière fois que des gens l'ont vu, il montait dans un bus. S'il avait changé de bus à la gare routière, il se serait sûrement fait prendre, non ?

« Si, répondit Laura. Bien évidemment. Quand un ancien détenu devenu clodo se fait tuer dans un bouge, les flics mettent le paquet pour retrouver l'assassin. Ils organisent une énorme chasse à l'homme.

– Hum », fit Dennis. Dérouté. Laura promena la douce extrémité de ses doigts sur son bras.

« Tu trouves ça crucial de savoir comment il a bien pu se retrouver là ? demanda-t-elle. On ne le saura sans doute jamais. Ce n'est pas le plus important. »

En fait, on savait très peu de choses. Dennis lui-même ignorait que son père avait un frère – ou, du moins, un frère adoptif.

Il avait dû faire des recherches sur Internet – le massacre des parents, de la tante et de l'oncle de son père, l'absurde procès et enfin l'acquittement. Laura et lui parcoururent de vieux articles de journaux, des blogs, etc., et puis elle secoua la tête.

« Merde ! s'exclama-t-elle. En fait, c'est ton père qui a tué ses parents, tu ne crois pas ?

– Qu'est-ce que tu racontes ?

– Il ne voulait pas que Rusty dise la vérité ! C'est pour ça qu'il l'a abattu.

– Hum », fit Dennis.

Il regarde Laura. Ils roulent sur l'autoroute, suivent une ligne bleue que leur indique l'écran du portable, les lampes halogènes illuminent la bande fluorescente qui sépare les voies, et des rubans lumineux passent sur son visage.

« Je crois que je vais finir par comprendre », dit-il.

Ce serait bien de savoir ce que sa mère savait. Elle se moquait de son mari quand il était à l'ouest et tentait de banaliser la situation. Elle parlait de *voyage astral*, comme s'il était question d'un superpouvoir, mais en fin de compte elle ne trouvait pas ça très séduisant. Juste avant le départ de Dennis pour l'université, quelques mois avant sa mort, sa mère l'avait agrippé par le poignet sans crier gare pendant qu'il mangeait des céréales dans la cuisine. « Il faut que quelqu'un garde un œil sur ton père », avait-elle déclaré.

Avec le recul, Dennis se demande : *Que cherchait-elle à me dire ?*

Avec le recul, certains signes auraient pu l'alerter. Il repense au jour de Noël où son père n'avait pas arrêté de parler des étudiants retrouvés noyés. Dennis était avec lui à la cuisine ce matin-là, il le regardait nettoyer la dinde dans l'évier et s'était senti de plus en plus mal à l'aise quand son père avait frotté la peau nue et humide avec du sel et du romarin. « J'envisage d'écrire un livre », lui avait-il déclaré en le regardant avec des yeux brillants, fiévreux. *Il y a vraiment un truc qui cloche chez lui*, s'était dit Dennis. Son père était-il sur le point de craquer ? Ou était-il déjà en pleine dépression nerveuse ?

Il repense au texto qu'Aaron lui avait envoyé.

J'imagine que tu sais que Rabbit
est mort. Je sais pas pourquoi t'as
pas appelé T peut-être fâché ?
Mais il se passe des trucs bizarres
à la maison, faut vrmt kon parle.

Il repense à la conversation téléphonique qu'il a eue avec une jeune agent du FBI. Son père était un « suspect potentiel » dans la disparition d'Aaron, dans celle de son ami Aqil. Et dans d'autres, probablement. « Apparemment il y a plusieurs, lui dit la fille du FBI. Morts. Dans lesquelles votre père pourrait être… impliqué. »

Malgré tout, Dennis ne croit pas son père capable de tuer Aaron. Et il ne le voit pas assujettir Aqil Ozorowski – qui tenait plus du mafieux italien que du flic polonais.

« Qu'en penses-tu ? demanda-t-il à Laura. Et si Aqil était allé à Chicago avec mon père ? Et si Aqil avait réussi à le convaincre – ou même à le contraindre ? En conséquence de quoi mon père aurait tué son frère, disons… accidentellement ? »

Laura secoua la tête. Il la regarda passer ses doigts dans ses cheveux roux, brillants et bouclés. « Dennis…, commença-t-elle. Ce n'est pas vraiment…

– Je ne crois pas que mon père ait tué Aaron. Ni qu'il ait tué Aqil.

– Tu penses qu'ils sont toujours en vie ? Qu'ils se sont planqués ? Qu'ils ont, comme par hasard, disparu en même temps ?

– Non, bien sûr que non, répondit Dennis. Non. C'est… » Il sentit quelque chose bouger dans son cerveau, comme lorsqu'on est sur le point de résoudre le Rubik's Cube. Dans la vidéo, son père cherchait quelqu'un, non ? Une voiture était censée l'attendre ; il la cherchait, il regardait partout frénétiquement : Aqil ? Aaron ? Quelqu'un d'autre ?

« Ton père n'était peut-être pas celui que tu croyais », dit Laura. Elle haussa les épaules et se mit à lui masser la nuque. « C'est comme ça avec les sociopathes. »

Un sociopathe, songe Dennis.

Il pense à la façon qu'avait son père de s'arrêter au milieu d'une phrase, d'hésiter au milieu d'un mot, comme si une personne invisible l'interrompait.

Tous les souvenirs qu'il se remémore lui semblent désormais ternis et laids. Tout à coup le passé se dérobe, se trouve défiguré, et les souvenirs se sont transformés en un truc qu'il ne reconnaît pas, un truc malveillant.

Ils se trouvent à quarante-sept kilomètres de Fort Morgan, Colorado, et les voitures continuent à le dépasser en manifestant de l'irritation. Il roule trop lentement, la vitesse autorisée est de cent vingt kilomètres à l'heure, aussi appuie-t-il sur l'accélérateur. Un peu plus loin, il y a un arbre dénudé sur la gauche. Le seul, apparemment. Juste un arbre et la terre plate et nue. Pas de maisons. Juste les quatre voies de la I-76 qui s'étendent jusqu'à l'horizon.

Dennis jette un coup d'œil à Laura : elle dort toujours. *Il va peut-être falloir accepter le fait que tu as grandi avec un père sociopathe*, lui avait-elle dit dans l'avion, et il y repense tandis qu'un semi-remorque le double en trombe, un mur d'hostilité passé si près d'eux que Dennis sent la voiture vibrer, et il est tellement surpris qu'il grogne comme si on l'avait giflé.

Il se rappelle que pendant les vacances de Noël, il s'était réveillé une nuit et avait vu son père sur le seuil de sa chambre.

Une silhouette qui le regardait dormir. Il y avait quelque chose de mélancolique et de doux chez cet homme dont le fils avait quitté le nid et qui se remémorait son enfance. Mais maintenant que Dennis y repense, il ne peut pas se défaire du sentiment d'avoir été observé par un inconnu. On a les yeux fermés et on sent une présence cachée non loin de soi, une présence qui observe, se rapproche, et dont il émane une certaine malveillance.

Le semi est déjà loin devant eux. *Putain, il doit bien faire du cent quarante à l'heure*, songe Dennis. *Il aurait pu nous tuer.* Laura dort toujours.

Il se souvient d'une soirée en particulier. Juste avant que sa mère tombe malade. Il était en train d'étudier dans la cuisine quand son père était entré dans la pièce et avait fouillé dans le tiroir à couverts. « Le Tao dont nous parlons n'est pas le vrai Tao, avait-il marmonné. Le nom qui peut être nommé n'est pas le vrai nom.

– Qu'est-ce que tu racontes ? » Dennis avait levé la tête de son livre d'histoire et il avait regardé son père manger son sandwich au beurre de cacahuète. Dustin lui avait expliqué qu'il s'agissait d'un poème écrit par Lao Tseu, un poète chinois, qu'il l'avait trouvé sur Internet, et que ce pourrait être un super mantra à lire à ses patients. Puis il avait mordu dans son sandwich, l'air pensif. Il était à peu près vingt-deux heures et ils s'étaient retrouvés dans la même pièce par hasard. Aaron était dans sa chambre, à l'étage, en train de jouer sur sa Xbox, leur mère dormait ou lisait mais Dustin déambulait en jouant au philosophe.

« J'aime tellement ce poème. Il est tellement beau ! s'était-il exclamé. *Le Non-Être et l'Être ont une même origine et reçoivent des noms différents. On les dit profonds. Ils sont profonds, doublement profonds. C'est la porte de toute chose spirituelle.* Tu ne trouves pas ça magnifique ? »

Dennis sentait que son père le regardait avec sincérité. Et ferveur. Il ne voulait pas poursuivre la discussion. Il voulait juste finir d'apprendre des dates pour ensuite aller se coucher. En espérant qu'Aaron aurait un peu d'herbe à partager avec lui.

« Écoute », commença-t-il. Son père était un petit homme blanc vêtu d'une veste de tweed et d'un jean, qui portait un bouc, et Dennis ne voulait pas le blesser. « Papa. Je pense que tu devrais être plus prudent avec cette histoire d'appropriation culturelle. Tu n'es pas taoïste, tu n'es pas chinois, et donc...

– Hum », avait fait son père.

Bon, d'accord, il avait été blessé. Et puis ils s'étaient tus.

« Je peux te préparer quelque chose ? avait fini par lui demander Dustin. Je peux te faire un sandwich ?

– Oui, pourquoi pas. »

Il avait alors agité les doigts comme un magicien. « Abracadabra, Monsieur est servi ! »

Dennis avait ri. Ce n'était que justice. Son père se donnait du mal.

Il ne peut pas s'empêcher de penser à cet épisode. Il y avait pensé quand la police l'avait appelé pour lui parler ; il y avait pensé quand il avait vu les infos et tous les trucs sur YouTube. L'idée que son père soit retourné dans le Nebraska pour se suicider.

Le Tao dont nous parlons n'est pas le vrai Tao. Son père avait-il essayé de lui transmettre un message ?

Le Dustin dont nous parlons n'est pas le vrai Dustin. Le souvenir dont nous parlons n'est pas le vrai souvenir.

Qui sait ce que pensait vraiment son père ce soir-là ?

Je ne le saurai jamais.

Laura se réveille quand ils s'arrêtent sur une aire de repos et, l'air endormi, elle dévisage Dennis comme si elle ne le reconnaissait pas. « On est où ? demande-t-elle, et il hausse les épaules.

– Toujours dans le Colorado, répond-il. On s'arrête juste pour prendre de l'essence. » Ils sont garés devant une pompe mais Dennis n'ouvre pas la portière. Il reste là, les mains sur le volant, comme s'il était toujours en train de conduire.

« Qu'est-ce qui ne va pas ? » lui demande Laura, et il se sent frissonner. Deux hommes fument une cigarette près du Travel Store, et ils ont l'air d'observer la voiture de location de Dennis avec intérêt. L'un se penche et murmure à l'oreille de l'autre, en souriant d'un air suffisant.

« Je ne sais pas, finit-il par répondre. Je n'ai pas envie de faire ce truc.

– Oh, mon chéri, je sais, dit Laura, et elle pose une main sur sa cuisse. C'est bientôt fini. Encore une dernière chose et tu vas pouvoir tirer un trait sur tout ça. Et reprendre le cours de ta vie. » Elle se penche et lui embrasse l'oreille, Dennis perçoit le bruit de ses lèvres, et il frémit quand elle sort de la voiture et traverse le parking en direction des toilettes.

C'est bientôt fini, songe-t-il. Le croit-elle vraiment ?

La dernière fois qu'il avait eu des nouvelles d'Aaron, c'était quand celui-ci lui avait envoyé un texto. Dennis l'avait découvert un matin au réveil. Une suite d'émoticônes hors de tout contexte :

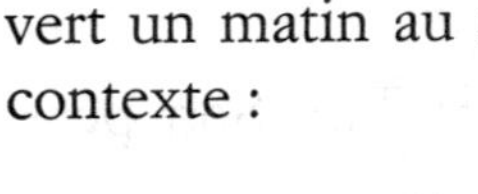

C'était bizarre parce qu'il l'avait reçu plusieurs jours après que son père lui eut appris la disparition d'Aaron, et il avait répondu :

Put1 Aaron ! T où ?!?

Mais il n'avait reçu aucune réponse. À l'époque, Dennis avait cru à une plaisanterie, la confirmation que son frère n'avait pas du tout disparu. Aaron allait bien, son père était fou et hystérique, et Aaron finirait par se manifester quand il aurait besoin d'argent. Tout ça se terminerait bien.

Mais ce sera finalement la dernière fois qu'Aaron aura échangé avec lui. Est-ce possible ? Depuis, il lui arrive de prendre son téléphone et de regarder à nouveau le texto de son frère. Et, plein d'espoir, de lui en envoyer un autre :

Aaron ? T là ?

Et puis il s'arrête une nouvelle fois sur les émoticônes. Est-ce un message secret ? Une espèce de code ? Est-ce vraiment Aaron qui l'a envoyé ?

Le nom qui peut être nommé n'est pas le vrai nom.

Ici, à la frontière avec le Nebraska, il fait une nouvelle tentative. Et le téléphone émet son ploc mélancolique au moment où le message s'envole dans la digisphère.

Aaron ?

Au loin, des éoliennes géantes s'agitent avec une imposante et solennelle hostilité, un sac en plastique s'envole au-dessus de l'asphalte et tournoie délicatement. Dennis jette un coup d'œil en direction de la boutique, les hommes qui fumaient ont disparu, même s'il a toujours cette vague impression d'être observé.

Il glisse son portable dans sa poche et ouvre lentement la portière. Environ cent soixante kilomètres. Environ cent soixante kilomètres le séparent du lieu où son père attend d'être identifié.

REMERCIEMENTS

Je tiens à exprimer ma reconnaissance envers tous ceux qui, amis ou membres de ma famille, ont lu ce livre à chaque étape de son écriture et m'ont donné de précieux conseils – John Martin, Imad Rahman, Dan Riordan, Lynda Montgomery, Alissa Nutting, Tom Barbash, Scrounge Rocheleau, mes fils Phil et Paul, ma sœur Sheri. Je voudrais remercier tout particulièrement mon amie Lynda Barry pour les échanges que nous avons eus ces dernières années, alors que je travaillais à ce roman, et pour ses livres qui représentent une formidable source d'inspiration pour moi. Merci aussi à mon beau-frère, Luke Lieffring, qui m'a raconté l'histoire qui allait être au cœur de l'intrigue.

Comme toujours, je suis redevable aux membres de l'équipe de Penguin Random House de leur confiance et de leur générosité – Rachel Kind, Jennifer Garza, Bridget Piekarz, John Hastie, Michael Kindness, Liz Sullivan, Nancy Delia, Simon Sullivan, Julia Maguire, Priyanka Krishnan, Grant Neumann, Daniel Christensen, Emily Hartley, et bien d'autres ! Merci aussi à Libby McGuire et à Jennifer Hershey, qui ne m'ont jamais lâché, et à Gina Centrello pour son soutien de longue date.

Et enfin, merci à Susanna Porter qui s'est montrée incroyablement patiente avec moi et mes idées farfelues, et dont les sages conseils m'ont permis de toucher au but.

DU MÊME AUTEUR

Aux Éditions Albin Michel

PARMI LES DISPARUS, nouvelles

LE LIVRE DE JONAS, roman

CETTE VIE OU UNE AUTRE, roman

SURTOUT RESTER ÉVEILLÉ, nouvelles

« Terres d'Amérique »

Collection dirigée par Francis Geffard
(Extrait du catalogue)

CHRIS ADRIAN
Un ange meilleur, nouvelles

SHERMAN ALEXIE
Indian Blues, roman
Indian Killer, roman
Phoenix, Arizona, nouvelles
La Vie aux trousses, nouvelles
Dix Petits Indiens, nouvelles
Red Blues, poèmes
Flight, roman
Danses de guerre, nouvelles

TOM BARBASH
Les Lumières de Central Park, nouvelles

DAVID BERGEN
Une année dans la vie de Johnny Fehr, roman
Juste avant l'aube, roman
Un passé envahi d'ombres, roman
Loin du monde, roman
La Mécanique du bonheur, roman

JON BILLMAN
Quand nous étions loups, nouvelles

TOM BISSELL
Dieu vit à Saint-Pétersbourg, nouvelles

AMANDA BOYDEN
En attendant Babylone, roman

JOSEPH BOYDEN

Le Chemin des âmes, roman
Là-haut vers le nord, nouvelles
Les Saisons de la solitude, roman
Dans le grand cercle du monde, roman

KEVIN CANTY

Une vraie lune de miel, nouvelles
Toutes les choses de la vie, roman
De l'autre côté des montagnes, roman

MICHAEL CHRISTIE

Le Jardin du mendiant, nouvelles

CHRISTOPHER COAKE

Un sentiment d'abandon, nouvelles

TOM COOPER

Les Maraudeurs, roman

CHARLES D'AMBROSIO

Le Musée des poissons morts, nouvelles
Orphelins, récit

CRAIG DAVIDSON

Un goût de rouille et d'os, nouvelles
Juste être un homme, nouvelles
Cataract City, roman

ANTHONY DOERR

Le Nom des coquillages, nouvelles
À propos de Grace, roman
Le Mur de mémoire, nouvelles

DAVID JAMES DUNCAN

La Vie selon Gus Orviston, roman

DEBRA MAGPIE EARLING

Louise, roman

LOUISE ERDRICH

L'Épouse Antilope, roman
Dernier rapport sur les miracles à Little No Horse, roman
La Chorale des maîtres bouchers, roman
Ce qui a dévoré nos cœurs, roman
Love Medicine, roman
La Malédiction des colombes, roman
Le Jeu des ombres, roman
La Décapotable rouge, nouvelles
Dans le silence du vent, roman
Femme nue jouant Chopin, nouvelles
Le Pique-nique des orphelins, roman
LaRose, roman

BEN FOUNTAIN

Brèves rencontres avec Che Guevara, nouvelles
Fin de mi-temps pour le soldat Billy Lynn, roman

TOM FRANKLIN

Le Retour de Silas Jones, roman
Braconniers, nouvelles

TOM FRANKLIN & BETH ANN FENNELLY

Dans la colère du fleuve, roman

HOLLY GODDARD JONES

Une fille bien, nouvelles
Kentucky Song, roman

ALAN HEATHCOCK

Volt, nouvelles

RICHARD HUGO

La Mort et la Belle Vie, roman
Si tu meurs à Milltown, textes

MARLON JAMES

Brève histoire de sept meurtres, roman

BRET ANTHONY JOHNSTON

Souviens-toi de moi comme ça, roman

THOM JONES

Le Pugiliste au repos, nouvelles
Coup de froid, nouvelles
Sonny Liston était mon ami, nouvelles

CHRISTIAN KIEFER

Les Animaux, roman

THOMAS KING

Medicine River, roman
Monroe Swimmer est de retour, roman
L'Herbe verte, l'eau vive, roman

SANA KRASIKOV

L'An prochain à Tbilissi, nouvelles

RICHARD LANGE

Dead Boys, nouvelles
Ce monde cruel, roman
Angel Baby, roman

MATT LENNOX

Rédemption, roman

BRIAN LEUNG

Les Hommes perdus, roman
Seuls le ciel et la terre, roman

ROBIN MACARTHUR

Le Cœur sauvage, nouvelles

DAVID MEANS

De petits incendies, nouvelles

DINAW MENGESTU

Les belles choses que porte le ciel, roman
Ce qu'on peut lire dans l'air, roman
Tous nos noms, roman

PHILIPP MEYER

Le Fils, roman

BRUCE MURKOFF

Portés par un fleuve violent, roman

JOHN MURRAY

Quelques notes sur les papillons tropicaux, nouvelles

MATTHEW NEILL NULL

Le Miel du lion, roman

KEVIN PATTERSON

Dans la lumière du Nord, roman

BENJAMIN PERCY

Sous la bannière étoilée, nouvelles
Le Canyon, roman

DAVID JAMES POISSANT

Le Paradis des animaux, nouvelles

DONALD RAY POLLOCK

Le Diable, tout le temps, roman
Une mort qui en vaut la peine, roman

ERIC PUCHNER

La Musique des autres, nouvelles
Famille modèle, roman

JON RAYMOND

Wendy & Lucy, nouvelles
La Vie idéale, roman

ELWOOD REID

Ce que savent les saumons, nouvelles
Midnight Sun, roman
La Seconde Vie de D.B. Cooper, roman

EDEN ROBINSON

Les Esprits de l'océan, roman

KAREN RUSSELL

Swamplandia, roman
Foyer Sainte-Lucie pour jeunes filles élevées par les loups, nouvelles
Des vampires dans la citronneraie, nouvelles

GREG SARRIS

Les Enfants d'Elba, roman

JON SEALY

Un seul parmi les vivants, roman

NATHAN SELLYN

Les Caractéristiques de l'espèce, nouvelles

HUGH SHEEHY

Les Invisibles, nouvelles

WELLS TOWER

Tout piller, tout brûler, nouvelles

DAVID TREUER

Little, roman
Comme un frère, roman
Le Manuscrit du Dr Apelle, roman
Indian Roads, récit
Et la vie nous emportera, roman

BRADY UDALL

Lâchons les chiens, nouvelles
Le Destin miraculeux d'Edgar Mint, roman
Le Polygame solitaire, roman

GUY VANDERHAEGHE

La Dernière Traversée, roman
Comme des loups, roman
Comme des feux dans la plaine, roman

CLAIRE VAYE WATKINS

Les Sables de l'Amargosa, roman

SHAWN VESTAL

Goodbye, Loretta, roman

VENDELA VIDA

Se souvenir des jours heureux, roman

JOHN VIGNA

Loin de la violence des hommes, nouvelles

WILLY VLAUTIN

Motel Life, roman
Plein nord, roman
Ballade pour Leroy, roman
La Route sauvage, roman

JAMES WELCH

L'Hiver dans le sang, roman
La Mort de Jim Loney, roman
Comme des ombres sur la terre, roman
L'Avocat indien, roman
À la grâce de Marseille, roman
Il y a des légendes silencieuses, poèmes

COLSON WHITEHEAD

Underground Railroad, roman

CALLAN WINK

Courir au clair de lune avec un chien volé, nouvelles

SCOTT WOLVEN

La Vie en flammes, nouvelles

Composition : IGS-CP
Impression : CPI Bussière en mai 2018
Éditions Albin Michel
22, rue Huyghens, 75014 Paris
www.albin-michel.fr
ISBN : 978-2-226-39896-3
ISSN : 1272-1085
N° d'édition : 22704/01 – N° d'impression : 2036705
Dépôt légal : août 2018
Imprimé en France